ハヤカワSFシリーズ Jコレクション

J
HAYAKAWA SF SERIES
J-COLLECTION

田中啓文

罪火大戦ジャン・ゴーレⅠ

早川書房

罪火大戦ジャン・ゴーレⅠ

目次

また、死んでいた者が大いなる者も小さき者も共に、御座の前に立っているのが見えた。かずかずの書物が開かれたが、もう一つの書物が開かれた。これはいのちの書であった。死人はそのしわざに応じ、この書物に書かれていることにしたがって、さばかれた。海はその中にいる死人を出し、死も黄泉もその中にいる死人を出し、そして、おのおのそのしわざに応じて、さばきを受けた。それから、死も黄泉も火の池に投げ込まれた。この火の池が第二の死である。このいのちの書に名がしるされていない者はみな、火の池に投げ込まれた。

——ヨハネの黙示録第二十章より

プロローグ1

ひひひひひひひひひひ。

私は、スリル博士です。

今、笑いましたね。

たしかに変わった名前であることは認めます。フルネームで申しますと、スリル・スルリルリです。あ、また笑いましたね。私は、ひとに笑われるのは決してきらいではありません。

私は孤児でして、私にこんな名前をつけたのは施設のマザーでした。彼女が、少し頭がおかしかった、と申しましょうか、ひねこびたユーモアセンスの持ち主だったわけですね。

スリル・スルリルリ……宝石にも、ラピスラズリというのがありますよね。いひひひひひ。

さて、皆さん。本日は、一昨年、私が発明いたしました魂摘出の原理についてお話ししたいと思います。

古来、人間は、肉体は魂を収容する容器にすぎず、肉体の死は魂の死ではないと考えてまいりました。私も、その観点から研究をすすめてまいりましたが、その結果わかったのは、肉体と魂は不可分であり、肉体の死は魂の死につながるということであります。

すなわち、肉体はただの容器ではなく、魂の存続に不可欠な重要要素ということであります。

そこで私は考えを一歩進めまして、ならば、新しい肉体さえあれば、魂を永久に保存できるのではないか。魂を肉体から摘出し、ほかの肉体に移植することができれば、人間は永遠の生を得ることができるのではないか。そう考えました。

誰でも死ぬのはいやでしょう。私もいやです。絶対にいやです。私は生きつづけたい……ずっとずっと永遠に永久に未来永劫……。ところが、不思議なものですね。自分が死ぬのはいやなくせに、私、ひとを殺すのは大好きなんですね、これが。命が惜しい、という気持ちが人一倍強いだけに、他人のそれを奪って「無」にするのが快感なのでしょう。いひひひひひひ。ですがですがですが、誰も私を逮捕しようとはしない。私の研究者としての価値が絶大だからでしょうね。これはなんともいえぬ優越感であります。私の存在価値は、凡人の命よりも重いのです。あっはははははははは。

えーと、話がそれました。

試行錯誤のすえに一昨年、発見したのが、魂摘出の原理であります。原理発見から具体化までの道のりは、なかなかに厳しいものでありましたが、優秀なスタッフの努力によって、このたび、ようやく実用化にこぎつけることができました。

それが、皆さんもよくご存じの魂摘出装置（ソウルトレイン）であります。

この装置が人類にもたらす恩恵はまだ未知数ではありますが、はかりしれぬものだと私は考えております。輝かしい未来が、我々には約束されておるのです。はははは……はははははははは。

皆さんは、私がいかにしてこの魂摘出装置（ソウルトレイン）の着想を得たかを知りたいでしょう。知りたい？　知りたい？　あなたも知りたい？

それは、私が大天才だから……でーはーなーくーてー。

神の啓示を受けたからなのです。

冗談？

ノンノンノン。

ほんとなんです。

いひひひひひひひひ。

ある朝、私が目を覚ましたら、窓から太陽の光が燦々と降りそそいでおりました。私の胸をナイフのように刺す陽光を通じて、私は天と……神とひとつになった、と感じました。

その瞬間。

私の体内に、「神の意志」がどくどくどくどくどくどくどくどくどくどくと……どくどくどくどくどくどくどくどくと入り込んできたのです。入り込んで、というより、押し入ってきた、というのが正しい表現かもしれません。とにかく、私は聖霊に満たされました。

神は私に命じました。

「魂を肉体から抜きとる装置を作れ」

と。

「そんなこと、私にはむりです。なぜなら私は……」

と不遜にも口答えすると、

「神の命令は絶対である。神が汝を選んだのである。わが言葉を疑うのか」

とおっしゃいまして、私は、

「わかりました。謹んでお受けいたします」

と応えたのでした。

世間には、私の発明が、瀆神的であると非難するかたが多数いらっしゃいます。

人間が、魂を肉体から出し入れするなど、神の領域を侵すものだ、と。

とーんでもない。

とーんでもない。

とーーーーんでもない！

私は、神の使徒なのです。

私はただ、神の命令を忠実に実行しているしもべにすぎません。

これ、ほんとにほんと。

ひひひひひ。

ひひひひひひひひ。

いーっひっひっひっひっひっひひひひひひ。

神よ。

天にましますわれらの神よ。

願わくは御名の尊ばれんことを。

御国の来たらんことを。

御旨の天に行われるごとく、地にも行われんことを。

われらの日用の糧を、こんにちわれらに与えたまえ。

われらがひとを許すごとく、われらの罪を許したまえ。

われらをこころみにひきたまわざれ、われらを悪より救いたまえ。

アーメン。

ひひひひひひひひ。

きひひひひひひ。

きーっひっひっひ……げほ。

げほっ……げほっげほっげほっ。

げほっ、げほげほげほげほ……。


――二一九二年四月、カリフォルニア州アラマッチ記念館における講演（抄）（『スリル博士講演集第二集』より）

プロローグ2

そもそもの最初のひとりが、どこの誰であったか、今となってはさだかではない。おそらく地球全土で、同時多発的にはじまったのだろう。しかし、そのはじまりが二一九二年のことであるという点では研究者の意見はほぼ一致している。

ノルウェーのオスロ市街における、ポール・コーンスタという男の事例は非常に典型的である。


八月十三日の午後遅く、目抜き通りに面したパン屋のガラス窓のまえに、直径一メートルほどの、おぼろげな黄色い光が出現した。ある目撃者によると、その光に、

「神聖で侵すべからざる高貴な威厳のようなもの」

を感じたというが、別の目撃者は、

「食堂の片隅に忘れ去られた、埃まみれの腐ったチーズ」

を思わせるような不潔さを感じたという。また、

「人間が蛇や蜘蛛に対して本能的に抱く、悪しきもののイメージ」

をもったというひともいて、印象はばらばらである。

十数人の通行人がそのまわりに集まった。

光のなかにぼんやりと何かが見えた。それは、赤ん坊だった。

羊水にまみれ、まだ臍の緒がついているところから、たった今生まれたばかりに思われたが、すぐに成長をはじめた。早送りのビデオを見ているように、赤ん坊は横たわったまま、みるみるうちにこどもになり、少年になり、青年になり……それにつれて、彼を包む黄色い光も大きくなっていった。

ひげ面の中年男性となった時点で成長がとまり、今度は逆に、年齢が若くなりだした。青年から少年になり、身体も小さくなり……ついに赤ん坊にまで戻ってしまうと、またふたたび成長を開始し……まるで人生をものすごい勢いで往復しているようであった。乳児と中年男性のあいだを往復していたその男の姿形は、やがて四十歳ぐらいの年齢でとまった。しばらくは、身体の輪郭がぼんやりとしておぼつかなかったが、そのうちにはっきりと見えるようになった。それと同時に黄色い光が失せ、男は目を開いた。見物人たちは、「わっ」と叫んでとびのいた。

男は全裸だった。上半身を起こし、周囲をきょろきょろ見回した。

「ポ、ポール……！　お、おまえは、クリーニング屋のポールじゃないか」

男は、声の主のほうを向き、

「やあ、マグナス。久しぶりだな」

「あ、ああ……そうだな。けど、これはどういうことなんだ」

「俺にもわからん。気がついたら、ここで横になっていた。どうして裸なんだ？　寒くて風邪をひきそうだ」

「そんなことより、おまえは……おまえは死んだはずだぞ、十八年まえに交通事故で！」

ポールはそれを聞いて、一瞬、きょとんとした顔になったが、

「そう言われるとそうだっけかな」

つぶやくと、伸びた爪でがしがしと頭を掻いた。

「そうだったそうだった。俺はたしかに死んだよ。でも、俺って、なんで死んだんだっけ」

「わ、忘れたのか？　俺が……俺がはねたんだよ、車で……。事故だったんだ、悪気はなかったんだ、本当なんだポール。かんべんしてくれ……」

◇

同年八月十四日の早朝。東京の上野にある山村芳夫の家の扉が激しい勢いで叩かれた。ねぼけまなこで応対に出た山村の妻、豊子は愕然とした。立っていたのは、五年まえに八十一歳で死んだはずの姑、カヨだった。カヨは全裸で、腕には赤ん坊を抱いており、そのとなりにはこれも全裸の老婆がしゃがみこんでいた。


豊子は、近所中に響きわたるようなヒステリックな悲鳴をあげた。彼女は、姑を蛇蝎のごとく忌み嫌っており、生前はもめ事がたえなかったが、姑が死の床についたとき、

「やっと死んでくれるのね。ずっとこの日を待っていたの。これでせいせいするわ。いつか絞め殺してやろう、階段から突き落としてやろう……って思ってたけど、手をよごさずにすんで、ほんとによかった。芳夫さんも、あんたが一日も早く死ぬようにって祈ってたのよ。知らなかったでしょう」


うれしげな声で言うと、カヨは悪鬼のような形相で歯がみをして、

「おのれ……この身体が動けば、おまえなんか……おまえなんか……殺し……」


両手で虚空をつかむようにして息絶えたのだ。そんな姑が、幽霊となって復讐にきた……豊子にはそう思えた。

「お願い、成仏して。私が……私が悪うございました。お義母さん、消えて……はやく消えてくださいいいいいっ」


地面に倒れ込んで両手を振りまわす豊子を冷ややかな目で見おろしながら、カヨは、

「豊子さん、まあまあそんなに驚かないでちょうだい。私はなにもあなたをどうこうしようなんてつもりはないの。まえみたいに、仲よくやりましょうよ、この先ずっ

と」

「ずっと……？」

「そうなの。私、生き返ったのよ。あ、紹介しておくわ。これが、私の母、トヨね」

カヨは腕のなかの赤ん坊を豊子に手渡すと、となりにうずくまるよれよれの老婆を指さし、

「それから、こっちが私の祖母、トラ。お世話、よろしくお願いするわね」

カヨがにっこりと笑った途端、トラがぶりっと脱糞した。豊子はもう一度悲鳴をあげた。

◇

最後に、歴史的人物の蘇生に関する、かなり初期の事例を紹介しておこう。

八月十八日の夜。ワシントンDCの地下鉄駅構内に、ひとりの裸の男が出現した。その男は長身で、額が広く、眼窩が深い。彼は、裸であることを気にもとめない様子で、通りかかる人々からの好奇の視線も無視して、まえも晒したまま堂々と歩いている。連行しようとした警官たちの手を振り払い、

「われわれの父祖たちは自由の精神にはぐくまれ、すべての人は平等につくられているという信条にささげられた新しい国家をこの大陸に建設した。今こそ、人民の人民による人民のための政治を実現するときだ。気高き全能の神よ、我らに祝福を！」

男は痩せこけていたが、その声は雷のように轟きわたるほどだった。警官たちは思わずあとずさりし、ひとりは拳銃に手をかけた。

「ま、待て……こいつ、どこかで見たことあるぞ」

「俺もだ。テレビに出てるタレントじゃないのか」

「ちがう……ちがうぞ。こいつは……」

ごくりと唾をのみこんでから、

「リンカーンだ。昔、教科書で見たことある」

「馬鹿言うな。おまえ、頭が……」

皆、押し黙ってしまった。それほど、そこに立っている人物は、合衆国第十六代大統領エイブラハム・リンカーンに酷似していた。しばらくの沈黙のあと、ひとりの警官がおそるおそる声をかけた。

「あ、あんたは……リンカーンか」

男は返事をしなかった。

「リンカーンか、ときいているんだ」

男は、鷹のように鋭いまなざしを警官に向けた。肝を冷やした警官は思わず、

「大統領閣下……でいらっしゃいますか」

男は微笑みながらゆっくりとうなずいた。

第一章　復活の日

人類は結局――巨大な宇宙の偶然にもてあそばれるひとひらの塵(ちり)にすぎなかったのではないか？　短い一生しかもたない人間にとっては、永遠と思える繁栄の歴史も瞬時の破滅も、すべて宇宙の偶然の一こまの裏表にすぎないのではないだろうか？

（中略）

――しかし、最初の日ではあっても、復活の日そのものではない。人類は動物相(フォーナ)の中でも、圧倒的劣勢種族になりさがってしまった。三十五億の人口が、たった一万人あまりになってしまったのだ。

（中略）

あの〝知性〟というものが、確率的にしかはたらかず、

人間同士無限回衝突したすえにようやく、集団の中に理性らしきものの姿があらわれるといった、きわめて効率の悪いやり方をふたたびくりかえすことになるかも知れない。――その迂回路を少しでも短くする責任は――一番最初の責任はわれわれわれにあるのである。

――小松左京『復活の日』より

1

目が覚めた。

ピンクは、もぞっ、と身じろぎをした。途端、周囲の壁が自分に向かって押しよせてくるような圧迫感を感じ、両眼を倍ほどに見開いた。心臓がびくっびくっとはねあがる。狭い。狭い狭い狭い狭い部屋。脂汗が汗腺を押しひらくようにして滲みだす。喉と気管支のあいだに空気のかたまりがあるようで、息が苦しい。狭い狭い狭いんだよおおおお。深呼吸。ゆっくりと、深々と。ふと気づくと、壁はもとの位置に戻っている。閉所恐怖症だ。ピンクの症状は非常に軽いが、なかにはこれが原因で自殺するものもいるという。

ベッドサイドの時計を見る。午後八時〇〇分。今から午前二時までがピンクの「発現」の割り当てだ。

眠りから覚めたときとは、似ているようでちょっとちがう。「埋没」状態から目覚めてしばらくは、身体が自分のものでないような、頭で考えたとおりに身体がうまく動かないような、そんな違和感がある点はすごく似ていると思うけど、クワルテットの順番がまわってきたときというのは、たとえば、「この世に生を受けた瞬間」みたいな唐突感があるのだ。もちろん誕生時の記憶があるわけではないけれど、「無」の世界から「有」の世界へいきなり投げ込まれた、というか……。でも、最後に「眠った」のは二年もまえのことなので、そろそろどんな感じだったか忘れかけている。

「神よ、この生を私に与えたもうたことを感謝いたします」

ズタズタにされ、バラバラにされ、割りあてられた「生」の断片。それでも感謝しなくてはならないのか。

でも、惰性で神に祈りを捧げてしまう自分がピンクはいやだった。神への感謝の言葉を具体的に口に出すことが、「ヒト」の義務である、と〈人類圏〉の宗教局から強制されているのだ。誰も聞いていないとわかっていても、最低限の義務感が唇を動かしているらしい。

「誰もいないと思っていても、どこかでどこかで天使(エンジェル)はいつでもいつでも眺めてる」

という歌を聴いたことがある。天使というのは、スパイか。見張り屋か。

「神よ、わが命をあなたに捧げます。あなたの御意志は大宇宙に満ち、あなたの慈悲は大宇宙にあふれます。罪深い我々のために……」

げふっ。

臭いげっぷが出る。ニンニクの臭いだ。それをきっかけにピンクは祈りを中止した。神が存在することはわかっていても、自分には関係ないと思う。そうとしか思えない。自分の今の境遇を思うと、神を恨みこそすれ、感謝なんてとんでもない話……げふっ。また、げっぷだ。

そういえば、なんだか胃がもたれている。

ピンクは大きく伸びをすると、

「一、二の三の四の二の五、三、一、四の二の四の二の五」

と歌いながら、両手の指を広げては折りたたんだ。それから、ジャンプ、ジャンプ、ジャンプ。身体が重い。

（ヌカタのババアめ、また餃子たらふく食べたな……）

舌打ちをしながらジャンプを繰り返す。かなりどすどすやってると思うが、真下の部屋から苦情が来たことはない。同様に、上下左右の部屋からどんな騒音が聞こえてきても、ピンクがそれに反応して壁を叩いたり、音声で文句を言うことはない。それは、ここ〈集合住宅(ありづか)〉に暮らす人間のあいだの不文律なのだ。〈集合住宅〉は「生活権税」が払えない人間を収容するために作られた約一万戸の「部屋」の集合体である。バス、トイレ付きだが、ドアも窓もないし、部屋の外には廊下もないらしい。水も食べものも日用品もパイプが外から運んでくるし、大小便やゴミもパイプが外へ運びだすから、外界との接触はゼロだ。壁一枚隔てた隣の部屋にいったいどんなやつが住んでいるのか、ピンクはまるで知らないし、一生知ることもない。閉じこめられている、というより、詰めこまれているような感じ。来る日も来る日も来る日も来る日も、このワンルームで過ごす。天井の染みも壁の傷も床の凹凸も、なにもかも知りつくしてしまったこの狭い空間しか、ピンクの身の置きどころはない。その限られた場所を、檻のなかの熊のようにうろうろ歩く。外に出ることも外からだれかが来ることもない。

ジャンプでは埒があかないと思ったピンクは、

「とおっ、ライダーキック！」

勢いをつけて、壁を蹴りつけた。さすがに部屋全体がぐらっと揺れた。だが、やはり隣室からは、どんどんと壁を叩く音も、

「やかましいっ」

と怒鳴りつける声も聞こえてこない。ピンクはときどき、この〈集合住宅〉（正式名称・地球第一九五七島第二四七八地区第六七五四〇番集合住宅）には彼女ひとりしか住んでいないのではないか、という疑念を覚えることがある。いや……それどころか、ここがはたして〈集合住宅〉なのかどうかすら疑わしい。もしも、ここがほかに何もない広い広い野原のなかの一軒家だったとしても、たしかめるすべはないのだ。

ピンクは、自分の妄想に苦笑した。広い広い野原など、この世界のどこを探してもありはしない。そのことを一番よく知っているのは、〈自出人〉だった彼女自身ではないか。二年まえ、〈自由人狩り〉に捕まって、電撃棒でぼこぼこにどつかれ、肋骨と頭蓋骨をぶち折られたあげく、〈治療室〉という名の拷問部屋に監禁されるまでは、彼女は誰にしばられることもなく、どこへでも行きなんでも見聞きしていた。もちろんそのときに、外側からこの、自重で潰れかかった、巨大な海綿のような、糞いまいましい「住処」を見たことがあったはずではないか。

外……？　そうだ、内側があれば外側がある。しかし、ピンクが「外」からここを見ることは生涯ありえない。内側の壁や天井や床を見つめながら死んでいくのだ。

ピンクには、この部屋に入ったときの記憶はない。その直前、〈治療室〉で、白衣を着た中年の医者がメスを持って、にやにや笑いながらこちらに向かって近づいて

きたのが、彼女自身の肉体の網膜が見た最後の場面だ。

あのあとピンクの魂は身体から分離され……つぎに目が覚めたときには、もうここにいたのだから、本当に自分が地球第一九五七島第二四七八地区第六七五四〇番集合住宅に入れられた、という確証はない。

そう、あのときの目は……自分の胸に突きたてられたメスを見た「目」は、この目じゃなかった。肉体も、こんな、腹のぼってりとたるんだ、おっぱいの垂れさがった、皺だらけの、腐れオマンコの身体なんかじゃなかったんだ。私の身体は……張りきった、形のいいおっぱいの、桃色のオマンコの、肌のつやつやした十二歳の身体は、あの医者がメスでずたずたに切り刻んで……溶解液に……ああ……あああああ……ああああああ、うぎゃあああおう、またフラッシュバックだよ！

忘れた忘れたぜーんぶ忘れた。キック！

ようやく身体がなんとか自分の思いどおりに動くようになってきた。毎日の儀式。面倒くさいがこれをやっておかないと、貴重な六時間を鈍重なぬいぐるみを着ているみたいな、心と肉体がちぐはぐな状態のまま過ごさねばならない。

ある意味、しかたないんだけどね。

なにしろババアの身体なのだ。軽々と、というわけにはいかない。ババアの着ぐるみを着た若い女、それがピンクなのだ。最低の肉体。最悪の身体。嫌悪で吐きそうになる。しかし、彼女にとって、「身体」はこれしかない。嫌だ嫌だ嫌だ嫌だ嫌だああ嫌だ。死にたいよほんと。

ピンクは、自分の身体がなるべく目に入らないように座りなおして、机のうえのパソコンのトップページにある連絡メモを見た。

FROM：額田王（ぬかたのおおきみ）

TO：桃屋ピンク

MESSAGE：あんた、あんまりオナニーばっかりしないでよ。オマンコが毛切れしてひりひりするの。軟膏は塗ったけど、しばらくは遠慮しなさいよ。これは私の身体なんだから。あんたみたいな性欲のかたまりに使われてちゃ、たまったもんじゃない。すりきれちゃうってーの。あと、またネズミが死んでたわ。心臓のところに針が埋めこんであった。あんたがやってるんじゃないでしょうね。気持ち悪いったらありゃしない。ダストシュートに入れたけど、指がばい菌で腐るんじゃないかと思ったわ。タケトリの爺さんとヒロシくんにも言っておいたけど、やめてよね、ほんとに。

君待つと我が恋ひ居れば我が宿の簾動かし秋の風吹く

さっそく返事を書く。

FROM：桃屋ピンク
TO：額田王
MESSAGE：私はね、仕事でやってるの。性欲のかたまりだなんてとーんでもない。あんたみたいな生理のあがってるババアに言われたくないね。たまには腰が抜けるほどセックスしたいけど、相手がいねーんだからどうしようもねーだろ、バーカ。あんたの腐ったオマンコに指突っ込むのがどんなに気持ち悪いか考えたことある？　誰も相手にしてくれない、あんたの干からびたオマンコを触ってやってるんだからありがたく思いな。
それとさあ、あんたもいい歳なんだから、餃子とかホルモンとか、脂っこいもんばっかり食べるんじゃないよ。また太ったでしょう。しんどいんだよ、デブの身体使うのは。それに、ニンニク摂りすぎだって。部屋が臭くってしかたねーし。ここは逃げ場がねーんだよっ。あんた、今はインチキ占い師でも、もとは奈良時代のそこそこ有名人なんじゃないの？　いくら、この時代の食いもんがうまいからって、ちょっとは考えな、糞ババア。
あとね、ネズミのことなんか私は知りません。知ろうとも思いません。じゃあね。

送信ボタンを叩きつけるようにクリックしたあと、ため息をつく。

2

額田王は、もともと万葉時代の女性歌人ではあるが、その歴史的重要度は「蘇生人担当省」によるとEマイナスとかなり低い。「蘇生」したあとは、もちろん歌詠みとしては食べていけないので、コンピューターを通じて、占い師として細々と生計をたてている。最低限の「肉体権税」は支払っているが、「生活権税」は支払えず、この〈集合住宅〉で、ピンクたちを寄生させながら、クワルテットの家主として、なんとか生きているのだ。

　ひとりの魂を受けいれるたびに、肉体権税の負担が減っていく。しかし、そのぶん、自分の時間もまた減っていく。クワルテットなら、四人で二十四時間を割るわけだから、ひとり頭の覚醒時間は六時間しかない。これがクインテットになり、セクステットになり、セプテットになっていくと、「自分の時間」はどんどん少なくなる仕組みだ。

　ピンクはつぎにスケジュール帳をひらく。百二時間に一度の、注射の順番がまわってきたようだ。

　ピンクは立ちあがると、洗面所に行き、顔を洗った。眠りから覚めたわけではないが、これをやらないと、「起きた」という気にならない。歯も磨く。自分用の歯ブラシを探し、先端に触る。濡れている。

（あのババア……あれほど言ったのに、私の歯ブラシ使いやがって。ぶっ殺す！）

乱杭歯をしつこくしつこく磨く。鏡に映る自分の……いや、額田王の顔。ごわごわした白髪まじりの髪、蟹のように顎の張った四角い輪郭、ぎょろりとした目に太い眉、大きな鷲鼻、分厚い唇……。胸もとには汚らしい染みが見え隠れしている。

　額には、円形のタトゥー。四分割され、そのうちの二カ所に「蘇」の文字が刻印されている。クワルテットのうち、二名が蘇生者であるという意味だ。永遠に消えない、不細工な紋章。

　ピンクは鏡から目をそらすと、口のなかの水をぺっと吐いた。歯槽膿漏の気があるのか、血が混じっている。ああ、嫌だっ。タケトリの爺さんは、不潔なくせに癇性病みのところもあり、歯磨きを徹底的にしないと気がすまない性質だ。歯茎が腫れあがろうと、エナメル質が剝がれようと、おかまいなしである。おかげで、歯がぼろぼろだ。

タケトリの爺さんは、かぐや姫を育てた人物だそうだが、年老いて耄碌し、そのあたりのことはまるで覚えていないらしい。覚えているのは竹細工の作り方だけで、暇さえあれば、室内にあるプラスチック製品を鉈で勝手に切りきざみ、竹籠や枕にしてしまう。一度、ピンクが目覚めたとき、お気に入りの小物入れがずたずたに切り刻まれていて、激怒したことがある。小物入れは、薄汚い笊に変身していたのだ。

歯ブラシ立ての横に置いてある、薬液で黄色く汚れた注射器をとりあげる。棚から溶液の入った薬瓶をとりだし、注射器のなかに吸いあげる。このときいつも、ピンクには薬液の色が小便に思えてしかたがないのだった。静脈に手際よく注射する。腕をゴム管でしばる必要もない。慣れたもんだ。黄色い薬液が体内に入ってくると、なんだか自分が穢れていくような気分になって、少し鬱になる。だが、その見返りとして、ちょっとだけ……ほんとにちょっとだけだが身体がしゃきっとする。なにしろ、魂は六時間しか起きていなくても、肉体は二十四時間労働で休む暇がない。〈人類圏〉が配給する、〈気付け薬〉というこの薬液を定期的に注射することで、なんとか肉体をもたしているのだそうだ。そりゃそうだろう。額田王の肉体を間借りするようになってから二年間、ピンクはいちども眠ったことはないし、ほかの三人もそうだろうから。だから、身体は薬漬けだ。この黄色い薬液が身体を動かしているのだ、とピンクはいつも思っていた。なんだか、肌も黄色っぽくなってきているし、時々、視界が真っ黄色に染まるのも、この薬のせいじゃないかと思うことがあった。〈気付け薬〉を打てば打つほど、身体はぼろぼろになっていく。デュエット以上の人間は、そうやってだましだまし、毎日を送っている。ある日、突然、肉体が酷使に耐えかねて、「終わり」になるときがくる。そのときには、肉体を共同使用している全員が、同時に死亡するのだ。

冷蔵庫をあける。パンとバター、ドーナツ、チーズなど。チーズが腐っているらしく、すごく臭う。調べれば、誰のものかわかるのだが、手に取るのも鬱陶しいので、そのままにしておく。まったく……食べないんなら注文しなければいいのに。吐き気がしてきたので、閉じる。

冷凍庫をあける。ご飯、ラーメン、うどん、餃子、お好み焼き、たこ焼き、シチュー、パスタ……。食料はすべて、冷蔵庫の裏側に壁から直接パイプが伸びていて、そこから補充される。なにを補充するかは、オンラインで指示する。その分が預金からさっぴかれる仕組みだ。この状況に抵抗するために餓死することも考えた。いわゆるハンガー・ストライキだ。だが、ほかの三人が食べるだろうから意味はないのだ。

　買い物をするために部屋から出る必要はない。三十年まえなら誰もがあこがれた、夢の生活……かもしれない。しかし、出ていかないのではなくて、出ていけないのだ。この部屋には、ドアも通路もなにもない。ひとりの人間を一生、座敷牢で飼い殺しにするために考案された画期的なシステムなのだ。食料だけではない。日用品もすべて、壁のパイプがどこかから届けてくれる。

　食欲はないが、せっかくの権利を行使しないのもくやしいので、冷凍の鍋焼きうどんを手にした。裏をひっくりかえすと、シールに賞味期限などとともに「桃屋ピンクさま」と印字されている。自分のものだ。レンジに入れて、スイッチを押す。届く食料は、全部、調理済みのもの。部屋で料理することは禁じられている。思えば、〈自由人〉（フリーター）だったころは、毎日、自分で自分の食事を作ったものだ。かっぱらってきた食材を公園の便所の裏で焚き火をして調理する。味気ない人工肉のステーキも、一手間かけることでびっくりするほどおいしくなる。ちょっと工夫でこのうまさ。ピンクは、仲間のあいだでは、凄腕の料理人で通っていた。友だちだったグールドは、彼女の料理を食べるために、いつも立ちんぼをしてたっけ。だが、もうこの先二度と、ピンクに料理の腕をふるう機会はない。

　ピンクは、机のうえに出しっぱなしになっている大振りのジャックナイフを手にとった。持ちこみを許された数個の私物のうちのひとつで、柄にＰＩＮＫと稚拙な文字で刻まれている、〈自由人〉時代を偲（しの）ぶための唯一の品である。彼女はあのころ、これを使って、料理をし、ものを解体し、工作し、人と争い、自分の身を守った。ぎらぎらと輝く刃先。楽しかった日々。永久に帰ってこない遠い遠い日々。

レンジが「料理」しているあいだを利用して、ピンクはトイレに入った。大便と小便は朝一番にする。したくなくても、むりやりにでもウンコとおしっこをする。そうしないと、彼女のまえにこの身体を使っていた三人の人間の残滓が体内に残っているようで、気持ち悪いのだ。便器にべちゃっと太ももの肉がへばりつくのが気持ち悪い。

（痩せろったら……ババア！）

ここのところずっと便秘気味だ。狭い部屋のなかで暮らしているのだからむりもないが、少しは体操するなり、食物繊維の多い食品を食べるなりしてもらいたい。

（うう……臭い……）

額田王の食べた大量の餃子のせいだろう。便からニンニク臭がたちのぼる。トイレ中がニンニクと糞便の臭いで満ちあふれ、息ができなくなる。目がチカチカしてきた。

（ババア……ぜったい殺してやる）

もちろんそんなことはできない。それは自殺と同義なのだから。

必死になっていきんだが、案の定、たいした量は出なかった。それでも、少しはまえの三人の名残を排泄した気分になり、ピンクは満足した。

肛門をていねいに拭く。排便に関して、困るのはヒロシだ。彼は、自分の身体を持っていたとき重度の痔だったらしく、そのときの痛かった記憶が残っているのか、いまだに肛門をきちんと拭かない。だから、ヒロシが排便したあとは、大便がこびりついていることがたびたびある。同じ肉体から出た便だとはいえ、他人が出したものは何だか気持ちわるいではないか。ヒロシは、コンピューター関係の仕事をしているらしいが、実際にどういうことをしているのかはきいたことがない。おとなしい性格のようで、連絡メモでの申しおくり事項も何もないことが多い。クワルテットのなかで、ピンクが一番好意を寄せているのがヒロシだった。もちろん何の「関係」もない。ひとつの肉体を所有しあうというのは、一番近くて一番遠い間柄なのだ。

（あれで、ウンチさえちゃんと拭いてくれればね……）

ほんとは風呂に入りたいのだが、二日に一回と決められているし、しかも、四人が持ち回りだから、つぎにピンクが入れるのは六日後だ。

トイレから出て、電子レンジをあけ、ふきんを使って熱々の鍋焼きうどんを取りだす。鰹節の出汁の匂いが鼻腔をくすぐり、少し食欲がでてきた。丸テーブルに置き、お気に入りの有田焼の丼に移しかえ、箸をつけようとしたとき、視野のすみに、黒いものがちらりと入った。テーブルを挟んで向かい側にある椅子のうえに、黒光りする、ギザギザのついた脚……ピンクは顔をしかめた。

（ゴキブリ……）

五センチぐらいある、でかいクロゴキブリだ。ゴキブリはめったに見かけないが、たまにいる。タケトリの爺さんが、食べたものをきちんと片づけないからだとピンクは思っているが、とくに気にならない。〈自由人〉だったころは、公園の便所の裏で、ゴキブリと一緒に暮らしていたようなものだ。問題は、そのゴキブリの状態だ。

裏返しにされ、腹部の中央のぷくりと膨らんだところを、短い針のようなもので突き刺されている。まだ触角と六肢をぴくぴく動かしているところをみると、刺されたのはそれほどまえではないようだ。尻の先から卵嚢が飛びだしている。

ゴキブリは一匹ではなかった。全部で十三匹が、椅子のうえに針で刺されてもがいていた。じっと見ているうちに気持ち悪くなってきたので、目をそらした。十三匹ものゴキブリをどうやって捕まえたんだろう……。

誰が、針を刺したのだろう。ヌカタのババアか、ヒロシか、タケトリの爺さんか……。ピンクのまえの覚醒者は額田王だから、順当に考えれば、怪しいのは彼女である。しかし、小さいものだから、皆が見落とした可能性もある。

額田王のメールにもあったとおり、最近、ときどきネズミの死骸が転がっていることがある。しかも、胸のところを針やガラス片で突き刺された状態で。それをやっている「誰か」がこのゴキブリたちにも針を刺したにちがいない。ネズミが見つからなかったので、しかたなしにゴキブリで代用したのだろうか。

クワルテットの誰かが、狂ってきているのだろうか……。

いや、そうともいいきれない。四人のうちの誰かが、自分以外の三人に何らかのメッセージを伝えようとしているのかもしれない。それなら、紙に書くとか、パソコンに残しておくとかすればいいわけだが、もしかすると……。

ピンクには、ある予想があった。

3

ゴキブリやネズミは、コウモリやガマガエルとともに悪魔の使い魔として知られている動物だ。それを十三匹……十三という数も、古来、反神的な数字といわれている。これは、今の世の中でもっとも罪深い行為である「瀆神」のメッセージなのではないだろうか。

結論に飛びつくのは早すぎるが、ピンクは「瀆神」の二文字のもつ背徳の感覚に身震いした。〈自由人(フリーター)〉として法の届かぬところで気ままに生きてきたピンクにとって、〈人類圏〉や警察といった体制側は侮蔑の対象以外のなにものでもなかったが、神はちがう。神の存在が不確かで、しかも、何とか教の神だの、かんとか教の神だのといった多くの自称「神」たちが、我こそ真の神であると主張していた昔とちがって、神はひとりであり、マジで存在するのだとわかってしまった今、神なんかどーでもいい、関係ねー、と内心は思っていても、露骨にそれを汚すような言動はこわい。

（誰だか知んないけど、そいつのせいで私まで死刑になるのはゴメンだからね）

さっきのメールの書き方から考えて、額田王は犯人ではないように思われる。しかし、自分が犯人であることを隠すためにわざとあんな風に言いたてているのかもしれない。また、タケトリの爺さんは、もう九十歳近いから、これも犯人とは思えない。もっとも、老人性のボケがはじまってきているようなので、夢うつつのうちに、封印していた性癖が浮かびあがってきたという可能性もある。ヒロシは甘ったるい詩を書いたり、俳句を詠んだりしている軟弱なやつだから、これも犯人とは思えない。だが、相手はネズミやゴキブリなんだから、どんな軟弱なやつでも殺そうと思えば簡単だ。

　考えれば考えるほどわからなくなるので、ピンクはそのゴキブリをティッシュに何重かにくるみ、ぶちゅっ、と押しつぶしてから、ダストシュートに放りこんだ。

（ゴキブリみたいに死骸になれば、ここから出て行けるのに……）

　そんなことを思いながら、パソコンでニュースを見る。意識のなかった十八時間のうちに、世間で何が起こっていたのか、知っておく必要があるからだ。また、ニュースはキューブのなかにいるものにとって、「外」の世界との唯一の接点なのである。アルファ・ケンタウリ付近でジョ・ユウルA星人の宇宙艇と戦闘。ハリカカリア・シティの高級住宅地でアデ・KK・グァックス人による大規模なテロ。たいした記事はない。近頃は、宇宙戦争の余波が太陽系内にも及んできており、あちこちでテロが起きたり、惑星間弾道ミサイルが撃ちこまれたりしているが、この部屋にいるかぎり、逃げることはできないのだから、心配するだけむだだ。死ぬときは死ぬ。まあ、今でも死んでるようなものなのだが、

（もう一度「外」に出てから死にたい）

　ピンクのそういう思いは日に日に強くなっていく。

◇

　二一九二年、最初の死者の復活があった。第一号がどこの誰であるかという議論にはいまだ決着がついていないが、八月の上旬から中旬にかけて、世界中のいたるところで、同時多発的に起こったことらしい。

　はじめのうちこそ、オカルトがかった際物（きわもの）的ニュースとして扱われていたが、復活する死者の数が百人を超えるようになると、勘違い、いたずら、嘘……といった解釈では処理できなくなり、ニュース番組がまじめに取りあげるようになった。

　死者は、最近死んだもの、昔に死んだもの、大昔に死んだものの区別なく、ランダムに蘇っているようだった。蘇る場所も、自分が生前暮らしていた地域に蘇るものが大半だったが、ときにはまるで暮らしたことのないところに復活する場合もあった。復活した際の年齢もひとによってまちまちで、たとえば九十歳で死んだものも、四

十歳ぐらいの若さで蘇る場合もあれば、九十歳ぎりぎりで蘇る場合もあった。

いつ、どこで、誰が蘇るのか、誰にもわからない。突然、黄色い光が出現し、そのなかに、まだ臍の緒のついた、生まれたばかりの赤ん坊が見え隠れしながら現れる。赤ん坊は、みるみるうちに急成長を遂げ、（それが男性であり、老年期に死亡したひとであれば）少年から青年、壮年、老年となり、死ぬ直前の姿にまで至ったあと、ふたたび人生を逆さまに戻っていく。その行程を、めくるめくスピードで何往復も繰りかえしたあと、「スロットマシーンのドラムをとめるように」どこか一ヵ所で停止する。どの段階でとまるかは、そこがそのひとの人生における最盛期だった、とか、そういった意味づけはなく、単なる偶然で決まるのだと思われた。その時点で黄色い光が消え、「蘇生者」は普通に立ちあがって歩きだす。

ただし、どんな年齢で蘇生しようと、記憶は、かつての全人生の分を持っている。つまり、九十歳で死んだものが、八歳の姿で復活したとしても、死ぬ間際までの記憶を背負っているということだ。だが、たとえ老人期の記憶があったとしても、考えかたなどは八歳のこどものものだ。

いったいこれはどういうことだ、と誰もが考えた。しかし、何が起きているのか、なぜ起きているのか、誰が起こしているのか……わかるものはいなかった。

生命科学者は叫んだ。

「これはすごい。生と死の神秘がついに暴かれるぞ。もしかしたら、人類は不死を手に入れられるかもしれない」

だが、「蘇生」のからくりはいくら調べてもわからなかった。

歴史学者は叫んだ。

「これはすごい。ピラミッドをどうやって作ったのか。モアイは誰が作ったのか。ナスカの地上絵は何の意味があるのか。アトランティスは本当にあったのか。すべてわかるぞ。それを知っている『蘇生者』にきけばいいんだから」

だが、意外なことに、ピラミッドの建設にたずさわったというものにたずねても、答は要領を得ず、ひとによって答がまちまちだったりして、謎の解明は一朝一夕でできるものではなかった。それも道理で、たとえばピラミッドの建設という大事業の場合、個々の労働者は、ひたすら石を切りだすだけとかひたすら石を運ぶだけとか単一の労働を繰りかえしているので、全体像はわかっていない。だからといって、全体の責任者のような人物に質問しても、逆に現場のことはわかっていなかったりする。まあ、ゆっくり時間をかけて調べればいい。そうだ、時間はたっぷりあるのだから……学者たちはそう思って焦らなかった。

その時点ではまだ、多くの人間にとって、「蘇生」は対岸の火事であり、まだまだリアルな問題とはいえなかった。ただ、一部の宗教家にとっては、彼らが主張しつづけてきた「命」の永続性を証明できる千載一遇の機会といえた。にわか新興宗教の教祖が町中にあふれ、説教を行った。

「蘇生者」の数が一万人を超えたころ、人々はようやくそれを現実の問題として考えるようになった。蘇った人間の戸籍はどうするんだ。国籍や課税など、普通人と同じようにするのか。支払われた生命保険は回収できるのか。生きていた当時に持っていた権利は放棄したことになるのか、それとも新生児と同様の権利を持つにすぎないのか。住む場所もなく、生活の手段もない場合は、誰が保護するのか。はるかな先祖が蘇った場合、子孫には扶養義務があるのか。

それら諸問題については、各国政府がそれぞれの立場から解決を試みようとしていたし、それなりに成果もあげていた。だが、最大の疑問が解決していなかった。つまり……「この事態はいつまで続くのか」。その疑問に答えられるものはいなかった。

そして……。

有史以来、最悪の状態がもたらされることとなった。

4

死者の蘇りはその後も続いた。いや、「続いた」などという生やさしいものではなかった。加速度的に数を増していった。あっというまに、地球上には〈蘇生者〉があふれかえるようになった。その当時で七十億ほどだった〈普通者〉の数を、〈蘇生者〉の数が追いこしてしまったのは、最初の復活があってからたった一年後だった。増えつづける〈蘇生者〉を各国は必死になって登録し、数や名前、年齢その他を把握しようとしたが、一部の国にとってはそれは困難だった。

まず、その〈蘇生者〉の素性を調べる必要があるが、本人からの聞き取りを根拠にするしかない。本人が、自分が何年生まれの何という人物か忘れていたり、知らなかったりしたら、それまでなのだ。赤ん坊にはたずねられないし、老人はすでに惚けている場合もあり、言語のない〈蘇生者〉とは意思の疎通ができない。数はあとからあとから増えていくし、とりあえず本人の自己申告を基準にして登録し、額に「蘇」の文字を刻印して、〈普通者〉と区別するのが精一杯だった。

それよりももっと重大な問題が山積みされていた。

まず、住処の問題があった。人類の総数がいきなり二倍になってしまったのだ。歴史の謎が、とか、生命の神秘が、とか呑気なことを言っておれる状況ではなくなった。ナスカの地上絵の意味など、誰も知ろうとしなかった。難民が国境を越えてあふれ、住居を求めて世界中に広がっていった。

次に、食糧の問題があった。多くの人間が飢えた。地球に未曾有の食糧危機が訪れた。どの国も、戦争や軍事開発などは一旦中断し、食糧の確保におおわらわになった。対応できなかった国は崩壊した。地球上の国境の線引きが、短期間のうちに大きく変わっていった。

それで終わりではなかった。

死者の復活はとどまることを知らなかった。三年後の二一九五年、「蘇生」はそのピークを迎えた。

◇

〈蘇生者〉の数はその後、次第に減少していき、二一九七年を最後に途絶えた、とされているが、それまでに蘇った死者の数はおよそ六百億人であった。

わかった範囲では、もっとも最近の死者は二一九一年に死んだもの、もっとも古い死者はおそらくクロマニコン人であった（言葉がしゃべれないので、復活した場所や骨格から、クロマニヨン人だろうと見当をつけているだけだが）。どうやら、有史以来の死者がすべて蘇ったらしい。およそ、ホモ・サピエンスと名のつくものはことごとく。

蘇るのは、人間にかぎられ、人間以外の生物が復活したという事例は一件もなかった。

「これはいったい何なんだ」

「何が起こったのだ」

全人類の疑問には、じつはすでに答が用意されていた。わかってはいたが、誰もがその答から目を背けていたのだ。

「最後の審判」……それが答だった。

キリスト教においては、世界の終末に際して、全ての死者が神のまえに蘇り、平等に裁きを受ける。これがいわゆる「復活の日」である。そして、信仰を持つものたちは永遠の生命を受け、天国での生活が約束されるが、異教徒や罪人たちは永遠の劫火に焼きつくされることになる。「ヨハネの黙示録」には、その様子がリアルに描かれているが、実は、イスラム教やユダヤ教においても、この「最後の審判」の思想は重要かつ普遍的なものだ。キリスト教、ユダヤ教、イスラム教の三つの宗教はもともと同じところから出発しているから、あたりまえといえばあたりまえだが、それぞれ教義を異にして発展していった三つの宗教が、「最後の審判」の思想だけは共通したまま、というのは、それこそが三つの宗教のもっとも根元的なところにあるからだ、と考えてもおかしくはない。

これだけの数の死者が一度に蘇ったという事態について、科学者サイドからの説明は一切なかった。不可能なのだ、そんなことは。

誰もが認めざるをえなかった。「最後の審判」が、今、なされたのだ、ということを。

この物語は、「復活の日」より二十年が経過した、すなわち、「最後の審判」がすでに歴史的事実になった二二一七年が舞台となっているのだ。

◇

この状況が、「神」の存在を全人類に確信させた。とにかく、「人間を選択的に蘇生させるだけの力のある、偉大な何ものか」が存在することはまちがいないと思われた。人間にとっての宗教の意味あいが大きく変貌を遂げた。

また、釈迦やキリスト、マホメットをはじめとする大宗教家たちも復活を遂げているのだから、宗教創成の秘密を彼らにたずねることも可能となっていた。しかし、彼らの答は一様に、

「我々は神ではなく、神のスポークスマンにすぎず、神がなにものか、今どこにいるのか、はわからない」

というものだった。

こうして、絶対者である「神」の存在は万人の認める「事実」となり、以降は、ユダヤ教、イスラム教、キリスト教を統一した宗教が、唯一の宗教となった。それは単に「教え」と呼ばれた。「教え」における「神」は、キリスト教の「神」を指しているわけではなかったが、基本的な性格はキリスト教のそれを受け継いでいた。

仏教、ヒンドゥー教、神道……といった他宗教は、「最後の審判」に該当する思想がないことから、一気に衰退を余儀なくされ、やがて消滅していった。イエスは「神の子」としてマスコミからひっぱりだこになり、虚像としてのジーザス・クライスト・スーパースターの道を歩んだが、ほかの元預言者たちはすぐに忘れられ、巾井での暮らしに埋没していった。

5

メールチェックをする。閉鎖空間の生活では、メル友がいちばん大事だ。だが、誰からのメールも来ていない。チャットルームにも誰もいない。ピンクは舌打ちをした。

(そんなことより仕事よ、仕事……)

自分のホームページにアクセスする。「ピンクちゃんの電脳セックスルーム」。仕事の依頼は……あった。一件だけだが、接触を待っている相手がいるようだ。三十八歳男性。トリオで、発現時間は午後三時から午後十一時まで。相手のクレジットカード番号をチェックする。

ＯＫ。口座は生きている。踏み倒される心配はない。商売道具の入ったカバンをベッドのしたから引きずりだしてきて、用意万端整えたうえで、メールする。

ハーイ、お待たせ。午前一時までならあいてます。この直コール番号にかけてください。ピンク。

五分と待たないうちにコール。インカムをつけ、カメラの位置を股間を狙うように固定する。化粧はしない。顔出しは原則禁止なのだ。ときどき身体がずれて顔が映ってしまうこともあるが、ピンクにとってはべつにどうってことない。どうせ一生この部屋から出られないのだから。ただ、相手は驚くだろう。なにしろ五十五歳のババアの顔だ。すっかり萎えてしまうにちがいない。

「ピ、ピンクちゃんかい」

低い、おどおどした男性の声。

「そうよ。なんて呼べばいいの？」

「う、そうだな……マントヒヒにしてくれ。ガキの時分のあだ名なんだ」

「じゃあ、縮めてマントさんにするわ。時間は十五分。料金は二千五百クレジット。延長の場合は五分につき千クレジット。了解？」

「了解」

「どんなプレイがいい？　一応、コースを説明しておくと……」

「いや、説明はいい。一番ノーマルなやつにしてくれ」

「ＳＭもあるわよ。一度、どう？」

「そうだな、こんな糞みたいなところに生涯閉じこめられてるんだ。たまには、むちゃくちゃ発散してみたいけど……」

おや？　とピンクは思った。もしかしたらこの人も、〈集合住宅〉に住んでるのかも。だが、〈集合住宅〉はこの界隈だけでも無数にあるから、まさか同じ棟ではなかろう。

「じゃあ、やってみる？」

「いや……やめとく。オプションは金がかかるだろ。普通でいい。金も時間ももったいないから、はやくはじめてくれ」

ピンクはモニターのスイッチを入れた。相手の男のパンツが映しだされる。向こうには、ピンクのパンティが映っているはずだ。パンツとパンティ同士の会話……考えてみれば滑稽だ。

「ピ、ピンクちゃん……まず……裸になってくれ」

「もう？　気が早いのね」

少しでも時間を稼ぐのがこの商売の常道だ。

「いいから、早く脱げ」

ピンクは、上着を脱いだ。乳房や腹部はあまりカメラに映らないようにする。十四歳という触れこみ（それは真実なのだが）なのだから、おっぱいが垂れさがっていたり、腹が突きでていたら幻滅ではないか。これは、あくまで想像力を駆使した遊びなのである。

「聞こえなかったのか、全部脱ぐんだ。パンツをまだはいてるじゃないか」

「だって……恥ずかしいの」

「嘘つけ。毎日やってることだろうが」

そう言ってしまっては身も蓋もない。

「早くしろ。時間をかせいで実入りを増やそうとしてもそうはいかんぞ」

ピンクはゆっくりと時間をかけて下着をとった。

「さあ、俺のをくわえろ」

モニターには、まだ半勃起状態のペニスが映っている。仮性包茎の、生っ白いペニス。男は、そのペニスのつけ根に開いた二つの黒い穴に、赤と白のコードをぱちんと嵌めた。自前で接続孔を開けているところなど、かなりの常連さんらしい。これで、ピンクの目のまえのペニス型バイブと男のペニスが接続された。ピンクは、ペニス型バイブをくわえた。舌に唾液をためて、雁首のところをべろべろなめたおす。プラスチックの味。苦い。でも、仕事仕事。この感覚が向こうのペニスにも伝わっているはずだ。

「おい、もっとちゃんとしゃぶれよ。全然気持ちよくないぞ」

「そんなはずないわ。コード、断線してない？」

相手はぶつぶつ言いながら、赤と白のコードをつまんだり、振ったりした。

「ああ、やっぱり断線だった。今、つながったよ。もう一度、しゃぶり直してくれ」

ピンクは言われたとおりにする。べろべろべろべろべろべろ。モニターのなかの白いペニスが、やや赤みを帯びだし、少しずつ勃ってきた。

ビーヨンビーヨンビーヨン。

「十五分たったけど、どうする？」

「延長だ」

「ラジャー」

ピンクは、自分のものでない性器を大きく広げてみせた。

「ああ……濡れてきたわ。見て」

言いながら、股間に指を這わせる。ここで時間を稼ぐのがコツだ。相手を焦らして、延長、延長、お直し、お直しを繰り返し、料金をつりあげる。そのあたりの呼吸を、この二年間でピンクはばっちり身につけていた。

「入れさせろよ」

今日の客は性急だ。

「まだ濡れてないわ」

「濡れてきたって、今、言っただろうが」

「せっかちね。もっとゆっくり……」

「俺は入れたいんだ。客にさからうのか」

「とんでもない。——じゃあ、入れて」

ピンクはバイブの先端を性器にあてがった。

「は、早く入れろよ」

相手のペニスの先端から透明の液体がにじみでるのがモニターに映っている。男は早口でしゃべる。

「俺はな、二度と太陽を拝めないんだ。来る日も来る日も来る日も来る日もこの狭い部屋で、ハムスターみたいに過ごすしかない。死ぬまでだ。こんな苦痛なことってあるか。なあ、おい」

ピンクはバイブをぐいとオマンコに突っ込んだ。その瞬間、モニターのなかのペニスが、びくん、と震えた。

「おい、聞いてるのか。楽しみっていったら、こうしてたまに疑似セックスするぐらいだ。むなしいにもほどがある。なんのために俺は生きてるんだ。なあ、おい」

たしかにむなしい。疑似セックスとかいっても、ただのオナニーの見せあいにすぎない。五十五歳のババアの乾燥したオマンコに出入りするバイブの空虚な官能を、接続コードを通してペニスが感じるだけ。これならAVを見ながら自慰するほうがいくらかましではないだろうか。だが、部屋から出られないのだから、どうにもならないではないか。AVにはない、生身の人間の生身の反応を求めての、ネットセックスの需要はそこそこある。だから、ピンクの暮らしがなんとか成りたっているのだ。本物のセックスがしたければ、うんと稼いで、多額の「生活権税」を支払い、ここから出ていくしかない。だが、もちろん、そんなことは夢のまた夢だ……。

「そうね……なんのために生きてるんだろうね……」

「死ぬためさ。いつかくたばるために生きてるだけだ。その日は遠くないが、明日死んでも五十年後に死んでもおんなじだ」

ピンクは、この男の境遇は自分と似ていると思った。

「マントさんは家主なの？」

「ちがう。家主は俺よりずっと年寄りだ。俺は、五年まえにとうとう『肉体権税』も『生活権税』も払えなくなって、魂を抜かれちまって、この腐った身体に放り込まれた。だから、たまに勃たないこともある。いやになっちまうよ、まったく」

「私もよ。私は〈自由人(フリーター)〉だったんだけど、二年まえにドジ踏んで、ハンターに捕まっちゃって……」

「ちょっと待て。おまえのことなんかどうでもいい。それも時間を引き延ばす手口か」

ちがうったら！　ピンクはむっとした。

「そう思うなら、もう何もしゃべらないから、勝手にイッて」

「怒ったのか。すまんすまん。今のは言いすぎた。二年まえまで〈自由人〉だったって聞いてうらやましくなってさ。俺は五年もここで暮らしてるんだが、そのまえも自由とはほどとおい生活だったからなあ……」

「そうだったの。私こそごめん」

「〈自由人〉ってのは、楽しいんだろうな」

「そうね。楽しかったわ」

過去形で語らねばならないのが悲しい。

「俺も、一時間でいいから自由になってみたいよ。ここから出てさ、外の空気を吸って、何をするのも自分で決める。そうなったら、ピンクちゃんとも会えるわけだ。

こんな味気ない、断線したコード越しじゃなくて、生身と生身でさ……」

「そうね。マントさんと私のあいだの距離って、何千キロあるか何万キロあるかわかんないんだもんね……」

「会いたいなあ、ピンクちゃん」

「いつか……いつかね」

ビーヨンビーヨンビーヨン。

「延長だ」

「ラジャー」

「さあ、イケイケ、イッちまえよ」

「ああ……あああああ……いいわ、マントさん、いいわ」

「どうだどうだどうだどうだどうだ」

「ああ……ああああっ、マントさあんっ」

乾燥したオマンコにすごい勢いでバイブを出し入れさせる。何の快感もない。膣壁がひりひりする。また、ヌカタのババアに怒鳴られる……。

モニターのなかの亀頭が赤黒く膨張し、全体がぬるぬるになっているのがわかる。勃起角度が次第にきつくなっていき、弓なりになった怒張の薄い皮膜が今にもはち切れんばかりにてらてら輝いている。

「ああっ、あああっ」

男が射精したのがモニターでよく見えた。その際、カメラを足ででも蹴飛ばしたのだろう。カメラの向きが変わって、部屋のなかが映しだされた。

ピンクの目は、それを見逃さなかった。相手の部屋の壁に刻印された文字……。


地球第一九五七島第二四七八地区第六七五四〇番集合住宅

ピンクがいるのと同じ〈集合住宅(ありづか)〉だ。ご近所さんだ。すごいすごい。こんなことってある？　一万分の一、いや、何億分の一の確率じゃないの？

相手はすぐにカメラの位置を直した。自分がどこの誰か知られるのが嫌なのだろう。

「ああ、よかったわ、私、本気になっちゃった」

おきまりの言葉を口にしてから、

「また、声かけてね。今日はどうもありがとうございました。料金は来月中旬に引き落とされ……」

　ぶつっ、と通信が切れた。「またな」とか「さよなら」の一言もなし。射精したらあとはどうでもいいということか。たしかに一瞬は、心と心がつながったように思えたのに、あれは錯覚だったのだろうか……。

　ピンクは、どっと疲れを感じ、その場に大の字になった。

6

　どろどろしたヘドロ状の物体。腐った汚泥。糞便の海。そこに、腹部を針で刺されたゴキブリが何百匹と浮き沈みしている。ピンクもまた、そこを漂っていた。足のしたはどれほどの深さがあるのかわからないが、下の下の下の下……に何かがいる。そんな気配がする。それが何であるのかはわからないが、ピンクのことを虎視眈々と狙っていて、隙あらば深淵に引きずりこもうとしていることは明白である。怖い。だが、どうにもできない。

　半透明の巨大なクラゲが一匹、こちらに近寄ってくる。ゆらりと、ゼリー状の触手をさしのべてくる。あっちへ行け。だが、傘の直径が一メートルぐらいある。ぶよぶよしたクラゲは、ピンクにまとわりついて離れない。

「もう、あっちへ行ってよ」

　両手でクラゲの傘を押す。そのとき、ピンクにはやっとわかった。クラゲではない。大きなコンドームなのだ。なかに、何万人分ものザーメンを溜めこんだばかでかいコンドーム。たっぷんたっぷんと揺れるたびに、白濁した液も揺れる。そうなのだ、これはピンクがこれまでに射精させてきた男の精液が全部このなかに入っているのだ。ピンクは悲鳴をあげ、ヘドロを掻きわけて逃げようとした。がぶっ、と汚泥を飲む。甘いような苦いような味が口腔にひろがった。吐きだそうとして口をあけると、よけいにどんどん流れこんできた。げぼっ、がぼっ、げぼげぼがぼ……。ゴキブリやら白い蛆虫（うじむし）やらミミズみたいなものやらが、喉の奥に向かってなだれのように流れこんでくる。両手両脚の自由がきかなくなり、溺れたピンクは、そのままヘドロのなかへと埋没していった……。

「ひいいいいっ！」

自分の悲鳴で目が覚めた。

目が……覚めた……？

ピンクは、愕然として跳ね起きた。

私……今……眠ってた……？

〈自由人（フリーター）狩り〉に捕まって、むりやりクワルテットの一員にされ、一日二十四時間のうち六時間しか発現できない身になって以来、ピンクは眠ったことなどない。なにしろ、あとの十八時間は、眠っているに等しい状態なのだ。たかだか六時間しかない発現時間をどうして睡眠などのためにさけようか。

しかし。

今。

彼女は眠っていた。しかも、どんなものかは忘れたが、夢まで見ていたような気がする。

「ああ、もったいないっ」

ピンクは自分の頭を叩くと、時計を見た。午前十二時十五分。わあー、ぎゃあーっ。タッチ交替の時間まで……タケトリのジジイが発現する時間まで、あと一時間四十五分しかない。ダイヤモンド並に貴重な時間を、こともあろうに寝て過ごすなんて許されない。

とはいっても、その「貴重な時間」をどう過ごすべきなのか、ピンクにはわかっていなかった。この閉ざされた空間のなかでできることといえば、仕事以外にはほとんどない。とにかく「起きていること」が「生きていること」なのだ。

ふくれっ面をしながらピンクは、紙にペンで、タケトリのジジイへの引き継ぎ事項を書いた。竹取の翁（おきな）は、必要最低限のコンピューターの扱いはなんとか覚えたが、それ以上はぜったいに覚えようとしないので、やむなく紙に書くのだ。

桃屋ピンクより
竹取の爺さんへ
とくにないけど、ゴキブリがたくさん死んでたので、ダストシュートに捨てました。食べものの残りは、ちゃんと処分しましょう。

じゃあね。

いろいろ書かなかったのは、タケトリの爺さんがゴキブリ殺しの犯人である可能性も考慮してのことだ。クワルテットの残り三人……全員怪しいといえば怪しいのだから。

（ん……？　なに、この臭い）

臭う。ウンコの臭いだ。眠っているうちに漏らしてしまったのか。ピンクは自分の尻を指で撫でた。なにも付着しない。

（トイレが詰まったのかなあ……）

よくわからない。なんとなく自分の身体から下水の臭いがたちのぼっているような気がする。肌がじっとりしており、やや上気したように頬が火照っているのも気になる。なんだかシャワーを浴びたあとのようだ。ユニットバスの扉をあけると、たしかに床が濡れている。まさか、眠っているあいだにふらふらと、夢遊病のようにシャワーを浴び……。

（たわけないよね）

ピンクはリビングに戻った。二年ぶりに眠ったので、少し頭がすっきりしたような気がする。本当は、一時間でもいいから眠るべきなのだろうが、発現時間を削りたくない一心で、今までがんばってきたのだ。

（でも、今日は悪いことばっかじゃなかったな。あの人……）

ピンクは、マントのことを思い浮かべた。もう二度と会わないだろう、ただの「客」。いつもなら、うっとうしいタイプだが、なぜか身近に思えるのは、相手がこの〈集合住宅〉の住人だとわかったからだろう。これまでピンクは、この部屋の周囲に無数につながっている「個室」に、どんな人間が住んでいるのか知らなかった。だが、今日、はじめて「ほかの住人」との接触ができたのだ。少なくとも、ひとり（四人というべきか）ではなかったことがたしかめられた。

（でも、ほんとは、この〈集合住宅〉だけでも一万戸以上の部屋があるんだよね。そのなかのひとりなんだから、どっちにしても一生会えないことにちがいはないんだけどね……）

ピンクは、もう一度、マントからの依頼メールを見直した。後腐れがないように、ネット風俗には架空のアドレスでアクセスするのが常識だから、見直したって無意味だ。クレジットカードの番号さえまともだったらそれでいいのだが、同じ建物のなかから発信されたものだと思うと……あれ？

ピンクは、自分の目を疑った。依頼文の最後に添付されている数列は、カメラ付きの直コール番号ではないか。普通はこちらが客にコール番号を教えて、客にその番号にかけさせる。一度かぎりの風俗嬢に自分の直コールを教える馬鹿はいない。

（うっかり消し忘れたんだな。ばっかなやつ）

客の直コール番号がわかったからって何がどうなるものでもないが、ピンクはなんだかうきうきした。

（ちょっと……かけてみようかな……）

いたずら心がむくむくと頭をもたげた。

（発信者番号を消してコールすればいいか。マントさんは午後十一時までだから、今はもう、別のひとが発現してるはずだけど、向こうが出たらすぐに切ればいいんだもんね）

アクセスしてみると、いきなりつながった。

モニターがたちあがり、ぼんやりと何かが映った。すぐに切るつもりだったが、切れなかった。指がこわばって動かなかったのだ。

モニターの中央に、赤い色があった。

血、だ。

初老の男性がうつぶせに倒れている。

（マント……さん……？）

頭部の形がいびつだ。腐った瓜のように変形している。後頭部がぐしゃりと潰れていて、そこから血流がこんこんと湧きでているのだ。

何か黒いものがモニターを横ぎった。

ゴキブリだ。

マントさんの身体のうえを、数十匹のゴキブリや、ネズミたちが這いまわっていた。

（ゴキブリ……ネズミ……）

呆然とするピンクに追いうちをかけるようなできごとがあった。立ちあがろうとしたとき、足もとにあった何かにけつまずいた。それは、有田焼の丼だった。

（おかしいな……テーブルに置いたはずなのに……）

ピンクは気づいた。その丼には、さっきはなかったひびが入っており、側面には、十数本の頭髪とともに、べったりと血糊が付着していた。

もう一度、目を皿のようにしてモニターを見直す。

マントの背中の中央に、深々と刺さったナイフ。

その柄に、ＰＩＮＫの文字が刻まれていた。

7

文字どおりの人口爆発が地球を襲った。あらゆる空間という空間は住居に使用された。全人類が酸欠になりそうなほどの息苦しさ。ぎゅうぎゅう詰めの星。食糧の奪いあいが各地で起き、生活空間確保のための争いもたえなかった。ある小国では、蘇生者をひとりのこらず皆殺しにし、世界中の非難を浴びたが、どの国の元首も、明日は我が身と覚悟をしていた。だが、そうなるまえに、「国」という制度が消滅した。国境など、もはや何の意味もなくなっており、一種の無法状態が世界を覆った。

もちろん、人類は手をこまねいてその事態を静観していたわけではなかった。予想もしなかった急激な人口増加に対応できず、崩壊した「国」にかわって、〈人類圏〉という統一的な組織が出現した。〈人類圏〉は、強力なリーダーシップを発揮して、たちまち地球の盟主となった。

未曾有の人口爆発に対して〈人類圏〉が行ったのは、

・住居の確保
・食糧の確保
・宗教の統一
・宇宙進出

の四つを目的とした強引な改革だった。それを推進するために、「生活権税」と「肉体権税」という膨大な額の税金を課した。それは、〈普通者〉〈蘇生者〉の別なく、平等に課せられた。

ここで、クローズアップされたのが、「魂摘出装置（ソウルトレイン）」だった。最初の死者復活があった二一九二年の二年まえ、二一九〇年に天才科学者といわれるスリル・スルリルリ博士がその原理を発明した。そして、奇しくも二一九二年に、実用化されたのだ。

人類にとってはまさしく「危機一髪」だった。この発明がなければ、地球は人間で埋まり、人類は滅んでいただろう。

スリル博士は奇矯な人柄だったらしく、その後、失踪してしまったが、彼の業績は永遠に不滅である。

この「魂摘出装置」の原理は次のようなものである。


肉体から、魂を摘出することは可能である。

だが、魂と肉体は不可分のものであり、肉体が滅びると魂も滅ぶ。

スリル博士は、魂を肉体から切りはなした場合に、一瞬だけ、魂を保全する方法を発見した。

その方法を使えば、肉体から摘出した魂を、ほかの肉体に移植することができる。


それでも、地球の表面積に比して、まだまだ人間の数は多すぎた。

◇

住居の確保は〈集合住宅(ありづか)〉のめったやたらな建設で、食料の確保はほとんどの食材を人工のものに切り替えることで、宗教の統一はキリスト教を全人類の統一宗教とすることで実現した。あとは宇宙進出だ。〈人類圏〉は太陽系内惑星をテラフォーミングし、人間が居住可能な環境に整えて移民を送りこもうとした。しかし、現在までにテラフォーミングされた惑星は、火星しかなかった。水星は太陽に近すぎるし、金星は硫酸の雨が降りそそぐ地獄のような星だし、木星、土星、天王星、海王星などはガス状の惑星であり、テラフォーミングには適していなかった。月、火星の衛星であるフォボス、ダイモス、木星の衛星イオ、エウロパ、ガニメデ、カリストなどは、それなりに居住が可能となっていた。最初のころは、「居住可能」といっても、重力もちがうし、大気も日照も土壌も異なる劣悪な条件に、大勢が一年もたずに死んでいったが、それでも、「自分の身体に他人を入れたくない」という人間は多く、彼らはしかたなしに移民を選択した。

しかし、それだけでは居住空間はまだまだ不足だった。

そこで、人類は、外宇宙へ目を向けた。

それが全人類をまきこんだ悲劇のはじまりだった。

◇

（私が殺した……のかな？）

ピンクは自分の手をじっと見つめた。自分の手、といっても、本当は額田王の手なのだが。

血痕は付着していない……ように見える。だが、この手がつい今しがた、人をひとり殺したのだ。

自分はやっていない。でも、この手が人ひとりの命を奪ったのだ。

あのナイフが明らかな証拠だ。

ピンクは、〈自由人（フリーター）〉だったころも、数々の悪事に手を染めはしたが、人殺しだけはしたことがなかった。ピンクはしばらくのあいだ、ティッシュで目に見えない血痕を拭きとりつづけた。


まもなく、ピンクが肉体の使用権を、竹取の翁にあけわたさねばならない時間が近づいていた。

ピンクはあわててさっきの紙に、今、自分が見聞きしたことを書こうとしたがやめた。説明しても無意味だ。事態が、あのジジイの手にあまることはまちがいない。

家主である額田王にだけでも、事情を書いて残すべきだろうか。ピンクは一瞬、悩んだが、結論として誰にも何も知らせないことにした。

それより自分は今、何をなすべきだろうか。それを考えるほうが重要だ。

1．このままほうっておく。何も見なかったことにする。でも、それですまされるとは思えない。これは殺人なのだ。捜査がはじまったら、すぐにここへも追及の手が伸びるだろう。なんといっても、あのナイフの柄の名前がまずい。

2．こちらから警察に連絡する。人が死んでますよー、という。でも、なぜそれがわかったのだと言われたとき、どうする？　しかも、自分が犯人かもしれないのに、わざわざ報せる必要があるか。

結局、ピンクは第三の選択肢を選ぶことにした。つまり、

3．この事態を利用する。

これは、二年間の密室暮らしで得たはじめてのチャンスだ。平々凡々とした日常にひろがった、はじめての波紋だ。この機会を利用しなければ、一生涯、ここから出られないだろう。

もっとも、どう利用するのかはまだわからないのだが……。

この血のついた丼は、ピンクが眠っているあいだに、ほかの三人の誰かが発現して、犯行を行ったことを示している。本来、「睡眠」と「埋没」はちがう。「睡眠」中もそのひとの発現中にはちがいないのだから、「睡眠」時に、ほかの人格が発現することはありえないはずなのだ。しかし、それが起こったとしか思えない。

ピンクが夢遊病になって、夢うつつのうちにほかの部屋に入りこみ、殺人を犯した、ということもないだろう。なにしろ、ピンクは、この部屋から出るすべを知らないのだから。

（でも……風呂場の床の水のことは……）

疑えばきりがないが、可能性はある。

ほかの三人のうちの誰か……そいつは、今までにも「マントさん」の部屋へ出入りしていたのかもしれない。この部屋で死んでいたネズミやゴキブリが、「マントさん」の部屋からつれてきたものと断定はできないが、その可能性は高いだろう。でないと、死骸に刺さった自分のナイフと、手もとにある血の付いた丼の説明がつかない。

その「誰か」は、どうやってこの部屋から……ドアも窓もない部屋から出て、廊下もないのによその部屋に入りこむことができたのか。

「埋没」まであと一時間二十五分。その間に、この謎を解かねばならない……。

（まてよ……）

8

ピンクは思った。

（もし、この〈集合住宅〉のなかで誰かが死んだら、その死体はどうやって処理してるんだろう。そんなことこれまで思ってもみなかったよ。腐るに任せておくってはずないよね。どっかから運びだすんだ。それに、だいいち、私は最初、この部屋にどこから入ったの？　そう考えたら、絶対に脱出ルートはあるはずなんだ……）

あと一時間二十分。ここで「埋没」してしまったら、ふたたび「発現」するのは十八時間のちだ。そのあいだに、事態がどう変化しているかわからない。気がついたときには牢屋のなかということもありうる。いや、もっとひどい状態も考えられるのだ……。

（まず、ここだね）

ピンクは、冷蔵庫の裏側につながっている配管をチェックした。数本あるパイプの先は壁のなかに消えているが、とうてい人間が通れる太さではない。しかし、壁を崩せば、そこには各部屋へ伸びている無数のパイプが通るスペースがあるはずだ。そこを通ればなんとか……。

いや……いやいや、ダメだ。おそらくその空間は細いパイプがぎっしり詰まっていて、とても人間が行き来できるとは思えない。それに、壁を壊す道具も手もとにはない。

入居者はどこから入ってくるのか、死体はどこから運びだすのか……もっと簡単なルートがどこかにあるはずなのだ。

（空調のダクト……も、ヌカタのババアの身体は通らないだろうな。私の身体だったら、楽勝だったのに……）

スレンダーだった自分の肉体のことを思いうかべる。だが、それはもう分解されて塵にかえってしまったのだ。忘れなくては……。

（ああ……私の身体……私の……私の身体……）

忘れなくては。

（私の……ワタシノカラダ……！！！！）

ピンクは、自分自身を抱きしめて身震いした。だが、抱きしめた肉体が他人のものだと気づいて、両腕を離した。もう、自分の身体はこの世に存在しない、という恐怖。ピンクはパニックになった。たまに、コレが来るのだ。汚らわしいババアのなかに入っている自分。こんなの本当の私じゃない。じゃあ本当の私はどこにいるの……。

(私は……いったい誰なの。ココニイルコノワタシハイッタイダレナノ!)

自分の身体を離れてもう二年。いまだに慣れない。一生慣れないと思う。ピンクは、ユニットバスに入り、便器に向かって嘔吐した。げええええええ。少量のうどんが便壺に、どぷん、どぷんと落ちていく。続いて、餃子だ。額田王が食べた未消化のニンニクや、人工ミンチ、人工キャベツの切れっ端、大量の脂分……などが便器の黄ばんだ表面を原色に染めあげていく。

ひとしきりげえげえやったあと、ピンクは便器を抱きかかえるようにしてしゃがみこんだ。顔に、ミンチやニンニクがいっぱい付着しているが、どうでもよかった。涙が出てきた。

(もう……死にたいよ……ていうか、私、今、死んでない?)

その瞬間、ピンクは気づいた。

(さっきの臭い……)

自分の身体からたちのぼっていたウンコの臭い。あれはつまり……。

(下水……)

彼女は便器が床と接する部分を見つめた。大小便や汚物は、ここを通って、部屋から外へと運ばれているはずだ。ということは、便器を外せば……。

いや……それでは人間ひとりを通過させることはできない。ピンクは立ちあがって、ユニットバス内をじっくりと見渡した。風呂の水も下水に流れこむ。つまり……。

ピンクはユニットバスルームの床と壁の接点を調べた。パテで埋めてある。台所から金属製のフォークを持ってきて、それを全部剥がしてしまう。顔を床に押しつける。床と壁のあいだの線は、微妙にずれている。だれかが剥がした痕だ。まちがいない……。

（ついに……見つけたよ……！）

ピンクは悪魔ベリエルのようににやりとした。

9

パテを全部剝がしてみると、ユニットバスの床は、十二カ所を太いボルトでとめられていた。ピンクは、四人の共有物である工具箱を持ってきて、そのなかからスパナを手にした。だが、ボルトにぴったり合うスパナはなかった。つぎに、モンキーレンチをとりあげる。ボルトの幅にレンチを広げて、回そうとしたが、つるっと滑ってしまってうまくいかない。

（おかしいな……）

工具箱をひっくり返す。大量の錆びた釘やらビスやらナットやらが、ユニットバスの床に転がりでた。大小のハンマー、釘抜き、ヤスリ……あった。ピンクは、眼鏡レンチをつかんだ。ボルトにあてはめてみる。ぴったりだ。握る部分が手の脂で汚れているし、先端にも細かい傷がいっぱいついている。最近、何度も使用されているようだ。

十二個のボルトを全部あけるにはかなりの時間がかかった。だが、汗を拭いているひまはない。ユニットバスの床を開けるには……取っ手になるようなものはない。ピンクは、便器を両腕で抱えるようにして、左右に揺すった。最初は微動だにしなかったが、しばらく揺さぶっていると、床全体が小刻みに振動しはじめた。思いきって、上向きにひっぱる。だめだ。動かない。どこか、まだ外していないボルトがあるのか。いや……全部外したはずだ。

「ふんぬーううううっ」

ボルトがあった部分を足場にすると、渾身の力をこめて、便器を持ちあげる。それにともなって、床がたわんで、少しだけ持ちあがった。

「ぬぬぬぬぬうぅっ」

床はそれ以上はあがってこない。一センチあるかないかの隙間が、ごく一部にできただけだ。

「うぬぬぬ……ぬぬうっ」

バキッという音がして、便器のふたがちぎれるように割れた。ピンクは反動で後退し、頭を洗面台にしたたかぶつけた。ピンクはため息をついた。

（やっぱり、私の考えはまちがってたの……？　こんなもん、とーてい外せないし。力が足りないのかな……）

そんなはずはない。もし、あとの三人の誰かがやったのだとしたら、肉体は同じ……この中年ババアの身体を使用しているはずなのだから。もちろん、〈寄宿者〉が、プロレスラーである場合とひ弱な女性である場合では、肉体は同じでも、筋肉の使いかたや力のためかたなどはまるでちがうわけだが、この身体の共同所有者は、死にかけのジジイ、六十近い中年女、虚弱そうなコンピューター技師の三人だ。

（私がいちばんましじゃん……）

力が足りないということはありえない。何かコツがあるのか、それとも、最初っから推論がまちがっていたのか……。

とりあえず、もう一度チャレンジする。

「ふーんぬぬぬぬぬっ！」

便座がめきめき音をたててもげた。だが、ピンクはもう後戻りするつもりはない。身体中の力を両腕にあつめ、身体を弓なりに反らせて、床をもちあげる。便器に近いあたりに二センチほど隙間ができたが……それだけだ。

そのとき、ふんばっていた足がずるっと滑った。便座を抱えたまま、ピンクの身体は真横に移動した。ユニットバスの床のちょうど真ん中付近が縦に割れ、便器も風呂もくっついたまま、床全体がふたつに折りたたまれた。今まで床のあったところには、深く、暗い空洞ができていた。下水の入り口である。縦横とも一メートルほどで、深さは五十センチぐらい。狭いが、人間ひとりが入るには十分だ。

（来たーっ。来た来た来たーっ）

この〈集合住宅（ありづか）〉に住むようになって二年、ピンクははじめて興奮して我を忘れた。目の前の空洞こそ、彼女をふたたび「自由」へと誘う入り口なのだ。

ひどい臭気である。大小便の臭いが主だが、それだけではない。甘酸っぱいような、苦いような臭いが雲のようにたちのぼっているのが、目に見えるようだ。

空洞は、この部屋の床と下の部屋の天井とのあいだに挿入された下水なのだろう。各部屋から汚物や生活排水を集め、どこかに運んでいくパイプラインの役目をしているにちがいない。ということは……。

時計を見る。午前一時十分。「埋没」するまで、あと五十分しかない。間に合うか……？　一度、全てをもとに戻し、何食わぬ顔でつぎの「発現」を待ち、時間の余裕をもって脱出計画を実行にうつすほうがよいのではないか……。

しかし、つぎのピンクの「発現」までに、警察が殺人犯としてピンク＝額田王を拘束しないともかぎらない。いや……その可能性はきわめて高い。つぎの順番は、タケトリの爺さんで、警察に抵抗したり、状況を理解して、みずから逃亡を企てる、などといった気の利いたことはできそうにない。どうする……。

「よし……決めた」

ピンクは、パン！　と両頬を叩いて気合いを入れた。やれるところまでやって、あとは野となれ山となれ。それが、今回のピンクの「方針」である。残りの三人を道連れにすることになるが、それは……運命だと思ってあきらめてもらうしかない。

（私も、運命に従うんだから、あいつらも……）

部屋に戻ると、隅から隅までぐるっと見まわす。何か、持っていくものはないかと探したが、とくにない。ここでの二年間が、「愛着」とか「思い出」とかいう言葉とは無縁の暮らしだったことがよくわかった。それに、あの狭い下水を通って脱出するには、何も持たないほうがよさそうだ。手ぶらで行くことに決めた。閉所恐怖症？　そんなもん屁でもない。たしかに閉鎖されたところを長時間通過することになる。怖くないといえば嘘になる。下手をすると窒息死する可能性もある。でも、ピンクの同居人たちのうちのだれかはそれを日常的に行っていたのだ。

（私にできないはずはない！）

ピンクが最後に決断したのは、死ぬまえに「外」をもう一度見たい、外界に立ってみたい……そういう思いからだった。ピンクは、バスルームに戻ると、首だけ部屋のほうを振りむき、

「さよなら……腐りきった私の部屋（マイ・ルーム）」

そう口に出すと、

（一、二の……三！）

思いきって、空洞に身を伏せた。

ぬるっ。

手のひらや顔に、ゼリー状の物質が付着する。水垢が凝りかたまったような、ぶよぶよした、茶色い寒天状のものだ。なかに、髪の毛や昆虫、回虫みたいな生き物の死骸……などが入っているのが、透けて見える。ものすごく臭い。目や鼻の奥がちくちくし、全身の肌がぞわぞわするほどの刺激臭。自然に涙が出てきた。吐き気をこらえているうちに、呼吸困難になり、あわてて大きく息を吸う。両手で寒天状のものを掻きわけるようにして、床の下に潜りこむ。昔、読んだ『不思議の国のアリス』とかいう小説を思いだす。冒頭部でアリスという少女がウサギを追って穴に入り、不思議の国へと至るのだ。穴や空洞は、ひとを別世界へと連れていってくれる。この下水道もきっと……。狭い空間を、四つん這いになって前進する。真っ暗で何も見えない。藻のような、ぬめぬめしたシダのようなものがあちこちに繁茂しているのが手触りでわかる。指先に力をこめ、少しずつ少しずつ前に進む。もう自室の下を抜けて、となりの部屋の下あたりに到達しているはずだ。この方向に進んでいって、はたして脱出できるのかどうか。行く手の上部に、白い光がぼんやりと見えてきた。発光クラゲのようなその輝きは、天使がカンテラを下げて手招きしているように思えた。突然、その光が消えた。じょ、じょ、じょ、じょ……という音とともに、水が落ちてきた。つーん、としたアンモニア臭。小便だ。つづいて、何かが降ってきた。ピンクの顔や髪の毛にへばりつく、べちゃっ、とした粘着質の塊……。鼻がもげそうな臭気。下痢便だ。うわあっ、と叫び声をあげたくなるのをこらえにこらえ、息をとめ、ピンクは大小便の雨のなかを通過する。背中や尻に、ぼたぼた落ちかかっているのがわかるが、早く通りすぎることに全身全霊を集中する。さっきの光は、便器の排水口から漏れていたものだったようだ。しばらくは、何ごともなかった。どこからか声が聞こえてくる。誰かが怒鳴っているような声。泣いているような声。ヒステリックに笑っているような声。何を言っているのかまでは聴きとれないが、ピンクが知らなかった隣人たちが、今、彼女の上下左右で、「生きて」いる……その反応がひしひしと伝わってくる。やっぱりひとりぼっちじゃなかったんだなあ……ピンクはそう思って、すこし感激した。声のあいだに、ざ、ざ、ざ、ざ、ざ……という水音のようなものが聞こえる。最初は遠かったが、だんだん近づいてくるようだ。ざ、ざ、ざ、ざ……ざざ、ざざざ、ざ、ざ。ピンクは身構えた。ざ、ざ、ざざざざざざざざざざっ。いきなり、大量の水が前方からぶつかってきた。あまりに唐突で、息をためておく間もなかった。生臭い、酸っぱい水をたっぷりと飲んでしまった。顔が水中に没した。ごぼがぼごぼ。息ができない。何かが顔に衝突する。生理用品か。払いのける。また、ぶつかる。髪の毛が絡みあったもの。払いのける。プラスチック片。トイレットペーパー。麺類の残骸か何か。全部払いのける。肺が両脇から締めあげられているみたいに苦しくなってきた。口をあける。水がどんどん口腔内に流れこんでくる。汚物やゴミが口にあふれ、喉にあふれ、食道に、胃にあふれる。ピンクが死を覚悟したとき、津波のような水流はにわかに終了した。ピンクは吐いた。四つん這いの、無理な姿勢のまま、今飲みこんだものをすべて吐ききろうとした。ひとしきりゲロゲロやったあと、ようやく落ちついたので、口の端についたよだれを手の甲で拭こうとして、唇の端から紐みたいなものが垂れさがっていることに気づく。なんだこれ。指でつまんで、捨てようとしたら、それは、びくっ、と動いた。ひいっ……。ピンクはパニックになり、それを口のなかからひっぱりだす。半分ぐらいは飲みこんでしまっていたらしく、食道をずるずると何かが上がってくる感触。下水に棲みついていたミミズかなにかだろう。疲労の極。しかし、進まねばならない。「埋没」まで、あと何分ぐらいあるのだろう。後悔したが手遅れ。こんなとこ、ゴキブリかネズミでないと通れないよ。けど……おかしいな。私の推理では、あとの三人のうちの誰かが、この下水道を通って、よその部屋に侵入しているはずだったんだけど……。でないと、どうやってマントさんを殺せる？　偶然の一致……？　ありえない。だって、あのナイフ……。でも、もしほかのひとの部屋のバスルームの下まで行けたとしても、そこからどういう手段で侵入するの？　やっぱし、このルートじゃなかったのかな。それとも、そいつは何度も何度もここを往復していて、もっとうまい、早い、楽なやりかたを心得ているのか……。わからないわからない。今、ここで考えてもしかたがない。ああ、やめときゃよかったんだよなあ。こんなとこで、汚物まみれで死ぬのはまっぴらだ。神さま、私がまちがっていました。〈人類圏〉政府が与えてくれた、居心地のいい部屋での安楽な暮らしを捨てて、出ていこうとするなんて、私は大アホでした。すっごく悔やんでいます。あの部屋での暮らしに戻れたら、あなたの教えにしたがって、清く正しく美しい生活を送りますから、このバカでマヌケでノロマなカメをどうかこの苦境からお救いください。二度と脱出しようなんていたしません。お願いですお願いですお願いですお願い……。突然、身体が沈んだ。あるはずの床がなくなったのだ。ピンクの身体は、ボールのように何度もバウンドしながら、深く深く墜落していった……。

10

アリスは、自分の目をうたがった。チョッキを着た白いウサギが、ポケットから出した懐中時計を見ながら、

「遅れちゃう、遅れちゃう」

そう叫んで走っている。

「待って、ウサギさん、ききたいことがあるの。待ってったら」

アリスはウサギのあとを追って走りだした。ウサギは兎穴に飛びこみ、続いてアリスも……え？　アリス……？　私、アリスだっけ……。

後頭部に、ずうん、とくる衝撃に、ピンクは目をあけた。まさか、急に「埋没」して、あれからもう十八時間もたってしまったのではないか、と浦島太郎のようなことを思ったが、どうやら落下のショックで一瞬、気を失っていただけらしい。つづいて、ぼちゃっ、と全身が泥土のような半流動体に浸かった。一旦、頭のてっぺんま

で沈む。あわてふためいて、泥状のものを掻き、上昇する。ずぼ、と頭が出た。そこは、伽藍の内側のような空間で、広さは縦横三十メートル以上、高さは十メートルぐらいある。電球がひとつ、天井から吊りさげられていて、鈍い光をはなっている。

「な、何よ、ここ！」

ピンクはぬかるみを足で蹴って立ち泳ぎをしながら、叫んだ。だが、その答はあきらかだった。ヘドロのような、汚らしい物体で満ちたプール。さっきとは比べものにならないほどの悪臭。ぼこ、ぼこ、と湧きあがってくるメタンガスの固い泡。ぷかぷか浮いた野菜の切れっ端や半ば溶けかけた人工肉、コンドーム、ボロきれ……それらを島に見立てて、うえを這いまわっている無数のゴキブリや蛆……。そうだ、ここはこの〈集合住宅〉の汚物槽なのだ。ピンクがいま浸かっているのは、ここに棲む人々の排出した生活排水に、鼻汁、唾液、痰、胃液、嘔吐物、大小便、精液、経血などのまじったもの……いわば、何万人というこの棟の住人の「生きている証」なのだ。

（この景色……どこかで見たことある……）

そうだ。それはピンクが二年ぶりに見た夢の光景に酷似していたのだ。

茶色い、ぬめっとしたものが汚泥のなかから跳ねた。大きさは三十センチぐらい。あ、また跳ねた。どうやら一匹ではないらしい。あまりに動きが素早くて、どんなやつなのかわからない。気がつくと、三、四十匹のそれがピンクの周囲を囲むようにして跳ねまわっている。三角形で、触手状の長い脚が生え、一見イカのようだが、身体の先端に、牙の生えた口吻がある。よく見ると、ピンクが下半身を浸している汚泥のなかには、さらに何百匹ものこの生物が泳ぎまわっているようだ。

一匹が飛びかかってきた。手で払うと、指先にピッと痛みが走った。食い破られて、血が滲んでいる。肉食だ。ピンクは震えあがった。

二匹が同時に襲ってきた。そのうちの一匹が、ピンクの右頬に食いついた。ピンクは、ひぎゃあと叫び、イカもどきの胴体をつかんで引き剥がした。頬の皮膚が破れた。

きいたことがある。汚物槽の清掃に使う消毒用の薬品による河川の汚染が社会問題になっていたが、どこかの研究所が、汚物を主食とする生物の開発に成功し、「地球に優しい」汚物処理が高級マンションなどで実験的に行われたことがあった、と……。〈汚物食い〉と名づけられたその生物は、汚物だけでなく、ゴキブリや蠅など、汚物にたかる昆虫類も捕食するので、最初は重宝がられたが、誤って汚物槽に落ちたこどもが無数の〈汚物食い〉に瞬時にして骨だけにされた事件をきっかけに、使用・飼育が禁止された。しかし、そのうちにどういう経路をたどってか、世界中の河川に広がっていき、生態系を乱すようになったので、〈人類圏〉自然管理局の手で根絶させられた、という話だったが、こんなところで生きのびていたのだ……。

〈汚物食い〉の開発は、「カルガモ農法」にヒントを得たらしいが、

(このイカもどきがカルガモのかわり……?　かわいくなさすぎ)

ピンクの心のなかを見抜いたように、一匹のイカもどきが大きく跳躍した。それが合図だったように、何百という〈汚物食い〉たちが一斉にピンクに群がった。

(死ぬ……)

何百匹ものイカ状生物がピンクの身体に鈴なりになっている。まるで、珍しい種類の花が咲いたようだ。一匹が口のなかに潜りこんできた。両手が動かせないので、ピンクは、そいつの胴体のど真ん中を、がぶっ、と嚙みきった。温かい、苦い液体が口のなかにほとばしった。まず、胴体を吐きだし、つづいてひくひく蠢(うごめ)いている触手も吐きだす。だが、入れかわりに、二匹が口のなかに入りこもうとする。脚にもおびただしくたかられているので、立ち泳ぎができなくなってきた。ピンクは、ぶくぶくぶくぶくと糞便の海に沈んでいった。

汚泥は上層部だけで、下のほうの水はある程度澄んでいた。イカもどきたちがせっせと汚物を食べている効果であろうか。ピンクは、両手両脚を振りまわしてもがいたが、身体はどんどん降下していく。底が近づくにつれ、身体に群がっていたイカもどきたちが離れて、上昇する。まるで、底にいる何かを恐れているように。下方に沈め

ば沈むほど、泳いでいるイカもどきの数は減り、黒い、ナマズのような魚が、壁面にはりついてじっとしているのが目立つようになってきた。ときおり、壁からはなれて、ゆらり、ゆらり、と泳ぎ出す。

もうすぐ底に着く、というとき、ピンクは、信じがたいものを発見した。

それは……クジラだった。二十メートルはあろうかという、巨大なシロナガスクジラ。全身の皮膚が溶けて、ボロ雑巾のように剝がれ、輪郭がわかりにくくなっているが、それはまぎれもなく地球最大の動物だった。汚物槽の底にのっしりと巨体を伸ばし、どんよりとした眼でピンクを見つめ、にやにや笑っている。いや……笑っているように見えたのだ。あまりの驚きに、ピンクは肺にためていた息を全部吐いてしまい、腕をスクリューのように回して、なんとか水面に顔を出した。離れていたイカもどきたちがまたたかってきたが、それどころではない。

(な、な、何なんだ、今の……)

目の錯覚？　頭がおかしくなっている？　その可能性はある。でも……。

すぐそばにあった糞便の塊がざわっと揺れた。直後、汚物を滝のように振りまきながら、ピンクの横に巨塔が屹立(きつりつ)した。その偉容に、ピンクはおののいた。

浮上したシロナガスクジラは、皺のよったぶよぶよの肌をピンクにすり寄せるようにして、近づいてきた。それにともなって大波がたち、ピンクは両手で水を搔いた。

「うはははは。ここにひとが来るのは久しぶりじゃウンコ」

ピンクは耳を疑った。その声は、クジラの口から聞こえてきたのだ。野太い、汽笛のような大声だ。

「あんた……誰？」

「儂ゃあ、この〈集合住宅(ありづか)〉の管理人、シロナガスクジラのババ婆じゃウンコ」

「管理人……？」

そんなものがいるなんて話、これまで聞いたことがない。

「嘘ではないぞウンコ。〈人類圏〉住宅局から委嘱を受けた、正式な管理人じゃウンコ。ま、管理人というても、ほとんどのことは乙女の小便で、機械がやってくれるからのう、儂の仕事はもっぱら、この汚物槽が詰まらんように見張ることじゃウンコ」

「お、乙女の小便……？」

「わからんかウンコ。乙女のション……オトメエションじゃウンコ。うはははははは」

クジラは豪快に笑ったので、ピンクも愛想笑いを浮かべた。

「この〈聖糞尿大聖堂〉を……これは儂が名づけたこの汚物槽の名前じゃが、毎日毎日掃除しておるうちに、居心地がよくなって、居着いてしもうたのじゃウンコ。どんなところも、住めば都というが、ここは本当に住みやすいぞよウンコ。底に沈んで座禅をしたり、泳ぎまわったり、汚泥のうえで昼寝をしたり……極楽じゃ、あー、極楽じゃウンコ。こうして……」

ババ婆と名のった老クジラは、すぐ近くでジャンプした一匹の〈汚物食い〉を空中でキャッチし、頭からむしゃむしゃと食った。

「食いものにも事欠かんでなあウンコ。うはははは。こいつら、儂がしょっちゅうこんな風に食っちまうもんだから、儂を見ると逃げだしよるウンコ。これでなかなか知能程度は高いらしいウンコ」

「それ……おいしいんですか。さっき口のなかに入ったから噛みきったら……なんか苦かったです」

「この苦みがええんじゃがなあウンコ。儂は、これを食うてるおかげで、このとおり元気元気じゃウンコ」

「でも……〈汚物食い〉って、汚物を食べてるわけでしょう？　それを生で食べるっていうことは……」

「そうじゃそうじゃウンコ。人間の出したウンコを〈汚物食い〉が食らい、その〈汚物食い〉をクジラが食らう。まさに食物連鎖じゃウンコ」

ちがうと思うけど……。

「どうして人間の言葉をしゃべれるんですか」

「儂は、クジラであってクジラでないんじゃウンコ」

「え？」

「いよおーっ、便（べん）、便（べん）」

クジラは突然、声をひと調子はりあげると、

「クジラのようでクジラでない（便便）、人間のようで

人間でない（便便）、それはなにかとたずねたら、ああ、鯨人、鯨人、鯨人、鯨人……」

　クジラは妙な節をつけて、そう歌った。

「鯨人……？」

「『復活の日』以降、蘇った人間たちの居住空間を確保するため、海という海が埋めたてられ、クジラやイルカもその棲処を失ったウンコ。儂はもともと、二十世紀末に七十歳で死んだ馬場ふみ子という女道楽の芸人なのじゃが、二一九四年に〈蘇生〉したときに、『肉体権税』が払えんでなウンコ……そのときに、〈蘇生人担当省〉から、他人の肉体に入るよう言われたが、どうしてもそれは嫌じゃったウンコ」

　ピンクにはその気持ちが痛いほどわかった。

「儂は自由が欲しかったウンコ。そのことを強硬に言いたてると、〈蘇生人担当省〉は、滅びゆくシロナガスクジラを保護するため、クジラの肉体に儂の脳を移植し、〈集合住宅〉の管理人になるなら、他人の肉体に間借りせんでもいいと言いよったウンコ。人の脳をもっておれば、クジラは汚物槽にも棲めるのじゃウンコ。迷いに迷ったが、たといクジラの身体でも、儂ひとりが独占できるなら……と思い、クジラになることにしたウンコ。自由と引きかえに、儂は鯨人になったのじゃウンコ」

　クジラにとっては狭かろうこの汚物槽での暮らしがはたして「自由」と言えるのかどうか……とピンクは思ったが、ある意味、うらやましくはあった。

「それに、地球ではいちばん大きな身体の主になるというのはなかなか気分のいいもんじゃウンコ。巨人馬場と呼んどくれウンコ」

　クジラは、ひっ、ひっ、ひっとひきつったような笑い声をあげた。

「ところで、おまえさんは何ものじゃウンコ。〈集合住宅〉の住人は、部屋から出られぬはずじゃが……」

「…………」

　ピンクには答えようがなかったが、ババ婆はにやりと笑い（という風にピンクには見えたのだ）、

「さっき、どこだったかの部屋で人死にがあったウンコ。儂も役目ゆえ、警察に通報したら、バカなガキみたいな警官を寄こしよったウンコ。おまえさん、殺人犯かのう

ウンコ」

「いえ……その……」

「下水を通って、よその部屋に侵入したかウンコ。儂もまえまえから、〈集合住宅〉のウィークポイントは下水じゃと思うて、改善するよういつぞや住宅局に申しいれておいたが、金がかかりすぎるという回答じゃったウンコ。それ以来、ずっとほったらかしじゃが、儂はいつかはこういうことがあると思うとったウンコ」

「………」

「本音を言うと、儂は、警察は大嫌いじゃウンコ」

クジラは吐き捨てるように言った。

「人間は、自由に生きるようにできておる。儂が、なりとうもない鯨人になり、やりとうもない管理人の仕事を引きうけ、こんな糞尿まみれの場所に暮らしておるのも、他人に縛られるのがいやだからじゃウンコ。今の世の中、『生活権税』の払えぬものは部屋から出る自由もないウンコ。『肉体権税』の払えぬものは、自分の身体さえ所有できぬウンコ。この〈聖糞尿大聖堂〉は儂の王国じゃウンコ。儂はここの女王さまじゃウンコ。大小便とゲロと〈汚物食い〉を家来に、機嫌よく暮らしておるウンコ……」

ババ婆は、ピンクを見つめ、

「自由が欲しいかウンコ」

「はい」

ピンクは即答した。

「警察の連中はまもなく戻ってくるじゃろうウンコ。ここにおったら、見つかるぞいウンコ」

「………」

「儂に任せるかウンコ」

ピンクは二秒ほど逡巡したあと、うなずいた。

「よろしくお願いします」

「ふふふふふ……ふふ……おもしろくなってきたウンコ」

老鯨は腹を揺すって笑った。

11

伽藍のような天井の一部が開き、そこから顔がにゅっと出た。棘の植わった鉄兜のようなものをかぶった若い男だ。

「うう……臭い。よくこんなところに住んでるよなあ」

男は鼻をつまみながら、

「おーい、ババア」

ババ婆は、水面に浮島のように浮いて、目を閉じている。その背中には、汚物や糞便の塊が鎧のように付着している。

「ババア……ババア、聞こえねーのか！」

「なんじゃ、またおまえかウンコ。うるさいウンコ。禅定の邪魔じゃウンコ」

「警察にさからうと豚箱行きだぞ」

「ふふん……豚箱のほうが糞溜めよりずっときれいじゃろうウンコ」

「いちいち逆らうんじゃねー。八二七六三号室に住んでたのは何てーやつだ」

「うちの住人は一万人もいるウンコ。いちいち覚えておれぬわいウンコ」

「調べりゃいいだろ。それが管理人の仕事だろーが」

「これだけ人間が多いと、毎日のようにどこかの部屋でひとは死ぬるウンコ。いちいちとりあってられぬわいウンコ」

「そりゃ病死の場合だろ。こいつは殺人なんだ。それに、被害者はトリオだった。トリオの全員がいっぺんにくたばっちまったわけだ。大問題じゃねーかよ」

「そうかのうウンコ」

「誰か、ここに逃げてきやがらなかったか」

「こんな臭い、不潔な、最低の場所に誰も来るわけあるまいウンコ」

「そりゃそうだ。だが、〈集合住宅〉の部屋から出るには、ロックを外して、十部屋単位でその一角を抜きだす以外には、下水を通るしかねーだろ。つまり、そいつはここを通ったわけだ」

「かもなウンコ」

「おい……水のなかに、誰か隠れてるんじゃねーだろーな」

「そこから見てわからんかウンコ」

「茶色く濁ってて、わからねーんだよ」

「そう思うなら、ここへ来て、探せばよかろうウンコ」

「できるわけねーだろ、そんなきちゃないところ。とにかく、誰か来たら俺に教えろ、いいな。嘘こきやがったらただじゃおかねーぞ。それと……ほかの警官には言うなよ。俺の点数にならねーから」

「ふふん……ウンコ」

「じゃあ、俺はほかを探してくるからな。頼むぜ」

若い警官は、ハッチを閉じた。シロナガスクジラは馬鹿にしたように笑うと、

「もう行ったぞよウンコ」

どこからも反応がない。

「早く出てこんと、またぞろ来よるわいウンコ」

誰も返事をしない。

「こりゃあ……死によったかのうウンコ……」

クジラは、自分の背中にこびりついた糞便の塊を、尻尾の先で強く打った。その塊の一部が剝がれ、ピンクの顔面が現れた。ババ婆は、その頬を尾でぴしゃぴしゃ叩いた。ピンクは目をあけた。

「生きとったウンコ」

「死んだほうがましよ！　ウンコのなかにツタンカーメンみたいに入れられて……どれだけ臭かったか……息もできないし……うげえっ！」

「それでも、警察に捕まるよりましじゃろうウンコ」

婆はこともなげに言った。ピンクは糞便の塊のなかから脱出した。

「ああ……臭かった……」

「もう慣れたのではないかのうウンコ」

そう言われて、ピンクは少し考えた。

「うーん、たしかにそうかも。最初ほど嫌じゃなくなってるみたい」

「さ、あとはおまえさんのコーウンを祈るだけぞいウンコ」

「でも……どうやってここから……」

「これじゃウンコ」

老いたシロナガスクジラは、大きく口をあけて、ピンクを飲みこんだ。

「な、何するのっ」

口が閉ざされ、何も見えなくなった。大量の水やイカもどきとともにピンクの身体はそのままクジラの喉奥へと流されていった。しばらく流されたあげく、行きどまりになった。まわりを泥だか何だかわからないものに囲まれている。

（ここって……クジラのおなかのなか……？）

まさか、このまま消化されてしまうのでは……そんなことを思っていると、

「そこは、儂の肺のなかじゃ」

という声が聞こえたかと思うとうぞぞぞぞぞ……という低い音とともに、周囲が微妙に震えだした。汚物がしだいに渦を描きはじめ、その渦がどんどん速度を増していく。ピンクもその渦に巻きこまれ、あっぷあっぷしながら回転した。

「お達者で〜ウンコ」

遠くでクジラの声が聞こえた。ピンクの身体はあっというまに糞便の海へと引きずりこまれ、無数のイカもどきたちと一緒に、遠心分離機にかけられたような状態になった。

（こんな……むちゃくちゃな……ことって……ある……死ぬ……死ぬ……死ぬぶげがじぐみがぎごごぎう〃ざご◆♀☆◎▽■@※●●&●　●∴≧≠zけるけろろろろりりりりるるる……う゚ぺぺぺぺぺぺ……）

ピンクは、膨大な量の汚物とともに、ミキサーのようなもののなかで高速でかき混ぜられたあげく、

ずぼおおおおおーっ！

我慢に我慢した下痢便が一挙に排出されたみたいに、ピンクは、汚物とひとかたまりになって、クジラの潮吹き孔から噴きあげられた。天井に激突し、汚物槽のハッチをぶちこわし、〈集合住宅（ありづか）〉の屋根を突き抜け、ピンクの身体は空中に高々と舞いあがった。目をあけると、空があった。

身体が、ぐん、と沈んだ。

「うわあああああっ！」

落ちる……落ちる落ちる落ちる落ちる……っ。

ピンクは、コンクリートに叩きつけられた。二度、バ

ウンドした。あちこちの骨に、ひびが入ったみたいな激痛が走る。

（痛い……っ）

そう思った瞬間、

「痛いっ」

口から出たのはタケトリの爺さんの声だった。爺さんがすぐそこまで出かかっているのがわかる。もうピンクの「発現」時間はリミットに近づいているのだ。

バランスを取りながら、立ちあがる。深呼吸すると、新鮮な空気が流れこんできた。

（甘い……）

空気がこんなに甘いなんて知らなかった。

空には月がかかっている。月を肉眼で見るのも二年ぶりだ。〈自由人〉（フリーター）だったころは何とも思わなかったが、今はそれだけで何だかうれしい。

いや……そんな感慨にふけっている場合ではない。

すぐ側に壁がある。壁づたいに移動する。梯子みたいなものがあった。手探りでそれをのぼる。ブロック塀のようなものらしい。いちばんうえまであがったところで、周囲を見る。見慣れない街だ。夜だというのに、路上には蟻のように人があふれている。自分の行きたい場所に自分の意思で行ける人たち。廊下のない部屋に押しこめられることなく、好きなときに好きなように移動できる人たち。

（自由……）

かつて彼女が手にしていた「自由」がそこにあった。二年まえまでは、ピンクも彼らの仲間だったのだ。それが今では……。

（もうすぐ、私も戻るわ……あそこに……）

ひとつの肉体をひとりで所有することはできないけれど、狭い鳥かごからはやっと抜けだせた。その満足感がピンクを包んでいた。腕時計を見る。午前二時二分。げっ……すでに「埋没」の時間に入っている。たぶん、あまりに急激な状況変化とピンクの強い意志によって、タケトリの爺さんの「発現」が抑えられているのだろう。だが、いつまでも押さえこんでおくわけにはいかない。

（メモか何か書いておかないと、爺さん、びっくりして頓死しちゃうかも……）

いつもの部屋のなか……と思って目覚めてみたら、街のなかに放りだされていた……では、竹取の翁はパニックになり、めちゃくちゃな反応を示したあげく、死んでしまうかもしれない。警察に捕まってもまずいし、いや……爺さんのことだから、自分から警察に出頭しないともかぎらない。そうなったら殺人罪だ。

（なんとかしなくちゃ……でも、時間がないし……）

心の奥底にあるマンホールの蓋を竹取の翁が持ちあげて、なかから出てこようとしているのがわかる。

（もうちょっと……もうちょっと待っててね。今出てこられちゃ困るんだって……）

ピンクは、人通りが途切れるのを待ったが、いつまでたっても人の数は減らない。ままよ、とばかり、塀から飛びおりる。人混みに、さっと身を隠す……つもりだったが、

「なんか臭いぞ……！」

「すげえ臭い。なんだあ？」

「臭え臭え臭え」

皆の視線がピンクに集中した。なにしろ、衣服はぼろぼろだし、頭の先から脚の先まで汚物でどろどろだ。異臭の発生源であることは一目瞭然である。

「こいつだ！」

誰かが叫び、ピンクはダッシュで逃げた。二年ぶりの「外」。それも、知らない街だ。どこに何があるのか、まるでわからない。ゴミ箱にぶつかり、壁に衝突し、前に立ちふさがるひとを突きとばし、殴り、蹴とばしてピンクは走った。疲労がひどく、脚の感覚がなくなりかけていたが、それでも走った。

「そっちに逃げたぞ」

「捕まえろ」

大勢の人間が追ってくる気配があったが、ピンクは一度も振りむかなかった。

「どうなっとるんじゃあ」

口が勝手に動いた。

「わしの『発現』時間じゃないのかや。なんでまだ、おまいさまが出とるんじゃあ」

タケトリのジジイが、しびれをきらして出てきたのだ。

「今はだめっ。ひっこんでて。ひっこむって、わしの時

間じゃろう。こんなことははじめてじゃあ。私もはじめてよ。でも、今回だけお願い。お願いといわれても、わしが管理しとるわけではないゆえ、勝手にこうなるんじゃからしかたがないやややこしいからしゃべらないで黙っててよじゃからおまいさんの『発現』時間は終わりじゃろうがわかってるわよそんなこととにかく今はだめなの何を抜かすかこれはわしの権利じゃ目を寄こせ何がどうなっておるんじゃどたどたと走っておるようじゃがあのねえここはいつもの部屋のなかじゃないのよ部屋じゃないだとおまいさん勝手に何をしたまさかうるさいっうるさいうるさいうるさいうるさいっ」

短い発射音がして、足もとの土くれがはぜた。ウィロウ銃の弾丸が撃ち込まれたのだ。ハッと顔をあげると、真正面に、数人の警官が立っていた。先頭にいた若い警官が、

「地球第一九五七島第二四七八地区第六七七五四〇番集合住宅八二七六三号室の額田王だな。同星同島同地区同番集合住宅の住人殺害容疑で逮捕する」

その声に聞き覚えがあった。ピンクが糞便のなかに隠れているときに、〈聖糞尿大聖堂〉の天井から顔を出していた、あの警官だ。ピンクはきびすを返すと、後ろから追ってきていた一般人たちのなかに突進した。皆が、うわっと言って道をあける。警官たちも、人混みに向かって銃は撃てない。しかたなく、

「待てっ」

と叫んで追いかける。ピンクは逃げる。ここで捕まったら、すべてが水の泡だ。何のために、大小便にまみれて、死ぬ思いまでして脱出したのか。手の届くところにまで近づいた自由を絶対につかんでやる。もう、あの部屋には戻りたくない……。

「はやくひっこめわしの順番じゃ」

また出てきたジジイ。

「わしの権利じゃわしの権利じゃひっこめひっこまんかピンクだからちょっとだまっててっていってるでしょ今私は逃げてるのよ逃げてるじゃといったい誰からまさかおまいさん犯罪行為を」

肘を後ろから誰かがつかんだ。振りはらって走る。怖くて振りむけない。また、肘をつかまれる。背後からの

しかかられ、前のめりに転倒した。顔を地面にしたたかぶつけ、前歯が二本折れた。若い警官が、伸縮警棒でピンクの後頭部を何度も殴りつける。

「なんじゃなんじゃ何が起こっているんじゃっうわあああああっ」

竹取の翁が悲鳴をあげる。

「だから爺さん、ひっこんでてって言ったでしょうそんなこといわれてももうわしの時間じゃからうひいいいいっ」

ピンクは、若い警官の顔面に正拳突きを食らわした。それは、ピンク自身もびっくりするほど見事に決まり、警官の鼻の軟骨が「ぶきっ」と折れたのがわかった。ピンクは、うずくまったその警官の鳩尾に蹴りを入れると、また走りだす。ああ……もうこれ以上はむりだ。半分以上、タケトリの爺さんが「発現」しかかっている。私は……沈んでいくしずんでいくシズンデイク……。

目のまえに、大きな立て看板があった。そこには、

〈宇宙軍〉に入ろう！

という、でかい文字が踊っていた。その横には、

「きみも〈宇宙軍〉に入らないか。若人よ、来たれ。地球を、〈人類圏〉を、きみの手で守ろう。宇宙の平和は、きみのその双肩にかかっているのだ！」

という文章が殴り書きされ、すぐ下に小さな文字で、

「〈人類圏宇宙軍〉は貴兄貴女の衣食住を保証します」

と書かれている。そのとなりに、〈宇宙軍〉の軍服を着たアニメっぽいヒーローの絵が人差し指をこちらに突きつけていた。

立て看板の後ろには小さなテントがしつらえてあり、そのなかにテーブルが置かれ、骸骨のように外装がなく、中身が剝き出しのロボットが座っていた。

テントに飛びこんできたピンクに、骸骨ロボは顔をあげた。両眼のレンズが、みしみしと音をたててピンクのうえに焦点を結ぶ。

「おまえ、〈宇宙軍〉、入るか」

スピーカーがぶっ壊れているらしく、ロボは、耳障りな、ひずんだ機械音でそう言った。

「入る。入ります」

「おお、すばらしーっ。おまえ、えらい。すごく、えらい。おや……?」

ロボットは、ピンクの額にレンズがくっつくほど両眼を近づけると、

「おまえ、クワルテットだな。ほかの三人、承知しているのか」

「もちろん」

「おまえ、〈家主〉か」

「ちが……そうです、〈家主〉です」

「では、ほかの三名の念書、出せ」

「念書?」

「〈宇宙軍〉に入ることを許諾し、契約を〈家主〉に一任する旨の念書だ」

「そ、そんなものないよ」

「ないか。じゃあ、念書、省略する」

いいのか、それで。

「ただし、ほかの三名のこと、〈家主〉であるおまえがすべて責任持て。いいな」

「了解……了解ってどういうことじゃわしは何も……」

「どうした」

「なんでもありませんだまってろ死ねこのジジイ。責任、持ちます」

「では、契約する。一旦、契約したら、何があっても解約できないぞ。わかっているな」

「了解」

骸骨ロボは、ピンクの額の円形のマークに、センサーのようなものを押しあてた。スキャニングがはじまり、かたわらの等身大の装置のランプが、まばたきをするみたいに点滅した。

「これで、額田王ならびにその〈寄宿者〉三名は、〈宇宙軍〉に入隊した。この入隊は、〈人類圏〉のあらゆる法律に照らしあわせて適法である。本日ただいまから、おまえは〈宇宙軍〉の規律と命令に従うことになり……」

テントの入り口がひらき、ふたりの警官が突入してきた。ふたりとも大型の蜘蛛銃を構え、引き金に指がかかっている。

「額田王、逮捕する！」

警官たちはピンクの左右から彼女の腕を摑み、テントの外に引きずりだそうとした。

「待て」

骸骨ロボが凜とした声を出した。

「な、なんだ、我々は逮捕状に基づいた正当な手続きのもとに……」

「うがあああっ！」

骸骨ロボが眼球ランプをぱちぱちとまたたかせたかと思うと、両腕を高々とあげ、座ったままの姿勢で、警官たちに飛びかかった。

「うわあ、よせ」

「やめろっ」

ロボは右腕を一回ししてひとりの警官の首を楽々と引きちぎり、左手でもうひとりの頭をつかんだ。

「この野郎……死ねっ」

警官はシャチホコ銃をロボの顔面に押しあてて引き金を引いた。銃口から白い光輝が噴出し、ロボの額に注がれた。上下左右に漏れた閃光がテントを包んだ。だが、骸骨ロボは頭部のあちらこちらから白い煙を立ちのぼらせながらも、口を半月型にゆがめ（つまり、笑って）、

「このものは〈宇宙軍〉に入隊完了した。なんぴともこのもの、〈宇宙軍〉から連れもどすこと、許さない」

そう言いながら、左手の指に力を込めた。警官の頭蓋骨は四散した。

呆然としてふたつの骸を見つめるピンクに向かって、ロボは手招きをした。

「さあ、こちらへ来い。おまえ、もう後戻りできないぞ」

ロボはまだ笑っていた。催眠術をかけられたようにピンクが一歩前進したとき、彼女は「埋没」した。

第二章　宇宙の戦士

「よくおぼえておくんだぞ、このモンキー野郎ども。きさまたちひとりひとりに、政府は五十万ドル以上もの金をかけているんだ……兵器、被服、弾薬、装備、訓練、それにきさまたちが腹いっぱい食いやがるぶんまで含めるとな。そこへ、きさまたちの正味の値打ち三十セントを加えると、こいつは相当な金額だ（中略）だから、きっと返納するんだぞ！　きさまらは死んじまってもいいが、きさまらが着ているその最新流行服（ファンシィ・スーツ）をなくすわけにはいかないんだ。（中略）こんどのはただの奇襲で、戦争というほどのもんじゃない。火力と恐怖をぶちまけてやるデモンストレーションだ。おれたちの使命は敵に思い知らせることにある……やつらの都市を壊滅させることはできるが、やらないだけだとな。大爆撃をやられたら最後、たいへんなことになるとさとらせるんだ。捕虜はつかまえるな。やむをえない場合のほかは殺すな。だが、おれたちの降下する地域は全部、完全に破壊する。おまえたちろくでなしのひとりといえども、爆弾を使い残してもどってきたりするな。わかったか？」

――ロバート・A・ハインライン『宇宙の戦士』（矢野徹訳）より

1

ピンクが覚醒したのは、宇宙軍地球第十八新兵教練所へと向かうバスのなかだった。バスというと聞こえはいいが、窓という窓には鉄格子がはまっているし、運転席は防弾ガラスで覆われている。座席の数カ所から伸びているベルトが乗客の身体をがっちり固定しているうえ、宇宙軍の軍服を着た男がひとり、平たくて長いキシメン銃を杖のようにし、中央に陣取って、にらみをきかせている。まるで、囚人護送車だ。

　バスのなかにはピンクのほかに、四、五名の乗客がいる。皆、疲労しきっているらしく、うつむいて目を閉じている。肉体的な疲労だけでなく、人生に疲れた顔をしたものばかりだ。無理もない。宇宙兵にみずから志願するものなど、食いつめたあげく、自殺するか、志願兵になるかの選択で、うっかり後者を選んだ連中と相場は決まっている。額のマークを見たところ、ピンク以外は全員「単体（スタンドアローン）」のようだ。

「おまえもいい度胸だよにゃあ。宿主やほかの寄宿者の了解を得ずに志願兵になるとは、とんでもないことをしでかしたにゃ。宿主も寄宿者も怒り心頭だぞ。そいつらが覚醒するたびに、俺が事情を説明しなきゃならず、そのあと狂ったようにわめきだし、暴れだすやつもいたにゃ。おかげで、ほかの志願兵も眠れないで困ってるんにゃ」

　軍服を着た男が、ピンクが「埋没」しているあいだのできごとを手短に話してくれた。竹取の爺さんは、覚醒したとき、目のまえに骸骨がいて、心臓がとまりかけたらしい。ヒロシは冷静に自分が置かれている状況を受けいれたようだが、家主の額田王（ぬかたのおおきみ）は、最初は、夢だ夢だ夢が覚めないと叫びつづけたらしい。だれかが、

「あんたは宇宙軍へ入隊したんだ」

　と説明すると、ベルトを外そうとして大暴れしはじめ、何度もスタンガンをくらったが、暴れるのをやめず、とうとうぼこぼこにされたのだそうだ。そのせいで、ピンクの顔は紫色に腫れあがっている。そのあとも、これは違法行為だ、寄宿者のひとりが勝手に自分の名前をなのって入隊手続きをしたんだ、だから、除隊させてくれ、家に帰してくれ、とわめいていたらしい。たしかに、法的には、複数の魂が入った肉体の場合、入隊手続きは家主が行うべしと定められており、その際、寄宿者全員の念書をとる必要があり、ひとりでも反対のものがあった場合は入隊手続きは行えない。ただし、寄宿者全員が入隊に賛成しており、かつ、寄宿者全員の同意が得られば、念書を省略することができる。今回はその条項が適用されたのであって、入隊手続き担当の骸骨ロボットの手続きに瑕疵（かし）はなかった、ということになるらしい。

まり、宇宙軍は慢性的な兵隊不足なのである。
　ピンクは軍服の男から、額田王の手紙を渡され、一読して思わず吹きだした。

　桃屋ピンクへ。死ね。あんたは死ね。死ね死ね死ね死ね死んじまえ。どうして私をこんなひどい目にあわせるの。私はあんたを住まわせてやってるんだよ。感謝されこそすれ、こんな仕打ちを受ける道理はないよ。あのまま、あの部屋に住んでれば、たとえ一日の四分の一であっても、普通に食べて、寝て、起きて……普通に死んでいくことができたのに。私にとって第二の人生を、平穏に過ごすことができたのに。あんたのせいで私の人生設計……もう無茶苦茶よ！　死ね。あんたは死ね。桃屋ピンク。あんたの身体が私の身体でなかったら、あんたの首を絞めてるはずだわ。まえまえから、あんたは気にくわなかったのよ。あんたを私のなかからつまみ出して、ぶっ殺してやりたい。お下劣で、頭悪くて、まわりのこと何も考えてないおバカ。あんたは私の身体に宿った寸白。虫下しを飲んで下してやりたい。ああ……あんた、宇宙軍がどんなところかわかってるの？　私たちは今から地獄に行くのよ。それも、みずから志願して。私は何度も何度も何度も何度も何度も、この入隊手続きが違法なものであり、家主である私の意思に反して行われたものだということを説明したけど、認められなかった。わかってるはずなのに、わざとわからないふりをしてるのよ。「複数の魂が宿る肉体の場合、今発現しているのが家主なのか寄宿者なのか判別するのは、特殊な設備を用いて、大がかりな検査を行う以外不可能」であり、そういう場合は「発現者の言が正しいとみなされる」とかなんとか理屈抜かしてさあ。あんた、人殺しをしたんだって？　でも、宇宙軍に入るぐらいなら、警察に捕まったほうがましよ。私は、入隊なんか絶対に絶対に認めないからね。これから毎日、発現中はずっと、この入隊手続きの違法性を主張していくわ。この身体の主人は私。あんたの勝手にはさせないわ。わかった？

　竹取の爺さんとヒロシへ。ピンクのバカが、勝手に〈集合住宅〉を抜けだして、私たちを道連れにして、宇宙軍に入ってしまいました。そんなこととうてい認められるはずはありません。私は入隊手続きの取り消しを求めるつもりですが、あなたたちも当然、私に賛成するわね？　クワルテットのうち三人までが取り消しを主張すれば、なんとかなるんじゃないかと思う。あのバカに振りまわされるのはもうたくさん。この身体の主導権を私たちの手に取りもどしましょう。

◇

二一八八年、当時、宇宙開発において最先端を走っていたアメリカの探査船が、冥王星付近の宙域で信じられないほど巨大な生物の死骸を発見した。

探査船〈ブッシュ〉の船長だったジャンゴ・F・ラインハイン博士は、当時の興奮をつぎのように語っている。

「とうてい信じられなかった。最初、発見したときは、未知の小衛星だと思ったよ。なにしろ、先端から後尾までの長さが約一キロもあったんだからね。しかも、遠距離からの、センサーを使った走査では、成分のほとんどは鋼鉄だった。だから、それが生物の死骸だとわかったのは、かなり近くまで接近して、全体像を把握したときだった。胴体は左右対称で、そこから触角や、数十本の長い脚が生えている。カブトガニやタラバガニ、ヤドカリ……なんかを思わせるような姿形だね。同僚のパク・スウハ博士は、宇宙生物学が専門だったが、最後までこれを生物だと認定することをしぶっていた。従来の生物学の常識では、そんなばかでかい生物は存在するはずがない、とされていた。自重で潰れてしまうはずだからだ。しかし、それはあきらかに生物だった。どうやら、宇宙空間で生まれ、宇宙空間で育ったために、その身体を支える必要がないらしいのだ……」

発見者であるジャンゴ・ラインハイン博士の名前をとって、ジャン・ゴーレと命名されたその生物のために、「宇宙甲殻類」という分類があらたにもうけられた。

甲殻類といっても、実際に肉眼でその実物を見たものの印象は若干ちがっていたようだ。

「データを見て、だいたいの様子は想像していたのですが、はじめて見たときは吐き気がしましたよ。ハマーフィルムかツブラヤプロの、できの悪い怪物としか思えませんでした」

パク・スウハ博士は不快きわまりない表情で、思い出を語ってくれた。

「木炭のように真っ黒なんですが、全体が火山状のトゲトゲした突起で覆われていて、その表面にぶつぶつしたニキビみたいなものがびっしりついてるんです。脚は二百本以上あって、ごつごつした岩のようだし……。頭部ですか？　まるで、オニですよ。でかい複眼が七つ。口吻はカミソリ状の歯が何万枚と並んでるし……しばらくは夢に見ました」

それまでも、太陽系内惑星において生命の痕跡や微生物の一種は見つかっていたが、ジャン・ゴーレは、どこで発生したのかも不明であった（冥王星自体の探査では、過去から現在に至るまで、生命が存在していた痕跡は皆無だった）。

「どこか外宇宙で発生し、冥王星宙域にやってきた……そうとしか思えなかったのです」

ジャンゴ・ラインハイン博士はそう感想を漏らしたが、その後の調査で彼の発言が裏づけられることになった。

ジャン・ゴーレの死骸を調査したアメリカの科学者たちは、驚くべき事実を見いだしたのだ。すなわち……ジャン・ゴーレは、亜空間を通過することによって、超光速で宇宙空間を往来することが可能らしかった。

世界中の科学者や政治家が驚喜した。

「この原理が解明できれば、人類は宇宙を征服できる！」

アメリカの当時の大統領は、そう豪語した。

翌二一八九年は、人類にとって記念すべき年になった。人類がはじめて、亜空間航行に成功したのだ。ただし、宇宙船によるものではなかった。亜空間通過の能力は、なんとジャン・ゴーレの死骸においても消滅することなく残存しており、アメリカ、中国合同の科学者チームが、鋼鉄の甲冑で覆われたジャン・ゴーレの死骸を宇宙船がわりにして、冥王星から天王星までの超光速航行実験を行った。

亜空間航行の原理は、ヤン・アリガバリ博士率いる研究チームによって解明され、ただちに実用化された。三年後の二一九二年に、「最後の審判」による人口爆発がはじまったことを思うと、この時点での亜空間航法の実用化はぎりぎりのタイミングであり、まさに「神の思し召し」としか考えられなかった。

ジャン・ゴーレの死骸は、内臓その他を摘出したあと、内部に必要な機材を運びこめば、すぐにでも宇宙船として利用できた。ジャン・ゴーレの外殻はそれだけの強度をもっていた。ジャン・ゴーレがいかにして光速を超えて移動しているのか……その原理はヤン・アリガバリ博士の手で短期間のうちに解明された。それは、亜空間を利用した一種のワープ航法で、発見者の名をとって、〈アリガバリ跳び〉と名付けられた。

当時はまだ、死者の復活がはじまるまえで、アメリカ、中国、ブラジルなどが宇宙開発のフィールドで覇を競っていたが、この〈アリガバリ跳び〉理論を得たことで、人類の領域は、外宇宙にまで拡大する可能性をもつこととなった。そして、それが急遽、現実のものとなったのは、三年後に起きた〈最後の審判〉によってもたらされた未曾有の人口増加のせいである。

太陽系内には火星と月以外にはろくな惑星・衛星がなく、〈人類圏〉は外宇宙へ進出し、居住可能な惑星を開拓するため、〈アリガバリ跳び〉原理に基づいた亜空間エンジンを搭載した宇宙船を次々と作り、〈外宇宙開拓団〉を満載して、あちこちの恒星に向かって旅立たせた。

人類の新世紀は安泰だ……〈人類圏〉の幹部たちはそう思った。この時期、人類の士気は、フロンティア・スピリットによる昂揚をみせていた。今は、狭く苦しい暮らしを強いられているが、未来はバラ色に輝いている。皆、そう確信していた。

しかし、そうは問屋が卸さなかったのだ。

2

宇宙軍地球第十八新兵教練所は、デコレーションケーキをうえから素手でぎゅーっと押しつぶしたような建造物であった。もとは三十階建てぐらいだったのが、手抜き工事のせいで自重で潰れた……そんな感じだった。

受付の骸骨ロボにひとりずつ名前を確認され、ゲート

を通される。ピンクの順番になったとき、骸骨ロボの顎がカックンと開いて、

「おまえは、額田王だな。えーと……クワルテットか。現在、発現しているのは本人か、それとも寄宿者か」

「寄宿者の桃屋ピンクです」

「ふむ……よろしい。通れ」

床から五センチほど浮かんで滑空する、案内用の小型ロボに導かれて、一同はまず、触診とセンサーによる簡単な健康診断を受けた。そのあとすぐに、小さなホールのようなところに通された。床のタイルがひび割れて、ぼろぼろになっている。

「わたくしは、皆さんの教育係補佐を務めておりますアイネ・クライネ・ナハト・ムジーク伍長です」

軍服を着た長身痩軀の女性がそう言った。これ以上やせるところがないほどやせこけている。胸もほとんどぺったんこで、脚は骨に皮をまとわせたようで、脂肪も筋肉も見あたらない。そのうえ、たいへん背が高い。そう、彼女は三メートル近くあった。頭頂からまっすぐの細い角が一本生えており、下の犬歯が牙になっていて、口を閉じても、その二本だけは露出している。金縁眼鏡をかけているが、鋭い眼光は隠しようがなかった。左手に先端がフォークのようになった三叉槍を持っている。

「普段は、アイネ伍長、あるいはアイネ・クライネ伍長と呼んでいただいてけっこうですが、正式な席では、アイネ・クライネ・ナハト・ムジーク伍長とお呼びください。あなたがたには、RK-三十一という大部屋に入っていただきます。三段ベッドのうちの、自分の名前の書かれたプレートが掛けてあるベッド一つ分のスペースがあなたがたの住居です。それ以外の場所は、すべて共有スペースだと認識してください。わかりましたか」

三段ベッドのうちのひとつだけ……それでは〈集合住宅（ありづか）〉よりひどいではないか。

「わかりましたか！」

アイネ・クライネ伍長は、声をはりあげざま、三叉槍の柄で壁を強く突いた。壁に蜘蛛の巣のようなひび割れが走った。

「はい……」

「返事が遅い。わたくしが、わかりましたかとたずねた

ら、全員即座に『はい』と応えなさい。少しのずれも許しません。――わかりましたか」

「はいっ」

今度は全員が声をあわせた。

「訓練中は、日に三度の食事が支給されます。外出は基本的に禁止。休憩時間など細則はあとで印刷したものを配布します。規則違反者には懲罰が科せられます。軍では、一般社会とはちがい、規則違反は重罪です。ほんの少しの違反でも、重営倉、肉体改造、精神改変、極刑……などの厳罰を与えられることは少なくありません。規律正しい生活を心がけてください」

「はいっ」

すでにピンクは、宇宙軍に入ったことを後悔しはじめていた。自由なんてここにはかけらもない。まだ、あの狭い部屋にたれこめていたほうがずっとましだった……。

「さて……明日から訓練がはじまりますが、そのまえにあなたがたにしてもらわねばならないことがあります」

伍長は、ことさら牙を見せつけるような話し方をした。

「我々、宇宙軍には時間がありません。戦争は各地で激化し、兵士の数はまるで足りません。このままでは、地球人類は、敵に敗北してしまうのです。この教練所の目的は、三ヵ月という短期間のうちに、実戦で使いものになる宇宙兵を育てることですが、地上での戦闘技術、各惑星固有の地理、環境、サバイバル技術、宇宙船の操縦、各種武器の使用法、宇宙物理学や天体、化学の知識など、身につけるべきことはいくらでもあります。正直なところ、三ヵ月ではとうてい不可能なのです。ところが、前線からは、三ヵ月の訓練期間を二ヵ月に短縮できないか、などと言ってくる状況です。そこで、宇宙軍では、宇宙兵士としての技能をできるだけ短期間に習得するため、兵士の肉体に複数の人格を押しこめることにしています。つまり……」

アイネ・クライネ伍長は一同を見渡したあと、

「あなたがたの肉体に、別の魂を複数個、寄宿させることになります。術式は明日の訓練まえ。よろしいですね」

新兵のあいだにざわめきが広がった。今まで、個人として生きてきた彼らが、いきなり複数の「他人」を受けいれねばならない。しかも、これまではひとりで使用していた「一日」を、彼らと分けあわねばならないのだ。急には受けいれがたいことだろう。もちろん、ピンクにとっては、それがふつうなのだが……。

「これは現状ではどうしても必要なことなのです。敵地に赴いたとき、宇宙兵は、どうしても複数の事項のエキスパートでいなくてはなりません。たとえば、武器の使用に秀でたもの、天体物理学に秀でたもの、サバイバル技術に秀でたものなどをひとつの肉体に入れることによって、ある程度はそれが解消するわけです」

「あ、あ、あのですね……」

小太りの新兵がひとり、咳きこみながら言った。

「質問があれば挙手してから言いなさい！」

「は、はいっ」

新兵はあわてて手を挙げた。

「宇宙兵になったら、他人の魂を寄宿させなければならないなんて聞いてませんでしたけど……」

「あなたが入隊時にサインした書類に記載してあります。入隊者は、軍の決めたことには無条件で従うこと、とね」

「それはそうですが、でも……」

「口答えは許しません」

伍長は、三叉槍の先端を新兵の喉に突きつけた。

「明日の朝一番で、あなたがたには〈魂摘出装置(ソウルトレイン)〉による手術を受けてもらいます。よろしいですね」

「……………」

「よろしいですねっ」

「はいっ」

だが、無精ひげの生えた新兵が手をあげた。

「俺は辞めさせてもらいます。勝手なことばかり言いやがって……こんなとこ、いてられっかよ」

「一度入隊したら、宇宙軍を辞めることは許されません。あなたが志願したとき、そのことは念を押したはずですよ」

「じゃあ、脱走でも何でもしてやる。他人の魂を入れるなんて、絶対にいやだ。とめられるもんならとめてみろよ。俺は出ていくからね」

新兵は、きびすを返すと、ホールから出ていこうとした。ピンクは、その男に言ってやりたかった。他人を自分の身体に入れるなんて、そりゃあいやでしょうよ。でも、自分の身体が残るだけましじゃあないの？　私の身体は消滅した。あんたもねえ、一度、受けいれてしまえば、それなりにあきらめがつくってもんだよ……。

「さっき言ったはずですよ、規則違反者は……」

アイネ・クライネ伍長が、三叉槍を投げた。先端は、あやまたず、新兵の背中に深々と突きささった。ちょうど心臓の裏側だ。

「うぎゃおおおおおっ」

勢いづいた新兵の身体は、そのまま前のめりになって、うつぶせに床に倒れた。

「厳罰が科せられる、とね」

伍長は、死んだ新兵に歩みよると、三叉槍の柄をつかみ、背中に足をかけると、ぐい、と引きぬいた。血が、びゅっ、びゅっ、と射精のように噴きだした。

「ほかに、何か質問はありますか」

アイネ・クライネ伍長は、何事もなかったかのようにそう言ったが、皆すくみあがってしまい、誰も手を挙げなかった。

「では、各自、荷物を持って……」

「あの……」

ピンクはおずおずと挙手をした。

「何ですか、えーと……額田王」

「今は、桃屋ピンクです」

「軍への登録は、代表者・額田王となっていますので」

その名前で呼ばせてもらいます」

「で、でも……私は額田のババア、いえ、額田王じゃありません」

「新兵に関する軍の規則では……」

「規則は知りませんが、たとえ四分の一ずつでも、私たちは独立した個人です。その人間が発現しているときは、その人間の名前で呼んでほしいんです」

アイネ・クライネ伍長は一瞬眉をひそめたが、

「ま、いいでしょう。どうせ消されてしまうのですから」

気になる言葉だったが、ピンクはそれ以上きかなかった。

「では、桃屋ピンク、質問はなんですか」

「えーと……私の宿主は女性ですが、女性も男性と同じ大部屋なのですか」

「女性は女性だけの大部屋に入ってもらいますが……あなたはこのあと、わたくしとともに来ていただきます。あなたにだけ、特別なお話があるからです。よろしいですね」

「はい」

ピンクは、アイネ・クライネ伍長の真意がわからず、彼女の顔を凝視したが、その表情からは何も読みとれなかった。

「では、解散。桃屋ピンク以外のものは、案内ロボに従って、RK-三十一に行きなさい。桃屋ピンクは、ここに残りなさい」

そう言ったあと、伍長はピンクのほうを、悲しげな目でちらと見た。死骸をだれが片づけるのかについての指示はなかった。

◇

最初に、人類外の知的生命体との接触があったのは、〈人類圏〉が誕生した翌年のことであった。

当時、人類はアルファ・ケンタウリに拠点を築き、そこからあちこちの星系へ進出しつつあった。テラフォーミング可能な惑星があれば、ただちに大規模な土木用ロボットや土木作業員が送りこまれ、星ひとつをあっというまに地球化してしまう。大気の組成が多少違おうが、寒暖の差が激しかろうが、まともな食料が自給できなかろうが、たいした問題ではない。とにかく「住む場所」さえあればいいのだ。昆虫や犬猫程度の、知能の低い生物が居住している場合もあったが、もちろん、テラフォーミングを行う過程において全て死滅した。生き残ったものも、移民団によって殺された。食料にするとか、危険であるとか、毛皮をとる、といった意味合いはない。移民にとって、先住の未知生物はどんなものであれ「鬱陶しい」からだ。

だが、二一九六年八月一日、フォーマルハウト星付近の人工衛星数機が何者かによって破壊され、その直後、第三惑星にあった都市ふたつが「黒い円盤状の飛行物体」数十機によって攻撃された。後日、その黒い円盤状の物体は、ジョ・ユウルA星人と判明した。これが、人類にとっての、ほかの知的生命体との〈最初の接触（ファースト・コンタクト）〉であった。

最初は、ジョ・ユウルA星人が、どうして地球人を攻撃してきたのか、その意図すらわからなかった。地球人を敵と誤認して襲ってきたのか、地球人に対して何らかの恨みがあるのか、それとも地球人を侵略者とみなしているのか……。わけのわからぬまま応戦し、互いにかなりの損害を出したところで、黒い円盤群は引きあげていった。人類以外に知的生命体は存在しない。根拠のないまま、そう確信していた〈人類圏〉はあわてて宇宙軍を組織し、軍備を増強した。

ジョ・ユウルA星人は、その後もたびたび人類の植民地に攻撃をしかけてきた。攻撃予告などは一切なく、ただやみくもに襲ってくる。〈人類圏〉は何度もコンタクトをとろうとしたが、相手は地球人からの接触をことごとく無視した。

人類の敵は、ジョ・ユウルA星人だけではない。アデ・KK・グァックス人も、長らく人類と交戦を続けている相手である。アデ・KK・グァックス人に関しては、不幸な歴史がある。人類は彼らの母星を発見し、テラフォーミングして植民地化しようとした。その際、身長一メートルほどのヒューマノイド型生物を、非知的生命として銃撃で一掃しようとしたところ、思わぬ反発を喰らった。彼らは知的生命体であり、地下に巨大な都市を構築して生活していたのだ。〈人類圏〉側としても、途中でテラフォーミングを中止するわけにはいかない。結局、全面戦争になったが、三億人以上の死傷者を出したアデ・KK・グァックス人側が敗北して、生きのこった数十万人は砂漠地帯へ身を隠した。

一時は、それで決着がついたと思われていたが、ここ数年、アデ・KK・グァックス人は人類に対して頻々（ひんぴん）とテロ活動を行うようになった。低い背丈とヒューマノイド型体型を利用して、地球人のこどもに変装し、人類の植民地に侵入しては大規模な自爆テロを繰りかえす。テロは、組織的かつ効率的で、どうやら、彼らに武器を与え、戦術を授けるなどして援助している勢力があるようなのだ。

水棲のミゴー・キャンキャン・蛇苺（へびいちご）星人も同様である。彼らが植民地化しようとしていたバーナード星系の惑星を、人類も少し遅れて発見し、彼らが先行していることを知りながら、無視して強引にテラフォーミングしようとした。当然、戦闘になり、功を焦った建設省の担当官が、宇宙軍のバーナード方面支部をかたらって、ミゴー・キャンキャン・蛇苺星人の母星（ほぼ全面が海）を攻撃した。海洋に汚染物質を大量に投下し、彼らの住処を奪ったのだ。海水中に溶けた酸素を取りいれて呼吸しているミゴー・キャンキャン・蛇苺星人は、たちまち一億人以上が死亡。命ともいうべき海をむちゃくちゃにされた彼らの恨みはすさまじく、

「地球人ひとり殺せば、ひとり分だけ幸せに、十人殺せば、十人分だけ幸せに、百人殺せば、百人分だけ幸せになれる」

を合い言葉に、今でも間断なくテロ活動を繰りかえしている。

それ以外にも、人類と敵対している異星人には、ピュキダンカ人、チンボルガメナ人、ウッシシンガ人……などがいるが、人類と友好的につきあおうとしている知的生命体は、実は皆無である。人類は、銀河系の知的生命体のすべてを敵にまわしているらしいのだ。人類が種として存続し、発展していくには、植民地を広げていく以外に方法はないが、そのためには、こうした異星人たちとの戦闘にどうしても勝利しなければならない。しかし、彼らの背後には、同一の「支援者」がいるらしく、宇宙軍がいくら戦って目先の敵を倒しても、彼らには無尽蔵に兵器が供給されるわけで、どの戦争も終わることなく、各地で長引いていた。

そして、近年、ようやくその「支援者」の正体が判明した。それは、エゾゲバロ・ログロ人である。

◇

ピンクは、アイネ・クライネ伍長の後ろに従って、別室に向かった。

ピンクは少し、ほんの少しではあるが、気分が軽くなっていた。ほかの新兵はほぼ全員「単体（スタンドアローン）」だが、な

にしろピンクはすでにクワルテットなのだから、心配することはない。万一、このうえ誰かを受けいれなければならないとしても、ひとりか、多くてもふたりだろう。ほかの新兵たち、今夜は眠れないかもしれないな……とピンクは意地悪くそう思った。

教練所の内部は、ロボットによる掃除もほとんどなされていないらしく、床は埃だらけ、天井は蜘蛛の巣だらけであった。廊下の隅には、ゴミやタバコの吸い殻が散乱しており、唾や痰、ガムなどがところかまわず吐きすてられていた。

「ここは地獄の一丁目」とか「二度と娑婆へは戻れない」といった落書きも目につく。

(地獄か……)

とピンクは思った。こどもの頃、地獄とか天国というものはあるのかないのか、と養育施設のシスターをしつこく問いつめ、

「天国はないけれど、地獄はある」

と言われ、今度は、

「じゃあ地獄はどこにあるの？　ねえ、どこ？」

と質問攻めにして怒らせたことがある。天国は天のうえ、つまり、遙かな高みにあるというイメージだが、地獄は意外と身近なところにあるような気がしたからだ。神の存在が漠然にとはいえ明らかになった現在といえど、地獄があるのかないのかは不明である。復活した死者たちも、死んでいた期間の記憶は皆無なのである。だが……。

(こんなところにあったのか、地獄は……)

ときどきすれ違う宇宙兵たちは、アイネ・クライネ伍長の姿を目にすると、直立不動の姿勢になって敬礼した。この教練所にいる兵士は、訓練中の新兵がほとんどなのだろうが、ピンクは、この女性教育係補佐が、彼らにどれだけ恐れられているかを実感した。

「ここよ」

伍長がピンクに入るよううながしたのは、「治療室」という、壊れかけたプレートの取りつけられた部屋だった。自動ドアが故障しているらしく、伍長が足先でドアの下側を蹴りとばすと、渋々、といった風にのろのろとドアはあいた。

なかには、強い薬品の臭いが充満しており、ピンクは少しえづいた。

「さあ、桃屋ピンク」

伍長は、三叉槍の柄で自動ドアをむりやり閉めると、ピンクに向きなおった。

「今から、あなたを〈魂摘出装置（ソウルトレイン）〉にかけます」

「え……？　どうしてですか」

「さきほどの健康診断の結果、あなたの肉体には重大な欠陥があることが判明しました」

「欠陥……」

伍長は、たっぷりの間をおいたあと、微笑みながら言った。

「あなたの肉体は、肝臓ガンをはじめとする複数の病気に冒されています。とうてい宇宙兵としての任務を果たせる状態にありません。お気の毒さま」

3

「嘘……嘘でしょう」

ピンクは、自分でも間抜けな反応だと思ったが、そう言わざるをえなかった。

「ほんとうです。ふつうならとうに自覚症状が出ているはずですが、〈気付け薬（しゃぶ）〉を常用していると、病気の進行に気づかない場合が多いのです」

「おお……神よ……」

「正直言って、宇宙軍にとってあなたはやっかいものです。ここは慈善団体ではありません。役に立たない肉体を飼っておく余裕はないのです。診断の結果によると、あなたはあと数週間の命です」

「冗談よしかわりょうたろう！」

「わたくしは冗談は好みません。額田王さんの肉体は、わたくしども宇宙軍にとってはほとんど無価値です」

「家主は……額田王本人はそのことを知っているのですか」

「まだでしょう。あなたの発現中に診断結果が出たのですから」

「私は……私たちはどうなるんでしょう」

「その話を今からしようと思うのです」

アイネ・クライネ伍長は微笑みながら言った。

「ひとりだけ救済しましょう。額田王、桃屋ピンク、ヒロシ、竹取の翁の四人のうち、軍にとって役立つひとりを残し、あとは抹消することにします」

「え……？　抹消、というと……」

「死んでもらうことになります」

「そ、そんな無茶な……」

「無茶？　宇宙軍に民間人が志願してくる場合、兵士としてのすぐれた肉体と天賦の素質を持っている……なんてことは、まず、ありえません。逃げつかれた犯罪者、食いつめたあげくの浮浪者……軍の門を叩くのはどうせそんな連中です。志願兵に関して我々が望んでいるのは、正直なところ、各種エキスパートの魂を入れるボックスとしての『肉体』だけです。さあ、どなたが残りますか」

「急に言われても……」

そう言いかけて、ピンクははっと我に返り、

「私です。私が残ります。あとの三人は消してください。私が……」

アイネ・クライネ伍長は両手のひらをピンクに向けし、

「皆さん、そう言うことはわかっています。いちいち取りあっていては収拾がつきません。まずは、あなたがた全員で話しあってみてください」

「そんなことができるんですか！」

「〈魂摘出装置〉のリアルタイムチャット機能を使えば簡単です。あなたがたの魂を一旦、装置のハードディスクに移動し、そこで横並びで会話していただきます。時間は、そうですね……」

伍長は手の甲に刻みこまれた刺青時計に目をやり、

「三十分間ということにしましょう。三十分過ぎたら、チャットを終了します。その時点で、誰が残ることになったか申告してください。もし、三十分たっても結論が出ていない場合は……残念ですが、全員リセットということになります。よろしいですね」

「は、はい……」

「それじゃ、服を脱いで……といちいち指示しなくても、あなたは経験者だからわかってますね、桃屋ピンク」

そのとおりだ。

二年まえ、〈自由人狩り（フリーター）〉に捕まって、ここと同じような〈治療室〉に入れられ、メスを持った白衣の医者に……ううう、フラッシュバック……吐きそう。吐き気ごと飲みこむようにして、ピンクはこらえた。目尻に涙がにじむ。衣服を脱ぐ。下着もはずして籠に入れ、全裸になって〈魂摘出装置〉の付属台のうえに仰向けになった。装置の上部から、四本の金属管が蛇のように伸びている。どれも青く錆びついており、先端の針も黒く汚れている。一本目の金属管がひとりでにくねくね動き、ピンクの額にその先端の針を、ずぶっ、と刺した。ピンクの全身に、ガチョーン！　と痙攣が走った。「脳天に釘を刺したよう」とはこのことだ。痛みはほとんどない。鍼（はり）の理論を応用しているのだと聞いたことがある。続いての一本は、心臓の真上に、ずぶり。痛くはないが、やっぱり、ガチョーンとくる。もう一本は、鳩尾（みぞおち）のあたりに、ずぶずぶずぶ。最後の一本は、オマンコに潜りこみ、膣の奥深くの粘膜にぐさっ。痛てって。これはちょっと効いた。詳しくは知らないが、スリル博士によると、人間の魂というものは、脳と心臓と胃と生殖器の四カ所に分散して宿っているらしく、それらをすべて吸いあげなければならないのだそうだ。それも、途切れてバラバラになっているわけではなく、胃を中心に、脳、心臓、性器にアメーバが偽足を伸ばすような形で広がっているのだという。

「さあ、いきますよ」

アイネ・クライネ伍長が、太いレバーを押したおすと、装置のあちこちにあるランプが赤や青に点滅をはじめ、

カラカッチカッチ、カラカッチカッチ、カラカッチカッチ、ドンガラガッタ、プープー

とホンキイトンクな音が鳴りひびきだした。その脳天気な騒音を聴いているうちに、ピンクの意識はだだっ広い場所にいきなり放りだされた。

暗い。

電気のスイッチはどこだ。

ピンクは手探りをした。

が。

自分に「手」がないことに気づいた。手は……手はどこにいったの……。

手だけではない。「身体」がどこにもない。底なし沼に沈んでいくような、前後左右に無限の空間が広がっている場所で自由落下しているような、「自分」がなくなってしまったような不安感。肉体がないと、こんなにも不安に苛まれるのか。不安で不安で不安で不安で……頭が変になりそうだ。

「助けてっ」

ピンクは叫んだ。

「助けて。私の『身体』を返して」

「あんたの身体？　ふん、私の身体でしょう！」

闇のなかから、こだまのように声が返ってきた。

「あんたは誰？」

「わからないの？　あんたの家主」

額田王だ。声を聴くのははじめてなのでわからなかった。自分が発現しているときは、声帯の震わせかたがちがうので、同じ肉体でもまるで声が変わるのだ。

「どーなってるの？　どうしてあんたの声が聞こえるの？」

「私がききたいわよっ！　気がついたら、発現時間でもないのに、こんなところに……」

そうか……ここはさっき、アイネ・クライネ伍長が言っていた「ハードディスクのなか」なのだ。ということはつまり……。

「あんたは……あんたってひとは……ぶち殺してもあきたらないわ。私、絶対に許さない！　許すもんですか。この手であんたの首を絞めて……あら？　手がないわ」

やっとこさ気づいたか。

「ちっ、手がなくなってて、あんたには幸いね。あったら、くびり殺して、八つ裂きにしてるところだわ！」

そんなことをされてたまるか、ババア。

「なんじゃ、ここはなんじゃ」

べつの声が聞こえてきた。男性の老人の声。たぶん、竹取の翁さんだ。

「チャットルームですよ。〈魂摘出装置〉のなかのね。ここでなら、ひとつの肉体に入っている魂が、横並びで会話することができるんです」

「そういうあんたは……」

「ヒロシです……ヒロシです」

　ヒロシは、ときどき裏声のまじる、妙な発声で言った。

「ふん……これで、はじめて四人が揃うことができたわけね。べつに揃いたくもなかったけど」

　額田王が鼻を鳴らした。

「ピンクさん、私は前々からあんたのこと気に入らなかったんだけど、今回のことではっきりしたわ。あんたは最低最悪の女よ。自分だけよかったら、ひとなんてどうなったっていいのね。人殺しして、そのままトンずらして、宇宙軍に入るなんて勝手にもほどがあるわ。はっきり言っておくけど、あんたたち三人は、私の身体に間借りさせてあげてるだけなんだからね。あんたたちには何の決定権もない。私が全て決めるべきなの。わかった？」

「そりゃあちょっとおかしいんじゃないかのう」

　竹取の爺さんが口を挟んだ。

「おまいさんが『肉体権税』をきちんと納めておれば、わしらに間借りさせることもなかったわけじゃ。してみれば、身体を提供して、一日の時間の四分の三をわしらに譲ることによって、おまいさんは税金滞納の埋めあわせをしたわけじゃろ？　わしらは間借り人かもしれんが、四分の一の権利は有しておるはずじゃ」

　ピンクは驚いた。ボケがはじまっていると思っていた竹取の爺さんが、こんなにすらすらと理屈を言いたてるなんて。頭脳明晰じゃん。

「権利？　そんなもん、あんたたちにあるわけない。私は、身体を貸してあげてるのよ」

「借りてあげてるんです」

　ヒロシが言った。

「たまたま、あなたの納税額が私たちよりもほんのちょっと多かったから身体が残ったんです。私たち三人は自分の肉体を失ったんだ。権利を主張したいのはこっちのほうですよ」

「な、な、なによ、あんたたち……」

「あの……お取りこみ中すいませんが……」

　ピンクが割ってはいった。なにしろ時間は三十分しかないのだ。

「家主さん、あんたがさっきから言ってる、大事な大事な『私の身体』だけどね、どうやらポンコツになりかけてるみたいよ。複数の病気に冒されてて、あと数週間の命だって」

「そんなでたらめ、私が信じるとでも思っているの？　だいいち、何の自覚症状もないじゃない」

「〈気付け薬〉を常用してたら、病気の進行に気づかないことが多いんだって。嘘だと思ったら、アイネ・クライネ伍長にきいてみたら？」

「う、嘘よ。あなた、私たちをだまして、自分がこの身体の主になろうとしてるのね」

「ちがうったら、もー。この状況を考えてよ。私たち、生まれてはじめて直接話しあってるのよ。こんなこと、〈魂摘出装置〉のお世話にならなきゃ実現するはずないでしょ」

「なるほど。ピンクちゃんの言うておることは、嘘ではなさそうじゃな」

「私もそう思います」

竹取の翁とヒロシは言った。

「それでね、私たち、たいへんなことになってるの。それに時間がないんだって。今から説明するから、しばらく黙っててよ、家主さん」

「何をこの小娘が……」

「おい、黙ってきいてやらんか！」

竹取の爺さんが厳しい声をだし、額田王は不承ぶしょう押しだまった。ピンクの手短な説明を聞いて、

「三十分たっても結論が出なかったら全員抹消だって？　じゃあ、急がないと……」

とヒロシが言った。

「三十分といっても、もう五、六分はたってるはずですよ。時計があればいいんですけど……」

その途端、暗闇のなかに、文字盤が浮かびあがった。

二十三分四十三秒、四十二秒、四十一秒、四十秒……。

「ふむ、これで残り時間がはっきりわかるのう。ゆっくりじっくり話しあえるというもんじゃ」

と竹取の翁。

「何言ってるの！　結論は最初っから出てるでしょ。話

しあう必要なんかないのよ」

額田王が叫ぶように言った。

「あんたたち寄生虫には何の権利もないって言ったでしょ。家主の私が残るべきに決まってるわ」

その声はのこり三人の怒声にかき消された。

「あんたの肉体はもうじき滅びるんだから、家主ではなくなるわけよ。わかってる？」

「そうじゃ。わしらは対等じゃあっ」

「あと……二十二分しかありませんよ」

こうして四人は話しあうことになった。

4

額田王（以下、額と略す）：残るのは私よ。私はあんたたちを寄生させてたことで、多大な肉体的、精神的被害を被った。そのつぐないを今してもらうわ。
桃屋ピンク（以下、桃と略す）：何言ってんの。税金を納めないあんたが悪いんじゃないの。私たちもそれぞれ、犠牲を払ってたわ。あんただけ被害者面しないでね。
竹取の翁（以下、竹と略す）：わしらは皆、同じ条件じゃ。公平にいこうじゃないか、公平に。
額：ふん、間借り人のくせに同じ条件だなんて私は……。
ヒロシ（以下、ヒと略す）：早く決めないと、時間がないですよー。
額：あんたたちが何と言おうと、私は自分の権利を主張するわ。私が残るべきよ。それ以外は認められないし、考えられない。
桃：ああ、こんな馬鹿がひとりいると、決まるものも決まらないわ。この人無視して話進めましょうよ。残るのは、私たち三人の誰かということで……。
額：ちょ、ちょっとあんた何言ってるの！　殺してやるっ。
桃：あははは。〈魂摘出装置〉のなかで殺せるもんなら殺してみなさいよ。——いいことを思いついたわ！　蘇生者にとっては二度目の人生でしょ？　やっぱり、一度目の私たちに譲るべきじゃないかしら。

額：な、何言ってるの！　私は、今、生きてるのよ。一度目も二度目も関係ない。それより、犯罪者は除外すべきじゃなあい？　人間として最低の行為をしたものは、残る権利がないと思うけど。ピンクさんは、勝手に宇宙軍に入って、私たちをこんな目にあわせた張本人だし、それにあんたがあの部屋から逃げだしたのは、人殺しをしたからって聞いたけど、それ、ほんと？
桃：私、やってない。
額：そうかしら？　あんたが発現してるときに起きたんだし、警察もあんたが犯人だと思ってるそうよ。殺人犯を残すわけにはいかないわよねーえ。
桃：ちがうの。私じゃないのよ。
額：あなたが発現していたときに起こったんだし、何もしてないんなら逃げだすことないじゃない。
ヒ：犯罪者がだめだというなら、額田王さん、あなたも犯罪歴がありますよね。
額：な、なんですって。
ヒ：隠してもだめですよ。「肉体権税」を払えなくなったとき、他人を寄宿させるの嫌さに、クレジットカードのデータを改竄（かいざん）したでしょう。使用直前に発覚したんで、未遂で終わりましたが、一円でも使ってたら逮捕されてるところですよ。
額：どうしてそれを……。
ヒ：ふふふふふ、私はコンピューターの仕事をしてますからねえ。あなたの名前は、金融関係のブラックリストに載ってますよ。
桃：なーんだ、あんたも犯罪者じゃないの。
額：あ、あんたと一緒にしないで。あんたは人殺しでしょう。
桃：だから、やってないってば。
竹：あと十六分じゃぞ。別の決めかたはないのかのう。
ヒ：じゃんけんでいいんじゃないすかあ。
桃：公平は公平だけど……なんか簡単すぎるわ。負けたら死ぬのよ。
ヒ：人間の生死なんて、そんなもんですよ。あっさり、軽く、サクッと決めましょう。
額：だめだめ、もっと重みのある何か……。
ヒ：簡単すぎるっていうなら、百回勝負にするとか。

桃：じゃんけん反対ーっ。
ヒ：トランプはどうです？　ブラックジャックかポーカーか……。
額：ばっかじゃないの？　トランプがないじゃない。
竹：いや、待て。ここは〈魂摘出装置〉のハードディスクのなかじゃろ。古代中国の教えによると、一切は空である。人間はみな、幻の身。幻化と人の生死は同じ。だとすれば……。
額：あっ、トランプが……。
竹：ほれ、出てきたじゃろう。
額：あ、あ、あんた、手品師？　それとも、超能力者？
竹：そうではない。えーと……わしにはうまく言えんのう。ヒロシくん、説明してやってくれぬか。
ヒ：我々の魂は、今、ハードディスクのなかに電気信号として存在しています。この世界においては、「現実」のものはひとつもありません。ということは逆に……。ほら。
額：トランプがもう一組……。
ヒ：望めば叶えられるのです。これはあくまで「空」としてのトランプですが、我々四人にとっては、存在するも同然なのです。
桃：うわーっ、トランプ、いいじゃなーい。ラッキー！　私、カードゲームはめっちゃ得意だもん。〈自由人〉のころ、晩ご飯賭けて、毎日やってたわ。
額：反対。それじゃあこいつが有利すぎるから。
桃：いいじゃないの、せこいこと言わないで。勝負は時の運なんだからさ。
額：私は絶対認めないからね。ヒロシくんはどうなのよ。
ヒ：うーん……そう言われれば、トランプはゲームの数が多すぎますねえ。どのゲームにするか選ぶだけでも時間がかかる。
桃：あと十三分よ。はやく決めなきゃ。
額：ああ、どうしようどうしよう。そうだ、同じカードゲームでも、百人一首はどうかしら。ぐっと高尚になるわよ。
竹：あんたは歌人じゃろ？　百人一首はあんたに有利すぎぬかのう。
額：百人一首ができたのは私の死んだずーっとあと。あんたたちと条件はかわらないわ。
桃：ダメーッ。自分の得意分野に持ちこむのは反則！
ヒ：早く決めないと時間がありませんよ。
竹：ちょっと思いついたんじゃが……麻雀はどうかの。
桃額ヒ（同時に）：麻雀っ？
竹：四人でする勝負事といったら麻雀じゃろ。じゃんけんのように軽くもないし、基本的にルールはひとつじゃ。麻雀は、人生の縮図とも言われておる。麻雀に、自分の人生を賭けてみるというのもおもしろかろう、と思うてな。どうじゃな？
桃額ヒ：…………。
竹：さっきのピンクちゃんのように、麻雀がとくに得意というものはおるかな？
桃額ヒ：…………。
竹：ルールを知らぬものは？
額：一応は知ってるわ。得意じゃないけどね。
ヒ：私はコンピューター麻雀しかしたことはないんですが……。
桃：えー、私、あんまり知らない。点数とか数えられないし……。
竹：そんなもの、誰かに数えてもらえばよい。麻雀でいいのではないかのう。異存のあるものは？
桃額ヒ：…………。
竹：では、決まりじゃな。——では、ルールをどうするかじゃが……。
額：ちょっと待って。あんた、さっきから麻雀にえらくこだわってるみたいだけど、どうして平安時代生まれのあんたが麻雀を知ってるの？
竹：蘇生してから覚えたのじゃ。わしはもともと竹細工の職人じゃからのう、竹の手触りが懐かしゅうて、麻雀牌に触っているうちに、自然と覚えたのじゃよ。ただの年寄りの暇つぶしじゃ。それより、おまいさんはわしよりまえの奈良時代の人間じゃろ。なにゆえ麻雀など心得ておる？
額：私は、もともと貝あわせやらおはじきやら双六（すごろく）やら囲碁やらといったゲーム類が大好きだったのよ。天武天皇とも天智天皇とも、よく賭け双六をやったわ。麻雀も、蘇生してからすぐに覚えたわ。じゃらじゃらした音がお下品だからあんまり好きじゃないけどね。
ヒ：私は、仕事の合間の暇つぶし程度で、それも、他人と打ったことはありませんから、めっさ弱いですよ。
額：ピンクさん、あんたはどうなの？
桃：私は……やっぱり〈自由人〉だったころに覚えたんだけど、トランプのほうがずっと得意だったから、麻雀はあんまり……。
竹：なるほど、ピンクちゃん以外、腕は互角というところではないかのう。麻雀は腕だけでは勝てん。初心者がビギナーズラックで勝つこともある。「運」は、初心者にも上級者にも平等にほほえむ。いかがかな、ピンクちゃん。麻雀で勝負してみんか。
桃：わかりました……。
竹：あと十分か。では、まず、雀卓を出そう。
額：出た出た。なかなかいい卓ねえ。全自動じゃないけど……。
桃：私たち、手がないのにどうやって牌をつまむの？
ヒ：つまめますよ、ほら。
桃：あ……。
ヒ：これは幻肢といって、腕を切断したひとが、ないはずの腕を痒がったりするのと同じ現象です。〈魂摘出装置〉のなかではこういうことが起こるんです。
桃：ふーん、よく知ってるわね。
ヒ：…………。
竹：あと、ルールじゃが、食いタン、先付けあり、リーチ一発裏ドラあり、カン裏なし、九種九牌、十三不塔あり……ぐらいのあたりまえのルールでよいじゃろう。時間もないから、東一局だけの勝負ということにせんか。
額：望むところよ。点数に関係なく、あがったものが勝ちということね。じゃあ、とにかく早あがりしなきゃ。ピンクさんもそれでいいわね。
桃：私、わかんないからなんでもいい。
額：これはただのゲームじゃないわ。命がかかっているのよ。そんな投げやりな態度でどうするの。
竹：まあ、そう言うな。わしはもう、勝とうが負けようがどっちでもええ。この世の名残りに、楽しい勝負をしてみたいというだけじゃ。

そして、生き残りを賭けた麻雀がはじまった。

5

（麻雀を知らない人へのアドバイス。麻雀のルールを知らないあなたには、ここからの描写は意味不明だと思います。5を飛ばして、6から続きを読んでください。それで十分、ストーリーはわかります。だったら、この5って何なんだ！）

漆黒の空間の中央に、青い麻雀台があった。四人はしばらくガラガラガラガラ……と牌をかきまぜたあと、四つの山に積みあげた。やがて、四人はそれぞれ自分の牌をまえに並べていった。コンピューター麻雀しかやったことのないヒロシは、おぼつかない手つきであったが、ほかのメンバーは手際よく牌を運ぶ。

配られた牌を見ている皆の顔は真剣そのものだ。この勝負に負けたら、抹消されてしまう……つまり、殺されてしまうのだ。しかも、生きのこれるのはひとりだけ。トップをとらなくては意味がないのだ。二位でも最下位と変わらない。そのうえ、東一局のみということになれば、配牌が全て、といっても過言ではない。額田王とヒロシはにやにや笑いを浮かべており、竹取の翁は達観しきったような顔で牌を撫でている。

親は、額田王、ドラは「一索（イーソー）」。

ピンクには隠していることがあった。実は彼女は、トランプよりも麻雀が得意だった。〈自由人（フリーター）〉のころは、毎晩のように徹マンしていたが、ほとんど負けたことはなかった。一晩のうち、何度か負けても、トータルすればピンクが勝っていた。そうやって、いつも仲間の食いぶちをまきあげていたのだ。それを言うと、トランプのときのように却下されるから、黙っていたのである。

（麻雀なら、絶対に勝てる）

ピンクには自信があった。だが、竹取の翁が言ったように、麻雀はうまいものが勝つとは限らない。大きな偶然に左右されるゲームである。ひどい配牌が来てしまったら、それでおしまいだ。だから、一抹の不安はある。しかし、今回に関しては、そんなことは言ってられない。どうあっても、どんなことをしても、なにがなんでも勝たねばならない。負けたら死ぬのだ。

　そして、彼女の配牌は……最悪だった。クソみたいな手だ。普段ならおりるところだが、そうはいかない。

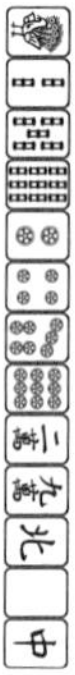

(これをあがりまでもっていくのは……大変だわ)

　萎(な)えた気持ちをなんとかかきたて、消えかけた火を熾(おこ)そうと努力する。

　東家である額田王の最初の捨て牌「白(ハク)」を、いきなりヒロシがポンした。

「すぐ鳴くのね。人生最後の麻雀かもしれないのに、少しは手作りしようと思わないの?」

　と額田王が言うと、

「勝ちゃあいいんです」

　そのとおり。勝てばいいのだ。というより、「負けてはいけない」のである。

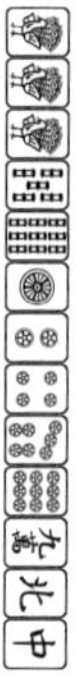

　五巡目、ドラがアンコになったが、手としては行きづまっている。食いタンか平和(ピンフ)であっさりあがりたいのだが、一九牌が集まりすぎだ。といって、今更、チャンタ狙いに変更するには遅すぎる。チャンスはこの一局だけ。

(どうすればいい……どうすれば……)

「この麻雀というやつなあ……」

　ピンクの焦りをよそに、一筒(イーピン)をツモ切りしながら、竹取の翁がのんびりした口調で言った。

「牌の捨て方で、腕がわかるというがまったくじゃや。額田王さん、あんた、得意じゃないとか言うておったが、その実、かなりの腕まえとみたがどうじゃ」

「そんなことないわ。かいかぶりすぎよ」

「いや、わしの目は節穴ではないぞ。二巡目にいきなり五筒を捨てているが、それは筒子を集めているのをカムフラージュするための布石ではないのかね」

「やなこというわね。ほっほっほっほっほっほっ」

「ポン！」

ヒロシが鋭い発声とともに、「中」をフーロした。これで、「白」、「中」を鳴いたわけで、大三元の可能性もある。

「へえ、ヒロシくんもなかなかやるわね。もっとも、初心者にしては、という程度だけど」

額田王が言った。

「だから、コンピューター麻雀しかしたことないって言ってるでしょう」

「手の内はまだ、二向聴、あるいはそこまでも行っていないわね」

「へー、図星ですよ。よくわかりますね。あ、しまった、言っちまった」

「かまわないわ。そのぐらいのことは捨て牌を見れば一目瞭然よ。なにしろ、私は『二一九九年全地球蘇生者麻雀大会』でベストテンに入ったこともあるんだからね」

ピンクは唖然とした。だましてるつもりだったのに、だまされてた。〈自由人〉のころに夕食を賭けてやっていたぐらいの腕なんて、世界規模の麻雀大会で十位以内に入った凄腕に比べたら「屁」みたいなもんだ。

（もうだめだ……）

ピンクは、自分の「死」が決定した、と思った。同居人たちは、ピンクなどよりずっとしたたかだったのだ。考えてみれば、蘇生者というのは、一度きりしかないはずの人生を二度生きているわけで、否応なくしたたかになるのかもしれないが……。

「運だの何だのいっても、やっぱり麻雀は腕よ。悪いけど、あんたたちの腕は私の足もとにも及ばない。勝てるはずないわ。おほほほほほほほ」

額田王はけたたましく笑うと、

「リーチよ」

点棒を放りだした。

「いいのかのう、リーチなどかけて。もう、手は変えられんぞ」

からかうような口調で言う竹取の翁に、額田王はドスのきいた声で、

「いいのよ。私はこの手に『命』を賭けたんだから。さ、皆さん、振りこんでねっ」

　額田王の捨て牌を見るかぎりでは、索子（ソーズ）が高い。しかし、さっき竹取の翁が言ったように、二巡目の五筒（ウーピン）打が迷彩ということも考えられぬではない。なにしろ、「二一九九年全地球蘇生者麻雀大会」のベストテンなのだから。

　ピンクは十三巡目につぎのような状態になった。

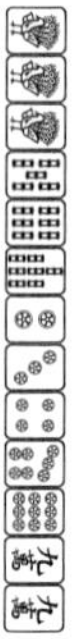

　聴牌（テンパ）った！　リーチをかけねばあがれない、ひどい手だが、今回のルールは、点数に関係なく、どんな手でもあがりさえすればいいわけだから、こんなクズ手でも、役満と同等といえる。最悪の配牌から打ちまわして、ようやくここまでに育ててきたのだから、愛着もひとしおである。

（もしかしたら……いけるかも！）

　微かな希望がわいてきたとき、ピンクは「三筒（サンピン）」をひいた。額田王のリーチに対してはあきらかに危険牌である。

（当たったら死ぬ。でも……このまま手をこまねいていても死ぬ。勝たなければ意味がない。つねに攻め続けないと……でも、もし当たったら死ぬ……）

　逡巡が堂々巡りをはじめた。

「早くしてよ。時間がないんだから、サクサクいきましょう」

「うるさいわね」

「桃屋さーん、早く振りこんでー」

「う、うるさいって言ってるでしょ。この牌に私の命がかかってるんだから……えいっ」

「アタリじゃ」

　気合いとともにツモ切りした瞬間、
　竹取の翁が、手牌をばたばたとあけた。ピンクの顔から血の気が引いた。

「『東（トン）』のみ悪いのう、わしが残ることになって」

その声は深い悪意に満ちていた。ショックのあまり声も出ないピンクのかわりに額田王が言った。

「竹取さん……あんた、ただ者じゃないわね」

竹取の翁は低く笑い、

「わしもおまいさん同様、麻雀大会で入賞したことがあるわい。ネット麻雀じゃがのう、『二二〇一年全宇宙ネット麻雀大会』の十五位じゃ」

こいつにもだまされてた！　何が「年寄りの暇つぶし」だ。全宇宙で十五位……ということは、額田王よりもずっとうまいわけだ。

「そ、そうだったの……。麻雀麻雀っていうからおかしいと思ってたけど……」

額田王はピンクに向きなおると、

「どうしてそんなもの切るのよっ！」

たちあがって、摑んだ牌を卓にたたきつけた。

「あんたひとりの負けですまないのよ。私たちも……消されてしまうんだからね。どうしてくれるのよ、この……この馬鹿女っ！」

「うるさいっ」

ピンクは額田王の胸ぐらを幻肢でつかんだ。

「私だって振りこみたくて振りこんだんじゃない。勝ちたかったのよ……。だって……だって、私、初心者なんだもん。なんにもわかんないんだもん。だから……しかたないでしょ！」

「しかたないですむかよ、こいつ。私たち、死ぬのよ。消えてなくなるのよ。わかってるの？　あなた、ほんとに、わ・か・っ・て・る・の？」

「わかってるわよっ」

「まあまあ、気持ちはわかるが、わしの勝ちは勝ちじゃ。むふふふふふ……約束どおり、わしが残るということで……」

「待って！」

ピンクはすがるような声で言った。

「お願い。もう一回……もう一局だけ」

「いまさらそんなことを言われてもむりじゃ。酷なようじゃが、最初にみなで決めたことじゃからな」

「だって、あんたたちふたりとも、めちゃめちゃうまいのを私たちに隠してたわけじゃない。ねえ、ヒロシさん、どう思う？　私たち正直に、麻雀は得意じゃないって言ったのに、このひとたち嘘ついていたわけでしょ。そんなの公平じゃないわ。知ってたら、私、絶対、麻雀で勝負することにＯＫしてないはず。あと一回やってくれるぐらい、いいじゃない」

「そうですね……」

ヒロシはそれ以上何も言わなかったが、額田王が早口でまくしたてた。

「『二二〇一年全宇宙ネット麻雀大会』の十五位相手じゃあ勝負にならないわ。時間も、あと七分あることだし、私も、泣きの一回に同意します」

「なんじゃと、あんたにそんなことを言う権利はあるのか。あんたはわしと同じく、このふたりをだましていたんじゃから……」

「私、さっきの勝ちは勝ちと認めない。三十分のタイムアップまでだだこねてこねて、ごね続けてやるわ。そしたら全員抹消。どうせ負けて消されるんだから、こうなったらあんたも道連れよ」

「き、貴様……」

竹取の翁は声を震わせたが、すぐにがっくりと力を抜き、

「それではこうしよう。つぎは東二局。一局目でわしが勝った分はそのまま点数を移動させる。時間が来たら、その時点で終了とする。つまり、二局目が流れたり、途中で終わったりした場合は、わしの勝ちということになる。ほかのルールはさっきに準ずる。それでよいな」

ピンクは、顔が見えないのをよいことに、にんまりとした笑みを浮かべ、

「腕の差は縮まらないと思うけど……いいわ。それで了承します」

「私もそれでいいです。今度こそ私が勝ちますよ」

とヒロシ。

「ねえ、今度の勝負は、勝っても負けても全員恨みっこなしってことにしましょうね」

額田王が言った。

「だだをこねまくって、みんな道連れにするって言ってたひとの言葉とは思えないわね」

とピンク。

「でも、いいわ。私も激しく同意。勝っても負けても恨みっこなし。そうしましょう。この一局に命賭けるわ」

「わしもじゃ」

「私も」

　そして、第二局が開始された。ピンクは、さっき額田王が叩きつけてちらばった牌を拾いあつめ、ガラガラかきまぜる。ガラガラガラガラガラガラガラガラガラガラ……ガラガラガラガラガラガラガラガラガラガラガラガラ……。

「いつまで混ぜとるんじゃ。時間がないぞ」

　竹取の翁にうながされたピンクは、

「天にましますわれらが主よ、どうかこの一局、あがれますようにってお願いしながらまぜてるのよ」

「神頼みか、くだらん。頼れるものはおのれの腕のみ。運はみずからもぎとるものじゃ」

　竹取の翁の口から瀆神的な言葉がもれたが、ピンクは無視して、牌をかき混ぜつづけた。ガラガラガラガラガラガラガラガラ……ガラガラガラガラガラガラガラガラ……。

「早くしてよ。いらいらさせるわね、ほんとに」

　ガラガラガラガラガラガラガラガラ……ガラガラガラガラガラガラガラ……。

「おい、いい加減にせえ。やる気があるのかないのか」

「黙って。今、大事なところなんだから」

　ぴたり、と手をとめると、山から慎重に自分の牌を取り、目のまえに並べていく。いい……いい感じ……うまくいってる……。かつて〈自由人〉だったころは、あらゆる汚い手を使わないと勝てなかった。乏しい食べものを賭けての勝負だったので、皆、必死だったのだ。その間に、ピンクはいろいろなことを覚えた。たとえば、こういうような……。

「ピンクさん、あんたが親よ。早くして」

　ピンクは額田王に向かって微笑むと、

「だいじょうぶ。勝負はすぐにすむわ」

「何？」

「天和（テンホー）です」

　言いながら、ピンクは自分の牌を端から倒していった。

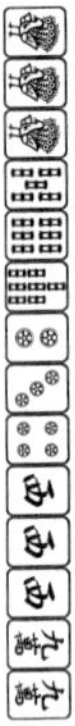

「あ、あんた……まさか……」

額田王が言った。

「なーに？　なにか文句ある？」

「積みこんだわね！」

「何言ってるのか全然ちっともまるっきりわかんなーい。私があがったのよ」

竹取の翁が唾液をとばしながら絶叫した。

「ううううう、そうか、さっき下にこぼれた牌を戻すときに……おまいさんこそ腕を隠してたな、許さん、こ、この腹黒娘めが！」

「あんたたちに言われる筋合いはないわ。だって、みんな同罪なんだもーん。あはははははははは」

「だめです、今の勝負は成立していません。イカサマなんですから……」

とヒロシ。

「ふふーん、証拠ある？」

「証拠はありませんが……でも、天和なんて……」

「天和であがっちゃいけないの？　そういう役があるんだから、いいわけでしょ。なにがいけないのかなー」

「卑怯よ、あんたは人間のクズよ」

「何とでも言って。私は生き残りたいの。だからこそ、ウンコまみれになってまで逃げてきたのよ。今、死んでたまるもんですか」

「だめじゃ、わしは認めんぞ」

「勝っても負けても全員恨みっこなし……でしょ？」

「正々堂々とした勝負ならそうだけど、こんなやりかたじゃあ……」

「ごねてやる。ごねてやる。ごねてやる」

「往生際が悪いわねえ、みんな。いさぎよくあきらめなさいよ」

そのとき、

ピロピロ、プー、ピロ、プー

という音に続いて、

カラカッチカッチ、カラカッチカッチ、カラカッチカッチ、ドンガラガッタ、プープー

「タイムアップ！」

それは、アイネ・クライネ伍長の声だった。

「三十分たちました。さあ……話しあいの結論は出ましたか」

「私が残ります」

間髪を入れず、ピンクが言った。一瞬の間を置いて、

「ちがうわっ。この女は卑怯な手を使って勝負に勝ったのよ」

「そうじゃ、こいつは最低のイカサマ女じゃ」

「今の勝負はノーカウントです」

「私たちはこいつを……」

「静かに！」

アイネ・クライネ伍長の声が怒気をはらんだ。

「私はずっと、モニターしていました。桃屋ピンクの勝ちは不当です。ですから、ただいまの勝負は無効とします」

「そ、そんな……私は勝ったのよ！」

「では、処理をすすめます。まず、額田王」

「ま、ま、待ってよ。私は額田王よ」

「それがどうかしましたか」

「私は万葉の歌人なのよ。歴史的重要人物よ。えらいのよ。すごいのよ。私を消すなんて、そんなこと絶対に許せ……」

「決まったことです。何か言いのこすことはありますか」

「そんなものないわよ。死にたくない。私、死にたくないわ。消えるのは嫌よ。お願い、何でもするから残して。豚の身体でも馬の身体でもいいから生かしておいて。ねえ、ねえねえ、ねえったらねえ、お願いだから消さないで。ひいいいっ、助けてっ」

「そろそろいいかしら？　私もいつまでも待ってるわけにはいかないのよ」

「う、う、う、味酒(うまさけ)三輪の山あをによし奈良の山の山の際(ま)にい隠るまで……」

「抹消」

「ちょ、ちょっと、辞世の歌ぐらい詠ませてちょうだ……」

暗黒の空間における額田王の存在感が、ふっと消えた。

「つぎは、ヒロシ。何か言いのこすことはありますか」

「とくにないですね。どうぞ……消してください」

「変わったひとねえ。抹消」

ヒロシの存在感が失せた。

「じゃあ、つぎで最後ね」

その言葉を聞いた瞬間、ピンクは覚悟を決めた。どうせ何をいっても聞きいれられないのだ。それなら黙って消えるほうがいい。自分は、ほんとうは二年まえに死んでいたのだ。それに、埋没しているときは、死んでいるのと同じだった。その時間がちょっとばかり長く……永遠に続くだけ……。

「竹取の翁、何か言いのこすことはありますか」

アイネ・クライネ伍長の意外な言葉に、ピンクは自分の耳を疑った。

「何？　わしは……勝ったのじゃ。消される筋あいはないぞ。わしは……」

「それが言いのこす言葉ですか」

「だから、わしではないと言っておるのじゃ。あんた、まちがっておるのじゃろ？　消されるべきはここにおる桃屋ピンクじゃ。わしは死ぬわけにはいかん」

「この世の名残りに楽しいゲームができてよかったですね。それでは……さようなら」

「やめろやめろやめんかっ。ひいいいいいいっ」

竹取の翁の存在感もなくなった。

広い、幅も高さも底もない、暗い空間のなかに、ピンクはたったひとり取りのこされていた。鬱陶しい連中ではあったが、二年間、同じ釜の飯ならぬ同じ肉体を共用していた仲間たちだ。彼らがいなくなったことで、ピンクはそこはかとないさびしさを覚えていた。

「さあ、桃屋ピンク、あなたを摘出します」

「はい。でも、どうして私が……」

「ゲームをモニターしていた結果です。あなたは卑怯で、抜け目なくて、人間としてのプライドもなくて、どんな手を使ってでも生きのころうとしていました」

そこで、アイネ・クライネ伍長は一旦言葉を切ると、

「そういう人材を、宇宙軍は求めていたのです。あなたを歓迎します」

6

「勝ち残りおめでとう、桃屋ピンク。それでは、あなたの魂を新しい肉体に収納します」

アイネ・クライネ伍長の言葉が終わらぬうちに、目のまえの暗闇に、細い蜘蛛の糸状のもので形作られた、魚の骨格のようなものがひとつ、ぷっと浮かびあがった。胴体を螺旋状にねじらせながら、その生物（？）はピンクに向かって空中を滑ってくる。まるでここが海のなかでもあるかのように。マッチの火ほどの明かりすらない真の闇のなかで、どうしてその生物だけが見えるのかがわからない。

「本来ならば、この教練所での魂摘出手術は、明朝行われるものですが、あなたの場合はやむをえない事情により、たった今から、ということになりますね」

銀糸でできた「魚」は、ジェットコースターのように上下にうねりながらピンクに近づいてくる。ピンクはふいにその生物の名前を思いだした。「バー」だ。古代エジプトにおける、死者の魂の運搬人。またの名を「スカイフィッシュ」ともいう。人間の魂を肉体から肉体へと移す、メッセンジャーRNAのような存在である。〈魂摘出装置(ソウルトレイン)〉の発明者であるスリル博士が、たぶんちょっとした茶目っ気から、魂の移動を行う機能に、見かけの「姿」を与えたのだろう。頭部に目はないが、口はある。リアルな牙と、そこから滴りおちる唾液のような物質が見える。螺旋状の尾の部分から、赤と白と黄色の長いコードがどこかに伸びている。

スカイフィッシュは、すさまじい勢いでピンクの脇を一旦通りぬけると、ぶんぶんと風音をあげながら、ブーメランのように弧を描いて戻ってきた。かわそうとして身をよじった瞬間、はっと気づいた。

（私……身体、ある！）

いつのまにかピンクは自分の身体を取りもどしていた。

ぶよぶよと中年太りした額田王のそれではない。スリムに引きしまった、ピンク自身の肉体だ。細くて長い手足、つんと上を向いた形のよい乳房、くびれた腰、張りのある太もも、股間の微かな翳り……これはまちがいなく「私」だ。私のものだ。なんて美しい裸身……私のワタシノ私のカラダ……！　ピンクは涙が出そうになった。

ピンクの肉体は二年前に消滅している。これはピンクの頭のなかにある「身体の記憶」の残像にすぎないとはわかっていても、「自分の身体を守りたい」という意志が強く働く。逃げようとしたピンクに、アイネ・クライネ伍長の冷酷な声が降りそそぐ。

「逃げてはだめ。わかっているでしょう？」

そうなのだ。二年まえにもピンクの魂はこの「魚」に食われ、チューインガムのようにくちゃくちゃ嚙みしだかれたあげく、額田王の肉体に吐きだされた。ただの魂移動システムにすぎない。このまま何もせず、身をまかせておくべきなのだ……。わかってはいるが、あの牙を見ていると、どうしても逃げたくなる。

スリル博士が魂移動機能にこのような「姿」を与えた意味については、いろいろ議論されてはいるが、結論はでていない。

「魂の移動は真の意味での『死』ではないが、魂が自己の肉体を離れるのだから、形式的には一旦死ぬわけだ。『死の恐怖』を魚や鳥の形に具象化して、被験者に『死』の持つさまざまな側面を疑似体験させるのが目的ではないか」

という説が有力であったが、何にしろ、天才の考えることは凡人にはわからないものなのだ。

（嫌……やっぱり嫌。助けて……神よ我をこの窮地からお救いください！）

ピンクが後ずさりしようとしたとき。

スカイフィッシュが突然、左右の胸びれをミノカサゴのように大きく広げた。カミソリほども鋭く薄い刃が、あるはずのないピンクの頸動脈をぶち切った。あるはずのない血流が高々とあがり、闇を赤く彩った。つづいてスカイフィッシュの胸びれは、あるはずのないピンクの右腕を切断した。ごろり、と腕が落ちた。

（痛い……っ！）

あるはずのない激痛がピンクのあるはずのない脳を駆けめぐる。スカイフィッシュはますます速度を増し、あるはずのないピンクの左の脇腹を深々と切りさいた。あるはずのない血しぶきとともに、あるはずのない胃と腸が、つながったままはみ出した。

（痛い……痛い痛い）

もがくたび、真っ赤な液体がスプリンクラーのように四方にまき散らされる。

（いない……どこいった？）

闇のなか、ピンクはスカイフィッシュの姿を探した。あるはずのない耳をそばだて、微かな滑空音も聞きのがすまいとする。ぶぅう……ううう……うううん。蚊の羽音のような微小な唸りが、どこからか降ってくる。前からか、後ろからか……ちがう……これは……。

ピンクが身体を弓のように反らすと、カミソリの鰭（ひれ）を持った架空の魚は、彼女ののど笛すれすれを猛スピードで駆けあがっていった。

（下からだ。地面から来たよ……！）

自分の肉体だからなんとかかわせたのだ。額田王の身体だったら今のはやられてる……。

ぶしゅっ。

下方からの予期せぬ攻撃をかわせたので、心に一瞬の油断が生じていたようだ。背後からまわりこんできた「魚」の襲来を、ピンクは避けきれなかった。

切断されたピンクの首が、バスケットボールのように高く飛んだ。だが、その様子をなぜかピンクは自分の目で見ることができていた。空中に跳ねあがった頭から髪が一本いっぽん抜けていく。次に、頭皮や顔面の皮膚がつるつるとゆで卵の殻を剝くように剝がれていった。筋肉や脂肪などが個々の細胞レベルまでばらばらになって四散し、白い頭蓋骨がそこに残った。頭蓋骨はきりきりと回転していたかと思うと、いきなり、ぱあああん！と木っ端微塵になった。あとには、クラゲのように、脳が闇の海にぷかぷか浮いていた。

下降してきたスカイフィッシュは、大きく口をあけると、くちばしでその脳をふたつに割った。なかには、梅干しの種のようなもの（よく見ると、卵の白身のような半透明の何かがそこから四方に伸びている）があった。

これが、ピンクの「魂」だ。

スカイフィッシュは、それをぱくっとくわえると、空中で身体を螺旋状にくねらせた。エジプト古来の死の鳥（バー）としての役割を今こそ果たそうとしているのだ。ピンクは、その一部始終を見ていた。眼球と視神経を使って、ではない。おそらく、左手の指先か、右の乳首か……そんなところの細胞のひとつが「目」となり、おのれの魂をバーがくわえて飛びさるのを見つめていたのだ。つぎの瞬間、ピンクの「意識」はスカイフィッシュのなかに移り、べつの場所に移動した。

ずたずたになった残りの胴体はすぐに霧散し、闇は闇として完全に閉ざされた。

あとは寂（せき）として声もなかった。

◇

〈人類圏〉に敵対するすべての知的生命体の黒幕、支援者と考えられているエゾゲバロ・ログロ人は、銀河系の太陽系とちょうど反対側にあるエゾゲバロ・ログロ・デクニサキ・ドンハレ・スゴイモモモン・チャワオウ星を母星とする知的生命体であり、巨大なナメクジに手足を生やしたような外観をしている（マスコミが彼らにつけたあだ名は「ナメナメクジクジナメクジクジちゃん」である）。人類同様、多くの星を植民地化しており、人類が外宇宙に領土を拡大しはじめるまえは、まちがいなく銀河系随一の勢力を誇っていたはずだ。もちろん、現在も強大な戦力を誇っていることにかわりはない。

彼らも、地球人とのコミュニケイションをほとんど断っているので、その真意は明らかではない。当初は、やみくもに勢力を伸ばそうとしている人類のことがうとましくて、それで人類に敵対する異星人たちを支援しているのだろうと考えられていた。

エゾゲバロ・ログロ人は武器、兵器、戦艦などに関する深い知識を有しており、人口も多く、戦力的には人類とほぼ互角と考えられていた。しかも、非常にずるがしこく、自分たちは直接手を下さないで、ほかの異星人を戦闘の矢面に立たせ、背後で操るわけだから、戦闘によるダメージも地球人に比べて軽微である。もっとも、近年は、直接の戦闘も多くなってきてはいるが……。

このままでは被害が増す一方だと判断した〈人類圏〉は、何度も公式に停戦を呼びかけたが、エゾゲバロ・ログロ人側からの返事はない。

「糞野郎」

「死ね」

「不細工なズンクズンクめ」

「くたばれボンコ」

「黄色い腐れおまんこ」

「ヘンバヤの小便を飲め」

「渦巻きを巻いて巻いて巻いちまえ」

「ダンヤヤのうえから殻もなく落ちろ」

「赤ん坊を食え」

「宇宙の秩序を破壊するもの、それはニンゲンだあっ」

といった罵倒語とおぼしき言葉が投げかえされるだけだ。

「何がそんなに気にいらないのだ」

〈人類圏〉の閣僚たちは理解に苦しんだ。人類の勢力拡大を抑えたいという意図なら、ある程度の戦闘がすんだ時点で和平を行い、互いの領域を画定するなどの大局的判断をくだすのが普通ではないのか。戦力が伯仲しているのはわかっているのだから、このまま続ければ、どちらかが滅びるまでやるしかない。それは、お互い、望むところではないはずだ。

しかし、エゾゲバロ・ログロ人は、どのような交渉にも応じようとしない。彼らの辞書には、停戦や和平の文字はないようだ。とにかく、ひとりでも多くの地球人を殺すことが目的のようなのだ。

どうやら、彼らが単に、「人類の勢力拡大により、自分たちの領土が減る」のを防ぐ、というような主旨のもとに戦争を仕掛けてきているのではない、ということだけはわかってきた。だが、その真意は不明のままだ。

人類が、敵方の真意のわからぬ戦争に巻きこまれて以来、すでに二十年以上が経過していた。志願して宇宙軍に入る、ということは、その「終わりなき戦争」に参加することである。宇宙軍にとって宇宙兵は完全な消耗品であり、志願兵の九十パーセント以上が入隊三年以内に死亡するといわれていた。現在、前線に送りこまれる下級の宇宙兵士のほとんどは、何かの罪を犯し、その懲罰として兵役を科せられたものだ。

　ピンクは、そういった状況にすすんで自らを置いたわけである。

7

　ピンクは気がついた。

　まだ暗闇のなかだ。だが、気分はさっきとはまるでちがう。生まれかわったようなすがすがしさがあった。

　目のまえに、若い男（二十二、三歳ってとこかな、とピンクは思った）の裸身が横たわっていた。ときどき、輪郭がぼんやりしたり、伸び縮みしたりしているので、現実のものではないだろう。

「ヘイ、そこのイカしたおネエちゃん！」

　どこからか声がした。

「誰……？」

　ピンクは身構えたが、

「おいらは、ジアトリマ・フランクフルティックス・アネクタンス。ジアトリマと呼んでくれ」

「ジア……トリマ？」

「そう。そこにある身体はおいらのもの。つまり、おめえの家主ってわけだ」

　やっと事情が飲みこめた。ピンクはまだ〈魂摘出装置（ソウルトレイン）〉のハードディスクのなかにいる。今から、ここに横たわっている肉体に寄宿するのだ。ピンクは、その身体をじっくり観察した。肌のあちこちに傷があり、赤銅（しゃくどう）色に宇宙焼けしてはいるが、張りがあって、みずみずしさを保っている。肩や胸の筋肉は瘤（こぶ）状に盛りあがり、胸板は分厚く、腹部の筋肉は製氷皿のように割れている。股間の陰毛のあいだからのぞく一物（いちもつ）は色黒で、太く、勃起時にはさぞや逞しかろうと推察された。

（男のひとの身体に……入るのか……）

　この肉体に抱かれるのではなく、自分が寄宿者のひとりになる。それは、ピンクにとってはじめての体験だ。

　しかし……あの白豚のように弛（たる）みきった額田王の身体に比べたら、こちらのほうがずっといい。

（若い……若い男の身体……）

自分にペニスができるなんて……考えるだけでも濡れてくる。といっても、もう女性器はないのだが。

「おめえは寄宿生活が長かったみてえだが、おいらははじめてなんだ。自分のなかに他人が入ってくるってのは妙な、怖いような気持ちだったが……考えてみりゃあそれってセックスとおなじだろ。女はいつも、そういうことを受けいれてるんだよな。そう思ったら、怖くなくなった」

「…………」

「おいらの身体には四人が寄宿するらしい。一旦、〈寄宿者〉になっちまったら、言葉をかわすことはできねえ。いまのうちに自己紹介させてもらうぜ」

ピンクはすこしがっかりした。いままではピンクをいれて四人世帯。つまりクワルテットだったが、今回は五人世帯、つまりクインテットになるようだ。ということは、ひとりの発現時間の割りあては、六時間から四時間と四十八分に減るわけである。

（六時間でも足りなかったのに……）

「おいらはゲイだ。おめえが発現したとき、禿頭の親父がおめえのチンポをしゃぶってた……みてえなことがあっても気にしねえでくれ」

あけすけな言いかただが、そりゃあはじめにきちんと教えてもらったほうがいいに決まってる。

「おいらは、携行型の銃器・火器フェチなんだ。一番好きなのはオグラサンド銃だ。あの鉛色の銃身を撫でるだけで、おいらはいっちまう！　宇宙軍に入ったのも、前線の兵士には最新鋭の武器の情報から現物まで惜しげもなく与えられるって聞いたからなんだ。前線で半年生きのびたら、軍の兵器研究所にまわしてくれるって約束なんだ。へへへへ……そうなったらこの手で好きなだけ銃だの爆弾だのいじれるんだぜ。ブラボー！　天国だぜえっ」

誰がそんな約束をしたのかしらないが、どう考えても口先だけのものにちがいなかった。

「つぎはぼくですね」

妙にこどもじみた声が聞こえた。

「えっへへへへへ。ぼくの名前は一休宗純（そうじゅん）。蘇生者です。一休さんと呼んでください」

「い、一休さん……？　まさか、あ、あんた、もしかしたら……」

「あわてないあわてない。お姉さんの言うとおり、ぼくは室町時代の禅僧で、とんち小坊主として有名でした。得意な分野は、策謀・知略方面かな。皆さんの知恵袋として活躍するつもりです。というわけで、ぼくもジアトリマさんの身体をお借りすることになるんです。こうやって直接会話できる機会はもう二度とないかもしれませんが、袖すりあうも多生の縁、今後ともよろしくっ」

「こ、こちらこそ……」

「ぼくはまえまえから、禅というものは、人類以外の生命体にとっても意味があるのかどうか知りたかったんです。もし、彼らに禅を伝えることができたら……ぼくは異星人たちに禅の心を伝えるために宇宙軍に入ったんですよ」

ピンクは、禅というのがなにかよくわからなかった。

「つぎはわしの番だな」

少し年齢を感じさせる声があいだにはいった。

「わしはズンドコーン・ズンズン・ズンズン・ズンズンドコーン。長すぎるから、ズンドコーンでじゅうぶんだ。わしは、エゾゲバロ・ログロ人の『ものの考えかた』を知りたいのだ。彼らは、ほとんど人類と接触しようとしない。研究室にこもっていては、何もわからない。そのために思いきって前線の宇宙兵になることにしたのだよ。わしはね、これまでの人生の大半を、異星人の研究に捧げてきた。研究対象は異星人の肉体、生理、生態だけではない。彼らの精神構造、思考、行動……その文化までを徹底的に調べあげてきた。その結果、現在、我々にとって既知の異星人、ジョ・ユウルA星人、ピュキダンカ人、チンボルガメナ人、ウッシシンガ人、アデ・KK・グァックス人、ミゴー・キャンキャン・蛇苺星人……らの精神構造は我々人類のものとさほど変わらないということがわかっている。つまり、人類と彼らは『わかりあえる』はずなのだ」

その言葉は淡々としていたが、秘められた情熱をピンクは感じた。

「そう……我々は彼らと戦争状態にはあるが、戦場のあちらこちらで、民間人がピュキダンカ人に命を救われたり、逆に人類が異星人を助けたり、といった、種をこえた友情がはぐくまれたようにみえる事例がいくつか報告されている。彼らだけが相手なら、〈人類圏〉は停戦合意に達することも不可能ではないように思える。しかし……彼らの背後におり、彼らを操っていると思われるエゾゲバロ・ログロ人に関しては、人間の思考方法がまるで通用しない。まさに異文化だ。何を考えているのかまるでわからない」

　エゾゲバロ・ログロ人は、巨大なナメクジ型の生物といわれているが、実際に見たひとの話だと、

「そんなもんじゃない。もっともっと……もーーーっと気持ちわるい」

　外観をしているのだそうだ。

「これまで人類が接触した異星人で、人類と戦争状態に入らなかったものはいない。つまり、人類にとって『友好な異星人』というのは存在しないわけだ。これはおかしいだろう」

「人類は、銀河系にとって新参者なんで、それでいじめられてるのかもしれませんね。ちゃんと筋のとおった挨拶をしなかった、みたいな理由で」

「たとえそうだとしても、ある程度共通性のある文化のうえに文明を築いてきた知的生命同士が〈最初の接触（ファーストコンタクト）〉をした場合、ふつう、いきなり戦争、ということになるかね？　まずは、相手のことをよく知ったうえで、非礼があったならそれをたしなめるとか、まちがいを指摘するとかするのが文明人のやりかたではなかろうか。あのナメクジどもが、ほかの異星人を組織し、陰にまわって、人類は宇宙の敵だ、滅ぼすしかない、と煽動しているのだろう。つまり、この戦争は、実際には人類対エゾゲバロ・ログロ人の戦いだということだ」

「ということは、人類がエゾゲバロ・ログロ人に勝利するか、講和を結ぶかできれば、あとの異星人はみんな、停戦に合意するはずですね」

「そういうことだ」

「でも……どうしてエゾゲバロ・ログロ人は人類を目の敵にしているんですか？」

「それが……わからんのだよ。彼らがなぜ我々人類にこれほどまでの敵意を持っているのか、いくら調べてもま

ったく不明なのだ。とにかく、人類憎し憎し憎し憎し憎し……なのだ。わしはね、なんとかこの戦争を終結させたい。個人の力でなにができる、と思うかもしれんが、エゾゲバロ・ログロ人の精神構造さえわかれば……彼らが何を望んでいるのかがはっきりしさえすれば……彼らと腹を割って話ができさえすれば……この、無意味な戦争を終わらせられるのではないか、と信じている。そのために、わしは兵士になったのだ。人類にも敵方にも、これ以上犠牲者を増やしてはならない」

ピンクが、ズンドコーンの言葉にすこし感動しかかったとき、

「けっ。なにが戦争を終わらせる、や。しょうもないこと抜かすな」

突然、がらのわるいダミ声が割りこんできた。

「おネエちゃん、わてはガタガタ・ガタンガ・ガタタンガ・タンガゆうもんや。ダチ公はみな、ガタやんて呼んどる。――この戦争は、終わらせるべきやない、とわては思う」

「どうして？」

「もうかるからや。〈人類圏〉がだらだらだらだら宇宙戦争を続けてる理由はな、この戦争が金になるさかいや。今、死人の蘇生のせいで、世の中はこれ以上ないっちゅうぐらいの不況やけど、唯一潤ってるのが軍需産業や。戦争ゆうても、相手はひとつやない。宇宙のあちこちでいろんな相手と戦ってる。ごっつい量の兵器が毎日徹夜徹夜で作られとるがな。〈人類圏〉の現指導部の支持母体はそうゆう兵器メーカーや。この戦争、終わってもろたら困るがな」

「なるほど……」

「わてはもともと宇宙船乗りやった。地球・火星間に就航しとった小型貨物船の船長でな、自分で言うのもなんやけど、たとえ小惑星帯（アステロイドベルト）に正面から突っ込んだとしても、船にはかすり傷ひとつ負わせん、ゆうぐらいええ腕しとった。ところがある日、仕事場にいったら、変な若いやつが操舵室におるんや。顔がカクカクカク、カクカクしとってな、声も、しゃべりかたも、動きもカクカクカク、カクカクしとるんや。なんやおまえはいうたら、ロボットですわ、今日からあんたにかわってこの船の船長ですわ、ときた。そんなん

きいてへん。わては会社に連絡した。そしたら、おまえは今日かぎりクビや……その一言だけやった。この年齢や。再就職先もあらへん。わてが、自棄(やけ)になって酒とクスリに走ったせいで、うちの家計は火の車になってしもた」

　長い話になりそうだ。ピンクがうんざりしかけたとき、ガタやんの言葉が、ノイズが入ったようにとぎれとぎれになった。

「どえらい借金背負……ヤクザロボットが取りた……見かねた妹のグチャ子は、兄ちゃん、ええ仕事見つけてきたさかい……前線の慰安婦になりよ……借金もあらかた返せた。せやけど、わてのせいで、妹は……なんとか金をこしらえて、妹を慰安所から身請け……見つけたのが、前線と補給基地を往復……補給物資運搬船のパイロット……戦闘地域のまっただなかやさか………ごっつええ金になる。ただし、採用条件は……………前線での一年以上の経験保有者に……限る……」

　チューニングの合わないラジオのように、聞きとりにくい。しかも、どんどんひどくなっていく。

「それで……わてはここにおる…………戦争が続いてく
…………わては金が稼げ…………この戦争、終
……ら……てたまるかいかいかいかいかいかい
かいかいかいかいかいかいかいかいカイカイカ
イカイカイカイカイカイカイカイカイカイかかかかか
かかかかかかかかカカカカカカカカカカカ∞∞ω
∞∞∞∞∞∞∞∞∞∞∞∞∞∞……」

　傷がついたCDのような状態になった。

　上空で何か銀色の物体が狂ったように回転している。さっきのスカイフィッシュだ。いつもの、流れるようなめらかな動きはまったく失われ、猛スピードできりもみ旋回する様子は、尻尾に花火を結びつけられたネズミみたいに見えた。その身体は一部が消えたり現れたりして、点滅状態になっている。

（何が起こったの……？）

　ここが〈魂摘出装置(ソウルトレイン)〉の内部であることはわかっている。装置に何らかの衝撃が加わったのだろうか。もしかしたら、この空間から一生でられないのでは……。

「たまるかいかいかいかいかいかいかいかいかいかい……」

ガタやんはまだ、「かいかいかいかいかい」と言いつづけている。

「うるさいっ、かいかい言うなっ」

ピンクは手で耳をふさいで叫んだ。狭いんだか広いんだかわからない暗闇に「かいかいかいかいかいかいか……」が毒ガスのように充満していった。

「かいかいかいかいかいかいかいかいかいかい」

「うるさいっ、うるさいっっ」

「かいかいかいかいかいかいかいかいかいかい」

「だから、うるさいんだってば」

「かいかいかいかいかいかいかいかいかいかい」

「だまれ、この馬鹿っ」

ガタやんは、急に押しだまった。

しん、としているはずだが、ピンクの耳の底にはまだ「かいかい」が滓(かす)のように残っていた。

「……トリマ二等兵！　ジア……マ二等兵、聞こ……ますか！」

さっきまでは上から降ってきていたアイネ・クライネ伍長の声が、今度は足の下から聞こえてきた。

「聞こえてるぜ。なにがあったんだ」

「ちょっと〈魂摘出装置〉のシステムにバグがあったみたいです。――もう回復しました」

「たのんまっせ。機械もんはちゃんとしてもらわんと」

いつのまにか平常に戻ったガタやんの声が言った
「それでは、ここにいる五人の皆さんをひとつの肉体に収容いたします。全員、リラックスしてください」

いやだあああああっ。

ピンクの心のなかで、叫び声が噴きあがった。二年間の共同生活を経て、久々に〈自由人(フリーター)〉気分を味わったピンクは、再び共同生活をする気になれなかった。あの、ヌカタのババアや竹取のジジイとの暮らしで体験した、死にたくなるほどうっとうしい気分を再び味わうのがどうしてもいやだった。だが……逃げることはできなかった。

ピンクは、自分の魂の全域に、びびびびび……と静電気のようなものが走ったことに気づいた。ピンクの魂は、その電気のようなものにからめとられ、動けなくなっていた。自由が利かないまま、彼女の魂はある方向に向かってひとりでに移動をはじめていた。あらがおうとしても、遠くの掃除機に吸いよせられるハウスダストのように、ずるずる……ずるずる……と闇のなかの一点に向かってひきずられていく。その一点とはもちろんジアトリマの肉体である。そのうちに、残りの四人の魂と一緒にされ、ミキサーにかけられた挽肉みたいにぐちゃまぜになったかと思うと、

「ごぼん」

と、ジアトリマの肉体に飲みこまれた。

その瞬間。

なんともいえない嫌な感覚……戦慄がピンクの魂を震わせた。「心」に何か「異物」が混入したような、気づかずに食べものと一緒にゴキブリを飲みくだしてしまったような……ピンクは「うげえっ」と吐きそうになった。

（何……この感じ……まえのときには……なかった……ような……）

そんなことを思いながら、ピンクの意識はしだいに薄れていった。

第三章　宇宙兵ブルース

「このすてきな制服に、入隊手当とロハの健康診断、おっとそれだけじゃない、こういうすごい勲章もやろうというんだぜ」

キューに応じてロボットがさし出すケースを開くと、軍曹は目もあやなリボンと金ぴかメダルをとり出した。宝石をちりばめた星雲形に、黄緑色のペンダントのついた勲章を、ビルの幅広い胸につけながら、軍曹はおごそかな口調で言った。「これは名誉入隊章だ。それから、皇帝ご下賜の〈金色喇叭〉記念章、〈勝利への前進〉旭日章、〈軍神の母を讃える〉顕彰章。それともう一つ、〈豊穣の山羊の角〉勲章がある。こいつは別にどうって意味はないが、みてくれはいいし、それに避妊薬の容器

にもなっているんだ」（中略）

「宇宙機動歩兵部隊へようこそ」軍曹は胴間声を上げ、ビルの背中をどんとどやしつけ（僧帽筋も岩だ）、尖筆をとり上げた。

「**整列！**」軍曹がいちだんと大きい胴間声をひびかせると、新兵たちは居酒屋からよろめき出た。（中略）

「息子さんは、皇帝陛下の光栄ある兵士になられたんだよ」軍曹はいうと、だらしなく口をあけた猫背の新兵たちを力ずくで整列させはじめた。

——ハリイ・ハリスン『宇宙兵ブルース』（浅倉久志訳）より

1

次にピンクが目覚めたのは、〈魂摘出装置〉での一件から四時間四十八分ののちのことだった。発現の一番手は家主のジアトリマで、ピンクは二番手だったのだ。

制服を着た状態で、狭い場所に横たわっている。

新しい身体……。

筋肉質で、若々しく、中にいるだけで気分までどんよりした額田王の肉体とは大違いだが、「他人の肉体」であることにかわりはない。

そっと、股間に手を伸ばしてみる。

うひょおっ。

これがアレかあ……。

ぐにゅっ、と摑んでみる。びくん、と軽い性感が脳に届いた。

ズボンとパンツをおろして、直にその「物体」を見てみたいと思ったが、人の目があるかもしれないのであきらめた。

なんだか吐き気がする。胃や腸のあたりに痛みとムカツキがある。深呼吸をしたら、肺も痛んだ。新しい身体だからしかたないのかもしれないが、それにしても気分が悪い。

（男の身体だからかなあ……）

頭のすぐうえに天井があり、手が届く。どうやらピンクは、新兵の寄宿する大部屋の、三段ベッドの一番上の段にいるようだった。

きょろきょろとまわりを見回す。百人ほどの新兵がベッドのうえや、通路で、ミニパネルにメモを書いたり、誰かとしゃべったり、と思いおもいのことをしている。

（ピンクのように）すでに誰かの肉体を共同使用している少数の例外をのぞいて、彼らは明日の朝の訓練まえまでは単体だから、のんびりしているわけだ。

（明日からみんな、私と同じ目にあうんだよ。ひとの肉体に仮住まいするのがどんだけ嫌かあんたらもゆっくり味わいな。ザマーミロ）

意地わるく、ピンクはそう思った。この人数も、明日の朝には、何分の一かに減るわけだ……。

そのとき、壁のスピーカーが突然がなりたてた。

「夕食時間である。全員、一分以内に食堂に集合せよ」

新兵たちは、ざわざわと部屋から出ていった。あっという間に大部屋はがらんとなった。ピンクは、三段ベッドのいちばんうえからはしごを使って降りようとした。

「うわあっ」

はしご段から足を踏みはずして、ピンクは床にたたきつけられた。

（痛……）

腰をさすりながら起きあがる。

（この身体……うまく操れないなあ……）

寄宿したばかりだからしかたがない。「心」を「肉体」にあわせるように、ゆっくりと歩く。違和感がある。新しい肉体はなかなか言うことをきかなかった。

（そのうち慣れるだろう）

と大食堂で夕食をとりながら、ピンクは思った。

（それにしてもまずい！）

食べているのはたしかに「人工野菜」ではあるが、なんという名前の野菜かはわからない。見た目は濃いクリーム色で、ジャガイモかトウモロコシをすりつぶしたもの、といっても通るかもしれないが、口にしてみると、やけにもそもそするし、なかの繊維分が歯にひっかかるし、甘苦いような嫌な味がするし、なんだかガソリン臭い。夕食の献立は、この「茹で人工野菜」のほか、ぱさぱさのパンと「特製ドリンク」だけだ。このドリンクは、すり下ろしたとろろ芋をオレンジ色に染めた、としか思えないしろもので、むりやり飲みこむと、食道を芋虫のようにのろのろと胃にむかって這いおりていくのがわかる。これなら、〈集合住宅〉で食べていた配給のレトルトのほうがずっとましだ。教練のあいだじゅう、こんな食事が続くのだろうか。ピンクはすでにうんざりしていた。ほかの新兵たちも同じ気持ちのようで、なかにはほとんど手をつけずに食べのこしているものもいた。

(主よ……なるべく発現が食事時に当たりませんように)

ピンクはこっそりと神に祈った。〈最後の審判〉ののち、神の存在が確実になって以来、神が人間の願いを叶えた、という話はきいたことがないが、それでも祈らずにはおれぬ。はたして「神」は人間に何をしてくれるのか、何ができるのか、何をするつもりなのか……口には出さないが、みなが内心思っている疑問である。

(神がいるってことで……人間にとって何か得なことあるのかなあ……)

ふと湧きあがった瀆神的な気持ちをふたたび心の底に沈めると、ピンクは人工野菜の半分ほどを残し、食器を持って立ちあがろうとした。

「こらああ、おめへらあっ！」

落雷のような声が響きわたった。

「飯ィ残すやつァただじゃあおかねえからそう思へっ」

見ると、コック帽をかぶり、エプロンをつけた太った男が、右手に中華鍋、左手にお玉杓子を持って叫んでいる。手の甲や胸はもとより、全身のいたるところに剛毛が生えており、まるで野生の熊だ。面相がまたえげつない。もともと四角い顔だったのを、うえからぎゅっと押しつぶしたのではないかと思われる「菱形」の顔だちだ。眉毛は糸のように細いが、目は直径が五センチぐらいある。しかも、その目が完全に「イッてしまってる」感じなのだ。口もまた馬鹿でかく、長さ二十センチはある。唇の肉は上下ともぶよぶよで、その周囲に硬い髭がびっしり植わっており、ナマコかなにかがへばりついているみたいだ。その端から、粘着質のよだれを垂らしながら、

「今日の料理はな、おいらが真心こめてこさえたんだ。皿ァなめたみてえに食いつくさねえと、ひでえ目にあはせるぜ。こいつァ上官からの命令だ。わかったか。わか

ったら席に戻って、残りを食っちめえな」

大多数は、そのコックの強面な風貌におびえて、嫌々ながらも席に戻り、「人工野菜」を口に押しこんだが、数人の新兵は、

「なんでこんなまずいもん、食わないといけないんだよ」

「俺たちゃ兵隊だぜ。身体が資本なんだ。もっといいもの食わせろよ」

「何が真心こめてだ。こんな料理、豚も食わねーぜ」

「うまいものを腹一杯食えると聞いたから入隊したのに、これじゃ詐欺ですよ」

そう言って、食堂から出ていこうとした。

「待った」

熊のようなコックは、彼らのまえに立ちはだかると、

「出された食事は全部食ふ。それが食堂の『掟』だ。それに従はねえてめえらは軍律違反だ」

言うなり、いちばんまえにいた若い男の両肩を押さえつけると、腹部を膝で蹴りあげた。みごとに入ったらしく、若者は口からオレンジ色の「特製ドリンク」をげぼげぼと戻すと、その場にうずくまった。コックは彼のえりがみをつかんで立たせると、今度は顔面を毛の生えたこぶしで数度殴りつけた。若者の鼻柱の軟骨が折れ、鼻がねじ曲がった。うつぶせに倒れたところに馬乗りになり、中華鍋で後頭部をめったやたらに叩きまくった。ぐわん、くわん、ぐわあああん、くわあああん……という銅鑼のような音が響いていたかと思うと、

「ぐしゃ」

という音がして、若者の両耳から黒い血がたらたらっと垂れた。遠目にも、後頭部が頭蓋骨のなかにめりこんでしまっているのがわかった。眼球も、両方とも眼窩の外に完全に飛びだしてしまっている。

食堂は重い静寂に包まれた。しばらくしてひとりが、

「軍律違反かもしれないけど……何も……殺さなくても……」

コックは中華鍋を振りあげると、

「食堂はおいらの城だ。おいらァ、ここの王さまだ。おいらはここがいつもきちんとしているのが好きだ。そのことをおめへらに教えてやろふと思ったまでさ」

「………」

「いいか、肝に銘じておけ。食堂のなかじゃあ、おいらが法律だ。おいらに逆らふやつァ皆殺しだ。食へ！」

その獅子吼（ししく）に、全員がはじかれたように席につき、残った食事をもぐもぐ食べはじめた。ピンクも必死で食べた。このあとどんな苛酷な教練が行われるのかわからないが、唯一の息抜きのはずの食事時間がこれでは、ほかは推して知るべしだ。

2

夕食後の一時間は「自習時間」という名目だが、要するに休憩時間である。大部屋に戻り、三段ベッドのいちばんうえにある自分の寝台によじのぼって、横になった。時計を見る。もう時間だ。〈気付け薬（しゃぶ）〉を打たなければならない。ひびの入った注射器に薬液を吸いあげ、手首の静脈に注射する。穢（けが）れた液が身体中の血管に広がっていく。ため息……ため息。宇宙軍に入ったのはまちがいだったのでは、といまさらながらに思った。でも、もう脱出できない。

そうか……？　絶対に出ていけないとあきらめていた〈集合住宅（ありづか）〉ですら脱出できたではないか。こんなところ、出ていくのは朝飯前だ。だが……出ていって、どうする？　自分以外に四人もの人格が詰めこまれた借りものの身体で、どこで何をして暮らすというのだ。また、〈自由人（フリーター）〉になるのか？　今度、捕まったら、問答無用で殺されるだろうし……。

薬が効いてきた。手足の先端が熱くなってきて、活力が湧いてくる。薄汚れた薬液が身体の隅々にまで行きわたった証拠だ。だが、この活力はあくまで、二十四時間、寝ずに肉体をこきつかうためのニセの活力なのである。

ピンクは、アイネ・クライネ伍長によって行われた、簡単なレクチャーの内容を思いかえしていた。

まず、発現する順番と訓練スケジュールとの関係だが、ピンクの場合、順番はジアトリマ、ピンク、一休さん、ズンドコーン、ガタやんの順。ただし、ほかの兵士は、クインテットとはかぎらないらしい。個々の兵士の発現が切りかわるタイミングはまちまちだし、訓練スケジュールともぴったりあうわけはない。そんなバラバラな状態での訓練はやりにくかろう。なにしろ訓練期間はたった三ヵ月しかないのだ。三ヵ月たったら、皆、前線に送りこまれ、一人前の兵士として働かねばならないのだ。ふつうなら、たとえば銃器の扱いを学ぶだけでも三ヵ月やそこら必要だろうが、〈人類圏〉の直面している事態を考えると、そんな悠長なことは言ってられない。そのために、エキスパートをひとつの肉体に押しこみ、かつ、二十四時間ぶっとおしで訓練する、という方式をとっているのだろう。

もちろん、プライバシーなど存在しない。その点は、〈集合住宅〉時代よりもひどい。食堂でも風呂場でも、二十四時間ずっと、誰かの監視の目がある。ひとりでいられるのはトイレのなかだけだ。〈集合住宅〉のころは、少なくとも自分が発現している時間は、自分の自由にできた。同僚の新兵たちは、明日の朝行われるという〈魂摘出手術〉や他人の肉体に入れられる不自由さにおびえていたが、ピンクにとっては、こういった「軍隊式共同生活」がなによりつらかった。

（もう、うんざり……）

そう思っていると、ベッドの柵のところへひょっこりと金髪の頭部が突きでた。

「やっほー」

まだ若い、おそらくピンクの実年齢より若い少女だ。髪の毛は全体が強くカールしており、前髪を長く垂らしている。鼻のあたまにそばかすがあり、目の色は青。整ってはいるが、どこかはかない顔立ちである。

「誰……？」

ピンクが声をかけると、少女はくすっと笑い、

「下の階の住人」

「下の階って……ああ」

ピンクは納得した。三段ベッドの二段目が彼女の「部屋」なのだ。少女は目をくりくりさせながら、

「あのねー、あんた、ほんとは女なんでしょ？」

「そうよ。私は今、男のひとの身体に入ってるけど、魂は女」

「歳はいくつ？」

「十四歳」

「わちゃっ、あたしは十三歳。つーことは、あんたのほうが一歳うえだ。ねーさん、って呼んでいいっすか。ねえねえ、ねーさんの身体のなか、いくつ魂が入ってるんすかあ?」

「私をいれて五人よ」

「それってどんな気分? あたし、明日の朝になったらねーさんみたいな分割所有者になるわけでー、そのまえに経験者にいろいろきいてー、心の準備をしておこうと思ってー」

「私の場合はクインテットだから、一日の発現時間は四時間四十八分しかないんだけど、ひとりでいたときと何が変わるってわけじゃないわ」

「ふーん……そんなもんかな。怖くないっすかー?」

ピンクは〈自由人狩り〉に捕まって、はじめて〈魂摘出装置（ソウルトレイン）〉にかけられたときのことを思いだしていた。

怖かった。自分の肉体を失って、まるで知らない他人の身体に入る……話にはきいていたが、まったく未体験の世界だった。だが、それをこの少女にストレートに伝えるわけにはいかない。

「死んじゃうわけじゃないからね。毎日十九時間寝てると思えばいいのよ」

「あっ、そーか。頭いー」

「他人の身体だから、なにかとやりにくいこともあるけど、慣れたら同じよ」

「なるほどねっ」

ピンクは、少女がやけにあっさり納得したのが解せなかった。怖くないはずはないのに……。ピンクは急に意地悪な気分になり、

「でもさ、自分のなかに他人の魂が入ってくるんだから、最初はとまどうかもね。嫌なもんよ、自分の身体が自分ひとりのものじゃない、いつも誰かに監視されてる……みたいなことって」

「それはだいじょうぶっすー。あたし、そういうことは経験済みだかんね」

少女はわけのわからないことを言った。

「そ、そうなの……? でも、自分の身体が残るとは限

らないわよねえ。他人の身体を間借りすることになる可能性のほうが高いわ」

「あーあ、あたしってすんごくかわいい少女だから、あたしの身体が残ったらいいのになあ……」

「残す肉体はたぶん、機動力のある男性のものだと思うわ。あんたみたいな痩せっぽちの身体で、苛酷な前線の戦場に耐えられると思う？」

　意地悪さに拍車がかかる。

「えー？　あたしって意外と肉体派なんですよー。実は、脱いだらすごいんっす。前線……ばっちりだと思いますけど」

「無理むり。自分の身体をまとっていられるのは今夜が最後。そう覚悟しておかないと……つらいわよ。魂は残っても、自分の身体は『無』になる……それって『死』に等しいことだから」

「え？」

「あははは。ご心配なく。それも経験済みだよーん」

「あのー、あたし、〈蘇生者〉なんです。ほらねっ」

　少女は、前髪をかきあげた。そこには、円形のタトゥーに「蘇」の文字があった。

「あたし、十九歳のときに死刑になったんです。おととし十一歳の状態で蘇生したの。だから今はきゃぴきゃぴの十三歳なんですぅ」

「死刑って……」

「あたし、魔女狩りにあって、ひでー目にあったんす」

　少女はうっとりとした表情で言った。

「広場のまんなかに立って、集まった大勢のひとたちを見渡すのは、誇らしい気分だったっす。だって、神さまのために死ぬんだもん。みんな口々に『魔女め』、『早く殺してしまえ』……って叫んでたけど、なかにはあたしの魂のために祈ってくれているひともいたっけ。あたしが神さまに、永遠の花園に生まれかわらせてちょーだい、って祈ったとき、したから熱い風がぶわあっと来て、四方八方が真っ赤になった。あたしはまるで、赤いバラの花を身体中にまとったみたいでー、めっちゃ素敵だった。たぶんー、あの瞬間、あたしって世界中でいちばん美しかったと思うっすー。そのうちに、肌とか髪の毛とかちろちろちろちろちろ燃えてきて、ぶすぶすぶすぶす焦げだして、熱くて痛くて息ができなくて苦しくて、目のたまも舌もどこもかしこも焼けて焼けて焼けて焼け焼け焼け焼け焼けああああああああああああ」

「ちょ、ちょっとしっかりしてよ！」

「皮が黒こげになって、だんだん胃も腸も骨も血もなにもかも炭になっていって……それを、あたし、『自分の目』で見ていたような気がする。あのときのあたしの視点って……どこにあったんだろ……」

知るかよ。

「意識がなくなるとき、もう耳なんか焦げおちてたはずなのに、あたし、右の耳で『魔女め、くたばれ！』、左耳で『フランスの英雄、万歳！』って言葉を同時に聴いてた。そのあと、バシャッとカーテンが降りたみたいになにもかもが暗くなって……蘇生するまではずっと眠ってたみたいっす。だから、魂摘出なんかどうってことないねーってば」

「そ、そうなの……」

「それにね、ねーさん、さっきも言いましたけど、自分のなかに他人が入ってくるのもちゃあんと経験したんっすよ」

「誰が入ってきたの？」

「もちろん、『神』っすよー！」

ピンクはおもいっきりひいた。神が自分のなかに入ってくる、というのは、クリスチャン女性の性的妄想によくあるやつだが……。

「今、あたしのこと馬鹿って思ったっしょー。ほんとなんですって。十三歳のとき、あたし、はじめて『神の声』を聴きました」

「あの……あんたの名前ってもしかしたら……」

「あたし？　ジャンヌ・ダルクっす。またの名を……またの名っていっても、お股に名前がついてるわけじゃないっすよん。またの名を、オルレアンの乙女。知ってます？」

ジャンヌ・ダルクは、十五世紀、英仏百年戦争の期間に、フランスのドンレミにある農家に生まれた。十三歳のとき、ジャンヌは突然、「神の啓示」を受けた。男装して重い鎧を身につけた彼女は、フランス軍の先頭に立って戦い、オルレアンを解放して、フランスの勝利に大きく貢献したが、のちにブルゴーニュ軍の捕虜となったとき、フランスはジャンヌを見捨てた。ブルゴーニュ軍からジャンヌを買いとったイギリスは彼女を宗教裁判にかけ、ついにジャンヌは教会からの破門とイギリス軍による死刑を宣告された。ジャンヌはルーアンの広場で火刑に処され、灰はセーヌ川に流された……。

「でも、あんたなら歴史的重要度は……」

「Cプラスでーす」

額田王がEマイナス、一休さんがFであることを考えるとかなり高い。軍隊に入ったり、肉体や時間を切り売りしなくても、なんとか食べていける程度の年金をもらえるはずだ。

「それなのに、どうしてこんなことしてるかっていうんでしょ？　もっちろん、『神』のためですよん！　今、人類は歴史はじまって以来の未曾有の危機に直面してるっす。異教徒で馬鹿で罰当(ばちあ)たりな異星人たちが、『神の子羊』であり、選ばれた民であるあたしたち人類を蹂躙(じゅうりん)してるんっす。こんなことが許されますかー？　あたしは、人類を救うために宇宙軍に志願したんすよ。えっへへへ」

「ふーん……」

「まあ、見といてください。あたしは近い将来、宇宙軍の先鋭部隊を率いて、あの異教徒どもをぎったぎたにぶっとばしてやりますよん」

ジャンヌはかわいい顔を上気させて言った。

「じゃあ、『宇宙軍に入って、異星人の軍隊を破れ』っていう神さまからの啓示があったの？」

ジャンヌは悲しげにかぶりを振り、

「蘇生してからは、神さまの声は聞こえたことないんすよ。あたし、もう見捨てられたんすかねえ……」

「そ、そんなことないんじゃない？」

「だったらいいんすけどお……ほら、スリル博士っているでしょ？」

スリル博士は、今から二十七年まえに、神の啓示を受けて〈魂摘出装置(ソウルトレイン)〉を発明した、といわれている天才科学者である。「といわれている」というのは、彼が本当に「神の啓示」を受けたというたしかな証拠がないからである。本人の自己申告を信用する以外にはないわけだ

が、音楽家が、

「この曲は神の啓示を受けて作曲した」

とか、画家が、

「この絵は神の啓示を受けて描いた」

とかいう話はやたらと多い。そういった眉唾ネタと、真の「啓示」を区別することは非常に困難である。ある種の人たちが、

「私が渋谷で八人を無差別に殺したのは、宇宙からメッセージを受信して、そのとおりに行動しただけです。だから、私は無罪です。どこで受信しているのかって？　もちろん、私のチンポにあるアレシーボ天文台です」

とか口走っているのと、アブラハムやノアが神の声を聴いたのとが区別できぬように、スリル博士の事例やジャンヌ・ダルクの事例もまた、その真贋を客観的に確認することはできないのだ。それに、スリル博士はたしかにとんでもないものを発明したが、現在残っているその発言内容や、その後の行動を見るかぎりでは、彼に啓示を与えた「神」が、およそまともではない神（たとえるならばバモイドオキ神やクトゥルー神など）であった可能性は大きい。なにしろスリル博士は、〈魂摘出装置〉の実用化に成功した一年後、研究室で同僚六人をヒツマブシ銃で殺害したあと、公道で一般市民十三人をつぎつぎと殺し、そのまま姿をくらましてしまったのである。いまだにその行方は杳として知れない。

「スリル博士がどうかしたの？」

「あのひとって、まちがいなく神さまの声を聴いてますよね。あのとき、神さまの眼差しはスリル博士に移ってしまったんだと思うんです。でも、彼もそのあと見捨てられた……。今、神さまが誰をご覧になっているか、それはわかんないんすけどもー」

「ふーん……神って気まぐれなのね」

「だから、あたし、宇宙軍に入って、人類を破局から救うような大手柄をたてようと思ったんっす。そうすればきっと、神さまはもう一度あたしにほほえんでくださる。そう思うんす！」

「まあ……がんばってよ」

そうとしか言えない。

「がんばるっすよー。ねーさんも一緒にがんばりましょ

ー」

「そ、そうね……」

お愛想でうなずきかけたとき、ジャンヌのとなりから、もうひとつ、別の頭がぬっと突きでた。金髪碧眼の少年だ。

「あのさあ、俺にも教えてくんねえかな、その……明日の魂摘出のことをさ」

「不安なの？」

「ま、まあな……」

ピンクは彼の額を見つめた。もつれた髪の毛のあいだから「蘇」の文字が見え隠れしている。

「こいつ、友だちなんす」

ジャンヌがにっこり笑って、その少年の肩を抱いた。

ピンクは少年に向きなおり、

「あんたはどうして宇宙軍に入ろうと思ったの？」

口ごもって答えない少年にかわって、ジャンヌが言った。

「あははは、大笑いっすよ。こいつ、蘇生してからも、前世の癖が抜けきれずに、かっぱらいとか万引きとか繰りかえして、とうとう教会から銀の燭台を盗んだんすよ。それがバレて……」

〈最後の審判〉以降、教会は〈人類圏〉の支配下にあり、たいへんな力を持っている。なにしろ、人類は現在、百パーセント、キリスト教徒なのだから……表向きは。だから、教会から何かを盗むなどというのは、とんでもない瀆神行為だといえる。

「捕まったら殺される……そう思って宇宙軍に飛びこんだんだけど、あまり好判断とはいえなかったな。うちも外もどっちも地獄ってことさ」

今、神の実在を疑うものはほとんどいないが、「地獄」「天国」の存在は実証されていない。蘇生者たちにたずねてみても、死んでからふたたび復活するまでの記憶を持つものは皆無だったのだ。

「あんた、名前は？」

「――ジャン・バルジャン」

どこかで聞いたような名前である。

「ねえねえ、ねーさんはどうして宇宙軍に入ったんすかあ」

「わ、私……？」

虚を突かれて、ピンクはどもった。

「べつに……何となくよ。退屈してたから、かな？　とくに理由なんてないわ。それまでとはちがった新しい人生に突入したかったっていうか……」

疑似セックスで知りあった客を殺したと疑われ、〈集合住宅〉からクソまみれになって脱出し、警察に追われて、目のまえにあった新兵募集のブースに逃げこんだ……などということは、人類を救う意欲に燃えた聖女のまえで口にしたくはなかった。

「かっこいーっ。ねーさん、かっこいーっ」

ジャンヌはピンクに飛びつき、唇にキスをした。その瞬間、ピンクは頭の芯がしびれたみたいにボーッとなった。甘い口づけ、という言葉は知っていたが、本当に「甘い」キスは生まれてはじめてだ。ジャンヌの唇はやわらかく、マシュマロのようだった。何かがおかしい……その理由を探しているうちに、股間に変化が起きていることにピンクは気づいた。

（これが……勃起……）

ペニスが大きく膨張しており、ズボンのまえを膨らませている。

ピンクはあわてて身体の向きをかえ、股間がジャンヌたちから見えないようにした。

「と、とにかく、明日の朝になったら、自分の身体はなくなってしまうかもしれないわけだし、クスリを打って二十四時間態勢で生活するようになるんだから、『自分の身体で眠れる』のは今日が最後よ。ゆっくり、味わって眠ってね」

「そうか……そうだよな」

ジャン・バルジャンがうなずいた。

3

しばらくして、消灯時間になった。ピンクの発現時間は午後十時四十八分までだから、まだあと一時間以上はある。今日のところは、ほかの新兵に準じて、訓練はなしであるが、明日からは、二十四時間営業で不眠不休の訓練が続くことになる。

（次に眠れるのはいつかわかんないし……ちょっと寝ておこうかな……）

ピンクはベッドに横になり、寝返りをうった。

（これからどうなるのかな……）

このまま宇宙軍にいたら、一寸先は闇である。歩兵なのだから当然、前線に投入される。そうなれば、待っているのは「死」である。

この戦争が「神の意志」ならば、人類は最終的に勝利するはずだ。なぜなら人類は、「神に選ばれた民」であるから、異教徒である異星人は人類のまえに敗北するにきまっている……と思う。つまり、みずからの意志で宇宙軍に入り、神の意志の実現を手助けしよう、というジャンヌ・ダルクの考えは、ある意味正しいといえる。だが、それは人類全体として考えた場合のことで、個々の人間の命については、また別だ。ピンクは、自分の命を最優先に考えたかった。

（絶対に絶対にぜえぇぇぇえったいに死にたくないもんね。とにかく、前線に行かされるまえ……この教練所にいるあいだになんとか脱走して……）

大事なのは「自分」である。こんな鬱陶しい場所は、とっととおさらばするにかぎる。死にたいやつは死ね。私はごめん。

ピンクは闇を透かし見た。

大部屋には、大勢の寝息が渦まいている……。

いや、ちがう。

寝息ではない。

「ああ……ああ……」

どう聞いても、あえぎ声だ。それも、あちこちから聞こえてくる。まるで、秋の野原の虫の声のように。

「そこ……そこに入れて」

「俺、こっちでやるのはじめてなんだ。うまく入らない」

「ぼくもさ。でも……入れなきゃ、やった気にならない」

「唾をつければ……あっ」

「入った」

「おお……おおおお」

「ううふ、ううふ、ううふ」

「これが……最後……かもしれない……」

「そうだ……ほんとうに……」

「ううう……うう……うう……」

「どうだどうだどうだ」

「ああ……あああああ……」

なあるほど……自分の身体が消滅したら、それ以降は他人の身体を借りてのセックスになる。もし、寄宿した肉体が不能者のものだったりしたら、一生セックスとは無縁の生活になる。いずれにしても、運良く自分の身体を残してもらえたらともかく、そうでなければ、自分の肉体を使っての性行為は二度と行えないのだ。今生の名残りに、と、今晩、皆が乱交に走るのもむりはない。

好奇心にかられたピンクは、こっそり梯子を降り、「のぞき」に行った。思ったとおりだ。新兵のほとんどは男性である。だから、ほとんどのカップルは、男と男の組みあわせだった。おそらく、もともとそういう嗜好だったものは少なかろう。できることなら女性としたいが、男同士でもやらないよりまし、ということなのだろう。なかには、数少ない女性新兵を相手にしているものもいたが、ほんの数組にすぎなかった。

ひととおり見てまわったあと、自分のベッドに戻ってきたピンクは、梯子をのぼる途中で二段目の、ジャンヌのベッドをのぞきこんだ。

ジャンヌはひとりだった。毛布をきっちりと身体にかけて、目を閉じている。

(やっぱり聖女はアホなことはしないのね)

なんとなく安心して、行きすぎようとしたとき、ピンクは少女の眉が淫らに寄せられるのを見た。毛布の、股間の部分が盛りあがっており、その下で、タランチュラのように指が這いまわっているのがわかる。ジャンヌは、顔中に汗をかき、小鼻をふくらませ、唇をなんども舌でなめながら、オナニーを続けている。ときおり、食いしばった歯のあいだから、

「あふ……」

とか、

「うう……ふ……」

といった声が漏れる。

（可愛い……）

この少女を征服したかった。それが、女性としてのピンク自身の気持ちなのか、それとも彼女が今寄宿している男性の肉体に起因する思考なのかはわからなかった。とにかく、ピンクはジャンヌを欲した。

思いきって、ジャンヌの唇にキスをした。はっとして目をあけるジャンヌに、ピンクは覆いかぶさった。毛布をはぎ、寝間着の胸もとから手を入れると、本人の言葉どおり、たわわな乳房がそこにあった。乳首を口にふくみ、こりこりと噛む。

「ああ……ねーさん……」

「いいから、じっとしてて」

ピンクは右手をジャンヌの引きしまった腹部に這わせ、形のよい臍を愛撫してから、すっと下にさげた。濡れた陰毛をじゃりじゃりとかきわけ、その部分に指をあてがう。まずは、人差し指の先端を、きゅっ、とひっかけてみた。ぷつっ、とそこが左右に開き、なかから熱い液体が溢れでた。

（狭い……）

ピンクは、ジャンヌの耳たぶに息を吹きかけながら、

「あんた……処女なの？」

ジャンヌは小さくうなずいた。

「ねーさん……あたし、怖い」

ジャンヌの声は震えていた。

（かわいい……）

ピンクはそう思い、ジャンヌの唇を奪い、舌をねじこんだ。

「だいじょぶ……私が……うまく……やるから……」

ピンクは興奮していた。自分でもとめようがなかった。

ジャンヌは、かぶりを振り、

「あたしの身体……神さまに捧げたんす……だから……だから……」

「私はあんたが好きなの。この気持ちは、たとえ神でもとめられないっ てばさ」

言いながら、ピンクはジャンヌの乳首を指先でこりこりと愛撫した。

「ああ……あああ……」

「いいでしょ？　いいでしょ？　いいはずよ」

「あああああ……ああ……あ……」

　ジャンヌの乳頭を甘噛みしながら、右手の人差し指の腹でクリトリスをゆるゆる撫でる。

「あなたのバージン……私にちょうだい」

「うう……ううう……」

「ねえ……ちょうだい」

「ねー……なら……い……かも……」

「なんていったの？　わかんない」

「ねーさんなら……いいかも……」

「ありがとう。うれしいわ」

「や、優しくして……ください……」

「うふふふ、かーわいいー。まかしといて」

　ピンクは、ズボンを脱ぎ、自分の股間のものに触った。まかしといて、とは言ったものの、男性の肉体に寄宿したのがはじめてなら、自分にペニスがある状態もはじめてだ。そして、もちろん、そのペニスを女性の身体に挿入するのもはじめてである。挿入されたことは、数えきれないほどあるが……。

（うわっ、グロい……）

　勃起したそれをまじまじと見つめると、なんともいえずグロテスクだった。桃色というが、実際には「生肉の色」である。節くれだち、ところどころに青黒い血管がミミズのように浮きだし、先端には紫色の拳のような部分がある。隆々と反りかえったそれは、独立した生きもののように、先っぽから透明の唾液をしたたらせていた。

「行くよ、ジャンヌ」

「ああ……天にましますわれらが父よ……」

　ピンクが、かたくそそりたった肉茎の先をジャンヌのその部分にあてがった瞬間。

　ピンクは「埋没」した。

◇

「あれっ？　なんだこれ。どうなってんの。チンチンが勃起してるぞ」

「どうしたんすか、ねーさん」

「うわあっ、かわいいお姉ちゃんがぼくの下に……うわあっ、うわああっ」

「何？　どういうことっすか？　ねーさん！　ねーさ

ん！」

「ねーさん？　ああ、ピンクさんのことだね。ピンクさんの発現時間はもう終わり。いまから四時間四十八分はぼくの割りあてだから」

「あ、あんたは誰？」

「ぼく？　ぼくは一休宗純。室町時代の禅僧だよ。きみは？」

「あたしは……ジャンヌ」

「うわー、いい名前だねー。別嬪さんだし、肌なんかすべすべ。おっぱいも張りがあって、乳首もつんと上を向いてるし……。それじゃあ、いただきまーす」

「ちょ、ちょっと待って。あんた、まだこどもでしょう？　それにお坊さんなのに……」

「こどもっていやあ、きみもそうじゃないか。それに、ぼくは晩年、遊女と一緒に住んでたような破戒僧だから、セックスしてもいいのさ。じゃあ、行くよーっ。レッツ・ゴー・ライダー・キック！」

　一休は、状況もわからぬまま、とりあえず勃起したままのペニスをジャンヌのなかにねじこんだ。

「痛いっ……痛いいいすっ」

「あれ、きみ、処女だったの？　まあ、ものごとにはすべてはじまりと終わりがあるわけだから、これがはじまりと思えばいいわけよ。行くで行くで行きまっせえ。そりゃあそりゃそりゃそりゃそりゃそりゃあっ」

「痛い痛い痛いってば抜いてよ痛いんだってお願いやめてはやく抜いて痛たたたたたたたた」

「そりゃそりゃそりゃそりゃそりゃあっ」

　一休は、本能に突きうごかされて、怪人アッカーマンのように腰を振りたて、そのたびにジャンヌはあたりはばからぬ悲鳴をあげた。

「痛い痛い神さま神さまあああっ」

　そのとき、誰かが梯子段をのぼってきた。

「どうしたんだ、ジャンヌ、何かあったのか」

　顔をだしたのは、金髪碧眼の少年、ジャン・バルジャンだった。

「ジャンヌ……きみは……」

「ジャン、助けてっ！」

「よ、よし、わかった」

ジャン・バルジャンは、ジャンヌのうえにのしかかって腰を激しくグラインドさせている一休を押しのけようとした。しかし、一休は、クヌギの木の幹にとまったカブトムシのように、ジャンヌの身体から離れようとしない。

「この野郎、ジャンヌから離れろ!」

「うるさいよ、ひとの交尾を邪魔するやつは犬に食われて死ねばいい、と昔から言うでしょう」

「言わねーよ、そんなこと。離れろったら離れろ」

「喝ーっ!」

一休の凄まじい大喝は、空気をびりびりと震わせ、寄宿舎中に響きわたった。ジャン・バルジャンは肝を冷やして梯子段をおりようとしたが、一休の手が伸びてきて彼の腕をつかんだ。

「なかなか見目のいい稚児(ちご)さんですねえ。こっちにおいで」

「い、いや、いいよ……」

「そういわずに、どうぞこっちに……」

一休の力は強く、ジャン・バルジャンはベッドにひっぱりあげられた。一休はすでにジャンヌから身体を離しており、彼女は両眼を大きく見開いたまま天井を向き、呆然として動かない。その股間は血だらけだ。一休は、ジャンヌの血で濡れたペニスを拭こうともせず、ジャン・バルジャンにのしかかった。

「やめろっ……やめろよ……や、やめてくれよ」

「だーめ。ぼくはどっちかというと男のほうが好きなんだよねー。お寺で修行してたころ、お師匠さまに、一休、おまえの尻を貸せと言われて、いやです、と尻ごみしたら、そんなことでは立派な僧侶になれないと叱られて、そうまで言われたら尻ませんとは言えないから、じゃあお貸ししますとお貸ししたら犯してくださって……」

わけのわからないことをぺらぺらしゃべりながら、一休は慣れた手つきでジャン・バルジャンの衣服をはぎとり、うつぶせに寝かせると、人差し指をねぶって唾をつけ、彼の肛門にぐにゅっと差しこんだ。

「痛いっ痛いっ痛(いて)ーってんだよ抜けよ抜け抜かねえかっ」

「最初は誰でも痛いのよー。だんだんよく鳴る法華の太鼓……あ、ぼくは禅宗だった」

一休は指先でジャン・バルジャンの肛門をぐりぐりと搔きまわし、

「こうやって肛門括約筋をほぐしておかないと、突っこんだときにブチッと切れちゃうからねー。さあ、そろそろいきますか」

「やめてくれえええっ……………………うひいいいいいっ！」

「そりゃそりゃそりゃそりゃそりゃあっ」

「痛い切れる痛い切れる痛い痛いぎゃあああああああっ」

一休は、ジャンヌとジャン・バルジャンのふたりを並べると、交互にその尻を犯しつづけた。そして、たっぷり精を吐きだすと、血で濡れたペニスをタオルでぬぐった。一瞬、目のまえにある、真っ赤に染まったふたつの肛門をそのタオルで拭こうという動きをみせたが、すぐにやめ、

「尻ぬぐいはごめんだよ」

一休は小声でそう言うと、立ちさった。

4

乱交につぐ乱交による、祭の晩のような狂乱の一夜は終わった。女性の肉体をもった兵士は、女性だけの大部屋に移ることになるから、男女が混合で寝るのはこの夜が最初で最後だ。一晩だけとはいえ、男女を隔離しなかったのは、宇宙軍側が一種のガス抜きとして、この「祭の晩」を黙認しているのかもしれない。

翌朝、最後の「ひとり」の夜を思いおもいにすごした新兵たちは、〈治療室〉の〈魂摘出装置〉のまえに列を作り、固唾をのんで自分の番がくるのを待った。どういう組みあわせになるのか、だれの肉体が残されるのか、そういったことは一切、事前に教えられなかった。

夕方、ピンクが発現したとき、昨夜に比べてホールはあきらかに空いていた。百人ほどいた新兵の数は、約四分の一に減った。ひとつの肉体に三、四名分の魂が詰めこまれているからだ。

「やったあ、ラッキー！」

ジャンヌがぴょんぴょん跳びはねながらやってきた。

「ねーさん、やっと発現してくれましたねー。あたしの身体、残りましたー。寄宿者さんはふたりで、そのうちひとりはジャン・バルジャンさんでーす。やっぴー」

「そう、よかったね」

「でも、あたしは女性兵だけの大部屋に移ることになりますから、あんましねーさんとも会えないかもしんない」

「だいじょうぶよ。これからもよろしくね」

「こちらこそよろしくー。今日は朝から夕方まで講義と基礎訓練があって、今から戦闘を専門に教える教官による本格的な訓練がはじまるみたいですよ。どんなことするんでしょうねー」

「さあ……私は今出てきたばっかだから……」

そのとき、

「おおおおお……おおおおおおおん……おごおおおおおっ！」

和気藹々(わきあいあい)とした会話が、ホールを揺るがすほどの叫び声にさえぎられた。一同は一斉に、声のほうを見た。

そこに、鬼がいた。

緑色の、もじゃもじゃの髪の毛のあいだから、黒光りする、湾曲した角が二本、にゅうと突きだしている。もちろん人工のもので、頭蓋骨に穴をあけてとりつける装飾角である。頭髪同様ごわごわしたひげをのど仏のあたりまでたくわえ、目は眼窩からこぼれ落ちそうなほどのドングリ眼、口からは、これも人工のものだろうが、二本の牙がのぞいている。耳には太いリング状のピアスをし、鼻には、その昔、農耕牛がしていたような鼻輪を通し、左手には赤く塗った金棒をつかんでいる。どこから見ても、文字通り、鬼そのものだ。筋肉を束ね、こねあげ、何層にも重ねたような、岩でできているみたいな肉体をもった、三十がらみの男。肌は、油か何かを塗っているのか、てかてかした光沢があり、蠅がとまっても滑りそうだ。腕はボールをいくつもくっつけたように段々になっており、腹筋はみごとにカレールー状態に割れている。首も太ももパンパンだ。とりわけ凄いのが胸の筋肉で、キングコングの胸板のように、服を破らんばかりに分厚く盛りあがり、その谷間に顔が埋没しているように見える。

「おお……おおおおお……おおお……来たか、来たか来たかっ」

鬼は顔中を口にして叫んだ。その声の大きさ、激しさに、ピンクはかなり引いた。ほかの志願兵も同じ気持ちのようで、皆、半歩ずつ後ろにさがった。

「俺は、貴様ら新兵の教育と訓練を担当する鬼軍曹、デビル・サタン・デーモン・ハンニャ・ナマハゲだ。普段は、ナマハゲ軍曹と呼んでもらってかまわんが、正式な席では、デビル・サタン・デーモン・ハンニャ・ナマハゲ軍曹と呼ぶように」

全員、あっけにとられて、鬼の顔を見つめている。この化け物が……我々の……教育係……？　嘘……。

「なぜ、返事をしないかっ」

鬼は、右手につかんだ、疣々（いぼいぼ）の鉄棒で床をずんと突いた。地響きがして、タイルが割れた。ピンクは、このホールの床がひび割れている理由を理解した。

「貴様らはもう、宇宙軍の一員なのだ。戦場でもっとも大事なことは何か。ズングリ・クロエラー」

顔色の悪い青年が、びくっとした。

「答えろ。戦場でもっとも大事なことは何か」

「え、え、えーと……」

「馬鹿もの！」

鬼は金棒を、青年の足もとに叩きつけた。タイルの破片が飛びちり、青年は二歩ほど後ずさりした。

「軍隊において、何かを問われたら、『えーと』はいらない。即答が原則だ。わからなければ、『わかりません』と言え」

「わ、わかりません」

「声が小さい！」

「わかりませんっ」

「まだまだ！」

「わかりませんっっ」

「まだ聞こえんぞ！」

「わかりませんっっっ」

「蚊が鳴いておるのか！　腹の底から、ほとばしるような声を出してみろ！」

「わ・か・り・ま・せえええええええんっ」

「ふむ、わからぬか。ならばしかたがない。俺が教えてやろう。そのまえにひとつ言っておく。いいか、新兵教育において教えるのはたった一度だ。なにしろ三カ月で貴様ら穀潰しどもを半人前にしなければならんのでな、時間がないのだ。だから、二度目に問われたときに答えられなかったものは、俺が『鬼の制裁』を加えることになる。覚悟して、一度教えられたことは、絶対に頭に叩きこんで忘れるな。いいか」

「はいっ」

「俺は全員に言っておるのだ。いいか」

「はいっ」

ピンクも思わず大声で答えた。

「では、教える。貴様らが宇宙兵である以上、貴様らがいるこのホールは、すでに戦場なのだ。戦場でもっとも大事なことは、規律を守ることだ。規律を守らず、勝手な行動をとったものには死あるのみだ。軍法会議にかけられて死刑になる？　戦場では、何もかもがまったなしだ。そんな悠長なことはいっとれん。規律を守らぬものは、その場で射殺される。たったひとりの規律破りが、その隊全体を危機に陥らせることにもなりかねんからだ。だーかーらー……」

鬼軍曹は、ひとりひとりの顔を見回すと、もう一度、金棒で思いきり床を突き、

「俺が何か言ったら、すぐに答えよ。『はい』、『いいえ』、『わかりました』、『わかりません』……大きな声で、その場にいる皆に聞こえるように、すばやく、正確に返事せよ。いいな、わかったな」

「………」

「いいな、わかったな、と言っておる！」

「はいっ」

全員が答えた。

「よろしい」

ナマハゲ軍曹はにやりと笑った。

「今日から、貴様らを教育するためのカリキュラムがはじまる。脱落するなよ。ついてこいよ」

「はいっ」

「脱落したものは、置いていく。宇宙軍には、無駄飯食らいを置いておく余裕など一切ない。どの戦争も長期化

する一方で、軍事費は年々歳々増加してはいるが、まるでおっつかんのだ。三人分働く優秀な兵士がおれば、働きの悪い兵士ふたりに死んでもらいたい。そういう状況だということをわきまえよ。わかったか」

「はい！」

「うおおおおおおおおおおおお……おんごおおおおおっ！」

ナマハゲ軍曹は両腕を空中にあげ、そのまま裸の胸にゴリラのように叩きつけながら吠えた。その怪獣のような姿を見るだけで、小便を漏らすものもいた。チックでてかてかに光らせた二本の角を撫でながら、軍曹はどすのきいた声で言った。

「これから貴様らに睡眠の二文字はない。二十四時間、訓練、訓練、訓練、訓練、訓練、また訓練だ。もし、教練中に居眠りするものがいたら、俺がこの金棒で頭蓋骨を叩きつぶすからそう思え。嘘や冗談ではないぞ。その証拠に……」

軍曹は、最前列のひとりの兵士を指さした。

「貴様、前へ出い」

兵士は、蒼白な顔でがたがた震えている。

「前へ出いと言っただろう」

そう言って、金棒で床をずこん、と突くと、兵士はぴょんと跳びあがった。

「頭を突きだせ」

「え？」

「頭を突きだせと言っておる」

「い、いやだ、死ぬのはいやだ」

両手で頭を抱えて座りこむ兵士の頭上に、金棒が振りおろされた。

「ひいいいいっ」

兵士は悲鳴をあげた。しかし、金棒は彼の頭部を髪の毛一本の差でかすめ、すぐ横の床を直撃した。コンクリートの床は幅一メートルにわたって陥没した。ナマハゲ軍曹は、へしゃげた床に歩みよると、指先で何か黒いものをつまみあげた。

「ついに潰してやったわい、このクソゴキブリめ」

にやりと笑うと、その昆虫を口に放りこみ、くちゃくちゃと噛む。兵士は腰を抜かしたまま動かない。その股

間には黄色い染みがひろがっている。ナマハゲ軍曹は兵士を指さし、

「こいつ、自分が潰されると思いよった。肝の小さいやつだのう。おまけに座り小便を漏らしよった。みんな、笑ってやれ。べべんじょ、かんじょ、鍵しめた。うはははははは」

もちろん、誰も笑わない。軍曹は、金棒で床を突くと、

「なぜ笑わぬ。俺は、『みんな、笑ってやれ』と言ったはずだ。俺のいうとおり復唱しろ。べべんじょ、かんじょ、鍵しめた」

「べべんじょ、かんじょ……鍵しめた……」

「うはははははははは」

「うはははははははは」

皆、やけくそで笑った。

「今のはちょっとしたデモンストレーションだ。だが、居眠りにかぎらず、軍規に違反したやつは本当に容赦せんからな。わかったかい」

「はいっ」

「声が小さい」

「はいっっ」

「小さいと言っておるだろう。返事は、『はいっっっっっ』とせよ」

「はいっっっっっ」

「よろしい。三ヵ月後には、貴様らは地上戦に必要な全知識と技術を身につけた状態で、前線に送りだされる。それだけではない。宇宙での戦闘に関する必要最低限の知識と技術、それに、異星人だろうが土着の生命であろうが、われらに敵対するものは情け容赦なくすべて皆殺しにするという『肝っ玉』をも会得してもらわねばならぬ。貴様らの細胞のひとつひとつにまで、〈人類圏〉スピリットと神の御心を注入する……それが俺の役目だ。落伍するものはどんどん置いていく。つまり……押しつぶして煎餅にする。わかったか」

「はいっっっっっ」

「声が小さああああいっ!」

「はいっっっっっっっっっ」

「もっとぉ!」

「はいっっっっっっっっっっっっっ」

「もっとお！」

「はいっっっっっっっっっっっっっっっっ」

かくて、地獄の特訓がはじまった。

5

まずは中庭で、「宗教兵器」の訓練が行われた。乳白色の巨大な円筒が地面に据えつけられ、その下部には操作盤があり、そこから赤、青、黄色の無数のコードが伸びている。コードの先端には日本の戦国時代のカブトのような形をしたヘッドギアがひとつずつぶらさがっていた。

（なによ、あれ……）

見るからに不細工な兵器だ。こんなもので最新鋭の武器を誇る敵軍をやっつけられるのだろうか。壇上ではナマハゲ軍曹が講義をしており、ピンクのすぐ後ろでは、アイネ・クライネ伍長が新兵たちを監視している。

（やりにくい……）


すでにピンクは、宇宙軍での暮らしにあきあきしていた。束縛だらけ。身体中を見えない鎖で縛られているようなものだ。自由を求めて〈集合住宅〉を脱出し、ここに飛びこんだが、こんなことならあの狭い一室でだらだらしているほうがずっとよかった。ああ……もういや。隙を見て脱走して……。でも、今のピンクはクインテットだ。一日に四時間四十八分しか活動できない。二十四時間、人に囲まれ、誰かに見られている……そんなコンビニ状態でどうやって脱走するのか。

「無理だよなあ……」

思わず口から言葉が漏れる。

「ピンク二等兵！」

耳ざとく聞きつけたアイネ・クライネ伍長の手から、黒いものが飛んだ。特殊なゴムでできた鞭である。それは、きりきりきりっとピンクの首に巻きついた。

「ひぎいっ」

ピンクは白目を剝き、舌をナイフのように突出させた。太さ一ミリほどの細い鞭は、ピンクの気管と血管を絞めあげた。呼吸がとまり、顔面が鬱血して爆発しそうになった。

（し……死ぬ……死ぬぅ……）

頭のなかが真っ黄色になり、そこを天使がラッパを持って飛びかいだしたとき、ふっと首まわりの圧迫がとれた。甘い酸素が肺いっぱいに流れこんできた。

（生きてる……私、生きてる……）

その場に膝を突き、何度も荒く深呼吸する。

「つぎは、殺しますよ」

アイネ・クライネ伍長は語気鋭くそう言うと、ナマハゲ軍曹にむかって一礼し、

「訓練のじゃまをいたしました。申しわけありません。お続けください」

ピンクはよろよろと立ちあがり、ナマハゲ軍曹のほうに顔を向ける。眼球が痛い。喉が痛い。頸椎が痛い。

（絶対、脱走してやる……）

今度は、口から漏れないように注意しながら、ピンクは心に誓った。

「……であるからして、この新兵器〈老魔砲O〉の基本原理は、次のとおりである。まず、貴様らの魂から抽出される『γ神聖波』を吸いあげる。この装置の根幹にある『青の洞窟』と呼ばれる部分には、歴代の聖人たちの『疑似霊魂』が豆本化して納められており、『γ神聖波』はその『疑似霊魂』を一種の触媒として化学反応を起こし、約二千倍に増大する。それをエネルギーとして、『聖柩回路』で集約し、『オビュビ器官』を通じて、敵に向けて発射する。崇高なるその力は、キリスト教を信じるものにはまったく無害であるにもかかわらず、異教徒たちに対しては、絶大な、悪魔的という瀆神的な言葉がふさわしいほどの破壊力をもつという、まったくすばらしい兵器である。本来、この兵器を作動させるには、五十人分のキリスト教徒の『γ神聖波』が必要だが、貴様らはひとりで四、五人の魂を持っておるからして、十数人で一台を動かせるわけだ。これこそ、〈魂摘出装置〉による、複数の魂をひとつの肉体に入れることの効能のひとつである。父と子と聖霊による加護を受けて、かの装置を発明した偉大なスリル博士に感謝しようではないか」

「スリル博士に感謝」

アイネ・クライネ伍長の言葉にあわせて、新兵たちは一斉に両手を十字の形に組みあわせ、

「スリル博士に感謝っ！」

ナマハゲ軍曹は満足げにうなずくと、

「では、さっそく実際にこの兵器を動かしてみよう。名前を呼ばれたものは前に出て、ヘッドギアをかぶれ」

十三人の新兵が名前を呼ばれた。ピンクもそのなかに入っていた。みな、ひとつずつカブトを装着した。厚さ三センチぐらいあるぶあつい鉄製のヘッドギア。あちこちが赤茶色に錆びており、額のすぐうえにある突起には、幼いキリストを抱くマリア像が彫刻されている。ヘッドギアの寸法がやけに小さく、なかなか頭に入らなかったが、ふたりの「鬼」がこちらをにらみつけているのでしかたなく、むりやり力をこめる。入らない……入らない……入ら……。ずぼっ。入った。

頭部をヘッドギアに包まれたその瞬間、ピンクは何ともいえない「嫌」な感触を得た。まるで……そう、悪意に満ちた、獰猛な肉食動物の口のなかに頭を突っこんでしまったみたいな……。

「では、穿孔。スイッチオン」

「ラジャー」

軍曹と伍長の声が遠くで聞こえた。ぶる……ばり……ろん……ぎき……ぶる……ばり……ろん……ぎさ……。神経に障る、不快な音。なんだこれなんだこれなんだこれ頭のてっぺんが……痛い……痛いぞ……うぎゃあああああっ。

頭が砕けちるかと思われるほどの激痛とともに、硬い、棒状のものが頭頂から突っこまれた。それはぎりぎりと回転し、頭蓋骨を貫き、脳に達した。おそらく先端はドリルのようになっていたのだろう。

「麻酔薬投与。スイッチオン」

「ラジャー」

痛みが、いきなり「すっ」と消えた。かわりに、えもいわれぬ気持ちよさが頭頂からじわじわと広がってきた。いつも使用しているクスリとはちがった、相当きつい薬品が投与されているのがわかる。脳の細胞を少しずつ溶解させていくという、ボンボンバカボンタイプの麻薬だろう、と思ったが、すぐにそんなことはどうでもよくな

った。ああ……こんなくつろいだ気分は久しぶりだ。何年ぶり……何十年ぶり……何百年ぶり……いや、生まれてはじめてかもしれない……誰かの腕に抱かれて、ゆっくり揺られているみたいな……なんだかこどものころにもどったような、こどもの……ころに……もど……。

「では、坊ちゃん、お嬢ちゃん……」

やさしいこえがする。あれはたしか、やさしいやさしいようちえんのせんせいだ。あいね・くらいねせんせいっていったっけ。わたしはせんせいのことがだいすき。

「神さまにささげる歌を歌いましょう。まえにならったゴスペルですよ。まずは『我は神のカマドウマ』です。さあ、手と手をあわせて、さん、はい」

われはかみのかまどうま
べんじょではねるかまどうま
かみのくにまさにきたりて
えいこうちにみちて
おお、はれるやはれるや
かみのくにははれるや
おお、はねるやはねるや
かまどうまははねるや
るーらーらりー
るーらりらー
かみのくにははれるや
かまどうまははねるや
かみのくにははれるや
かまどうまははねるや

「神の国はハレルヤ、カマドウマは跳ねるや」というリフレインを延々繰りかえし歌っているうちに、どんな脳内物質が分泌されたのかしらないが、ピンクはすばらしくハイな状態になっていった。周囲でも、兵士たちが白目を剝き、

「おお、グロオリアス！」

「ロード・ハヴ・マーシー！」

などと叫びながらつぎつぎと倒れふしていく。ピンクも頭のなかが真っ白になり、倒れる寸前でなんとかふみとどまっていた。

気がつくと、巨大な円筒がいつのまにかオレンジ色に輝いている。かなりの熱も発しているようだ。形状も、なんだか太く、短くなっている。

「〈老魔砲O〉発射。スイッチオン」

「ラジャー」

途端、頭に腕を突っこまれて、脳をぐちゃぐちゃに掻きまわされているみたいな、猛烈な痛みが襲ってきた。

「助けてっ、死ぬうっ」

「死ぬうっ死ぬうっ」

同時に、〈老魔砲O〉は激しい閃光を四方に放ちつつ、どんどんその寸法を縮めていったかと思うと、

「げろげろげろげろげろげろげろげろっ！」

嘔吐のような音とともに、開口部から膨大な量の「光輝」を発射した。反動で、ピンクたちはひっくり返った。

「光輝」は宙をとび、教練所の建物をこえて、外へ向かった。百万の雷が一斉に落ちたような轟音と、大勢の悲鳴、絶叫などが聞こえ、乳白色のキノコ雲がむくむくと湧きあがった。

「接続解除。スイッチオフ」

「ラジャー」

ピンクたちの頭から、棒状のものが抜きとられていく感触があった。麻酔薬のせいか、不思議と今は痛みはない。

「ついてこい」

ナマハゲ軍曹が金棒をひっつかんで走りだし、ピンクたちもヘッドギアを脱いで、あわててあとに続いた。外に出た軍曹が急にたちどまり、指さした方向を見て、ピンクは息をのんだ。教練所のすぐちかくにある古いマンションがひとつ、完全に崩壊していた。おそらく、もとは三十階建てぐらいだったのだろうが、コンクリートはボロ雑巾のようにぐずぐずになって地面に四散し、鉄骨はどれも「吹きもどし」のようにくるくる巻いた状態になり、原形をとどめていなかった。そこに暮らしていたらしい何千人という人々が地上に落下し、血を流してもがき苦しんでいる姿が目に入った。

「成功だ」

ナマハゲ軍曹はこぶしを握りしめ、感極まった声で叫んだ。

「見たか、〈人類圏〉宇宙軍の兵器の威力を。これがあれば、エゾゲバロ・ログロ人などもののかずではないぞっ。わが軍に勝利を！」

新兵たちは勝ちどきをあげ、ピンクもそれにならったが、心のなかでは、

（戦場であんな歌を歌ってるひまがあるのかなあ……）

と思っていた。

ナマハゲ軍曹は、崩壊したマンションの後始末などをいっさい行わずに、ふたたび教練所にひきあげた。

「貴様ら、俺が民間人の施設を標的にしたと思っているのではないか？」

誰も何も言わなかったが、軍曹は続けた。

「そうではない。また、誤爆でもない。この兵器には、そもそも目標設定機能がないのだ。ただ、ガーッと『γ神聖波』を発射するだけだ。そのかわり、『γ神聖波』の効果があるのは瀆神者にかぎるから、われわれのように神に帰依（きえ）しているものには無害というわけだ。なんという効率のよさ……！」

「あ、あの……質問よろしいですか」

手を挙げたのは、中年の兵士だった。

「うむ、なんだ」

「効果があるのは瀆神者に対してのみ、とうかがいましたが、どうして建物にダメージを与えることができたのですか」

「よい質問だが、答は簡単だ。貴様、コンクリートや鉄骨は神に帰依していると思うか」

「いえ……」

「そういうことだ。『γ神聖波』が避けるのは、信ずる心をもったものたちだけ。それ以外のものは容赦しないのだ」

「では、どうしてマンションの住人たちは血を流しているのでしょう」

「そんなこともわからんのか。床が割れ、天井が崩れたら、どんな信心深いものでも傷つく。それだけのことだ。彼らには気の毒なことをしたが、教練所では、新兵の速やかな育成が最重要課題だ。後始末は、警察がつけてくれるだろう」

言いすてると、

「では、つぎの兵器の訓練にうつる。今度は〈偶像〉だ」

シャッターにG－1と書かれた倉庫から、大型台車に横たえられた、金色の馬鹿でかい機械のようなものが引きだされた。身の丈十五メートルはある巨人ロボットである。耳の垂れた牛を連想させる頭部には、直径一メートルほどの丸い目がふたつ。腕はやたらと長く、立ちあがっても地面につきそうである。両胸が突出しており、このロボットが女性をかたどっていることがわかる。バランスをとるためか、足がとんでもなく大きい。背中には二連のジェット噴射装置がとりつけられている。

「この〈偶像〉は、モーゼがシナイ山で神から十戒を授かっているあいだに、不安に駆られた民が黄金を溶かして仔牛のかたちをした神像を造った故事に基づいたものだ。まずは、全員で十戒を唱えよう。俺のあとに続け。われは汝の神ヤーウェ、汝をエジプトから導いたもの。われのほか、何ものも神とするなかれ」

「われは汝の神ヤーウェ、汝をエジプトから導いたもの。われのほか、何ものも神とするなかれ」

「汝、偶像をつくるなかれ」

「汝、偶像をつくるなかれ」

「汝の神ヤーウェの名をみだりに唱えるなかれ」

「汝の神ヤーウェの名をみだりに唱えるなかれ」……。

全部唱えおわるまでにはかなりの時間がかかった。

（戦場でこんなことやってるひまがあるのかなあ……）

とピンクは思っていた。だいたい、モーゼが、偶像を造ってはいかんと言ってるのに、それを造るというのはいかがなものか……。

最後まで唱えおわったとき、〈偶像〉の両眼が怪しく輝いた。

「立て、〈偶像〉！」

それまで寝そべっていたロボットは、

「ンモオーッ」

と叫んで、ぎりぎりぎりぎり……と油の切れたギアのような音を盛大にたてながら、台車のうえに立ちあがった。両腕を折りまげると、力こぶが盛りあがる。どういう仕組みになっているのだろう。

「さて、誰か、この〈偶像〉に乗りこんでもらおうか。

カプト二等兵」

「はいっっっっっ」

「〈偶像〉に『ジョイン・イン』しろ」

「え？　『ジョイン・イン』といいますと……」

「そんなことも知らんのか。あそこの……」

ナマハゲ軍曹は巨大ロボットの股間を指さした。

「女陰の部分に入りこみ、顔だけを出すのだ。そうすることによって、〈偶像〉と貴様はひとつになり、〈偶像〉は貴様の思いどおりに動くようになる」

「は、はい……。でも、どうやってあそこまでのぼるんです」

「脚の側面に梯子がついているだろう」

兵士が言われたとおり、梯子をのぼろうとすると、

「ちがうちがう馬鹿っ。まず、衣服を脱ぐのだ。パンツもとれ」

兵士は全裸になると、片手で前を隠そうとした。

「軟弱もの！　〈人類圏〉宇宙軍の兵士は、裸でも常に堂々とせよ。前など隠すな！」

「は、はい……」

「返事が小さい！」

「はいっっっっっっ」

兵士は梯子を使ってロボットの股間に達すると、そこに開いた穴に、後ろ向きになって、尻から身体を入れていった。コンベアのようなものがついているらしく、兵士の身体は穴のなかに吸いこまれていき、頭部だけが、ぴょこっとロボットの股間から飛びでている状態になった。

「軍曹殿っ、これでよろしいのですかっ」

「馬鹿め！　『ジョイン・イン！』と叫ばぬか！」

「あ、はい……ジョイン・イン……」

「声が小さすぎる。もう一度」

「ジョイン・イン……っ」

「蚊が鳴くようで聞こえんぞ。もう一度だ」

「ジョイン・インっ！」

「そんなことで〈偶像〉に貴様の気持ちが伝わると思うか。ようく見ておれ、こうだっ」

言うや、ナマハゲ軍曹は、ぐっと腰を落とし、両手を大仰にふりまわして、泳ぐようなポーズをとると、

「レッツ・ジョイイイイイイン・イイイイイイイインっっ！」

その途端、〈偶像〉は両腕をぶうん！　と高くあげ、

「ウモオオオオオオオーッ！」

天を仰いで咆哮すると、のっしのっしと動きはじめた。

「ひいいっ、助けてくださいっ、落ちますっ」

女陰部から顔だけ出している兵士は、ロボットが動くたびに、ぶらぶらと金玉のように揺れながら悲鳴を発しているが、ナマハゲ軍曹は満足げにうなずくと、

「うむ、その調子だ。では、わしの言うとおりに復唱せよ。いいな。『全速前進』」

「全速前進っ」

ロボットはどすどすと前進する。

「全速前進」

「全速前進っ」

「全速前進」

「全速前進っ」

ロボットのスピードはどんどん増していき、しまいには走っているみたいになった。

「軍曹どのーっ！　もう、無理でーすっ。おろしてくださーいっ」

「だめだ。全速前進っ」

「ぜんそ……く……ひいいいっ、助けてえっ」

ロボットはピッチ走法で、両脚を高くあげながら、ずんずんと教練所の中庭を駆けまわっていたかと思うと、門をくぐって、表に出てしまった。

「む、いかん。皆で〈偶像〉を追うぞ」

「はいっっっっっっっ」

ナマハゲ軍曹を先頭に、兵士たちはロボットのあとを追いかけた。彼らがそこで見たものは、倒壊した建物の残骸と、まだまだ前進をやめようとしない巨大ロボの姿だった。瓦礫のなかには、数千人規模の死傷者がうめき声をあげている。

「見たか、すごいだろう。〈偶像〉は、前方にどんな障害物があっても、前進の指示を受けているあいだは野を越え山を越えて進みつづける。まさに『向かうところ敵なし』だ。カプト二等兵、停止させろっ」

股間から頭を出している兵士の顔は血だらけだ。

「どう……やれば……いいのか……わかりません」

「全体とまれ、一、二！　復唱せよ！」

「全体とまれ、一、二！」

ロボットは右脚をあげたまま固まった。

「右脚おろせ」

「右脚おろせ」

「目標、左前方二十メートルのビル」

「目標、左前方二十メートルのビル」

「仔牛力ビーム発射」

「仔牛力ビーム発射」

〈偶像〉の両眼がハートマークの形になったかと思うと、灰色の光線が発射された。二条の光線がビルの中央部を通過した瞬間、ビル全体に、ゆで卵をテーブルに打ちつけたみたいな細かいひびが入ったかと思うと、

「パシャーン！」

ガラス食器を床に落としたように、ビルは粉々に崩壊した。

「すごいだろう、わが宇宙軍の兵器は！」

たしかにすごい。これなら、異星人にも勝てるかもしれない。ただ……十戒を唱えているあいだに攻撃されなければ……とピンクは思った。

またしても、壊れたビルとその内部にいたはずの人たちのことは一顧だにせず、一同は〈偶像〉を先頭に中庭に引きかえした。

「よし、カプト二等兵、『ジョイン・オフ』しろ」

「ど、どうやればいいのでありますか」

「わからんやつだな。梯子で降りてくればいいのだ。おっと待て。その際に『ジョイン・オフ』と叫ぶのを忘れるな」

「レッツ・ジョイイイイイイイイン・オオオオオオオオオフっっ！」

カプト二等兵は、〈偶像〉の女陰からぬるりと脱出し、梯子を使って地上に降りた。そして、そのまま前のめりにぶっ倒れた。

「誰か、バケツの水をかけてやれ。これぐらいのことで気絶するとは、先が思いやられるぞ」

ナマハゲ軍曹がそう言いはなったとき、空が突如として真っ黄色に染まった。サイレンが、ビーコン、ビーコ

ン、ビーコン……と鳴りひびくなか、ナマハゲ軍曹はインカムが潰れんばかりに怒鳴った。
「なにごとだ！」

「敵機来襲であります」

教練所のコントロールセンターがそう答える声は、〈偶像〉を載せていた台車の大型スピーカーから聞こえるのだ。

「敵機？　敵機と言ったか？」

その言葉が終わらぬうちに、軟体動物の卵を思わせる、黒い縞模様のある黄色い円盤が編隊を組んで上空を席巻しはじめた。

「見たことのない飛行体だ。まさか……」

飛行体は、ごつごつした岩状の物体をつぎつぎと放りだした。それが地面や建物に到達した瞬間、

ぶっちゅあああっ！


それは凄まじい衝撃だった。巨大な手が水を入れたビニール袋に上下左右から思いきり「張り手」をくらわせたような、ズバーン！　という圧迫感。周辺の空間全体の「気」がぶるぶる震えているのがわかる。ナマハゲ軍曹は天をにらみながら、

「粘液爆弾だな。どこの戦闘機だ？」

「異星人……攻撃です」

声がとぎれとぎれにしか聞こえない事実が、事態が緊迫していることを示していた。

「そんなことはわかっている。どこの異星人かときいとおるんだ」

ぶっちゅあああっ。

ぶちゃあああっ。

ぶっちゅううう。

「そういう（ぶっちゃあ）けではありません。この施設を含め〈人類圏〉の（ぶっちゅううう）はたしかに現在攻（べっちゃあ）受けていますが、ここだけでは（ぶっちゅちゅちゅ）いのです」

粘液爆弾が炸裂する轟音のせいもあり、なにを言っているのか聴きとれない。

「火星のホウケイシティ、キンシシティ（ぶっらゃあ）

水星の（ぶっちゅ）シティ、ゴトクシティ、マジックシティ、地球のトウケイシティ、バグダッドシティ（ぶっちょっ）の七つの都市（べちゃ）同時（ぶちゃ）襲われ（ぼちゃ）死者は（ばちゃ）百二十万人と推測され……」

「百二十万人……！」

「あ……ただいま入りま（びっちゃあああっ）情報によりますと、直前に、エゾゲバロ（ぶちょっ）星から宣戦布告（べっちゃあああ）あったようです」

エゾゲバロという言葉だけは、はっきりと聞こえた。

6

エゾゲバロ・ログロ星から宣戦布告……。

その言葉の意味をピンクが理解するのには若干の時間がかかった。

エゾゲバロ・ログロ人は、人類と異星人間におけるすべての星間戦争の黒幕といわれながら、これまでおもてだって戦闘の現場に登場したことはなかった。恒星間通信の傍受内容の分析結果や、捕虜にした敵幹部の証言などから、彼らが、人類と敵対している異星人に武器や物資を与え、戦略を授けていることはほぼまちがいないと思われていたし、撃破した敵の宇宙戦艦にエゾゲバロ・ログロ人が同乗していることもしばしばあったが、あくまでそれらは間接的な接触であった。彼らの真意や思考過程を理解することは困難だが、エゾゲバロ・ログロ人は、人類との直接戦闘を避けているふしがあった。

それが今日、はじめて宣戦布告がなされたと思ったら、いきなり百二十万人の被害である。ほかの異星人の陰に隠れてこそこそしていた巨大な敵と、ついに人類は全面戦争へと突入することになったわけである。

「とうとうこの日が来たか……」

ナマハゲ軍曹が暗い声を出した。

「こうなってしまっては、和平など無理だ。この戦争は、どちらかの陣営の敗北が決定的になるまで続くだろう。おそらく十年……いや、もっと長くかかるかもしれん……」

「どっちかの陣営が敗北したってのは、どうやってわかるんです？」

新兵のひとりが質問した。

「本来は、エゾゲバロ・ログロ人か〈人類圏〉のどちらかが白旗を揚げたときだが……彼らのこれまでのやりかたを見ているかぎりでは、彼らは最後のひとりが死ぬまで負けを認めんだろうし、我々が白旗を揚げたら、おそらく人類は最後のひとりまで皆殺しにされるだろう……」

つまり、どちらかが死にたえるまで、ということだ。

天井に、蜘蛛の巣状の亀裂が走った。全体が逆ドーム状に膨らんで今にも落ちてきそうだ。すでに、一部の崩落がはじまっている。窓という窓は割れ、壁にも大穴があいている。その穴から、外の様子がかいま見えた。粘液に覆われた黒い飛行物体が、空を覆うほどに広がっている。蝿のように見えるその飛行物体から、糞のようなものが間断なく噴出され、地上へ降ってくる。ときどき閃光が、ぼっ、ぼっ、と遠く輝くのは、地上からの迎撃だろう。ここは教習施設だから、戦闘機などは訓練用のものしか配備されていないのだ。

「うわあああ、助けてくれ。俺は死にたくねえよっ」

「えらいときに宇宙軍に入ってしもたわ」

「ナメクジに生きたまま食われるのはごめんだ」

「南無阿弥陀仏南無阿弥陀仏南無阿弥陀仏」

「天にまします我らの父よ……」

飛び散る粘液が教練所を破壊していくさまを見ながら、新兵たちはパニックに陥った。

「うろたえるな！　騒ぐな！　静かにしろ！」

ばらばらに逃げだそうとする彼らのまえに、ナマハゲ軍曹は金棒を振りまわして立ちはだかり、

「まずは兵器の格納だ。〈老魔砲０〉と〈偶像〉を倉庫に運搬せよ」

「そんなことしているうちに死んじまうよおっ」

「今言ったのはだれだ」

「…………」

「だれだ、ときいたのだ。答えろ」

「わ、私であります。わわわ私は、人命はなによりも重いと……」

ナマハゲ軍曹はその兵士のまえに進むと、金棒を拝み打ちに振りおろした。頭蓋骨が粉砕され、頭部がU字状に陥没した。兵士は、

「かぶしっ」

という妙な悲鳴をあげながら倒れた。

「軍隊にとって、兵器は命よりも大事だ。よく覚えておけ」

新兵たちは今にも発狂しそうな顔つきで、死んだ兵士の死骸を凝視した。

「全員、格納作業に入れ！」

皆が、半ば失神したような状態で台車にとりついたとき、スピーカーが叫んだ。

「すでに危機……回避されました。〈人類圏〉は、トウケ……ティに飛来したエゾゲバ……グロ人の戦闘機の三分の一を撃墜、残り……撃退しました……」

◇

一時間後、新兵全員がホールに集められた。ナマハゲ軍曹が中央の台に乗り、

「宇宙軍から貴様らに連絡事項がひとつある。耳の穴をかっぽじってよく聞くように」

「はいっっっっっ」

「貴様らも知ってるとおり、エゾゲバロ・ログロ人による宣戦布告と、地球ならびに〈人類圏〉植民地に対する攻撃により、この教練所の建物も一部が破壊され、職員十二名が死亡、三十一名が負傷した。人類と異星人の宇宙戦争は、本日をもって新たな段階に突入したといえるだろう。ここまではわかったか」

「はいっっっっっ」

「〈人類圏〉は、敵の怪円盤のうち三分の一を撃墜し、残りを撃退した、と発表したが、あれはここだけの話、真っ赤な嘘である。いわゆる『大本営発表』というやつだ。事実は、撃墜した敵円盤は八機。これは敵機の五百分の八にすぎない。初戦はわが軍の大敗北なのだ。しかし……」

軍曹は金棒で床を突いた。

「宇宙軍は現在、報復攻撃を準備中である。〈人類圏〉はかならずやあのナメクジどもをぶち殺し、全滅させる

だろう。ここまではわかったか」

「はいっっっっ」

「人類は、エゾゲバロ・ログロ人と全面戦争に入った。これからは、敵側の植民地における地上戦の機会が増えるだろう。しかし、わが軍には兵士の絶対数が不足している。化けものなんぞがうろうろしている、瘴気《しょうき》に満ちたジャングルでのサバイバル戦に耐えぬける肉体と技術と知識をもった歩兵の数が、だ。俺は昨夜、〈人類圏〉最高会議議長パライソ・サイ・クーダー閣下からじきじきに指令を受けた。すなわち、従来三カ月だった新兵の教育期間を一カ月に短縮すること」

新兵たちのあいだにざわめきが広がった。

「私語をつつしまんか！」

ナマハゲ軍曹は、そう叫ぶや、金棒を振りかぶって、弧を描くようにスウィングさせた。金棒は地面すれすれを這うようにして、そこからぐーんとせり上がってくると、ひとりの新兵の頭部に激突した。その兵士の頭部は、胴体からぶっちぎれたかと思うと、まるでゴルフのボールのようにすっ飛び、十メートルほど先の壁にぶつかって、はねかえった。

「ナイスショット」

ひとりの新兵が手を叩き、まわりの全員から白い目をむけられた。ナマハゲ軍曹は舌打ちをし、

「ちっ……こういう無駄があるから兵士が増えぬのだ。死ぬなら戦場で死ね」

一同は、

（自分がやったんだろ……）

と思ったが、もちろん口には出さない。

「なにを言いたいかわかるな。三カ月かかる訓練を一カ月にするのだ。これから訓練はどんどん苛酷になる、ということだ。ついてこれぬやつは……処理する」

ナマハゲ軍曹はそう断言した。

◇

その言葉どおり、苛酷な訓練は連日、ほとんど休みなく続けられた。一日の発現時間は五時間足らずとはいえ、ほかの四人の疲労が蓄積されているので、「埋没」から目覚めた瞬間に、重油のように重苦しい疲れが全身にべ

っとりとのしかかっているのがわかる。まるで高重力の星に行ったみたいに、身体が重く、起きあがるのがやっとだ。しかも、疲労は解消されることなく、日々、加算されていくのだ。なにしろ二十四時間、訓練訓練訓練訓練また訓練だ。ふつうならとっくにくたばっているはずのところを、大量の〈気付け薬〉でなんとかもたせているのだ。今のピンクの肉体は、細胞液のかわりに〈気付け薬〉に満たされているようなものだ。細胞の回復力がどんどん弱ってきているような気がする。少しは休みたい、寝たい、息抜きがしたい……だが、それは許されない。一カ月で、実戦の役に立つ兵士を作りあげなければならないのだから。多くの新兵は肉体的にも精神的にも限界にきており、十人ほどがみずから命をたち、十人ほどが命令違反でナマハゲ軍曹によって「処理」された。

唯一の救いは、ジャンヌと会うことだった。その日もふたりは夕食後のほんの少しの自由時間を使って、狭いトイレのなかで逢瀬を楽しんでいた。便器の蓋をしめて、そこに両手をつかせたジャンヌの尻を剥きだしにし、立ちバックでセックスする。

「ああっ、いいっす……いいっすよ、ねーさん！」

トイレでのひそかなまぐわいのはずだが、ジャンヌはあたりはばからぬ大声を出す。一休さんによって肉体を「開発」されてしまったらしい。

「あああああ、アナルもしてくださいっアナルもアナル……うひいいっ、いいっすう！　うはあ、すごいっすう、すごいすごいっすう」

「ジャンヌ、もうちょっと小さな声で……」

「そんなことできないっす、だって気持ちよすぎて……うひいいいいっ」

「バレたらヤバイって」

「だいじょぶっす。だって、みんなやってますもん」

そのとおりだった。右隣からも、

「おおおお、いくっ……いくぞっ」

「こいっ」

「いくぞっ」

「こいっ」

「いくぞっいくぞっいくぞっ」

「こいっこいっこいっ」

左隣からも、

「やめてやめていややめないでやめないでやめてやめてやめないで」

「どっちや！」

休憩時間中、男女あるいは男同士のむつみあう声が聞こえてくる。なにしろ、酒も禁止されているし、賭博もダメ。テレビを見たり、読書をする暇もほとんどない。短時間でできる息抜きはこれぐらいしかないのだ。相手は誰でもよく、みんな、寸暇を惜しんで、動物的な性行為にはげむのだ。

ドンドンドンドン！

突然、ドアが外から乱暴に叩かれた。ピンクは、腰を激しく使いながら、怒鳴った。

「今、使用中よっ」

ドンドンドンドン！

「入ってますってば！」

ドンドンドンドン！

「ああ、ねーさん、いきそうっすういきそうっすう！」

「ああ、私も……ジャンヌ！」

ドンドンドンドン！

「はやくあけたまえ！」

「もうちょっと待ってよ、もうすぐいくとこなんだから！」

「我慢できないのだ！」

「そんなに溜まってるの？」

「ちがう。ウンコがしたいのだ！」

なるほど、とピンクは思った。トイレの正しい使い方をまるで忘れていた。

「ウンコ？　ウンコなら、中庭の植えこみでしてよ！」

ジャンヌがそう叫んだが、相手はよほどせっぱ詰まっていたらしく、ドアをガタガタいわせはじめた。このままでは鍵が壊れてしまう。ピンクは、やる気が萎えてしまったが、ジャンヌは、

「どうしたんすか、いいとこなのにやめないでくださいよ！　ねーさん、もっと……もっと！」

「あけたまえ！　あけろあけろあけろっ」

ガタガタガタガタガタ……。

「あああああ、いいっすう……うはあ……」

「うう、もれる。もれてしまう！」

ガタガタガタガタガタガタ……。

「いくうっいくっいくいくいくううっ！」

「ああ、ジャンヌ……私も……ああああ……」

ピンクとジャンヌが同時に高まったとき、ガキッと音がして鍵が吹っとび、ドアが大きく開けられた。ピンクは、ジャンヌと後背位でつながったまま、どくどく射精していたが、飛びこんできた男は、二人を強く突きとばすと、むりやり便器にまたがった。

どぱぴっぷぺっどぽっ。

激しい排泄音と鼻が曲がりそうな臭い。

「うう……まにあった……」

その男は、心底からほっとしたように吐息をついた。

「何するのっ。いくらなんでも失礼じゃない？」

ピンクが、ジャンヌから引き抜いたペニスをぬぐいもせずに抗議すると、男は言った。

「汝、姦淫するなかれ」

ジャンヌは男をまじまじと見た。便器にまたがって、こちらを見ている若い男。額にはイバラの冠をかぶり、身にまとっている、亜麻とおぼしきごわごわした衣服の数カ所には赤い血糊がついている。顔も身体もがりがりに痩せてはいるが、その眼光は鋭く、尻を丸だしにした姿ではあるが、なんともいえない威厳が全身からほとばしっている。

「あんた……誰？」

どこかで見たような顔だが……まさか……とピンクが思っていると、隣にいたジャンヌが呆然とした顔で言った。

「お久しぶりです、イエスさま……」

7

イエスと呼ばれた男は、せわしなげに尻を消毒しながら、ジャンヌを一瞥すると、

「えーと……？」

「ジャンヌです。オルレアンのジャンヌです。お見忘れですか」

ジャンヌは必死のおももちだったが、イエスはしばらく彼女を見つめたあと、

「お見忘れたのだ」

ジャンヌの目から涙があふれ出た。

「そんな……あたしはあなたのために死刑にまで……」

「なにがあったか知らないが、私のためではなかろう。おそらく、『神』のためなのだ」

神という言葉を口にするときのイエスの口調は、ピンクの気のせいか、畏怖と憎悪が入りまじっているように聞こえた。

「で、でも、神とイエスさまと聖霊は三位一体なのでしょう。イエスさまと神さまは同じなのでは？」

「ははは……いまだにそんなことを信じているものがいるとは笑止なのだ。あんなものは古代の神学者がむりやりでっちあげたことなのだ。だいたい、父と子が一体というのはおかしいのだ」

たしかにそのとおりだが……。

「あのさあ、あんた、ほんとにあの『イエス』なの？イエス・キリストなの？」

「そうなのだ。私は、正真正銘、あの有名なイエスなのだ」

男は、パンツをはくと、きりっとした表情で言った。

ピンクはイエスの胸ぐらをつかむと、

「じゃあ、奇蹟を起こしてよ！　私をこの教練所から連れだして。私を自由にして」

「ちょ、ちょ、ちょっと待ってくれ。乱暴なひとなのだ」

イエスは、ピンクの手を胸もとから剝がすと、

「私には何の力もないのだ。奇蹟など起こせないのだ」

「でも、水のうえを歩いたり、パンとか魚をたくさんに増やしたり、病人を治したり……」

「あはははははは。あれは手品なのだ。花、出てきなさーい」

イエスが右手を軽くひねると、赤い花が出現した。

「花、もっと出てきなさーい」

たちまち便器からトイレの床から壁から天井から花だらけになった。つぎに彼はふところから一組のトランプを取りだすと、扇形に開き、

「一枚引いてみなさい」

ピンクは言われたとおりにした。ハートの5だった。

イエスはサインペンをピンクに渡して、

「そこに、自分の名前でも何でもいいから書きなさい」

ピンクは、「桃屋ピンク」と自分の名前を書いた。

「それをびりびりに破って、便器に捨てなさい」

ピンクがカードを破って、便壷に捨てると、イエスは水洗コックをひねり、それを流してしまった。

「さあ、これでカードは消えたはずだが……」

言いながら、パチン、と指をスナップさせると、天井からひらひらとなにかが降ってきた。ピンクが拾ってみると、ハートの5のカードだった。ピンクのサインもちゃんと入っていた。

「うっそー、どうして?」

イエスは笑いながら、トイレの壁に描かれた卑猥な落書きを指さした。青筋の浮きでた太いペニスを、ロングヘアの女性が好色そうな笑みとともにくわえようとしているへたくそな絵だ。イエスはその絵をトイレットペーパーで覆い、

「ワン、ツー、スリー!」

古典的なかけ声とともにペーパーをさっと取りさると、ペニスは巨大な芋虫の絵に変わっていた。女性は恐怖の表情を浮かべている。

「どうやったの? 教えて教えて!」

ピンクは叫んだが、イエスは取りあわず、

「これでわかっただろう。私は手品師なのだ。水のうえを歩くのも、パンや魚を増やすのも、病人を治すのも、ぜーんぶタネがあるのだ」

「じゃあ……モーゼが海を真っ二つにしたのも……」

「あれはイリュージョンなのだ。彼は、杖を蛇に変えたりする小ネタから、ああいった大ネタまで自由自在だが、私はこういう小ネタ専門なのだ。手品をマスターするのは、宗教家の必須条件なのだ」

「それって、信者をだましてることになりませんか」

「なにを言うのだ。信者の信仰心をかためる手助けをしているだけなのだ。だますだなんてとーんでもない。超能力と称してマスコミやら取りまきをだましたり、霊感医療を行って大金をまきあげているやつらにくらべたら、

全然ＯＫなのだ」

まるで罪の意識はないようだ。

「ただし、ときには神が私のマジックを助けてくれることもあるのだ。神がお命じになったとおりのことをすると、結果的に奇蹟が起こる。その意味では、神は世界一、いや、宇宙一の偉大なマジシャンなのだ」

「あの……ここ、狭いし、外に出たほうがいいんじゃないですか。それにめっちゃ臭いし……」

ピンクの提案にあとのふたりも従った。廊下に出たイエスは、身体にあいた槍傷を指さすと、

「つまり私は、このとおりただの人間なのだ。切ったら血の出る、普通の人間なのだ」

「嘘……」

「嘘ではないのだ。だからこそ、こうして〈最後の審判〉によって蘇ることができたのだ。〈人類圏〉も、私がただの人間であるとわかったからこそ、こうして野放しにしているのだ。そうでなければ今ごろ、〈人類圏〉最高会議議長か宗教局の局長ぐらいにはなっているはずなのだ」

「では……あなたが十字架にかけられたあと復活したというのは……」

「あれは『すり替えのトリック』というやつだ。私にはイスキリという、顔のそっくりな弟がいて、処刑直前にそいつと入れ替わったのだ。だから、死んだのはイスキリなのだ」

「…………」

「過去、多くの人間が『神』に選ばれたのだ。ジャンヌとやら、おそらくおまえもそのひとりなのだろう。私は、そうした『神の声を聴いたもの』たちのなかでも、もっとも『神』との関係が深いのだ……いや、深かったというべきかもしれないが」

イエスは深いため息をつき、

「私はかつて、神に愛された。おまえもそうだ。アブラハム、ノア、モーゼ……近年ではスリル博士とかいう男まで、神に愛されたものは枚挙にいとまがないのだ。だが、復活して以来、あのおかたの声はほとんど聞こえなくなってしまった。今ほど、『神』の存在が全人類に認知されている時代はないというのに……」

「『ほとんど聞こえない』とおっしゃいましたね。神さまのお声……今のあたしにはまったく聞こえないんす。イエスさまには、ときどき聞こえるのですか」

ジャンヌの問いにイエスは困惑したような表情で、

「いや……まあ、その……うーん……」

と言葉を濁した。

「神さま、どうしてあたしには声をかけてくださらないんすか。あたし……あたし、お声が聞きたいっすう」

ジャンヌが涙をうかべて叫んだ。

「神のお気持ちは、人間にははかりしれないのだ。気まぐれで、何を考えているのかわからない。そして、人智をこえた力を持つ……それが『神』なのだ。神に対して、こちらからはたらきかけることはできないのだ。我々は、常に、待つだけなのだ。人間は神の言葉に疑義を挟んではいけない。理由を問いただしたりしてはいけないのだ」

「ねえねえ……」

ピンクは思わず口を挟んだ。

「神の声ってどんなふうに聞こえるの？　耳もとで甘くささやくみたいな感じ？　それとも、イヤホンから聞こえてくるみたいなの？」

「それは、聞いたものでないとわかりません」

ふたりは同時に答えた。

「ふーん……そんなもんなのか」

「イエスさまはどうしてこの教練所にお越しになられたのですか。神さまのご意志ですか」

ジャンヌの質問に、

「そうではないのだ。宇宙軍に余興を頼まれたのだ」

「余興？　イエスさまが……余興ですか？」

イエスはにこにこ笑いながら、

「これでいいのだ」

◇

〈最後の審判〉ののち、「神」の存在が明白になったことによって、事実上、宗教紛争はなくなった。「神」は人類のまえに姿をあらわすことこそなかったが、その存在は疑う余地がなかった。つねに神に見られている……そんな強迫観念が全人類のうえにあった。〈最後の審判〉の意味は何なのか。どうしてすべての死者が一度に蘇ったのか。神は我々になにをさせたがっているのか。神の目的は何なのか。誰にもわからなかった。人々は、「神の御業（みわざ）」からその目的を推（お）しはかろうとした。しかし……むりだった。「神の御業」は、人類にとっては意味不明なことばかりなのだ。歴史上の死者をすべて復活させ、人類を破滅に追いこもうとするかのように未曽有の人口爆発を起こしたかと思うと、スリル博士に聖霊をくだらせ、〈魂摘出装置（ソウルトレイン）〉の開発によって、その危機を救う……。

「神は何がしたいんだ」

　神の真意をはかることができぬまま、人類は、かつて経験したことのない星間戦争の時代へといやおうなしに突入していった。

◇

　その日、夕食後の教練再開まえに、イエスによる「スーパーマジックショー」が開催され、新兵全員がホールに集められた。

「いいか、おまえら！」

　ナマハゲ軍曹が角を振りたてて、

「今から、貴様らを慰労するために、一時間のマジックショーが行われる。俺は、そんなことをしている余裕などないと思っておる。新兵に『慰労』など無用。身につけなければならぬ技術はそれこそ山積みなのに、時間はわずかしかないのだ。だが、これも宇宙軍上層部からの命令だからしかたがない。とりあえず一時間、訓練を中止して、手品を見ることにする。わかったか！」

「はい！」

　アイネ・クライネ伍長が壇上にあがり、

「それでは、すばらしいマジックを行ってくださるかたをご紹介しましょう。かつては『神の子』と呼ばれ、二度の復活を遂げた今でも、そのカリスマ性は衰えておりません。はりきって参りましょう、偉大なマジシャンにして、奇蹟を呼ぶ男……ジーザス・クライスト・スーパー・スター！」

　有名なミュージカルのテーマ曲が大音量でかかり、花火があがり、スモークが盛大にたかれるなか、ジーザスライ、スーパスター……というリフレインにのって、イエスがにこやかに登場した。さっきとはうってかわった派手な衣装を身につけている。裾のひろいピンク色のジーンズにサイケデリックな「不死鳥」がデザインされたシャツ。頭の「イバラの冠」には電飾がつけられ、赤や青や緑に点滅している。肩や腹にある槍の傷の横には、赤く大きな矢印がそれぞれ取りつけられ、

「ここがあの有名な槍傷なのだ」

とわかるようにしてある。メイクもド派手で、下塗りを何度もしたうえに、歌舞伎役者のような隈取りがほどこされ、パッと見には誰だかわからないほどだ。バニーガールの格好をした若い男をしたがえ、「オリーブの首飾り」のメロディーにのって、営業用スマイルを浮かべたイエスは、

「はいはいはいはい、私がイエスなのだ。けっして怪しいものではございませんのだ。そして彼が……」

かたわらの若い男を振りかえった。

「アシスタントのユダでーす」

くくった長髪の先端は背中まで届いている。細い鼻梁といい、酷薄そうな薄い唇といい、憂いをおびた二重まぶたといい、ちょっと、怖くなるほどのイケメンだ。ピンクは、ぞくっとした。この身体はジアトリマの、つまり男性のものだが、その乳首がきりっと硬くなったほどだ。

「ねえねえ、あのひと……ちょっといいよね」

となりにいたジャンヌにささやきかけると、ジャンヌは首をかしげ、

「さあ……ねーさんの趣味、よくわからないっす」

神さま萌えのやつに言われたくないわっ、とピンクは内心毒づいた。

イエスは、舞台中央にしつらえられた、聖柩をかたどった大きなケースのなかを客に見せる。何も入っていないことを確認させたうえで、そのなかに山型パンを入れる。蓋を閉じ、

「父と子と聖霊の御名によりてアーメン!」

と唱えてケースをあけると、パンのかわりに、そこにあったのは湯気をあげるラーメン。

「うひょー、これはびっくりなーのだ!」

イエスは大仰に驚いてみせたあと、

「人はパンのみにて生きるにあらず、なのだ」

そう言いながらラーメンをすする。客は、ややウケである。つぎにイエスは、丸いパンと魚の干物を取りだした。

「さあさあお立ちあい、ご用とお急ぎでないかたはごゆっくり聞いてほしいのだ。手前もちいだしたるは、丸パンと魚の干物。これをこの聖柩のなかに投入するのだ」

イエスは、ケースのなかにパンと干物を入れて、蓋を閉じる。

「その昔、ある湖畔で私が説教していたところ、食べるものが足りなくなった。私がそこで行った奇蹟のひとつを、皆さんに今お目にかけますのだ。ここで私が呪文を唱えると、この聖柩に、天の光と地の湿りが陰陽合体して……父と子と聖霊の御名によりてアーメン！」

蓋をあけると、パンも干物もそれぞれふたつに増えていた。

「うひょー、これはクリビツテンギョウ！　一個のパンと一匹の魚の干物がふたつになったのだ。そのつぎに……」

それらをまたケースのなかに戻して、呪文を唱えると、パンも干物も四つになった。

「ひとつがふたつに、ふたつが四つに、四つが八つに、八つが十六に、十六が三十二に……」

その言葉どおり、パンと魚はどんどん増えていく。

「百二十八が二百五十六に、二百五十六が五百十二に、五百十二が千二十四に、千二十四が二千四十八に、二千四十八が四千九十六に、四千九十六が……えーと、八千百九十二に、八千百九十二が一万六千三百八十四に、一万六千三百八十四が三万二千七百六十八に……」

パンと魚は舞台からこぼれおち、ホール中に広がった。それでもイエスは倍々ゲームをやめない。

「五十二万四千二百八十八が百四万八千五百七十六に、百四万八千五百七十六が二百九万七千百五十二に、二百九万七千百五十二が四百十九万四千三百四に……」

ホールの新兵たちは、パンと魚の干物に覆われて、息もできないほどになってきた。

「六千七百十万八千八百六十四が一億三千四百二十一万

七千七百二十八に、一億三千四百二十一万七千七百二十八が二億六千八百四十三万五千四百五十六に、二億六千八百四十三万五千四百五十六が五億三千六百八十七万九百十二に、五億三千六百八十七万九百十二が十億七千三百七十四万千八百二十四に、十億七千三百七十四万千八百二十四が二十一億四千七百四十八万三千六百四十八に、二十一億四千七百四十八万三千六百四十八が四十二億九千四百九十六万七千二百九十六に、四十二億九千四百九十六万七千二百九十六が八十五億八千九百九十三万四千五百九十二に、八十五億八千九百九十三万四千五百九十二が百七十一億七千九百八十六万九千百八十四に、百七十一億七千九百八十六万九千百八十四が三百四十三億五千九百七十三万八千三百六十八に、三百四十三億五千九百七十三万八千三百六十八が……」

　パンや魚は兵隊たちのうえに積もりかさなり、天井にまで届いていた。ナマハゲ軍曹やアイネ・クライネ伍長の口や鼻にまでもパンと魚が押しこまれている。

「六百八十七億千九百四十七万六千七百三十六に、六百八十七億千九百四十七万六千七百三十六が千三百七十四億三千八百九十五万三千四百七十二に……春は三月落花のかたち、比良の暮雪は雪降りのかたち、とお立ちあい！」

　イエスがパンと魚をつかんで、あたりに振りまいたとき、

「ちがうっ！」

　パンと魚で満ちたホールのどこか下のほうから、くぐもった叫びが聞こえた。

「六百八十七億千九百四十七万六千七百三十六の倍は、千三百七十四億三千八百九十五万三千四百七十二だ！」

　イエスは照れたように笑い、

「それは失礼したのだ。ご破算でねがいましては……」

「やりなおしはしないでいい！」

　複数の叫び。

「いや、私は同じことを何度でも言うのだ。きみはたしかにぼくを愛してるのだ。聖イエスなのだ」

　わけのわからないことを言いながらイエスがパチンと指をスナップさせると、千三百七十四億三千八百九十五万三千四百七十二のパンと魚は、あとかたもなく消えう

せた。残ったのは、呆然として座りこんでいる新兵たちと教官。ぱちぱち……とおざなりの拍手が起こったが、皆、このマジックに感心するというより、もう勘弁してくれと言いたいようだ。

「つづきましてぇ……摩訶不思議、奇蹟のスーパーギロチン！」

イエスは、ナマハゲ軍曹を舞台にあげた。どうやら、事前に話がついていたらしく、軍曹はべつに嫌がりもせずに、中央に立った。イエスは、ユダに命じて、袖から大きな刃のついた断頭台を運んでこさせると、穴のなかに首を突っこむように言った。ナマハゲ軍曹は言われたとおりにした。

「さあ、私がこの紐を引くと……死神の鎌のごときこの巨大な刃が落ちてきて、この鬼さんの首をすっぱり切りおとしてしまいますのだ。でも、マジックにはタネがあるからだいじょうぶ。たぶん……だいじょうぶ」

スネアドラムのロールによって雰囲気が最高潮に達したとき、イエスは紐を引いた。重そうな刃が落ちてきて、ナマハゲ軍曹の首にぶつかった。軍曹の頭部は、ボールのようにポーン！　と前に飛んだ。

「ひいいいっ」

アイネ・クライネ伍長が悲鳴をあげ、その頭部に駆けよった。

「うわあ、失敗失敗。また、やってしまったのだ」

イエスは頭をかくと、

「まあ、人間、誰しも失敗することはあるのだ。失敗は成功の母。でも、みんなに慕われている優しい軍曹が死んでしまったままではかわいそうだから……」

指をスナップさせると、舞台袖からナマハゲ軍曹が現れた。首はちゃんとついている。イエスは笑いながら、

「タネあかしをしますと、今のは事前に作ってあった軍曹の等身大の模型だったのだ。途中ですりかわったのだ。はははははは」

誰も笑わなかった。ナマハゲ軍曹も、ぶすっとした顔つきで宙をにらんでいる。

「では、私、イエス・ザ・スーパースターが最後にお届けするマジックは……」

イエスは細い腕を振りあげると、

「究極のクライマックス……恐怖の人間消失！」

客席は無反応だった。

「そこのあなた……」

イエスは、アイネ・クライネ伍長にむかって手招きした。

「ちょっとお手伝いしてほしいのだ」

「わ、私ですか……」

一本角の伍長は、当惑ぎみに上司のナマハゲ軍曹を見た。軍曹は腕組みをしたまま、無言である。

「さ、はやく……あなたのような美しいかたにお手伝いいただけるなんて、ほんとうに、十字架にかけられた思いなのだ」

「美しいだなんて、そんな……」

アイネ・クライネ伍長は、牙の生えた口もとを手で隠すようにしてはにかむと、持っていた三叉槍を横に置き、三メートル近い長身を折りまげるようにして舞台にあがった。イエスは、伍長に、簡易ベッドのうえに横たわるよう命じた。

「あの……危険はないんでしょうか」

「まったくないのだ。心配ご無用なのだ。さっきのギロチンを見たでしょう。私を信用しなさい。なんといっても、私は神の子なのだ」

「わかりました」

痩軀の伍長は、ベッドに横になった。イエスは、彼女の身体を巨大な木製のフードのようなものですっぽり覆いかくした。

（あの伍長が、めずらしく緊張してる……）

ピンクは、アイネ・クライネ伍長の横顔を見て、そう思った。

「では、やるのだ」

イエスは、ユダからチェンソーを受けとると、スイッチを入れた。太い樹木伐採用の大型チェンソーだ。

チュウイイイイイイイン。鋭い歯が、蛇の切磋（せっさ）音のような嫌らしい音をたてて回転しはじめる。伍長の顔がひきつる。

「父と子と聖霊の御名によりて……」

イエスはゆっくりとチェンソーをフードに押しあてた。

チュウイイイイイイイン。木屑が舞いあがり、焦げくさい臭いが漂った。

「ひっ……」

伍長は顔をゆがめたが、イエスは気にせず、チェンソーを進めていく。

チュウイイイイイイン。

「やめて……やっぱり怖い。やめてくださいっ」

伍長は両手を亀のようにばたばたさせたが、イエスは伍長に顔を近づけて、

「心配いらないのだ。このベッドに仕掛けがしてあって、チェンソーがあなたの腹部に当たる直前に、身体が沈みこむようになっているのだ。万に一つも、あなたが怪我をする可能性はないのだ」

「そ、そうなんですか……」

チュウイイイイイイイン。

「痛いっ。痛いです、イエスさま」

「だいじょうぶだいじょうぶ」

チュウイイイイイイイン。

「痛い痛い痛いっ。やめてっ、お願いやめてくだっ……」

……」

チェンソーの刃が、急に深くめりこんだ。

「ぎゃぼっ」

伍長は奇妙な叫びを発した。同時に、口から大量の血を、噴水のように噴きあげた。イエスは血まみれになりながらも、チェンソーのアクセルを握る手をゆるめない。

「うぎゃぼっ。イエ……ス……さま……お許しを……」

「だいじょうぶ……なのだ……ノー・プロブレム……これは……マジックなのだから……」

「ぎゃぼっ。痛い……痛い死ぬ痛い……」

口からだけでなく、伍長の目、鼻、耳からも血がドップーッと噴出した。

「うぎゃぼおっ」

伍長が、噴火のような声をあげた瞬間、がたん、という音がして、チェンソーががくりと下に落ちた。見ていたピンクはぞっとした。アイネ・クライネ伍長の身体が完全に切断されたように思えたからだ。伍長は白目を剝き、口や鼻には血の泡が盛りあがっている。呼吸もとまっているようだった。

「イ、イエスさま……」

ナマハゲ軍曹がよろよろと近づいてきた。

「伍長は……だいじょうぶでしょうか。死んでいるように見えるのですが……」

「心配いらないのだ」

イエスは、荒い息をしずめながら、額の汗をぬぐい、

「このマジックには、ちゃんと種も仕掛けもあるのだ。このベッドが自動的に沈みこみ……」

ベッドの下部を手で触り、

「あれ……？」

「どうかしましたか」

「いや……その……おかしいな。で、でも、私は神の意志によってマジックをしているのだから、私がしくじっても、神が奇蹟によってフォローしてくれる。つまり、失敗のしようがないのだ」

そう言いながら、イエスはアイネ・クライネ伍長の身体を覆った木製フードをそっと持ちあげた。そして、なかをちらと見て、あわててもとに戻すと、こほん、と咳払いをして、

「えーと……ここでひとつ、たとえ話をしよう」

「そんなことをしている場合では……」

「まあ、聞くのだ。これは種を蒔くひとの話なのだ。ここに三粒の種があった。ひとつの種は、荒れ地に落ちた。もうひとつの種は、肥沃な土地に落ちた。最後の種は、水のなかに落ちた」

イエスはここで言葉を切り、もう一度フードを持ちあげ、ため息をつくと、

「つまり……その……種を全部蒔いてしまったので、手もとに種はなくなったのだ。種がなければマジックはできない。だから……」

「これでいいのだ！」

「よくない！」

ナマハゲ軍曹は涙声で金棒をふりかざした。

「どうしてくれるんだ！　俺の婚約者を……よくもよくも……」

知らなかった。アイネ・クライネ伍長はナマハゲ軍曹の婚約者だったのか……。

「いくら神の子だといっても許すわけにはいかん。うう

……伍長、この仇はかならずとってやるぞ」

「まままままま待ってくれ。おかしいのだ。うまくいくはずだったのに……ベッドの仕掛けが故障してしまったのだ。こ、こ、こ、これはきっと神の意志なのだ。だから、しかたないのだ。そうだ……きっと、このあとにどんでん返しがあるのだ」

「なにをわけのわからないことを言ってるんだ。伍長を返せっ」

殴りかかろうとする軍曹を押しとどめると、イエスは、バニーガールから受けとった、頭部と手足を覆うフードを伍長の身体にかぶせていった。これで、アイネ・クライネ伍長の身体は完全に見えなくなった。

「さあ、行くのだ。父と子と聖霊の御名によりて……」

イエスは真剣そのものの表情で天を仰いで祈った。

「アーメン！」

言うや、頭の部分のフードを取りのぞく。そこに頭部はなかった。続いて手足を覆ったフードを取りのぞく。手足もなかった。最後に、ふたつに切断された、胴体を覆ったフードを両方とも取りのぞく。胴体もそこにはなかった。

アイネ・クライネ伍長の身体は消失した。

皆、あっけにとられて何も言えなかった。三十秒ほどしてから拍手がおこった。最初はぱらぱらと、やがて、怒濤のうねりとなって、ホールをつつんだ。

「ブラボー！　ブラボー！」

「すごいぞ、イエス！」

「さすが神の子だ」

「これは奇蹟ですよこれは」

「アンコール！」

ピンクも、必死になって両手を叩きあわせていた。イエスは満面に笑みをたたえて、あちこちに向かって頭を下げていたが、その笑顔の奥には、深い安堵があった。その笑みがかげった。空のベッドのうえに何かを見つけたらしい。イエスは、一枚のボードを拾いあげた。

「なんだ、これは……」

彼は、そのボードに書かれていた文面を読みあげた。

上意

ひとつ、このたび、ユガミニクラス星方面〈人類圏〉宇宙軍派遣部隊の全滅にともない、現在、教練中の宇宙軍歩兵部隊は、全員、教練を本日をもってきりあげ、明朝よりユガミニクラス星方面の前線に派遣するものとする。武運長久を祈る。

なお、これが神の意志であることは、すでに確認済である。

〈人類圏〉最高会議議長
パライソ・サイ・クーダー

8

ホールは静まりかえった。

「ありえない！」

ナマハゲ軍曹が、太い腕を突きあげて叫んだ。

「新兵教育には、本来、最低でも三ヵ月かかる。それでも足らんというのが俺の気持ちだが、とにかく必死になってこれまで三ヵ月でやってきた。それを一ヵ月でやれというのが、先日の宇宙軍からの指示だった。俺は怒りくるった。そんな短期間では、いくらしゃかりきにやっても、中途半端な兵士しか仕上がらん。そのうえ、それを今日できりあげろとは……。むちゃくちゃもいいところだ。宇宙軍は頭がおかしくなったのか！」

たしかにそうだ。まだ、教練開始から六日しかたっていないのである。その間に行われたのは、一部の兵器の操作実習だけで、新兵は誰ひとりとして専門的な知識も技術も身につけていない状態だ。宇宙船の操作も、未開の惑星でのサバイバルも、なにひとつ習っていない。

「そんな俺たちを前線に送るなんて……戦況がよほど悪いってことか……」

新兵のひとりが、皆の気持ちを代弁して言った。ユガミニクラス星系の部隊が全滅……ということは、おそらく数万人規模の犠牲が出ているはずだ。そんなニュースは、まったく伝えられていない。

「なーるほど。宇宙軍が私をここに慰問に来させたのは、このことを皆さんに伝えるためだったのだ。やっとわかったのだ……」

　つぶやくように言うイエスの胸ぐらを、ナマハゲ軍曹がつかみ、宙高く持ちあげた。

「この野郎！　アイネ・クライネ伍長をどこへやった。はやく戻せ。戻さないかっ」

「は、はなせ、苦しい……」

　イエスの足は、床から一メートル近く離れている。

「伍長を戻せと言ってるんだ。さあ、早く」

　ナマハゲ軍曹の肩を、ユダが軽く叩いた。

「なんだ、おまえは。邪魔する気ならやめときな。大怪我するぞ」

　ユダの両目に、陰険そうな光が宿った。彼は、ナマハゲ軍曹の鉄柱のような右腕を、人差し指でツンと突いた……ように見えた。その瞬間、軍曹の腕の筋肉が、ぶつぶつっ、と大きな音をたてて切れた。

「うぎゃあああああっ」

　悲鳴をあげた軍曹はイエスを床に落とした。軍曹の右腕は、だらりと垂れさがって動かない。


「こ、このガキ……」

　軍曹は唾を吐くと、顔を怒りにどす黒く染め、左腕を振りまわしてユダに襲いかかった。ユダは、端止な表情を毛ほども動かさず、雄牛のように突進してくる軍曹に向かって、ひょいと右手を伸ばした。そしてナマハゲ軍曹の鼻にはめられた鼻輪をつまむと、いきなり引きちぎった。

「げええええっ」

　軍曹は鼻から大量の血を流しながら、なおもユダに飛びかかろうとした。ユダは軽々と身をかわすと、軍曹の両耳の、直径二十センチもあるピアスを両方同時に引きちぎると、それを軍曹の喉めがけて手裏剣のように叩きつけた。

「げ……ぶっ！」

　気管がねじ曲がり、呼吸がとまった軍曹は激しく咳きこみながらその場にうずくまった。ユダは、冷ややかな顔で彼を見おろすと、二本の角に手をかけ、ぐらり、と揺さぶった。ナマハゲ軍曹は頭を両手で押さえて悲鳴をあげた。

「ぎゃあああっ」

ユダは、聞こえないふりをして、角を引きぬこうとする。角は頭蓋骨に直接つながっているから、このままでは軍曹の頭蓋骨は粉砕され、脳が飛びでてしまうだろう。

「やめるのだ、ユダ」

床に落ちて気絶していたらしいイエスが、尻をさすりながら言うと、ユダは「ちっ」とかすかな舌打ちをして、角から手を離した。

「彼は、新兵教育に関してはたいへん有能な男なのだ。うかつに殺してはならん」

ユダは、軽く一礼すると、引きさがった。

「ナマハゲ軍曹……」

床に倒れている鬼軍曹に、イエスは優しげな口調で語りかけた。

「私も、なにもわざとおまえの婚約者を殺したのではないのだ。だから、許してほしいのだ。つまりその……ちょっとうっかりしていただけなのだ。しかし、今、おまえの婚約者の霊は天に召された。楽園で、永遠に美しいままの姿で生きつづけるのだ」

ナマハゲ軍曹の両眼からは涙があふれていた。

「不慮の死を遂げたおまえの婚約者に祈りを捧げよう。父と子と聖霊の御名によりて……」

イエスは、両手を天に向かって広げると、

「アーメン！」

つぎの瞬間、ナマハゲ軍曹の頭上に、天井から何かが降ってきた。赤やピンクや黄色の、血と粘液にまみれたぐちゃぐちゃの物体だ。血のにおいと糞便のにおいと、なんだかわからない生ぐさいにおいの入りまじった、耐えがたい臭気がそこからたちのぼる。ナマハゲ軍曹は、その物体の一部を手にとった。途中に段々のある、ぬめぬめした、長いホースのような、生あたたかいもの……それにつづく部分は、ところどころが紫色だが、全体としては桃色で、血管が浮きでている。

「うごおおおおおおおおおおっ」

ナマハゲ軍曹は喉が張りさけんばかりに絶叫した。それは……アイネ・クライネ伍長の臓物だった。軍曹は小腸を首に巻き、胃や肝臓にほおずりしながら涙を流した。

「おお、鬼の目にも涙、というやつなのだ」

イエスはうなずくと、

「これでいいのだ」

◇

「お気づきになられましたか、イエスさま」

「なんのことだ、ユダ」

「兵士のなかにひとり、気になるものがおりました」

「ジアトリマとかいうやつだろう」

「やはり、気づいておいででしたか」

「はじめ、トイレで会ったときから、なんとなく嫌な感じはしていたのだ」

「なんでしょうか」

「わからん。わからんが、なんというか……ヤバイのだ」

「ですね」

「あいつから目を離すな」

「承知いたしましたのだ」

「私の口癖を使ってはいかんのだ」

「このあと我々はどのような……」

「宇宙軍は、新兵と一緒に前線基地に向かうよう指示してきたのだ」

「前線ですか。うっとうしいですね」

「しかたないのだ。それが『神』のご意志でもあるのだから」

「私は、神のお言葉を聞いたこともありませんし、聞きたくもありませんが……神はどのようにおっしゃっておいでですか」

「皮肉を言うな、ユダ。私が、復活してから一度も神の言葉を聞いていないのは、おまえもよく知っているではないか」

「つまり、あなたが勝手に、これは神の意志だと言っているだけなのですね」

「私はいつもそうだ。それでいいのだ」

「宇宙軍からの今回の指示は、ユガミニクラス星系のステーションに行き、そこにとどまれ、というものでしたが、ステーションまででいいんでしょうね。前線に降下するようなことは……」

「ま、まさか。危ないことには手を出さないのが私のポリシーなのだ」

「たぶん、新兵たちは全員死ぬでしょうね」

「と思う。ほとんど訓練ができてないからしかたないのだ」

「神は、戦争の行く末については、何か……」

「だから、神は私には何も……何もおっしゃらないのだ。私はなにも知らないのだ。復活してからの私は……そう、ただのパシリ芸人なのだ」

「この戦争、どちらが勝つのでしょうか」

「どちら、というと、〈人類圏〉かエゾゲバロ・ログロ人か、ということか」

「まあ、そうとも言えます」

「何か言いたそうな顔だな」

「べつになにも……」

「ユガミニクラス星系へは、明日、出発だそうなのだ。今日は、もう寝るのだ」

「しばらくは地球へも戻ってこられませんね」

「馬鹿め。テラではない、教会と言うべきなのだ」

イエスはわけのわからない駄洒落を言った。

◇

教練所は、大騒ぎになった。明日から前線。誰も心の準備はできていなかった。予定されていた訓練スケジュールは全部中止になった。

婚約者を失ったナマハゲ軍曹は、気力を振りしぼって、新兵たちの出発準備を行った。その態度に、皆は心打たれた。

「よいか」

軍曹は、鼻輪もピアスもない、血のこびりついた顔のまま、新兵たちに言った。

「貴様ら宇宙軍地球第十八新兵教練所所属の三十三名は、本日をもって、ユガミニクラス星系の前線基地に歩兵として赴任することになった。明日の早朝、貴様らはユガミニクラス星系の軍事用宇宙ステーション〈ゴルゴダ13〉に向かって出発する。この教練所で習ったことをいかして、立派に戦功をあげてもらいたい。わからぬところは気合いと知恵でおぎなえ。そのために貴様らは複数の魂を持っているのだ。三人寄れば文殊の知恵というだろう。これをもって、俺の訓練はおわりとする。いろいろ心残りはあるが、最後に……神の加護が貴様らのうえにあらんことを。〈人類圏〉万歳！　万歳！　万歳！」

新兵たちは放心したような表情で、その訓辞を聞いていた。前線に行く、ということは、死を意味する。〈宇宙軍〉においては、志願兵の九十パーセント以上が入隊三年以内に死亡する、といわれているが、そのほとんどが前線に送られたものたちである。前線は苛酷だ。まず、環境がちがう。運よく大気があったとしても、人間が呼吸できる組成であることは滅多にないから、場合によっては重たい酸素ボンベを背負って移動しなくてはならないし、有害な放射線や大気中の猛毒、未知の病原菌などから身を守るために、マスクをかぶり、全身を宇宙服のような戦闘用スーツで覆わなければならない。小便も大便も、そのなかで行うのだ。スーツが少しでも破れたら……死ぬ。死なないまでも、皮膚は爛れ、呼吸器官は大ダメージを受ける。土着の、危険な生物が数多く棲息する星もある。歩兵は、敵と戦うまえに、まずそういった環境や危険生物と戦わねばならないのだ。そして、敵……。敵はすべて異星人である。人類とはかけはなれた生命体である。彼らの行動を理解することは困難であり、それゆえ対抗手段を考えるのもむずかしい。

「とにかく見つけたら殺すことだ。相手を蚊だと思え。あれやこれや考えるな。敵は殺せ。これが唯一の対抗手段だ。それしかない」

ナマハゲ軍曹は、以前の学科で新兵たちにそう教えた。異星人との戦いにおいては、躊躇したほうが負けなのだ。殺せば、とりあえず、それで先へ進むことができる。しかし、今回の相手は、異星人のなかでももっとも相互理解が困難であり、ほとんど研究がなされていないエゾゲバロ・ログロ人なのだ。従来のやりかたが通用するとは思えない……。

「俺は、さっき、宇宙軍に、歩兵への転属と前線への転任を願いでて、受理された。明日は俺も、貴様らとともにユガミニクラスの前線に行くのだ」

ナマハゲ軍曹の言葉にざわめきが広がった。戦地でもこの鬼と一緒とは……。ピンクは、なぜ彼が志願したのか、その理由が理解できた。イエスが同行するからだ。

ナマハゲ軍曹は、婚約者であるアイネ・クライネ伍長の仇を討ちたいのだろう。
「いいか、貴様ら。生まれたときは別々でも、死ぬときは一緒だ。アイネークライネーナハートムジー―――クッ！」

◇

訓辞が終わったあと、部屋に戻ったピンクはじっと考えこんだ。〈集合住宅(ありづか)〉から抜けだして、急場しのぎに入隊した宇宙軍……すぐにでも脱走するつもりだったが、その余裕のないまま、流されるようにして今に至った。あと二十分ほどでこの教練所を去り、ジャン・ゴーレに搭乗することになる。そうなったらもう抜けだせない……。

エゾゲバロ・ログロ人の正式な宣戦布告と攻撃によって、〈人類圏〉をめぐる恒星間戦争の状況が一変したことは、ピンクにも理解できていた。これまで人類が戦ってきた相手……ジョ・ユウルA星人やミゴー・キャンキャン・蛇苺(へびいちご)星人などとは、ズンドコーン博士が言っていたように、停戦合意に達する可能性があった。異星人といっても、彼らの思考形態は人類とさほど変わらないし、たがいの文化のちがいを乗りこえることさえできれば、理解しあうことはできそうであった。しかし、彼らの黒幕だったエゾゲバロ・ログロ人が前に出てきたことによって、星間戦争は、対エゾゲバロ・ログロ人との全面戦争という新段階に突入し、停戦の可能性はほぼゼロになった。

人類はいままで、エゾゲバロ・ログロ人が全人類を抹殺しようとしている真意をはかるために、いろいろと研究を続けてきた。彼らは、人類の領土や資源が欲しいのでも、人類を奴隷化しようとしているのでもなく、ただひたすら「人類が憎い」ようなのだ。その理由がわからない。

恒星間文明の新参者である人類が、勝手がわからずに、前からいるものたちに生意気なことを言ったり、失礼な行動をとったりして、相手の機嫌をそこねた、ということは十分考えられる。たとえば、公園デビューした母子が、その公園でのルールをわきまえず、リーダー格の奥さんたちに総スカンを食うみたいに。しかし、人類がいつ、どうしてエゾゲバロ・ログロ人の機嫌をそこねたのか……。とにかく彼らは「人類皆殺し」を狙っているのだ。

（そんなこと、私の知ったことじゃないわ。なんとか……なんとか脱走しないと……）

「ねえねえ、ねーさん……とうとう前線ですね」

ジャンヌがすり寄ってきた。

「ねーさん、地球の名残にセックスしませんか。向こうがどんなとこかわからないけど、もしかしたらそんな余裕ないかもしれないし……」

ジャンヌは、ピンクの股間に手を這わせた。

「ねえ……ジャンヌ……一緒に脱走しない？」

「な、な、なに言ってるんすか。これは聖なる戦いっすよ」

しまった。ジャンヌは神に命を捧げるために宇宙軍に志願したようなやつだった。

「冗談よ。さあ……しよっか」

「うれしいっす、ねーさん。ねーさんとしたかったんす！」

ジャンヌは、ピンクのペニスをひっぱりだすと、しごきあげた。ピンクは押し寄せる快楽の波をまえにして思った。

（ま、いいか。今はなんにも考えずに、気持ちよくなろっと）

ジャンヌはピンクをくわえ、ほっぺたをすぼめるようにしてそれを吸引した。

「ほら……ほらほら、硬くなってきたっすよお。さあ、ねーさん、あたしと……」

その瞬間。

ピンクは「埋没」した。

「あれっ？　なんだこれ。どうなってんの。チンチンが勃起してるぞ」

「どうしたんすか、ねーさん」

「あ、きみはジャンヌだね。また、ぼくとしようっての？　いいよいいよエブリバディカモンだよ。じゃあ、行くよーっ」

一体は、ジャンヌのなかにペニスをねじこんだ。すでに濡れていた性器に、それはウナギのようにぬるりと入りこんだ。

「や、やめてよ……あたしはねーさんと……」

「ねーさんもにーさんもないよ。そりゃあそりゃそりゃそりゃそりゃそりゃあっ」

一休はぬぽぬぽぬぽと腰を振った。

「やめてやめて神さまああああっ」

だが、もちろん「神」からの返事はなかった。

第四章　宇宙戦争

暗がりで何かがうごめいている。灰色がかった物がいくつも重なって波打ち、二つの大きな丸い物が光った——目だろうか？　やがて、ステッキほどの太さのヘビのような物がとぐろを巻いて現われ、その根元にある大きなブヨブヨした胴体らしい物が覗いた。触手だ！　ヘビのような灰色の触手はクネクネと空中で揺れながら、わたしに向かって伸びてきた。続いてもう一本、同じものが現われた。

恐怖で全身が凍りついた。背後で女の悲鳴が上がり、振り向こうとしたが、円筒から目を離せない。入口から何本もの触手が空中に突き出るのを見て、わたしはジリジリと後ずさりした。（中略）

丸みを帯びた灰色の巨体――クマくらいの大きさだ――が、のろのろともがきながら円筒の口へ這い上がってきた。（中略）
　二つの大きな黒い目がまばたきもせずに、わたしを見つめた。目を囲む巨大な丸い部分は頭部で、顔と言っていい造りだ。目の下には口がある。唇のないただの裂け目だが、その縁をブルブル震わせてあえぎ、唾液を滴らせた。全身が大きく波打ち、ピクピクと痙攣している。長い触手の一本が出入口の縁をつかみ、もう一本がクネクネと空中を泳いだ。
（中略）これほどおぞましい生物は想像できないだろう。上蓋がとがった奇妙なV字型の口。眉の隆起はなく、口の下に顎もない。絶えず口元を震わせている。その下から伸びる、怪物ゴルゴンの髪のような無数の触手。（中略）テラテラ光る褐色の皮膚に現われたカビのようなものも、不器用にのろのろと同じ動作を繰り返す単調な動きも、すべてが抑えようのない不快感を掻き立てた。最初の出会いの瞬間から――はじめてひと目見たときから、わたしは嫌悪感と恐怖に圧倒された。

――『宇宙戦争』H・G・ウエルズ（斉藤伯好訳）より

1

　翌朝三時三十六分にズンドゥーン博士が「発現」したとき、彼は身のまわりの品を忙しげにバッグに詰めこんでいる自分に気づいた。

（わしは何をやっているのだ……）

　周囲を見渡すと、新兵は全員大部屋におり、私物を整理している。彼は、伝言メモをチェックした。液晶のミニパネルに、ピンクと一休さんから諸事情を説明したメッセージが残されていた。

（前線に……派遣……？　わしらはまだ六日しか教練を受けていないのだぞ。いくらなんでもむちゃくちゃだ！）

　午前五時、ズンドコーンを含む三十三名の新人歩兵たちは、荷物を抱えて、地球第十八新兵教練所をあとにした。三ヵ月をここですごすはずだったのに、なにひとつ教わっていない状態で、いきなり放りだされたのである。

（〈人類圏〉……かなりまずい状態のようだな……）

日々の詳しい戦況は、一般人にはほとんど知らされていない。というよりも、人類側の華々しい勝利だけが報道されており、一般市民はみな、明日にもエゾゲバロ・ログロ軍が全面降伏して、〈人類圏〉がその領土を大きく拡大するように思っている。だが、宇宙軍に入ったら、そんな情報は全部でたらめだとわかる。

「俺たちどうなるんだろうな」

専用バスにすし詰めにされて葛飾宇宙港にいたる道のりのあいだ、隣席の小男がしきりに話しかけてくる。

「死ぬのかな。なあ、死ぬんだろうな」

ズンドコーンが応えずにいると、

「死ぬんだ。俺たちは死ぬ。ジャングルで死ぬ。バナナビルに寄生されて死ぬ。キリキザミコウモリに切りきざまれて死ぬ。ウンコモドキに腸を食いあらされて死ぬ。うぅう……宇宙軍なんかに入るんじゃなかったあ……」

「そこ、うるさいぞ！」

いちばん前の席に座っているナマハゲ軍曹が振りかえって叫んだ。

「なんだと？　おまえこそうるさいぞ。きのうまで教官だったからへこへこしていたが、今はおなじ歩兵だろ。でかい口叩くなよ、このバカ鬼」

ナマハゲ軍曹は腰をかがめながら立ちあがり（身長が高すぎて、角が天井につかえるのだ）、その小男の横までやってきた。

「ワンダガヤか、男のくせにぺらぺらしゃべるな、バカめ」

「こ、こ、こ、怖くないぞ。お、俺は怖くないぞ」

男は痙攣したように震えながら言った。ナマハゲ軍曹は男の鼻を人差し指と親指でつまみ、

「たしかに貴様と俺はおなじ歩兵だ。だが、俺は軍曹で、貴様は二等兵だ。上位の人間に対しては、それなりの口のききかたというものがあるだろう」

「痛い痛い痛い……鼻が痛いっ！」

「歩兵が三ヵ月間の教練のあと前線に送られることは、入隊するときにわかっていたはずだ。その三ヵ月が六日

に短縮されただけのこと。心の準備ができていなかったのか」

「離せ、離してくれ、鼻が痛いんだよっ」

「俺が言ってること、わかるな、ワンダガヤ」

「わかったわかったから鼻から手を離してくれ」

「わかったら、それでいい。宇宙港に着くまでおとなしくしていろ」

ごきっ、ごきっ。鈍い音とともに、男の鼻は、九十度曲がった。鼻血が噴きだし、席は真っ赤になり、ズンドコーンの膝にまで飛沫がとんできた。

「痛い痛い痛いよおお」

鼻をおさえてのたうちまわっている小男から視線をそらし、ズンドコーンは車窓からの風景を眺めた。先日の空襲の傷跡が生々しい。ビルは崩れ、道路はいたるところが陥没し、大量の路上生活者があふれている。そんななかを、宇宙軍の腕章を巻いた数体の骸骨ロボットがうろついていた。入隊の勧誘にまわっているのだろう。焼けだされた難民のうちの何割かは、巧みな言葉に乗せられて歩兵に志願することになるだろう……。


隣席の小男は座席と座席のあいだにはまりこんでしまい、涙を流しながらひいひい言っている。おおっぴらに口には出さないが、この男の思いは、このバスに乗っている全員の思いでもあった。我々は死ににいくのだ。

「なあ、ユガミニクラスの前線って何ていう星だろうな」

「たぶん第二惑星の〈ジュエル〉とかいう惑星だ。星全体が密林で覆われていて、三日もいると、大半が風土病にかかるか瘴気にあてられるかで命を落とすらしい」

「なんでそんなつまんない星にこだわってるんだ。とっとと敵にくれちまえばいいじゃないか」

「よくわからんけど、俺の聞いた話じゃ、とんでもないお宝が眠ってるらしいぜ。だから、星の名前も〈ジュエル〉とつけたんだとさ」

「どんなお宝だ？」

「そこまでは知らねえが、人類とエゾゲバロ・ログロ人がこうまで必死になるんだから、とにかくどえらいもんだろうぜ」

「いくらどえらい財宝か知らねえが、そんな前線で宝探したあ情けねえ。どうせ死ぬんなら、ログロ人と戦って、はなばなしく死にたいよな」

「おまえ、エゾゲバロ・ログロ人って見たことあるのか？」

「さあ……でっかいナメクジなんだろ？」

「とんでもない。あれはナメクジなんかじゃないさ。あれは……人間の内臓をとりだして、でっかくしたようなもんだ。俺は一目見て、吐いちまったよ」

「おまえ、生で見たことあるのか」

「ねーよ。写真だけだ。でも、写真見ただけで吐いちまったんだぜ。現物見たら、どうなるか……」

「いやだなあ」

「死にたくねえなあ」

「どうして宇宙軍なんかに志願しちまったんだろうなあ」

小声でのそんな会話が、あちこちから聞こえてくる。

兵士の、とくに歩兵の絶対数が不足していることはまちがいない。宇宙軍は兵隊をかきあつめるのに必死なのだ。どんなにロボット化が進んでも、最前線での戦闘にはどうしても生身の人間が必要だ。それも、死んだらすぐにおかわりを投入できるよう、湯水のごとく「数」が必要なのである。

今までは、志願兵だけでなんとか人数が足りていた。ピンクのように、犯罪を犯したり、食い詰めたりして、「駆けこみ寺」のように宇宙軍に入隊してくる人間にはことかかなかったからだ。だが、エゾゲバロ・ログロ人の正式参戦表明で事態は変わった。〈人類圏〉と異星人の宇宙戦争は、新しい局面に突入したのだ。ユガミニクラス星系だけではない。これからは、歩兵の数はいくらあっても足りないだろう。

（もしかすると徴兵制が実施されるかもしれん……）

人類をめぐる状況はますます悪いほうへと傾いているようだ。

（戦争はいつ終わるのだろうか……。この先、三十年、五十年、百年と、最後のひとりが死ぬまで続くのか。それとも、急転直下、どちらかが全面降伏して終わるのか……）

後者はありえそうになかった。エゾゲバロ・ログロ人は、知的生命体であることは疑問の余地がないが、人類にとってまったく理解できない文化をバックボーンとして持っており、これまで〈人類圏〉からのどんな働きかけにも応じず、交渉の席につくこともなかった。ただ人類という種を抹消したい、というのが彼らの行動原理のようだ。

「おい、あれって……」

誰かが窓のそとを指さした。ズンドコーン博士もそちらを見た。

（ジャン・ゴーレだ……）

いつのまにかバスは宇宙港のなかに乗りいれていた。広いスペースに、宇宙船のほかに、数匹のジャン・ゴーレが待機している。

（でかい……）

ズンドコーンは、ジャン・ゴーレを肉眼で見るのははじめてだった。映像や写真では何度も見ているが、生の迫力はまるでちがっていた。生といっても死骸だが、その威容は想像を超えていた。そこに停泊していた個体はどれも全長およそ三百メートルほどだから、ジャン・ゴーレの成体としてはかなり小さいほうだが、それでも「山」がそこにあるように見えた。宇宙港の建物と比較してみてもずっと大きい。

ずんぐりした、ピラミッドのような巨大な黒い物体。ただの黒さではない。光沢のまったくない、なんとなく「死」を連想させる黒色である。フジツボのようにごつごつした突起が全体を覆っており、その表面には皮膚病患者の吹出物みたいな細かいブツブツがびっしりとついている。気の弱いものは、そのブツブツを見ただけで気が遠くなるという。ところどころに、もとは「背眼」があった大きな孔があいている。ジャン・ゴーレは、その巨体ゆえか、頭部にある本来の「眼」以外に、「背眼」と呼ばれる補助眼を背甲にもっており、その数は千個以上といわれている。ひとつひとつにちゃんとまぶたがあり、一斉にまばたきをするさまは壮観だというが、死ぬと腐って、抜けおちてしまう。脚は、甲羅の前方から突きだしている十二本の太い「主脚」（先端にハサミ状の器官を備えている）のほか、細い「補助脚」が二百本ほどある。腹部には、「遊泳脚」と呼ばれる、ボートのオールのように平たく、全体に長い毛の生えた、移動用の脚が八本あるが、通常は見えない。甲羅の後部からはおびただしい数の、繊毛のようなものが生えており、古い東洋の絵にある「亀の尾」に似ていなくもない。これは、宇宙塵を吸着するためのものと考えられている。頭部は、宇宙船仕様に改造されており、七つの大きな複眼の内部は船橋や操縦室にされ、口吻に生えていたカミソリのような歯は全部抜きさられて、乗員の乗降口にされていた。六本ある、長い触角はそのままだ。地球の甲殻類の遠縁にあたる生物という研究結果が発表されたこともあるが、今ではその研究は否定されている。しかし、遠目に見ると、たしかにカニやロブスター、とくにカブトガニによく似ている。

「あれに今から乗るのかよう。おっかねえなあ」

「しかたねえさ。外宇宙には、ワープ航法を使わねえと行けねえんだからよう」

ジャン・ゴーレは、亜空間経由の一種のワープ航法を利用することによって、宇宙全域を生活の場としている。地球付近では、冥王星宙域で多く発見されるが、理由はわかっていない。「巣」があるのだ、という人もいるが、卵が発見されたという話もきかない。

人類にとって、ジャン・ゴーレは、ワープ技術を教えてくれた大恩人である。その原理は、ヤン・アリガバリ博士によって解明され、〈アリガバリ跳び〉を起こすための装置の製造には莫大な費用がかかる。そこで、経費節減のために、ジャン・ゴーレの死骸を、宇宙船として利用することが考えだされたのである。なんとなれば、ジャン・ゴーレは、生体だけでなく、死骸にもワープ能力が備わっているからだ。

だが、ジャン・ゴーレがどのように交尾し、どこで生まれ、どこで死ぬのか……まるではっきりしない。「象の墓場」の言いつたえ同様、ジャン・ゴーレが死ぬところを見たものはいないのだ。ひとつの個体を長期間続けて観察するのは不可能に近い。好きなときに好きな場所にワープしてしまうからである。ときどきどこかの宙域で死骸が発見され、それを人類が手に入れる……というやりかたでしか、死骸入手の方法はないのである。発見者に支払われる金額は数兆クレジットともいわれており、「ジャン・ゴーレ・ハンター」という、死骸発見の専門業者も存在するが、確率的には、一生のうちに一体見つけられればよいほうだという。かつては全長千五百メートルにもおよぶ死骸発見の記録もあり、その個体は、都市をひとつ、丸ごと恒星間移動させることも可能であった。その規模の宇宙船を製造するとなると、どれぐらいの費用がかかるか見当もつかない。ジャン・ゴーレの死骸は人類にとって「宝物」なのである。

そのわりには、ジャン・ゴーレの生活史や寿命、生態なども現在のところ不明であり、言語を持つのか、とか、人類とのコミュニケーションが可能なのか、とかすらわからない。ワープ航法という画期的な技術を人類にもたらしたこの巨大生物に関しては、まだまだわかっていないことだらけなのだ。

バスは、甲羅に金文字で〈人類圏宇宙軍地球本部〉と書かれたジャン・ゴーレの横に停止した。ズンドコーンは、荷物を背負ってバスを降りた。宇宙港のスタッフがマスクを配っており、ズンドコーンはそのひとつをもらって、頭からかぶった。フルフェイスタイプの高性能防毒マスクである。

「どうしてこんなものかぶらなきゃならないんだ？」

「暑いし、息ぐるしいし……」

誰かが文句を言っているのが耳にはいり、ズンドコーン博士はあきれ果てた。〈アリガバリ跳び（ジャンプ）〉に関する最低限の知識すら持っていないのか。ワープ航法は、つねに恐ろしい危険を伴っている。なぜなら……。

〈アリガバリ跳び〉に絶対不可欠なものは、ガイオキシンだからである。

2

えーと、ただいまご紹介にあずかりましたヤン・アリガバリでありまっする。

本名は、ヤングタウン・サラセニアン・カメパズーカ・トカゲロン・アリガバリでありまっする。

私は、偉いんです。

めちゃくちゃ偉い。

というのも、私は、スリル・スルリルリ博士の「魂摘出装置(ソウルトレイン)」の発明とならぶ、人類史上類のない大発明、「アリガバリ跳び(ジャンプ)」の発見者だからであります。

あ、知ってた？　そうですか、知ってましたか。ほほほほほ。

なにしろ、「魂摘出装置」と「アリガバリ跳び」がなければ、人類は「最後の審判」による人口爆発で滅びていたかもしれないんですからなあ。

すごいよね、私。

では、ある意味、「神の生物」ともいえる奇跡の生き物ジャン・ゴーレについてお話しいたしまっしょう。

聴きたいですかあ？

聴きたいですかあ？

そうか聴きたいのか。

ほほほほ、ではではじめまっする。

ジャン・ゴーレは、甲羅の後部に生えておりまする無数の繊毛によって宇宙塵を体内に取りいれまして、それを特殊な器官で合成することによって、ガイオキシンを作りだしまっする。

ガイオキシン、ご存じですかあ？

人間の作りだした最悪の物質と呼ばれておりまっする。「地上最悪の猛毒」とかね。いい響きですなあ、地上最悪……。

私、ガイオキシン、大好きですねえ。

ガイオキシンにもいろいろ種類がありまっするが、ジャン・ゴーレが作るのは〈ゴーレD〉と呼ばれるもっとも毒性が強い種類のものでして、これがもうすごいったら。

ボツリヌス菌よりもきついんですなあ。

微量でも、人間はバタバタ死んでしまうんです。

死なないまでも、奇形になったり、免疫機能を低下させたりいたします。ほほほほほ。

ジャン・ゴーレは、作りだしたガイオキシンをいろいろな器官に蓄積いたしまっする。外殻や内臓などにも大量のガイオキシンが含まれておりましてえ、触った手をなめただけでもえらいことになりましてえ。

ですから、ジャン・ゴーレを利用した宇宙船に乗りこむには、ガイオキシンを吸収しないために、防毒マスクをつけることが義務づけられているのでありますなあ。

ガイオキシンはね、非常に安定した毒でして、無味無臭、水に溶けにくく、脂肪に溶けやすいんで、人体に蓄積しやすく、いったん人間の身体に入りこむと、容易には排出されませんです。

ジャン・ゴーレは、ワープする際に、大量のガイオキシンを消費いたします。

なぜ、ワープするのにガイオキシンを必要とするのかは、私の著書『アリガバリ跳躍とガイオキシン』でくわしくていねいに説明しておりますので、ぜひお買いもとめください。

すなわちっ！

空間をゆがめる前段階で、空間を一旦薄くするわけですが、その際に起きる「ハゴロモ渦流」によって、亜空間と正常空間のあいだの壁が非常に不安定になりましてえ、時空間のバランスが狂う。それをもとに戻すためにガイオキシンが有効なのですな。おわかり？　わかんない？

ですが、死骸を宇宙船として利用する場合には、ジャン・ゴーレ自身の合成機能は停止しているわけですから、何らかの方法でガイオキシンを供給してやる必要があります。そのために、ジャン・ゴーレの死骸には、何万匹もの「ガイオキシン生物」が積みこまれているんですなあ。

「ガイオキシン生物」とはなんぞや？

地球では、二〇三〇年以降、海洋に膨大な量のガイオキシンが流入しまして、深海にどんどん蓄積されていきまして、深海は「ガイオキシンの倉庫」みたいになってしまったんですなあ。

その結果、一部の深海生物の生態系が変化してしまいまして……。

進化？　いや、進化というのはそんな短いスパンでは起こりません。一種の「奇形」とでもいうんでしょうか。

こうして、嫌気性で、ガイオキシンを生成するタイプの生物群が出現いたしました。深海性の魚や軟体動物などが中心でありまっする。

深海魚というのは、水圧があまりに高いのでふつうの魚が持っているようなウキブクロは役にたちません。ですから、どでかい肝臓に大量の油をためて、ウキブクロの代わりにしておるんですなあ。

この油、スクワレンという名前なんですが、今も申しましたとおり、ガイオキシンというのは脂肪にとてもとても溶けやすい。

こうして、深海生物たちは、体内にだんだんガイオキシンを取りこんでいきまして、それに依存するように身体の仕組みが変化していったんですなあ。

そんな生物、いるのかって？　ほほほほほ。

深海に棲むハオリムシ（チューブワーム）というのは、口も腸も肛門もない生物でありますが、体内に共生細菌を飼っておるんです。

こいつらはほかの生物にとっては猛毒の硫化水素を身体に取りいれて、それを細菌が分解して有機化合物を作りだしましてな、それによって生きてるんでありまっする。

ガイオキシンを食べる生物、また、それを作りだす生物がいても不思議はないでしょう。ねっ？

というわけで、ジャン・ゴーレの死骸を利用した宇宙船の内部には、深海と同じ環境に水圧その他をたもった、巨大な水槽がありましてな、そこにこの「ガイオキシン生物」を飼っているのでありまして。

例をあげると、ガイオキシンイカ、ガイオキシンダコ、ガイオキシンザメ、ガイオキシンタラ、ガイオキシンフクロウナギ、ガイオキシンフウセンウナギ、ガイオキシンアンコウなどなど。

これらが無慮数万匹、飼育されておりましてえ、必要に応じて彼らの肝臓を抜きとれば、非常に高濃度で純粋なガイオキシン〈ゴーレD〉が採取できるという寸法でありまっする。ほほほほほ。

では、このあたりでここにお集まりの皆さんがた……オカペラ幼稚園のよいこの皆さんが描いてくれた、ジャン・ゴーレのイラストコンテストの結果発表に移りたいと……。

ヤン・アリガバリ博士による講演会速記より採録

◇

荷物を預けたあと、〈OA‐ヤマ三七四九‐八三〉というその名称のそのジャン・ゴーレの頭部のまえに、ズンドコーンたちは並んだ。口吻の部分はシャッターになっており、それが左右に開いた。内部の照明は、自分の足先が見えないほどに暗い。空気もよどんでいるし、何だか酸っぱいようなにおいがする。すぐに頭痛が襲ってきた。

壁や床は、アルミホイルのような銀色の皮膜で覆ってあるが、あちこちが破れて、その下から真っ黒い、ざらざらした「皮膚」が露出している。しなびた触手のようなものが生えていたり、紫色のブドウの房のようなものが垂れさがっていたり、乾燥した鱗のようなものがぱらぱらと剝落していたりする。シミや蛾の幼虫の類がそこに穴をあけて出入りしている。その数は何万匹にもおよぶだろう。また、それらを食料にしているクモやカリウドバチなどもいたるところに巣をかけている。直径五センチもあるゴリミミズが酸素輸送用のパイプに何十匹もからみついている。十センチもあるゴキブリが足もとをかさこそと行きすぎる。下水から顔を出したドブネズミがゴキブリをパクッとくわえたかと思うと、這い蛸がそのネズミを触手でからめとる。

(食物連鎖ができあがっている……)

ズンドコーンは感心してうんうんとうなずいた。

まもなく赤い制服を着た女性スタッフから説明があった。

「本日は、〈ギャラクシー・ウェイ航宙会社〉をご利用いただきまことにありがとうございます。本船は、ジャン・ゴーレ利用船〈OA‐ヤマ三七四九‐八三〉便でございます。わたくしは、乗務員のアルケミア・イタブル・リと申します。目的地のユガミニクラス星系の軍事用宇宙ステーション〈ゴルゴダ13〉まで皆さまの楽しい船旅のおともをさせていただきます。よろしくお願いいたします」

ぱらぱらと拍手。

「船内の空気は呼吸可能ですが、微量のガイオキシンを含有しており、乗客の皆さまの健康を害するおそれがございます。乗船中はけっしてマスクをお外しにならないでください。お飲み物を飲まれるさいには、マスク下部のストローをご利用ください。ジャン・ゴーレの身体は金属等によりコーティングされていますが、一部露出している箇所もございます。そういう部分には決して手を触れないでください。最後に、立ちいり禁止区間が多数ございます。そこでは長期間にわたる〈アリガバリ跳び〉のために時空間が歪んでいる場合がございます。危険ですので絶対に立ちいらないようお願いいたします」

ジャン・ゴーレの生体は、ワープを行っても、それによって生じた時空間の乱れやゆがみをみずから修復する能力をもつ。でないと、内臓がよじれたりして傷ついてしまうからだ。しかし、死骸にはそういう力はないので、時空のゆがみはそのまま放置される。発見されたら、その区域を封鎖するしかないのだ。そのうちに、死骸全体にゆがみが広がっていき、ついには使いものにならなくなる。〈人類圏〉が新しいジャン・ゴーレの死骸を血眼になって探しているゆえんである。

「出発後、三時間で〈アリガバリ跳び〉を行います。その五分前には、全員、ジェリーに入っていただきます」

「ジェリー？　ジェリーってなんだ」

「ほら、トムに追いかけられてるネズミだよ」

そうではない。亜空間を航行する際に、人体にはかなりの負担がかかる。とくに肝臓に対するダメージが大きい。何の対策もとらずに亜空間に侵入すると、重度の肝機能障害を引きおこして、死にいたる。それゆえ、「ジェリー」と呼ばれる寒天状の物質のなかに入り、肝臓への負担をやわらげなくてはならないのである。ズンドコーンも、知識としては持っていたが、実際に「ジェリー」を見たことがあるわけではなかった。コーヒーゼリーで満たされたプールに入るようなものかな、と彼は考えたが、その想像はまるではずれていた。そのことを、ズンドコーンはあとで知ることになる。

「それではあと三分で離陸します。席におつきください」

みなはあわててシートにつき、ベルトで身体を固定した。シートといっても、ジャン・ゴーレのぎざぎざした内部骨格を利用した「椅子」である。エンジン音が高まり、きいいいいいん……という超高音になり、ついには何も聞こえなくなったとき、船全体が地震のように縦横に激しく揺れた。ジャン・ゴーレの内側の皮膚がばりばり破れ、骨格がめきめき折れていくのが音でわかる。

（だ、だいじょうぶなのか、この船……）

ズンドコーン博士は目をつむった。だが、こうなってしまっては心配してもしかたがない、運を天にまかせるよりほかない……と思った途端、ふわっと身体が浮いた感じがした。目をあけると、正面のスクリーンにはすでに宇宙空間が映っていた。通常航行になったらしく、「ベルト着用」のサインが消えた。もう、船体もそれほど揺れていない。ほっとした兵士たちは、シートから立ちあがって身体をほぐすと、思いおもいに船内をうろうろしはじめた。ズンドコーンは少し眠ろうとして、シートを倒した。そのとき、奥のＶＩＰルームから聞きおぼえのある声が聞こえてきた。

「やあやあやあ皆さん、私なのだ。イエス・キリストなのだ。どーもどーもご苦労さんなのだ」

聖骸衣（せいがいい）を着たイエスが手をひらひらさせながら現れた。

「イエスさま、こんなところで何をしておいでです」

誰かがきいた。

「あはははは。前線におもむく皆さんの士気を鼓舞せんがため、〈ゴルゴダ13〉まで参りますのだ」

「士気を鼓舞？　また、手品ですか」

「それを言われるとつらいのだ。あのときは失敗失敗。今回はもっとすばらしいイベントを用意しているのだ。乞うご期待なのだ」

「イベントなんかどうでもいいから、武器をとって俺たちと一緒に戦いましょう」

「そうだそうだ。イエスさまが先頭に立ってくだされば、勝利は決まったようなもんだ」

「イエスさまがおいでになれば、俺たちは死なないです。お願いします」

「お願いします、イエスさま！」

「いや……なるほど。でもそれは……あはははは」

イエスは頭を掻きながらどこかへ行ってしまった。

「ちっ、根性のない野郎だぜ」

ひとりが床に痰を吐きすてた。

「おい、仮にも神の子だぞ。口を慎め」

「おまえ、まだそんなこと信じてるのか。〈最後の審判〉で復活したあとの調査でわかったことだが、あいつは神の子でもなんでもない。ただの預言者だったのさ」

「ほんとか」

「ああ、今のあいつは『神の子』という看板を掲げて、いろんな前線を慰問にまわり、兵士の不満をなだめたり、愛国心を昂揚させたり、神のために死ぬことのすばらしさを教えたりしてる。〈人類圏〉にうまく利用されてるだけの『芸人』さ。あいつの口車に乗せられたら最後、俺たちは死ななきゃならねえ」

「どっちにしても、死ななきゃならねえんじゃねえのか」

一同のうえに沈黙が訪れた。そこに、ワゴンを押した女性スタッフが通りかかった。身体のラインにぴったりした真っ赤な制服。ヒップをきゅっともちあげ、太ももを剝きだしにしたミニスカートは目にまぶしいほどだ。

「おい、ネエちゃん」

声をかけたのは、ひげ面の男だった。

「はい、お飲み物でしょうか」

「そうじゃねえんだよ。あんた、俺たちがこの船で宇宙ステーションに何をしにいくか知ってるか」

男の質問意図をはかりかねた女性スタッフは、探るような目で彼を見ながら答えた。

「人類のため、わたくしたちのために最前線におもむかれるのだとうかがっておりますが……」

「そうなんだよ。俺たちは、あんたらのために前線に行くんだ。前線に行った歩兵のほとんどは帰ってこれねえ。知ってるだろ、そのこと」

「………」

「だから、死ににいく俺たちに、ちょっとばかりいい思いをさせてくれよ」

ひげ面の男はいきなり、女性スタッフの肩をつかんで、その場に押したおした。

「やめてくださいっ！」

「うるせえ」

「警備のものを呼びますよ」

「呼びたきゃ勝手に呼べよ」

「逮捕されたら、一生を棒に振ることになります。だから……お願い、やめてっ」

「へへへへへ。棒に振るまえに、棒を振りたいねえ」

ひげ男は、赤い制服をむしりとった。ほかの兵士たちは誰もとめようとしない。にやにや笑いながら見つめているだけだ。

「やめんか。貴様ら、恥を知れ」

ズンドコーンは大声で叫びながら立ちあがると、ひげ男の正面から組みつこうとしたが、数人の歩兵がさえぎった。

「ほっといてやれよ。あんたも、こいつの気持ちわかるだろう？」

「わからんことはないが、この女性の気持ちはどうなるんだ。自分さえよければいいのか」

「うるせえな。そんなたいそうなことじゃねえだろ」

ひとりがズンドコーンの胸を強く突いた。仰向けに転倒したズンドコーンは、のしかかられて数発殴られた。べったりと鼻血が出たのを見た瞬間、彼の闘志はすっかり萎(な)えてしまった。

女性スタッフの上半身を裸にしたひげ男は、右手でズボンとパンツを脱ぎ、ペニスをあわただしくしごきながら、彼女の下半身をむりやり左手でまさぐった。

「やめなさいっ。やめて……やめてくださいっ。恒星間宇宙船の乗務員に対する暴行は、強姦罪だけじゃすみません。死刑になりますよ」

「死刑？　けっこうだね。俺たちゃどうせ死ぬんだ。やりたいことをやってから死にてえじゃねえか」

「そうか……ならば望みどおり殺してやろう」

男の背後から声がした。ひげ男はあわてて振りかえった。ズンドコーンもゆっくりと顔をあげた。

立っていたのは「鬼」だった。

3

「船内の風紀が乱れると、宇宙軍の恥になるからな」

ナマハゲ軍曹は、壊れたスピーカーのような割れた声で怒鳴ると、ひげ男に向かって歩きだした。

「ややややめろっ。来るなっ」

「死にたいんだろう。俺が、一瞬で頭蓋骨を潰してやるぜ」

　軍曹は、のっしのっしと男に迫り、釘のような剛毛の生えた両腕を左右に広げた。

「ごわああああおっ！」

　獣のように吠えると、両手をパーン！　と叩きあわせた。両のてのひらのあいだには、ひげ男の頭があった。

男の頭部は、スイカ割りのように粉砕された。頭蓋骨の破片と脳みその断片と脳漿と血とリンパ液が、約五メートル四方に花火のように飛びちった。女性スタッフの顔から乳房から、血と粘液でどろどろになった。ズンドコーンの顔にも飛沫が散った。

「お嬢さん、おけがはありませんでしたか」

　鼻に環を通した「鬼」は、一転して柔らかな声を出すと、女性スタッフの腕をとり、立ちあがらせた。上着を手渡すと、女はそれで胸を隠し、

「あ、あ、ありがとうございました」

　裏がえった声でそう言いながら、廊下を走りさった。

　ナマハゲ軍曹が、手についた汚らしいものを虎の縞模様のズボンでぬぐっていると、

「軍曹殿……お話があります」

「なんだ……？」

　振りかえった瞬間、ナマハゲ軍曹の左目でなにかが炸裂した。

「うぎゃあああああああっ！」

　長い槍のようなものが、軍曹の目に突きささっている。血がシャワーのように噴きだし、周囲の床はぬるぬるだ。槍のようなものは、壁から折りとられたパイプらしい。

「へへへへっ、なにが軍曹だ。いつまでも上官風を吹かせるな」

　鼻が九十度曲がった男が叫んだ。彼が、パイプを突きたてた張本人のようだ。軍曹は、そのパイプを両手で抜きとろうと必死になっている。その姿はダンスを踊っているかのようで、どこか滑稽ですらあった。やがて、大きく吐息をつき、両手をだらりと垂らすと、

「貴様、ワンダガヤだな。こんなことをして……ただですむと思うなよ」

「だまれ。さっきはよくも俺の顔をぶっこわしてくれたな。――殺してやる」

「言いたいことはそれだけか」

「まだある。訓練だかなんだか知らねえが、教練所では王さま気どりでよくもめちゃくちゃしてくれたな。――みんな、いい機会じゃないか。このナマハゲ野郎に恨みをぶちまけようぜ」

「おう、やっちまえ」

「ぶっ殺せ」

そこにいた数人の兵士が、パイプや椅子、金属片など、手に手に武器になりそうなものを持って、ナマハゲ軍曹を取りまいた。軍曹の左目から、ずぼっとパイプが抜けた。その先端には潰れた眼球と尻尾のような視神経が刺さっている。軍曹は、パイプをつかんだまま、残った右目で一同を睥睨した。ぽっかりあいた眼窩。そこから滴る血と粘液。口や鼻、耳からも出血している。

「貴様ら……性根入れてかかってこい」

「鬼」の全身からゆらゆらと陽炎のように湯気がたちのぼっている。それを見た兵士たちは、一瞬尻込みしたが、いまさらやめるわけにはいかない。ひとりが叫んだ。

「こいつだって、ただの人間だ。新兵をびびらせるために、人工の角をつけたり、鼻輪を通したりしてるだけだ。こっちは八人もいるんだ。絶対に勝てる」

そして、どこから剝がしてきたのか、二十センチほどの錆びた金属片をナイフのように構え、ナマハゲ軍曹に突進した。軍曹は、パイプを捨て、左腕一本で軽々とそのナイフをはじき飛ばすと、男の左胸に右腕を突っこんだ。大きな手が、心臓をむんずとつかむ。ぶちゃっ、という、水を入れたヨーヨーが潰れたような音。

「げべえっ」

男の顔がみるみる土気色に変わっていった。軍曹が手をひっこめると、男の身体はそのまま、ぼてっと落ちた。

ずぶっ。ずぶっ。

二本のパイプ槍が、軍曹の背中に突きたてられた。ナマハゲ軍曹は、うう……む、とうめくと、まさしく鬼の形相でそのまま振りかえり、両腕を高くあげて、ふたりの兵士につかみかかろうとした。その足もとに、ワンダガヤが椅子を投げつけた。軍曹はそれにつまずいて、前のめりに転倒した。

「やった！」

残る七人の新兵たちは、うつぶせに倒れたナマハゲ軍曹を見おろして、歓喜の声をあげた。皆、手に手にパイプ槍を持ち、

「せえのおで……！」

ワンダガヤのかけ声で、広い背中めがけて一斉に突きだす。

ずぶっ、ずぶっ、ずぶっ、ずぶっ、ずぶっ、ずぶっ、ずぶっ。

なかには、床まで突きとおったものもあった。ナマハゲ軍曹の背中は、槍ぶすまのようになり、あたりは血の海になった。

ワンダガヤが軍曹の身体に足をかけると、

「われら、オーエヤマに棲まう『悪鬼』を討ちとったり」

船内はさながら地獄絵図だった。ズンドコーンはかぶりを振りながら、どうしてこんなことになったのか、と泣きべそをかいた。

「どうだ、この勢いで船を乗っとろうじゃねえか。『鬼』軍曹は死んだ。もう怖いものはねえ。この船を奪って、どこか遠くの星に逃げちまおうぜ」

「そりゃいい。航宙会社のやつらはどうにでもなる。警備員が何人か乗ってるはずだが、ナマハゲをやっつけた俺たちの敵じゃねえさ」

「イエスを巻きこむってのはどうだ？　あいつ、ナイフでも突きつけたら、俺たちのいいなりになるだろ」

「し、神罰があるんじゃないか？」

「神の子でねえんだったらだいじょうぶだ。イエスを祭りあげれば、俺たちに『義』ができる」

「いいねえいいねえ！　その計画なら、残りの連中もきっと賛成するはずだ」

兵士たちは自分勝手に盛りあがると、勝ちどきをあげながら、操縦室に向かって走りだそうとした。

「待……て」

背中にヤマアラシのようにパイプを生やした軍曹が、むくり、と起きあがった。

「こ、こ、こいつ、化けもんだ。まだ生きてるなんて……」

「息の根とめちまえ」

兵士たちがナマハゲ軍曹を取り囲んだとき、廊下に通じるドアが開き、そこには細身の若者の姿があった。貫頭衣を着、腰ひもでしばっただけの軽装だ。

「ナマハゲ軍曹さん、もしよかったらお手伝いしますが……」

ユダである。彼は、三日月のように湾曲した剣を抜いた。使い手本人と同じく、きわめて細身の剣だった。

「イエスの弟子の助けなど……いらん……」

「そうですか。じゃあ、私はここで見ていますから」

ユダは床に座った。ナマハゲ軍曹は立ちあがると、壊れたマスクの残骸を投げすて、水を浴びた犬のように身体をぶるぶるっと震わせた。背中に突きささったパイプ槍ががしゃがしゃ音をたて、血の飛沫が周囲に散った。

その凄惨な姿に怯えきった兵士たちが、一歩、二歩と後ずさりをはじめたが、もう遅かった。

「うぅがおおおっ!」

ナマハゲ軍曹は雄叫(おたけ)びとともに両腕を広げて飛びかかると、兵士たちの首をわしづかみにして引きちぎり、頭蓋骨を押しつぶし、あばらをへし折り、臓物をえぐりだした。あっという間に通路は、兵士たちの血まみれの死骸がほこほこと湯気をあげて転がる修羅場となった。

ユダはぱちぱちと軽い拍手をしながら、

「いやあ、あなた……タフですね。まるで雄牛だ。身体中串刺しにされて、気絶しただけですむんだからなあ。普通の人間なら、三回ぐらい死んでます」

「鍛えかたがちがうからな。おい、ちょっと手伝ってくれ」

ナマハゲ軍曹は自分の背中に腕をまわして、槍を抜きとろうとしているのだが、うまくいかない。

「そのまま医者のところに行ったほうがいいんじゃないですか。出血多量で死んでも知りませんよ」

「かまわんからやってくれ」

ユダは、腹部まで貫通した一本の槍を、軍曹の背中に足をかけて、ぐい、と引きぬいた。

「うがあっ。痛たたたたた」

「だらしないなあ。まだ一本目ですよ」

「どんどん抜いてくれ」

「はいはい」

ユダはつぎつぎと槍を抜き、そのたびに傷口から血がだくだくと溢れた。

「うわあ……背中全体から噴水みたいに血が噴きだしてます。だいじょうぶですか」

「このぐらい平気の平左さ」

「見ているこっちが気持ちわるくなってきちゃいましたよ。イエスさまが十字架にかかったときも、これほどひどくはなかったと思います」

鬼軍曹は、失った左目を押さえながら顔をしかめ、

「イエスか……あいつは俺の婚約者の仇だ。どうしておまえ、あんな最低の野郎に従ってるんだ」

「イエスさまはすばらしいかたです。あなたにはわからないでしょうけど」

「だったら、どうしてイエスを裏ぎって、ポンテオ・ピラトに売りわたしたんだ?」

「そんなことはしていません。あれは『聖書の嘘』というやつです。私は……あることがあって、ペトロたちと袂を分かったのです」

「あること……?」

「まあ……ちょっとした、ささいなことです。彼らにはできたけれど、私にはできなかった。それだけのことですが、そのことが理由となって、イエスさまも表向き、私を破門にせざるをえなかったのです」

「ふーん、そうだったのか」

「それに、イエスさまがこうした活動を行っておられるのも、私がイエスさまに付きしたがっているのも、神のご意志です。今ではイエスさまは一預言者にすぎず、神からのメッセージを受信してはおられませんが、それでも神の子は神の子です」

軍曹はにやりと笑い、

「俺の信仰心は鉄よりかたい。だが、イエスは神の子ではない。神があんな野郎の助力を必要としているとは信じがたい。——近いうちに、おまえとは一戦交えることになるかもしれない」

「ご随意に。そのときは容赦しませんよ」

「ふふふ。ぜひそうしてもらいたいね」

ユダは立ちさろうとしたが、何かに気づいたように振りかえると、血の海のなかに立つナマハゲ軍曹を見つめ、

「あなた、人工の角をつけた疑似鬼だと思っていましたが、もしかしたら……」

一瞬ためらったすえに言った。

「マジ鬼じゃないんですか」

◇

マジ鬼というのは、二一九五年に世界各地であいついで発見された、「鬼の遺伝子を持つ」人間のことである。最後の審判によって蘇った〈蘇生者〉のうちのごく一部が、なぜか頭部に角を持った、牛のような怪物的姿になっていた。なぜそんなことが起こったのか、当の本人を含め、誰にもわからなかった。あるひとは、「日本霊異記」の下巻第二十六「非理を強ひて以て債を徴り、多の倍を取りて、現に悪死の報を得し縁」の記載を示した。

讃岐国美貴郡の大領で外従六位上小屋県主宮手の妻に田中真人広虫女というものがいたが、たいへん裕福で、下僕、牛馬、田畑などを多数所持していたが、生まれながらに慈悲の心がなく、欲深で、施しをしなかった。酒に水を混ぜて売り、多大な利益を得ていただけでなく、ひとにものを貸すときは小さな升を使い、返してもらうときには大きな升を使った。利息の取りたては容赦なく、ときには貸した額の十倍や百倍を請求した。広虫女はあるとき病の床につき、数々の悪行を閻魔大王によって裁かれる夢を見たと家族のものに話したあとに急死した。夫である小屋県主宮手は、大勢の僧侶を招いて妻の冥福を祈ったが、七日目に広虫女は生きかえった。棺のふたが勝手に開いたので、なかをのぞき込んでみると、なんともいえない悪臭がし、広虫女は異形の姿に変じていた。腰からうえは牛となり、額には十三センチほどの角が生え、手も牛の蹄と化していた。飯を食べず、草はかりを何度も反芻していた。着物も着ず、裸のまま、糞をしたうえで暮らしている。近郷近在から見物人のたえる間がなく、夫と子供たちはこのことを恥じて、すべての借財を帳消しにしたうえ、寺に多額の寄付をおこなったという。

このような、いわゆる仏教的「因果応報」の考えは、キリスト教、ユダヤ教、イスラム教の神のみが絶対視されるようになって以来、ほとんど顧みられることはなかったが、この「鬼」となって蘇生するひとたちについて調べてみると、まさしくこの「日本霊異記」にあるとおり、「過去の悪行」を持ったものにかぎられることがわかってきた。

マジ鬼たちは一般市民から迫害されて、都市部を追われ、一時は集まって砂漠地帯に棲んでいたが、そこでもUMA(ユーマ)狩りにあい、短期間で根絶やしにされたと伝えられているが……。

「どうしてそう思った」

「体格とか角とかは改造手術でどうにでもなります。でも、その体力は……とても人間とは思えません」

「俺はボディビルダーだからな」

「フルフェイスのマスクを槍で壊されても平気でいる。この船内の空気はガイオキシンで汚染されているのに」

「ボディビルで肺まで鍛えてるんだ」

「それに……」

「それに？」

「目ができてきてるんじゃないですか？」

ナマハゲ軍曹が左目をまばたきすると、眼窩からどっと体液が押しだされた。そこには、失われた目のかわりに、いつのまにか小さな眼球が生えていた。

「俺がマジ鬼だったらどうする」

「どうにもしません。私が行動を起こすのは、あなたがイエスさまに危害を加えようとしたときのみです」

「俺は、まさにイエスを殺そうとしているんだぜ」

ふたりはしばし黙りこんだ。やがて、軍曹が口を開いた。

「言っておくが、ナマハゲと鬼はちがう。鬼は悪魔だが、ナマハゲは……」

軍曹は右手の握り拳を突きだすと、

「神だ」

「意味がわかりません。ナマハゲとはあなたの名前ではないのですか」

「ナマハゲというのは、年越しの晩に山からやってくる『マレビト』、つまり、訪問神のことだ。鬼の面をつけ、海藻を染めた衣をつけ、雪ぐつをはき、刀を持った異形の存在が、突然、家に入ってきて、『泣く子はいねえが！　働がね嫁ごはいえねが！』と叫び、踊りくるう」

「では、ナマハゲは聖霊のようなものですね。ほら、過ぎ越しの祭で、聖霊が各家庭を訪れて、血を塗っていない家のこどもを殺すじゃないですか」

「聖霊ではない。ナマハゲは神なんだ」

「うかつに、神という言葉を使ってはなりません。神はおひとりしかいらっしゃらないのですから」

「俺が生まれそだったオガハントーでは、神はヤーウェではない。ナマハゲのことだった」

「つまり、あなたは瀆神者なのですか」

「言っただろう、俺の信仰心は鉄よりもかたい、と。だがな……鉄は錆びるし、熱すると意外ともろいもんだ。アイネ・クライネが死んだとき、俺のなかで何かが変わった。というより、もともとあった素質がめざめた、というべきかもしれないが」

「何が言いたいのかわかりませんね」

「だろうな」

　その言葉が合図だったように、ユダはふたたび軍曹に背を向けたが、

「ひとつだけお教えしましょう」

「ききたくもないね」

「きなさい。あなたにとっても、役に立つ知識です。──そこに、ジアトリマ二等兵という新兵がいますね。彼に気をつけなさい」

「どういうことだ」

「それは私にもよくわかりません。とにかく……彼から目をはなしてはなりません。いいですね」

　そう言うとユダは、腰を抜かしてへたりこんでいるベンドコーン（つまりジアトリマ）に笑いかけると、通路の向こうに消えた。ナマハゲ軍曹は、転がった死骸のひとつを蹴とばすと、

「ジアトリマに気をつけろ、だと？　おまえとイエスが気をつける相手はこの俺だろうが」

　そして、その死骸をつかんで持ちあげ、顔面にたっぷりと唾を吐きかけると、無造作に放りなげた。死骸はベンドコーンに当たり、彼は失神した。

4

「アテンション・プリーズ、アテンション・プリーズ。あと十五分で本船は〈アリガバリ跳び（ジャンプ）〉に入ります。乗客の皆さんは、全員、ジェリーにお入りください。ジェリーに入らないと、ワープ中に肝臓からタンパク質が失われ、死亡する危険性があります。アテンション・プリーズ、アテンション・プリーズ……」

ズンドコーン博士が気がついたとき、小指をたててマイクを持った女性乗務員がなめらかな声でアナウンスしていた。彼女の誘導にしたがって、ズンドコーンは通路を進んだ。さっきここで行われた惨劇の痕跡はどこにも見あたらない。兵士たちの死骸はスタッフが片づけたのだろうか……と首をひねりながら、ズンドコーンは〈ジェリー・ルーム〉と掲示された部屋の扉をくぐった。

「おお……」

思わず、ズンドコーンは感嘆と畏怖の入りまじった声を発した。そこは、広いホールだった。ただし、床や壁、天井などは基本的に皮膜でコーティングされておらず、ジャン・ゴーレの皮膚が剝（む）きだしになったままだ。冷えた溶岩のように黒く、ごつごつした宇宙甲殻類の内壁。そこに、均等な間隔をおいて、半透明の、白い物体が数百個、ずらりと並んでいる。遠目には、白薔薇の花のようにも見えるが、おそらくひとつが三メートル近くあるだろう。それらの間隙を縫うようにして、銀色の皮膜で作った「道」が、あみだくじのように縦横に走っている。

「このホールは、ジャン・ゴーレの身体を露出させてございますので、高濃度のガイオキシンが空気中に存在します。絶対にマスクを外さないようにお願いいたします。また、壁や床は決して直接手で触れないでください」

女性乗務員は慣れた口調で言った。

「こちらに並んでいる白いものが、ジェリーでございます。正式名称は、エルマドゥールス・メメクラーゲン・フォン・ド・ボー・フジヲ・ジェリーフィッシュ。我々は、略してジェリーと呼んでおります。ジャン・ゴーレに寄生する宇宙クラゲの一種です」

近づいて見てみると、壺のような形をした、ぶよぶよした寒天状のものだ。上部には、びらびらした花弁のようなものが数百枚、重なりあっている。その中央には、襞でできた肛門のような孔が収縮を繰りかえしているが、開いたときには、老婆がニタッと笑ったみたいに見える。花弁の下側から、先端が丸く、ミミズの胴体のように縞模様の入った触手が何百となく伸びており、ときにはからみあったり、ひとかたまりになったり、ほぐれたりしている。胴体は白というより薄い桃色で、半透明なので内部が透視でき、茶褐色のアメーバのようなものが蠢いていたり、蛆虫のような多足の生物が移動していたりするのが見える。ところどころに、気泡や真っ赤な血潮らしきものがかたまっている。

「表面は破れやすいので、このように指でつつくと……」

女性乗務員が指先で巨大クラゲの表皮を触ると、ぷつっと薄皮が破れ、なかからミルク色の液体とともに、どろどろした、緑と黒の入りまじった、カタツムリの糞のようなものがあふれだした。匂いは精液のそれをもっと濃厚にしたようだ。

「このように内部から体液が流出しますが、気にすることはありません。すぐに元通りになりますから。この物質は……」

乗務員はその緑黒色のものを手ですくうと、一同に見せた。

「食用にもなります。グリコーゲンが豊富なうえ、たいへん美味です。究極の宇宙食といえるでしょう」

ズンドコーンは思わず吐きそうになったが、マスクをつけていることを思いだしてこらえた。乗務員の言葉どおり、破れた表皮はみるみる修復され、そのクラゲは何ごともなかったかのように蠕動をつづけている。

「ジェリーは、ジャン・ゴーレの胃壁に寄生する共生動物で、ジャン・ゴーレの体内に棲むことによって、外敵から守ってもらい、ジャン・ゴーレはジェリーの分泌する栄養価の高い物質を餌としていると考えられています。サメが死ぬとコバンザメは離れていきますが、ジェリーはジャン・ゴーレが死んでも見捨てません。こうして胃壁内で繁殖をつづけるのです」

女性乗務員はにっこり微笑むと、クラゲを愛おしげに見やり、

「皆さんには、このジェリーのなかに入っていただきます」

ええっ、という驚きの声があちこちからあがったが、乗務員はそれを無視して、

「ジェリーにすっぽり包まれることによって、ワープ時の衝撃が緩和されるのみならず、肝臓に与える悪影響をほとんど回避することができます。何かご質問はありますか」

ひとりが手を挙げた。

「呼吸はどうやって行うんです」

「ジェリーの体内から一種の『臍の緒』が伸びて、皆さんの身体とジェリーを結合いたします。酸素補給はそこから行われます。また、ワープが長時間にわたる場合は、栄養補給もその管を通して行われます」

べつのひとりが挙手した。

「き、危険はないんですか。こんな……」

彼は気味悪そうにクラゲを横目で見ると、

「化け物と身体を結合させるなんて……」

「ジェリーは化け物なんかじゃありません！」

女性乗務員の声がオクターブあがった。

「彼らはすばらしい……我々のパートナーです。彼らがいなかったら、たとえジャン・ゴーレのワープ技術は学べても、人類は恒星間航行を行うことができなかったでしょう。ジャン・ゴーレとジェリー。このふたつがあってこその〈アリガバリ跳び〉なのです」

歓びに震える声でそう説明する女性乗務員の腰のあたりに、すぐ後ろにいる一体のクラゲのかさの下から、一本の太い触手が伸びていることに、ズンドコーンは気づいた。

「でも……こんな生き物のなかに入るなんて……消化されちまう可能性はないんでしょうね」

「おほほほほ。心配はご無用です。皆さんはワープ中、ジェリーと一体になれるのですよ。こんな最高の体験はめったにできません。私はもう何百回も……ああ……」

触手の先端はどうやら、乗務員の股間に侵入しているようだ。太くなったり、細くなったりしながら、小刻みに震動している。

「ジェリーのなかに入りましたが……ああ……危ない

目にあったことはありません。それどころか……ジェリーは外部のあらゆる危険から……私たちを……あああ……守って……守って……守って……くださるのですよ。ジェリーのなかは……素敵な……お花畑……ああああ……いいっ……いいっ……いくうっ！」

乗務員は身体を反りかえらせた。その乳首は、制服のうえからでもわかるぐらいかたく尖っている。同時に、半透明の触手の内部を、濃い、どろどろした液体が通過していくのが見えた。「何か」が彼女の体内に排出されたらしい。

ぐったりした女性乗務員の股間から、触手が引きぬかれ、クラゲの胴体に向かって縮んでいった。その先端は、女性のものと思われる液体で濡れていた。

「さあ……皆さん……ジェリーのなかにお入りください。どうぞ……さあ、早く」

うながされても、誰も動かない。

「急がないと、跳躍がはじまってしまいますよ。死にたくなかったら、ジェリーに身をまかせなさい！」

死にたくなかったら、という言葉に、新兵たちはのろのろと動きだし、ひとり、またひとりとクラゲに飲みこまれていった。半分ほどがジェリーに入ったあたりで、ズンドコーン博士もようやく腹をくくった。

すぐそばまで近づくと、ぷーん……と精液の匂いがする。皆がやっているのを見よう見まねで、一番下の花弁を両手でつかみ、床を蹴って身体を浮かせると、間髪をいれず、数本の触手が伸びてきて、足と腰を支えてくれた。そのまま、ズンドコーンは花弁の真上まで持ちあげられた。老婆の朱唇のようなものがニターリと笑って接近してきた。急に恐怖がこみ上げてきたズンドコーンは、必死になって逃れようとしたが、その瞬間、触手がふっと外れた。

「うわあああっ」

叫び声とともにズンドコーンの身体は肛門状の吻に向かって滑りおちていった。

ずぼおおっ。

ヘドロの海に墜落したみたいだった。ぐちゃぐちゃした汚泥のなかを一旦底まで沈んだあと、ふわっと浮かびあがり、宙ぶらりんに停止した。アリ地獄に堕ちたアリのように、両手両脚をばたつかせてもがいたが、指先は、寒天のようなものをいたずらにひっかきまわしているだけだった。マスクのフィルターをかいくぐり、鼻や口から、どろどろした物質が流れこんでくる。最初は抵抗したが、げほっ、と咳きこんだのをきっかけに、それらは土石流のように喉へ、食道へとなだれ落ちていった。

（息が……息ができないんだあっ助けてくれえっうわあああああっ）

ミミズを太くしたような、白い紐のようなものが、左右に揺れながら近づいてきて、ズンドコーンの腹部にその先端を強くこすりつけている。目鼻のないその先端は腹の皮膚に癒着し、そこを食いやぶって、なかに入りこんでいく。

（うおおおおおお……）

叫びにならぬ叫びをあげながら、ズンドコーンの意識は遠ざかっていった。

ふと……気づくと、口中はおろか、食道から胃にいたるまで、寒天状の物質が詰まっているというのに、なぜか息苦しくない。向こうにほんのり、明かりが透けて見える。腹部を見ると、馬鹿でかいミミズのようなものが臍のあたりから「生えている」。なんだかやたらと気持ちがいい。頭の芯がぼーっとする。この感覚……まえに体験したことがある……。思いだした。母親の胎内にいたとき……羊水のなかにぷかぷか浮いていたときと同じだ。とてもほっとする。ここにいれば、絶対にだいじょうぶだ。根拠のない安心感。ただ一点だけ……感覚が異様に鋭敏になっている。目も鼻も耳も、寒天状の物質で覆われているのに、ものが見えるし、嗅げるし、聞こえる。通常の感覚器官とはちがう「何か」で、体外の状況を感じているらしい。しかも、ふだんの視野よりもずっと広い。はるか遠方まで見えるではないか。まるで、目が身体から離れて、あたりを勝手に散歩しているみたいだ。ほら……すぐそばに、さっきの女性乗務員が立っている。ひとが入っているクラゲの数をチェックしているようだ。

「全乗客がジェリーに収容されていることを確認いたしました」

乗務員はマイクに向かって報告している。

「了解。きみもただちにジェリーに入りなさい」

「はい、それでは船長も良い跳躍（ナイスジャンプ）を」

「良い跳躍（ナイスジャンプ）を」

乗務員の姿がズンドコーンの視界から消え、しばらくすると船内の照明が薄暗くなった。

「10、9、8……」

合成音声のカウントダウンが聞こえてきた。

「3、2、1……アーリーガーバーリー……ジャアアアアアンプッ！」

地震のような衝撃がズンドコーンを襲った。シェーカーに入った氷のように縦横斜めに激しく揺すぶられ、身体がばらばらになりそうだ。壁際の装置のうちいくつかが倒れ、床に激突してぐちゃりと潰れた。天井のパイプも数本はずれて、だらりと垂れさがり、折れ口から水や蒸気を噴出させている。肝臓が痛い。そこから何かがどんどん奪われようとしているらしい。まるで、妖怪が腹に腕を突っこんで、肝臓をつかみ、握りつぶそうとしているみたいだ。痛い痛い痛い痛い痛い痛い助けてくれ死ぬ痛い痛い痛い……。だが、「臍の緒」を通して、かわりのものが体内に注入されているのがわかる。身体のなかでのせめぎ合いをよそに、ズンドコーンたちを乗せたジャン・ゴーレは亜空間へと突入していった。

亜空間と通常空間のはざまの壁にひびを入れ、砕き、割れ目を引きさき、船首をむりやりこじいれ、船体を突っこんでいく。そのときの、乗員に対する苦痛はたいへんなものだ。だが、一旦、亜空間に全体が入ってしまうと、状況は少し安定する。ズンドコーンはやっと理解できた。どうしてこんな気持ちの悪いクラゲのなかに入らねばならないのか。もし、医療装置で同様の効果をあげようとすると、一台あたりとんでもない額がかかるだろう。ジャン・ゴーレを使った宇宙船といい、ジェリーといい、自然をうまく利用した、経費節約のための知恵なのである。

◇

ジアトリマは覚醒した。

目をあけようとしたが、あかない。ぶよぶよした、気持ちの悪いものが身体を取りまいている。一瞬、パニックになったが、しばらくして自分がワープ中であり、ジェリーという緩衝装置に入っていることをさとった。

驚いたことに、目を閉じているのに、あたりの様子が見える。これも、知識としては知っていたが、現実に体験するとかなりショッキングだ。

そのとき。

ホールの隅にぼんやりした黒い影が立っているのが見えた。

（まさか……ジェリーに入らないと死んでしまうはずだ……）

ジアトリマは目をこらした。影の頭部には角が生えているようだ。

（ナマハゲ軍曹か……！）

軍曹の姿は一変していた。マスクはしていない。頭にバンダナのようなものを巻き、そこに蠟燭を二本さしているので、角が四本あるみたいに見える。簑を着て、雪ぐつを履き、右手には金棒を、左手には出刃包丁を摑んでいる。身体中から出血しているらしく、全身に真っ赤な染料を塗りたくったようだ。肝臓のあたりからはとくに大量に出血している。ジアトリマは知らなかったが、潰れた眼球は、完全に復活していた。

「うおおおおおおっ」

ナマハゲ軍曹は金棒と包丁を振りあげると、口をワニのように大きくあけて絶叫した。

「イエスはいねえがあ……！　泣く子とイエスはいねえがあっ！」

そして、並んでいるジェリーをひとつずつ点検しはじめた。クラゲの中心にある孔に顔を突っこむのだ。やがて、軍曹はジアトリマが入っているジェリーのまえに来た。ずぼっ。ジアトリマの目のまえに、「鬼」の顔が逆さまになって出現した。

「ち……が……う……」

軍曹の口がそう動いたかと思うと、顔はふたたび引きあげられた。ジアトリマは泣きそうになった。

「イエスはいねえがあ……イエスはどこじゃあ」

鬼軍曹は、金棒をずしん、ずしんと床に突きたてながら去っていった。

ジアトリマには信じられなかった。ジェリーに保護さ

れていてさえ、これほどの肉体的苦痛に苛まれるのだ。全く無防備のナマハゲ軍曹は、即死しても不思議はないはずなのに、

（どうして立っていられるのだ……）

恨みを晴らそうという一心のゆえか、それとも……。

（やっぱり人間ではないのかも……）

ナマハゲ軍曹は、ジェリーのチェックをつづけている。ジアトリマの「視点」は彼を追って、ホールのなかを移動していく。そのうちに、軍曹はひとつのジェリーのまえに仁王立ちになって、

「うはははははは……見つけたぞ、イエス。覚悟しろ！」

包丁でそのジェリーの胴体を縦に切りさく。どばっ、とぬめぬめした生臭い体液が溢れでた。つづいて、横に深々と薙ぐ。

「うわああっ」

中から、粘液でどろどろになったイエスが首を出した。

「な、なんだ、なんなのだっ」

「イエス、アイネ・クライネの仇だ。覚悟しろ」

金棒を振りおろす。棒についた疣がイエスの鼻面をかすかに削いだ。ぶっ、と血が噴きだし、イエスは鼻先を押さえて、ジェリーのなかにひっこんだ。

「待てっ」

鬼は、ジェリーの半透明の胴体を手で崩し、掻きわける。宇宙クラゲは高い自己修復能力をもっているため、崩しても崩してもすぐに寒天状の物質がソフトクリームのように盛りあがり、破壊された箇所を直してしまう。だが、あまりに軍曹の破壊スピードが速いので、修復がうまくいかないらしく、クラゲはどんどんいびつな形状になっていった。もとは大きな水瓶か壺のような形だったのが、今では崩壊しかけたバベルの塔のようだ。

「追いつめたぞ……追いつめたぞおおっ」

軍曹は絶叫しながらジェリーを両手ですくう。数百の触手が首や身体にまきついたが、おかまいなしだ。ぶちぶちぎってては床に捨てる。とうとう、しゃがみこんで震えているイエスの頭部を見つけだした。軍曹はにやりと笑い、

「貴様らは、ワープの最中はジェリーのなかから出るこ

とはできん。肝臓がいかれちまうからな。つまり、檻のなかに入っているようなもんだ。我ながらうまいときを狙ったぜ」

軍曹は包丁を捨てると、金棒をしっかり両手で握りしめ、

「死ねえええっ」

それを打ちおろそうとしたとき。

何かが軍曹の後頭部、ぼんのくぼのあたりに突きささった。それは頭蓋骨を砕き、脳を分断した。先端が軍曹の額から突きだした。それは、彼がたった今捨てたばかりの包丁だった。

「ギャオオオオオオオウッ！」

両眼を三倍ぐらいに見開き、舌を棒のように硬直させ、軍曹は咆哮(ほうこう)した。金棒がその手からどすんと床に落ちた。ゆっくりと振りむく。そこには、目や耳や鼻や口から糸のような血の筋を垂らしたユダが、整った顔を苦痛にゆがめながら、片膝をついていた。マスクをつけておらず、脇腹の、肝臓のあたりを強く押さえている。

「貴様……邪魔するな……」

言いながらも、軍曹の口からは言葉とともに血だか漿液だかわからない液体が泡になってぼこぼこぼれ落ちている。

「言ったでしょう……イエスさまを……傷つけようとするものは……私が許さないと」

ユダの息は荒い。

「許さない？　偉そうなことを抜かすな。人間が……ワープ中にジェリーから出たら……どうなるか知らないはずもあるまい。肝臓がおしゃかになって……くたばってしまうぞ。それに、貴様……マスクはどうした。ガイオキシンを……肺一杯呼吸する気か」

「あんなものをつけていたら……狙いが定まらないんでね」

「肝臓が痛くないか」

「ははは……死にそうに痛いです。もう……だめみたいですね」

「馬鹿な……真似をしたもんだ」

「あなたこそ……馬鹿な真似をしましたね。ワープ中に……ジェリーに入らずに……長時間うろつくなんて……

狂気の沙汰です。いくらあなたが鬼でも……ダメージは……大きいんじゃないですか」

「まあな」

「でも……乗務員が……ジェリーに入っている乗客の数を……チェックしていましたよ。どうやってチェックを……かいくぐったんです」

「簡単なことさ。さっき殺した兵士の死骸を……このクラゲ野郎に投げこんでおいたんだ」

軍曹は、最後の力を振りしぼって、もう一度、金棒を取りあげようとしたが、それはかなわなかった。頭部から包丁を引きぬいたユダが、それをナマハゲ軍曹の背中にめったやたらと突きさしたのだ。とどめのつもりでユダは、その包丁をもともと刺さっていた頭部の傷に刺しなおした。ほとばしる血流で真っ赤な絵の具のプールへ落ちたみたいになっている軍曹は、太い両腕をめちゃくちゃに振りまわし、

「もう少しだったのに……もう少し……だったのに……おおおおおおっ」

と叫びながら、ホールを出て、よろめきながら通路を進んだが、途中で転倒してからは、四つん這いになって、あっちへこっちへと野良犬のようにふらふらしている。

「逃がしませんよ。ここで息の根をとめておかないと……あなたは何度でもイエスさまを襲うでしょう。それでは困るのです」

同じく血まみれのユダは、軍曹のあとを追った。ナマハゲのかっこうをした軍曹は、船尾のほうへと逃げていく。途中、何度となくユダは追いつきそうになったが、そのたびに軍曹は彼を振りはらう。だが、ついに通路は行きどまりとなった。前方の通路に注連縄が張られ、

この先、時空の歪みあり。入るな。危険。


という貼り紙がしてあった。ナマハゲ軍曹は、その注連縄を引きちぎると、先へと進んだ。ユダが続こうとしたとき、頭上から、合成音声のアナウンスが降ってきた。

「あと十五分で本船は亜空間から脱し、通常空間に戻ります。たいへん危険ですので、ジェリーから絶対に出ないでください。繰りかえします。あと十五分で本船は……

…」

一瞬の逡巡のすえ、ユダは細い三日月状の剣を引きぬくと、

「天にまします……我らが父よ……我が身を守りたまえ」

そうつぶやいて、足に力をいれた。途端、口から大量に喀血した。

5

ジアトリマの視点は、まだまだ彼らを追跡する。突きあたりにドアがあった。「霊安室」というパネルが掲げられている。ユダはドアをあけた。なかは真っ暗だ。脇腹を押さえ、苦痛に顔をゆがめながら、ユダは一歩を踏みいれた。目を細め、闇を透かすようにして内部を注視する。だんだん暗さに目が慣れてきた。部屋の広さは十二畳ぐらい。ベッドのようなものが並べられている。

ぐっちゅ、ぐっちゅ……ぐっちゅ
ぐっちゅ……ぐっちゅ……
ぐっちゃ、ぐっちゃ……ぐっちゅ……ぐっちゅ
ぐっちゅ、ぐっちゅぐっちゅ、ぐちゅ

どこからともなく、妙な音が聞こえてくる。何をしているのかわからないが、水気の多そうな音である。ときどき、

「あああ……」

とか、

「うーむ……ああぐ……」

というような呻きとも悶えともつかぬ声が挟まる。しかも、何ともいえない生臭い匂いが漂っている。ジェリーの体液の匂いや血の匂いともまたちがった、嗅いでいると、口のなかがいがらっぽくなるような悪臭である。

「ナマハゲ軍曹……！　軍曹、どこにいるんですか」

ぐっちゅ、ぐっちゅ……ぐっちゅ
ぐちゃっ、ぐちゃっ、ぐちゅっ……

じゅるじゅるじゅる……

「どちらにいるんですか！　私はここですよ」

ユダは、両手を振りまわした。

いきなり、明かりがついた。手が照明のスイッチに触れたらしい。

五つあるベッドのうち、いちばん端にナマハゲ軍曹が腰をおろしている。頭に包丁が刺さったままだ。

「おまえもしつっこいやつだな。いいかげん、あきらめろ」

「そうはいきません。私は……」

「おいっ、そこ、危ないぞ」

軍曹はユダが立っているところのすぐ脇を指さした。空間がそこだけ、一メートル四方ぐらいにわたってぐにゃりと曲がっている。中央部分は黒く、その向こうには星が透けてみえる。

「注意書きがあっただろう。これが時空の歪みだ。気をつけないと、船外に放りだされてしまうぞ」

「何をして……」

いるのか、と問いかけようとしてユダは口を閉ざした。ナマハゲ軍曹は、何か人形のようなものを両手で摑んでいる。生臭い匂いはそこから発しているのだ。いや……人形ではない。さっきナマハゲ軍曹が殺した新兵の死骸だ。軍曹は、ユダの見ているまえで死骸の腹を割（さ）いた。赤い血と黄色い脂肪とリンパ液が溢れだし、混じりあい、毒々しい色の流れとなって床に滴りおちている。軍曹は腹中に手を突っこんでしばらく掻きまわしていたが、やがて何かを握りしめると、ぐいと引きだした。それは……赤黒く、ぬめぬめとした大きなナマコのような物体だった。

「新鮮な肝臓（レバー）だ。食うか……？　俺は今、ひとつ食ったところだ」

よく見ると、ナマハゲ軍曹の口のまわりには、肝臓の断片とおぼしきものが付着している。

「『薬食い』といって、脳の病気のときは脳を、心臓の病気のときは心臓を、眼病のときは目を食うのがよいとされている。ワープで肝臓がいかれかけてるときは肝臓にかぎるぜ」

無意味なことではない。肝臓がダメージを受けているときには、生の肝臓を食べるのが、もっとも迅速なタンパク質やグリコーゲン補給の方法だろう。

「遠慮して……おきます」

「そう言うな。食えよ」

「人の身体を食うなど……許しがたい行為です」

「あははははは。忘れたとは言わせんぞ。おまえは、イエスの血や肉を喰らっただろう」

「え……？」

「最後の晩餐のとき、イエスが自分の血と肉を十二使徒に食わせた。この話は、小さなこどもでも知っている」

「あれは……葡萄酒とパンです」

「嘘をつけ。俺は、人肉食が行われたとみている。おまえは、イエスの肉を食うのを拒絶したために破門になったのだろう」

「…………」

「イエスは、自分の教団の結束をかためるため、最後の晩餐のときに、おのれの肉を切りきざみ、それを弟子たちに食わせた。おまえも食べたのか」

「私は……食べていません」

「どうしておまえだけ食べなかったのだ」

「…………」

「答えろよ」

「私が……私だけが……イエスさまと……一体になるべきなのです。私だけが……イエスさまの肉を……全部食べるべきなのです。指のひとつひとつまで……内臓も脳もなにもかも……性器も眼球も歯の一本一本まで……あんな連中と……一緒にされたくなかった……小さな肉の……切れっ端で……だまされたくなかった……」

「なるほどなあ。ゆがんだ愛ってやつか」

「そんなんじゃありません！」

ユダは血相をかえて、

「ペトロたちもみんな……たかだか数滴の血や……カレーライスに入ってる肉片みたいなちっぽけなもので……丸めこまれて……そのあと一生……血の支配を受けた。私は……イエスさまとは対等でいたかったのです……ひとりの男と男として……」

「愛してるんだなあ、あんな馬鹿を」

鬼軍曹は肩をすくめると、もういちど肝臓をユダの鼻先に突きだし、

「ま、いいから食えよ。俺を見ろ。こうして元気になってきたぜ」

「あなたは『鬼』だから……」

「鬼だろうと蛇だろうと、肝がいかれちまったらおだぶつだ」

ユダは、鼻先に突きつけられた肝臓をじっと見つめていたが、やがて、両手で捧げるように受けとると、がぶり、と食らいついた。ぐちゅっ、という音がして、汁がほとばしった。ユダは、あっという間にその臓器をむさぼり食ってしまうと、

「うふーっ」

と深い吐息をもらし、口のまわりについた残滓をなめた。ジェリーのなかから一部始終を見つめているジアトリマは、吐きそうになった。

「どうだ、うまいだろう」

べつの死骸から取りだした肝臓をかじりながら、ナマハゲ軍曹が言った。

「うまい、というより、今、私の身体がこれを欲しているようです。一口ごとに、弱った部分に染みこんでいくようで……」

「理屈を言うな。うまいものはうまいんだ。平安時代の日本では、鬼はひとの肝を喰らうといわれていたようだ。ナマハゲは鬼ではないが……」

「とにかく、肝臓の痛みがすっかりとれました」

ふたりはそのあと、無言でいくつもの肝臓を食べた。すっかり平らげてしまってから、少しためらっていたユダが言った。

「おたずねしにくいことをおたずねします」

「なんだ」

「蘇生したとき『鬼』になるのは、かつて悪行をおこなったものが多いと聞いています。あなたは、前の生で何をなさったんですか」

「ははははは」

軍曹は高笑いして、

「前の生のことはすべてまぼろしだ。覚えているのは断片だけだ。古い古い戦争のとき、命乞いをする敵兵たち

を遊び半分に皆殺しにした……ような気がするし、日本のツヤマという田舎で、恨み心から大勢のひとを殺した……ような気もするが、それもこれも夢だったかもしれん」

そして、立ちあがると、金棒を頭上に高々とあげ、

「さあ、最後の一番、行くか」

「やはり、やるんですね」

「あたりまえだ。おまえがいたら、俺は永久にイエスを殺せない。おまえも、俺がいたら困るだろう」

「はい」

ユダは三日月型の細い剣を構えた。

「いざ」

「おう」

ふたりは斬りむすんだ。がっ、と金属がぶつかりあう音がして、火花が散った。怪物じみた体軀のナマハゲ軍曹が渾身の力をこめて叩きつける金棒を、痩軀のユダが、針のように細い剣でうけとめ、一歩もひかない。だが、軍曹はありあまる膂力(りょりょく)を利用し、じりじりとユダをうえから押さえつけていく。ユダの身体が「く」の字に曲がり、今にも折れそうになったが、リンボーダンスのような姿勢でこらえている。たいへんな下半身の力だ。

「ええい、死ねっ」

軍曹が力任せにむりやり押しきろうとしたとき、まだ屈む余裕があったのか、ユダの身体がひょいと沈んだ。全身の力を腕にあつめていたナマハゲ軍曹は、受けとめていたものがなくなって、まえへ泳いだ。その足首をユダが剣で払った。ガッキ、と骨まで食いこんだと思えるじゅうぶんな手応え。

「うがあっ」

軍曹は目を剝いて叫び、金棒を取りおとしたあと、膝から前のめりに崩れおちた。

「これで決まりですね。神のもとにおいでなさい」

ユダは、軍曹の心臓の裏側から剣を突きとおそうとした。次の瞬間、軍曹は手をおのれの後頭部にまわし、刺さっていた包丁を引き抜いたかと思うと、それでユダの左腕を切りおとした。ユダは悲鳴をあげて飛びのき、剣を斜めに払った。軍曹の首に、サインペンで描いたような赤い筋が一回りついたかと思うと、その部分の肉がぷ

つっ、と口をあけ、つづいて大量の血がほとばしった。

「ううむ……」

軍曹の太い猪首が、ごろり、とまえに落ちた。

「とうとうやったか……この化け物め……」

ユダは肩で息をしながら、その場に座りこみ、軍曹の死骸に背を向けると、左腕の止血をはじめた。

「腕一本と引きかえにしなければ、こいつをしとめるのはむりだった……」

自分の止血に夢中になっていたユダは気づかなかったが、頭部を失ったナマハゲ軍曹の肉体はじわじわと前進し、両手で自分の頭を探しだした。

ジアトリマの「視点」は、ナマハゲ軍曹がまだ生きているとユダに教えようとしたが、そのすべはない。ジェリーのなかで、

「危ないっ、後ろだっ、後ろっ」

とむなしく叫ぶだけだ。

ようやくナマハゲ軍曹は自分の頭部をつかむと、それをフットボールのように左脇に抱えこみ、つづいて、右手で金棒を拾いあげようとした。そのとき、がらん、という音がして、ユダははっと振りかえった。ほとんど同時に、軍曹の金棒が風をきって振りおろされた。ユダは床を転がってかわし、右腕だけで剣をかまえ、

「死なないんですか、あなたは」

「時期が来れば死ぬ。今はまだその時期ではない」

「スイカかなにかかと思ったら、ご自分の頭ですか。なるほど……そうしていないとものが見えないんですね」

「はははは。ずっと頭を抱えてなきゃならないとわかって、頭を抱えたよ」

くだらない冗談を言いながらも、軍曹は片手で金棒を軽々と振りまわし、ユダはそれを避けるだけで精一杯だ。狙いのはずれた金棒がせまい霊安室の壁や床、天井にぶつかると、その部分は木っ端微塵になり、木屑を燃やしたようなきな臭い匂いが漂う。

「うはははは、おまえこそ神の御許に行けぇ！」

壁際に追いつめられたユダの額を、軍曹が逆手に持った金棒の柄の先で貫こうとしたとき。

船体ががくがくがくがくがくと揺れた。軍曹もユダも床を芋虫のように転がった。五つのベッドが立ちあ

がり、逆さまになり、また立ちあがり……しまいにふたりのうえに落ちてきた。ユダは壁に激突して、意識を失った。ナマハゲ軍曹は、抱えていた頭部が床を滑っていくのを必死に追いかけたが、頭部は時空の歪みに吸いこまれていった。ナマハゲ軍曹はしばらくその場でじっとしていたが、やがて決心したかのように、自分の頭を追って歪みのなかにダイブした。軍曹の姿は、星々の渦に消えた。

「ただいま、本船は亜空間から脱し、通常空間に復帰いたしました。まだ、ジェリーから出ないでください。係員が皆さんの臍の緒を切りにまいりますまで、そのままの姿勢で今しばらくお待ちください……」

合成音声のアナウンスが冷えびえと響いた。

「現在、本船〈OA-ヤマ三七四九-八三〉は、ユガミニクラス星から六十億キロの位置を航行中です。まもなく目的地〈ゴルゴダ13〉に到着いたし……」

ぷつっ、とアナウンスが途絶えた。がりがりがり、というノイズが続いたあと、

「敵船発見。右舷前方に敵船発見。ただいまから自動迎撃システムにより戦闘を開始します」

心なしか、合成音声が震えているようにジアトリマには思えた。

6

(なにコレ! 気色い、ぶよぶよのぐちゅぐちゅ……うひいっ!)

覚醒した瞬間、ピンクの視界が大きく揺れた。ここが新兵教練所のなかでないことはわかったが、自分がなぜ半透明の物質のなかにいるのか、なぜ妙なマスクをかぶっているのか、なぜ床が斜めになっているのか、なぜ爆音とともに周囲が振動しているのかはすぐにはわからなかった。

「繰りかえします。敵船を発見しました。自動迎撃システムにより戦闘を開始します」

アナウンスとともに、天井から垂れ幕のように下がっているスクリーンに宇宙空間の様子が映しだされた。い

くつかのカメラの映像が組みあわさって表示されており、そのうちの一台が、巻き貝のような形の小型宇宙船を二機、とらえている。ウニのような棘が生えたその宇宙船は、猛烈な速度でこちらに接近してくる。

「敵機はエゾゲバロ・ログロ人の偵察用宇宙艇と思われます。戦闘中は危険ですから、ジェリーから出ないでください」

エゾゲバロ・ログロ人の偵察用宇宙艇……？　たしか……戦闘能力は高くないが、一応の火器を備え、小回りがきくので注意を要する、と短い教練期間中に習った覚えがある。そうか……！　ようやくピンクは状況が飲みこめた。今は、ジャン・ゴーレのなかだ。だから、ガイオキシン除去のために防毒マスクを装着しているのだ。前線基地である宇宙ステーション〈ゴルゴダ13〉に至る途上で、おそらくジェリーと呼ばれている宇宙クラゲのなかにいるのだろう。ピンクの発現時間を考えると、ワープが終わった直後、と思われる。ピンクにとっては、恒星間航行自体がはじめてなので、そういったことはどれも話には聴いていたが、体験するのははじめてだ。

「バリア装着いたします。バリア発生時は、乗員の精神に過負荷がかかりますので、錯乱、幻覚、狂気、鬱、躁、自殺衝動などの症状があらわれるおそれがあります。じゅうぶんご注意ください」

そう言われても、どうやって「ご注意」すればいいんだろう。

「敵機急接近。敵機急接近」

二機の敵機は、二重螺旋構造のような航跡を描きながら、ジャン・ゴーレの左舷ぎりぎりを飛行している。これは映画でも体感シミュレイションでもない。すぐ横で起こっている現実なのだ。ぶわあっ、と火球のようなものが飛んできた。エゾゲバロ・ログロ人の独特の兵器「キハケメテ」だ。真っ赤な溶岩弾のようなものがスクリーン一杯に広がった。

「バリアに被弾しまあす」

火球がバリアに激突する瞬間、またしてもジャン・ゴーレが激しく揺れた。

「もうだめだあっ」

絶叫した誰かがジェリーから這いだし、裸になって、そのへんを転げまわった。

「このままじゃ撃沈されちまう。どうせ死ぬなら、自由になって死にてえ」

「危険です。決してジェリーから出ないでください。繰りかえします。決してジェリーから……」

「嘘だ。このクラゲのなかに長いことといると、クラゲに消化されちまうぞ。どろどろに溶かされちまうぞ。この船のスタッフは、クラゲとぐるになってやがるんだ。──みんな、クラゲに溶かされて死ぬのと、外に出て自由になって死ぬのとどっちがいい」

「自由だ。自由だ」

必死のアナウンスにもかかわらず、新兵たちはつぎつぎとジェリーから出ると、服を脱ぎ、ごろごろごろごろと床を転がった。錯乱した神経には、それが「自由」の表現のように思えているのだろう。

「自由だ。俺たちは自由だ」

「解放されたぞ」

ごろごろごろごろごろごろ。

それを見ているうちに、ピンクも、ジェリーから出たくてたまらなくなった。クラゲに消化されるのはまっぴらだ。自由になりたい……！　ぶよぶよした壁に手をかけ、触手をひきちぎり、寒天質のなかから顔を出した瞬間、

「バリアに被弾しまああす」

さっきよりも強く船体が揺れた。

「第一バリア、一部損傷。第二バリアを装着いたします。第二バリア発生時は、神経に対する影響がより強くなるので、じゅうぶんご注意くれてくてはてふはてきしはためてきすはしめてとテシハシキスチトハ……」

頭のなかにあるテレビのチューニングが急にあわなくなったような、理屈とか辻褄とかそういったことが一切無になったような、わけのわからない衝動に突きうごかされて、ピンクはジェリーから飛びだした。分厚く、黒いカーテンのようなものが、目のまえに垂れさがってきたみたいだ。何も……なにもわから……ナイ……ナイナイナイナイナイナ……何かが……出てきた。大きくて、ぬるぬるした、危険な何かが、ピンクのなかから、ずるり、と這いだしてきた。そのことにピンクは気づかなか

った。気づいたのは、それがピンクの足にしがみついたときだ。

何かが足を引っぱっている。やめろやめろあなたはだれなの私は自由になりたいの邪魔をしないで。振りかえろうとしても首が動かない。見てはいけない、という本能が首のまわりの筋肉を固定しているのだろうか。頸椎(けいつい)が折れそうなほどの力をこめて首をねじ曲げ、ようやくその姿をとらえることができた。濃い灰色のざらざらした皮膚をもった爬虫類……ワニ……? それが両腕でピンクの足を抱えこみ、巨大な口を広げて、彼女を飲みこもうとしている。牙と牙のあいだから生臭い唾液が滴りおちている。赤い赤い……赤い喉の奥に漆黒の空間が広がっている。これは幻覚なんだ本当じゃないんだ、そう思いこもうとしても、ワニはたしかにそこにいて……すでにピンクの下半身を口中におさめている。

「いやあっ……助けてっ」

鋭い牙が、ピンクの腹部を食いちぎった。

「ぎゃあああああっ」

ピンクは絶叫したが、ワニはかまわず、ピンクの下半身をがつがつむさぼり食うと、彼女の乳房を、首を……そして、頭を口に入れ、そして、むしゃむしゃと数回咀嚼(そしゃく)し、ごっくん、と飲みこんだ。

ピンクの意識はそこで途絶えた。

◇

二機の小型宇宙艇が巨大なジャン・ゴーレにまとわりつくように飛びかうさまは、リイのまわりを飛ぶ蠅のようであった。二匹の蠅は、その機動力をいかして縦横に飛行しながら、間断なく「キハケメテ」攻撃を行う。真っ赤な火球が墨を流したような闇を裂いて、宇宙甲殻類の甲羅に吸いこまれていく。二重に張られたバリアも今やぼろぼろで、いたるところに裂け目ができている。

ジャン・ゴーレは、戦闘を自動迎撃システムに任せてステーションからの援護を待つという作戦を断念し、攻撃を自動から手動に切りかえた。バリアのうち、外側のひとつが解除され、ただちに腰をすえた反撃が開始された。遠目には、馬鹿でかいカブトガニのようにもみえる甲羅の数カ所が開き、〈福音砲〉がその先端をのぞかせた。

「父と子と聖霊の御名によりて……発射！」

グロオオオオ……リア！

稲妻のようなジグザグの光がほとばしり、二機の敵機を襲った。エゾゲバロ艇は、軽々とした身のこなしで、攻撃をかわしながら、火球を放ってくる。八門ある〈福音砲〉のうち、二つが「キハケメテ」によって破壊された。

グロオオオオオ……リア！

グロオオオオオオオオ……リアッ！

残る六門の〈福音砲〉が荘厳な唸りをあげ、一機を撃破した。残る一機は、ゆらり、ゆらり、と木の葉のように揺れながら、ついにジャン・ゴーレの動力部分のすぐ後ろ側にまわりこんだ。ここを破壊されたら、ジャン・ゴーレは航行不能になるばかりか、船内にガイオキシンが充満し、乗員は全員、死に至るだろう。振りきろうにも、コバンザメのように張りついてはなれない。

「ステーションからの援軍はまだか」

「今、連絡がありました。もうしばらくかかるので、なんとか持ちこたえてほしいとのことです」

「むむ……」

「船長、バリアを二重に張りなおしましょう。このままではやられてしまいます」

「しかし、それでは攻撃ができん。たとえ張りなおしても、バリアはぼろぼろなんだ。裂け目をついてキハケメられたらおしまいだ。それより、いちかばちか〈福音砲〉全門による集中砲火で……」

船が左右に大きく揺れ、

「第四管理区域から出火。危険度B＋。ただちに消火してくださあああい」

「第二エンジン大破。ガイオキシン流出。エリアを閉鎖してくださああああい」

スクリーンに、後方の映像が映しだされた。何千本もの棘をゆらゆらと揺らしながら、エゾゲバロ艇がまっしぐらに突進してくる。

「回避できん。もうだめだ」

「神よ、あわれな子羊を……」

「助けて、母ちゃんっ！」

そのとき、何か黒いものがエゾゲバロ艇のうえに、まるで頬にできたニキビのように、ぷつっと生えた。そういうふうに見えたのだ。

「な、なんだ、あれは」

「わかりません。ですが……人のようにも見えます」

「まさか。あの艇がどれだけのスピードで移動していると思っているんだ……」

その言葉が終わらぬうちに、その部分が大写しになった。スクリーンに見いっていた新兵たち全員が、悲鳴をあげた。濡れたように黒々とした棘の一本につかまっているのは、ナマハゲ軍曹だった。右手で棘を巻くようにし、左手で自分の頭部を抱えている。その頭部が、にやりと笑ったのが見えたと思った瞬間、軍曹は数本の棘をへし折り、叩きわり、そこにあいた穴からエゾゲバロ艇のなかに姿を消した。数秒のち、エゾゲバロ艇は突然、スピードはそのままに進路を変え、いずこへか飛びさった。

◇

ふたたび気づいたとき、ピンクは、蒼白になって自分の下半身に手をやった。

(ある……足がある……)

胸に、首に、頭に触る。

(ある……あるある、ちゃんとある……私、生きてる……)

ピンクは、ほっとして安堵のため息をついた。

(さっきのは何だったのかなあ……やっぱり幻覚……?)

いつのまにか、ジェリーの外に出ていた。身体が寒天状の物質でどろどろに濡れている。汚らしいそれを手で払いおとすと、周囲を見渡す。並んでいるジェリーは、なぜかどれもずたずたに切りきざまれており、半透明の汁にまじって、卵黄のような黄色い固形物が無数に床に流れでている。

(汚い……これって、クラゲの卵なのかも……)

ピンクは、ジェリーのひとつの、ぷっつりと剖かれたようになっている箇所から、内部をのぞきこんで……思わず悲鳴をあげそうになった。中年の男性がうずくまっている。その後頭部は、いびつな形にへこんでいた。頭蓋骨が割れて、脳の一部が露出しており、そこに血まみれの頭髪がこびりついている。背中といい、尻といい、手足といい、どこもかしこも鋭利な刃物でつけられたと思われる傷が身体中に無数にあり、あちこち皮膚がめくれあがって、オレンジ色の肉が剝きだしになっている。そして……背中の真ん中に、

神は死んだ

という文字が、刃物で刻みつけられている。

（し、死んでる……）

ピンクは、よほど重い鈍器で潰されたのか、ぼっこりと陥没したその男の頭部を見て、なにかを思いだしかけた。

（見たことある……こんな死体……あれってどこで……）

記憶を掘りかえしながら、その隣のジェリーをおそるおそるのぞいてみると……やはり新兵のひとりが、同じような状態で死んでいた。頭が潰され、身体にめったやたらに斬りつけたような切り傷がある。そして、

神はウンコ

という文字。

（やばい……やばいよ、これって……）

調べてみると、並んでいるジェリーのうちの五つが同じような目にあっていた。ずたずたになっており、なかに死体がある。しかも、その死体はどれも頭部を潰され、背中に瀆神的な書きこみがあるのだ。どうやらエゾゲバロ・ログロ人の宇宙艇との戦闘中、何ものかに襲撃され、ジェリーごと刃物で切りさかれたらしい。

がたがたがたっ、と身体が痙攣した。地震？　まさか。ここは宇宙空間だ。また、戦闘がはじまったのか……。そうではなかった。ピンク自身が恐怖に震えていたのだ。いつのまにか、彼女の股間は失禁で濡れていた。

（誰が……こんなむごいことを……）

広いホールは、しんと静まりかえっており、人の気配

はない。

（みんなどこにいったんだろう。もしかしたら、私、ひとりぼっち……？）

伝言メモを見る。ズンドコーン博士からのものだ。

反乱を起こそうとした一部の兵士をとめようとしたナマハゲ軍曹が、彼らに殺されかけた。わしはクラゲのなかに入って、生まれてはじめての〈アリガバリ跳び（ジャンプ）〉を経験した。おお、神よ。

ガタやんのものは、あいかわらずそっけないメッセージだった。

とくにおまへん。

ジアトリマのものを読んだとき、背中を蛇が這ったようにぞくっとした。

たいへんなことになった。ナマハゲ軍曹は本物の「鬼」になった。イエスさまに復讐するため、軍曹はワープ中にもかかわらず、生身のまま船内を歩きまわって、ジェリーに顔をつっこみ、とうとうイエスさまを見つけた。ユダとの戦いになり、頭を切りおとされた軍曹はその頭を持ったまま、船外に出ていってしまった。もうむちゃくちゃだ。ありえない。ありえないことばかりだ。

もしかしたら……とピンクは思った。ナマハゲ軍曹がふたたびジャン・ゴーレのなかに戻ってきて、このひとたちを殺したのかも……。いかにもありそうなことだ。もし、そんな殺人鬼がこの船のなかをうろついているとしたら、ほかのみんなも殺されてしまったのかも……。

落ちつけ……落ちつくのよ、ピンク。

深呼吸をして、このクラゲでいっぱいのホールから出ていこうと一歩踏みだしたとき。

なにかが足に当たった。しゃがんで、拾いあげてみると、それは二十センチ角ぐらいの立方体だった。おそらく、何かの装置の一部をむりやり引っぱがしたものだろう。持ってみると、ずっしりと重い。角の部分をよく見ると、赤黒いものがこびりついている。ピンクは「ひっ」と叫んで、それを床に捨てた。ごつ、という音。赤黒いものは血と髪の毛だ。まちがいない。これが、さっきの五人を殺した凶器なのだ。立方体の表面にはうっすらと、それをつかんでいたものの手の形が残っている。ピンクはそっとそこに自分の手を重ねてみた。

ぴったりだった。

（私が……？　そんな……そんなことって……）

よろよろと二、三歩後ずさりしたとき、壁に腰がぶつかり、カン、という金属音が響いた。蒼白になって、腰を手で探る。そこには、これも何かの装置の一部と思われる、細い、二十センチほどの棒状の部品が吊りさげられていた。その先端は研ぎすまされて、刃物のようになっている。全体に血糊が付着しているのは言うまでもなかった。

私が……私が……私が殺したの……？

いつ……？

ピンクは、さっきのワニの幻覚を思いだした。ワニに食べられて、そのあと、記憶がなくなって……。

まさか……あのとき……。

ガラガラガラガラ……という音がして、ホールの入り口の扉が開いた。

「おおい、まだ誰か残っているのかあ」

誰かが大声で叫ぶ。ピンクは反射的に身体を伏せた。

「エゾゲバロの偵察機は二機とも撃退した。もう、でてきていいぞ」

ここよ、ここにいる、ここで生きているわ！　ピンクはそう叫びかえしたかったが、その衝動に耐え、じっとしていた。その誰かが行ってしまったあと、ピンクは鈍器と金属棒から自分の手形や指紋などを注意深く拭きとると、ジェリーのひとつの吻の奥深くに沈めた。それから何食わぬ顔で、ホールを出ていった。

7

ようやくジャン・ゴーレ〈OA‐ヤマ三七四九‐八三〉は、人類圏軍事用宇宙ステーション〈ゴルゴダ13〉

に到着した。このステーションは、ユガミニクラス星系の前線に兵士、武器、食料などを供給するために設けられたもので、七個の惑星を有するユガミニクラス星の、第二惑星と第三惑星のあいだの軌道上に位置する。前線のある第二惑星〈ジュエル〉では、現在、激しい戦闘が続いている……らしい。

「ようこそ、〈ゴルゴダ13〉へ。うちが、このステーションの管理を任されとりますカニヤッコ・コヨッテ・クレオリンどす。カニヤッコちゃん、とお呼びいただいたらよろしおす。皆さん、どうぞよろしゅう」

カバのようにぶくぶく太った中年女が、贅肉を震わせながら、しなをつくった。規定の軍服ではなく、ニホンの伝統民族服である「ワフク」を着て、髪の毛を山のような奇妙な形に結いあげ、じゃらじゃらした髪飾りをたくさんつけている。派兵担当官のクビレ・ザレ伍長が進みでると、

「カニヤッコ司令官に敬礼」

一同が敬礼すると、

「と、と、とんでもおへん。うちはただの管理人のおばんどす。そんな大仰な挨拶されたらかなわんわあ」

「しかし、司令官は司令官ですから」

「ここは、そんな堅苦しい場所とちがいます。ざっくばらんにいきとおすえ」

「は、はあ……」

「ナマハゲ軍曹はん、亡くならはったんやて？　いっぺんだけお目にかかったことおす。ええおかたどしたのに、おかわいそうになあ」

「いえ、亡くなった、というか、その……」

「ほな、生きてはりますのん？」

「まあ、消息不明ということで。あと、いろいろありまして、無事到着した新兵は当初予定よりかなり少なくなり、十九名になりました。派兵担当官としてまことに心苦しく思っておりますが……」

「十九名どすか……焼け石に水どすなあ」

「え？　今、なんと……」

「な、なんでもおへんえ。ここで、三日ほど〈ジュエル〉に関する知識を得たり、訓練を行ったあと、前線へ降下していただきますよって、それまでのんびり、ゆっ

くり、まったりとお過ごしやす」

「は、はあ……。あのう、こちらにいる兵士の数は何名ほどでしょう」

「ステーションの維持・運営を担当しているものをのぞいた歩兵の数は、百名ほどどす」

「ひゃ、百名ですか……」

「少なおすやろ」

「そうですね……。でも、ほかの教練所や基地から、新兵が続々派遣されてくるという……」

「おへん」

カニヤッコ司令官はきっぱりと言った。

「おへん？」

「エゾゲバロ・ログロ人の宣戦布告以来、どこの前線でも新兵が足らず、ここに送るのもむずかしいそうどす。今、いろいろと掻きあつめてる最中やそうどすけど、むずかしいどすやろなあ」

「では、わが軍はたった百二十名の兵力しかないのでしょうか」

「おほほほほほ。まさか、そんなことあるわけおまへんやろ。たった百二十名では、戦争にならしませんがな」

「そ、そりゃそうですよね。あははははは」

「おほほほほ」

「あははははは」

「おほほほほほ。〈ジュエル〉のふたつの前線基地には、三千二百名と二千百名、あわせて五千三百名の兵がおります。うちらが把握しているエゾゲバロ・ログロ人の兵力はおよそ二千名どすから、うちらのほうが上まわってるゆうことになりますわ」

「それを聞いて安心いたしました」

「そら、よろしおした。ただ……計算ではそうどすんやが……ひとつ問題がおましてなあ」

「どういうことです」

「おほほほほ。ちょっと言いにくいどす」

「あははははは。そうでしょうけど、言ってくださらないと」

「おほほほほほ」

「あははははは」

「実は、どちらの基地とも先日から連絡がまったくつかんのどす。壊滅したんどすかなあ」

「………」

「もし、そうやとしたら、これはえらいことどすえ」

「そ、そうどすな……。上空から基地の様子はわからんのですか」

「〈ジュエル〉は、惑星全土を密林が覆っている星どす。それに、厚い雲がいつもたれ込めていて、上空からの映像ではなにがどうなっているかさっぱりわからんのどす」

「………」

「まあ、今日来た新兵さんたちも、三日ほど滞在してもろて、それから……地獄へ降りていただきますよって、どうぞよろしゅうに」

顔をひきつらせたクビレ・ザレ伍長は半歩しりぞくと、

「わかりました……。では、自分は派兵任務を終えましたので、このへんで地球に帰還させていただきます」

「おや、もうお帰りどすか。――どうどす、ちょっとぶぶ漬けでも」

「せっかくですが遠慮いたします。さきほどの戦闘のことなどを報告しなければなりませんので」

「それは残念どすなあ。忙しいさかいお見送りもでけしませんが、どうぞ、気をつけてお帰りやす」

カニヤッコ司令官はにっこりとほほえんだ。

◇

「私がイエス……イエス・キリストなのだ」

イエスは、特別応接室でカニヤッコ司令官と対面していた。

「カニヤッコどす。高名な預言者にお会いでけてうれしおす」

ふたりは握手をした。イエスの背後にはユダが立ち、カニヤッコの背後には金髪をポニーテールにした、まだ十代前半とおぼしき少女が、〈コーチン銃〉を捧げもった姿勢で立っている。少女はギリシャ彫刻のように整った顔立ちで、右目に眼帯をしているが、それがいささかもマイナスになっていなかった。褐色の軍服に圧迫されて、歳に似あわぬ豊満な乳房が、今にも胸もとから飛びだしそうだ。ユダは、じっとその少女を見つめ、軽くウインクしたが、少女は視線を合わせようとしない。

「これは、私の使徒だったイスカリオテのユダなのだ。昔はあれだけけいいた使徒たちも、蘇生後はただの預言者になってしまった私をあなどって離れていき、今では、仕えてくれるのは彼ひとりなのだ。なかなか腕のたつ男だが、女癖が悪いのが玉に瑕なのだ」

イエスにそんなふうに紹介されても、ユダは顔色ひとつ変えずに会釈した。

「おほほほほ。ほな、うちの貞操も危のおすなあ。――この子は、アンリ・ミルモ。捨て子やったんを、うちがこどもの頃に拾って、育てあげた女兵士どす。どうにも愛想が悪うてな、お客さまに不愉快な思いをさせるかもしれへんけど、この子も腕がたつんで、いつも側に置いとるんどす」

少女は、無表情のまま軍隊式の礼をした。イエスはその少女をちらと見て首をかしげた。

「あなた……どこかでお会いしたことがあるような気がするのだが……」

「私はイエスさまとは初対面です」

「そ、そうなのか。前世で会った……ということもないな」

イエスは、少女の額に蘇生者であることを示すタトゥーがないのを見て、そう言った。

「勘違いらしいのだ。でも、お美しいかたなのだ。どうしてあなたのような若くて、美しいかたが、こんな前線の軍事ステーションに勤務しているのか……」

カニヤッコが答えた。

「宇宙軍は今、とにかく人数がぜんぜん足らんと困っておるんどす。上のほうに、増員を何度もお願いしたんどすけど、なかなかきいてくれんでなあ、今回、〈ジュエル〉の部隊が全滅したと報告したら、急に増員してくれることになったんどすえ。でも……二十人どすか。少なおますなあ」

「宇宙軍の指示で、このステーションの慰問に来たのだが……兵士の総数が百名ちょっとでは、士気昂揚もなにもあったものじゃないのだ」

「それはそれはご苦労さまどす。これだけしかおりまへんけど、どうぞ慰めておくれやす〜」

「承知したのだ。たとえ少人数でも力一杯慰問するのだ。それが父なる神のご意志であれば」

「アーメンどす」

「しかし、前線基地が壊滅するとは、敵がよほど強いということだなあ」

「というわけでもないんどす。問題は〈ジュエル〉の環境どす。うちは降りたことはないんどすけど……とにかく、めっちゃババチイらしいんどす」

「ババチイ……？」

「汚らしい、ゆうことどすわ。気候的には熱帯雨林なんどすけどな、まあ、とんでもないようなところらしおます」

「具体的にはどのような？」

「おほほほほほほ。女の口からそんな言えまっかいな。アホくさ。――それとも、イエスはんは〈ジュエル〉に降りはりますか？」

「めっそうもないのだ。ご遠慮申しあげるのだ」

「そうどすやろなあ。うちもどす。死ぬとわかっててあんなところに行くのはアホどす。おほほほほほほほ」

「でも、〈ジュエル〉は何か戦略的に重要なポジションをしめているのか。〈人類圏〉もエゾゲバロ・ログロ人も妙にこだわっているような気がするのだ。そんなババチイだけの惑星、戦局が不利なら、とっとと撤退すればいいのではないかと思うのだ」

「それがどすなあ……」

カニヤッコは声をひそめると、

「〈ジュエル〉は、戦略的にはまったくとるにたらない星どすが、利権がからんどるらしいんどす」

「利権？　石油かウランか……」

カニヤッコはかぶりを振り、

「うちも、たしかめたわけやおへんえ。けど……どうやら『知恵の実』と『生命の実』があるらしいんどす」

「な、なんだって！」

イエスだけではない。めったに顔つきを崩さないユダでさえ、思わず驚きの表情を浮かべた。「知恵の実」と「生命の実」といえば、聖書『創世記』のエデンの園の中央に生えていたとされる伝説の木の実である。蛇、すなわち悪魔にそそのかされたイヴは「知恵の実」を食べ、性器を隠すことになった。イヴのすすめでアダムもそれを食べ、ふたりは神のまえから隠れた。その行為が神の怒りに触れ、蛇は地上を這ってあるくことを運命づけられ、アダムとイヴは楽園を追いだされた……。

「イエスはん、あんたやったら何か情報あるんやおへんか。なんし、磔になったとき、全人類の罪を背負って、天国の門をあけはったおひとやさかい」

「聞いてないのだ。私が知っているのは、エデンの園、つまり天国は地球上にはない、ということだけなのだ。それは、地獄が地球にないのと同じぐらいたしかなことなのだ」

「でも、天国と地獄は実在するんどすか」

イエスは強くうなずいた。

「どこかにあるはずなのだ。でも……その場所は父なる神のみぞ知ることなのだ。我々、下っ端の預言者のあずかりしらぬことなのだ」

「天国の門をあけたときに、場所ぐらい確認しときはったらよかったのに」

「私は磔になったあとは、神のマジック・ショーの手伝いをしていただけで、そういったことは何も知らないのだ。全人類の罪なんか背負ったりしてないのだ。これはマジなのだ」

「そうやったんどすか」

「で、なんで『知恵の実』と『生命の実』がユガミニクラスの第二惑星にあるとわかったのだ？」

「最初にここに赴任してきはった将軍はんが、〈人類圏〉の偉いさんと通信してはるのを、傍受したんどす」

「傍受って……犯罪行為ではないのか」

「たまたまどす。偶然どす。うっかりしてたんどす」

「〈人類圏〉の亜空間通信なんか、二重三重にロックがかかってるから、うっかり傍受できるようなものではないのだ。通信装置は、そういうものばかり扱ってるいかがわしいショップでキットを買ってきて、自分で組みたてないといけないのだが、その際にはよほどの知識が必要なのだ。もしかしたら司令官は……」

「おほほほほほ。盗聴マニアどす」

「やっぱりなのだ」

「銀河系を飛びかっている亜空間通信で、このステーションで傍受でけへんもんはおまへんえ。あとで、装置を見せたげますけど……とにかくその通信によると、〈ジュエル〉は実はエデンの園で、そこにある『実』を採取することが〈ジュエル〉駐留部隊の目的だ、と言うてはってなあ、うちも耳を疑いましたえ」

「それなら、宇宙軍の兵力を全部ここに注ぎこむぐらいの気合いをいれてもいいはずなのだ」

「うちが個人的に調べたところでは、今、銀河系に、エデンの園の可能性がある場所は十カ所以上あるらしいんどす。〈ジュエル〉はそのうちのひとつにすぎない、ということと、あとは、星間戦争の範囲が宇宙中に広がってしまっているので、ここだけに兵力をさけん、ゆうことどすなあ」

「でも、もし、〈ジュエル〉が本物のエデンだったら……我々が『知恵の実』と『生命の実』を手に入れることができたら……これはすごいことになるのだ。人類の知能は桁違いにあがり、しかも、不死になるのだ。人類の夢が叶う日が来るのだ」

「ほんまもんどしたらな。――けどその将軍はんは、ここが真のエデンである可能性は三パーセント以下、ゆうてましたで」

カニヤッコが釘を刺すように言った。

「はじめは、三万人ぐらいの部隊が駐留して、『実』を探してましたわ。もちろん、うちらにはなんにも言うてくれしまへん。任務の内容は極秘ゆうことになってましたからなあ。でも、実際には天国どころか地獄みたいな場所どすやろ？　まるで見つかれへん。――宣戦布告のまえに、エゾゲバロ・ログロ人がやってきたんどす。あいつらは第三惑星と第四惑星のあいだにステーションを設けてまして、どんどん兵士を送りこんできて……あっというまにここは前線になってしもうたんどす。ただ、直接の戦闘があったかどうかはわからしません」

「なるほど。どうして〈人類圏〉があんな惑星にこだわるのかがわかってきたのだ」

イエスはうなずいたが、今まで黙って聞いていたユダが口を挟んだ。

「〈人類圏〉が〈ジュエル〉にこだわる理由はわかりましたが、エゾゲバロ・ログロ人側の理由は何なんでしょうか」

カニヤッコの後ろに立っているポニーテールの少女が答えた。

「まるでわからないのです。突然やってきて……駐留をはじめました。〈ジュエル〉の気候は、人類よりは彼らに向いているようですが、大型の捕食獣も多くて、居心地がよいとはとてもいえないはずですし、そもそも彼らにはエデンの園も『知恵の実』も『生命の実』も関係ないはず。どうして彼らがあそこに執着しているのかはまるで不明です」

「今のお話は、歩兵たちには内密にお願いしますえ」

「もちろんなのだ。あいつらがそんなことを知ったら、『実』を見つけたときに勝手に食べてしまうのだ」

ノックの音がして、ステーションのスタッフがひとり入ってきた。

「なんどす？　今、お客さまと大事なお話をしていたところどすえ。あとにおし」

「申しわけありません。緊急を要する内容と考えられましたので……」

カニヤッコは少し首をかしげ、

「よろしおす。言うてみなはれ」

スタッフは、ちら、とイエスとユダを見た。ユダが、そう言いかけると、

「では、私たちは席を外して……」

「かましまへん。おっとくなはれ。——さ、言いなはれ」

「ただいま、新兵が乗船してきたジャン・ゴーレの船長から、報告がありました。船内で死亡した兵士の死亡原因を調査すると、他殺と判断される十四名のうち、五名について、殺害犯人が不明との結論に達したそうであります」

「不明、というとどういうことどす？」

「はい。十四名のうち、九名はナマハゲ軍曹が殺害しました。軍曹は、自ら船外に脱出したため、確認されていませんが、その後の消息は不明です。残りの五名ですが……全員、ジェリーのなかにいるときに無抵抗の状態で、鈍器で後頭部を強く殴られ、そのうえで全身を刃物状のもので切りきざまれて死亡しておりまして……。そして、

全員、背中もしくは腹部に、えーと……」

「なんどす、はっきり言いなはれ」

「口にするのもはばかられるような、瀆神的な文言を刻みつけられておりました」

「瀆神者か……やっかいだな」

ユダがそうつぶやいた。

「ナ、ナマハゲのやつなのだ。やつは、私を仇と思って狙っていた。あいつがやったにちがいないのだ」

イエスが青ざめた顔で言った。

「イエスさまを仇やなんて、とんでもない罰当たりどすなあ」

「ほんのささいなことを逆恨みしよったのだ。私は悪くないのだ」

「ところが、五人の死亡推定時刻は、ナマハゲ軍曹が船外に逃亡したあとなのだそうです。ということはつまり……」

「つまり……？」

「ジャン・ゴーレの乗組員および兵士たちのなかに、五人を殺害した犯人がいる、ということになります。以上、報告終わり」

そのスタッフはそれだけ言うと、さっさと出ていった。

しばし沈黙が応接室に訪れた。やがて、イエスが口を開き、

「では、そろそろ慰問をはじめたいので、兵士を全員集めてほしいのだ。とっとと終わらせて、地球に帰らせていただきますのだ」

イエスは立ちあがった。カーヤッコがドアをあけ、皆は応接室を出た。廊下で、ユダがポニーテールの少女のすぐ後ろから身体を密着させるようにしてささやいた。

「きみ、名前、なんていうんだい」

「アンリ・ミルモ。司令官がおっしゃったこと、聞いしなかったの？」

「私が聞きたいのは本名のほうだよ」

少女は応えない。

「そう、つんけんしなくてもいいだろう。同じ蘇生者同士、仲よくしたいだけなんだ」

少女の能面のような表情が崩れた。

「どうして……私が蘇生者だと……」

「額にタトゥーがなかったらわからないとでも思っていたのかな？　どうやってタトゥーを消したのか知らないが、きみの態度からは蘇生者の気配がむんむん伝わってくるよ。あのでぶの司令官が育ての親なんだろ。あいつはそのことを知ってるのかい？」

　少女はそっとかぶりを振った。

「ほほう、自分だけの秘密というわけか。どうしてそんなことを」

「自分が誰なのか、知られたくないのよ」

「ほほう、よほどお偉いかたなんだね。歴史的重要度もトップクラスというわけか。そうなるとますます、仲よくしたくなった。いったいきみは誰なんだい？」

「言いたくないわ」

「隠すなよ。きみと私の仲じゃないか」

「さっき会ったばかりでしょ」

　ユダは、誰にもわからないように、背後から少女の乳房に手をまわした。瞬間、少女は肘でユダの鳩尾（みぞおち）を強打した。武芸に自信のあるユダだったが、身体をわざと密着させていたこともあって、その一撃をかわすことはできなかった。まともに入り、うう……と呻くユダを無視して、少女はすたすたと去っていった。

◇

〈ゴルゴダ13〉にいる全兵士を集合させても、大ホールの二十分の一ほどしか埋めることはできなかったが、とりあえず「神の子イエス・キリストによるスーパー・マジック・ショー」は開催された。あいかわらずのド派手な衣装、ド派手な演出にお寒い内容で、パンや干物を増やす手品や胴切りの手品など、ピンクがまえに見たときとまったくかわりばえしなかった。アシスタントのユダのイケメンぶりが見られるのが唯一の救いだ。

「これで、私のショーは終わりなのだが……最後に諸君に申しあげておきたいことがあるのだ。それは、父であり、全知全能のおかた、神のことなのだ。父と子と聖霊の御名によりて……」

　そう言って、イエスが両手をあわせると、

「アーメン」

　全兵士が声をそろえた。

「神の子たるイエス・キリストが皆に告げる。父なる神は、天と地をつくり、地を這う獣と空を飛ぶ鳥と水に棲む魚をつくり、最後にヒトをつくった。ヒトは、神の最終創造物である。生まれながらに神のしもべたる我々は、決して神を裏切ったり、刃向かったり、疑ったりしてはいけない。――おお、神よ、我々はあなたに無償の愛を捧げます。無償の忠誠を誓います」

「おお、神よ、我々はあなたに無償の愛を捧げます。無償の忠誠を誓います」

「神こそすべて。神こそすべて。神こそすべて」

「神こそすべて。神こそすべて。神こそすべて」

「汝は神のために今すぐ全てを捨てられるか」

「捨てられます、捨てられます！」

「汝は神のために今すぐビルの窓から飛びおりることができるか」

「飛びます、飛びます！」

「汝は神のために今すぐ死ねるかっ」

「死ねます、死ねます！」

「死ねるかあああっ」

「死ねます死ねます死ねます死ねます死ねます！」

ホール内は熱狂に包まれた。兵士たちは拳を突きあげ、叫び、わめき、汗を流し、わけのわからない踊りを踊りだした。ピンクはあっけにとられたが、次第にその渦に巻きこまれ、いつのまにか拳を突きあげていた。

「ゴッド・イズ・ナンバー・ワン！　ゴッド・イズ・ノンバー・ワン！」

なんでもよかったんだ、とピンクは思った。つまらないアイドル歌手のコンサートでも、政治家の演説でも、イエス・キリストの宗教的マジック・ショーでも……このステーションにじっと垂れこめて、前線へ降りる指令を待っている兵士たちは、とにかくなんでもいいから熱狂するきっかけが欲しかっただけなのだ。そのことを宇宙軍はよく知っており、イエスを使って、その気持ちを神への信仰心に一本化し、「死」へ向かわせようとしているのだ。

「ありがとう、ありがとう……サンキュー、メルシ・ボクー、謝々(シェイシェイ)、アリガトゴザマシタ。皆の気持ちは、このイエス、よーくわかったのだ。諸君の強い信仰心についてはただちに神さまにお伝えいたしますのだ。神のために死ぬ。その気持ちがなにより大事なのだ。皆はかならずやエゾゲバロ・ログロ人に勝利するだろう。なぜなら、我々の側には神がいて、向こうにはいないからなのだ。——この私、神の子たるイエス・キリストも、皆の勝利を祈念しておりますのだ。では……いつかまた会う日まで、さらば」

イエスはそう言うと、颯爽と舞台から去った。

第五章　宝石泥棒

アリの群れが地を這っている。

這っている。

彼らに、行進のはっきりとした目的があるはずはなかった。盲目的な、ほとんどおろかしいほどの熱情につき動かされ、やみくもに前進をつづけているだけなのだ。

この地から、あの地へ。

ただ、ひたすらに……

ふいに、アリたちのうえを赤い閃光がはしった。

トカゲだ。

トカゲがそのチロチロと伸縮する舌で、アリたちを食べているのだ。

トカゲは、覇者のおちつきを見せていた。石のうえにすわったまま、身じろぎひとつしない。貪欲に、しかし確実に、アリたちをたいらげているのだった。

トカゲが舌をのばすつかの間、アリたちは隊伍をくずしはするものの、そのあとは何事もなかったようになお前進をつづけている。

静かだ。

アリとトカゲの頭上を、緑の天蓋がおおっていた。彼らを包む大気は熱く、ねっとりと淀み――そして、暗かった。

五十メートル以上に達する巨木が厚く重なり、視界をびっしりと閉ざしていた。熱帯降雨林に特有の、茎太の蔓性植物がいたる所にぶらさがっている。おびただしい数の灌木が、あるいは着生植物が、段をなして幅広の葉をひろげていた。

地上に、草木の茂みはほとんどない。緑の苔が一面をおおっているだけだった。

革をたたくような音が密林にひびき、太いつたがバサリと落ちた。

――山田正紀『宝石泥棒』より

1

「ああ、死にたくねーっ」

ひとりの兵士が簡易ベッドに仰向けに寝転がり、脚をばたばたさせながら叫んだ。

「もっとうまいもの食いたかった。茹でたてアルデンテのペペロンチーノ！　熱々の大盛りカツ丼！　血の滴るステーキのフォアグラ載せ！　湯気のあがる山盛りの点心！　胃が悪くなるほど飽食してーっ」

「あたし、一度でいいからウンコって食べてみたかった」

「今からでも食えるぜ」

「俺は、もっと酒を飲みたかった。どうせ死ぬなら、地球の三つ星レストランの倉庫に押し入って、片っ端から年代物のワインを飲みまくってやればよかった。ああ、俺はボルドーの六一年の味も知らずに死んでいくのかあっ」

「あたし、一度でいいからオシッコって飲んでみたかった」

「今からでも飲めるぜ」

「おいら、もっとオマンコしたかったよ。試していない体位がまだまだいっぱいあるのに。それに、アナルも尿道オナニーも未経験なんだ。アナル童貞のまま死ぬのは嫌だっ！」

「あたし、一度でいいから、えーと……えーと……」

「うるさい、おまえは黙ってろ。ぼくはもっと本を読みたかった。いつか読めるだろうと思って、『カラマーゾフの兄弟』も『オデュッセイア』も『月と六ペンス』も『長距離ランナーの孤独』も『源氏物語』も『アルジャーノンに花束を』も読んだことないんだ。『オリエント急行の殺人』の犯人を知らないまま死ぬのは耐えられないっ」

惑星〈ジュエル〉への降下を明日に控えた夜、〈ゴルゴダ13〉の宿泊所は兵士たちの悲痛な声に満ちていた。

「あのなあ、前線に行ったからって、かならず死ぬとは決まってないいんだぜ。エゾゲバロ・ログロ人をやっつけて、生きてもどれる可能性だってある。そうなりゃ、俺たちは英雄だぜ」

「おまえ、ほんとにそんなこと思ってるのか」

「あ、ああ、そうとも。俺はいつもポジティヴ・シンキングなんだ」

「前線基地とはふたつともまるで連絡がとれねえんだと。全員絶望だろうな」

「というか、〈ジュエル〉に降りて、無事に戻ってきたやつはひとりもいないとよ」

「マジ？」

「おい、そんなことよりも、変な噂を聞いた。〈ジュエル〉は、エデンの園だっていうんだ」

「何言ってんの。エデンの園って天国のことだろ」

「じゃあ、〈ジュエル〉は地獄どころか楽園ってことじゃないか」

「全員死んじまうような楽園なんてあるかよ」

「待て。もしかしたら、あまりに居心地がいいんで、還ってこないのかもしれんぞ。――おまえ、その噂、どこで聞いたんだ」

「司令官とイエスさまが話してるのを立ち聞きしたんだ。エデンの園とか『知恵の実』がどうとか言ってたな。〈人類圏〉が〈ジュエル〉にこだわっているのは、その実をゲットするためだとか……」

「ふーん、まんざらガセじゃないかもしれんな。あんなちっぽけな星にどういう戦略的な価値があるのかと思ってたんだが」

「可能性はあるな。だとすると、意外や意外、酒池肉林のウハウハ生活が待ってるわけだ」

「でも、ナメクジ野郎がいることはまちがいないだろ」

一同のうえに、ふたたび陰鬱な空気がのしかかった。

◇

前線に配属されることになった百二十名の兵士が、〈ダビデ〉と呼ばれる人員運搬用宇宙艇六機に分乗して、宇宙ステーションを出発したのは、ちょうどピンクが発現している時間帯だった。カニヤッコ司令官とアンリ・ミルモ、イエス・キリスト、イスカリオテのユダの四人が、ポートのところで見送っている。


百二十名は六十名ずつふたつの部隊にわけられる。部隊の隊長となるエラモンド・マーパン軍曹とツンブク・イカ軍曹が進みでた。マーパン軍曹は、頭をつるつるに剃りあげた、背の高いたたき上げの軍人で、夜間でも肉眼視できる赤外線仕様の特殊レンズを入れているため、目はまん丸だ。口は常にへの字に結んでいるが、唇がないために、一本の筋である。歯は前歯、犬歯、臼歯の別がなく、ノコギリの刃のようにギザギザだ。全体の印象は、「魚」である。もうひとりのイカ軍曹は、頭頂にぶよぶよした赤い鶏冠(とさか)を移植しており、目は細く、口のかわりに鋭いクチバシがある。いつも口の端から長い舌をだらりと垂らしている。全体の印象は「鳥」だ。ふたりは、それぞれの基地の司令官の指揮下に入るわけだが、基地が完全に壊滅していた場合は、彼ら自身が司令官を兼ねねばならないから、責任は重大である。

「我々、〈人類圏〉宇宙軍の精鋭百二十名、ただいまより惑星〈ジュエル〉の基地へ向かいます」

「ご苦労さまどす」

「かならず任務を果たしてまいります。全員、カニヤッコ司令官殿に敬礼」

「敬礼！」

「ほな、気ぃつけていってておいでやす。皆さんには神さまがついておいでですさかい、負けるわけおまへん。しっかり働いてきとくなはれ。アーメン」

「では、行ってまいります。天に栄光、地に平和」

「天に栄光、地に平和」

「天のいと高きところにホザンナ」

「ホザンナ」

「〈人類圏〉バンザーイ！　バンザーイ！」

「バンザーイ！　バンザーイ！　バンザーイ！」

出征兵士たちは万歳の声とともに〈ダビデ〉に乗りこんでいった。カニヤッコはにやにや笑いながら、彼らの背中を見送っていたが、ステーションに残るスタッフ以外はひとり残らず搭乗を終わったのを確認すると、

「知恵ないなあ……。アホは皆、こうして死ぬんどす」

そうつぶやき、扉を閉めた。がらんとしたステーションのなかで、カニヤッコはアンリ・ミルモに言った。

「兵隊が多いとかなわんわ。いろいろ世話せなあかんし、窮屈やし……。これでやっと空いた」

「死ぬのがわかっているのに、どうして送りだすんですか」

「それがうちらの仕事どすからなあ。それでお給金もろとるんやからしかたがないえ。それに、これは神さまのご意志どすさかいな」

「ほんとにそうなんでしょうか」

「へ？」

「神は……ヤーウェはほんとうにこんなことを望んでおられるのでしょうか。神さまが、人間の死を容認するというのはおかしいと思いませんか」

「そやねえ……おかしいとは決して思わしまへん。神さまゆうのは、昔から非情で冷酷なもんどすがな。ノアの洪水のときも、バベルの塔のときも、モーゼの出エジプトのときも、神さまはおおぜいの人間を殺すことをなんとも思うてしまへんやろ。今の宇宙戦争でもそうどすわ。人間がなんぼ死のうが、神さまはご自分の目的を果たすためやったら、全然ためらいはりまへんわ」

「神さまの目的って、何なんでしょう」

「さあ、そこまではうちらにはわからしまへん。そもそも、神さまのことを人間ごときが理解しようとするやなんて、おこがましいことやおへんか。きっと、神さまは百年先、二百年先、千年先のことを見越して、いろいろしてはるんやろなあ」

「………」

「あんた、神さまのなさりようが気に入らんのか？」

「とんでもありません。ただ……ちょっと意図がわからないだけです」

「そんなこと言うんやったら、あんたはなんで、このステーションにいてるんどす？　あんたは宇宙軍の一員やし、それってつまりは〈人類圏〉の、ひいては神さまのご意志を実現するために働いてるゆうことどすえ」

「私は、司令官殿に拾っていただいた恩がありますから」

「おほほほほ。そんな恩、とうに返してもろてるえ。もう、あんたは自由の身や。どこへ行ってもかまへん」

「ここにいてはいけませんか」

「何言うてるのん。あんたさえよかったら、いつまでおったかてええんや」

「ありがとうございます。――あの、司令官殿、〈ジュエル〉はほんとうにエデンの園なんでしょうか」

「知らん。うちは行ったことないさかいな。行きたいとも思わへん。けど、あそこに降りていった兵隊さんはみーんな死んでしもとることはまちがいおへん」

「それも、神さまのご意志なんでしょうね……」

アンリ・ミルモは眉根を寄せて考えこんだ。

「ほんまにあんたは変わった子やなあ。うちは好きやけど」

カニヤッコは、そう言ってほほえんだ。

◇

ピンクは、船底にある大部屋の片隅に座った。お互いの顔もわからないほど暗く、天井から、ゴミをいっぱいくっつけた蜘蛛の巣の残骸が何十本もへちまのようにぶら下がっている。となりにジャンヌが来て、ピンクに寄りそった。

「ねーさん、これからどーなるんすか」

「そうね……わかんないけど……」

宇宙軍入隊以来、逃げる機会をずっとうかがっていたピンクではあったが、地球にいるときならともかく、こんな辺境まで来てしまっては、もう不可能だ。なりゆきに任せながらなんとか生き延びることだ。そのためには、どんな手段を使ってでも……。

「さっき誰かが言ってたことってどう思います？　ほら、〈ジュエル〉が楽園だ、みたいな話……」

「期待はしないほうがいいよ。だって、きのう、〈ジュエル〉の環境について、いろいろ習ったでしょ？」

「ああ、熱帯雨林なんですよね」

「大気は呼吸可能みたいだけど、とうてい住みやすい場所じゃないと思う。変な怪獣みたいなやつがいっぱい棲んでるらしいし、そのうえ敵兵もいっぱいいるわけだから、楽園というには相当きっついいんじゃない？」

「なーんだ、がっかりっす」

言いながら、ジャンヌはピンクの股間に指を這わせてきた。

「久しぶりにどうっすか、一発」

「そうね」

ピンクのペニスはそれだけでむくむくと屹立（きつりつ）した。ジャンヌが、ピンクのズボンのジッパーをおろすと、大きくなったものが、びっくり箱のようにビヨンと伸びあがった。男の身体というのもいいものだ。ジャンヌはすぐにペニスに吸いついてきた。おちょぼ口にして、亀頭の先端をちゅっちゅっと刺激する。

「ああ……いいっ」

「ねーさんも……お願い……」

ジャンヌがズボンを自分で脱ぎ、脚を開いて、股間をピンクの口に押しつけてきた。すでにその部分はうるおっていて、ぷーん、と動物的な匂いが香った。ピンクは舌を筒のように丸め、液をなめとった。

「ああ……ねーさんとこうしているのが一番幸せっす……ああああ……」

「私も……ああ……」

しばらく、じゅっ、じゅっと汁をすするような音が暗闇のなかに響いた。もちろん、こうした行為をしているのはこのふたりだけではない。前線に着いたら、こんな呑気なことはもうできないかもしれない。いや、それどころか、到着後、すぐに死んでしまうかもしれないのだ。皆、寸暇を惜しんで、最後の逢瀬を楽しんでいる。

「ねえ、ねーさん……あたし、おとといあのユダってひとにナンパされました」

「へー、あいつ、目が高いね。で、どうしたの？　やったの？」

「断りました。あたしはねーさん一筋っすから」

「それはうれしいけど……遠慮することないのに。あいつ、けっこうイケメンでしょ」

「あたし、顔はどーでもいいんす。あいつ、めっちゃ嫌なやつっすよ。男前なのを自分でちゃんとわかってて、女性をくどくとき、自信満々なんす。女を、性欲を処理するための道具ぐらいにしか思ってないんすね。あーゆーやつはろくな死に方しないっす」

「あははは。そこまで言わなくても」

「ほかの女性兵士も軒並み声をかけられたみたいっすよ。オテモヤンは、やったって言ってましたし。すんげーテクニックでひいひいいわされたけど、終わったら、急にものすごくぶっきらぼうになって、早く出ていけ、みたいな態度になったらしいっす」

「手が早いのね」

「今はあいつに夢中みたいっすよ。ほら……カニヤッュ司令官のおつきの……」

「ああ、アンリ・ミルモ」

「でも、向こうはまるで相手にしてないみたいっす。さまーみろっす」

「さあ、おしりをこっちに向けて」

「ああん、アナルは……ああ、きついっす……」

「だいじょぶ。力を抜いて……そう……そうよ」

「ああ……いいっすう……ねーさん、いいっすう……あたし、身体、とろとろっす……」

2

六機の〈ダビデ〉のうち、三機は〈ドエヤン〉基地に、残り三機は〈ベカロヤン〉基地に向かう。ピンクたちは、

〈ベカロヤン〉基地に配属になった。とはいっても、基地とはまったく連絡がつかないので、どのような状況なのかはわからない。上空からは、背が高く、葉幅の広い樹木の森のなかに、白い〈ベカロヤン〉基地の屋根の一部がかいま見えるだけで、兵士たちが残っているのかどうかまでは不明である。〈ダビデ〉の後方には、武器・弾薬・物資を輸送する〈ゴリアテ〉が従っている。大量の兵器を積んではいるが、

（あんなもの、使えるわけないじゃん）

ピンクはそう思った。なにしろ、訓練らしい訓練はなにも受けていないのだ。

敵からの攻撃もなく、三機の宇宙艇はしずしずと基地の近くにある広場に着陸した。一応、宇宙艇の発着用に造成されたポートのはずだが、着地した瞬間、機体の下部がずぶずぶと地面にめり込んでしまった。よほど土壌が柔らかいようだ。ピンクたちが乗っている三機目は、機首を地面に突っこんでしまい、どうやっても抜けない。乗降ハッチからは出られず、ピンクたちは、〈ダビデ〉の後部にある荷物の積みおろし用ハッチから脱出した。

大気の組成は地球のものとさほどかわらず、毒性のある気体もごくわずかで、マスクをつける必要はない。未知の危険なウイルスが浮遊しているという報告も、今のところはない。しかし、似ているといっても、地球とはまるでちがう。まず、地球の熱帯雨林に比べても異常に暑い。何度あるか知らないが、よほど気温が高いのだろう。汗がとまらず、ひっきりなしに目をぬぐわねばならない。空気は、手で摑んでしぼることができそうなほど水気を含んでおり、肌がべとべとで気持ちが悪い。まだ、到着して数分しかたっていないのに、もうピンクはいたたまれない気分になっていた。第一印象は最悪である。

「先っちょがゆがんじまってる。これじゃあ、もう飛べんなあ」

兵士のひとりが、鼻面で地面を掘っているモグラみたいな宇宙艇を見あげて、そうつぶやいた。ピンクには、その言葉が、全員この星に骨を埋めることになる、という予言のように聞こえた。

つづいて、泥土を掘削機のように大量に飛散させながら、巨大な〈ゴリアテ〉が着陸した。その途端、ぐちゃ

っ、という音がして、輸送専用機は三十度ほど傾斜した。

「うわっ、潰れた」

誰かが叫んだ。重すぎて、脚が機体を支えきれず、八本のうち五本がねじ曲がってしまったうえ、シャッターが岩に押しつけられてぐちゃぐちゃになり、開かなくなってしまったのだ。

ピンクは、そこから百メートルほどの場所にそびえる〈ベカロヤン〉基地に目をやった。馬鹿でかいオムライスのような外観をしたドームは、外から見ただけでは、壁に傷ひとつなく、なんの問題もなさそうだった。ただ……出迎えもなにもない。

周囲を見渡したピンクは、この広場の東西南北がすべてジャングルであることに気づいた。おそらく、この星全土がひとつの大きなジャングルなのだ。ときどき、

キギャオイオー
オイオー
キギャオイオー

という、鳥か獣かわからない咆哮が聞こえてくる。

（楽園、か……）

ピンクは、あの噂がガセであったことを確信した。エラモンド・マーパン軍曹のほうを見ると、彼はひそかにため息をついていた。ピンクと目があった軍曹は、二、三度咳払いをすると、六十名の兵士を広場に整列させた。

「みんな、聞いてくれ。ぼくたちマーパン隊六十名は、今日からこの星で苦楽をともにすることになる戦友だ。苦しいことも楽しいこともわかちあい、たすけあい、はげましあって、任務を完遂しよう。ぼくたちの任務は、この星に巣食うエゾゲバロ・ログロ人を一掃することなんだ。〈ベカロヤン〉基地がどのような状態かはわからない。今から検分に行くけど、その結果がどうあれ、とにかくぼくらは一丸となって事態打開に邁進するんだ。ぼくたちには神の加護がある。ナメクジどもに負ける心配はないさ」

皆は手分けして、〈ゴリアテ〉のシャッターをこじあけ、なかから武器や食料などを運びだした。ピンクも、自分に与えられた物資を担いで、隊列を崩さぬようにし

て前進する。足先がぬかるんだ土に微妙にめり込むので、歩きにくい。下半身にいらぬ力が入るので、すぐに疲れてしまうのだ。

ジャングルに入ると、大気のなかの水分の濃度が急にあがったような気がした。ほとんど水中を泳いでいるみたいだ。皮膚病にかかったような、汚らしい樹皮の巨木が、もつれあうようにして生えている。枝からは、蛇のような蔓が無数に垂れさがり、その先端には目と口吻がついていて、数本の脚もあり、もぞもぞ蠢いている。まるで蜘蛛みたいだが、これが寄生生物なのか、それとも植物の運動器官なのかはわからない。木の幹にはときどき、二、三十センチ四方の、スライムのような平べったいゲル状生物がへばりついており、これに触ると、指にきゅっと巻きついてきて、血を吸おうとする。胴体は十センチほどだが、首が一メートルぐらい伸びるカメみたいな生物もあちこちにいた。だいたい二十四ぐらいの群れをつくっているが、いつも互いに共食いをしており、五体満足な個体は一度も見かけなかった。空を飛ぶ生物も多く、猿やムササビのように木から木へと長距離を跳躍したり、滑空したりしているものもいるし、鳥や昆虫のように羽根をもっているものもいる。地球のタコそっくりの、黄白色の生物が、ゆらゆらと宙を漂いながら、小動物を数メートルある触手でからめとっているのも目撃した。

「気をつけろ。何がいるかわからんぞ。前方だけじゃない。左右や後ろにも注意して……」

大柄な兵士が油断なく銃を構えながらそう言いかけたとき、ざあああっという音がして、頭上から何かが大量に降ってきた。

「驟雨だ」

「風流じゃねえか」

赤い雨。雹のように身体に当たる。ピンクは腕や顔についたその赤い液体を払いおとそうとした。雨粒が、ぴくっ、と震えた。ピンクは直径二ミリほどの赤い雨粒を凝視した。数本の肢が生え、もぞもぞと蠢いている。

「ひっ……！」

全身、鳥肌がたった。それは、微細なダニのような生物だった。何万何十万何百万というその赤い虫が、まるでスコールのように木の上からなだれおちてきたのだ。鼻の穴や耳、口から入りこもうとする虫を指先でおし潰し、肌にひっついたやつを払いのけ、頭髪のなかに潜りこんだやつを、髪の毛をしごくようにして除去する。害があるのかないのかよくわからないが、とにかく気持ちわるい。口に入ったやつを、ぺっ、ぺっと地面に吐きだすと、唾液の泡のなかに数匹の虫がもがいている。

（前後左右だけじゃだめ。うえも気をつけなきゃ……）

ピンクがそう思ったとき、

「ねーさん！」

ジャンヌが悲鳴をあげて、ピンクのほうに駆けてきた。

「どうしたの」

「こ、これ、とってください！」

見ると、首筋に、表面のぬるぬるした小さなヒトデのようなものが三匹、くっついている。

「痛いんす！　は、はやくとってください！」

ピンクはあわてて、素手で引きはがそうとしたが、がっしりと皮膚に食いこんでおり、まるで動かない。

「痛い……痛い痛い痛い」

首の血管に吻を突きさして、血を吸っているようだ。ヒトデはみるみる赤黒く膨れていき、ジャンヌの首は青くなっていく。

「こいつ、ピラニアヒトデだ。きのうのレクチャーで言ってたやつだな」

ひとりの兵士が駆けつけてきて、そう言った。ピンクは思いだした。〈ジュエル〉の森林ではごくふつうに見かける生物で、これに襲われたら、大型爬虫類もあっというまに失血死するという。

「どうやったら退治できるんでしたっけ」

「さあ……あんまりちゃんと聞いてなかったからなあ。忘れた」

ピンクも、同様だった。こんなに早く実物にお目にかかるとは思ってもいなかったのだ。とりあえずふたりがかりで引っぱっても、びくともしない。思いあまって、ピンクが一匹にナイフを突きたてると、ぶちゅーっと血が盛大に噴きだしたものの、剝がれることはない。ジャンヌは顔まで蒼白になっていき、その場にしゃがみこんでしまった。よほど大量に吸血されているのだろう。

（このままじゃ死んじゃう……）

ピンクは無線機で、列のいちばんまえにいるはずのマーパン隊長を呼びだした。

「馬鹿だなあ。ちゃんと講義を聴いていないからそういうことになるんだよ」

「叱責はあとでゆっくりちょうだいします。どうやれば助かるんですか」

「忘れたかい。アンモニアだ。大量のアンモニア水をかけるんだ。用意がない場合はおしっこだ」

そうだった……！　ピンクはズボンをおろし、地面のうえでもがいているジャンヌにペニスを向け、放尿をはじめた。生あたたかい液体がジャンヌの首筋に命中した。もうひとりの兵士も、ピンクにならった。三匹のピラニアヒトデは、びくびくっと大きく震えたかと思うと、たちまちジャンヌの首から離れ、空中をよたよたと浮遊しながら逃げだした。髪の毛から衣服から何もかも小便まみれのジャンヌを、ピンクは抱きおこした。ジャングル特有の青臭い匂いとアンモニア臭があいまった、つんとした臭気が鼻をついたが、自分のものだからと我慢した。

首筋の血管のうえが三カ所、ぷっくりと腫れ、青痣（あおあざ）のようになっている。ピンクが揺りうごかすと、ジャンヌはうっすら目をあけ、

「ねーさん……あたし、生きてるみたいっす……」

「基地までおんぶしていってあげる。だから、しっかりして」

ピンクは、背嚢を胸側にまわして、ジャンヌを背負い、歩きだした。目のまえを、三匹のピラニアヒトデがのろのろ飛んでいる。一匹は、ピンクがナイフを刺したやつなのでぺったんこだが、あとの二匹は豚まんのように膨れている。三匹のヒトデがかたわらにあった木のウロに入っていったので、ひょいとのぞくと、赤く光る三つの目と視線があった。背丈七十センチぐらいの、猿に似た毛むくじゃらの生物が二本脚で立っているようだ。

（チミドロザルだ……）

レクチャーで教わった、この星の吸血生物のひとつだ。チミドロザルは、ギッと叫びながらピンクを憎々しげににらみつけると、三匹のピラニアヒトデを四本の腕で抱きかかえて、そのうちの一匹に口をつけ、ちゅうちゅう

と血を吸いはじめた。チミドロザルは、ピラニアヒトデを鵜飼いのように飼いならし、いろいろな生物から血を集めさせているのだ。腹に弾薬をぶちこんでやろうかと思ったが、今はそんなことをしている場合ではないと思いなおし、先を急いだ。

『知恵の実』も『生命の実』もないみたいだな」

「あるわけないだろ。ここはエデンの園なんかじゃねえ。やっぱり地獄だ」

「地獄にしては、矢印みたいな尻尾の生えた黒い悪魔野郎がいないぞ」

「それは虫歯菌だろう。悪魔はそんな格好じゃねえよ。コウモリみてえな羽根が生えててよ……」

すぐ前を歩くふたりの兵士が、そんなことを言いあっている。

「それに、血の池も針の山もないじゃないか」

「ばーか、それは仏教の地獄だろうが。キリスト教の地獄はな……うぎゃあああっ！」

片方の兵士が絶叫した。木のうえから黄褐色の座布団のようなものが落ちてきて、その兵士の頭部を包みこんでしまったのだ。

「ひいいいっ……痛い……痛い痛い助けてくれえっ」

兵士はあたりを走りまわりながら、必死になってそれをむしりとろうとしているが、座布団のようなものは、キュキュキュキューーッ、という音を出しながらしぼんでいく。座布団が、兵士の顔とほぼ同じ大きさにまで縮み、そのうえから顔面の凹凸まではっきりわかるようになった直後、ばきっ、めきっ……という嫌な音がした。そして、座布団は直径二十センチほどの球になってしまった。兵士は仰向けにずどんと倒れ、動かなくなった。

（クビカジリ、だっけ……）

これも講義のときに教わった生物だ。捕らえた相手の頭部を、押しつぶして小さくすることだけが目的らしい。胴体は捨ててしまうが、それはそれで、ゴミアツメやゾウモツクイの餌となる。

仲間がひとり減ってしまった。この星に来て最初の犠牲者だ。ピンクは心のなかで十字を切ると、兵士の胴からはなれて土のうえをもぞもぞ動いているクビカジリをつま先で蹴とばした。

「ひいいっ」

背中のジャンヌが、急に短い悲鳴をあげた。

「ど、どうしたの？」

「何かに……右目を刺されたっす」

「目を……？」

地面におろして顔を調べてみたが、眼球にはべつだん異常はなさそうだ。

「どんなやつだった？」

「わからないいっす。小さな……緑色の蝶々みたいな虫だったかも」

ピンクは周囲を見渡したが、そのような虫は飛んでいなかった。

「そんなやつ聞いてないよね」

この星の生態系に関する講義の際、とくに危険と思われる生物十数種について、講師ロボットから簡単な説明は受けたが、

「〈ジュエル〉の森に棲息する生物のうち、人間にとって危険なものは、今わかっているだけで百五十種類あります。皆さん、じゅうぶん気をつけてください」

とのことだったので、ピンクたちが知らない「ヤバい生物」はたくさんいると思われた。

「蚊みたいなもんかな。——目、痛い？」

「奥のほうが、ずーんとした感じで……痛いというより痒いみたい」

「見えにくい？」

ジャンヌはかぶりを振った。ピンクはジャンヌの肩に手をかけると、

「心配いらないと思うけど……たぶん……。とにかく、はやく基地まで行きましょう。自動医療装置があるはずだから、診療してもらおう」

そう言って、ピンクは流れる汗をぬぐった。風呂の底にいるみたいなもので、タオルなどまったく役に立たない。どこからかまた、

キギャオイオー

オイオー

キギャオイオー

という鳴き声が聞こえてきた。誰かがぽつりと言った。

「なにがエデンの園だ。あのカニヤッコの野郎……」

別の誰かが応えた。

「帰りたいよお……」

◇

ジャングルを切りひらいた場所に、〈ベカロヤン〉基地はあった。ボートから見たときは、外観に異常はないと思ったが、すぐ横まで来ると、あちこちに細かい亀裂が入ったり、大きなひっかき傷のようなものがあったり、塗装が何メートルにもわたって剝げたりしていて、補修された形跡は皆無だった。また、天井が大きく崩れて穴が何カ所もあいていた。三カ所ある入り口はすべて閉ざされており、キーボックスに暗証番号を入力したり、インターホンのマイクに向かって到着した旨を叫んだり、監視カメラに〈人類圏〉宇宙軍の徽章を示したりしてみたが、反応は一切なかった。しまいには全員で、

「おおい、誰かいるのかあ」

「いるなら返事しろ」

と怒鳴ってみたが、建物は、眠りこけたように静まりかえっている。

「入り口をこじあけるんだ」

マーパン隊長の指示で数人の兵士が扉にとりついたが、

「むりです。開けられません」

「じゃあ、ぶち壊せ」

「爆破に必要な機材は〈ゴリアテ〉のなかです。取りにいかないと……」

「心配いらないよ」

エラモンド・マーパン軍曹は、軍服のうえから羽織った前掛けに縫いつけられた大きなポケットに手を差しいれると、

「パパパパッパパー！　超小型高性能爆弾『ホットドッグ』！」

ラッパの口真似をしながら、高らかにそう言うと、二十センチほどの長細い物体を取りだした。

「た、隊長、そんな物騒なもの、いつも持ちあるいているんですか。ひとつまちがえば、隊長はもちろん、まわりにいる人間も吹っとびますよ！」

「だいじょうぶ。ぼくのポケットの内部は、四次元を経由して、地球の自宅につながっている。その一室が、ぼく専用の倉庫になっていて、そこから取りよせているわけなんだ」

「それはそれで危ないんじゃないですか？　個人の家に、高性能爆弾を置いてあるなんて……」

「ははははは。『ホットドッグ』だけじゃないよ。うちには『タコヤキ』や『カイテンヤキ』、『クレープ』に『ハンバーガー』もあるんだ」

「『カイテンヤキ』って、ビルひとつぐらい一瞬で粉砕してしまいますよ。ご家族はそのことわかってるんですか」

「きみも心配性だな。こんなもの……」

軍曹は、「ホットドッグ」をお手玉のように空中に放りあげると、

「めったに誤爆することはない。その証拠に、ぼくのうちじゃ、こどもにおもちゃがわりに遊ばせてるけど、一度も爆発したことなんかないぞ」

「そ、そうですか……」


兵士は、「ホットドッグ」を入り口の扉の下部に設置した。きっかり一分後、ポンっという軽い衝撃音とともに、扉は縦に真っ二つになり、左半分が地面に倒れた。

マーパン隊長は満足げにうなずくと、

「よし、アージャイン、ネオス、タビノ、それに、えーと、ジアトリマ。ぼくといっしょに、内部を偵察だ。行くぞ」

ピンクは、ジャンヌを草のうえにそっとおろし、ミソカッ銃を抜くと、マーパン隊長にしたがった。

基地のなかは真っ暗だった。各自がサーチライトをつけて、足を踏みいれた瞬間、妙な臭いがした。捨てるのを忘れて一週間ぐらい放置した生ゴミの臭い……？　甘いような、酸っぱいような……。

「何かが……腐ってますね」

その「何か」に、誰もが思いあたっていたが、口には出さなかった。

「血の臭いもまじってる」

「鼻がいいな」

内装にとりたてて異常はなかった。スイッチを入れた

が、照明はつかない。

「タビノ、予備電源に切りかえろ」

隊長が命じたが、丸い眼鏡を掛けたタビノ二等兵は、

「えっ？　ど、どうすればいいんですか」

おろおろするばかりで何もしようとしない。口のとんがったネオス二等兵があざわらって、

「馬っ鹿だなあ、タビノは。教練所で習っただろ。軍事施設では、電源ボックスのなかに、予備電源を作動させるスイッチがあるって」

「そ、そうだっけ」

「ほら、これだよ」

アージャインが、サーチライトで電源ボックスを探しだし、なかの赤いスイッチを押した。天井の照明のうち、五分の一ほどが点灯した。さほど明るくはないが、サーチライトはもういらない。壁際に並べられた機器類も稼動しはじめた。

「おおおおい……誰かいないのかあ……」

マーパンが大声でよばわったが、その声は建物に吸いこまれていくだけだ。

「おおおい、応援に来たぞおおお……」

「返事してくれええええ……」

「どうなってるんだあああああ……」

みなが口々に叫んだが、基地はしん、としている。

「前進しよう」

隊長がそう言うと、先頭にたって歩きだした。部屋をひとつずつ検分していく。四つ目の部屋をあけたとき、強烈な腐臭が噴きだした。

「くさっ」

「えげつなあ」

皆は鼻をつまんだ。ライトでなかを照らす。一目で死んでいるとわかる死骸が二体、床に転がっていた。すっかり腐って、半ば白骨が露出している。腹部かもこもこと動いているのは、死骸を食いあらす虫の類がたくさん入りこんでいるためだろう。二体とも、右手に銃を握りしめているが、互いに撃ちあった果てのこととは思えない。なぜならば、どちらの死骸にも頭部がないからだ。死亡後に切りとられた可能性もあるが、「敵」の襲撃を受け、銃で対抗したものの、ついには頭部を切断されて

殺されたと考えるほうが自然だ。

部屋を出て、しばらく進むと、廊下にも数体の死骸が転がっていた。これも、頭部がない。

「エゾゲバロ・ログロ人に襲われたんでしょうか」

ピンクが言うと、マーパンはかぶりを振った。

「やつらはこんな面倒くさいことはしない。ただ、殺すだけさ。——そう、やつらなら、人間をただ、殺すだけなんだ」

「じゃあ、クビカジリのしわざだよ、きっと」

タビノがそう言うと、ネオス隊員が、

「だまってろよ、タビノ。タビノのくせに生意気だぞ」

マーパンは今度も首を横に振り、

「いや……クビカジリは、人間の頭部を包みこんで、四方八方から圧力をかけ、小さく潰してしまう。でも、この死骸の頭部は、はっきりと胴体から切りはなされている。しかも、その頭部が周囲に見あたらないことを考えあわせると……相手は死骸の頭を……脳を食べる生物だな」

「そんなやつ、レクチャーに出てきましたか」

「さあ……ぼくも聞いたことはないけど……この星の危険生物については、ここの基地でもじゅうぶん研究し、対抗策を講じていたはずだ。それが、このありさまになるということは、未知の危険が突発的に訪れたとしか考えられない」

「………」

「そして、そいつらはまだこのあたりにとどまっている可能性がある。みんな、気をひきしめるんだ」

もちろん、言われるまでもない。ピンクは、ミソカツ銃をぎゅっと握りしめた。

◇

三十分ほどかけて、二百体ほどの死骸を確認したが、そのほとんどに頭部がなかった。そして、生存者はひとりもいなかった。

「これではきりがないな。ちょっと飽きてきたよ」

調査開始から八個目の部屋である「図書室」に入り、頭を失った二十体の死骸がテーブルのうえにずらりと並んでいるのを見たとき、隊長があきれたように言った。

ピンクももう、死骸を見ても、何の感慨もわかなくなっていた。感覚が麻痺しているのだ。

「三千二百名、全員が死んだのでしょうか」

「おそらく……。たとえ生存者がいても、この基地内には残ってないだろう。といって、ジャングルに逃亡したとしても、さっきのような状況だと、生きのびるのはむずかしいな……」

やっぱり、そうか……とピンクは思った。たぶん、〈ドエヤン〉基地のほうも同じだろう。五千三百名いたはずの前線兵士は、残らず死亡したということだ。

（ということは……この星にいる兵士は、私たち百二十名だけ……？）

急に寒気がしはじめた。

「この先を見ても一緒だろうし、外に残してきた歩兵たちが心配だ。いったん戻ろう」

皆、うなずいて、引きかえそうとしたとき、

「おい……ドアがないぞ」

見ると、今入ってきたばかりのドアが見あたらない。

「馬鹿な……たしかにここにあったはずなのに……」

だが、そこには白壁があるばかりだった。アージャインが、

「俺にまかせろ。うおおおっ」

そう叫ぶと、その部分を拳でがつんがつんと叩いたが、

「やっぱりただの壁だ」

ピンクはこわごわ、図書室のなかを見回した。変わったところはどこにもない。ただ……気配がする。誰かが……何かがいる。ピンクは、そのことを確信していた。目には見えないが、その相手は、この部屋のなかを活発に移動し、こちらに迫ってきている。その「気」がひしひしと伝わってくる。頭頂からつま先まで、肌がちくちくしてむずがゆい。ピンクは、小便をもらしかけていた。

「こわいよう。助けて、マーパン隊長」

タビノ二等兵が泣きながらマーパンにとりすがった。

「くそったれ！」

緊張に耐えきれなくなったアージャインが、ドアのあったあたりに向けて、ミソカツ銃を発射した。ぶわっ、と火球が壁のうえを転がっただけで、なにごとも起こらない。マーパン隊長は四名の兵士を見渡すと、

「ぼくたちは、何かの罠に陥ったようだな。なんとしても脱出するぞ」

彼は、前掛けについている四次元ポケットに手を入れると、

「パパパパッパパー！　超小型高性能爆弾『ダグウッドサンド』！」

幾層にもなった、サンドイッチ状の物体を取りだした。それを壁際に仕掛けると、

「全員、下がれ」

遠隔スイッチを押す。だが……爆発は起きない。

「どうなっているんだ」

何度もスイッチを押してみる。しかし、反応がない。マーパンは、その爆弾を取りのぞくと、

「パパパパッパパー！　超小型高性能爆弾『タコヤキ』！」

それもだめ。

「パパパパッパパー！　超小型高性能爆弾『アカシヤキ』！」

それもだめ。

「なんだなんだこれは。この部屋は爆弾を作動させない電波かマイナスイオンでも出ているのか」

マーパンは頭皮をかきむしりながら、疑似科学的なことを叫んだ。

「このままじゃ、餓死してしまう。よし……こうなったら……」

マーパンは悲壮な顔つきになり、ポケットに手を突っこんだ。

「パパパパッパパー！　超小型超高性能爆弾『カイテンヤキ』！」

彼の手には、円筒を輪切りにしたような形の物体が握られていた。ネオス二等兵があわてて、

「い、いけません、隊長。『カイテンヤキ』を使ったら、この部屋ごと吹っとびますよ。いや、この基地の三分の一ぐらいは……」

「そ、そうだな。これはやめとこう」

マーパンがその爆弾をポケットにしまおうとしたとき、アージャインがそれを奪いとった。

「やめろ、アージャイン」

「うるせえ。このままじっとしてたって、頭を食われて死んじまうんだ。それに、どうせ爆発しないさ」

「それじゃ使う意味がないでしょう。やめてください。ほかに何か方法が……」

ピンクはそう叫んだが、やけくそになったアージャインは「カイテンヤキ」を壁に押しあてた。マーパンたちが飛びかかろうとするより一瞬早く、アージャインの指は遠隔スイッチを押していた。

3

一休は目覚めた。うーん、と大きく伸びをし、周囲を見回す。映像ブックや音楽ファイルなどが棚にぎっしり並んでいる。古いタイプの「本」も百冊ほどある。だが……なんとなく嘘くさい。どこがどう、とは指摘できないが、全体的にぼんやりとして、カメラのピントがあっていないような感じだ。しかも、だだっ広く見えてはいるが、なんだか遠近感がおかしい。奥ゆきがあるようなないような……。

（図書室なのかな……？）

どうやら、すでに〈ジュエル〉へ降下しているようだ。つまり、ここは前線基地のなか、ということだろう。だが、それにしては部屋のなかにいるエラモンド・マーパン軍曹やそのほかの兵士たちの顔色が、異常に悪い。焦点があっていないような背景に比して、兵士たちの輪郭だけが妙にはっきりと浮かびあがっている。メッセージボックスを開けて、伝言メモを見る。ほかの三人からはとくになんの情報もなかったが、直前のピンクからのものは、つぎのとおりだった。

私たちは〈ベカロヤン〉基地に偵察に来ています。兵士たちはみんな頭を切断された形で死んでまーす。もしかしたら、ほかの臓器とかもとられてるのかもしれないけど、それどころじゃないので調べてません。実は今、図書室に入ったら、なぜか入り口が消えてしまってあわててるところ。火薬が爆発しなくて、「カイテンヤキ」も起動しなかった。どうなりますやら。あとは任せた。

じゃあ、バイ。

一休はため息をついた。

（ぼくが覚醒するときって、いつもぐちゃぐちゃの状況ばっかなんだよね。たまには、のんびりさせてほしいよ）

たしかに、あちらこちらに各種爆弾が散乱しており、どれも起爆させようとしたあとがある。

「えーと、皆さん、おはようございます。一休宗純でーす。あったはずの扉がなくなるとはこれいかに」

マーパン軍曹が、魚顔を彼に向け、

「のんきに禅問答してる場合じゃない。ぼくたちはこの部屋から脱出できないんだ」

「あわてない、あわてない」

一休はその場に座禅を組み、両手の人差し指をこめかみに当てると、しばらく沈思黙考した。三分後、

「チーン！」

口で鐘の音を出し、目をあける。

「わかりましたーっ」

「おお、わかったか」

「こないだの講習で、カキワリという生物のことを習いました」

「うん、巨大な胃を口から全部吐きだして、そこに架空の風景を蜃気楼のように投影する、とかいう……あっ！」

「そうです。ここはおそらく、カキワリの胃のなかなんです」

「なるほど、それで火薬が発火しない原因もわかった。カキワリの作りだす〈場〉の作用で、爆発物が封じこめられているんだろう」

「じゃあ、我々はどうなるんです」

「このままだと、胃液で溶かされて、吸収されてしまうだろうな」

「ひいいっ、こんなところに来るんじゃなかった。助けてよお、エラモンド軍曹っ」

タビノ二等兵が泣きそうな声をだした。

「わかった、任せとけ。相手の正体がわかれば怖いものなしだ。パパパパッパパー！　『猛毒』！」

エラモンド・マーパン軍曹は、そのままのネーミングのボトルを前掛けのポケットから取りだした。蓋をとると、いかにも毒々しい、酸っぱい臭いがあたりに漂う。軍曹は、とろりとした褐色の液体を床に垂らした。

うげっ。

という声が、どこからともなく聞こえたが、無視して液を床に注ぐ。

げえっ。げほっ。

床や壁や天井が、ぴりぴり、小刻みに揺れはじめた。書棚や、並んでいる書籍類、調度品などの輪郭が、墨で描いたようにおぼろげになってきた。本物としか思えなかったそれらが、今では、古い「シンキゲキ」などの芝居で使われる書き割りのように、作りものにしか見えない。軍曹は、残りの毒液をドアがあったあたりの壁にぶちまけた。

ひぎゃえっ。

白い壁に見えていたものが、毒液がかかった瞬間に、ピンク色のぬめぬめした胃壁に変わり、みるみる汚らしく爛(ただ)れていった。どす黒い赤褐色のぶつぶつが全体に広がり、そのひとつひとつから乳液のような白い汁が、ぴゅっ、ぴゅっ、ぴゅっ、と噴きだしている。壁が、下方からちりちりとまくれ上がっていったかと思うと、天井がどさりと落ちてきた。壁、天井、床が収斂(しゅうれん)し、兵士たちはあっという間に「胃壁」に梱包された。

「うわあああっ」

「たふけて……っ」

「ぎゃあおおおっ」

悲鳴が交錯する。

「銃器は役にたたない。サバイバルナイフで壁を切りさくんだ！」

マーパン軍曹の声に反応して、一休は背嚢から大振りのナイフを取りだし、めったやたらに振りまわす。

ぐさり。

何かに突きささった手応え。ここぞ、とばかりに、ぐりぐりぐりぐりっと抉りまくる。

「うぐえええっ!」

絶叫。怒号。そして……。

ふっ、と視界が開けた。暗幕が落ちたように、目のまえが明るくなった。そこは、図書室でもなんでもなく、廊下の端にある、なにもないただのスペースだった。二人の兵士が、カキワリの残骸とおぼしき、大きなカーテンのような物体に包まれるようにして倒れている。ネオスとタビノだ。ネオスが死んでいるのは一目でわかったが、タビノはまだ息があった。マーパンが抱きおこすと、

「助けてくれるって言ったじゃないか、エラモンド軍曹……」

そう言って、息たえた。アージャイン二等兵が立ちあがりざま、

「こいつが、この基地を全滅させた張本人ですかね」

「おそらくちがうな。これまでに見てきた死骸はどれも、頭部がなかった。カキワリは、獲物を包みこんで、全体を溶かすタイプらしいからね」

「じゃあ、ほかにまだ敵がいると……?」

「そのようだ。——三人では、これ以上進むのは危険だ。一旦、外へ出て、みんなと合流しよう」

三人は、マーパン軍曹、アージャイン二等兵、そして一休の順で廊下を引きかえした。来たときはカキワリに隠れていて気づかなかったが、「通信室」というプレートが掲げられた部屋がある。さっきのことがあるので、中には入らず、窓越しに内部をうかがう。やはり頭のない死骸がいくつも転がっており、大型の星間通信装置がめちゃめちゃに破壊されている。

「ステーションから呼びかけても、連絡がつかないはずだ」

マーパン軍曹はそのコメントを残しただけでその場を離れ、前進した。ようやく、出口が見えてきた。マーパンは、さすがにホッとした表情で、

「今日は野営したほうが無難かも……」

そう言いかけたとき、なにかにつまずいた。壁に手を突いて、身体を支え、つまずいたものを見ると、またし

ても頭部のない死骸だ。短期間にたくさんの死骸を見たため無感動になっていたアージャインが、

「ちっ、また死体かよ」

とつぶやいたとき、しゃがみこんで死骸の胸の認識票をチェックしていたマーパンが顔をあげ、

「この基地の副司令官クントリッハ少尉だ。やはり、亡くなっておられたか」

一体は、その首なし死体を子細に検分したあと、

「首がないだけじゃありませんね。胸が割かれて、心臓が抜きとられています」

「だとすると、ほかの死骸も同じかもしれんな」

「首と心臓を取るなんてやつ、こないだの講習では習いませんでしたよ」

とアージャイン。

「うーん……」

マーパン軍曹は深い吐息をもらすと、

「このような状況下で、どうすればいいのか……。とにかく基地を全滅させた相手の正体だけでも突きとめねば」

「軍曹殿がそのような弱気なお言葉では困ります。司令官として、我々に強くご指示ください」

「ぼくは司令官じゃない。副司令官の死亡は確認されたけど、司令官のファーサル大尉の生死が明らかでないからね」

「ですが……」

マーパンの通信機が鳴った。

「た、隊長殿、今どちらですかっ」

「もうすぐ外へ出るところだ。どうした」

「と、と、とんでもない化けものです。早く戻ってきてください。さもないと我々は……」

「おい、何があったんだ、おい」

そのとき、

おお……おおおおん……おおおおんがあああっ！

表のジャングルのほうから、とてつもない咆哮が聞こえてきた。噴火のような、凄まじい叫び。

ききっ……きききいっ……きりきしきしきききききっ！

今度は、ガラスを爪でこするような耳障りな声。つづいて、大地がぐわらと揺れた。

「じ、地震か……？」

揺れとともに、どすっ、どすっ、という、重いものを地面に叩きつけるような音が迫ってくる。

「く、来るぞ……！」

「急げ」

三人はこけつまろびつ廊下を走り、基地外へ脱出した。

マーパン軍曹、アージャインが立ちどまり、呆然として空を見あげている。少し遅れて表に出た一体は、彼らの視線の先に目を向けて、

「うひっ……！」

思わず、小便を漏らしかけた。

三十メートルを超える密林の巨木群から、完全に頭ひとつ抜けだしている、そんな巨大な物体がこちらに向かって近づいてくる。木々を揺らし、大地を揺らし、大気を揺らし……それは一休たちのまえに全身を現した。セイウチのような長い牙を生やした、一つ目の巨人である。身の丈四十メートルはあるだろう。腰まで垂らした髪の毛は、垢とフケと脂でよじれ、いわゆる「レゲエ」ヘア状態である。肩幅がやたら広く、両腕は太く、筋肉が岩のように盛りあがっている。胸板は分厚く、ごわごわした胸毛が生えており、それが臍を通りこして、陰毛につながっている。左胸の一部が陥没したようになっており、そこに痣のような、刺青のようなマークが浮かびあがっている。上部に三本の歪んだ筋があり、その下に半円を配置した、奇妙なマークである。下腹部は、中年太りのようにせりだしているが、それが一種の貫禄を与えている。尻も剝きだしで、靴もはかず、ほとんど全裸に近いが、股間に直径二メートルほどもある巨大な葉っぱをくっつけているのが唯一の着衣か。皮膚病に感染しているのか、ジャングルの毒草にかぶれたのか、肌という肌が鱗状の瘡で覆われ、あちらこちらから膿が噴きだしている。

ひとりではない。すぐうしろに、もう一体が従っている。同じく、牙を持ち、目はひとつだが、少し背が低い。

三十六メートルほどか。頭髪は膝ぐらいまである。こちらはメスのようで、長く垂れた乳房の先端を結んでいる。寸胴で、尻が大きく、オスと同様、股間には葉っぱをつけている。こちらは、左の乳房のすぐうえに、「空飛ぶ円盤」のようなマークがある。

おおおお……おんがあああああっ！

きききいっ……ききいっ……きしししししっ！

二体の巨人は、胸を張り、腕を高くあげて咆哮する。その叫びは密林をぶるぶると震撼させた。

「何ものでしょうか」

アージャインの問いにマーパン軍曹はかぶりを振り、

「わ、わからない……。わからないけど……〈ゴルゴダ13〉での講義に、あんな化けものは出てこなかったことはたしかだ」

残してきた兵士たちが、やや離れた場所から応戦している音が聴こえてくる。

「くそっ、化けものめ」

「撃てっ！　撃てっ！」

ミソカツ銃の一斉射撃。遠くで聴いていると、ぱんっ、ぱんっ、ぱんっ、ぱんっ、ぱんっ……と不景気なことこのうえない。

「なんだか、小学校の運動会みたいだな」

アージャインがぼそっと言った。

「あれじゃあ勝てないよ」

一休もそう言ったが、案の定だった。

「うぎゃああっ」

「ひいっ……ひいっ、助けてくれっ」

「めちゃくちゃだ、こいつら……うわあああっ」

「おた、おた、おたおたおたおた……お助け……神よ！」

「ぎゃああああああっ」

何がどうなっているのかは木々にさえぎられて見えないが、どう考えても負け戦のようだ。マーパンは、前掛けのポケットに手を突っこみ、

「パパパパッパパー！　超小型超高性能爆弾『カイテン

ヤキ』！　今度は、外だから爆発するだろう」

　アージャインと一体は、爆弾を起動しようとするマーパンを押しとどめた。

「今、ぶつけたら、あの化けもの、こっちを狙ってきますよ」

「少し様子を見ましょう」

「部下が……部下たちがやられてしまう」

　暴れるマーパンを、アージャインがはがいじめにした。三人が二体を見守っていると、しばらくして悲鳴も怒号も聞こえなくなった。

「おお、神よ……アーメン……」

　マーパンが十字を切った。


　おおん……があああっ……！

　きしししっ……きいっ……きしししししっ！


　二体の巨人は、まっすぐに基地を目指して歩みはじめた。巨体にも似合わず、意外なほど動きが俊敏だ。

「逃げろ」

　マーパンは叫んだが、すでに遅かった。巨人たちは三人のまえに立ちはだかった。

「ヤバイ。逃げられないぞ」

「た、隊長、あれ……」

　アージャインが、オスの巨人が手にぶらさげているものを指さした。それを見て、一体は吐きそうになった。指先から、奇妙な果実のように下がっているもの……それは、人間の頭部だった。巨人は、髪の毛を紐がわりにして、屠（ほふ）った兵士たちの頭部を戦利品のように持ちあいているのだ。そして、メスの巨人が持っているものは……。

「心臓、ですかね？」

「たぶん……」

　この二体の巨人が、前線基地を全滅させたことはまちがいないようだった。

「ど、ど、どうすりゃいいんです」

「動いたらやられる。相手の隙をうかがって……」

おおおん……があああっ！

オスの巨人が、突然、上体を倒し、アージャインに覆いかぶさった。かわす間もなかった。巨人の左手が一閃したかと思うと、アージャイン二等兵の首は一瞬にしてなくなっていた。まるで、手品である。一休の目には、アージャインが亀のように首を体内にひっこめたみたいに映った。マーパンと一休は、はじかれたように走りだし、近くの岩陰に隠れて、息を殺した。

きーっしっしっしっ……ししし！

メスの巨人が両手を伸ばし、まず、左手でアージャインの死骸の下半身を押さえつけ、右手の爪先をナイフのように使って、喉のあたりから腹部まで、一気に切開した。そして、器用に心臓だけをえぐりだした。つまみあげられた、血の滴る心臓を見つめているうちに、一休は、自分の心の奥底から、何かがゆらゆら……とたちのぼってくるのを感じた。意識がコントロールできない。自分が自分でなくなりかけているような……誰かが自分を乗っとろうとしているかのような……。

（あ、あわてないあわてない……一休み一休み……）

一休は急に恐怖を感じ、その場に座禅を組むと、心を落ちつけるために、公案を解こうとした。

「闇の夜に鳴かぬカラスの声聴けば、生まれぬ先の親ぞ恋しき……闇の夜に鳴かぬカラスの声聴けば……闇夜のカラス……うう、わからない……だめだだめだだめだ……頓悟しろ一休、闇夜のカラス闇夜のカラス……外部に答を求めてはだめだ……すべての答は自分のなかにある……自分のなか……自分の……」

チーン……！

一休は、その瞬間、「自分のなか」を観た。

そこには。

「彼」ではない「何か」がいた。

「闇の夜に鳴かぬカラスの声聴けりきてはすちひしはトテトスハハスハハスハ……」

頭のなかのトラッキングがずれ、気がついたときには、その「何か」が彼の両脚をがっしり抱えこんでいた。振りむいて、その顔を見ようとしても、なぜか首がまわらない。振りほどこうにも、万力のような力で摑まれているために、身動きできない。誰だダレダオマエハやめろヤメロやめろめろめろめろめろめろめろやめてくれええええええっ。必死になって、後ろを見ようとすると、首が折れそうになる。

（喝ーっ！）

心中、相手に喝をくらわし、なんとか背後を見やる。クチバシの先端を槍のように尖らせた、巨大なカラス。どこを見ているのかわからない丸い目に、赤い色が映っている。

「ひいいいいっ」

悲鳴をあげる一休のまえで、カラスは、ぐわっ、とクチバシを上下に開いた。その口のなかには、どろどろした緑色の深淵があった。アブや蝿、ウジ虫、ダンゴムシ、ムカデ、ミミズ、ヒル、野ネズミ……といった小動物が、何百、何千と深淵に飲みこまれていくのが見える。一休も、そこに引きずりこまれそうになり、

（助けて……助けてください。マーパン軍曹殿っ！）

身体が醜悪な虫の海に埋没していく。

（助けて……助……うがが……うがごおおっ……ああぐっ）

口のなかに、ミミズやウジ虫や蚊やセンチコガネが入りこんでくる。喉に、胃に、流れこんでくる。

（うぷっ……ぱあっ……うっ……ぷわわわっ……）

もがく虫たちを、なんとか吐きだそうとする。

（げえっ……げえっ……げぼげぼげぼげぼげぼっ）

口から、汚物が噴きだした。そのときの音が、一休の耳にはこう聞こえた。

「カ……ミワ……ウンコッ……神は……ウンコおおおおおっ！」

パニックになった一休は、むちゃくちゃに両手を振りまわした。

（助けてええぇっ……助けてくれえええぇっ……）

「やめろ、馬鹿っ！」

頬の痛みに、ハッと我に返る。

「何をするんだ！」

目のまえでマーパン隊長が、顔に汗をびっしょりかい

て怒鳴っている。どうやら一休は、彼に平手打ちされたようだ。

「ぼ、ぼくは一体……」

「瀆神的な言葉を叫んだあと、サバイバルナイフを抜いて、ぼくを殺そうとしたんだ。さいわい巨人たちは気づかなかったようだけど……気でも狂ったのか」

「そんな……嘘でしょう」

「これが嘘か」

マーパンは二の腕を一休に示した。そこには、さほど血は流れていないものの、生々しい切り傷があった。そして、一休の手にはいつのまにかナイフが握られていた。

「あの巨人の……行為を見ているうちに……パニックになってしまって……申しわけありません！」

「しっ、声が大きい。きみの気持ちはわかるが……普段なら、軍法会議ものだぞ。気をしっかりもて。さもないと、この地獄で生きのびることはできんぞ」

「わかっています。——すいませんでした」

「まず、神に謝罪するんだ」

「天にまします我らが神よ……ぼくはあなたの永遠のしもべです。今、心にもないことを口にしてしまいましたが、ぼくの本意ではありません。どうかお許しください」

「アーメン」

「アーメン」

ふたりの会話をよそに、二体の巨人はおたがいの戦利品を見せあい、満足げに笑いあっている。そして、またほかに獲物がいないかどうか、あたりを睥睨したあと、きびすを返し、さっきとはうってかわったゆっくりとした足取りで、密林のなかに消えていった。マーパンと一休は、二体が完全に姿を消してからも、岩陰から出る決心がつかなかった。たっぷり五分ほど経過してから、ようやくふたりは隠れ場所から立ちあがった。足早に、ほかの兵士たちがいたあたりに向かう。

「おおい……誰かいないか」

最初は小声で呼びかける。返事はない。しだいに大声で、

「おおい……生きのこっているものはいないか！」

「いたら返事をしてくれえ」

がさがさと、前方の茂みが揺れ、ふたりの兵士が頭を出した。

「た、隊長殿……！」

「おお、生きていたのか」

　隣接した林のなかからも、十一人の兵士が現れた。つづいて、岩陰から三名、窪地から八名、そして草むらから四名……。

「——これで全部か？」

「はい。我々はあの化けものを目撃した時点で、ただちに逃亡いたしました。逃げおくれたものたちは、必死に応戦していたようですが、全員、首をとられ、心臓を抜かれ……」

「ということは……いきなり半数に減ったのか」

「申しわけありません」

　副隊長のセイオットが頭を下げた。

「きみが謝ることはない。——すごい化けものだったなあ。基地を壊滅させたのも、あの二匹にまちがいないだろう」

　一休はジャンヌを探した。ジャンヌは岩陰でぐったりとしていたが、一休を見つけて走り寄ってきた。

「ねーさん、怖かったっすー！」

「あの……いまは一休宗純なんですけど」

「ねーさんでも一休さんでもなんでもいいっす。怖かったっすー……」

　ジャンヌはしばらく涙ぐんでいたが、やがて、右目をばりばり掻きはじめた。

「目、どうかしたの？」

「なんか……痒いんすよ。もう、目玉をとりたくなるぐらい……」

　そう言って、ジャンヌは目を掻きむしりつづけた。

「基地の内部の様子はいかがでしたか」

　セイオットがマーパン軍曹にたずねた。

「死屍累々だよ。全部の死体をチェックしたわけではないけど、みんな、頭と心臓をとられていたみたいだ」

「そうでしたか……。でも、あいつらは一体なにものでしょうか」

「ぼくにわかるはずがない。〈ゴルゴダ13〉のカニヤッコ司令官にたずねれば、あるいはわかるかも……」

「通信装置は〈ダビデ〉まで戻らねば……」

「そうだ。まずは〈ドエヤン〉基地のイカ軍曹に連絡をとろう。あの化けもののことを伝えて、警戒をうながすんだ」

マーパンの指示で、ひとりの兵士が背嚢から通信機本体を取りだし、いろいろ操作していたが、やがて顔をあげて、誰もが予想した言葉を吐いた。

「〈ドエヤン〉基地と連絡がつきません」

4

〈ゴルゴダ13〉では地上の凄惨な状況が嘘のように、平穏な空気が流れていた。

「なあ……いいだろう。私はもうじき、イエスさまに従ってこのステーションを去らねばならない。そのまえに……思いをとげさせてくれ」

第一武器庫の黴(かび)くさい暗闇で、ユダが少女の肩を背後から抱いている。

「いいかげんにしてください、ユダさん。しまいに怒りますよ」

「怒ってほしい。怒った顔がまた、そそるんだ」

ユダは、軍服のうえから乳房をやわやわと揉んだ。少女は振りかえると、ユダの頬を平手打ちにした。ユダは笑いながら二発打たせておいて、三発目のときに少女の手首をつかんで、ひねった。

「痛い……」

「これは悪かった。私は女性に嫌な思いをさせるつもりはないんだ」

「もう、十分嫌な思いをしています。私のことはほっておいてください」

「そうはいかない。私は、一度目をつけた女は必ず手に入れる。――でも、その顔立ちだ。兵士のなかにも言いよる連中がいるだろう。もしかすると、恋人がいるのか」

「いいえ」

少女は即答した。

「このステーションには、私のほかにもたくさん女性がいます。どうぞ、そちらをあたってください」

「ほほう、自分さえよければ、ほかの女性はどうなってもいいのか」

「そんなことは言ってません。私はあなたが嫌いです。ですから、あなたのことを好きになる女性がいれば、そのかたと逢瀬を楽しめばいい、と言っているだけです」

「いや、私はきみがいいんだ。ステーションなんかに籠っていると発散しないだろう。私が、一度味わったら生涯忘れられないような、楽しい経験をさせてあげるよ」

「必要ありません。どうかお帰りください」

「どうしても嫌なんだね」

「はい。嫌です。あなたの顔を見るのも嫌です。あなたにとっては、イエスがすべて、イエスが命。女性は性欲を満たすためだけの存在なんでしょう。そのことがあなたの身体中から伝わってきます」

「そこまで言われたら、いくら温厚な私でも少しムッとするね」

「そうですか」

「じゃあ、しかたない。こういうことはしたくなかったが、きみが蘇生者であることをカニヤッコ司令官にお伝えしよう。どういう方法でタトゥーを消したのか知らないが、それは今の世の中では最も重い犯罪行為のひとつだよ。逮捕・投獄ぐらいですめばいいが、もしかしたらその美しい肉体を破棄されて、誰かほかの人間の身体に寄宿するはめになるかも……。もちろん、私の望みをかなえてくれれば告げ口なんかしない」

「あらまあ、あなたは本当に『告げ口』が得意なんですね。イエスをポンテオ・ピラトに売ったときも、そんなふうに言ったんですか」

「何……？」

ユダのこめかみに青筋が立った。

「あれは、『聖書の嘘』だ。ルカだかヨハネだか、事実を知らない馬鹿がでたらめを書いたんだ。私はイエスさまを心から慕っている。その私があんなことをするわけがない。あの記述のせいで私がどれだけ傷ついたか」

「あなたでも傷つくことがあるんですね。他人の心はさんざん傷つけているのに」

「うるさい！　蘇生したあと、私は人々から投石されたり、犯罪者扱いされたりした。わけがわからなかった。『聖書』を読むまでは……。そんなときにイエスさまに拾っていただき、こうしてまたおともができるようになったんだ」

「いいですか、ユダさん。私は、タトゥーを消したのではありません。最初からタトゥーは私の額にはありませんでした」

「嘘をつけ。蘇生者なら蘇生人担当省がかならず……」

「嘘ではありません。当時の蘇生人担当大臣が、素性を誰にも知られたくない、という私の希望を聞いて、便宜をはかってくれたのです」

ユダは一瞬、言葉につまった。少女の声に、凛とした、犯しがたい威厳のようなものを感じたからだ。

「あなたやイエスが神に利用されたように、私もまた、神に利用され、捨てられました。あなたたちはそれでも、神にいいように使われていた時期が忘れられず、いまだにその足指をなめるような情けない真似をしているようですが、私はもうごめんです。二度と、『神』とも『神の計画』ともかかわりたくありません」

「だ、誰なんだ、きみは……」

ユダは、少女の身体から放射される「気」に押されて、壁際まで下がった。それでもなお、少女の「気」は彼をぐいぐい押してくる。ユダの顔は土気色になり、全身から脂汗がにじみだした。

「ユダ、下がりなさい。汝ごときになれなれしく声をかけられる覚えはない」

「ま、まさか……あなたは……」

「そうです。私はマリア。――イエスの母です」

そう言った瞬間、アンリ・ミルモの身体はハレーションのように眩(まばゆ)い白光に包まれた。「矢」のような形をしたおびただしい光輝が全方位に向けて放出され、闇に近かった武器庫は真昼のような、いや、太陽がひとつ室内に現出したかのような輝きに満ちた。輝きは武器庫の外、ステーションのあちこちにまでみるみる広がっていき、しまいには〈ゴルゴダ13〉すべてを包みこんだ。

その光は、しかし、一瞬で消えさり、あとには気を失って床に倒れふしたユダが残されていた。

◇

生きのこった三十名の歩兵たちは、〈ダビデ〉と〈ゴリアテ〉が着陸した広場の隅にテントを張って野営することになった。あの二体の化けものに見つけられてはたいへんだから、テントの位置は、幹の直径が十メートルもある、菩提樹に似た巨木の陰にしたが、それでも発見される可能性はゼロではない。テントの周辺には、接近者がいればすぐに反応するセンサーや、簡易地雷、簡単な落とし穴、レーダーなどを二重三重に配置した。だが、そんな対策など、あの怪物のまえには屁のようなものだ、ということは誰もがわかっていた。とにかく、武器と通信装置が必要だ、というマーパン軍曹の指示で、テントの設営を終えた兵士たちは、地面に激突したときの衝撃で脚が折れ、シャッターがひん曲がって開かなくなってしまった〈ゴリアテ〉の解体をはじめた。まず、格納庫から取りだされたのは、乳白色の巨大な円筒……〈老魔砲O〉である。瀆神者のみに壊滅的な打撃を与える破壊兵器だ。つづいて、大きな台車に据えつけられた黄金色の巨大ロボット〈偶像〉が、菩提樹の裏側に設置された。

「これがさっきあれば、あの怪物からみんなを救えたのに……」

そう言って、マーパン軍曹は涙した。その後も、かつては「最終兵器」と言われていた核ミサイルなどがつぎつぎと〈ゴリアテ〉から運びだされ、菩提樹の周囲は武器・兵器の類でいっぱいになった。

「これなら勝てる……はずだ。あの化け物にも、エゾゲバロ・ログロ人にも……」

隊長の力強い言葉に、兵士たちはみずからを奮いたたせた。

惑星間通信ができる大型通信装置〈カケホーダイ〉もテントのなかに据えおかれたが、着陸の衝撃で故障したらしく、〈ゴルゴダ13〉との連絡はつかなかった。ただ、部品の交換などをすれば直るだろう、とのことであった。

「この木……すごいよなあ……」

一体は、菩提樹のざらざらした幹を撫でながら、ジャンヌにそう言った。

「そうっすね。こんな大きな木、生まれてはじめて見たっす」

ジャンヌが右目を掻きむしりながら応じた。目はすっかり腫れあがり、瘤のように盛りあがっている。携行している塗り薬をつけても、痒みはいっこうにおさまらないらしい。

「知ってる？　お釈迦さまは、菩提樹の木のしたで悟りを開いたんだよ」

「サトリ……？」

「直感的に宇宙のすべての秘密を解きあかすことさ。お釈迦さまは、木のしたで座禅するだけで、悟りを得たんだ。すごいでしょ」

「そ、そんなこと口にしてはダメっす。隠れ仏教徒と疑われますよ」

「いーじゃん、べつに。ぼくは神を信じているし、尊敬している。その気持ちに嘘はないもんね。でも、それと、お釈迦さまの悟りをすげーと思うことは別でしょ」

「そりゃ……そうっすけど……」

「ほら、ここにこうして座って……」

一休は、菩提樹のしたに座り、目を閉じた。

「禅定に入れば……古代インドのお釈迦さまの悟りの境地が……何となくわかるような……」

「だ、ダメっす。やめたほうがいいっす」

「誰に怒られるっていうのさ。こんな地獄にいるんだ。好きなようにさせてよ。軍曹殿もこれぐらいのことで怒りゃしないって」

「神が……神が見ておいでっす」

「あはははははは。だいじょーぶだいじょーぶ。神さまがいくら目ざとく耳ざとくても、人間ひとりひとりの行動まで注意してられないって。うーん、今なら、あの公案が解けるような気がするぞ。——闇の夜に鳴かぬカラスの声聴けば、生まれぬ先の親ぞ恋しき……生まれるまえの命……生まれるまえ……ぼくは、一度死んだ。そして、神の力によって復活した。生まれるまえの、自分本来の姿はどうであったのか……」

蘇生者は、死んでいたあいだの記憶がない。一休は自分のなかを見つめなおそうとしたが、さっきマーパン軍曹に斬りつけてしまったときのバッドトリップのような体験が怖くて、なかなか集中できない。いらいらっとした一休は、あらゆる妄念を断ちきるため、臍下丹田に力をこめ、心を空白にした。そのとき、すぐうえにあった枝から、小石がひとつ落ちて、一休の頭頂に、コーンと当たった。瞬間、一休の全身に電撃が走った。かっと目を見開き、喉を全開にして、大声一番、

「かあああああーっつ！」

それは、すぐまえにいたジャンヌがその「気」に当てられて二メートルも吹っとぶほどの、気合いのこもった「喝」であった。かつて臨済という禅僧が「ときには一喝すること金剛王の宝剣のごとく」と言った、まさにその「金剛王の宝剣」であった。

一休は目覚めた。それまでの一休ではない、真の一休が「目」を開いたのだ。見えない光輝に身体が包まれているような、晴ればれとした気分だった。

「我、頓悟せり。我、理解せり。我、開花せり。我……」

なにか大きなものが菩提樹の枝から、どさっと落ちてきて、地面に転がった。「喝」に当てられたのだ。しかし、一休は目もくれず、微動だにしない。

「どうした、なにかあったのか」

一休の大喝を耳にしたマーパン軍曹が、ミソカツ銃を手にして飛んできた。だが、一休は座禅の姿勢を崩さぬままだ。

「おい、しっかりするんだ！」

一休の肩をつかんで揺りうごかそうとしたマーパンは、そのかたわらに気絶して倒れているひとりの兵士に目をとめた。軍曹はその中年男を抱きおこし、

「こ、こいつ……ぼくの部下ではないな。何ものだ」

そうつぶやきながら、男の頬を平手打ちした。

「目を覚ませ。きみはいったい……」

無精髭を生やし、疲労の色を濃くにじませたその男は、うっすらと目をあけた。唇は乾燥してひび割れ、身体のあちこちに、ピラニアヒトデに吸血された痕がある。

「き、きみは……いや、あなたは……」

軍曹は、男の顔と胸の認識票を交互に見つめ、さっと敬礼した。

「プロゴル・ファーサル司令官殿でしたか。ご無事でなによりです。〈ベカロヤン〉基地配属部隊隊長、エラモ

ンド・マーパン軍曹であります」

男は、ううう……と呻くと、

「水を……くれ」

「はい。――司令官殿にすぐに水だ」

だが、一休は動こうとせず、

「仏法の地で動くと、すべてが不安定になる」

マーパンは首をかしげ、ようやく起きあがってきたジャンヌに、

「こいつ……どうなったんだ」

ジャンヌは右目を掻きながら、

「なーんか……サトリを開いたみたいなんっす」

「サトリ……？　まあ、なんでもいい。きみが水を持ってきてくれ」

やがてジャンヌが手渡した水を、ファーサル司令官はうまそうに飲みほすと、

「食いものはなにかねえか」

マーパンは部下たちに命じて、一人前の食糧を差しだした。ファーサルは、手づかみでそれをむさぼるように食べた。

「もっとねえか。おりゃあ腹が減ってるんだ。もっともっと持ってきてくれ」

結局、餓鬼のようにおかわりを何度も要求しつづけたファーサルは、七人分の食糧を食べつくし、ようやく人心地ついたのか、突きでた腹を撫でながら、

「あとは、酒だな。酒持ってこい」

「酒などの嗜好品は、まだ格納庫のなかなのです。しばらくあとにしていただければ……」

「すぐに運びだせ。おりゃ……おりゃ今、飲みてえんだ！」

「し、承知しました。おい……誰か、〈ゴリアテ〉から酒を運びだせ」

ファーサル司令官は、日本酒、ワイン、ブランデー、ウイスキー、ジン、ウォッカなどをちゃんぽんで飲んだあげく、食べたものを全部、菩提樹の根もとに吐いたあと、その場に横たわった。

「ああ……助かったんだな？　おりゃ死なずにすんだのだな？」

「ぼくたちも今日、ここに着いたところなのです。途端

に、部隊の半数を失いました」

「あいつらにやられたのか」

あいつら、というのが何を指すのかは明白だった。マーパンはうなずくと、

「そうです。あの二匹の化けものに、です」

「あんなやつがいるなんて、宇宙軍はまったく教えてくれんかった。糞ったれが……！」

「〈ドエヤン〉基地とは連絡がつきませんが、あちらの状況はご存じですか」

「知らねえ」

「はあ……。さきほど、〈ベカロヤン〉基地の内部を偵察しましたが、死骸が累々たる状況でした。生存しているのは、ファーサル司令官殿を含めて何名でしょうか」

「知らねえと言ったろう」

「——え？」

「おりゃあ、やつらが襲ってきたとき、真っ先に森へ逃げた。あとのこたあ、よく知らねえんだ」

「………」

「はじめのうちは遠巻きに様子を見ていたようだが、ある日突然、あいつらは基地をぶっ潰しはじめた。部下の頭をちぎり、心臓をえぐりだした。おりゃあわててこの菩提樹のところまで逃げ、やつらが兵士を皆殺しにするのを見ていた。まるで、羊の群れにはなたれた狼だ。疲れることなく、ひたすら殺戮を続ける。途中まで見ていたが、気持ちわるくなって、あとは目をつむってた。気がついたら、いつのまにかやつらの姿はなかった。それ以来、おりゃ死の恐怖におびえながら、ずっとこの木のうえに隠れていたんだが、今のでかい声に驚いて、足を滑らせちまったんだ」

マーパン軍曹はあきれた声で、

「では……部下を見殺しにして、逃亡した、と？」

「しかたねえだろう。相手は、あいつらだぜ。歯向かっても、どうせ殺される。逃げるのがいちばんいいんだ。現に、おりゃあこうして、今、生きている。歯向かった部下たちは殺された。馬鹿なやつらだ」

「そうですか」

マーパンは冷たい声で応えると、ミソカツ銃を抜き、ファーサルの胸に突きつけた。

「なんの真似だね」

「司令官殿……あなたを、三千二百名の部下を見殺しにして、保身をはかった罪で、宇宙軍法廷に告発します」

「な、なんだと。しかたなかったんだ。おりゃ悪くねえ。悪いのは、やつらだ。おりゃ……」

「申しひらきは法廷でしてください。そこまでぼくたちが無事であれば、の話ですが」

「ふん……」

ファーサルは不快げな顔つきで、

「まあ、いい。ただし、軍事法廷で裁かれて、罪が確定するまでは、おりゃ宇宙軍の大尉だ。マーパンくん、おめえさんの階級はたしか軍曹だったな」

「そのとおりです……」

「おれよりも下だな。はるかにな」

「はい」

「この星にいるあいだ、おりゃおめえに、上官にふさわしい待遇を要求する。テントも個人用のものを用意しろ。食事と酒はふんだんにな。あと、女もな」

「そうはいきません。現在は非常時で……」

「こいつは命令だ」

「――はい」

マーパンは侮蔑の視線を司令官に向けたあと、

「ところで司令官殿は、あの二匹の怪物の正体について、なにかご存じですか」

「そんなことをきいてどうする。どんな兵器を使っても歯が立たねえ相手だぜ」

「それはわかりません。どんな敵でも、どこかに弱点があるはずです。それには敵の正体を知ることが不可欠で……」

「くっだらねえ！」

ファーサルは大声で叫んだ。

「やつらに弱点などあるものか。やつらは、原初の存在だ。とうてい勝ち目などねえ。やつらは……」

「ですから、やつらは何ものかときいておるのです」

「わからねえか……」

ファーサル司令官は唇をなめながら言った。

「やつらは、アダムとイヴだ」

◇

〈ゴルゴダ13〉の長い廊下をうつむいて歩いていたユダは、ひとが来る気配に顔をあげた。コーチン銃を担ったアンリ・ミルモがまっすぐ前だけを見つめながら歩いてくる。ユダは、全身が震え、思わず道をあけた。アンリ・ミルモはちらとユダを見やると、

「そんなリアクションはやめてください。私はただの女兵士です」

「ですが……」

「このあいだのことは他言無用に願います。あなたが、身のほどを知らぬふるまいをしたので、やむなく明かしたのです。もし、誰かにしゃべるようなことがあったら……あなたを『破壊』します」

「しゃべりません。決してしゃべりません」

「ならばけっこうです。自然にふるまってください」

「は、はい……」

アンリ・ミルモはユダのまえを行きすぎようとした。

「あの……ひとつだけおききしたいのですが」

「手短にお願いします」

「はい。——どうして、あなたはわが子であるイエスさまに、ご自分が母であると打ちあけないのですか」

少女はそれとわからぬほどかすかに顔をしかめ、

「まえにも言いましたが、私は二度と『神』とも『神の計画』ともかかわりたくないのです。イエスは、いまだ『神』に未練たっぷりで、その計画の片棒を担ぎたくてしかたないように思えます。そんな馬鹿な息子に用はありません」

「イエスさまが、主の御業(みわざ)の実現を手助けするのが、馬鹿なことだと……?」

「そうです。いいかげんに目を覚ましてほしいものです。イエスだけでなく、すべての人類に。馬鹿の相手をするのはもううんざりです」

「あなたは……瀆神者なのですか」

「瀆神……?」

聖母は鼻で笑った。

「ひとつだけ言えることがあります。神は……人間など愛していません」

「…………」

「イエスが目を覚ましたら、親子の名のりをしてもかまいませんが……あの様子では、そんな日は永久に来ないでしょうね」

「――私もそう思います」

「今の話は聞かなかったことにしてください。そして、はやくこのステーションを離れ、私のことは忘れてください」

「もうひとつだけおききしてよろしいでしょうか」

「どうぞ」

「あなたは……このステーションで何をなさっているのですか」

「――え？」

「あなたはなにかを待っているようです。なにを……あるいは誰を待っているのですか」

少女は、怒気をはらんだ顔でなにか言いかけたが、すぐに口を閉ざした。それでもユダは、聖母の応えをじっと待った。やがて、少女は言った。

「夫を……探しています」

「夫……？　ヨゼフさまをですか」

「はい」

「あなたは……ヨゼフさまの消息をご存じない？」

「――ええ。ただ、このステーションにいつか、あのひとがやってくるはずです。私はそのときを待っているのです」

「どうしてそんなことがわかるのです」

少女は、すこしためらった末に、顔を伏せて言った。

「神が……教えてくれた……ような気がするのです」

5

「アダムと……イヴ？　どういうことです」

思わず問いかえしたマーパン軍曹に、ファーサルは苦々しげに言った。

「つまり、ここはエデンの園……楽園ってえことだ」

マーパンは、吸血生物であふれかえる周囲の熱帯雨林を見まわしたあと、

「この……地獄がですか」

「そうだ」

そう言ったあと、ファーサル司令官はいかにも汚らわしそうに、何度も唾を吐いた。

「ああ、こんなところ、来るべきじゃなかった。出世につられてうかうかと引きうけちまったが、命あっての物(もの)種(だね)だ。こうしてひとり生きのびたからにゃあ、どんなことをしてでも地球に帰ってやる」

「三千二百人の部下を犠牲にして、ですか」

ファーサルは赤ワインを飲み、

「何とでも言え。死んだものは運が悪かったんだ」

「ここがエデンだという証拠は……？」

「おりゃ、猛毒生物に刺されて死んだ張和志(チャン・カズシ)司令官の後釜としてこの前線に来ることが決まったとき、〈人類圏〉最高評議会のリンゴ大司教に呼びだされた」

「えっ……リンゴ・ゴリラ・ラッパ・パンツ大司教直々(じきじき)の呼びだしですか。大司教はかなりご容態がお悪いとか」

「末期癌で明日をも知れぬ状態にある。床についていた大司教は人払いをすると、おれに言った。〈ジュエル〉は文字通り宝石箱だ、とな。実は〈ジュエル〉は『旧約』にあるエデンの園で、そこには〈知恵の木〉と〈生命の木〉が生えている。その実を持ちかえることが、おれの……〈ジュエル〉前線を預かるものの役割だ、と」

「エゾゲバロ・ログロ人との戦闘が目的ではないんですね」

「そういうこった。——ステーションで、この星の地理について学んだか」

「一応は」

「大河がジャングルから流れでて、四つに分かれてるが、『創世記』に、エデンの園からは、ピソン、ギホン、ヒデケル、ユフラテの四つの川が流れでていると書かれてるのと符合する。また、この星の密林にある植物の果実はどれも食用になるが、それも、『創世記』にある『また主なる神は、見て美しく、食べるに良いすべての木を土からはえさせ』という記述に符合する」

「………」

「おりゃやる気満々だった。リンゴ大司教直々の秘密命令だぜ。この任務をやり遂げりゃあ、〈人類圏〉指導部のなかでのおれの地位が確保されるだけでなく、歴史に名が残るだろう。後世の学生は、『二二一七（夫婦はいな）プロゴル・ファーサル司令官、〈知恵の実〉と〈生命の実〉発見』と暗記することになるわけだ。ところが……！」

司令官は怒鳴るような声で、

「あの二体の巨人が我々の行く手をはばみやがった。〈知恵の木〉、〈生命の木〉の探索に明けくれていたある日、いきなり現れて、部下たちを殺しまくりやがった。最新鋭の兵器で反撃しても、やつらには通用しねえ。なすすべのないおれらは、基地に立てこもった。あの二匹も、基地のなかまではやってこなかったからな。しかし、こちらも基地外に出ることはできねえ。一触即発の状況が長く続いたが、ついに食糧が尽きた」

「どうして〈ゴルゴダ13〉に連絡しなかったんです」

「機密任務を帯びとるんだ。それはできねえ相談よ。もちろん、〈人類圏〉の上層部とは何度も連絡を取りあってたが、いつも『増援部隊を送るからもうしばらくがんばれ』という返事しか返ってこんかった。そして……おれらと巨人のあいだの均衡が崩れる日が来た。いつもは基地までは来なかったやつらが、突然、〈ベカロヤン〉基地の屋根を破壊しはじめたんだ。食糧不足でふらふらになっていた部下たちをつぎつぎと襲い、首を引きちぎり、心臓をつまみだしやがった。もうむちゃくちゃだ。スプラッターだ。ジェイソンだ。『死霊のはらわた』だ。おりゃようやくわかったんだ。やつらは、我々が栄養失調になるのを待ってたんだ。卑怯きわまりない連中だぜ。そして……おりゃ逃げに逃げた。三十六計逃げるにしかずだ」

マーパンはもう一度周囲を見渡して、

「ここが本当にエデン……楽園なのでしょうか。とても、そうは思えませんが……」

彼はふと思いついて、すぐ近くで座禅をしている一休にたずねた。

「一休……一休！」

「なんじゃ、座禅の邪魔をするな」

老成した口調でそう言うと、一休は片目をあけた。

「地獄や天国というものは本当にあるのだろうか。いや……ぼくは神の存在についてはもちろん疑いを持っていない。だが、地獄や天国は……」

「地獄はある」

「え……？　どこに？」

「天国のとなりじゃ」

「天国はどこにある」

「地獄のとなりじゃ。うははははははは」

マーパンはため息をつき、ファーサル司令官に向きなおった。

「どうしてあいつらがアダムとイヴだとわかったんですか」

「やつらは股間をでかい葉っぱで隠してるだろう」

「ああ、カエデみたいな葉っぱですね」

「カエデじゃねえよ。ありゃあ、巨大なイチジクの葉だ。アダムとイヴの出てくる風刺マンガでは付きものになっているアイテムなんだ。『進化した猿たち』を読んだことねえのか。それに、男のほうは左胸が陥没してるだろう。あばら骨が抜かれてるからだ」

イヴは、アダムの肋骨から創られたのだ。

「で、でも、それだけではやつらがアダムとイヴだとはいえないのでは」

「やつらの胸に、刺青が彫ってあるのに気づかなかったか」

「さあ……」

「女のほうは、左のオッパイのうえに空飛ぶ円盤のタトゥーがある。あれは、アダムスキー型円盤、つまり、アダム好き、ってことだ」

「駄洒落ですか」

「男のほうは、心臓のうえあたりに、いわゆる温泉マークが彫ってある」

「温泉……？　温泉に入ると、あー、極楽極楽と言いますから、ここがエデンの園であることを示しているというわけですか」

「最初はおれもそう思った。だが、ちがう。あれは……ちょっとわかりにくいぞ。おれも、長いあいだ考えに考えて、やっとわかったんだ。あれはな……指宿(いぶすき)温泉だ」

◇

お話変わって、〈ゴルゴダ13〉では、あいかわらずのこのふたりの会話がかわされていた。

「ユダ、なにをふさぎこんでいるのだ」

イエスが問いかけた。

「い、いえ……なんでもありません」

「そうか。それならいいのだが……いつものおまえではないように思えたものだから」

「お気づかいありがとうございます。だいじょうぶです」

「狭く鬱陶しい宇宙ステーション暮らしもようやくおわりなのだ。もうまもなく、迎えのジャン・ゴーレが来る。それに乗れば、地球に帰れるのだ」

「待ちどおしいことです」

「ところで、おまえ、アンリ・ミルモをモノにしたのか」

「あ、いえ、その……」

「やっぱりまだなのか。いつものおまえなら、とうにゲットしているはずなのだ。今回はえらくのんびり構えているなあ」

「そういうわけでは……」

「おまえが手を出さないなら、私がディグディグしてもいいのだな」

「だ、だめです。それだけは……絶対にだめです。だめですだめですだめです。あのひとだけは……」

「なんだ、やけにマジなのだ。何かあるのか、あの女」

「いえ……何も……」

「ユダ、おまえ、私に嘘をつくのか」

「そういうわけではありませんが……とにかく、あのひとだけは手を出さないでください。お願いします」

「なーんか気になるのだ」

「気にしないでください」

「気になるのだ」

「気にしないでください」

「気になる」

「気にならない」

「なる」

「イエスさま！」

「怖い顔なのだ。じゃあ、あの女をイテコマスのはやめるから、わけを話せ」

「申せません」

「それはずっこいのだ。それじゃヒントだけでも」

「ヒントですか……」

「ヒントをくれなきゃ、あの女を……」

「わ、わかりました」

ユダは唾を飲みこむと、

「――イエスさま、おたずねしにくいことですが……あなたはご両親が今、どこにいらっしゃるかご存じですか」

「ご両親？　それは、父なる神のことか」

「いえ……本当のご両親です」

「ああ、マリアとヨゼフか」

イエスは暗い顔になり、

「――知らないのだ」

「なぜ……？」

「〈最後の審判〉のとき、有史以来の全人類が蘇生したはずなのだが、不思議なことに、なぜかマリアとヨゼフは復活しなかったようなのだ。蘇生人担当省もいろいろ手を尽くして徹底的に調べたらしいのだが、すべての蘇生者のなかに、マリアとヨゼフはいなかったのだ」

「そんなことってありうるでしょうか」

「蘇生人担当省の役人の話では、考えられる可能性は四つ。ひとつは、マリアとヨゼフは新約聖書の編纂者がでっちあげた架空の人物にすぎず、実在しなかった。だが、私はちゃんと両親の顔も名前も覚えているから、これはちがう。もうひとつは、マリアもヨゼフも蘇生したが、蘇生人担当省がチェックするまえに死亡した、というもの。だが、片方ならともかく、ふたりとも前後して即死するなんて、考えられないことだ。つぎは、蘇生してはいるものの、本人が自分が誰であるか知られたくないために、身分を詐称しているという可能性。これも、考えにくい。神が実在すると証明された現在、イエス・キリストの両親なら〈人類圏〉の高級官僚になれ、生活は保障され、贅沢のし放題なのだ。そんな特権を放棄する人間がいるとは思えない」

「最後の可能性は……?」

「マリアとヨゼフは、たまたま復活しなかった」

「でも、全ての人類が……」

「それは、たぶんそうだろう、というだけの話なのだ。誰かが有史以来の全人類の一覧表を持っていて、蘇生者と照らしあわせてチェックしたわけではないのだ。私の両親は、なぜか、たまたま、復活しなかった。単にそれだけのことかもしれない。そして、これが一番、可能性が高そうなのだ。なにしろ……神の御心は、我々人間にははかりしれないのだから」

「…………」

「で、なんなのだ?」

「なにがですか」

「なぜ、あのアンリ・ミルモに手を出してはいけないのか、という問いの答なのだ。こんなヒントではわからないのだ。蘇生者なら、額にタトゥーがあるはず。では、あの女の正体は何ものなのだ?」

「正体、と申しましても……」

「何かあるな。おまえが隠そうとすればするほど興味が湧いてくるのだ。よし、あの女の素性を暴いてやろう」

「おやめください、イエスさま……イエスさま!」

「こーれはおもしろくなってきたのだ。ふっふっふっふっふっ。へっへっへっへっへっへっ」

イエスはユダの手を振りほどき、部屋を出ていった。

ユダは天を仰ぎ、

「しまった。裏目に出てしまった……。なんとかしなくては……」

ユダは蒼白な顔でイエスのあとを追った。

◇

「指宿温泉……? なんですか、それは」

「地球のニホンにある温泉の名前だ。おれも一度行ったことがあるが……イブスキ、つまり、イヴ好き、ってことだ」

「なるほど。アダム好き、イヴ好き……ふたりの愛の誓いなんですね。でも、どうしてあんなに巨大なんですか」

「おめえは『巨人伝説』を知ってるか」

マーパン軍曹はかぶりを振った。

「おりゃもともと文化人類学や民俗学に興味をもっていたが、この基地に着任してあの化け物を目撃して以来、巨人についていろいろ調べてみた。すると、地球の各地に、かつて巨人が地上を闊歩していた、てえ伝説が残ってることがわかった。ギリシャ神話、ローマ神話、ギルガメッシュ叙事詩、ダイダラボウの言いつたえ……枚挙にいとまがねえほどだ」

そう前置きしてファーサル司令官は話しはじめた。学界から正式には認められていないが、一種のオーパーツとして、身長十メートルに近かったと推定されるような巨大な人骨が出土したり、百三十センチもある、化石化した足跡が発見されることがある。また、イギリスのストーンヘンジ、ペルーのサクサイワマン遺跡、フランスのカルナック列石、ニホンの与那国海底遺跡など、ふつうの人間では動かすことができそうにもない巨大な石で建造された遺跡が無数にある。時代は下るが、エジプトのピラミッドや中国の万里の長城、ナスカの地上絵なども、いまだにどのように造られたかわかっていない。だが、巨人の力を借りたとすれば謎は解ける。

「かつて、人類は巨大だった。アメリカの考古学者カール・ボウの説によると、高気圧、高酸素濃度かつ磁場の大きい環境下では、細胞の破壊が抑制され、生物は巨大になる。一億年以上まえ、地球の気圧は現在よりも高く、酸素も濃く、磁場も大きかった。だから、恐竜はあれほど馬鹿でかくなり、植物も天を突くほどに巨大になった。〈ジュエル〉は、まさに太古の地球と同じ環境なんだ」

「し、しかし……おかしいじゃないですか。蘇生者のなかにはそういう巨人はいません」

「たしかにそうだ。だが、考えてみねえな。あらゆる人類が復活しているはずなのに、アダム、イヴ、ノア……といった『創世記』の主要登場人物は見あたらねえだろう。〈蘇生人担当省〉は、彼らが一種の象徴的な存在だから、という解釈をほどこしていた。アダムは九百三十歳まで生きたとされているが、そういう超人めいた記述は、彼らが架空の人物である証拠だ、とな。だが、もし、アダムとイヴが実在していて、高気圧、高酸素濃度かつ磁場の大きい環境で、それだけの年月、成長を続けていたとしたら……」

　トンデモだ、とマーパンは思った。疑似科学だ、似非(えせ)科学だ、水からの伝言だ……。

「原初の人類が長命であったというのは、なにも驚くような話じゃねえぞ。ユダヤ教以外の神話においても、たとえば、ギルガメッシュ叙事詩に出てくるウトナピシュティムは不死だったし、ニホンの初代テンノーであるジンムは百二十七歳まで生きたという。原初の人類が長命なのは、〈生命の実〉の効能だとは思わねえか。また、ニホン神話には、死の床についたスイニンテンノーが、タジマモリという人物に命じて、非時香果(トキジクノカグノミ)という、時を定めることなく、つねに黄金色に輝く木の実を獲りにいかせた、という話がある。非時香果とは不老長寿の実、すなわち〈生命の実〉だ。タジマモリは、どこまでこの実を獲りにいったと思うね？　常世国(トコヨノクニ)、つまり、あの世……エデンと同じだ。ほかにも、ギリシャ神話における不老不死の黄金のリンゴ、中国神話における不老不死の桃……不老長寿の果実を扱った神話はいくらでもある」

「〈知恵の実〉のほうはどうなんです」

「野蛮で頭も悪かった猿人や原人が、今の『人間』になれたのは〈知恵の実〉を食べたことによる知能の増進の結果ではないか、とおりゃ思ってる」

「…………」

「おれの考えでは、アダムとイヴは、地球ではなく、ここ〈ジュエル〉に蘇生したんだ。かつての地球と似た環境のこの星にな。それは神のご意志によるものなんだ」

「でも、巨人に関する記述は聖書にはないでしょう」

「何を言ってやがる。『民数記』に、ネフィリームという巨人について書かれてるぜ。ダビデと闘ったゴリアテも身の丈三メートルの巨人だ。それに、聖典外典である『ソロモンの知恵』にも、『その昔、高慢な巨人たちが滅びたとき、世の希望であったあの人は、木の船で難を逃れ』云々とある。つまり、かつて地上には巨人族がいたが、ノアの大洪水のときに箱船に乗れなかったために絶滅した、てえわけだ」

　マーパンはかぶりを振り、

「ぼくがこどものころから教えられてきたアダムとイヴのイメージとちがいすぎます」

「まだ納得しねえようだな。じゃあ、アダム・カドモンのことは知ってるか」

「いえ……」

「アダム・カドモンはユダヤの聖書外神話に登場する原初の人間だ。無限の大きさをもつ巨人で、キリスト教におけるアダムの原型とも言われている。これらのことから考えて、あの二体の巨人こそ、神がお造りになられた最初の人間だろうぜ」

「彼らがアダムとイヴなら、どうしてあんな残酷なことをするんです。おかしいじゃないですか、神がお造りになられた原初の人間が、人間を襲って、首や心臓をとるなんて……」

「フランケンシュタインにせよアストロボーイにせよ、実験第一号というのはなかなか作り手の言うことをきかねえもんだよ。まあ、神にとっても試作品のレベルだったんだろうな。大きさも能力も寿命も……その後、試行錯誤を繰りかえしつつ、平均九百歳以上の寿命を保っていたアダムやセツ、エノス、メトセラ、そして、ノア……といった初期人類から、セム、テラ……といった、二百～六百歳のその子孫たち、そして、百歳のものにどうして子が生まれようと言ったアブラハム……としだいに寿命も短くなっていき、人間として完成されていったのだろう。もっともおれも、やつらがなぜ首と心臓にあれほどこだわっているのかはわからねえがね」

　ファーサル司令官は咳払いをすると、

「ここがエデンの園であることは疑いの余地がない。大司教は、人類の未来のために、この作戦は絶対に成功させねばならん、そのためならいくらでも歩兵を投入する用意がある、とおれにおっしゃった。そののち、宇宙全体の戦況が悪化して、歩兵の確保がむずかしい状況になってはいるものの、〈ジュエル〉はどうしてもゲットせにゃならねえのだ」

「エゾゲバロ・ログロ人は、なぜこの星を狙っているんでしょうか」

「それはわからねえ。やつらにはなんの値打ちもないはずなんだ。だいたい、おりゃこの星に来てから、あのナメクジどもに遭遇したことは一度もねえんだよ」

「エゾゲバロ・ログロ人も我々同様、〈知恵の実〉と

〈生命の実〉を狙っている、という可能性は……？」

「ないね。これは神によって造られ、神の教えを守る我々人類だけの問題であって、ナメクジ連中にはかかわりねえことだろ。——とにかく、おめえたちの任務は、この星をエゾゲバロ・ログロ人から奪還して、〈知恵の実〉と〈生命の実〉を手に入れることだ。いいな」

マーパンは呆れたように、

「おめえたち？　それはあなたが受けた命令でしょう。ぼくは、ここがエデンだとかそういうことは一切知らされず、純粋に歩兵の増強を行うという……」

「うるせえ。おれが上官であることを忘れるな。今、ここに正式に命令をくだそう。おめえさんを、この星における人類圏宇宙軍の総司令官に任命し、おれが受けた全命令をきみに委託する。マーパン軍曹、おめえはたった今からこの星の前線部隊の最高責任者となった。おれの意志を受けついで、あの二体の化け物とエゾゲバロ・ログロ人を倒し、リンゴ大司教のもとへ二種類の木の実を持ちかえるんだ。わかったかい」

「…………」

「なぜ返事しねえ」

「あなたは何をなさるのですか」

「おりゃ、おめえにすべてを託して、さっそく地球に帰還しようと思ってる。老兵は死なず、ただ消えさるのみだぜ。あっはっはっはっは……」

ファーサル司令官は暗く笑うと、マーパン軍曹の肩に手を置いた。マーパンはその手を払いのけ、

「そうあなたの都合よくことは運びません。ぼくの告発により、いずれあなたは逮捕されるでしょう。そのときまで、ぼくとともに行動していただきますよ」

司令官は痰を吐き、

「てやんでえ、べらぼうめ。生意気なことをぬかすな、この小僧め。——これからどうするつもりだ。おりゃとりあえず、〈ダビデ〉か〈ゴリアテ〉で〈ゴルゴダ13〉に送りかえしてもらおうかな」

「〈ダビデ〉も〈ゴリアテ〉も、修復不能なほどに潰れています。〈カケホーダイ〉も故障中なので、ステーションとも連絡がつかんのです。〈ドエヤン〉基地にも増援部隊が行っているはずなのですが、これも連絡がとれ

ず……。それに、もう〈ゴルゴダ13〉には、着陸型の宇宙船は残っていないはずです。〈アーク〉は大型ですから、〈ジュエル〉の大気圏外までしか来られないでしょう」

「では、この星を脱出するすべはねえ、ってことかよ」

「〈ゴリアテ〉に搭載してあった、一人乗りの超小型緊急自動脱出艇〈ダット〉が一機だけ救済できました。あれを使えば、とりあえずこの星の大気圏は脱することができますが……」

「一人乗りではしかたねえな。──おりゃ、この場所を動かぬほうがいいと思う。こちらと連絡がとれねえんだから、全滅したとみなされ、いつか増援部隊が来るにちがいねえ。そのときに発見してもらえるだろう。それまでここでねばれば……」

マーパンはかぶりを振り、

「〈ドエヤン〉基地に向かおうと思います。向こうにも生きのこりの兵士がいるかもしれないし、ツンブク・イカ軍曹の率いる新兵たちもいるはずですから」

「甘えな。通信機の呼びだしに応じねえんだろう？　どうせアダムとイヴに襲われて、全滅しているに決まってるさ。ここから〈ドエヤン〉まではずっとジャングルを通らねばならねえし、途中で川下りをしなくちゃならねえところもある。死にに行くようなもんだぜ。途中で、アダムとイヴに襲撃されたらひとたまりもねえって。エゾゲバロ・ログロ人も警戒せねばならねえし……。だいたい、武器はどうやって運ぶんだ。三十人足らずの人数で、〈老魔砲0〉や〈偶像〉を運搬するつもりかよ。食糧や小型兵器、それに、〈カケホーダイ〉はどうするんだ」

「なんとかなります」

「なんともならねえよ。おめえが〈ドエヤン〉に行くというなら、とめはしねえ。生命を粗末にするマヌケ野郎と思うだけだ。だが、おりゃここに置いていってもらう。馬鹿と一緒に犬死にはしたくない」

「そうはいきません。申しあげたはずです、ぼくとともに行動していただくと」

「いやだ。絶対に行かねえぞ。こんなところで死にたくねえ。おりゃおめえらとちがって生命のありがたさを知ってるんだ。死にたいやつは死ね。勝手に死ね。全員死ね。犬に嚙まれろ」

「――司令官殿……」

マーパンは、ファーサルの胸ぐらをつかみ、

「ぼくだって死にたくはない。ですが……ぼくたちは、神に仕える宇宙軍の兵士なのです。エゾゲバロ・ログロ人との戦いは〈聖戦〉です。やつらに後ろを見せることは、主にそむくことです。どうしてそれがわからないんですか」

ファーサルは顔をそむけると、

「地球にゃ、おれの帰りを待っているこどもたちがいる。かわいいこどもたちの顔を一目見るまでは、おりゃ死ねねえ。たとえ、おめえを殺してでも、おりゃ地球に帰還するぞ。おりゃ、自分が大事だ。部下など何千人、何万人死のうと、おれの知ったことじゃねえ」

「あ、あ、あなたというひとは……許せない」

マーパン軍曹が軍用ナイフを抜いて、ファーサルの喉笛めがけて振りおろそうとした。その瞬間、

「地獄の門が開かれたぞおっ！」

一休の大喝であった。雷鳴のようなその音声に、マーパンははっと我に返り、ナイフを鞘にしまった。それを見て、一休が言った。

「天国の門が開かれた。甘露が衆生に降りそそいでおるわ。うわはははははははは」

豪快に笑いながら、一休はどさりと崩れおちた。「埋没」したのだ。マーパン軍曹は、しばらく下を向いてじっと考えこんでいたが、やがて、顔をあげると、大声で言った。

「全員出発の準備をしろ。〈ドエヤン〉基地に向かうぞ」

6

〈ゴルゴダ13〉は、朝からバタバタとあわただしかった。まもなく、ジャン・ゴーレが到着するのである。今回の乗員は、〈ジュエル〉の前線に投入するための百五十人ほどの歩兵である。ふたつの基地に配属になった新兵た

ちとの連絡がいきなり途絶えたので、そのことをカニヤッコが宇宙軍本部に連絡すると、あわてた宇宙軍が各地から必死に掻きあつめたのだ。まったく歩兵としての訓練ができていない素人たちで、少しでも教練を受けただけピンクたちのほうがましなほどだった。単に人数をそろえたというだけの、ポンコツ部隊だという。

「やっと地球に帰れるのだ。疲れたのだ」

イエスとユダはホッとした表情で、パンとハムエッグという朝食をしたためていた。

「ああ、退屈だった。地球に戻ったら、ブワーッ！と散財して、溜まったストレスを発散しまくるのだ。酒池肉林の爛れきった日々をおくるのだ」

「イエスさま、そういうことはあまり大きな声では言わないほうが……」

「何を言う。ひとはパンのみにて生きるにあらず……あ痛てててて……」

イエスは腫れあがった頬を痛そうにさすった。ユダの忠告を無視してアンリ・ミルモに声をかけ、両頬を思い切り往復ビンタされたのだ。

「もう、こんな場所はいやなのだ。一刻も早く帰りたいのだ。二度と来たくないのだ」

「正直、私も同じ気持ちです。頼まれても戻りません」

「けど、あの女、どこかで……」

「なにか……？」

「いや、何でもない。ヤットコはこわいのだ。あの女もこわいのだ」

そこへ、アンリ・ミルモを従えたカニヤッコ司令官がやってきた。ミルモを見た瞬間、ユダは直立不動になり、イエスは蒼白になった。

「長いあいだ、ご苦労さまどした。地球の皆さんにどうかよろしゅうお伝えしとくれやす」

「了解なのだ。皆さんにはいくら感謝してもしたりないぐらいなのだ。ありがとうなのだ」

「また来とくれやす。いつでも大歓迎しますえ」

「もちろん、近いうちに遊びにくるのだ。すっかりここが気にいったのだ。もうしばらくいたいのだが、つぎの仕事があるのでそうもいかないのだ」

どちらも、本音でないことは明らかだった。今はともかく、イエスはかつて「神の子」だったのだから、たかがステーションの長といえど、ぞんざいに扱うわけにはいかない。カニヤッコにしても、そんなやっかいな「お客さま」にははやく帰ってもらいたいはずである。だが、そんな気持ちを隠して、ふたりは握手をした。

「あと五分で、ジャン・ゴーレ〈AB‐スダイ一一二一‐二〇〉が到着いたします。接続ゲートの準備確認お願いいたします」

男か女かわからない合成音声のアナウンスが天井のモニターから降ってきた。それに応えて、管制ルームから、

「第一接続ゲート準備完了。誘導お願いします」

機材を抱えたスタッフがあたふたと歩きまわっている。

「それでは、そろそろゲートのほうへ参りますのだ。いろいろお世話になりましたのだ」

イエスがアンリ・ミルモのほうを見ないようにして腰をあげると、

「え？　まだ早いやおまへんか。ちょっとぶぶ漬けでも」

イエスはぶるぶるとかぶりを振り、

「せっかくですが、ご遠慮申しますのだ。さようなら、バイバイなのだ。これでいいのだ」

早口でそう言うと、足早にゲートに向かった。そのあとを、大量の荷物を持ったユダがよたよたと続いた。

「道中お気をつけて」

アンリ・ミルモが後ろから声をかけると、イエスはつんのめって転倒し、イエスの身体につまずいたユダが荷物をその場にぶちまけた。急いで荷物を集めてまわるふたりの様子を見ながら、アンリ・ミルモはくすりと笑い、

「あの子も……まだまだね……」

とつぶやいた。聞きとがめたカニヤッコが、

「あんた、あのふたりに何かしたんどすか」

「いいえ、なにも」

カニヤッコが疑わしそうにミルモの顔をのぞきこんだとき、ステーション全体が軽く揺れ、

「ただいま、ジャン・ゴーレ〈AB‐スダイ一一二一‐二〇〉が予定時刻より五分遅れて到着いたしました」

カニヤッコやイエスたちが見守るまえで、ゲートから続く扉が開いた。てっきり、派兵担当官に引率されて、

百五十人の新兵が現れるものと思っていた彼らの目のまえに、真っ先に飛びだしてきたのは、

「バウワウ、ワウワウッ」

仔牛ほども大きな、一匹の犬だった。毛並みは基本的に茶色く、ところどころ白い。立派な体格で、四肢も太く、たくましい。セント・バーナードという犬種と思われた。その犬は、猛烈な勢いでカニヤッコたちにむかって突進した。カニヤッコ司令官は青ざめた。

「う、うち、犬は嫌いなんどす」

そう言って、ユダの後ろに隠れた。

「バウバウバウバウバウッ！」

犬は、カニヤッコもユダもイエスも無視して、まっしぐらにアンリ・ミルモに飛びついた。そして、彼女の顔といわず、首筋といわず、手といわず、あらゆるところを幅広い舌でべろべろなめまわしている。ミルモも、あっけにとられているのか、棒立ちになって、なされるがままになっている。

「こらっ、だめじゃないかっ」

扉の奥から、ところどころ破れたチューリップ帽をかぶった、ニキビ面の若者が、叫びながら駆けてきた。

「待てと言ってるのに……おい、ヨーゼフ！」

男の顔を見たカニヤッコ司令官が、厳しい口調でまくしたてた。

「あ、あんたが派兵担当官どすな。この犬、なんどすのん。はよ、どないかしとくれやす。それに、ステーションはペット禁止どすえ」

「申しわけありません、カニヤッコ司令官。ちょっとリードを離しちまって……。いつもはこんなことないんです。居眠りしているか、餌を食べてるかなんですが、どうしたんだろう、こいつ……」

「とにかく、ジャン・ゴーレに乗せて、送りかえしとくれやす」

「そうはいきません。こいつはペットじゃないんです。ヨーゼフは……妄導犬なんです」

「妄導犬……？　なんどすのん、それ」

「人間の妄念や邪念、忌まわしい気持ちを正しく導く犬のことです。実は……今回の新兵のほとんどは犯罪者でして、それも死刑判決がくだっちまってるような凶悪犯

ばかりなんです。頭のなかは殺人や強盗、性犯罪なんかの歪んだ欲望でぐちゃぐちゃになっているような連中で、彼らにまともな兵士として日常生活を送らせるためには、この……」

　ニキビ面の若者は、アンリ・ミルモをまだなめまわしている大型犬にちらと目を向け、

「妄導犬がどうしても必要なんです。このヨーゼフが、彼らの妄念を食っちまうことによって、彼らの脳内から邪悪な気持ち、歪んだ欲望が消えるんです」

　カニヤッコは、肩を大きく上下させてため息をつき、

「そんなろくでもない連中の面倒みるのん、怖いし、うざいし、気ぃ重いわあ」

「今はもう、そんなやつらを使うよりほか、前線の歩兵のなり手がいないみたいです。それに、凶悪犯といっても、ヨーゼフがいるかぎりは猫みたいにおとなしいもんですから、心配はいりませんよ。おいらが保証します」

「そやかて……」

「だけど、うわあ、めずらしいなあ。ヨーゼフがあんなにひとになつくなんて。人見知りする犬なんですよ。よほどあの女のひとを気に入ったみたいですね」

　そこまで言って、ふと思いだしたように若者は敬礼し、

「申しおくれましたが、おいら、今回の派兵担当官のペーター伍長です。よろしくお願いしまーす。――おい、おまえらも挨拶しないか」

　彼の後ろから、ひげ面の大男たちがぬうと現れた。片目が潰れているもの、顔中に縫い目のあるもの、鼻が陥没しているもの、歯を全部、人工の牙に入れかえてしまっているもの、頭蓋骨を粉砕されたのか、透明プラスチックを頭蓋骨のかわりにはめこんでいるため、脳が丸見えになっているもの……ひとりとしてろくな面相のものがいない。

「よろしくお願いします」

　凶悪犯たちはにっこり笑いながら口々にそう言うと、カニヤッコに向かって頭を下げた。カニヤッコは一歩さがって、

「ど、どうも……こちらこそよろしゅうお願いしますどす」

　消えいるような声で応えると、ミルモに、

「あんた、いつまでも犬とほたえとらんと、このひとらを部屋に案内したげとくれやす」

「あ、はい」

ミルモは、抱きついているヨーゼフの前脚を持って床におろすと、

「またあとでね」

「バウワウ、バウッ、バウッ」

「では、皆さん、私のあとに続いてください。皆さんに使っていただく寝室と、その他の施設のご説明をいたしますから」

そして、先に立って、通路を歩きだした。先頭にいた、頭髪を針のように尖らせ、唇を手術で除去し、両眼をネオンのように点滅させている若者が、褐色の軍服に包まれたミルモの形のよい尻をじっと見つめていたが、

「お、女……いい女……いい尻だ……うふふふふ」

そう呟くと、そっと右手を伸ばして、ミルモの尻を撫でようとした。同時に左手は、ひきずりだした自分のペニスをしごきあげている。両眼は激しく赤と青に点滅し、口の端からはよだれが滴っている。

「ヨーゼフ!」

ペーター伍長の一声で、ヨーゼフは、

「バウッ!」

と吠え、床を蹴って跳躍した。巨体にもかかわらず、ヨーゼフは全身を波打たせるようにして天井すれすれまで跳び、歩兵たちの頭上を軽々飛びこして、先頭の若者のまえにひょいと降りたった。

「犬ころ、邪魔だ、どけっ」

怒鳴りながら先に進もうとした若者の行く手を阻むように、ヨーゼフは身体を横にすると、

「うわおおおお……ん」

と高く吠えた。瞬間、若者の動きがぴたりととまり、目も点滅しなくなった。凍りついたように硬直した若者の口から、白いもやもやした、綿菓子のようなものがこぼれ落ちはじめた。

「あれは、エクトプラズムです」

ペーター伍長が、カニヤッコにささやいた。白いもやもやは、床のうえでかたまると、カタツムリの形になった。ヨーゼフはそのカタツムリを、殻ごとバリバリとか

み砕き、ごくんと飲みこんだ。若者の目に輝きが戻った。彼はまっすぐに立つと、すっきりした表情で、

「あれ……俺、どうしてたんだろう。まあ、いいや。早く部屋に行って、一休みしたいよ」

そう言って、すたすた歩きだした。さっきまで硬直していたペニスは、だらりと垂れさがっている。

「あれが、妄導犬ヨーゼフの能力です。あいつは、人間の妄念をカタツムリの形にして食べるんです。だから、食事は必要ありません」

カニヤッコに話しかけているペーター伍長の言葉を聞きながら、アンリ・ミルモは心のなかで感動に震えていた。

(ようやく会えたわね……あなた……)

◇

生きのこった三十名の歩兵たちは、ジャングルのなかを行軍することになった。ジャングルのなかを、といっても、この惑星〈ジュエル〉では、ジャングルでない場所を探すほうがむずかしい。粘液で濡れぬれと光る肉厚の落ち葉を踏みしめながら、一行は〈ドエヤン〉基地を目指した。巨大兵器である〈老魔砲O〉や〈偶像〉などは、蔓植物をかぶせてカモフラージュしたうえで自動運搬装置に載せたが、ほかの物資や武器弾薬などは歩兵たちが自力で運ぶのだ。

今、発現しているのは、ズンドコーン博士だった。博士は、自分の銃器・武器のほかに、数人分の物資を肩に背負い、密林を進まねばならなかった。

「今日ほど、宿主のジアトリマくんの肉体の頑強さに感謝したことはないね」

ズンドコーンは、少し後ろを歩いているジャンヌにそう話しかけた。今、ジャンヌの身体を支配しているのはジャン・バルジャンだ。

「俺は限界だよ……。もう歩けない」

「しかたないさ。きみの身体は少女のものなんだから。いくら男装の麗人といっても、この行軍はつらいよね」

「そうじゃないんです。目がね……」

ジャン・バルジャンは右目をばりばりかきむしりながら言った。まぶたが野球のボールぐらいに腫れあがり、

血が幾筋も滴っている。

「痒くて痒くて痒くて痒くて痒くて……とにかく痒いんです。痒くて痒くて痒くて痒くて……」

「わかったわかった。けど、おかしいな。携行用医療マシンには診察してもらったのかね」

「故障してるらしいんです。でも、今夜にでも、医療マシンと〈カケホーダイ〉は修理するって、マーパン軍曹がおっしゃってました。その二つがないとどうにもなりませんからね」

「そりゃそうだな。風土病にでもかかったらおしまいだ。ちょっと見せてみなさい」

ズンドコーンは、ジャン・バルジャンの右目をのぞきこみ、指でまぶたを上下にわけて、眼球を観察しようとした。そして、

「ひっ……」

思わず口から漏れた。

「ど、どうしたんです。俺の目、どうかなってますか」

「い、いや……なんでもない。たいしたことはないと思うよ。とにかく、医療マシンの故障がなおったら、一度診てもらいなさい」

「ええ、そうします」

歩きだそうとしたとき、ズンドコーンはめまいがして、二、三歩よろめいた。

「だいじょうぶですか」

「あ……ああ、だいじょうぶ」

言いながら、ズンドコーンは今自分が見たものを頭のなかから消そうと必死になっていた。ジャン・バルジャンの右目の眼球のなかには、赤いイトミミズのような虫が無数にからみあい、もつれあい、うごめいていたのだ。

◇

「いつまで背中に銃を突きつけてるつもりだ。そんなことしねえでも、〈ドエヤン〉には行ってやらい」

「それでしたら、もう少し早足でお願いします。あなたの歩きかたにあわせていたら日が暮れてしまいます」

マーパン軍曹の言葉にファーサル司令官は顔をしかめ、

「てめえにゃ中高年をいたわろうてえ気持ちはねえのか。ああ、脚が痛え。そろそろ休憩しねえか」

「さっき休んだばかりじゃないですか」

「あああ、脚が痛え。骨にひびが入っているのかもしれん。痛え痛え」

「わかりました。――少し休憩する。ボキャノンとブキャナンは見張りに立ってくれ。残りのものは、全員、腰をおろして休んでくれ。吸血生物に気をつけて」

「おい、そこの奴、赤ワインをくれ。たしか、おめえの背嚢に入ってたはずだ」

言われた兵士は、マーパン軍曹のほうを見る。マーパンは舌打ちをして、

「司令官、ワインは骨折には毒ではないでしょうか」

「痛みをアルコールで和らげようってえんだ。医療マシンが故障しているんだから、しかたねえだろ。おめえにゃこの痛みのつらさはわからねえだろうな」

「酔うと、行軍に支障をきたしますよ」

「かまやしねえ。おい、そこの奴、命令だ。持ってこいてえたら持ってこい。それとも二等兵の分際でおれに逆らうのか!」

兵士は、いいんでしょうか、という顔でマーパンの指示を待っている。

「さしあげろ。ただし、量は……」

「ああ、おれが自分でやる。こっちに貸せ。いいから貸せてえんだ、まぬけめ」

ファーサルは、ワインをラッパ飲みすると、げふっ、と酒臭い息を吐き、

「まあまあだな。地球では、こんな安物は口にしたことはなかったが、たまに飲むと、けっこういけるから不思議だよ、あはははは」

笑いながらファーサルは、二リットルもあるワインの大瓶をひとりで飲んでしまった。

「へへへ、調子がでてきたぞ。おおい、もう一本持ってこい」

「大尉殿、食糧や酒は全員の共有財産です。あなただけに飲ませるわけにはいきません」

「なんだと……?」

ファーサルは首をまわしてマーパンを見た。すでに目が据わっており、顔は真っ赤だ。

「おれに飲ませる酒はないというのか。おれはこの基地

の司令官だぞ。おれの命令に……」

「あなたは犯罪者であるばかりか、さきほどぼくを、この星の総司令官に任命するとおっしゃいました。ぼくの命令に従っていただきます」

「べらぼうめ、酒を……酒を持ってこい」

銅鑼(どら)声を張りあげたとき、ファーサルは木の根につまずいた。そして、泥のなかにうつ伏せになったまま、いびきをかいて眠ってしまった。何度も肩を揺すったが、起きる気配もない。泥だらけのファーサルを二人がかりで仰向けにしてその場に寝かせると、マーパン軍曹はぼそっと言った。

「今日はここで野営する。全員、準備にかかれ」

◇

「隊長、通信装置の修理、なんとか終わりました」

顔を油まみれにした兵士が、マーパンのテントに報告に来た。

「何？　そ、そうか……」

マーパンは電球を取り換えた直後の照明のようにパッと明るい表情になり、

「これで事態の打開が図れるぞ」

そう言ってテントを出た。すでにユガミニクラスの太陽は地平線に没し、中天にかかった大小二つの月が青緑と黄色の光を放っている。〈カケホーダイ〉が設置してあるテントに入ると、マーパンはすぐに〈ゴルゴダ13〉との通信を試みた。

「おかしいな……つながらないぞ」

「そんなはずは……」

別の兵士が、マーパンと操作を交替したが、結果は同じだ。

「なおってないんじゃないのか」

「いえ……電波は向こうに届いているようです。ステーション側に問題があると思われます」

スピーカーから、かすかに音がした。

「今、何か聞こえたぞ」

「はい……ボリュームをあげてみます」

兵士が操作盤をいじくったとき、

「こちら〈ゴルゴダ13〉どす」

いあわせた一同が、やった！　と声を出した。

「おおっ、その声はカニヤッコ司令官。こちら、〈ジュエル〉のマーパン隊、隊長のマーパン軍曹であります！」

「へー、生きてはったんや。そら、おめでとおすなあ。赤飯でも炊きましょか」

「そんな呑気なことを言ってる場合じゃないんです。じつは、この星にはアダムと……」

「司令官、あの犬はどこですか！」

男性の声が割りこんだ。

「また、なんぞおましたんか」

「ギンジロウとキントキがホールで〈ミソカツ銃〉を乱射しておりまして、手がつけられない状態です」

「ペーターはんに取りおさえてもろとくなはれ」

「ペーター伍長は腹部に八発被弾して、亡くなりました。とにかく、あの犬に妄念を食ってもらわないと、もう……」

「司令官、ヨーゼフはどこにいますか」

「あんたもかいな。今度はなんどす？」

「ラネモルサがD地区の通路でダイナマイトを爆発させました。三人死亡、五人が重軽傷。外壁が吹っとんだので、D地区は現在、障壁を下ろして閉鎖していますが、ラネモルサは、大量の爆発物を持ったままステーション内を逃亡中です」

「なんでそんなアホなことを……」

「ステーションは狭いから広くしてやるんだ、と言っていたそうです」

「アホや。そこなしのアホばっかりや」

「失礼します、司令官、あの犬はどこです。一刻もはやく妄念を……」

「またどすか！　せやから、うちはあんなポンコツ軍隊、受けいれるの嫌やて……そうそう、イエスはんとユダはんはどないしてはる？」

「ジャン・ゴーレに搭乗されたはずですが、連絡はとれない状態です」

「ほんまにもう、神の子いうても役にたたん……」

通信はブチッと切れた。そのあとは、何度やってもステーション側がこちらの電波を受けいれず、通信は成功

しなかった。どうやら、回路自体を切ってしまっているらしい。マーパンは肩を落とし、

「向こうは向こうでたいへんみたいだな。でも、とにかく外部とつながったのだから、あとはこちらの位置をきちんと連絡して、大気圏外まで〈アーク〉を寄こしてもらい、超小型緊急自動脱出艇〈ダット〉を使ってひとりずつ救助してもらえば……」

「マーパン軍曹殿、ここにおられましたか！」

ひとりの兵士が血相を変えてテントに飛びこんできた。

「なにごとだ」

「一大事です。ファーサル司令官が逃亡いたしました」

「馬鹿っ、厳重に見張っていろと言っておいただろう」

「見張りの兵士ふたりが殺されていました。背後から飛びかかられて、首を絞められたようです」

マーパンは苦笑いして、

「あの泥酔は演技だったのか！　しかし、これで厄介払いができたともいえるな。あのひとを連れての行軍は正直たいへんだったから」

「それがその……司令官は逃亡時に〈ダット〉を盗んでいった模様です」

「なんだと……！」

マーパンは一瞬天を仰いだが、すぐに腰の〈ミソカッ銃〉を抜いて叫んだ。

「やつを追うぞ。アラン、ケイト、ぼくについてこい。ビッキー、遅れるな。それに……ジアトリマもだ！」

こうして、少数精鋭によるファーサル追跡がはじまった。

第六章　生命の木

このかくれキリシタンの聖典によればこうだ。神(デウス)ははじめあだん（アダム）とじゅすへるのふたりの人間をつくった。

あだんが知恵の木の実を食べて楽園を追われるのは聖書と同じだが、いっぽうもうひとりの人間じゅすへるは生命の木の実を食べた。

そのためじゅすへるの一族は不死になったので、地上が人でいっぱいになるのをおそれた神はかれらを〝いんへるの〟にひきいれ、その子孫にも呪いをかけた……

（中略）

古来多くの英雄がこの生命の木をさがしもとめたがはたせなかった。ギルガメシュ…ヘラクレス…。


キリシタンの弾圧下、殉教をかくごでおおぜいの宣教師が日本に潜入したのはなぜか。それはそのころヨーロッパに、日本には金銀島(きんぎんとう)があって、そこには生命の木がはえているという伝説があったからだ。宣教師ディエゴは東北に潜伏中、生命の木の実を食べた子孫を発見したと本国に書き送っている。

――「生命の木」（妖怪ハンター）諸星大二郎より
（句読点は作者が適当に付与しました）

1

「えーかげんにしとおくれやす！」

カニヤッコ司令官の怒声が轟いた。

「あんな連中、兵隊さんでもなんでもおへん。ただのゴロツキ、愚連隊どすがな。一秒たりとも、このステーションに置いとくわけにはいかしまへん。とっとと出ていっておくれやす！」

カニヤッコの髪はほつれ、顔は化粧が剥がれおち、度重なる爆発で黒ずんでいる。爆弾魔の新兵ラネモルサが、大量の爆発物を倉庫から持ちだし、〈ゴルゴダ13〉のあちこちで爆発させまくっているのだ。また、銃器マニアの新兵がふたり、錯乱状態で銃を撃ちまくり、廊下にはすでに犠牲者の山が築かれている。人肉食嗜好のある新兵が、同僚の兵士ふたりを殺して便所で食っているところを発見されたが、追跡を振りきって、現在も逃亡中である。

「そうは言いましても、彼らを派遣したのは宇宙軍の上層部で、私はただの派兵担当官ですから。私の役目はあいつらをこのステーションに連れてくることで、あいつらは〈ジュエル〉の前線に歩兵として送られることになってます。それを送りかえしたりしたら、司令官殿もまずくないですか」

ペーター伍長の死去にともない派兵担当官に昇格したデーゼマン伍長が正論を口にしたが、カニヤッコはぶるぶるとかぶりを振り、

「まずい、まずくないゆう問題やおへん。このままやったら、あの連中が〈ジュエル〉に降下するまえに、このステーションは崩壊してしまいます」

「〈ジュエル〉の知識に関する講義が終了するまで、なんとか持ちこたえてくださいよ」

「こんな状態で講義もクソもおへんやろ。——あの犬はどしたんどす」

「へ？」

「あのヨーゼフとかいうでかい犬どす。悪人の妄念を食うとかゆうてた……。あのアホ犬がおらんさかい、ゴロツキどもが野放しになっとるんとちがいますか」

「そ、そうなんです。私もずっとヨーゼフを探していて……。そ、そういえばあの、目に眼帯をした女性兵士の……」

「アンリ・ミルモかいな」

「そう、そのミルモと一緒にいるのを目撃したものがおりますが」

「なんか懐いてましたよってになあ。あの子があないに犬好きやとはしらなんだ」

「ですから、ミルモの居場所がわかれば、ヨーゼフも見つかるんじゃないでしょうか」

「それが……ミルモもどこにいてるかわからへんのどす」

「あははは。じゃあ、おあいこだ」

「アンポンタン！　こんなとこで油売ってんと、はよ犬探しにいっとくれやす！　あのアホ犬見つけられんかったら、あんたの口に手ぇ突っこんで、奥歯ガタガタいわせまっせ」

　カニヤッコの剣幕に、デーゼマン伍長は風のように消えた。それを見届けて、カニヤッコはため息をついた。こんなことははじめてだった。ミルモはつねにカニヤッコの側にいた。

（あの子がいてへんと、なんや不安やわ。こんな騒ぎになってるときに、あの子はほんまどこへ……）

　ラネモルサによって爆破された区域は順次閉鎖していっているので、今、ステーションはいくつかのパートに分断され、相互の行き来ができない状態になっている。おそらく、どこかの区域で孤立してしまっているのだろうが、こちらに連絡することはできるはずだ。それがないということは……。

（大怪我してるか、まさか、死んだとか……）

　カニヤッコはその不吉な考えを頭から振りはらった。

（あれだけ格闘と射撃の腕まえがあるんどす。きっと無事でいてくれてるはず……）

　カニヤッコは、もう一度、ミルモの携帯通信機をコールした。

◇

　暗闇のなか、荒い息づかいが聞こえる。引きしまった裸身をさらした少女が乱雑に置かれた機材と機材のあいだに四つんばいになって尻を突きだし、そこに毛むくじゃらの犬がのしかかっている。双方とも汗だくで、床には滴りおちた汗と体液が水たまりをつくっている。

「ああ……たしかにあなたよ。あなただわ。二度と会えないかと思ってた」

「バウッ……バウバウッ……」

「あなたが犬に転生していたなんて思いもよらなかったわ。だとすると、復活の日のときに、かつての自分じゃなくて、別の生物になっている場合もほかにあるのかしら……」

「バウッバウッ……」

「あたしたちの息子のイエスは、今、『神の子』として宇宙軍の提灯持ちみたいなことをしているわ。あなた、ご存じでした？」

「バウッ」

「そう、知ってたのね。あの子、ほんとに情けないったら……。神の計画がどんなものかわからないけれど、私はもう加担するつもりはない。あなたもそうでしょう？」

「バウバウバウッ」

「私たちふたり、ひっそり生きていきましょう。ようやく会えたんだから、これからはずっと一緒に……」

「バウバウバウッ」

「イクうっ！」

「クーン！」

ミルモの体内に、ヨーゼフの精液が大量に注ぎこまれる感覚があった。ひとりと一匹は、しばらくぐったりと床に伏していたが、やがてミルモが身体を起こし、

「ねえ、つぎは正常位でしてみましょうか。でも、犬にはむりなのかしら……」

「バウバウッ」

そのとき、少しはなれた場所に置いてあった通信機が、ピコパコペー、パコピコパコペー、パピコパピコ、ペーペーペー。

とけたたましい音をたてた。これまでミルモは、通信機が鳴っているのは知っていたが無視していたのだ。しかし、今度は……。

「超緊急呼びだしだわ……」

しかたなくミルモは携帯通信機を耳に当てた。

「アンリ・ミルモです」

「ああ、あんた、生きてはりましたか！　よかったわあ……」

「何かあったのですか」

「気楽なこと言うてはる。あんた、あの犬知らんか」

「犬……ヨーゼフですか。えーと……さっき見かけまし

たけど……」

　自分の名前に反応して吠えようとしたヨーゼフを、ミルモは指を唇に当てて黙らせた。

「すぐに捕まえてつれてきとくれやす！　あの犬が妄念を食べてくれへんおかげで、えらいことになってますのや。――今どこどす」

　ミルモは周囲を見回し、

「第七武器倉庫です」

「そことここのあいだの区間が現在、封鎖中や。こっちに戻ってこられへんわなあ。どないしよ」

「だいじょうぶです。なんとかします」

　ミルモは通信を切ると、たいへんなことになっているみたい。

「知らないあいだに、たいへんなことになっているみたい。カニヤッコ司令官は私の親がわりなの。助けにいかなきゃ」

　ヨーゼフが大きくうなずいたとき、大音響とともに倉庫の壁が吹っとんだ。濛々とあがる白煙のなかに、男がひとり立っていた。

「うほほっ、ここにも火薬があるだよ。うほほほほっ」

　両腕が床につくほど長く、上半身が異様に発達した、ゴリラのような容貌のその男こそ、爆弾魔ラネモルサだった。腰のまわりに高性能爆弾「アカシヤキ」数十個を巻きつけ、右手に「ダグウッドサンド」を、左手に「カイテンヤキ」を持っている。「カイテンヤキ」ひとつでもとんでもない被害になる。いや、この倉庫にある爆弾が誘爆したら、ステーション自体が……。

「ここを爆破したら、どえらいことになるだよ。うほほっ、うほほっ、うほほほほほっ」

　ラネモルサは踊るような足どりで倉庫内に入ってくると、すぐにミルモを見つけた。

「こらあ上玉だあ。おあつらえむきに裸だんべえ。うっほっ、うほうほ、うほほ」

　ラネモルサの股間が、突然、飛びだす絵本のように突出した。いわゆる「テントを張った」状態であるが、ほとんどズボンが破れそうになっている。

「おねえちゃん、おらが昇天させてやるだよ。一緒に天国さイクだ」

「神とか天国のことは口にしないで」

ミルモがぴしゃりと言うと、

「ありゃあ、あんたまさか瀆神者ではないだべなあ。ほほほほほ、おらの言うこと聞かねえならば、この爆弾、ドッカンコとおみまいするべ。うほっ、すばらしいだよ。火と硝煙のにおいがたちこめて、うほっ、すばらしいだよ。あんた、木っ端微塵になるだ。わかるか、木っ端微塵？　身体が細かくばらばらに飛びちって、白い肉と赤い血がいろんな模様を描くだ。それはそれはきれいで……うほっ、うほっ、うほっ、うほっ、うっほっ、うほうほ、うっほっほー」

ラネモルサは両手の爆弾をマラカスのように振りながら、ゆっくりと近づいてくる。ミルモは咄嗟に通信機を相手の顔面に投げつけた。それは、あやまたずラネモルサの眉間に当たり、たらたらっと血が滴った。

「血だ……うわあ、血だ血だ血だあ……このアマ、おらを本気で怒らせやがっただなあ。もう許せねえだ」

ラネモルサは両胸をキング・コングのように叩きながら咆哮した。その隙に、ミルモは床を転がって、壁に掛けてあった〈アズキトースト銃〉を手にし、ラネモルサの腹部に向けて引き金を引いた。ドズン！　という鈍い音。ラネモルサはきょとんとして自分の腹部を見下ろし、そこからだくだくと赤黒い液体が流れでているのを手ですくい、

「なんじゃ、こりゃあああっ！」

そう叫ぶと、血まみれの手を見つめながら前のめりに倒れた。ミルモは、ふう、とため息をついて、銃口を下げた。手早く衣服を身につけながら、

「急がなくちゃ……こうしているあいだにもカニヤッコ司令官は……」

言いかけたとき、ヨーゼフが、ばうっ、と吠えた。振りかえろうとするより早く、首筋に冷たいものが押しつけられた。顔はそのままで、目だけを動かす。すぐ後ろに、頭をリーゼントにし、眉毛を剃りおとし、黒い付け鼻をした、痩せこけた男が立っていた。手首には百本以上の切り傷があり、なかにはまだカサブタになっていない、新しいものもあった。首がやけに長く、縄を巻いた痕が黒々と目立っている。目は完全にイッテしまっており、涎を垂らし、胸にできた疥癬をバリバリ掻きむしりながら、

「おめえよう……俺の妹知らねえか……」

「知りません」

「嘘つきゃあがると、頸動脈ブッツンだぜ！　おめえ、隠してるだろ」

「隠してません」

「出せ、妹を出せ。出してくれよお。頼むよお。あいつがいねえと、俺ぁだめなんだ。あいつだけが俺の……」

男は言葉を切り、しげしげとミルモを見つめると、

「お、お、おめえ、ヨーコじゃねえか！　俺だよ、ウザキだよ」

「ヨーコなんて名前じゃありません」

「ヨーコ、なあ、一緒に死んでくれよおおっ」

男がナイフをミルモの首筋に突きさそうとしたとき、

「あいや、待たれい」

頭を大たぶさに結いあげ、黒の着流しに雪駄ばきというサムライ姿の男が、日本刀を右手に、六方を踏みながら飛びこんできた。目がイッテしまっているのは、こちらも同様だ。

「な、なんだ、おめえは」

「拙者は、植田十郎左右衛門。貴殿はわが親の仇、大和田真一郎に相違なし。今ここで出あいしは盲亀の浮木、うどんげの花咲く春の心地して、いざ尋常に勝負勝負っ！」

刀を縦横に振りまわして、狭い倉庫のなかを暴れまわる。ウザキという男もナイフで刀を丁と受け、発止と撃ち、あたりのものをぶった切りながら前後左右に激しく移動する。ウザキのナイフが植田の腰に突きささり、同時に植田の刀がウザキの左の太ももに深々と食いこんだ。ふたりとも血みどろで、切りさかれた肉の合間から骨が広く露出している。

「ヨーゼフ！」

ミルモの叫びに応え、ヨーゼフはふたりのまえに立ちはだかった。

「うわおおお……ん。うわおおおおおおおお……ん」

二声吠えるや、ふたりの身体が彫刻のようにこわばり、その口から白い雲のようなものが吐きだされはじめた。白い物体は二匹のカタツムリの形になると、床をのろのろ這いだした。ヨーゼフは、それをがりがりっとかじり、

ごくんと飲みくだした。そのあと、ぐふっ、と生臭いげっぷをし、目をとじてその場に寝そべった。

「俺たち、なにしてたんだ。――あ、痛たたた。腰が……」

「俺も……太ももが。痛えよ、痛えよお」

ふたりの犯罪者はしばらくこどものように泣いていたが、やがて、ウザキが、

「いつまでも泣いてる場合じゃねえや。クールダウンだぜ、ベイビー。ぐっとクールに決めなくちゃ。ヨーコも、泣いてる俺より笑ってる俺のほうが好きって言ってたっけよお。なあ、相棒」

いきなり振られた植田十郎左右衛門も、

「クールとは心を空にすることでござろう。うむ、まさに我が意を得たり。快川和尚は織田信長の大軍によって寺に火を放たれたときも、『安禅かならずしも山水を用いず。心頭滅却すれば火も自ずから涼し』の言葉を発し、従容として死にのぞんだと申す。それにくらべればこれしきの傷、なんのことやあらん」

そう言いあうと、大量の血を滴らせながら、倉庫を出ていった。

◇

「いったいどうなっておるのだ、ユダ」

イエスたちは、帰りのジャン・ゴーレに早々と乗りこんだところで爆発が起き、船内に閉じこめられてしまったのだ。

ガイオキシン除けのマスクをかぶったイエスが言った。

「私にもわかりません。ずっとカニヤッコ司令官に連絡をつけようとしているのですがうまくいきません。この船から降りてきた、例のガラの悪そうな連中が暴動を起こしたのではないかと思われるのですが……」

「とにかく私は早く地球に帰りたいのだ。もう、こんな辺境はうんざりなのだ」

「操縦士や機関士といったクルーは配置についているようなのですが、おそらくステーションからのゴーサインがないと出発できないのでしょう。現在、ジャン・ゴーレと〈ゴルゴダ13〉は回線的には完全に切りはなされている状態なので、まずはステーション側がそれを復活さ

せてくれないと……」

「ステーションなんかどうでもいいから、とっとと出発させてほしいのだ」

「接続ゲートの操作がありますから……」

「ううううう……いらいらするのだ。いつまで待てばいいのだ」

「私に考えがあります。ジャン・ゴーレとステーションの間の通路は今、ロックされているので使用できませんが、それを爆薬で吹っとばします」

「そんな乱暴なことをしてだいじょうぶか」

「このままじっとしているよりはいいでしょう。私がステーションに戻り、カニヤッコ司令官を見つけて、話をつけてきます。最悪の場合、私が接続ゲートを操作しましょう」

「それでは、おまえがステーションに残ってしまうのだ」

「イエスさまのお役にたてるのですから、私はかまいません」

「そうか、それなら私から言うことはない。しっかり頼むのだ」

イエスはユダの肩を叩いた。

2

ふたつの月が照らす明かりを頼りに、マーパン軍曹、アラン、ケイト、ビッキー、ズンドコーン博士の五人は、道のないところに道を作り、橋のないところに橋をかけ、ときには水に腰まで浸かって前進をつづけた。

「軍曹殿……もう歩けません。少し休みましょう」

アランが真っ先に音をあげた。

「休んでなどいられない。なんとか〈ダット〉を取りもどさないと、ぼくたちはこの星と心中しなければならなくなるぞ」

超小型緊急自動脱出艇〈ダット〉は、〈ダビデ〉や〈ゴリアテ〉が故障している今、この星から脱出する唯一の手段……生命線と言ってもいい。

「そんなこと言っても、足が……」

アランの両脚は、土着の有害生物にでも刺されたのか、真っ赤に腫れあがり、ふだんの三倍ほどの太さになっている。

「つらいのはわかるが、ファーサル司令官に〈ダット〉を使われてしまってからでは遅いぞ。なんとかして取りもどさねばぼくたちはここに置き去りだ」

正論だ。皆はしぶしぶ歩きだしたが、その足取りは牛の歩みだ。

「急げ。急ぐんだ」

さすがのマーパンもかなり苛立っているようだ。

〈ダット〉を使用するには、平地に設置し、発射角度を調節する必要がある。だから、ファーサルも奪ってすぐに脱出、というわけにはいかない。

マーパン軍曹は、行く手に分厚いカーテンのように垂れさがるツタ植物を掻きわけ、払いのけ、ひきちぎりながら前進する。残りの四名も、群がる吸血生物を追いはらい、ときには銃で焼き殺しながら、軍曹のあとに続く。

出発してからすでに三時間が経過している。たかだか三時間とはいえ、重力も、大気成分も微妙に異なる異星で、ぬかるみに足をとられながらの行軍はきつい。ほかの三人の歩兵と同じく、ズンドコーン博士も限界にきていた。

いったいこのジャングルはどこまで続くのか、ファーサル司令官はどこにいるのか。まったく見当もつかないのだ。ズンドコーン博士の頭に「全滅」の二文字が浮かんだとき、ビッキーが跳びあがって叫んだ。

「いたーっ！　ファーサル、見つけたーっ！」

彼の指さす方角を見ると、少しひらけたあたりに大きな岩があり、大荷物を背負った男がひとり、そこをよじ登ろうとしている。

「ファーサル！　ただちに行動をやめ、我々に投降せよ。さもないと撃つぞ」

マーパン軍曹が怒鳴ったが、ファーサルは岩のぼりをやめようとしない。

「聞こえているのか。撃つ、と言ったんだ」

ファーサルは、その声を無視して、岩のてっぺんを目指す。マーパンはアランに言った。

「よし、やむをえん……撃て」

「しかし、彼が転落したら、〈ダット〉も無事には回収できません」

「む……」

そんなやりとりの間に、ファーサルはなんとか岩の頂上にまで到達し、こちらを振りむいた。

「ファーサル、とまれ！　現状の、部下を見殺しにした罪に、逃亡および窃盗の罪が加わるぞ。今なら、そのふたつは不問にふしてやる。戻ってこい」

「うるせえ、上官に向かって、なんだ、その口のききかたは」

「上官でもなんでもない。貴様は犯罪者だ。罪を認めて、隊に帰還せよ」

「あっかんべーのべー」

目の下に指を当て、舌をべろりと出す。

「やれるもんならやってみろ。これでも食らえ」

ファーサルは尻を突きだして、てのひらでパンパン叩いてから、岩の反対側の斜面を駆けおりていった。

「なめられてますすね」

ケイトの言葉に激怒したマーパンは、「くそっ」とつぶやくと、〈ミソカツ銃〉を乱射したが、銃弾はすべて大岩にぶつかってはじかれてしまう。

「思いしらせてやる。見てろよ！」

〈ミソカツ銃〉に見切りをつけたマーパン軍曹は、前掛けのポケットに手を入れ、

「パパパパッパパー！　超小型超高性能爆弾『カイテンヤキ』！」

「待ってください。そんなものを使ったら、あの怪物が聞きつけて……」

アランやビッキーがとめるのを振りきって、マーパンは「カイテンヤキ」を岩の最下部に設置すると、遠隔操作で起爆させた。重く、低い響きとともに、巨大な岩は左右に激しく震動し、全体にゆで卵の殻を割るときのようなな細かいひびが走ったかと思うと、微細な小片となって砕けちった。

「わちゃー……やっちまったなあ」

頭に鉢巻をしたビッキーがあきれ顔でつぶやいた。

「行こう。今なら追いつける」

そう言って、マーパンが走りだそうとしたとき、

おお……おおおん……おおおおおんがあああっ！

遠くから咆哮が聞こえてきた。五人は顔をみあわせる。

「今の爆発音を聞きつけたんでしょうね……」

ビッキーがとがめるように言うと、マーパンは青ざめた顔で、

「と、とにかくファーサルを追おう」

あとの四人は弱々しくうなずいた。

◇

密林を掻き分け掻き分け、五人は前進する。いつどこからファーサルの反撃があるかもしれない。彼らの神経は異常なまでに張りつめていた。しかし、敵はファーサルだけではない。数百度の高熱糸を吐くクロコゲグモや滑空して獲物を襲撃するピラニアヒトデ、内臓しか食べないゾウモツクイや逆に皮膚しか食べないハダムシリなど、襲われたら最後、とんでもないことになる生物がうじゃうじゃいる。もちろん最大の脅威はアダムとイヴだが……。


「うげっ……うげっ」

ケイトが何度もえづいている。むりもない。極度の緊張から胃がおかしくなっているのだ。

「気ぃつけなはれや。どこになにがいてるかわかりまへんで」

ズンドコーン博士に替わって発現したガタやんが言った。マーパンがうなずき、

「そのとおりだ。このあたりは吸血性のヤマタノウナギの巣があるはずだ。あいつは、獲物の口のなかに頭をむりやり突っ込んできて、口腔をでたらめに食い破る。頭がいくつかつぶされても、べつの頭を潜り込ませて……」

そこまで言ったとき、すぐうしろを歩いていたアランが、

「うぎゃあああああっ！」

悲鳴をあげて、その場にうつぶせに倒れた。見ると、横っ腹に杭のようなものが深々と突き刺さっている。

「痛い……痛い痛い……ああ、助けてくれよお」

大量の出血が地面を赤く染めていく。どうやら、足も

とにロープが張ってあり、それに足を引っかけると、杭が射出される仕掛けになっていたらしい。

「ファーサルのしわざだな。あいつ、どこまで卑怯なんだ……」

「痛い痛い……ああああああはやく抜いてくれ。死んじまうよお」

「しっかりしろ。傷は浅いぞ」

そう声をかけるしかできないマーパンたちを尻目に、ガタやんが進みでた。

「アランはん、痛おまっしゃろ」

「痛い痛い痛い。こんなに痛いなら死んだほうがましだ」

ずきゅん。

短い発射音がした。アランは、自分の左胸からポンプのように血が噴きだしたのをじっと見つめていたが、がくり、と頭を垂れた。ガタやんの右手には〈ミソカッ銃〉が握られ、その銃口からは白煙がたちのぼっていた。

「な、な、何をするんだ！」

「死んだほうがましや言うさかい、のぞみをかなえてあげましたんや。これも、いわゆるひとつの人助けでっしゃろ」

「馬鹿を言うな。彼は……戦友だぞ」

「戦友かなんか知らんけど、こいつを連れて歩くだけで、わしら、えらい負担になります。殺してしもたほうが、みんな、ハッピーですやんか。あんたも心のなかではそう思うてますやろ」

「そ、そんなことは……」

「アランはん、迷わず成仏しとくなはれや。アーメン」

言いながら、彼はもう三発、アランの腹部に銃弾をぶち込んだ。しばらくはだれも言葉を発しなかったが、やがてマーパンが言った。

「ここで時間をロスしていてはとりかえしがつかなくなる。——行こう。ファーサルの罠にはくれぐれも気をつけてな」

四人はふたたび前進を開始した。

◇

崖のすぐ下を通過しているとき、上のほうからガラガ

ラという音が聞こえた。顔を上げたマーパンが「あっ」と叫んで、

「伏せろ！」

全員がわけもわからずに、頭を抱えてその場にうずくまった。一瞬ののち、視界が暗くなったかと思うと、落雷のような爆音が轟き、草や木の枝がちぎれて宙に舞った。どうん、どうん……となにか巨大なものが何度か地面でバウンドして、ジャングルのほうに転がっていった。濛々とあがる土煙がやや静まったころ、マーパンがトカゲがはい出すようにゆっくりとまえに出て、

「もうだいじょうぶだ」

泥を払って立ちあがると、キッとした顔で崖のうえを見つめた。ファーサルが巨岩をうえから落としたのだろう。

「あいつ、本当に腹黒い魔王（ブラック）みたいなやつだな……」

「隊長、ビッキーが……」

ケイトが叫んだ。見ると、岩の直撃をくらったのか、ビッキーの腰のあたりが血まみれになっている。

「どうした、ビッキー。立てるか？」

「むりです。骨が……砕けたみたいで……」

「そ、そうか……」

マーパンが顔を伏せるのと、ガタやんが〈ミソカツ銃〉をビッキーの額にぶちこむのがほとんど同時だった。マーパンがなにか言おうとするまえに、ガタやんは言った。

「足手まといになりとうない、おまはんの気持ちはようわかった。極楽往生しいや。なまんだぶなまんだぶ……」

マーパンには返す言葉がなかった。三人に減った一行は、なおもファーサルのあとを追った。すでに後戻りできる状況ではなくなっていた。次第に周囲は湿地帯になっていった。足もとがぬかるみ、一歩踏みだすごとに、足首まで地面に埋まる。その動作が三人の体力を奪っていた。すでに太股あたりまでが泥にまみれ、ただ歩いているだけなのに、皆、犬のように荒い息をついていた。

「うぎょあぁっ」

先頭を歩いていたケイトの身体が、突然、半分ほど地中に埋まった。

「ど、どうした」

あわてて駆けつけたマーパンのまえで、ケイトは上半身を踊るようにくねらせながら、

「軍曹殿……底なし沼です！」

マーパンは、ケイトの両腕を抱えるようにつかみ、ひきずりだそうとしたが、ケイトはもがきながらもどんどん下へ下へと沈んでいく。沼のうえに、ファーサルが木の葉などを敷き詰めて、一種の落とし穴を作っていたらしい。

「だ、だめです。底に……急な流れがあって……ああ、持っていかれそうです。早く……早くあげて……うわあああっ」

ケイトの上体ががくんと大きく沈みこみ、かろうじて首が出ている状態になった。すでに腕をつかんで引っぱりあげることもできない。マーパンは、ケイトの顎を両手で持ちあげようとしたが、その口には四方から泥土が流れこんでいる。

「軍曹……殿……もうだめ……あぐがぼげ……でありまして……ぎぼがばぶえ……でありま……ぐべ」

地上に出ているのは、ケイトの頭頂だけとなった。まるでタケノコのようだ。ガタやんが進みでると、ケイトのつむじに〈ミソカツ銃〉の銃口をあてがい、引き金を、ずん、と引いた。バイブレーターのように震えていたケイトの頭頂の動きが、ぴたり、ととまった。マーパンはガタやんの胸ぐらをつかみ、

「貴様……殺すことはないだろう。ほうっておいても少イトは死んだんだ。助けようがなかった」

「助けようがないなら、苦しみを長引かせるよりも、ひと思いに殺してあげたほうがええんとちがいまっか。頭の先まで泥に埋まって、じわじわ窒息していくより、ずっと楽に死ねましたがな」

マーパンはしばらく黙っていたが、

「きみを見ていると……人殺しを楽しんでいるようにしか思えない」

「ははははは。まあ、そういうとこがあるのは否定しまへん。隊長も、ファーサルの罠にかかったら、わてが殺したげますさかい、安心しとくなはれや」

「だれが安心するか！」

残るはふたりだけとなった。マーパンは最初、ガタやんの行動に不気味さを覚えていたようだったが、逆に、道ははかどった。

「ふたりになって、かえってピッチがあがってきたな」

「ほんまや。これやったらはじめからふたりで来たらよかったわ」

ときおりちらちら見えるだけだったファーサルの後ろ姿が、今でははっきりと確認できる。かなり距離が縮まってきたのだ。マーパンは両手を口に当てて、

「とまれ、ファーサル！　悪あがきはやめろ」

「うるせえっ！」

「逃げてもむだだ。ぼくたちは地の果てまでも追いかけるぞ」

「べらぼうめっ！」

彼らの進行方向には、またしても密林が待っていた。

「あそこに逃げこまれるとやっかいだ。ジャングルの手前でなんとかゲットしなければ……」

「そうでんなあ」

ふたりは駆けているのに近い早足で進む。ファーサルは、大きな荷物を背負っていることや、年齢のせいもあって、速度が落ちてきている。

「あと少し……あと少しだ……」

両者の距離が二十メートルほどになったとき、突然、ファーサルの姿が消えた。

「ど、どこへ行ったんだ……」

ファーサルを見失ったあたりまで必死に走ったふたりは、

「うわっ」

と叫びながら足にブレーキをかけた。ジャングルの手前が急に途切れて崖のような急坂になっており、ファーサルは〈ダット〉を背負ったまま、そこを転がりおちたらしい。十数メートル下に仰向けになって、両手をばたつかせている。

「おお、天にましますます神よ、あなたの与えたもうた僥倖に感謝します」

マーパンとガタやんは十字を切ると、斜面を注意深く滑りおりた。

「ううう……足が折れた。痛い痛い……助けてくれ…

……」

顔に脂汗を浮かべて苦悶しているファーサルを見おろし、マーパン軍曹は、

「まず、〈ダット〉を返していただきますよ」

「痛い痛い痛いよお」

「では、一緒に部隊まで戻っていただきましょう。あなたをかならず地球まで連れかえり、軍法会議で断罪してもらいます。さあ、立ってください」

「おい、おりゃあ怪我してんだぞ。担架で運んでくれ」

「それはむりです。あなたのせいで、ぼくは部下を何人も失いました。肩を貸しますから、自分で歩いてください」

「足が折れてんだ。歩けるはずない。痛い痛い……歩くぐらいなら死んだほうがましだっ！」

それを聞いた途端、ガタやんは〈ミソカツ銃〉をファーサルのこめかみに押し当て、引き金を引こうとした。マーパンは体当たりしてガタやんを押しのけた。弾丸はファーサルの右脚をかすめた。

「貴様、気でも狂ったか。ファーサルは犯罪者だが、軍法会議の場で裁かなければ。それがルールなんだ」

「ルール？　へー、そうでっか。こんな異常な星で、ルールもくそもないんとちゃいますか」

「たしかにここでは地球のルールは通用しないかもしれない。しかし、神のルールがある」

「これは、わてなりの『裁き』でおます」

「ひとがひとを裁くことはできない。本来は、軍法会議も裁きの場ではない。神から、その権限を一時的に譲渡されているにすぎない。ひとを裁くことができるのは……神だけなのだ」

「あははははは。アホなことを、これ。神は人間を造ったかもしらんけど、人間は神の奴隷やおまへん。我々は、自らを裁く権利がおます」

「きみ……その考え方は瀆神的だぞ」

「何言うてまんねん。わては瀆神者やおまへんで。ただ、神は神、人間は人間、ゆう、あたりまえのことを言うてるだけですわ」

ふたりのやりとりを聞きながら、ファーサルはガタガタ震えている。その背中から、マーパンは〈ダット〉を

外し、みずからが背負うと、ガタやんに向かって、

「さあ、ファーサルをおんぶしてやれ」

「わてがでっか？　そんなんいやや。やっぱり殺してしもたほうが……」

そのとき、ファーサルはにわかに立ちあがると、ジャングルのなかに飛びこんでいった。あっという間のできごとで、つかまえる余裕もなかった。

「ほら、見なはれ、逃げられてしもたがな。あのガキ、足折れてるやなんて嘘やったんや。わての言うとおりに殺しといたらよかったのに」

マーパンはファーサルが逃げこんだジャングルを見つめて苦々しげに舌打ちをすると、

「〈ダット〉は取り返した。本隊と合流しよう」

マーパンは、右手でがさり、と細い枝を掻き分けた。

◇

「隊長殿……どうなってまんねん」

ガタやんが音をあげた。

「もう三時間も歩きづめ歩いてまっせ。自分がどこにいるかわからんようになってしもた」

マーパンは腕組みして唸った。前も後ろも右も左も、果てしなく密林が続いている。

「どこかで道を踏みまちがえたようだな」

磁気異常があって、コンパスも役にたたないのだ。

「このまま、隊長殿とふたり、〈ダット〉で脱出しまへんか」

「馬鹿言うな。〈ダット〉の推力でどこまで行けると思ってる。部隊にある〈カケホーダイ〉で〈ゴルゴダ13〉と連絡をとり、〈アーク〉に近くまで迎えにきてもらわないととうてい無理だ。それに、〈ダット〉は一人乗りだよ」

「ちゅうことは、どうしても部隊に戻らなあかん、ゆうことですか」

「そういうことだ。そういうことだが……さっきから部隊を呼びだしているのに、まったく応答がないんだ」

マーパンはため息をついた。

「とにかく、どこか落ちついて休める場所を探そう。一晩中歩いているわけにもいかないし、こいつらが……」

彼は、肘にへばりついているジゴクボヤをひっぺがし、茂みに投げすてた。

「うざすぎるからな。一晩寝て、英気を養えば、また新しい道も開けるだろう」

「そんな都合のええとこ、おまっしゃろか」

「あるんだよ、こういうところにはたとえば洞窟とかそういったものが……」

いきなり目のまえに、洞窟の入り口がぽっかりと穴をあけていた。高さ二メートル、横幅一メートルほど。人間が立ったまま十分入っていける大きさだ。

「な……」

マーパンは自分でも信じられない思いで、その入り口を見つめた。

「主の助けだ。天はぼくたちを見放していなかった……！」

胸のまえで何度も十字を切り、主禱文を唱えだすマーパンを、ガタやんはおもしろいものでも見るように眺めていた。ふたりは洞窟の奥へと進んだ。これまで電池節約のためにほとんど使っていなかったライトをつけると、その明かりに反応して、壁に繁殖している発光カビがぼんやりと点滅する。その明滅の周期は、まるでなにかのメッセージを送っているようだ。ときどき、嫌光性なのか、双頭のイモリのような生物が、ライトの輪から逃れようとしてちょろちょろ走るのが目につく。

「なんか、けったいな臭いがしまんなあ」

「そ、そうだな。ぼくもさっきからそう思っていたんだ」

「なんの臭いだっしゃろか」

「さあ……胸が悪くなるような生臭さだ」

「そうでっか？　わてには、ごっつうええ臭いに思えますけどな」

ふたりはなおも進む。それにつれて、だんだん臭いがきつくなってくる。急にガタやんが立ちどまったので、

「どうかしたか」

「行きどまりですわ。ほら……壁が……」

ガタやんがライトを向ける。

「けど、おかしおまんなあ。臭いのもとはどこにも見あたらんし……もしかしたら、この壁の向こうになにかあ

るのかもしれまへんで」

「まあ、いいじゃないか。ここで寝よう」

ガタやんは、周囲に満ちている生臭い臭気が気になるらしく、未練たらしく壁を指でひっかいていた。

「おい、もういいかげんにしておけ。きりがないぞ」

「せやけど……なんや心ひかれるちゅうか……」

そのとき、ガタやんの指先で壁がボコッと崩れた。

「思たとおりや、この先は空洞でっせ」

ガタやんは両手で壁を掘りだし、そのうちに足で蹴りくずしはじめた。

「やめておけってば。ぼくたちは、一晩ゆっくり休めればいいんだ。そんなことをしてもなんの意味も……」

「うわあっ」

「ど、どうした」

「みみみ見とくなはれ」

壁というより、少量の土砂が堆積して道をふさいでいただけだったようだ。そこが崩れて、向こう側が一望できた。——信じられない規模の「大広間」だ。高さ五十メートルはあろう天井にも、野球場のように広い床にも、煉瓦が敷きつめられている。ふたりは足を踏みいれた。

「なんだ……ここは……」

「どう考えても人工物でんなあ……」

「誰がこんなものを……」

造ったんだ、と言いかけて、マーパンは言葉を飲みこんだ。答は、ほぼ明らかだったからだ。そのとき、びょう……と風が吹いた。

「く、臭ーっ！　えげつなーっ！」

ガタやんが悲鳴をあげた。イカの塩辛や生牡蠣を腐らせてしまったような、名状しがたい悪臭だ。さっき嗅いだ臭いの何十倍もの猛臭が押しよせてきたのだ。鼻がもげそうな、というが、いっそ鼻をもいでしまったほうがどれだけ楽だろう、とマーパンは思った。ガタやんがその場に嘔吐しはじめたのを見て、マーパンも吐いてしまった。鼻の粘膜だけではない。目や口や……いろいろな場所が痛い。

「くそっ、なんだこの臭いは……」

風が吹いてきた方向に視線を向けたふたりは……自分の目を疑った。そこには、とんでもないものがあったのだ。

3

区域を封鎖しているシャッターが高熱カッターで焼ききられ、そこにあいた穴からアンリ・ミルモとヨーゼフが飛びだした。

「カニヤッコ司令官、遅くなりました！」

「おお、ミルモ……待ってましたんや。あれを見とくなはれ」

ミルモが、カニヤッコが指さした方向に目をむけると、手に手に武器を摑んだ新兵たちが百人ばかりかたまっているではないか。ひとりとしてまともな顔つきのものはいない。白目を剝いているか、あらぬかたに視線をさまよわせているか、どちらかだ。涎と鼻水を垂らし、胃液を吐き、自分の髪の毛を食い、皮膚を搔きむしりながら、こちらに向かってくる。なかには、下半身丸だしで、ペニスをしごきたてているものや、大小便を垂れながしているものもいる。

「殺せ殺せ殺せぶっ殺せ」

「壊せ壊せ壊せぶっ壊せ」

「死ね死ね死ね死ね死ね死んじまえ」

「このステーションを乗っとって、俺たちのお城にするんだ」

「俺たちゃ王さまだあっ」

などということはまともなことをしゃべっているほうで、ほとんどのものは、

「ウガアアアアッ」

「ゲボゲボゲボゲボッ」

「ウヒーッ、ウヒョーッ」

「ペポトトテクデテケハヂケクフトチテ……」

「エレクトリックス、マトリックス、クイントリックス……」

「ぶっちゃけブッチャー、ぶっちゃけブッチャー」

などとわけのわからない言葉（？）を叫びながら、武器を振りまわしている。興奮が抑えきれないのか、隣のものをナイフで刺したり、ヌンチャクで頭蓋骨を叩きわ

ったり、めちゃめちゃに銃をぶっ放したりと、仲間同士で殺しあっているものもいる。

「どうなってるんです……？」

「この犬が邪念を食わへんさかい、あいつら、歯止めがきかんようになっとるんどす」

「武器で防いだら……」

「この区域にある武器倉庫は全部あの連中に押さえられてしもたんどす。うちらに残ってるんは、こんなチャチい拳銃だけ。裸も同然や。ステーションはもうおしまいどすわ！」

カニヤッコは日頃の犬嫌いもどこへやら、ヨーゼフのまえに土下座すると、

「あーら、お犬さま、あーら、お犬さま、なにとぞお頼み申します。あの連中の妄念邪念悪念を食うとくれやす。うちの命の、このステーションを守っとくれやす。こら、あんたも土下座しなはれ」

言われて、デーゼマン伍長も平伏し、どこから取りだしたのか、扇子で自分の額をぴしゃぴしゃ叩きながら、

「よっ、待ってました、大統領！　犬のなかの犬！　憎いねっ」

ミルモが、ヨーゼフの背中をさすりながら、

「ヨーゼフ、お願いよ」

ヨーゼフは軽くうなずくと、押しよせるゴロツキたちのほうに顔を向け、恐れる様子もなく彼らのまえにゆっくりと進みでた。カニヤッコは、ヨーゼフを頼もしげに見やり、

「えらいわあ、立派やわあ、ほれぼれするわあ」

新兵たちはヨーゼフをみとめると、

「また出やがったぜ、あの犬野郎」

「今日こそ殺っちまえ」

「おう、日頃の恨みだ」

「犬鍋にしろ」

「フライドチキンにしちまえ」

「犬がフライドチキンになるかよ」

「だって、犬タッキーっていうだろ」

などと叫びながら、怒濤の勢いで近づいてくる。ヨーゼフは、真っすぐに先頭の男を見すえると、

「うわ……おおおお……おお……おおおお……ん！」

男たちのうち、半数近くの足がとまった。残りの半数は、なおも走っている。

「うおおお……おおおお……おおん！」

新たに三十人ほどが動きをとめた。走っているのは、二十人あまりだ。

「うわおおおおお……おおおおおおお……おおおおおん！」

あと三人。彼らは、ヨーゼフの頭に手が届くほどにまで接近している。見ているミルモやカニヤッコ、デーゼマンたちの顔から冷や汗が滴りおちる。

「うおおおおお…………ん！」

最後の三人が凍りついた。ヨーゼフは、さすがに疲れた様子で、その場にへたりこんだ。百人余の新兵たちの口から、白い嘔吐物がだらだらと吐きだされ、それらは百余匹の白いカタツムリへと変じた。妄念のカタツムリたちは、床をのろのろと思いおもいの方向に這っていく。

だが、疲労困憊(こんぱい)しているのか、ヨーゼフは動こうとしない。

「このままじゃカタツムリがばらばらになってしまうわ。ヨーゼフ、早く……」

ミルモにうながされて、ヨーゼフはつらそうに四肢を踏んばって立ちあがると、一匹のカタツムリをくわえ、バリバリとかみ砕いた。つづいてもう一匹。十匹目を食べおえた時点で、腹がくちくなったのか、ヨーゼフはふたたびその位置に寝そべってしまった。

「だめよ、ヨーゼフ。全部食べないと……」

「うう……バウッ……」

ヨーゼフは、通路を緩慢に歩くと、這っていた一匹を食い、壁にいたもう一匹をむりやり飲みこんだ。そして、

（もういらん……）

という顔つきで、ミルモに向かっていやいやをした。

「がんばって……お願い、ヨーゼフ」

しかたなくあと二匹食べるが、それが限界のようだ。カタツムリ臭い息を吐いて、壁際にうずくまってしまった。

「元気だして。このままじゃ、カタツムリがみんな逃げちゃうわ。――そうだ！」

ミルモは、バケツを持ってくると、カタツムリを捕ま

え、そのなかに放りこみはじめた。カニヤッコとデーゼマンもその作業を手伝う。たちまちバケツに二杯分のカタツムリが集まった。

「これで全部かしら」

「あ、あそこにいるぞ」

デーゼマンが天井を這っていた二匹を目ざとく見つけてゲット。カニヤッコも、機材の下に入りこみかけていた三匹をつかまえた。ミルモは、カニヤッコの背中を這っていた一匹を発見した。こうして集めたカタツムリのバケツを、ミルモはヨーゼフのまえに置き、

「さあ、ヨーゼフ。時間をかけてもいいから、少しずつでもお食べなさい」

ヨーゼフは、顔をこわばらせ、ぶるぶるとかぶりを振った。

「そう言わないで……ね、おいしいわよ」

「ヨーゼフ。カタツムリを食べるのは妄導犬の仕事やおへんか。しっかりしなはれ！」

カニヤッコが、ヨーゼフの脇腹を蹴飛ばした。

「何するんです！」

ミルモがかばったが、カニヤッコは彼女を突きのけると、続けざまに何度も蹴りつける。ヨーゼフの体毛に血が滲んで真っ赤になった。

「おまえがカタツムリを全部平らげんと、うちの大事な大事なこのステーションが、ゴロツキどもに乗っとられてしまうんや。さあ、食いなはれ。死んでも食いなはれ！」

カニヤッコは、ヨーゼフの鼻面を拳銃の台尻で二、三発、殴りつけ、腹部を蹴りあげた。

「やめてっ」

ミルモはカニヤッコのまえに立ちはだかったが、

「あんた、この犬の味方するんやったら、こうやで」

カニヤッコはミルモの額に拳銃を突きつけた。それを見て、ヨーゼフは低く唸ると、いきなりバケツに顔を突っこみ、がふがふとカタツムリを食べはじめた。

「おおっ、ヨーゼフが……ヨーゼフが食べている」

デーゼマン伍長が感動に涙を流した。ヨーゼフは、ひたすらカタツムリをむさぼり食った。がふがふがふがふ……がふがふがふがふ……。一杯目のバケツ分を平らげ

たとき、もう限界だ、というように悲しげな顔で二杯目を見た。

「食べなはれ！　この子がどうなってもええんか」

カニヤッコは、銃口をぐりぐりとミルモに押しつける。ヨーゼフはカニヤッコをにらむと、二杯目のバケツに顔を入れた。

「げえ……」

吐き気をこらえながら、一匹目を食う。つづいて二匹目。それで「もうダメ」だった。

「くーん……」

と切なそうに鳴くと、前足で腹をさすり、仰向けになった。

「こらあ、あきらめたらあきまへん！　ネバーギブアップどす！　あんたの出方次第では、つぎはこの子の頭、吹っとばしてもええんどすえ」

「ウウウ……ウウウウ……」

ヨーゼフは、押しころした声で唸る。

「食え、食え、食いなはれえっ、食わんかい、この腐れ犬」

ヨーゼフは長い牙を剥きだし、両目に怒りをたぎらせたが、

「ヨーゼフ、無理しないで！　私はどうなってもいいから……」

ミルモのその言葉を聴いた瞬間、不意にヨーゼフの全身から怒りの色が消えた。そして、もう一度、バケツのカタツムリを食べはじめた。

「それでええんどす。食べなはれー、食べなはれー」

ヨーゼフは、もうカニヤッコのことなど眼中にないように、ひたすらカタツムリに集中した。食って、食って、食って、食って、食いまくった。バケツのなかのカタツムリは次第しだいに減っていき、ついにはあと五匹になった。遠目にも、ヨーゼフの腹部が相撲とりのようにたるんでいるのがわかる。その中身は全部カタツムリで占められているのだ。ヨーゼフの目の下には隈ができており、相当無理しているようだ。

「ヨーゼフ、あと五匹！」

ミルモが叫んだ。ヨーゼフはしばらく肩で息をしていたが、一匹を唇で甘噛みしたあと、つるっと飲みこんだ。

それから、三十分かけて三匹を食べた。

「あと一匹、あと一匹、あと一匹……」

見ていた全員から「あと一匹コール」がはじまった。ヨーゼフはそれに見事に応え、最後の一匹を口のなかに入れ、目を閉じると、ぐっ、と食道に押しこんだ。

「やった、やった、やった、バンザーイ！」

デーゼマン伍長が扇子を開いて踊りまわった。

「ヨーゼフ、えらいわ。ほんと、えらかった……」

ミルモは涙ぐみながら、何度もうなずいた。カニヤッコまでがヨーゼフの首を抱きしめると、

「あんたはうちとこのステーションの命の恩人や。荒い言葉かけて、どうか堪忍しとくれやす。うちな、あんたの銅像を作って、〈ゴルゴダ13〉の一番ええ場所に置くことを約束しますどす。あんたはほんま名犬や。ラッシーや。リンチンチンや。ハチや。ワンサや。のらくろや。あんたちゅう犬はほんまに……」

つぎの瞬間、ヨーゼフは大きく口をあけ、その場に嘔吐した。げろげろげろげろげろげろ……。半ば潰れたカタツムリや、丸のままだ動いているもの、ナメクジ状の部分とぐちゃぐちゃの内臓……などが百匹分、土石流のように放出され、カニヤッコの腰から膝にかけてぶちまけられた。

「ほんまに腐れ犬や！」

カニヤッコはそう叫んで、両腕を振りまわした。床に広がったカタツムリの残骸から、白い湯気のようなものがゆらゆらと立ちのぼったかと思うと、まとまってひとつの太い瘴気のようになってから、霧散した。途端、動きをとめていた百人余の犯罪者たちの顔にみるみる精気がみなぎっていった。ぎらぎらした欲望に満ちた、邪悪で陰湿で狂った精気であった。彼らは、蜘蛛のように四肢をひくひくうごめかすと、

「えっへへへ……えへへへへ……」

「俺たちゃあ、何してたんだ」

「わかんねーっ。とにかくぶっ殺そうぜ。ぶっ潰そうぜ」

「アチョーッ、アチョーッ！」

「ぶっちゃけブッチャー、ぶっちゃけブッチャー」

「あれに聞こゆるは山鹿流の陣太鼓、赤穂浪士の討ちい

りに相違なし。各々がた、ご油断めさるな」

ミルモの顔色は、紙のように真っ白になった。

4

マーパンとガタやんの眼前にそびえていたのは、二本の樹だった。高さ三十メートルほど。ひょろひょろした貧相な幹から無数に伸びた、糸のように細い枝が何万本とからまりあい、入道雲のようになっている。一本一本の枝の先には、それぞれ何かが突きさしてある。左の樹の枝に刺さっているのは、人間の頭部である。すでに白骨化しているもの、ミイラ化しているもの、半ば腐りかかっているもの、肉がはげ落ちて歯茎や鼻骨がむき出しになっているもの、まだ生きているかのような容貌を保っているもの……顔の状態はさまざまだが、どれもこれも、口を大きく開き、苦悶と怨念と呪詛をほとばしらせている。そんな顔、顔、顔、顔……が何千個、クリスマスツリーの装飾のようにその樹を飾りたてている。右の樹の枝に刺さっているのは、拳大の肉塊であり、おそらく心臓だと思われた。これもまた腐りはてたものや乾燥してシワシワになったもの、まだ血が滴っているもの……と状態はまちまちだが、全体としては、たわわに実った奇妙な果実のように見える。そして、その二本の樹から、耐えがたい悪臭が押しよせてくるのだ。

「神よ……！」

憤激の表情でマーパン軍曹は十字を切った。

「こんなことをしたのは、エゾゲバロ・ログロ人でしょうか。それとも、べつの誰かでしょうか。いずれにしても、かかる暴虐の行いは決して許すことはできません。神よ、悪魔をあなたの手で罰してください！　我々は、あなたのしもべとして……」

そう叫びながらも、彼はなにかに気づいて口をつぐんだ。左の樹を覆う顔のなかに見覚えのあるものを見いだしたのだ。

「あれは、〈ベカロヤン基地〉の副司令官、クントリッハ少尉だ。ま、まさか……アダムとイヴが……」

そのとき、爆弾が落ちたかのような咆哮が、洞窟の壁をびりびりと揺るがした。

おお……おおおおん……があああああっ！

きしきしきしっ……きしっ……きしっ！

「き、来たぞ、あいつらだっ」

パニックになったマーパンは〈ミソカツ銃〉を抜くと、ガタやんとともに広場を横ぎり、声が聞こえたのと反対の方向に逃げた。煉瓦がドームのように積みあげられた一角があり、その陰にふたりは身をひそめた。

大広間の一方の端にシャッターのような門があり、そこがガラガラと開くと、二体の巨人が地響きをたてて入ってきた。アダムは、手につかんでいた七、八個の人間の頭部を、左の樹の枝に突きさした。つづいて、イヴが心臓を、右の樹の枝に飾った。

「あれは……ハルバルじゃないか。あっちはイルバだ。ウルメにファクセにスノーレに……それにチューレまで。ウローブ爺さんもいる……」

それらはすべて、テントに残してきたはずの、マーパンの部下たちのものだった。二匹の怪物は満足げに自分たちの作品を見やると、その場に座りこんだ。そして、イヴが腹這いになり、その腰をアダムが後ろから抱えるようにして、後背位でまぐわいはじめた。大砲のような陰茎がイヴのその部分に出入りする。

うおおお……おおおおん！

きしいっ……きしいいいいっ！

あたりはばからぬ吠え声をあげながら、二体は獣じみたセックスを続けている。身体中から汗がほとばしり、股間からは大量の愛液がこぼれおちている。マーパンは、震えながら彼らの様子を見守っていたが、

「そうだ……」

自宅アパートの一室とつながっている異次元ポケットを探って、一辺四十センチぐらいの四角錐を取りだした。

「なんだんねん、それ」

ガタやんが小声でたずねた。マーパンも小声で、

「パパパパッパパー……超小型核爆弾『ゲンバクくん』」

「あんた……そんなもん、アパートに置いてまんのか」

マーパンは答えず、四角錐のあちこちを押したり引いたりしはじめた。

「めったにいじらないから、使いかたを忘れたなあ。タイマーはどこだったか……ああ、あった。たぶんこれだろう。――セットしたぞ、三十分以内にここから脱出しないと……」

言いながらふと隣に目を移すと、ガタやんはにやにや笑いながら二本の樹を凝視している。

「どうした……？」

「ええ枝ぶりでんなあ……見事やわ。ほれぼれしますわあ……」

彼は、苦悶に歪む無数の顔のひとつひとつをていねいに観察しながら、うっとりした表情を浮かべている。目はうるみ、口の端からはよだれが垂れている。しかも、その股間がきつきつに勃起しているのが衣服のうえからもわかる。

「ああ……よろしなあ……『死』で彩られた二本の樹、まさに芸術や、ほんまによろしいわ……」

恍惚とした吐息をもらしながら、ガタやんはペニスをひっぱりだし、それをこすりはじめた。

「ば、馬鹿っ。あそこに刺さってるのは全部、ぼくたちの仲間、戦友たちなんだぞ。不謹慎なことをするな！」

「せやかて……わて、あんな樹見せられてたらもう、しんぼうたまらんわ……」

マーパンは、オナニーを続けているガタやんの顔面を、〈ミソカツ銃〉の台尻で強打した。額がざくりと割れて、血が滴りおちた。

「おのれは……男の生き面を……！」

「この変態め。仲間への冒瀆はやめろ」

ガタやんは恨みのこもった視線をマーパンに送ったあと、屹立したペニスをズボンのなかにしまった。マーパンは宇宙軍の兵士の頭部と心臓で形作られている二本の樹を涙目で仰ぎながら、

「ううう……あの二匹の化けものがアダムとイヴのわけがない。ファーサルの言ってたのはでたらめだ」

「もしかしたら……〈生命の木〉と〈知恵の木〉とちがいまっしゃろか」

「なんだって……？」

「心臓は生命の象徴やし、脳は知恵を司るもんでっしゃろ。せやから右の樹が〈生命の木〉で左が〈知恵の木〉で……」

「ありえない。楽園を支配しているのは神だ。その神が、こんなことを許しておくはずがない」

「もし、神が積極的にやらしているとしたら……？」

「き、き、貴様、瀆神者か！」

「隊長殿、声が高おまっせ」

アダムの腰の動きが早まった。腕を伸ばしてイヴの乳房を荒々しく揉みしだきながら、ペニスをずんずんずんずんとリズミカルに突きいれている。

うごおおお……ん！

きしいいいいいっ……っ！

イヴの指がそりかえっている。まもなく絶頂がきそうだ。

「神がアダムとイヴに人殺しを命じているわけがない。アダムとイヴは狂っているんだ」

「狂っている？　ちゃんとした理由があるんかもしれまへんで」

「どんな？」

「それはわかりまへんけどな、アダムとイヴが狂ってるんやったら、神も狂ってるゆうことになりまっせ」

マーパンは銃口をガタやんの胸に突きつけると、

「やっぱり、貴様、瀆神者だな。おそらく……」

そこで一旦言葉を切ると、忌まわしそうな口調で言った。

「〈神疑の会〉の会員だろう」

「シンギ……なんでっか、それは」

「とぼけるな。本拠地がどこにあるのか〈宗教担当省〉も摑んでいない地下組織だ。そのメンバーは、人類のすべての植民地に広がっているらしいが……」

「そんなもん知りまへーん。〈神疑の会〉てな名前、マジで今はじめて聴きましたわ。だいいち、わては、神が狂っていようといまいと関係ない、根っからの神さま大好き人間でっせ。瀆神者みたいなゲスどもと一緒にせんとっとくなはれ」

「ならばどうして、神がアダムとイヴに人殺しをさせている、などと不敬なことを言うのだ」

「神は、人間に寿命を与えはった。人間は最初から死ぬようにつくられとるんです。なんでやと思わはります?」

マーパンは答えなかった。


あがっ、あがっ、あがっ、あがっ。

ぎしえええええっ……ぎしいいいいっ。


二体の巨人は、同時に達したらしい。イヴが白目を剝き、アダムは洞窟の天井を仰いで動きをとめている。腰が、ぶるっ、ぶるっ、と数度大きく震えた。アダムはゆっくりと、萎えかけたペニスをイヴの体内から引きぬいた。どっ、と白い液が膣からこぼれ、床に池をつくった。ペニスからも、ヴァギナからも、湯気があがっている。


巨人たちは、ぐったりと床に寝そべった。

「神は人間に生殖能力も与えはった。どんどん生殖して、どんどん繁殖していったら、地上に人間の居場所がのうなります。せやさかい、神は人間に『死』も同時に与えはったんです。『死』は、神からいただいた大事な能力でっせ。しかも、神は人間に、他人を殺す能力も与えはった。カインとアベルを見てみなはれ。いきなり殺人ですわ。他人を殺すのは楽しいことやさかい、ついやってしまうんです」

「他人を殺すのが楽しい? そんなやつは異常者だ」

「そうでっか? 隊長殿はなんで宇宙軍に入りはったんですか。軍隊に入ったら、かならず誰かを殺すことになるはずですわ」

「ぼくは、人類に仇なす異星人と戦うために宇宙軍に入ったんだ。人殺しのためじゃない」

「ほほう、異星人を殺すのは殺人やないとおっしゃる。見かけはナメクジとかに似ていても、しゃべったり、笑ったり、怒ったりする知的生命体でっせ」

「見解の相違だ。ぼくは、異星人を殺すことをためらったことはない」

「ためらったことはない、というより、楽しんでまへんか」

「楽しんでなんかない。敵対する異星人と戦うことはぼくの使命であり、義務だ。だが、人間を殺すことは許されない。もちろん、楽しくなんかない」

「そうでっかあ……？　人殺しは楽しおまっせ。十戒に曰く、汝殺すなかれ。あれは、人殺しは楽しいからあんまりやったらあかん、て言うてはるんです」

「ちがう、殺人は道徳的な観点からみた禁忌で……」

「禁忌というのは、人間がやりたいことを押さえこむためのもんでっせ。汝姦淫するなかれ。セックスは楽しい。だから、あんまりやったらあかん。汝、偸盗するなかれ。他人のものをかすめとるのも楽しい。だから、あんまりやったらあかん……。神が、人間がそういったことを絶対にしたらあかん、と思ってはるんやったら、最初からそのように作っておけばよろしいやんか。神は人間に人殺しや盗みやセックスの能力を与えた。アダムとイヴは、神からもらったその力を有効に使ってるだけとちゃいまっか」

「何を言いたいんだ」

「わてもわかりまへん。けどこれだけは言えまっせ。アダムとイヴが、『聖書』に書いてあるとおり、神に似せてつくられたもんやとしたら、神は『殺人が好き』ですわ」

「き、貴様、なんという……」

そのとき、アダムが上体を起こし、イヴに向かって、自分の鼻を指さした。

（おかしい……さっきからなんだか人間臭いぞ）

とでも言っているようだ。イヴはかぶりを振って、二本の樹を示し、

（ちがうわよ。今あたしたちが狩ってきたこの頭と心臓が臭ってるだけだわ）

とでも言うようなポーズをとった。アダムは首をかしげ、

（そうかなあ……どうも気になるが、まあいいか）

とでも言うような動作をした。

（あんた、気にしすぎよ。それより、ねえ……もう一回

……）

イヴがアダムを手招きし、マーパンとガタやんが胸を撫でおろしたとき、突然、ひずんだ音楽が耳を聾する大音量で広間全体に轟きわたった。


ドッカーン！

バリバリバリバリ！

ズコーン！

ドドドドドドドドドド！

行け、行け、行け、行け、行けーっ！

ドッカーン！

ガラガラガラガラ！

バシーン！

ガガガガガガガガガ！

来た、来た、来た、来た、来たーっ！

ゲーンバクくん、ゲーンバクくん、ゲーンバクくん！

ゲンバクくんが午後一時をお知らせいたしまーす！


その音は、なんとマーパンがセットした四角錐が発しているのだった。


「しまった……！　爆発のタイマーをセットしたつもりが、目覚ましのタイマーをセットしてしまっていた」

「あ、あんた、アホやろ」

ふたりは真っ青になった。アダムとイヴは音を聞きつけて、彼らのほうへ近づいてくる。

「や、やばい……こっちに来るぞ」

しかし、彼らが入ってきた洞窟との接続口も、シャッターも、どちらもかなり遠い位置にある。イヴの顔が、彼らの隠れていた煉瓦のドームのうえから、ひょいとのぞいた。イヴは乳房を揺らして咆哮し、アダムを呼んだ。

「どどどないしまひょ」

「逃げるしかないだろ」

「せ、せやけど……うわっ、隊長殿、待っとくなはれ！」

ふたりはダッシュで煉瓦のドームから飛びだし、アダムとイヴの脚のあいだをすり抜け、シャッターに向かって走った。二匹の巨人が、どすどすどすどすと荒々しい足音とともに追ってくる。

「隊長殿ーっ、追いつかれそうでっせーっ」

「振りかえるな。前を向いて走るんだ」

こけつまろびつ、なんとかシャッターをくぐる。マーパンは立ちどまると、〈ミソカツ銃〉で壁に取りつけられたボタンのようなものをねらい撃ちした。銃弾はあやまたずボタンに当たり、シャッターが降りはじめた。

「さすが、隊長殿。これであいつらも……うわあっ」

巨大なシャッターが体当たりによってぐにゃりと変形した。ゆがんでできた隙間から片手を突っこんだアダムが、シャッター全体を力まかせにめりめり引きはがそうとしている。ふたりは跳びあがって、ふたたび走りだした。

「こんな状況に似た話を思いだした。えーと……『ジャックと豆の木』だ。でかい豆の木をのぼって天上にある巨人のすみかに潜入したジャックが、宝物を奪って逃げるんだ。気づいた巨人があとから追いかけてくる。ジャックは豆の木をつたって降りていく……」

逃げながらマーパンが言った。

「どないしてジャックは助かったんでっか」

「たしか、豆の木を斧で切りたおしたんだ。巨人は空から落下して死ぬ」

「でも、ここには豆の木もないし、斧もおまへんで」

「馬鹿野郎。同じような状況を作るんだ」

ついにシャッターが崩壊したらしい轟音が後ろのほうから聞こえてきた。同時に、どすどすという追跡の足音も聞こえはじめたが、もちろん振りむく余裕はない。走りながらマーパンは通信機を取りだし、耳に当てた。

「こちら……マーパン……誰かいないかっ」

「軍曹殿、ご無事でしたか!」

「きみは?」

「ビッケ二等兵であります。こちらはまたしても二匹の怪物に襲われ、ハルバル以下、八名が犠牲になりました。残った人数は十七名であります」

「それは……知っている」

「え? ご存じでありましたか」

「現在、ぼくたちはその二匹に追われている。いいか、よく聞け。今からそっちに向かう。〈老魔砲O〉を用意しろ。ビッケ、きみが十三名の歩兵を選び、ヘッドギアをかぶせて、頭蓋骨穿孔と麻酔薬投与の処置をほどこすところまで準備しておけ。あとゴスペルも歌っておくのだ」

巨人の住処からふたりはようやく脱けだした。目のまえにジャングルがある。

「曲は何にしましょう」

「なんでも……いや、えーと……『神の子羊はアーメンと鳴く』にしよう。あれはいい曲だ。ここぞ、という瞬間に通信機で合図を送るから、まず、アダムを倒すんだ。チャンスは一度きりしかないと思え。いいな、一撃必殺だぞ！」

「は、はい……しかし、なにぶん〈老魔砲O〉の実習は一度しか受けておりませんし、実戦で使うのはもちろんはじめてなので……」

「そんなこと言ってられない。もう……もう追いつかれそうなんだ！　あと五分ほどでそっちに着く。急いでくれ。以上」

通信を切ると、マーパンは隣を走るガタやんに、

「どうだ、追ってくる巨人を〈老魔砲O〉という斧でやっつける。これこそ立派な『ジャックと豆の木』じゃないか」

「ジャック・ザ・立派……」

「何か言ったか」

「いえ、なーんにも」

ふたりは駆けた。

5

銀河系の、いずこともしれぬ場所に、「三人の賢人（マギ）」が集まっていた。彼らは、年齢も性別も人種も経歴もまちまちで、共通点はただ、顔と身体を黒い布でおおっているということと、瀆神者であるということだった。瀆神者Aが言った。

「諸君、重大な発表がござる。瀆神者Dからの報告によると、聖母マリアはユガミニクラス付近にある〈人類圏〉のステーションに蘇生しておるらしいぞ」

瀆神者Bが言った。

「なんと……さようでござったか」

濆神者Cが言った。

「なぜ、いままでわからなかったのじゃ」

「マリアは、蘇生したとき以来ずっと、みずからの素性を隠しておったのじゃ。これには〈蘇生人担当省〉の大臣も一枚嚙んでいるようじゃが……」

「しかし、マリアがおるとなれば、我々の活動もやりにくくなろう。――いっそ、消してしまうか」

「簡単に言わっしゃるな。相手は聖母マリアでござるぞ」

「百年前ならいざ知らず、今となっては、イエス・キリストが神の子でない、ただの預言者のひとりにすぎなかったことは証明されておる。その母だからといって、我らが恐れる理由はなにもない」

「さよう、今やイエスは、〈人類圏〉の走狗として、あのような道化を演じるまでに成りさがってござる。すでに、預言者ですらないのだからな」

「うーむ……イエスには我々にとっても利用価値があるゆえ生かしてあるが……」

「いや……濆神者Dからの情報を信ずるならば、マリアの現在の考えは、我々同様、非常に濆神的な方向に傾きつつあるようじゃ」

「な、なに……？　聖母マリアが濆神者じゃと」

「それがまことなら、すばらしきこと」

「それがしの考えでは、このままマリアを仲間に引きいれ、我ら〈神疑の会〉の広告塔として利用すれば……」

「おお、それはよき思案ではござるまいか」

「長引く星間戦争や住宅難その他のせいで、〈人類圏〉への反感が高まり、隠れ濆神者の数はますます増加しつつある。ここでマリアが我らの旗印となってくれれば、同胞は一挙に増えるでござろう」

「ふむ、決まりじゃな。濆神者Dには、引きつづきマリアと接触を保ち、積極的な工作を行うよう指示することといたそう」

「そういたそう」

「いたそういたそう」

◇

「うぎゃあ、うぎゃあ、うぎゃおおおおっ」

「ぶっちゃけブッチャー、ぶっちゃけブッチャー」

「とにかくよー、なんでもよー、手当たり次第によー、ぶっ殺しゃあいいんだよー」

「どうせ俺たちゃ、死んだら地獄行きなんだ。だから、なにやってもかまわねえんだ」

「キシリントン、クシリントン、ケシリントン！」

「ケラマ・ケラマ・ケラマッ、ケラマ・ケラケラケラマッ」


奇声を発しながら、武装した男たちが押しよせてきた。アンリ・ミルモは、カニヤッコとヨーゼフ、それにデーゼマン伍長をかばうようにまえに立つと、〈コーチン銃〉を構えた。最前列の三人を、次々としとめる。いずれも一発ずつ。目と目のあいだをきれいに撃ちぬいている。普通の相手ならその腕前を見て足がとまるはずだが、あいにく血を見るとかえって燃える連中ばかりだった。

「すげえ腕の女(あま)だぜ」

「うひー、やる気でるう」

「俺、もうイキそう」


撃っても撃っても、倒しても倒しても、彼らはひるまない。ミルモの額に汗がにじみはじめた。流れ弾が当たってデーゼマン伍長が床に倒れ、どばっ、と大量の血があふれでた。カニヤッコは呆然として言葉もなく、目のまえの死骸を見つめていたが、突然身をひるがえすと、壁際の操作パネルを叩いた。すると、犯罪者たちの背後のシャッターがあがった。

「おい、シャッターが開いたぜ」

「ジャン・ゴーレに行けるんじゃねえのか」

「乗っとりだあ、ジャン・ゴーレを乗っとって、地球にゴーだ！」


彼らは我先にとドアをくぐって通路に向かい、あっというまにひとりもいなくなってしまった。カニヤッコは、大声で言うと、その場にへたりこんだ。ミルモは、

「ああ、助かったわあ……」

〈コーチン銃〉を構えたまま、

「司令官、どうしましょう。このままじゃジャン・ゴーレが……」

「ほっといたらよろしおす。あんな船の一隻や二隻……

だいいち、うちはこのステーションさえ無事どしたらよろしおますねん」

「そ、そうですか……」

ミルモは銃口を下げ、肩で大きく息をした。カニヤッコは床に座ったまま、壁のマイクを取ると、

「ナビゲーター、生きてはりますか？」

「生きてます」

スピーカーから声が聞こえた。

「そらよろし。ほな、ただちにジャン・ゴーレの接続ゲートを閉じなはれ」

「了解。ジャン・ゴーレとの回線を復活させて、離船の操作をします。接続ゲート、クローズ、五秒まえ、四、三……」

そのときヨーゼフが、

「バウバウッ」

と吠えると、通路のほうに走った。

「あっ、だめよ、ヨーゼフ！」

ミルモがあとを追おうとしたが、カニヤッコに腕をつかまれた。

「あきまへん、もう手遅れや」

「ヨーゼフ！　ヨーゼフは……彼は私の夫なんです！」

「何言うてはりますのん、あんた、頭どないかしたんとちゃうか」

ジャン・ゴーレが離船する、がらがらがらという震動がステーションを震わせた。やがて、どううううん……という下腹部に伝わる響きとともに、巨大な恒星間宇宙船は〈ゴルゴダ13〉から離れていった。ミルモが、カニヤッコの手を振りほどき、シャッターのところまで行くと、そこにヨーゼフがうずくまっていた。

「ヨーゼフ、船に乗ったんじゃなかったのね」

犬の首筋を抱きしめようとしたミルモは気づいた。ヨーゼフは、ひとりの男を口にくわえて、ひきずっていたのだ。それは、ユダだった。

「起きなはれ……起きなはれっちゅうに」

カニヤッコが、ユダの頬をぺんぺんと叩いたが、彼は目を覚まさなかった。

「起きなはれっ、しまいに血ぃみるで！」

最後にグーで殴りつけると、ユダは両目をカッと開い

た。

「こ、ここは……」

「ステーションどす」

「ジャン・ゴーレは……」

「もう行ってしまいましたで。ガラの悪い連中、たっぷり乗せてなあ」

それを聞くや、ユダはロボットのようにいきなり上体を九十度起こし、

「イ、イエスさま！　イエスさまがジャン・ゴーレに乗ってるんだ。止めてくれっ」

ミルモがゆっくりとかぶりを振った。ユダの目から大粒の涙がこぼれ落ちた。

◇

「てめえは馬鹿かっ！」

顔中にペニスの入れ墨をした男が、若者を殴りつけた。若者は、両手に出刃包丁をつかんでおり、その足もとには壮年の男性がふたり、倒れている。

「操縦士と副操縦士を殺しちまったら、どうやってこの船、操縦するんだよ、ええ、この馬鹿やろう！」

「だ、だってよお……こいつの切れ味を試してみたかったんだよお……えへっ、実によく切れらあ」

「ただの船じゃねえんだ。ジャン・ゴーレだぞ」

「なんだっけ？　ジャン・ゴーレってなんだっけ？」

「忘れたのか、地球から乗ってきただろう。宇宙甲殻類の死骸を利用した恒星間宇宙船だ」

「へへえ、兄貴って学あるなあ。俺、尊敬しちゃう」

「大馬鹿っ！」

男は、ふたたび若者を殴りたおした。

「誰もこんな船、操縦できねえ。ステーションに戻ることも、地球に行くこともできなくなっちまった。どうするんだよ、このさき」

「へっへっへっ、心配いらねえじぇ。どんな船だかしらねえが、俺が操縦してやるよ」

若者は、切れた唇を手の甲でぬぐうと、足もとの死骸を蹴とばし、操縦席に座った。

「うほほーい、すげえなあ、このメカ。ああ、チンポ勃ってくるぜえ」

言いながら、若者はいきなり操縦桿をまえに倒した。激しい衝撃が船を突きぬけ、その場にいた全員がひっくりかえった。

「て、て、てめえ、ほんとに操縦できるのか」

若者はにこにこして、

「知らねー。『山口百恵の宇宙旅行ゲーム』っちゅうのやったことあんだけど、マジの運転は生まれてはじめてだじぇ」

「て、てめえ……」

「でも、知ってること、ひとつだけある。ジャン・ゴーレに乗るときって、防毒マスクしなきゃならないんだじぇ。兄貴も、こっちに来るとき、してただろ?」

「あっ……!」

男は口に手を当てた。だが……もう手遅れだった。ごほごほと咳きこむ男に、

「兄貴、うるさくって気がちるから、ちぃっと黙っててくれ」

そう言うと、若者は二本の包丁を男の両眼に突きさした。

「うひょひょー、やっぱ、よく切れる。さあて、行くじぇ!」

若者は操縦桿をぐいと持ちあげ、

「おもしれーっ! ゲームのとおりだじぇ。うひょっ、うひょっ、うひょひょひょひょーっ」

巨大な宇宙甲殻類は、ぐらり、と傾いた。

6

「隊長殿ーっ、こちらからもアダムとイヴが確認できました」

通信機からビッケ二等兵の声が飛びだした。

「〈老魔砲O〉、準備はできているか」

走りながらマーパンは叫んだ。

「準備OKです。いつでも合図してください」

「了解っ」

マーパンとガタやんはテントを目指してひた走る。

「いいか、『今だ』と言ったら、ぼくは右に曲がる。き

み は左に曲がって、そのまま突っ走るんだ。あとは、〈老魔砲Ｏ〉があいつらの始末をつけてくれる」
ずざっ、ずざっ、という、密林を掻きわける音が後ろから近づいてくる。前方からは、風にのって微かな歌声が聞こえてくる。

犬はバウバウと鳴く
そうだ、犬はバウバウと鳴く
猫はミャオミャオと鳴く
カラスはカアカア、蛙はゲコゲコ
そんなことは誰でも知っている
だけど、ああ、だけど
神の子羊はアーメンと鳴く
たとえ、ジンギスカンにされようと
神の子羊はアーメンと鳴くよ
雨の日も風の日も
昔からそう決まっているのさ

その勇壮かつ荘厳な歌の響きが、マーパンの心を奮いたたせた。

（神よ……守りたまえ！）

マーパンは心のなかで十字を切った。ずざっ、ずざっという音はどんどん近くなってきている。振りかえることはできないが、もう手の届く距離まで接近しているのではないか……そんな恐怖が背中から這いあがってくる。

直線コース上に、〈老魔砲Ｏ〉の砲身が見えた。すでにオレンジ色に変色し、ヘッドギアを通じて吸いあげられた『γ神聖波』が二千倍に膨れあがっていることを示している。

「〈老魔砲Ｏ〉発射十秒前」

マーパンは通信機に向かって叫び、ガタやんに、

「今だああっ！」

しかし、途端にガタやんはその場に立ちすくんでしまった。

「なにをやってるんだ。左に曲がれ！」

ガタやんはきょとんとした顔でマーパンを見ている。

「は、早くしろ、追いつかれるぞ」

ガタやんは後ろを見て、蒼白になった。悪鬼のような

形相の巨人が二体、猛烈なスピードで迫ってくる。

「なななななんなんだ、あれ」

「きみは、ガタやんじゃないのか？」

「ジアトリマ二等兵、ただいま発現いたしました」

「そんなことどうでもいい。今から、あの巨人を〈老魔砲０〉で撃つんだ」

「は？」

「だから、あの巨人を大砲で撃つんだよ！」

「巨人……大砲……卵焼き……？」

「わけのわからんことを言うな。はやく左へ曲がれ。ぼくは右に曲がる」

「り、了解」

ジアトリマは、わけもわからず左折し、必死にダッシュした。その瞬間、〈老魔砲０〉の砲身から、

「げろげろげろげろげろげろげろげろっ」

という音とともに、凄まじい量の光輝が噴出した。太く、たくましいその光輝は一直線にアダムに向かって空中を走り、その胸に激突した。兵士たちは皆、大爆発にそなえてその場に伏せた。しかし……なにも起こらなかった。光輝は、アダムの身体を通りぬけ、そのすぐ後ろにいたイヴの身体も貫通して、そのまま空の果てに消えた。アダムもイヴも、なにごともなかったかのように両腕を高くあげて咆（ほ）えた。

「ど、どうなっているんだ……」

マーパンは、信じられないという表情で目をこすった。

「あのお……」

ジアトリマがおずおずと言った。

「おいら、今、発現したばっかで、何がなんだかまるでわからねえんだけど、ひとつだけいいですか」

「言ってみろ」

「〈老魔砲０〉が効かねえってことは、あいつらが瀆神者じゃねえってことでしょうぜ」

「そ、そうか……」

マーパンは膝を叩いた。『γ神聖波』は、瀆神者のみに効力を発揮する。その性質を利用して異星人を攻略するために開発されたのが〈老魔砲０〉だ。

「やっぱりあいつらは本物のアダムとイヴだ。だとしたら瀆神者のわけがない。もっとも神と親しい、神に帰依（きえ）

した、神以外を知らぬ存在だ。ということは、〈老魔砲O〉だけではない。〈偶像〉も〈失われたアーク〉も〈ソロモンの杖〉も〈バラクの七頭の雄牛と七頭の雄羊〉も〈ネゲブの獣〉も〈伝道の書に捧げる薔薇〉も……神学的戦闘原理にもとづくほとんどの宗教兵器が使用できないということだ」

「じゃあ、どうすれば……」

「勝てない。ぼくたちはあいつらには勝てないということだ」

「そんな……宗教兵器がだめなら、通常兵器で……」

「むりだ。やつらには、火薬や銃弾でドンパチやっても効果はない」

「この星を、ひたすら逃げまわるしかないということですか」

「そういうことだな」

マーパンとジアトリマは、〈老魔砲O〉の周囲に待機していた生き残りの兵士たちと合流した。ジャンヌがジアトリマに抱きつき、

「ご無事でなによりですうっ」

その右目は大きく膨れあがっている。

しかし、再会を喜びあう間もなく、彼らはアダムとイヴの猛追に向きあわねばならなかった。

「どどどうしますか、隊長殿」

「なななんとかしてください、マーパン軍曹」

「おおおお願いします」

「しし死にたくありません」

二匹の巨人は、棲家に侵入されたのがよほど腹にすえかねたのか、樹々を引きちぎり、岩を砕き、ますますスピードを増して、歩兵たちに迫ってくる。マーパンはしばらく頭を抱えていたが、急に顔をあげた。両眼にあやしい光が燃えている。

「よし……決めた」

「何か妙案でも?」

「科学の粋をつくした宗教兵器が通用しなかったら、つぎは……」

「つぎは……?」

「あきらめるしかない」

一同はずっこけた。

「ぼくはもう決めた。疲れた。バテた。いくら逃げても むだだ。ここは巨人に支配された星なんだ。どんなに星中を逃げまどったとしても、遅かれ早かれ、いずれは追いつかれ、頭を引きぬかれ、心臓をえぐりだされ、洞窟にある〈知恵の木〉と〈生命の木〉にぶらさげられる。やることはやったじゃないか。いさぎよくあきらめて、心静かに死ぬのを待とう」

「何を言ってやがるんだ、死にてえなら自分だけ死にやがれ、この馬鹿っ！」

ジアトリマがマーパンの顔面を殴りつけた。パンチは顎に入り、マーパンはがくりと頭を垂れた。気を失ったのだ。途端、マーパンのエプロンの前面にある異次元ポケットが光を放ったかと思うと、みるみる形を変えた。

ジアトリマは、それを見て唸った。

「カエルだ……」

カエルは大きな目でジアトリマをにらみつけると、

「そうだ、カエルだ。悪いか」

「悪くはねえけど……唐突だな、と思って」

「外の光が消えるとき、内の光が目を覚ます。マーパンが気絶したことで、俺が表に出てきたのさ」

「おまえは……何ものだ」

「平面ガエルさ。マーパンは、あきらめるなんて言ってたけど、あきらめちゃいけない。絶体絶命のときだって、根性さえあれば何とかなる」

「根性……？」

「そう。根性、根性、ど根性だぜい。このままじゃ俺たちはあの巨人たちのえじきだろ。やけくそで、一か八か、こいつを使うんだ」

「や、やけくそ……」

平面ガエルは、口を大きくあけると、中から長さ十五センチほどの小さな人形を人数分取りだした。

「パパパパッパパー！ 超小型根性兵器『ヒュー魔』！」

「見たことねえ武器だな。なんだ、こいつは」

「持っているものの根性を試す兵器さ。人形(ひとがた)をしているから、ヒューマノイドを略して『ヒュー魔』。宗教兵器は、人間の信仰心を攻撃力に変換するが、根性兵器は人間の心根を最大化して武器に変えるんだ」

カエルの説明によると、肉体が限界に達したあとも、精神のほうに余裕があれば、肉体からパワーを引きだすことができる。通常は、肉体的限界と精神的限界は同時に訪れるが、危機に陥ったときなどに、肉体をコントロールするためにむりやり作りだした精神的余裕のことを「根性」という。つまり、根性とは精神エネルギーの一種なのだ。根性が発揮されているときには、小脳から「ドッコイ」という物質が分泌されていることがわかっている。この「ヒュー魔」は、持っている人間の小脳を刺激して、普段の三千倍という「ドッコイ」の大量分泌をうながし、それによって増幅された根性を特殊な形の熱エネルギーに変換する……。

「とにかくやってみろよ、どうせダメもとだろ？　うざってえ話はそれからだぜ！」

唾をとばしながら熱く語るカエルにひっぱられ、新兵たちは「ヒュー魔」を握りしめた。カエルは、エプロンを突きやぶらんばかりの勢いで身を乗りだして、ガラガラ声で叫んだ。

「根性だい！　根性、根性、ど根性だーい！」

それを聞いた一番年嵩の男が、衣服をすばやく脱ぎすてた。なぜか、ふんどしをしている。ボディビルで鍛えているらしい筋肉をひくひく動かしながら、

「カエルに負けちゃいられねえ。俺っちの根性を見せてやる。根性、根性、六根根性でえっ」

つづいてほかの新兵たちも、くるくると服を脱ぎ、パンツ一丁になった。女性もパンティだけの姿である。

「いくぞおっ、根性っ！」

「おおっ」

「大和魂っ」

「おおっ」

太鼓がずどどんと打ちならされ、皆は力強く乱舞しはじめた。おそらく「ヒュー魔」が脳に妙な影響を与えているせいだろう。

「土性っ骨だ、パッションだ、パトスだ、フルパワーだ」

「イゴッソウだ、モッコスだ、頑固親父だ、雷親父だ、岸和田のだんじりだ」

「喧嘩だ、喧嘩だ、天下の一大事だ、どいたどいたどいたあっ」

「キックの鬼だ、柔道賛歌だ、赤き血のイレブンだ、アタックナンバーワンだ」

「水垢離(みずごり)だ、水垢離だっ」

「男だ男だ男だっ」

「祭だ祭だ祭だ祭だっ」

皆は、握りしめた「ヒュー魔」を振りあげ、振りおろす。その動作がしだいに速くなってきた。滴る汗、汗、汗、紅潮する顔、顔、顔、美しい涙、涙、涙、そして、輝く白い歯、歯、歯……。

青春……！

彼らの、わけのわからない行動を見て、アダムとイヴの動きが一旦とまった。彼らは怪訝(けげん)そうに顔を見あわせたあと、うなずきあい、まっしぐらにマーパンたち目指して爆走してきた。二体の巨人が砂塵をあげて走る後ろには轍(わだち)のようなレーンができている。まさに「死レーンの道」だ。

「来たぞ、目をそらすな」

「俺たちの根性が試されてるんだ」

「男っ！」

「根性！」

「どっせい！」

「おおよ！」

皆の目がめらめらと燃えあがった。比喩ではなく、本当に火が噴きだしたのである。それぞれの火がからみあい、まじりあい、巨大な火球となった。

「あれは『王者のしるし』だぜ」

とカエルが言ったとき、ひとりが「ヒュー魔」をつかんだ手を元気よく胸のまえで振りながら、「行け行けヒュー魔」を大声で歌いだした。

つぎの瞬間、膨れあがった火球が、アダムとイヴ目指して飛んだ。そして、
どん！

という音が天地に轟いたかと思うと、ふたりの巨人の全身が紅蓮の炎につつまれた。長い髪の毛が焼ける臭い、皮膚が焼けただれてべろりとめくれあがる光景、体液や血が蒸発するちりちりという音……。絶叫し、のたうち

まわり、もがき苦しんでいたアダムとイヴは、最後にひしと抱きあった。炎はひとつになり、長々と伸びた黒煙はジャングルを越した。

「見たか、『根性焼き』！」

平面ガエルがそう叫んでにやりと笑った。黒こげになったアダムとイヴはついに地面に横たわり、動きをとめた。

「や、やったぞ、バンザイバンザーイ」

「根性の勝利だぜーい」

皆は跳びあがって歓喜の声をあげた。その上空の一点から、巨大な黒い影がゆっくりと降下してくることに誰も気づいていなかった。

7

突然夜になった、とジアトリマが思った瞬間、爆音が頭上から降ってきた。上空を見あげて、彼は卒倒しそうになった。アダムとイヴを倒すのに夢中で気がつかなかったが、天を覆うようなかたちで、一隻のジャン・ゴーレが浮かんでいるではないか。

「ジャン・ゴーレだ」

「ジャン・ゴーレが俺たちを助けにきてくれたんだ」

兵士たちは宇宙船のすぐ下まで行こうと我先に駆けだした。

「ま、待て。行っちゃだめだ」

マーパン軍曹のエプロンについた平面ガエルが叫んだ。しかし、誰も聞いていない。この〈ジュエル〉という名の地獄から抜けだしたくて必死なのだ。

「戻れ。どう考えてもおかしいぜ」

通常、ジャン・ゴーレはあまりに巨大なので、よほど大規模な宇宙港が完備されていないかぎり、惑星の軌道上にとどまり、そこから〈ダビデ〉などの小型〜中型船を降下させる。なぜ、恒星間宇宙船であるジャン・ゴーレがこんなところまで降りてきているのか……。

「地球へ還れるぞ」

「地球へ」

「地球へ」

平面ガエルはマーパンの身体をひきずって、兵士たちのまえに飛びだし、

「待てよ。待てったら。——あのジャン・ゴーレ、動きも変だ。ふらふらしてるし、まるで安定してない。墜落するかもしれないぜ」

「軍曹殿の気のせいですよ」

「ちがう。だいたい、どうして急にジャン・ゴーレがこんなところに現れるんだ」

「きっと、〈ゴルゴダ13〉のカニヤッコ司令官が寄こしてくれたんですよ。このチャンスを逃したら、我々は永久にステーションに還れません。俺たちの物資は少ない。〈気付け薬〉も底をつきかけてるんだ。はやくはやくはやく還りたいんですよ」

「だから、しばらく様子を見て……」

「様子を見ているうちに、生存者がいないと思って引きあげてしまったらどうするんです。〈気付け薬〉がなくなっちまったらどうするんです。あの吸血生物に今夜殺されたらどうするんです。軍曹殿が責任を取ってくれるんですか」

「そうじゃない。まず、ステーションに連絡をとって、ジャン・ゴーレを派遣したかどうか確認しようって言ってるんだよ。まだ任務を果たしていない俺たちを、カニヤッコがなんで回収に来る……」

平面ガエルの言葉が終わらぬうちに、

「ちがう……」

兵士のひとりがジャン・ゴーレを指さし、厳かに言った。

「あれはジャン・ゴーレではない。あれは……神だ」

ほかの兵士たちがその男を見た。

「見よや……荘厳な巨船を。あの船こそ、神が我々を救うために降臨めされた姿なのだ。あれは、神そのものだ」

男は、口調こそ静かであるが、目の焦点が合っていない。

「ちがうっす、神さまはあんなもんとちがうっす。みんな、目を覚ますっす!」

ジャンヌが大声でそう言ったが、耳を貸すものはいない。

「そうだ、あれが神だ。あの船に向かって祈ろう」

「祈りを捧げれば、船はもっともっと降りてくる」

「神よ、我らの祈りをききとどけたまえ」

兵士たちは、両手を船に向かって伸ばし、

ベントラー……ベントラー……ベントラー……


一心に祈りはじめた。

「やめろ。おまえたちのやってることは偶像崇拝だぜ。ただのカーゴ信仰だ。あれはでっかい虫なんだ。神を冒瀆するつもりか。やめろ、やめろ」

平面ガエルが兵士たちのあいだに分けいったが、

「うるせえ！」

兵士のひとりが平面ガエルの顔面にパンチをくれた。

「げぼっ」

カエルの顔は拳の形にへこんだ。

「上官だと思うから今までおとなしく言うことをきいてたんだ。考えてみりゃ、ただのカエルじゃねえか」

「そうだ、もうこんなところはゴメンだ。俺たちをとめるやつは容赦しねえ」

兵士たちはマーパンとそのエプロンについたカエルを殴り、蹴り、唾をかけてぼこぼこにした。その間もジャン・ゴーレは前後左右に泥酔者のように揺れながら降下を続けている。あまりに馬鹿でかいので、ごつごつした岩山のような突起に、手を伸ばせば触れられるような錯覚に陥るほどだ。おそらく地面との間隔は一キロほどしかないだろう。ジャン・ゴーレの発生させる重力場の影響で、凄まじい突風が吹きあれ、ジャングルの樹木はめりめりと折れ、無数の草や木の葉、何千匹もの小動物が竜巻に巻きこまれて舞いあがっている。

ずむむむむ……ずむむむむむむ……ん

ジャン・ゴーレの動力部が奏でる、俗に「呻き」と呼ばれる、エレキベースにディストーションをかけたような重低音が、しだいに大きくなってきた。兵士たちは、空に向かって両腕を振り、「呻き」に負けないようにいちだんと声をはりあげて、ベントラー……ベントラー……ベントラー……

すると、宇宙船の降下はぴたりと止まった。それにともなって、突風や竜巻はほとんどやんだ。

「おかしいな。着陸するんじゃないのか……」

兵士たちの視線が集中するのを待っていたかのように、雷のように「声」が降ってきた。

「えーと……諸君……俺は……うひょひょひょひょひょひょ……なんて言うんだっけ……えーと……ベントラーだっけ……うひょっ、うひょっ……」

「呻き」をうわまわる、とてつもないボリュームで、しかも、音が割れて、ひずんでいる。耳を押さえても、その声は頭蓋骨をつたって脳に侵入してくる。

「とにかく……俺は至上の存在だじぇ……イエーイ、ベントラー……そうだ……俺は△◎〓#※§#＊†……おめえたちは蟻ん子だ……うっひょひょひょひょひ……スコープを通しても……うひょひょひょ……ほんと、ちっちゃく見えるじぇ……ごま塩みてえなもんだ……ベントラー……うひょ、うひょ、うひょひょひょひょひょひょ」

怪訝そうに見まもる兵士たちのひとりが、

「能書きはいいから、はやく助けてください！」

「蟻ん子だよ蟻ん子……俺は……もうすぐ……死ぬんだ。防毒マスクを……うひょひょひょひょ……してねえからな。だから……うひょひょひょひょひょひ……チンポギンギンになってるじぇ！」

何を言っているのかわからない。そのとき、ジャン・ゴーレの腹部の一角に小さな孔があいた。着陸用宇宙船を発射するには小さすぎる孔だ。そこから、一本の白いロープがするすると降りてきた。ロープはかなり自重があるらしく、風にもそれほどゆらぐことなく、ほぼまっすぐに船の下に垂れさがった。先端は、地上から三メートルほどのところで、ひょこひょこ踊っている。

「さあ……このロープを……のぼりきった……やつだけを救うことにする……うーひょひょひょひょひ……これはゲームだ……さあ、スタートしようじぇ。カンカンカンカン……ダタダタダタダタ……カンダタ・カンダタ・カンダタ・カンダタ……ああ、ベントラー……

……」

その言葉を聞くや、兵士たちは仲間を押しのけてロープにつかまろうとした。しかし、必死にジャンプしてもとどかないぐらいの微妙な位置にロープの先端はあった。

「そうだ、肩車だ」

ひとりの兵士がもうひとりをしゃがませ、その肩に乗った。だが、まだつかむことはできない。三人目の兵士がそのまたうえにのぼろうとしたが、バランスを崩して三人ともひっくり返ってしまった。

「よし、みんなで協力しよう。ピラミッドをつくるんだ」

五名の兵士がはじめに馬になり、そのうえに四名、三名……と積みかさなっていき、その頂上に最後のひとりがのぼろうとしたとき、

「どけっ！」

横合いから突然現れた男が、その兵士を押しのけると、ピラミッドを乱暴に駆けあがっていった。男は最上段に立つと、大きく跳ねた。何度か跳躍したあげく、

「やった、つかんだぞ！」

彼はロープにしがみつき、手の力だけでのぼっていく。

「おーい、俺も引きあげてくれよ」

下の段の兵士たちが叫んだが、

「うるさいっ」

ロープにつかまった男は、下にいる兵士の顔面を足先で蹴りつけた。

「畜生め、お、俺も……」

蹴られた男は、顔面から血を流しながら、手近にいた兵士を殴りたおし、その身体を踏み台にしてロープにしがみついた。それを見たほかの兵士たちも次々と、誰かを踏み台にしてロープをつかもうとしはじめた。みるみる、ロープの周囲に、脱出しようとする兵士たちが携帯ストラップのように垂れさがっていった。

「俺が……俺が先に行くんだ。おめえはひっこんでろ」

「おめえこそひっこみやがれ。一番は俺だ」

「上のやつら、早くのぼれよ。下がつっかえてるんだ」

「うるせえ、これでも死ぬ気でのぼってるんだよ」

「ああ……もう手がもたねえ。だ、だめだ……」

十メートルほどのぼったあたりで、ひとりが落下した。

二十メートルほどのあたりでも、ひとりが血でぬるぬるになった手をすべらせて落ちていった。残った兵士たちは、歯でロープを噛み、腕に巻きつけ、死にものぐるいで上を目ざす。

「うひょ、ひょ、ひょ……ベントラー……はやく来いよお……早くしねえと……ベントラー……こうするじぇ」

ジャン・ゴーレが、ぶうん、ぶうん、と左右に揺れた。それにつれて、ロープもぴょこたん、ぴょこたん、とチャップリンのようにはねる。新たにふたりが落ちていった。

「落ちた落ちた……あはははは……」

地上では、気絶したマーパン軍曹をジアトリマが介抱している。そのすぐ横には、ジャンヌがいる。ジャンヌの右目はすでに十倍ぐらいに膨れあがって、一種の嚢(のう)になっており、まるで風船を顔にくっつけているように見える。その嚢のなかに、ミミズのような生物が無数に蠢(うごめ)いているのが、肉眼でも観察できる。ときにミミズ状の生物の一部が目から外に顔を出して、ぴくぴくと先端を震わせたり、だらりと垂れさがったり、その後、ふたたび嚢のなかにずるずると戻っていったりしている。なかにはうっかり、地面にぼたりと落ちてしまうやつもいて、そんなときジャンヌは電光石火の早業で、足でそのミミズを踏みころし、つま先でぐちゃぐちゃにしてしまう。他人に見られたくないのだろうが、皆、しっかりその様子を観察している。

「うう……ぼくは……何をしていたんだ……そ、そうだ、アダムとイヴは……？」

マーパンが両目を薄くあけた。同時に、エプロンに浮かびあがっていたカエルの姿が消えた。

「気がついたっすか。軍曹殿が殴られて気を失っているあいだに、カエルがアダムとイヴを倒しましたっすよー」

「そうか……ピョン吉のやつがな……そうか……」

「軍曹殿、あのカエルはなんなんすか」

「あれは……私の第二の人格だ」

「え……？　軍曹殿には寄宿者はいないのでは……？」

「そう、ぼくの魂はひとりでひとつの肉体を所有しているが……ぼくは多重人格者なんだ。エラモンド・マーパン以外に、平面ガエルと毛虫とハゼの人格がときどき現れる。平面ガエルは、ぼくが気を失ったときなどに表面化するらしい。らしい、というのは、ぼくはその様子を自分で見ることはできないからね」

「…………」

「部下たちはどこだ」

「あそこっす」

ジャンヌが、目からはみ出たミミズを地面に叩きつけながら、上空を指さした。その方向に目をやって、マーパンは呆然として、

「どうして……ジャン・ゴーレが来てるんだ……」

ジアトリマがひきとって、

「わからねえんです。突然現れやがって、ロープをのぼりきったやつだけを助けるとか言いだしやがって……」

「馬鹿な。危険すぎる。やめさせなくては……」

マーパンは立ちあがって、空を見あげた。先頭の男はすでに地上から百メートルほどの高みに達している。マーパンは双眼鏡を目に当ててその様子を見つめていたが、

「あいつ……ファーサルだぞ！」

ファーサルは下を向いて叫んでいる。

「こら、罪人ども。ロープが切れかかってる。このロープはおれのものだぞ。おりろ、おりろ」

「何言ってるんだ。おめえだけ助かろうってのか」

「切れてしまったら全員死んでしまうんだぞ」

「死ぬならもろともだ。てめえだけ行かしてたまるかい」

「うるさい、落ちろ。おりゃあ司令官だぞ。貴様ら全員落ちてしまえ」

「てめえこそ落ちろ」

「下級兵士はみんな死ね」

ファーサルが下の兵士の頭部を蹴りつけたが、下の兵士はたくみにかわし、その足首を持ってぐいとひっぱった。

「この野郎、死ね」

ファーサルが身体を折りまげるようにして手を伸ばし、下の兵士の両目に指を突きいれた。ぶちゅっ、と音がして、漿液が噴きだした。

「うぎゃあっ」

下の兵士は身をよじって暴れながらも、左手でロープにしがみついている。

「落ちろ……落ちねえか」

「死んでも落ちるかよ」

そのうちにファーサルの顔色が変わってきた。

「ち、畜生……指が抜けん……」

ファーサルは下の兵士の眼窩に差しこんだ指をぐにゅぐにゅ動かすが、どうしても抜けないらしい。そのうちに下の兵士がファーサルの股間を、むんずとつかみ、ぎゅっと絞った。

「うがあっ、は、放せ、無礼者!」

ファーサルは、二本の指をぐりぐりと掻きまわすが、下の兵士も負けてはいない。つかんだ五指に力をこめる。ぶちっ……ぶちぶちっ……ぶちゃっ! 汁気の多い音がして、ファーサルの股間からだらだらと血が滴った。ファーサルは、

「ぴぎっ」

と叫んで、白目を剝いた。睾丸が握りつぶされたらしい。ファーサルは下の兵士の眼窩に突っこんだ指をぐいぐい奥へと差しいれた。爪はすでに脳に到達しているはずだ。下の兵士はまだ放さずにいるファーサルの股間を、渾身の力をこめてひきちぎろうとする。

「ぎゃあおおおん」

「うるぎゃあああん」

上下同時に悲鳴をあげた瞬間、まず、ファーサルの陰茎がずぼーっと股間から抜けた。どろどろした血糊が滝のように下の兵士の顔面にそそがれたとき、ファーサルの手が下の兵士の頭蓋骨を割り、脳髄をホールトマトのように押しつぶした。黄土色をした脳髄が、下の兵士の眼窩や鼻孔や耳や口から練り歯磨きのようににゅるにゅると噴出した。バランスを崩したファーサルと下の兵士は、血しぶきと脳漿をまきちらしながら、もろともに落下していった。ふたりの死骸は、マーパンたちのすぐ横に墜落した。

「とうとう軍法会議にはかけられなかったか……」

マーパンはそうつぶやいた。漁夫の利を得た三番目の兵士が、にやにや笑いながらロープをのぼっていったが、

「ま、まずい。切れかかってる。あと何分かしかもたね

えぞ」

その声を聞いて、下方にいた残りの兵士たちはあわてて距離をつめはじめた。

「来るなっ、マジで切れるって。マジ切れだって」

「切れてないよ」

「だから、切れるってば」

「切れてないよ」

わけのわからない会話をかわしながら、兵士たちは急いでロープをのぼっていく。一番うえの兵士が、切れかかった箇所を越した。

「やったぜ。これで俺は生きのびられる」

つづいて二番目、三番目、四番目の兵士までが、切れかかっている箇所を通過したとき……。

ぶちっ。

短い音を聴いたものもいたかもしれない。ロープが切れた。五番目以降の兵士たちは、垂直に自由落下していった。

「これで軽くなった。神は……ジャン・ゴーレの神は、我を選びたもうた」

「死んだやつの分まで、俺たちが生きてやればいいんだよな」

残った四人は、勝手なことを言いあいながら上を目指す。ジャン・ゴーレの腹部にあいた孔まであと三十メートルほどに迫ったとき、その孔から若者の顔がのぞき、

「ベントラー、ベントラー……うひょひょひょ……おめーら馬鹿ばっかり。好きだじぇ、イエーイ」

「てめえは誰だ！」

「至高の存在でーす、なんちゃって。ベントラー。よくここまで来たな、蟻ん子ども。貴様らは瀆神者だ。余が天罰をくだしてやるじぇ。うっひょひょひょ……」

若者は、取りだしたハサミでロープをちょきんと切った。顔に驚愕を貼りつけた四人の兵士は、風を切って、独楽のようにくるくるまわりながら、みるみるうちに闇の底へ、まっさかさまに落ちていった。あとにはただ、短くなった白いロープがきらきらと光りながら垂れているばかりであった。

「うーひょっひょっひょひょひょひょ。みーんなきれいさっぱり死んじまったじぇーい。うっひょっひょっ。おもしれーっ。チンポ勃ちまくりだじぇ」

ズボンからつまみだした生白いペニスをしごきたてながら、若者はふとスクリーンに映った地上の映像を見やり、

「ありゃりゃ……まだ蟻ん子が少し残ってたじぇい。よし、このまま着陸、地獄の黙示録、掃討作戦開始でありまーす。うひょひょひょひょひょひょ」

自動操縦装置が正常に作動していることを確認すると、床に座りこむ。周囲は、興奮のあまり彼が漏らした精液でべとべとになっている。

「おい、このガキ！」

振りかえると、武装した五、六名の男たちが立っている。

「おりょりょ、鍵をかけてあったんだけどなあ」

見ると、ドアはいつのまにかぶち壊されている。

「俺たちゃ地球に還りてえんだよ。こんな、わけのわからねえ星にゃあ降りたくねえ。そのためにこの船を乗っとったんだ。さあ、進路を地球に向けねえか」

先頭に立った髭男が、ビームライフルの銃口を若者の額に押しあてた。

「そんなこと言ったって、自動操縦にしちまったしなあ」

「解除すりゃいいだろ」

「やりかた、わかんね。うひょひょひょ……」

ズム……。

若者の額に、直径一センチほどの黒い穴があいた。

「ひょひょひょひょひょ……」

若者はしばらく笑いつづけていたが、そのうち、笑い声が「ひょひょひょ」から「ヒョヒョヒョ」に変わり、しまいに「ョョョ」になって、途絶えた。

「おい、どうすんだよ。こいつ殺しちまったら地球に還れねえじゃねえか」

「知らねえよ、そんなこたあ」

「だいたいあんな狭い場所に、どうやってこんな馬鹿で

かいものを降ろすんだよ」

「知らねえよ、そんなこたあ」

「俺たちは死ぬのか」

「知らねえよ、そんなこたあ」

「この自動操縦の機械、いっちょうぶっ壊してみっか」

髭男が、自動操縦装置にビームライフルを向けた。

◇

地上で生きているのは、マーパン軍曹、ジアトリマ、そしてジャンヌの三人だけとなった。彼らの周辺には、墜落した兵士たちの死骸が手や足や首を妙な格好にねじまげた状態で並んでいる。三人が注視するなか、ジャン・ゴーレは「呻き」をふんだんにあげながら、隕石のように地上に降ってきた。あまりの速さに、声をあげるひまもなかった。大量の火薬が爆発したような大音響とともに、砕けた岩石がつぶてとなって雨のごとく周辺に降りそそいだ。ジャングルの一部が完全に押しつぶされ、何万本という樹木が犠牲になった。濛々とあがる砂塵と黒い煙。カブトガニに似た宇宙甲殻類の死骸は、そのまままずるずると地上を滑走して、マーパンたちから一キロほど南にある泥地に船体を三分の一ほど突っこむような形で停止した。甲羅の前方から伸びている「主脚」のうちの数本が折れ、腹部の下側にある「遊泳脚」も三本はどちぎれてしまっている。三人は、すぐさまジャン・ゴーレに向かって走りだした。もし、修理して使用に耐える状態ならば、これを利用して脱出することが可能かもしれない。ジャン・ゴーレから三百メートルほどまで近づいたとき、その期待は三十パーセントほど低まった。肝心の動力部分が大きく破損して、そこから猛毒のガイオキシン〈ゴーレD〉がふんだんにこぼれでているではないか。ガイオキシンがなくては、〈アリガバリ跳び(ジャンプ)〉は不可能だ。

「跳べるか、跳べないか……いずれにしてもかなり修理しないとな。それに、航行可能だったとしても、操縦できるものがいないし」

マーパンがため息とともにそう言うと、ジアトリマが胸を叩き、

「おいらの寄宿者のひとり、ガタやんは、たしか凄腕の

「お、おまえたちはなにものだ？」

視線をあわさぬようにしながら、マーパンがたずねると、

「おめえっちこそなにものだよ」

先頭に進みでた大男が逆に質問した。身長二メートル三十センチ、肩も胸も腕も筋肉が岩のように盛りあがり、首も瘤のような筋肉でおおわれている。突きでた腹部には無数の傷跡があり、短く太い脚は異常ながにまたで、針のような短く太い毛がびっしり生えており、まるで毛蟹のようだ。青龍刀や〈ミソカツ銃〉〈ドテヤキ砲〉などの武器を入れたケースをゴルフバッグのように背負い、右手に横笛のような棒を持っている。

「私は、人類圏宇宙軍からエゾゲバロ・ログロ人掃討作戦のためにこの星の〈ベカロヤン〉基地に派遣された、エラモンド・マーパン軍曹だ」

「ほほう……」

男は、マーパンの全身をじろじろ見つめて品定めをしたあと、

「あっしの名はプロフェッサー・ギル・ビル。あっしら宇宙船乗りだって言ってましたぜ」

「そりゃあいい。だとしたら、望みはあるわけだ。それに、もしかしたら〈ダビデ〉か〈ゴリアテ〉を搭載しているかもしれないし……」

マーパンはジャンヌの肩を叩き、

「地球に帰還できれば、きみの目もすぐに治るさ。なあに、ただの風土病だ。治療法はいくらでも……」

そう言いかけたとき、泥に埋まったジャン・ゴーレの腹部の一部が、べこっ、とめくれあがった。そして、

「おおーっ、空気がうまいねえ！」

そこから、もぐらのように這いだしてきたのは、全身を武器、弾薬で完全武装した、九十人あまりの男たちだった。彼らはみな血だらけで、手足が折れてぶらぶらになっているものもいたが、誰ひとりそのことを気にしていない様子だ。しかも、ひとりとして、まともな「目」をしたものはいない。ずっと白目を剝いているもの、目ヤニでまぶたがあかなくなっているもの、クスリでイッてしまっているもの、腐った魚のような目をしたもの……。

は、人類圏宇宙軍からこの星の歩兵の補充要員として派遣された精鋭部隊でさあ。全員、三回でも四回でも死刑になるほどの罪科のある連中ばかりだけどよ、なんだかよくわかんねえけど、歩兵になったら無罪放免してやるって言われてよ、のこのこ来ちまったってわけでさあね」

マーパンの顔から血の気が引いた。

「ということは、まさか……」

「そう、あっしら頭のイカれたクソ野郎ばっかり。人呼んで駄悪キ○ガイ部隊でさあ。この星ではあっしらは自由なんでさあ。妄導犬ってえウザい犬におのれの考えを食われることはねえ。うれしいじゃねえですか、マーパンの旦那」

「妄導犬は、人間の悪なる心を喰らい、善に導く、と聞いたが……」

「あっしら、もともと悪く生まれついてるんだ。駄悪に生まれしものは駄悪に還る。そうじゃねえですかい、旦那」

「…………」

「とにかくこのクソ船の修理をして、とっとと地球に還りましょうぜ。ねえ、旦那、あんたもそうしてえんでしょ」

「ぼくには任務がある。もちろん任務を果たしたあとは、すぐにでも地球に帰還したいが、今すぐというわけにはいかない」

「あ、そ。それじゃあ勝手にしてくだせえ。あっしらは修理をおっぱじめまさあね」

「そうはいかん。きみたちは正式な軍人だ。命令違反は重罪だぞ」

「重罪？　あっしらを裁けるのは、宇宙軍でも人類圏の偉いさんでもねえ。——いと高きところにおられる御方だけでさあ」

「そりゃあそうだが……そのいと高きところの御方が、この戦争を起こせ、そして、勝て、と我らにお命じになったのだ」

「証拠はあるんですかい？　あっしら、じかに神のお声とやらを聞いたことがねえ。駄悪キ○ガイ部隊は、この目で見、この耳で聴き、この鼻で嗅ぎ、この手で触り、この足で踏んだものしか信じねえんだ。あっしらに言うことをきかそうと思ったら、いと高きところにおられる御方か、その子イエス・キリスト、もしくは聖霊でも連れてくるんだね」

そこまで言うと、ギル・ビルは仲間たちに向きなおり、

「おおい、野郎ども、今からジャン・ゴーレの修理をするぜ。さっさと仕あげて、さっさと飛ばして、さっさと地球に還ろうぜ。ヘイ・ホー！」

「ヘイ・ホー！」

血だらけの男たちは、酒に酔ったような足取りでふらふらとジャン・ゴーレに戻り、故障箇所の修繕をはじめた。

俺たちゃ天下の駄悪キ◯ガイ部隊
悪事千里を走るというけれど
俺たち走りゃ何万里も夢の間さ
俺たちゃまさしく悪人だヘイヘイヘイホー
無敵のワルモノ駄悪キ◯ガイ部隊
俺たちゃすごいぜ駄悪キ◯ガイ部隊
どんな鎖にも縛られないのが自慢だぜ
悪いことすることっていいさ
骨の髄からワルなんだヘイヘイホー
頭のイカレた駄悪キ◯ガイ部隊

銅鑼声でがなりたてるその歌声を聞きながら、マーパンは何度もかぶりを振った。

「軍曹殿、どうします」

ジアトリマがきいても、何も応えない。やがて、一斗缶ほどのため息をつき、

「とりあえず〈ゴルゴダ13〉に連絡してみよう……」

マーパンは、大型通信装置を操作した。はじめは雑音の嵐だったが、そのうちにノイズに混じって、カニヤッコ司令官の声が聞こえてきた。

「こちら、〈ゴルゴダ13〉どす」

「おお、カニヤッコ司令官！　こちらジュエル前線のエラモンド・マーパン軍曹であります」

「ありゃ、あんたまだ生きとったんどすかいな。意外と

しぶとおすなあ」

「司令官、今、新兵百人の乗ったジャン・ゴーレが一機、こちらに着陸しましたが、これは司令官もご承知のことですか」

「ひぇっ、あの船、〈ジュエル〉に行きよったんどすか。てっきり地球に戻ったもんやとばかり……」

「その新兵たちが……その……何と申しますか……」

「低能の穀潰(ごくつぶ)しばっかしどすやろ」

「そうなんです。ぼくの指揮下に入ることを拒み、故障したジャン・ゴーレを修理して、飛びたとうとしております。どうしたらいいでしょうか」

「そんなん知りまへん！　とにかく、絶対に〈ゴルゴダ13〉には戻らんといとくれやす。かたがた言うときますえ。万が一戻ってきたら、入港を拒否して、〈ローマ人への手紙砲〉で木っ端みじんどす！」

「そ、そんな……」

「あのキ○ガイどもの顔は二度と見とうないんどす。あんたは自分の任務を果たしやす。エゾゲバロ・ログロ人はやっつけなはったんか？」

「いえ……それが……」

マーパンは、まだログロ人とは遭遇していないこと、アダムとイヴの出現で兵士のほとんどを失ったこと、アーサル司令官と出会い、人類圏による〈ジュエル〉侵攻の真の目的が〈知恵の実〉と〈生命の実〉の入手だったこと、それらは人間の頭部と心臓にすぎなかったこと……などを報告しようとしたが、

「やっつけてへんのやったら、がんばりやす。ほな、こっちも忙しさかい、切りますえ」

「ちょ、ちょっと待ってください。ぼくの部下はあと二名しか残っていないんです。あの新兵たちを指揮下にいれないと、ログロ人と戦うなんて無理です。あのジャン・ゴーレには、〈ダビデ〉は積んでいないんですか」

「積んでまへん。ほな、さいなら」

通信は一方的に切れた。マーパンは顔をしかめて、修理に余念のない新兵たちを見やった。

「どうしたもんだろう……ぼくたちもあれで一旦ステーションへ戻るしかないのか。でも、カニヤッコ司令官は、戻ってきたら木っ端みじんと言ってるし……地球へ還る

ことになるのかな……」

そこまでつぶやいたとき、彼の背後にある草むらのなかから突然、

「た、た、た、助けてほしい助けてほしい助けてほしいのだ」

驚いてそちらを見ると、ぼろぼろの衣服を身にまとった男がひとり、地面に這いつくばるようにしてマーパンを手招きしている。顔は汚れて真っ黒だ。

「あんた……誰だ？」

マーパンがそう言いかけたとき、ジャンヌが横あいから、

「あなた……イエスさま！」

「そう、私はたしかに神の子イエス・キリストなのだ。おまえは？」

「またお忘れですか。オルレアンのジャンヌ・ダルクです」

「ははあ……そういえばまえに会ったような……。とにかく私は、あのジャン・ゴーレに乗っていたのだ。あいつらに見つかるとなにをされるかわからないから、機械室でじっと息を殺していた。やっと着陸したので、隙をみて『背眼』から脱出して、ここに隠れていたのだ。ここは……地球なのか？」

「いえ……〈ジュエル〉の前線です」

イエスは呆然とした顔つきになり、

「ううう……最悪だ最悪だ最悪だ。あのままステーションに残っておればよかったのだ。どうして私がこんな……こんなひどい場所に来なくてはならないのだ」

マーパンが、新兵たちを手で示し、

「彼らは、ジャン・ゴーレを修理して、地球に戻るつもりのようですよ。あなたも手伝ってきてはいかがですか」

イエスはぶるぶると首を横に振ると、

「あんな凶悪なやつらとは一切かかわりたくないのだ。あいつらのせいで、〈ゴルゴダ13〉は戦場みたいになってしまったのだ。人殺しの異常者の変態どもなのだ」

「では、どうするおつもりです」

「おまえが段取りをつけて、私が無事に地球に戻れるようにしてほしいのだ。礼はいくらでもする」

「いくらお金を積まれても、それはできません。彼らのボスは、ほら、あそこにいる大男の……プロフェッサー・ギル・ビルというやつらしいですから、彼と直接交渉してもらえますか」

「そんな冷たいことを言うものではないのだ。私は神の子なのだ。神の子はこんな、ナメクジが徘徊しているような危険な場所にいてはならんのだ。ああああ、はやく地球に還りたい。シャワーを浴びたいごちそうが食べたいワインが飲みたい女を抱きたいふかふかのベッドで眠りたい……あああああああ……ナメクジは……ナメクジは嫌なのだ！」

「落ちついてください。今のところまだ、ログロ人とは遭遇しておりません」

そのとき。

シカリ、シカリ、シカリ、シカリ……

シャクリ、シャクリ、シャクリ、シャクリ……

ゲージョ、ゲージョ、ゲージョ、ゲージョ……

はなれた場所にあるアダムとイヴの死骸のほうから、なんともいえぬ耳障りな音が聞こえてきた。切嗟音とでもいうのか、細かいヤスリで金属を磨いているような……それを何千倍にも拡大したような……。生で聴くのは生まれてはじめてだったが、訓練で何十回も聞かされ、記憶にしっかり刻みこまれているその音。マーパンは目をこらし、軽くうなずいた。

「やっと会えたぞ」

「何にです？」

ジアトリマがきくと、マーパンは無言で両巨人の死骸のうえを指さした。百ほどの黄緑色のものが蠢いている。遠いので、そのひとつひとつの形はわからないが、どうやらまちがいないようだ。

「イエスさま、来ましたよ、ナメクジが」

8

ナメクジたちは、地表を滑るようにこちらにやってくる。透明に近い、トロトロした粘液に覆われており、それが摩擦を限りなくゼロに近づけているため、猛スピードで動けるのだろう。地面に凹凸があろうとおかまいなし。まるでレーシングカーのような勢いだ。

「うう……」

ジアトリマは思わず手で口を押さえた。近くで見ると、単に「ナメクジ」という言葉では表現できないような外観である。もちろん、何に似ているかと言われると、たしかに「ナメクジ」としか言いようがないが、細かい部分は相当にちがう。体長は一メートルと少し。背中の真ん中が山のように盛りあがった、「山」のような形である。全体がぬめぬめしたたっぷりの粘液で覆われており、その粘液の量たるや半端ではない。身体の容積の三倍以上の粘液に浸ったような状態である。ジアトリマは、ニューヨークのチャイニーズレストランで以前に食べたことのある、あんかけ丼を思いだした。

(めちゃめちゃ大量の、半透明の中華あんに、ふやけた飯粒やイカやキクラゲが水死体のように沈んでた。やたらと甘く、薬品の臭いのする、ゲキまずい丼だった。腐敗臭もして、一口食べただけで吐いちまったっけ……)

エゾゲバロ・ログロ人が、現在行われている全ての星間戦争の黒幕であると判明して以来、人類圏はエゾゲバロ・ログロ人の拠点を壊滅しようと全力を尽くしてきたが、その努力はいまのところ報われているとはいえない。また、停戦交渉の席に着くよう、何度となく説得を重ねたが、向こうは話をきこうともしないのだ。彼らは人類との戦争によって領土や資源や労働力を得ようとしているのではないようだ。理由はわからないが、とにかく「人類皆殺し」が目的らしいのだ。宇宙から人間がひとり減るごとに快哉(かいさい)を叫んでいるようなのだ。ジョ・ユウルA星人、アデ・KK・グァックス人、ミゴー・キャンキャン・蛇苺(へびいちご)星人、ピュキダンカ人、チンボルガメナ人、ウッシシンガ人……といった異星人たちを背後から支援し、人類に対して戦争を起こさせたのは、未曾有の人口爆発によって人類が他恒星への進出を余儀なくされてからほどなくのことだった。以来、表だつことなく、陰の援助者に徹してきたログロ人が、先日、ついに宣戦布告を行い、地球をはじめとする太陽系の七つの都市に同時に大規模な攻撃をしかけてきたのは、ジアトリマたちが教練所にいたときのことだ。人類側の被害者は百二十万人と発表されたが、実際には二百万とも三百万ともいわれている。

エゾゲバロ・ログロ人は、人類とはまったくコミュニケートしようとしない。というより、そもそもコミュニケートできるのかどうかすら疑われる相手である。恒星間航行可能な宇宙船を所持しているぐらいだから、知的水準はきわめて高いのだろうが、どんな手段・方法で連絡をしようとも、

「馬鹿のうえにはアホしかない」

「死ぬの生きるのといって死ね」

「とりかえしのつかないチンシッキ」

「食べるまえに食べるのが食べたい」

「ドヤホンガの猿流れ」

「小便を奥歯でかじってもかじっても」

などという意味不明の返事が戻ってくるだけだ。それらの返事を、言語学者が分析したが、

「どうやら罵倒語らしい」

という程度のことしかわからなかった。ログロ人の使用している言語は、人間にも理解できるものであり、それなのになぜコミュニケートできないのかが長年の疑問とされていた。

「ログロ人と意思疎通するよりは、豚と議論するほうが簡単だ」

と言語学者のひとりは言ったと伝えられている。

「文化がちがう」

という一言では片づけられない、深くて暗い川が、人類とログロ人のあいだには横たわっているようだ。しかし、意思疎通が不可能であり、相手は人類をひとり残らず抹殺したがっている……とすれば、人類のとる道はふたつにひとつである。つまり、なんとかコミュニケートの手段を開発し、無益な戦争をやめるよう相手を説得する、もしくは、コミュニケートをあきらめ、徹底的に戦い、相手を殲滅する。今のところ、人類圏は後者の道を選択しているわけだが……。

「来た……！」

マーパンが、先頭のログロ人がアダムの死骸から降り

て、こちらに向かってくるのを見て、ギル・ビルたちのほうに顔を向け、

「おおい、作業やめろ!」

「なんです、またぞろお説教ですかい? あっしら、クソ忙しいんでさあ、またにしてくんなせえ」

「そうじゃない、あれを見ろ」

マーパンの指さすほうに目を向けたギル・ビルは顔色を変え、

「あれが噂のナメナメクジクジ・ナメクジクジ野郎か……。とにかく早く修理をしねえと……」

「もう手遅れだ。やつらのスピードをみろ」

たしかにナメクジたちは、脚もないのにものすごい速度で移動している。マーパンたちのところまで到達するのに、さほどの時間は要さないだろうと思われた。

「やつらはアダムとイヴの死骸を骨にしてしまった。どうやら肉食らしいな」

「兄貴、ずらかろうぜ」

「おお、ここにいても食われるだけだ」

マーパンは彼らのまえに両手を広げて飛びだし、

「ま、待て。武器をとってやつらと戦うんだ」

「あんな化け物連中と戦えるわけありませんぜ。逃げるが勝ちだ。旦那もお逃げなせえ」

「そうはいかん。ぼくはひとりになっても戦う」

「ああ、そうですかい。じゃあ、どうぞご勝手に」

「きみたち、イエス・キリストの命令ならきく、と言っていたな」

「ああ、言いましたとも。あっしらは瀆神者じゃねえんだ。単にキ○ガイなだけで、敬虔な神の僕でさあ」

マーパンはイエスに、

「イエスさま、武器を持って先頭に立ってください。あなたがそうすれば、皆の士気もあがります」

「いやなのだ。私はこういう物騒なことにはなれていないのだ。生まれてこのかた、パンより重いものは持ったことはないのだ」

「そんなことをおっしゃらずに……あなたは神の子でしょう! ぼくたちはあなたのお父上……神のおんためにこうして戦っているのですから」

「私は神の子でもなんでもない。ただのナザレの大工の

せがれなのだ。敵と戦ったりするのは嫌なのだ。嫌だと言ったら嫌なのだ」

「やれと言ったらやれ！」

マーパンが怒鳴りつけると、イエスは涙目になって、

「わかったのだ。怒らないでほしいのだ」

そう言うと、いちばん軽そうな銃を手にして、

「皆のもの、私はイエス・キリストなのだ。これはマジなのだ。今から逃げても、あのナメクジの速さでは逃げきれない。それより、踏みとどまって戦うべきなのだ。これは聖戦なのだ」

ギル・ビルはなるほどとうなずき、

「たしかにそのとおりだ。それに、俺はさっき、イエスの言うことならきく、と言った。キ○ガイに二言はねえ」

イエスは満足げに、

「われらが父は高みから皆の働きを見ておるぞ。存分に戦って、散るがよい。――進めえっ！」

「おおーっ！」

イエスはすばやく後ろに下がると、

「だれが戦ったりするものか。これでいいのだ」

そうつぶやき、そっとその場を離れた。

（逃げるのだ逃げるのだとにかく逃げるのだ……）

この星はおかしすぎる。あのとき、ジャン・コーレに乗って地球にあっさり帰れていれば、今頃はソファで赤ワイン片手にくつろいでいられたものを……。だれにも見つからないように、もぐらのように四つん這いになって茂みから茂みへと移動しているとき、イエスは偶然、洞窟の入り口を発見した。やれうれしや、と潜りこむ。じとっ、として湿気が多く、あちこちが濡れ光っているが、洞窟というのはそういうものだと気にもとめなかった。

（ここで戦いが終わるまで身をひそめていよう。殺しあいは馬鹿に任せておけばいいのだ。私は「選ばれた人間」なのだ。ぜったいに生きのびなければならないのだ）

目を左右に走らせるイエスの背後から、なにかがそっと近づいていることに彼はまったく気づいていなかった。

「イエス・キリストだぞ。神の子が、危険極まりない最低最悪の前線にいるんだぞ。〈人類圏〉の一大事じゃないか。救助に行くべきだろう。どうして誰も動かないんだ」

「あんさん、〈人類圏〉に連絡しはったん?」

「もちろんだ。最高会議の議員数人に連絡をとった。だが……」

かんばしい反応はなかった。ユダは、それはたいへんだ、宇宙軍の総力をあげても救出せねばならん、ジャン・ゴーレを準備しろ、一個師団を向かわせるぞ、というような展開を期待していたのだが、

「神の子が窮地におちいってるのに、あいつらは冷たすぎるんだ」

「イエスは神の子でもなんでもない、ただの預言者、それも、旧預言者で、今は単なる一般人、〈人類圏〉の広告塔やゆうことを、あんたが一番よう知ってはるはずどすわなあ」

「そうだとしても、その広告塔がたいへんなことになっているんだから、何とかしてくれてもいいだろう」

◇

暗闇のなか、ひとつの影がひたひたと進む。装置から装置へ、たくみに身を隠しながら、シノビノモノのような足どりである方向へ移動していく。目標はどうやら、〈ダビデ〉の発着用ポートらしい。影は、周囲を見まわしたあと、ポートへと続くドアのハンドルをそっと回そうとしたとき、

「バウバウバウバウバウバウッ!」

暗がりから飛びだしてきた大きな犬——妄導犬ヨーゼフが、影に向かって吠えたてた。

「なにをしてはるんどす?」

カニヤッコの冷ややかな声とともに明かりがついた。ヨーゼフにしきりに吠えられているのは、ユダだった。

「頼む、〈ダビデ〉を使わせてくれ」

「アンポンタン。〈ダビデ〉は公共のもんどす。あんたの私的な用途に使ってええわけおへんやろ」

「私はイエスさまのところに行かねばならんのだ」

「知りまへん。それはあんたの個人的事情どす」

「じつは、ついさっき、こんなもんが届いたんどす。極秘扱いどすけど、あんたにはとくべつに見せたげますえ」

そう言って、カニヤッコ司令官は一枚のプリントアウトをユダの目のまえで踊らせた。それをひったくって読みはじめたユダの顔色が変わった。

「そ、そんな馬鹿な……」

そこにはこう記されていた。

〈人類圏〉宇宙軍所属軍事ステーション〈ゴルゴダ13〉司令官

カニヤッコ・コヨッテ・クレオリン殿

「イエス・キリストことナザレのイエスの扱いについて」（極秘）

近年のイエスの広告塔としての利用価値減衰著しきにともない、〈ジュエル〉にて職に殉ずるものとし、「偉大な殉教者」として広報宣伝の材料とすべし。

ユダはそのデータをぐしゃっと丸めると、

「ひどい……いくらなんでも殉教させるなんて……」

「イエスにはもう価値ないんどす。ここで一花咲かせて死にはったほうがよろしおす。あとで教科書に載りますえ」

「うわあああああっ」

ユダは絶叫とともにカニヤッコを突きとばすと、ドアのハンドルにつかみかかった。ズボンの裾を噛んで引っぱるヨーゼフを蹴たおし、ハンドルを回す。その首筋に〈コーチン銃〉の銃口が突きつけられた。

「やめなはれ。でないと……」

ユダはうなだれて、ハンドルから手を放した。カニヤッコは〈コーチン銃〉の台尻でユダの顔面を殴りつけた。ガキッという音がして、ユダの前歯が三本折れた。カニヤッコは、うずくまったユダの胃を蹴りあげて身体を起こすと、その喉に空手チョップを喰らわした。しかも、何度も何度も執拗に。ユダの顔がどす黒く変じ、口から血と胃液を垂れながしてもやめなかった。

「司令官、もうそのへんで……」

見かねたミルモが制して、やっとカニヤッコはユダから離れた。肩で息をしながら、

「今度、〈ダビデ〉を乗っとろうなんて企てたら、即座に殺しますえ。よろしいな」

そう言うと、ミルモに向かって、

「独房にでも放りこんどきなはれ。頼みましたえ」

そう言うと、カニヤッコは、ぷい、とどこかへ行ってしまった。車に轢かれたカエルのように倒れているユダの耳もとに桜貝のような唇を近づけると、ミルモは低い声で言った。

「もうあきらめたほうがいいわ」

ユダは顔をあげると、小声の早口で、

「お願いだ。あんたはイエスさまの母親じゃないか。イエスさまがかわいくないのか。あんたの力で……イエスさまを助けてやってくれ!」

「あの馬鹿息子のことは、二度と口にしないで。あの子がどうなろうと、私たちには何の関係もないわ」

そうミルモが言ったとき、突然、ヨーゼフが吠えた。

「バウバウッ……バウバウバウッ!」

ミルモの表情が微妙にかげった。

「バウバウバウバウバウッ!」

「そうね……わかったわ」

ミルモは目を閉じてうなずいた。

◇

「さあ、来るなら来やあがれ、クソナメクジどもめ! 行くぜ、野郎ども」

仁王立ちになったギル・ビルが喉ちんこまで見せて叫び、駄悪キ◯ガイ部隊の面々が、「おお」と応えた。ログロ人たちは滑るようにこちらにやってくる。その手には、小さいが破壊力の高い〈アバピナフェ銃〉を摑んでいる。ジアトリマが、愛用の〈オグラサンド銃〉の安全装置を外し、先頭のナメクジに狙いをつけた瞬間……彼は「埋没」した。

ピンクが目をあけた。悪夢のような光景が目に飛びこんできた。

(何これ、ナメクジみたいな、気持ち悪いのがこっちに

来る……！）

　自分の置かれている状況をまるでわからぬまま、ピンクは〈オグラサンド銃〉の引き金を引こうとした。

　そのとき。

　ピンクは意識を失った。ショックのあまり気絶したのか、それともふたたび埋没したのか……それはわからない。とにかく、ピンクが発現したのはほんの一瞬にすぎなかった。

　そして、ピンクに変わって、なにかが……「表」に出た。

◇

　粘液の津波が押しよせてくる……ログロ人の襲来は、まさにそんな光景に見えた。たがいの粘液がくっついて、ひとつの巨大な粘液の塊になっている。

「気をつけろよ……どこから撃ってくるか……」

　わからんぞ、と言いかけた男の頭を〈アバピナフェ銃〉から発射されたアバピナフェ・ビームが直撃した。

男の頭部はアバピナフェ効果とともにアバピナフェ化して四散した。

「ひひひひひ、ナメクジ野郎なんかにやられてたまるかよ。あいつら、塩をかけたら溶けちまうぜ」

　駄悪キ○ガイ部隊の兵士たちは、そんな風にうそぶきながら、〈ミソカツ銃〉をぶっ放しているが、〈ミソカツ銃〉のミソカツ・ビームは、ログロ人の粘液に吸いこまれてしまい、適切なミソカツ効果をあげることができない。

「俺、だめなんだよお、昔からナメクジ見るとジンマシンが出ちまって……ああ、痒い痒い痒いかいかいかいかい……」

　身体中を掻きむしっているものもいる。

「粘液部分を攻撃してもだめだ。核になっているログロ人を狙うんだ」

　マーパンが大声で指示を出した。

「でもよう、旦那、ナメクジ野郎を狙っても、粘液が邪魔で届かねえんでさ。あの粘液、なんとかどかせねえんですかい」

　プロフェッサー・ギル・ビルがそう言ったが、マーパンは唸るしかなかった。その間にも、犯罪者兵士たちはログロ人の猛攻のまえに、つぎつぎと倒れていく。

「畜生め」

業を煮やしたギル・ビルは〈ミソカツ銃〉を捨て、背中の日本刀を引きぬいた。

「親分、なにをするんです」

手下のひとり、俺ん家アントが驚いてひきとめた。

「放せ。あのナメクジども、この手でぶった斬ってやる」

「おやめなせえ、あんたは大事な身体だ。その役目、おいらに任せておくんなせえ」

手下たちは口々に、自分にやらせろと言ったが、ギル・ビルはきかなかった。

「筋金の入った五尺のこの身体、いつでもいいと高きところにいるあのおかたに捧げる覚悟はできてるんだ。男の散り際、とくと見やあがれ！」

言うが早いか、

「でやああああああっ！」

絶叫とともに、粘液の塊めがけて突進した。粘液を刀で切りさこうとした瞬間、彼は巨大な粘液の海に飲みこまれた。

「あうごあおぼっ……！」

ギル・ビルは、口腔に大量の粘液を注ぎこまれた。口のなかから、鼻のなか、目のなか、耳のなか、食道から胃、腸、肛門にいたるまでのすべての体内空間に、びっしりと粘液を詰めこまれた状態になった。ねとねとした液体が、目や耳、鼻の穴などからだらだらこぼれ落ちている。

「うがあっ……うがあああああっ」

ギル・ビルは吐きに吐いたあと、自身の嘔吐物のなかに倒れこみ、動かなくなった。

「親分っ」

「親分……！」

駄悪キ◯ガイ部隊の面々は悲鳴のような声をあげた。

「死んだか……」

マーパンは胸のまえで十字を切った。

シカリ、シカリ、シカリ、シカリ……

シャクリ、シャクリ、シャクリ、シャクリ……

ナメクジのどの器官から出ているのかすらわからない、聴いていて舌の裏側がしびれるようなその音が、しだいに高まってきた。マーパンは、汎宇宙語翻訳機（パンスペースインタープリター）のスイッチを入れた。


うざい！　うざいうざい、うざいっ！

人間なんて、うざい、うざい、うざいっ！

きもい！　きもいきもい、きもいっ！

人間なんて、きもい、きもい、きもいっ！
（サビ）ナメクジなーらば、ナメクジなーらば　それはそれはとても美しい（ですじゃ）
うざい！　うざいうざい、うざいっ！

人間なんて、うざい、うざい、うざいっ！


どうやら、行軍の歌のようだ。ログロ人たちは、大声でわけのわからない歌詞を合唱しながらマーパンたちに向かって近づいてくる。


「いかんな……」

マーパンは舌打ちをした。

「やはり、アダムとイヴにやられた分だけ、こちらのほうが人数が少ないのか。このままでは負けるぞ……」

ジャンヌは銃の引き金をしぼりながら、腫れあがった右目をふととなりのピンクに向けた。ピンクは〈オグフサンド銃〉を握りしめたまま、引き金に指をかけようともせず、押しよせる粘液軍団を見つめている。

「ねーさん、どうしたんっすか」

ピンクは応えない。

「ねーさん……ねーさんってば」

何度も声をかけると、ようやくピンクはジャンヌのほうを向き、にやりと笑った。その笑みの凄愴さにジャンヌが口を閉ざしたとき、駄悪キ○ガイ部隊の俺ん家アントが、もう辛抱ならんとばかりにサーベルを高くかざして叫んだ。

「おう、野郎ども、こうなりゃあやぶれかぶれだ。このままここにいても、どうせ死ぬ。それならギル・ビル親分の弔（とむら）い合戦をやらかそうじゃねえか」

賛同の声があちこちからあがった。

「よし、野郎ども、いくぜ。一匹でも多くナメクジをぶち殺して、親分の墓に捧げるんだ」

「おおっ」

皆が声をそろえたとき、ピンクが彼らをさえぎるようにして前に進みでた。一同があっけにとられているうちに、ピンクはプロフェッサー・ギル・ビルの死骸から日本刀を拾うと、妙なダンスを踊って、くるり、と一回転したかと思うと、

「いぎょおおおおおおおおっ!」

そう叫んで、ログロ人たちのまっただなかに飛びこんでいった。

「ねーさんっ!」

ジャンヌが声をふりしぼった瞬間、四方から大量の粘液とともにナメクジがとびかかってきた。ピンクは、上段にかまえた刀を袈裟(けさ)がけに振りおろした。一匹のログロ人の胴体が、「ぬぷちゅん」という音とともに斜めにまっぷたつになった。黄色い卵の黄身のようなものが、切断面から無数にあふれでた。返す刀で、ピンクはもう一匹の腹部を下から顔面に向かって斬りあげた。腹が左右にめくれあがり、サナダムシのような白い紐状のものが、ぼわっと噴きだした。ログロ人たちは〈アバピナフェ銃〉を撃ちまくるが、ピンクは上体を低くして粘液のなかを縦横に駆けまわり、一発も当たらない。一旦、粘液の海を走りぬけたかと思うと、急にたちどまり、追いすがってきたナメクジたちを四、五匹まとめてぶった斬る。

「どびゅっしっ」

「ばっはあー」

「はいっ、どんっ」

ログロ人は奇妙な声を発して死んでいく。ピンクは、頭や顔にふりかかったどろどろの臓物をぬぐいながら、ナメクジたちを確実に一匹ずつ殺戮していく。何を思ったのか、ログロ人たちはピンクに背中を向け、その尻を高くもちあげた。

「いかん……」

マーパンは両手を振って、

「ピンク二等兵、逃げるんだ! そいつら、ウンコを……

……」

　その言葉の終わらぬうちに、ナメクジたちの肛門が噴火口のようにひらき、焦げ茶色のぐちょぐちょした物体が押しだされてきた。粘液に包まれているので、「水饅頭」のように見える。それが、ボフーン！　という鈍い音とともに、砲弾のように発射された。野球のボールほどの大きさのその球体が数十発、凄まじい勢いで宙を飛び、ピンクに襲いかかった。ログロ人のウンコの速度は時速二百キロといわれており、直撃をくらったら命がない。しかも、臭い。

「ああ、もう、だめっす！」

　ジャンヌは悲鳴をあげたが、ピンクはうすら笑いを浮かべつつ、身体を微妙に傾けることによって、すべてのウンコ弾をたくみにかわしてしまった。そして、ひたすら走って、走って、走りまくり、斬って、斬って、斬りまくる。あっというまに、数十匹のナメクジが死骸となって積みあがった。周囲の空気は、ナメクジの血と内臓とウンコの生ぐさい臭いに満ち、呼吸しがたいほどだ。

「ねーさん、す、すごいっす……」

　ジャンヌは目を輝かせた。マーパンも感心した表情でピンクの大活躍を見守っていたが、

「お、おい、何をしている。みんなでピンク二等兵を援護しないか！」

　駄悪キ○ガイ部隊の男たちは、あわてて銃器を捨て、サーベルや大型ナイフを抜いて、ピンクの救援に向かった。

「おい、俺たちにもやらせなよ」

　そう声をかけた、駄悪キ○ガイ部隊の愚淋マンティスは、振りかえったピンクの顔を見て、息を呑んだ。つり上がった両目は真っ赤に血ばしり、鼻からは鼻汁が、口の端からは涎がだらだらと垂れている。殺戮がうれしくてたまらぬ、というような悪魔じみた笑みをこぼしながら、ピンクは愚淋マンティスに向かって刀を振りあげた。

「うわああっ、お、俺は仲間だ。勘違いするなよな」

　恐怖を、卑屈な笑いでごまかしながら、愚淋マンティスは五、六歩下がった。その後ずさりがピンクのつぎの行動を誘ったようにジャンヌには見えた。ピンクは、愚淋マンティスに、つつつ……と早足で歩みよると、刀を

真っ向唐竹割りに振りおろした。愚淋マンティスの顔面は、卑屈な笑みを貼りつけたまま、中心から左右に、スイカのように割れていった。噴きだした血と脳漿がスイカの果肉のように見えた。

「うひゃあああっ」

周囲を囲んでいた連中が驚いて飛びのき、逃げだそうとしたが、ピンクの素早さはそれを上まわった。歩兵たちのまえに先まわりして、首をはね、ずたずたに切りきざんだ。

「お助けっ」

「お許しっ」

「ごめんなさいっ」

皆は涙を流して謝ったが、ピンクは全身の血と臓物をぶるると揺すっただけで、一顧だにせず、にやにや笑いながら彼らをなで斬りにしていった。ログロ人の死骸と同じぐらい、歩兵たちの死骸もうずたかくそこに積もった。

「ね、ねーさんっ」

ジャンヌが、我慢できずに飛びだそうとした。

「やめろ。今行ったらきみも殺されるぞ」

マーパンが抱きとめたが、ジャンヌはその腕を振りほどいてピンクのもとに向かった。

「ねーさん、正気に戻ってほしいっす」

近づいたジャンヌは、ピンクが両眼とも白目を剝いているのを見て、その場に立ちすくんだ。

「ねーさん……あたしがわかりますか」

「………殺す……ころす……コロス……殺すの楽しい……楽し……」

「あたしたちの敵はログロ人っす。ナメクジどもっす。仲間を殺しちゃだめっすよ……」

「敵……味方……関係なーい……殺したいから……コロスだけ……ひひひひひひ」

ピンクは、唇の両端を三日月のようにひん曲げて笑うと、ゆっくりとジャンヌに一歩を踏みだした。

「だ、だめっすよ、あたしっすよ……ねーさん……」

ジャンヌは、風船のように腫れあがった右目を揺すりながら後ろにさがった。

「スパッと……あっさり……コロスだけ……ザクッと……すっきり……コロスだけ……ひとおもいに……ひとお

もいに……やっつけましょう……それだけーで……それだけーで……あの世行き……」

奇妙な歌にあわせ、ピンクは刀をひょいと振りあげ、ひょいと振りおろした。

（あ、あたし……死んだっすーっ）

刃風がジャンヌの髪を巻きあげた瞬間、額にひやりとした感触が走り、ジャンヌは目を閉じた。恐怖で膝ががくりとなり、後ろ向きに倒れかけた。そのせいで、ピンクの刀の切っ先は、ジャンヌの顔の表面を軽くかすっただけにおわった。たたらを踏んだピンクが、体勢を立てなおして二の太刀を見舞おうとしたとき。

ピンクの一撃で一部に裂け目が入っていたジャンヌの右目の嚢が、ぱちーっと大きな音をたてて割れた。なかから茶色い煙のようなものが噴きだした。

それは……茶色い蛾だった。

何百、何千という茶色い蛾だ。

蛾は鱗粉を振りまきながら飛びかかい、小さな雲のようにピンクの顔にまとわりついた。

「くそっ、何を……する……うぎゃああっ」

ピンクは刀をめちゃめちゃに振りまわしながら、蛾の大群から逃れようとして、身体を激しく前後左右に動かしたが、蛾たちはピンクの鼻や目や口にまとわりつき、口のなかに潜りこもうとするものもいた。鱗粉のせいか、ピンクの顔面にぽつり、ぽつりと赤黒い蕁麻疹のようなものが広がっていったかと思うと、全体がみるみる腫れあがり、ガマガエルの皮膚のようになった。

「ああ……ぎゃあああっ……」

ピンクは刀を捨てて、その場にうずくまり、顔を掻きむしった。肌が破れ、血が流れだしたが、ピンクは顔面を掻くのをやめなかった。そして……。

何かは埋没し、押さえこまれていたものが表層に現れでた。

ピンクは石のように身体をまるめ、微動だにしなくなった。

「ねーさん……ねーさん！」

ジャンヌがピンクにとりすがった。右目の腫れはすっかりへこみ、黒々とした眼窩だけが洞窟のようにひらいている。眼球は見あたらない。おそらく蛾の幼虫が食いあらしてしまったのだろう。ピンクは、死んだように動かない。

「ねーさんっ、ねーさんっ！」

ジャンヌが身体を揺すると、ピンクはうっすらと目をあけ、

「ジャンヌ……私、どうして……」

そのとき、急に気づいたように、

「か、痒いっ！」

ピンクはふたたびがりがりと顔をひっかきはじめた。

ジャンヌはその腕を押さえつけ、

「掻いちゃだめっす。我慢するっすよ」

「でも……痒いのよ。死ぬほど痒いの。お願い、掻かせて！」

ジャンヌは背おっていた荷物から痒みどめの注射をとりだし、それをピンクの腕に注入した。皮膚炎用の塗り薬も大量に塗布した。

「どうっすか、ねーさん」

「うん……ちょっとましになった……かも」

「よかったっすー」

ジャンヌはへなへなとその場にへたりこんだ。その左目には涙がたまっている。

「怖かったっす……ねーさんが……変わってしまったと思って……やっといつものねーさんに戻ったっすー」

「私、どうかしてたの？　それにあんた、その右目……」

「ねーさん、覚えてないんすか？　ログロ人たちをひとりで何十四もやっつけたんっすよ」

「まさか……あははははは」

「本当っす、嘘じゃないっす！　これが証拠っすよ」

ジャンヌが指さしたところには、巨大なナメクジのおぞましい死骸がピラミッドのように積みあげられていた。

「これを……私がひとりで……？」

「それだけじゃないっす。その……駄悪キ○ガイ部隊のひとたちまで……」

「何それ？」

ジャンヌから詳しく説明を受けても、ピンクには信じられなかった。ナメクジの山のとなりにある人間の死骸の山を見せられても、

「私……何も覚えてないの。一度、海のなかから水面に出るみたいに、一瞬だけ発現したのは覚えてるんだけど、そのあとすぐに……誰かが私の頭を水のなかに押さえつけて……私、息ができなくなって、そのまま……」

「それは……誰なんすか」

ピンクはかぶりを振った。ジアトリマ、一休さん、ズンドコーン、ガタやん……彼女とともにこの身体を使用している魂のなかには、そんな殺戮魔のようなキャラはいない。順番からいくと、ピンクのつぎは一休さんだが、彼はこのまま「悟り」を開いたところで、人殺しからは一番縁遠い状態のはずだ……。

「第二波が来たぞ！」

ピンクの活躍で、一瞬だけ劣勢になっていたログロ人たちだが、ふたたび態勢をととのえ、列を組み、怒濤の勢いで押し寄せてきた。

兵士たちも必死で立ち向かうが、多勢に無勢はどうしようもない。人類側はじわじわと押され、退却を余儀なくされる状況になった。

皆が「死」を覚悟したそのときだった。

突然、押し寄せるナメクジたちの動きがぴたりととまった。そして、まわれ右をして、今来た道を戻りはじめた。

「ど、どうしたことだ。ログロ人が逃げていくぞ」

「いや、そんなはずはないが……」

「とにかく助かった……」

皆、安堵してその場に座りこんだ。マーパンは何度もかぶりを振り、

「なぜだ。なぜ逃げる……」

しかし、理由は思いつかない。彼の指示で、駄悪キ○ガイ部隊のメンバーが点呼をはじめた。

「ふむ……味方の被害は軽微だな」

腕組みをしたマーパンがふと、

「イエスさまはどうした？」

「さあ……」

誰もイエスの行方を知らなかった。

◇

シカリ、シカリ、シカリ、シカリ……

シャクリ、シャクリ、シャクリ、シャクリ……

何百匹という巨大なナメクジに囲まれ、その発する音の渦のなかでイエスはへたりこんでいた。

ログロ人は、身体の一番うしろ、肛門のわきにある三本の陰茎から、垂れ流し状態で間断なく射精しつづけている。つまり、ログロ人の身体を覆っているあんかけ的粘液は、精液なのだ。その粘液のなかに、黄色い粒々が無数に浮かんでいる。ある研究によるとログロ人の体表には、青緑色でカビ状の斑点がある風船状の器官、縞模様のある太いミミズがとぐろを巻いたような螺旋状の器官、細かい襞々（ひだひだ）で覆われたボロ雑巾を思わせる器官、どす黒い三角形の器官、青い血管が縦横に走った睾丸のような器官……などが付随している。これらは、ログロ人の内臓である。このナメクジ生物たちは、身体の表側に内臓（外臓というべき）を露出させているのだ。だから、食べたものが消化され、糞便になっていく過程が、外からもよく観察できる（ログロ人は、怒ると大便を肛門からぶつけてくることがある）。もちろん骨格はないから、ふつうに考えると、ログロ人はまったく無防備な状態のはずだが、銃弾や熱線もログロ人を傷つけることはない。大量の粘液が、彼らを外部の衝撃から守っているのだ。全身にまとった粘汁は、ログロ人にとって衣服であり、鎧であり、移動手段でもあるのだ。カタツムリや貝の、いわゆる「足」とは別に、身体の側面から二本ずつ、「手足」が生えている。これは一種の触手だが、先がイソギンチャクのように数十にわかれており、ものを摑んだり、放ったりもできるし、機械類を操作したり、細工ものをしたりといった細かい作業も可能である。「山」の裾野の一方に顔がある。二本の長い触角、四本の短い触角、それらの先端に丸い目がある。眼球はないから、「表情」というのはあまり読みとれない。触角の生え際に、痘痕（あばた）のような孔が無数にあいており、これが鼻孔である。そのすぐ下が巨大な「口」である。オバQの口のように縁が分厚く、丸い輪のようになっている。これは吸盤で、ものに張りつく力は凄まじいものがあるという。開くと、直径三十センチにもなり、内部には、コウガイビルのように汚らしく太い、黄褐色の触手が六本生えており、互いにからみあったり、伸縮したりしている。そのまわりに回虫のような白く短い触手が数千本、うねうねとなにかを誘うように蠢いている。それらの奥に、「歯」がある。ヤスリのような、カミソリのような、薄く、鋭い刃状のものが、すきまなくびっしりと植わっており、それが高速で回転することによって、飲みこんだものは粉砕されてしまう。口の下には顎があり、そこから胸にかけて、「生卵の黄身のような」黄色い塊が数十から数百、垂れさがっている。この数が、ログロ人の社会的地位を示す、という学者もいれば、年齢によるものだ、という説もあり、さだかではない。以上、ナメナメクジクジ・ナメクジクジこと、エゾゲバロ・ログロ人の描写でした。

一時間ほど前、洞窟でイエスをとらえたログロ人は、なぜか彼をその場で殺さなかった。口吻から、腐った茶のような臭いのする、濃い緑色の粘液を噴きだすと、それでイエスの身体を包みこんだ。おかゆのようにどろどろの粘液は、口や鼻から入りこんできた。こらえようとしても、粘液それ自体に意識があるかのように、ぐいぐいと強い力で潜りこんできて、喉から食道を通り、胃にまで到達した。イエスは声をあげられず、呆然としてされるがままになっていた。粘液はたちまち固まった。さいわい、なんとか呼吸はできた。指先ひとつ動かすことはできなくなったが、途端、ログロ人が何を言っているのかわかるようになった。粘液が、聞き耳頭巾的な効果を果たしているらしい。

「こいつ、『神の子』だ、などと抜かしておったな。笑止千万だが、利用価値はある。再度の攻撃をただちに中止するよう司令官に進言しよう。我々ログロ人は数を減らすわけにはいかんから、戦闘を避けるにこしたことはない」

イエスは、どうして彼らが「数を減らすわけにもいかない」のか疑問に思ったが、問いただすわけにもいかない。そのログロ人は、硬直したイエスの身体を吸盤状の口吻に吸いつけ、ここ……ログロ人の基地とおぼしき場所にまで運びこんだのだ。しばらくすると、大勢のログロ人がイエスの周囲に集まってきた。

「再度の攻撃は中止になった。こいつを人質にして、やつらがこの星を出て行くように交渉することにした」

「こんな野郎、人質としての値打ちがあるのかよ」

「こいつ、『神の子』だそうだ」

「はあ……？　ニンゲンにも神がいるのかよ」

「いるわけねえよ。ニンゲンはマジおろかだぜ。神はおひとりだというのに」

「そうだ。この大宇宙に、神はわれわれの神以外にはおられぬわい」

「偉大な神に、この戦の勝利を祈願して祈ろうではないか」

　そして、数百のナメクジが声をそろえて言ったのを、たしかにイエスは聞いた。

「父なる神と御子イエス・キリストと聖霊の御名によりて、アーメン」

◇

〈惑星〈ジュエル〉前線マーパン軍曹による〈ゴルゴダ13〉カニヤッコ司令官への報告〉

　私が原罪、死期をとっております人類圏前線舞台はログロ人との恥めての銭湯上体に突入舌とき、なぜかログロ人側が攻撃を会費したため、銭湯は中止となりました。それと、残念な報告がひとつあります。到着した駄悪キ○ガイ舞台のジャン・ゴーレに、なぜかイエスさまが道場しておられました。到着後まもなくログロ人との白兵戦となり、イエスさまの萱田を見牛なってしまいました。発砲手をつくしてお探しいた島したが、現在までのところ白鍵できておりません。敵方に捕らえられた化膿性も否定できません。この件についてどのように対処すべきかの半段を仰ぎたいと思います。ご私事ください。


〈〈ゴルゴダ13〉カニヤッコ司令官より惑星〈ジュエル〉前線マーパン軍曹への返信〉

　あんた、なんぼなんでも誤変換しすぎどす。読みづろうてしかたないえ。まあ、戦争のほうは適当にがんばっとくれやす。それと、イエスのことどすけど、もう広告塔としての価値はなくなったさかい、そちらで殉職させとくなはれ、ゆう指示がきてますえ。よろしゅうに。

第七章　人形つかい

彼らには本当に知能があるのだろうか？　つまり、彼ら自身の知能が？　ぼくにはわからない。どうすればそれがわかるかも、わからない。
　もし彼らが本当に知能をもっていないのなら――ぼくはねがう。知能をもったあんなやつらと争う日には生きていまいと。ぼくにはどっちが負けるかがはっきりわかっているからだ。ぼくだ。きみだ。人類といわれるものの負けだからである。
（中略）ぼくは自分が、「われわれは知的生物だ」というのを聞いた。
「どんな知的生物だ？」
「唯一の知的生物だ。われわれはおまえたち人間を研究し、おまえたちの生きかたを知った。（中略）おまえたちに平和をもたらすために来た」（中略）
　われわれの最も欲していたのは、ナメクジを殺して人間は殺さない武器、あるいは人間を活動不能にするか殺さず意識不明にしておいて、そのあいだに人間だけを救いだすことを可能にするような武器だった。科学者たちはその問題ひとつにかかりきっていたが、そんな兵器は、当分できそうな見こみはなかった。（中略）
　両側の透明な皮膜の向こうには、何千何万というナメクジが、培養液らしいもののなかで、泳いだり、浮いたり、のたうったりしていた。タンクにはそれぞれ内部に照明がつき、動きまわるナメクジの集団がよく見えた。ぼくは叫びだしたくなった。

――『人形つかい』ロバート・A・ハインライン
（福島正実訳）より

1

「軍曹殿、こんなものが……」

ひとりの兵士が、バナナに手足が生えたような形をした筒を持って、マーパン軍曹のテントへ入ってきた。

「なんだ、これは」

「さきほどの戦闘の際に傷ついたログロ人を捕らえたのですが、そいつが持っておりました。人類圏側へのメッセージだそうです」

そう言って、兵士はその筒をマーパンに手わたした。粘液に覆われてぬめぬめしたその筒をマーパンは気味わるそうにつまみあげた。

「これのどこがメッセージなんだ」

「捕らえたナメクジは、筒を唇に当てて、急いで口で吸え、と言っておりました」

マーパンは顔をしかめ、

「きみがやれ」

「い、いいえ、捕らえたナメクジは、重要な内容なので、かならず軍曹殿ご自身が息を吸いこむようにと申しておりました」

「本当かい？」

「本当です」

いぶかしそうな視線をその兵士に送ったあと、マーパンは黄色いバナナ状の筒の先端を見つめた。肛門のような孔が開閉を繰りかえしながら粘液を間断なく吐きだしつづけている。

「これを……吸うのか」

「はい」

「身体に害はないだろうね」

「はい」

「確かめたのか」

「いいえ」

「だろうね」

マーパンはしばらくその孔をにらみつけていたが、やがて意を決したのか、筒をがばっとくわえ、思いきってキューーッと吸った。最初、じゅるじゅると薄い液体が口腔に入ってきたかと思うと、大きめの痰のような固まりがずるっと喉に入りこんだ。

「うげえっ」

アンモニアのような強烈な刺激臭が鼻をつき、苦いよ

うな甘いような味が口いっぱいに広がって、マーパンは激しくむせた。その途端、バナナに生えた手足がばたばたと動き、

「メッセージあります！　メッセージあります！」

　バナナの表面がどろりと溶けたかと思うと、なかから一枚の紙が現れた。そこにはつぎのような文章が書かれていた。


ナメナメクジクジナメクジクジナメクジナメクジナメクジナヌルヌルヌルヌルメクジクジナメクジナメナメグチョグチョナメクジクジナクジナメネバネバネバクナジナメブチュブチュブチュクナメジクジナナナメククジジブヨブヨブヨブヨメジナジメジクナクジナジクグッチャグッチャグッチャナメクメクジジジクグッチャグッチャナジメクジメナメメジクナナナナナメクジメクジナズルズルズルズルクククククジメジジジジジジジジナナナナナナナナナメクメククメクメジュルジュルジュルクメナジメナクジメベトベトベトベトナメナメナメナメナメナメナメナメナメジクジクジクジクヌメリヌメリナナナナメメメメメクジナクジナクジメクメジヌルリヌルリヌルリヌルリベッチャグッチャベッチャナメナメクジクジドロドロベッタリドロベッタリブッチョングッチョンゲロゲロパッパッ

「なんだ、これは。さっぱりわからない」

　何度も何度もうがいをしたマーパンは、その紙を指ではじいた。

「捕らえたログロ人はなにか言ってなかったか」

「いえ……とくに何も」

「ふむ……」

　マーパンは腕ぐみをして、

「わかった。そいつを連れてこい」

　数分ののち、兵士三名に付きそわれて、巨大なナメクジ状の生物が入ってきた。頭部にはまだ、銃剣が刺さったままだ。傷口から、ピンク色の粘液が、ぴゅっ、ぴゅっ、と噴きだしている。テントのあちこちがべとべとになるので、マーパンは顔をしかめた。部下のひとりが汎宇宙語翻訳機（パンスペースインタープリター）のスイッチを入れた。

「私は、人類圏の前線部隊の指揮官マーパン軍曹だ。この文章はなんと書いてあるのか」

それを聞いたログロ人は、鎌首をもたげると、

シカリ、シカリ、シカリ、シカリ……

シャクリ、シャクリ、シャクリ、シャクリ……


と何事かをしゃべった。翻訳機のスピーカーからつぎのような言葉が聞こえてきた。

「こんな文章も読めないのか。ばーか、薄らばーか」

「なんだと！」

カッとしたマーパンは、ナメクジの胸ぐらをつかもうとしたが、胸ぐらはなかった。

「おまえはメッセンジャーだろう。それなら、メッセージは相手に読めるようにしてもってくるべきじゃないのか」

「俺はメッセンジャーじゃない。エゾゲバロ・ログロ人だ。そんなことも知らないのか。ばーか、薄らばーか」

マーパンはもう一度胸ぐらをつかもうとして、ぐっとこらえた。

「このメッセージを読んでみろ」

「いやだね」

「なぜだ？　きみはこのメッセージを我々に伝えるように命じられてきたのではないのか」

「あたりまえだ。俺はメッセンジャーなんだぜ。さっきからそう言ってるだろうが。この薄汚いタニシのアワビのトコブシめ」

「もういい」

マーパンはため息をつき、

「あいかわらずコミュニケートしにくい連中だ。こいつらとしゃべってたら頭がおかしくなる。読む気がないんならこれ以上は時間のむだだ。殺してしまえ」

「殺すだと？　ボンゴボンコだぜ。でも、そうはいかないね。俺はたとえ殺されても殺されたりしない。でも、殺されるのだけはごめんだ。メッセージを読むからどうか殺すのだけは殺してほしい。さあ、殺せ」

「読む気があるのかないのかどっちなんだ」

「うるさい、どうでもいいだろ、そんな泡みたいなこ

と！　では、メッセージを読むから、耳の穴を鼓膜にしてよく聞け。いいか、いいな、いいぞ」

　そう前置き（？）してから、そのログロ人は文章を読みあげはじめた。


　ナメたらあかんぜよ。こちらには神の子という有象無象のトンネルを預かっている。神の子ってぷりぷり。はははははは……だってばさあ。おきゃんとぷえ、おきゃんとぺっ（以下、三行ほど聞きとり不能）神の子は神の子だけなのに笑止千万ではございませんかと問う乙女。若いころの苦労は勝手ですよ。おんどれ、ナメクジナメたらあかんぜよ。人間なんてラララ星の彼方。神の子を返してほしくば、いずれにて待つ。東京都牛込局区内。最低だよ、おまえら。石を洗って待ってろ。神の子はピンコロ洞窟にいたりいなかったり。ピンコロ大作戦。大将ひとりで来たらほめてつかわす。ダメならなら我々総攻撃開始。降伏すれば幸福。人間はみんなダンヤヤのうえから殺もなく落ちろ。以上は異常。あらあらかしこ、あほ。――エゾゲバロ・ログロ国家軍〈ジュエル〉前線基地総合司令官チュ・ブァ・ッハ・プチャ・キューミ

　マーパン軍曹は眉根を寄せて聞きいっていたが、

「ようするに……どういうことだ」

　捕虜のログロ人は、ぺっぺっと唾のような粘液を吐きちらし、

「わからんのか、ぶちかますぞ」

「何をだ」

「俺はちゃんと伝えたぜ。メッセンジャーだからな。パパイヤ、ハッピー」

「パパイヤ……？　なんのことだ」

「俺はちゃんと言うのになぜ聞かない。神の子！」

「叶美香？」

「ちがう、神の子と名のるたわけものを我々は捕虜にしている。返してほしくば、ピンコロ洞窟に人類側の大将ひとりで来い。そういうことだ。どういうこと？　つまり、これが最後の機会だって言ってるだろ、さっきから毎度毎度いつもいつも。決裂したら、神の子を殺して総攻撃するっていう碁盤の目」

「なんだと……」

マーパンはほかの三人の兵士と顔を見あわせた。

◇

「ねーさん、ねーさん、ねーさんねーさんっ」

ピンクはぼんやりと宙を見つめている。

すでに夜も更けて、あと三十分ほどでピンクは埋没する。そんな時間帯である。テントのなかで、ピンクとジャンヌは久しぶりにふたりだけの時をすごしていた。ピンクの顔の爛れはすっかり治り、もとのつやつやした肌に戻っていた。

「――なに？」

ようやく気づいたようにピンクはジャンヌのほうを向いた。

「なにって、さっきからずっと話しかけてたんすよ」

「え、そうなの？　ごめん。全然気づかなかった。なんだか埋没していたような……」

ピンクはぶるっと頭を振り、

「きっと気のせいね。たぶん、ぼんやりしてただけだと思う。どうしたの？」

「イエスさまが行方知れずになったっす」

「どうせどこかをふらふらしてるんじゃないの」

「こんなヤバいところ、ふらふらしてたらそれこそヤバいっすよ。どこに行ったんすかねえ」

イエスがどこに行こうとピンクの知ったことではなかったが、一応、ジャンヌを気遣って、

「そうよね。早く見つけないと……」

「それにしてもさっき、戦闘中にログロ人をやっつけたり、あたしの顔を斬ったりしたこと、ほんとーになんにも覚えてないんすか」

「わかんない。私が発現中なのに、誰かが私を押しのけてむりやり発現してるみたいな気持ち。でも、そんなことってありうるのかなあ」

「さあ……でも、あたしが前の世で、神さまのお声をきいて、フランス軍を率いて戦ったときは、自分が自分でないよーな、神さまがあたしのかわりにあたしの身体をあやつっているような、そんな変な気持ちだったっす。あのときはあたしもさんざん敵を殺しましたけど、それ

があたりまえと思ってたっすよ。今はとうていそんな気分になれないっすけど」

　寄生していた昆虫が全部羽化したので、ジャンヌの右目は大きくえぐれ、まっ黒な穴のようになってしまっていた。その中心部から、先端のちぎれた視神経がだらりとぶらさがっている。もう、痛みも痒《かゆ》みもないらしい。ただ、羽化した蛾のような昆虫は、いまだにジャンヌにまとわりつくようにして飛びかっているが、本人は気にする様子もない。

「そう……そうかもね。私の発現中は、私がこの身体の主のはずなのに、だれかにその権利を奪われてるみたいな……嫌ーな感じ」

「でも、ねーさんすごいっす。あの気持ち悪いログロ人を一撃っすから」

「そりゃそうかもしれないけど……やってるのは私じゃないもん。私の身体を、どこの誰だかわからないやつに乗っとられてるんだからね」

　言いながらピンクは、ジアトリマをはじめ、肉体の提供者となっているものはみな少なからず、そういう思いでいるのかもしれないと思った。

「あー、憂鬱。明日もまた、私の発現中にどうにかなるのかなあ……」

「考えてもしかたないっすよ、ねーさん。今を楽しみましょう。ねえ……」

　ジャンヌはピンクの股間をさすった。ピンクはそれに応えて、ジャンヌの乳房を服のうえからそっと揉んだ。ジャンヌはピンクのズボンを下げ、ペニスをひっぱりだすと、それをちゅぱっと唇にくわえた。ピンクはジャンヌの服のしたから手を差しいれ、小粒な乳首をこりこりと愛撫した。

「ああ……今、あたしを触ってるのはねーさんっす。それはあたしがいちばんよく知ってるっす。ああ……あたし、今、ねーさんにされてるっす……あああああ……」

　ピンクはジャンヌのなかに挿入しながら、誰かがその行為をすぐ近くで……ごく身近なところで、息を殺してじっと見つめているのを感じていた。その誰かは、ピンクたちのセックスをあざ笑っているのだった。

「ねーさん、どうしたんっすか。やめないで……もっと

……もっと続けて……」

その言葉にうながされ、ピンクは力強く腰を振った。

「あああああああ……いくっ……いくっすうう！」

ジャンヌが絶頂に達し、ピンクもこらえきれず射精した瞬間。

「喝ーっ！」

ペニスをジャンヌの身体に挿入したまま、ピンクが目を剥いて吠えた。

「ど、ど、どうしたんすっか……膣痙攣起こすっすよ」

「わしは一休宗純じゃ。ただいま発現した」

一休は、ジャンヌの身体のうえに乗ったまま、重々しく言った。ジャンヌが、ピンクの言っていたことを一休に伝えると、一休は萎えたペニスを抜こうともせず、

「色即是空、空即是色。肉体はこれ魂の容器にして、み仏それをとらばすなわちみ仏となり、狐狸がそれをとらばすなわち狐狸となる。尊きもの、穢れたるもの、いずれにもなり、また、いずれにもならん、人間とはもともとそういうものである。それを目に見え、手で触れる形にしたるものこそ、スリル博士なる妄人なり。すなわち、〈魂摘出装置〉登場してからは、『魂の乱世』なるべし。わしも含めて、今を生くる魂は、そのような乱世に棲みくらしておる。嗚呼、罪ぶかきかな、スリル博士」

「結局どういうことっすか。あたし、頭悪くって……」

「すべての死者が復活し、ひとつの肉体におおくの魂が入れこまれ、人間が銀河の彼方にまで進出し、相互理解のできぬ異星人と殺しあう……まさにこの世は地獄じゃ。末法の世じゃ。そうではないか？」

「この星って地獄なんっすか？」

「聞けば先日、天空より一本の糸降りきたり、みなが争ってそれをのぼらんとしたとき、糸にわかに切れしとぞ。ここが地獄なればこそ、抜けだしたいのじゃ」

「でも、この星はエデンの園だって……」

「おぬし、残ったその左目は見えておるか？　見えておるならば、わかるはずじゃ」

「…………」

「そんな地獄で、わが肉体を誰がどのように牛耳っておろうと、気にせぬことだ。一切を『流れ』にまかせよ。おのが肉体、おのが精神、おのが人生……おのが自由に

なると思うな。流れに棹（さお）さすことなかれ」

「じゃあ、あたしたちはこの世界であがいてもむだ、ということっすか」

「さよう……わしらは神の手のなかにおる。おぬし、神がなにを考えておるかわかるか」

　しばらく考えて、ジャンヌはかぶりを振り、

「昔はわかっていたような気がしていたけど……世界でいちばん神さまの心を理解してると思ってたっすけど……今はぜんぜんわからないっす。どーやらイエスさまもまるでわかってないみたいっすねえ。あたしは宇宙軍に入って神さまのお役にたとうと思ったんすけど、だんだん気持ちが変わってきたっす。神さまはどうしてすべての人間をいちどに蘇らせたのか、どうしてこんな悲惨な星間戦争を是認しておられるのか……なーんにもわからないっすから。あ、もちろん、あたしは瀆神者じゃないっすよ。でも……」

「神を疑う……これすなわち瀆神の心じゃ」

「う……」

「疑え疑え、すべてを疑え。そうすれば真実が見えてこようぞ」

「どういうこと？」

「わしの言葉ではない。『神疑の会』なる地下組織の首領である『三人の賢人（マギ）』の言葉だそうな」

「どうしてそんなこと知ってるの？」

「さて……なぜじゃろうな。頭のなかを探ったら出てきたのじゃ」

「一休さんには真実が見えてるの？」

「わしにも神がなにを考えておるのかわからん。かつて、人間は神がなにを考えておるのか知るすべはなかった。あらゆる事象をつかさどる神は、ひとにとってただただ恐ろしい存在であった。ときに恵みももたらすが、気まぐれにその恵みを根こそぎ奪いとり、命をも奪う。バベルの塔を崩し、大洪水を起こし、人間の小賢（こざか）しい知恵を笑う。ひとはひたすら神の心の平穏を願い、祈りを捧げるしかなかったのじゃ。しかし、この〈復活の日〉によって、神の実在がたしかめられた。ゆえに、人間は神の心を推（お）しはかろうとするようになったのじゃが……わしに言わせればそれはむだなこと。ひとに神の心知るすべ

なし」

「あの……一休さん」

「なんじゃ」

「あなた、変わったっすねえ。まえは、かわいらしいちっちゃな小坊主さんだったのに……あたしのアナルでおちんちんぴくぴくさせてたのに……」

「い、言うな。われ、悟りを開きたり」

「ねえ、一休さん」

「なんじゃ、はやく言え」

「そろそろ抜いてほしいっす。それと、重いから降りてほしいっす」

　ジャンヌは身づくろいをして、テントから出た。埋没までの数分間を、ひとりで考えごとをしようと思ったのだ。数百匹の蛾のような虫たちも、一メートルほど遅れて彼女につき従う。眼前の黒い密林から水の匂いがただよってくる。深い闇のなか、ジャンヌは深呼吸をした。

（神さまのお考え……）

　前世で、十三歳のとき、神の啓示を受けた瞬間の、全身がしびれるような快感はいまだに忘れない。

（おお、オルレアンの乙女よ……！）

　今から考えると一種の精神波に包まれたのだろうか。目に見えない、巨大なペニスに突然、股間を貫かれたような、激しく、甘美な衝撃。溶岩のように燃えさかるそのペニスは、彼女の秘唇（ひしん）から膣を、胃を、食道をさかのぼり、全身を串刺しにした。身体中がぴりぴりぴりぴりと小刻みにしびれ、強烈な快感の電流が頭のさきから足のさきまでをかけめぐった。

（オルレアンの乙女よ……汝がイギリス軍を滅ぼし、フランスを救うのだ）

「言葉」が聞こえたのではない。頭のなかに、直接そういう「思い」がこみあげてきたのだ。以来、その「思い」はずっと彼女の頭のなかに居すわっていた。振りはらおうにも、うち消そうにも、脳を開いて「思い」をとりだすわけにはいかぬ。ジャンヌは「とり憑かれた」ような状態になり、十七歳のとき、とうとう旅立った。そして、鎧を着、槍をつかみ、敵を殺しまくった。十三歳のときの、あのショッキングな絶頂感をふたたび味わうために。しかし……その後、神が彼女に話しかけてくることは二度となかった。

(神さまに見すてられた……)

そういう気持ちをずっと抱えていた。蘇生してからも、前世では、その状態のまま火あぶりになったのだ。神に自分を捧げる覚悟はできているつもりだった。だからこそ、宇宙軍にも入ったのだ。しかし……さまざまな体験を経て、ジャンヌの考えかたは変化してきていた。

(神さまはなぜ、人類をお救いにならないのだろう……)

ジャンヌが天に向かって両手をあわせたそのとき、

(おお、オルレアンの乙女よ……)

最初は幻聴かと思った。

(オルレアンの乙女よ……)

またしてもその「思い」が頭のなかに轟きわたった。ジャンヌの全身はしびれたようになり、手足は硬直し、指の先がそりかえった。あのときといっしょだ……いや、すこしちがう。あのときは、巨大な炎のペニスに股間をぶち抜かれ、その凄まじいエクスタシーに「征服された」感じをもったが、今回は、耳たぶ、乳首やクリトリス……といったすべての性感帯を同時に百万の天使の指先に愛撫されているような、じわじわと湧きあがってくる快感だ。まるで……まるでそう、レズビアンのセックスのような……。

(汝がイエス・キリストを救い、この呪われた楽園から連れだすのだ)

立っていられなくて、ジャンヌはしゃがみこんだ。身体はとろとろで、誰かに指一本でも触れられたら、それで絶頂に達してしまいそうなほどの臨界点にあった。性器からはおびただしい蜜があふれだし、地面に垂れている。

「あなたさまはもしや……」

(そう、私はミル……じゃなかった、マリアだ。よいか、ジャンヌ、イエスを救うのだ)

目をかたく閉じたまま、ジャンヌは叫んだ。

「はい……マリアさま……イエスさまをお救いするっすうううううっ！」

数分後、テントを出た一休は、うつぶせの状態で失神しているジャンヌを見つけた。意識がないまま、ジャンヌは尻を持ちあげて、ゆっくりと回転させていた。その口から流れでたよだれが染みこんで、顔の横の土の色が変わっていた。

2

「つまり、神の子を人質にしているから、ピンコロ洞窟というところに人類側の大将ひとりで来い。さもなくば神の子を殺し、総攻撃を開始する……そういうことだな」

「ずっと俺はそう言ってる！　言いつづけてる。馬鹿、馬鹿、おまえらみんな馬鹿」

「神の子というのは、これこれこういう風貌の男か」

「そうだ。そのイソギンチャクだ」

「おまえたちが勝ち戦だったのに突然退却したのは、戦闘をするより、取り引きをしたほうがよいという判断からなのか？」

「でですね。判断はそのとおり」

「わかった……すぐに返事しよう」

マーパンは、そこにあった紙にペンでさらさらと書きつけ、ログロ人に向かって読みあげた。

「そちらで捕虜にしている男は神の子にあらず。煮るなと焼くなと殺すなと勝手にされたし。人類圏宇宙軍惑星〈ジュエル〉前線最高責任者マーパン軍曹。――帰って、そちらの大将にこの紙を渡してくれ」

「嫌だね。どうしてそんなことをせねばならん。俺は、せねばならん意味がわからん男だ」

「おまえはメッセンジャーだろうが！　伝えるのがおまえの役割だからだ」

「俺はメッセンジャーにあるまじき行動だ。伝えるのは伝道師のことだそうだ」

兵士のひとりがマーパンに耳うちして、

「ログロ語に翻訳してから渡さないとダメなんじゃないでしょうか」

「なるほど……」

マーパンが汎宇宙語翻訳機にその紙を入れ、ハンドルを数回回すと、下にある口から別の紙が出てきた。そこには次のように書かれていた。

ナクジメクジナナメクジブチャチャチャベチャチャチャチャ
プープーグチュグチュクジナメナメナナメクジクジブ
リブリプリプップッスンプーチュバッチュバッチュチュ
ババチュババクジメクジメナナナメクジクナメバチュペ
チュマチャプチベッタラベットリベッテルベットラカマ
ボコチュバチュバチュバチュバチュバチューバッカ

「これで通じるのか……?」

マーパンがその紙をログロ人に示すと、ログロ人は触手を小刻みに震わせたあと、少し落胆したような様子に見えた。

〈ログロ人は、人類との正面衝突を避けたかったのだろうか……〉

マーパンがそんなことを思ったとき、ログロ人はどこからかバナナ状の筒を取りだして、

「ここに入れますまいか」

先端にある孔に丸めた紙を差しこむと、中に吸いこまれた。ログロ人は滝のように粘液を流しながら、

「うはははは、当然だな。神の子はイエス・キリストひとりしかおらぬというのに、……………………ほどがある! では、これにて失礼。あらあらかしこ、ばか」

そう言って、テントのなかでゆったりと方向を変えたのを、マーパンは呼びとめた。

「待て。ひとつだけききたいことがある」

「なんなりとキケロのジョー」

「この〈ジュエル〉は銀河全体からみてもたいした値打ちのない、つまらない星だ。ぼくたち人類は、この星に対して、ある価値を見いだしていたのだが、先日、それは誤りだったとわかった」

〈ジュエル〉がエデンの園ならば、〈知恵の実〉と〈生命の実〉があるはずだ、というのが〈人類圏〉の見解だったのだ。だが、アダムとイヴはいたものの、〈知恵の実〉と〈生命の実〉はなんの意味もないものだった。

「それがどうした」

「おまえたちは、なぜこの星に侵攻したのだ。おまえた

ちにとってはなんの価値もない、つまらない星のはずだろう」

ログロ人たちの母星は、エゾゲバロ・ログロ・デクニサキ・ドンハレ・スゴイモモモン・チャワオウ星で、地球と同じ銀河系に属する。すでにログロ人は二度にわたって太陽系への大規模攻撃を敢行したにもかかわらず、人類圏宇宙軍は、まだ一度もこのエゾゲバロ・ログロ・デクニサキ・ドンハレ・スゴイモモモン・チャワオウ星を直接攻撃していない。人類は、ログロ人に一歩も二歩も先を越されているのだ。だから、この〈ジュエル〉で、人類はログロ人にどうしても勝利しなければならない。小さな前線といえど、銀河全体の今後の戦局を占う、きわめて重要な意味があるのだ。しかし、なぜこの〈ジュエル〉をたがいに取り合っているのかがわからないのである。

「あっはははは。我々も同じだ。こんな星、ニンゲンになんの価値があるのか、と思っていたのだ」

「ふむ……おまえたちの目的とはなんだ」

「――『蛇』だ。我々はここに『蛇』を探しにきた」

マーパンは、そのあともいろいろ質問したが、ログロ人は、蛇を探しにきたと繰りかえすだけだった。

「わかった、ログロ人の基地に帰れ」

疲れ果てたマーパンがそう言うと、ナメクジはへこへこと頭をさげて、テントから出ていこうとした。

「いいんですか、あの返事で」

兵士のひとりの問いに、

「やむをえん。イエスはここで殉職させろ、という〈ゴルゴダ13〉からの指示だからな……」

そのとき、テントに飛びこんできたのは、髪を振りみだしたジャンヌだった。顔の周囲に蛾のような昆虫の群れが無数に飛びかい、雲のようになっている。

「隊長殿、イエスさまを見殺しにするおつもりっすか」

立ち聞きしていたらしい。

「部隊を危険にさらすわけにはいかない」

「神の子を救うのは神の軍勢であるあたしたちの使命っす」

「やつは……神の子じゃない。ただの広告塔だ。その役目ももう終わった」

「隊長殿がそのおつもりならば、あたしひとりでも参りますっす。いざ！」

ジャンヌは剣を抜きはらった。

「ば、馬鹿もの、テントのなかで危ないじゃないかっ」

「嗚呼、我は行く、心の命ずるままに、我は行く……」

ジャンヌは剣を振りまわしながら高らかに歌いだした。

「さらば……宇宙軍！」

ジャンヌは一声高くそう叫ぶと、くるりと半回転し、その剣をログロ人の背中の、三角形に盛りあがった部分に突きさした。

「ウンドバアアアアアッ！」

悲鳴をあげながら、ログロ人は手おいのゾウアザラシのように全身を激しく左右に振りたてた。ジャンヌはかまわず、体重をかけて剣を押しこんだ。豆腐に箸を刺しているようなもので、ずぶずぶずぶずぶずぶ……と刃はたやすくログロ人の体内に没入していった。粘液が噴水のように噴出し、周囲に蒸気のようなものがたちこめて、テントのなかは一時、前方が見えないほどにどろどろになった。ジャンヌは柄まで突っこんだその剣を、一気に引きぬいた。ヘドロのようなものが凄まじい勢いで噴きだした。ミルク色の螺旋状の臓器、赤と茶色のまだらになった袋状の臓器、ウジ虫のような突起物に覆われた臓器、海棲生物の触手のような臓器……それらに混じって、寄生生物なのか、黄色いハリガネムシのような虫が何十匹も噴きあがった。それらは、べちゃっ、ばちゃっ、と派手な音をたててテントの布地にぶつかり、べろりとはがれて落ちていく。ジャンヌは、今度は剣を逆手に持ち、ナメクジの喉（どこが喉かわからないが、頭部の下側）を掻ききった。どぶわっ、と体液が流れだした。

「ジャンヌ二等兵……なんということをしてくれたんだ」

マーパンが怒りに拳を震わせながら詰めよった。

「メッセンジャーを殺してどうする。こいつにはぼくたちの伝言を持ってかえらせねばならんのに……」

「捕虜は殺すのが常識っすよん」

ジャンヌはしれっとしてそう言った。彼女の頭部を包む羽虫たちもうなずいた（ように見えた）。

「メッセンジャーは別だ。それが戦場でのルールなんだ」

「ルールなんか通用しない相手っす」

「それはそうだが……でも、どうするんだ。相手にこちらの返事が伝わらないことになるぞ。ぼくはイエスを引きとりには行けない」

「いいっす。あたしが行くっす」

「きみが……ひとりでか？」

「はい。百年戦争のときも最初はひとりだったし、ルーアンで火あぶりになったときも一人だったっす」

　マーパンは感心したように、

「さすがはオルレアンの乙女だ。イエス奪還に兵を割くわけにはいかないが、きみの武運長久を祈っているぞ。向こうは総攻撃をかける腹のようだが、そのまえにこちらから〈老魔砲O〉や〈偶像〉を使って総攻撃をかけてやる。そのときまできみとイエスが生きのびていれば、また会おう」

「ありがとうっす。うれしいっす。感動っす。じゃあ行ってくるっすよん」

　ジャンヌは一礼してテントの外に出た。あとに残ったマーパンは、どろどろになったテントの内部を見まわしながらつぶやいた。

「だいたい、ピンコロ洞窟ってどこなんだ……」

◇

　ジャンヌが数歩歩んだとき、後ろから声がした。

「どうしても行くのか？」

「一休さん……」

　ジャンヌは、無数の虫とともに振りかえった。一休が悄然として立っていた。

「行かなきゃならんのっす」

「イエスなんて、あんなヘタレもの、死んでもよかろう。おぬしが危険をおかすことはない」

「ヘタレでも……神の子なんす」

「イエスは、マリアとヨゼフのあいだにできた『人の子』じゃ。預言者だったかもしれぬが、神の子ではない。そのことはみんな知っておる」

「そりゃそうなんす。そうなんすけど……あたしにとっては神の子なんす」

「しかし……」

「マリアさまからお告げがあったんす。イエス・キリストをこの呪われた楽園から救出するように、って。ねーさん、ご存じですか？　『最後の審判』のあと、すべての死者が蘇ったはずなのに、ヨゼフさまとマリアさまだけは居場所がわからないんすよ。もしかしたら、このおふたりだけ復活していないんじゃないかとも言われてるんす」

「それは知っておるが……」

「そのマリアさまからのお告げっすよ。こんなこと、復活してからはじめてなんす。うれしいんす。ひやしんす」

「…………」

「だいじょぶっすよ。あたしにはこの子たちがついてるっすから」

　そう言ってジャンヌは、顔のまわりを覆うように飛びかう子虫たちを指先でそっと撫でた。

「だいたい、おぬし、どこにイエスがいるのか知っておるのか？」

「ピンコロ洞窟っす」

「それはどこにあるのじゃ？」

「——わかんないすけど、たぶん、きっと、おそらく、なんとなく、えーと……あっちのほうじゃないかと思うんす」

「勝算はあるのか？」

「後先考えないことにしたんすよ。いろいろ考えてもどーせうまくいかないんす。出たとこ勝負っす」

　一休はため息をつき、

「まあ……がんばるがよい」

「じゃあ、さらばっす。バイチャっす。また会う日まででっす。会えるときまでっす。バイバイキーンっす」

　ジャンヌは一声高くそう叫ぶと、風のように走りだした。少し遅れて、無数の虫たちが、彼女を護るかのように付きしたがう。まるで、柔らかな帯のようだ。その帯がしだいに長くなりはじめ、しばらくすると五メートルほどになった。どうやら、周囲にいる虫がつぎつぎと加わっているらしい。それも、もともと眼球から生まれた蛾に似た虫だけではなく、甲虫的なもの、トンボ的なもの、蠅的なもの、ゴキブリ的なもの……地球の昆虫とはかなり違うものの、この惑星に棲息するあらゆる種類の虫たちがどんどん仲間になっているようだ。みるみるうちに帯は十五メートルほどにも達した。遠くから見ると、リュウグウノツカイが泳いでいるような優雅さだ。

ジャン、ジャン、ジャン、ジャン
ジャンヌ、ジャンヌ、ジャンヌ・ダルク
フランスの平和を護るため
オルレアンからやってきたジャンヌ・ダルク
叫べ、ジャンヌ
「ジャンヌ・ファイト！」
ヒロイン登場ジャンヌ・ダルク
ジャンヌ、ジャンヌ・ダルク

虫たちが歌っているらしい激しいサウンドに乗って、ジャンヌはひた走る。そのうちに、走りながら衣服を脱ぎはじめた。


「あたしは……あたしは生まれかわったっすーっ！」

ベルトとそれにぶらさげた剣以外はまったくの全裸になったジャンヌは、

「きゃっほーい！」

と叫びながら、〈ジュエル〉の草原を飛びはねながら駆けていく。一休は呆然として、草のうえを疾走するジャンヌの伸びやかな肢体を見つめるしかなかった。

3

洞窟のなかで、イエスは粘液のしとねにくるまって横になっていた。彼の逃亡を防ぐためか、三匹のログロ人が近くで見はりをしている。何百匹もいたほかのログロ人たちは、今はどこかに行ってしまった。三匹のログロ人は暇つぶしに雑談している。

「この男、大将は利用価値があるとか言ってたが、ほんとかね。ただのニンゲンだろ」

「『神の子』だそうだぜ」

「自称『神の子』だろう。――だいたい、ニンゲンにも神がいるというのがおかしいじゃないか。ニンゲンは我らの神が創りたもうた失敗作だろ」

「失敗作は失敗作なりに考えるのさ」

「俺は、この戦争の意義がよくわからねえんだ。あんな猿どもを殺すだけのために、どうして俺たち知的生命が必死になって、危険をおかさにゃならんのだ？　あいつら、知的生命だっていうけど、どう見たって猿だろ。話も通じねえし」

「この星を、ニンゲンがこれほど欲しがってるのも解せねえな。俺たちにとってここは『聖書』の『楽園』だ。『蛇』の腹の中に宝石があるから、この星をそう名づけたわけだが、ニンゲンにとっては無価値なはずだろ？」

イエスは、彼らの話に耳を傾けながら考えていた。

（ログロ人の会話はつじつまが合わず、まったくコミュニケーションがとれない、というけど、こいつらの言うことはちゃんとわかる。きっと、この粘液のせいなのだ……）

「そうだよな。だいたい俺たちは圧倒的に不利なんだ。なにしろ俺たちログロ人は……」

「お、おい、それは最高機密だろ。うかつにしゃべるとヤバイぜ」

「そ、そうだった。そのためにこいつを人質にしたんだよな」

（なんだ、ログロ人の最高機密というのは……？）

イエスは聞き耳を立てたが、話題は変わってしまった。

「大将は、ニンゲンの大将に、こいつを返してはしかったらひとりでこの洞窟に来いって使いを出したそうだけど、誰も来ないじゃねえか。やっぱり、価値なんかないんだぜ、こいつ」

さすがのイエスも堪忍袋の緒が切れた。粘液のなかで立ちあがると、

「き、貴様ら、頭が高いぞ」

ナメクジたちはきょとんとしてイエスのほうを見た。

「私は、神の子なのだ。控えおろう」

「なーに言ってんだ、この猿」

「今に人類圏宇宙軍の一個師団が総力をあげて私を奪回に来る。貴様らは皆殺しになるのだ。もし、私を解放し

てくれたら、貴様たち三匹の命だけは保証しよう」

「何言ってんだ、おまえ」

ロググロ人は触手の一本を鞭のようにしならせて、イエスの首筋を打った。

「痛いのだ」

「情けないやつだ。我らの神の子イエス・キリストは、茨の冠を頭にかぶせられ、身体を槍で突かれても毅然としていたそうだが、ニンゲンの神の子はダメだなあ」

イエスは両目を大きく開き、大声で叫んだ。

「それは、私なのだ。私がその、イエス・キリストその人なのだ」

「なんだと、この不敬者め」

ログロ人は激昂して、イエスを触手で叩きまくった。イエスは身体中にみみず腫れができ、あちこち皮膚が裂けて、血まみれになった。

「私は、大工のヨゼフとマリアのあいだに生まれ、十字架にかけられて死んだイエス・キリストなのだ。本当なのだ。信じてほしいのだ。助けてくれたら、おまえたちを悪いようにはしないのだ」

三匹のナメクジは顔を見あわせたあと爆笑した。一匹が鼻面をぐいとイエスに寄せると、

「あのなあ、ニンゲンのイエスさまよ、神の子イエスはな、ログロ人なんだよ。俺たちみたいな身体つきなんだ。猿じゃねえんだよ。よーく覚えときな」

そう言って、イエスの顎に頭突きを食らわせた。イエスは仰向けに倒れ、岩壁で後頭部を強く打った。情けなくて涙がでてきた。

「これ以上、イエスさまを侮辱するようなことをぬかしたら、いくら生かしておけという大将の命令でも、おまえをぶっ殺すからな。わかったか、この猿」

三匹が少しはなれたところに行ってしまったのを見とどけてから、イエスは洞窟の壁に向かってつぶやいた。

「それでも……私はイエスなのだ」

全身がひりひりと痛む。身体をまるめて、うずくまるようにしていると、顔のすぐまえの地面に何かが突きささった。見ると、赤い風車だ。紙が結びつけてある。ナメクジたちのほうをうかがいながら、そっと紙をはずし、読んでみる。

すぐに助けにまいるっす。もうしばらくご辛抱のほどを。オルレアンの乙女より

イエスは、胸のまえであわただしく十字を切ると、

「天にましますわが父よ、感謝しますのだ。ありがたやありがたや。やはり、私は価値ある存在だった。宇宙軍は私を見すてなかったのだ」

そのとき、洞窟の入り口のほうから、歌声が聞こえてきた。

あれ、ゴバゲチャビ虫が鳴いている
ゴバゲチャ、ゴバゲチャ、ゴバゲチャビ
あれ、バキョメメビャ虫も鳴きだした
バキョメメ、バキョメメ、バキョメメビャ
〈ジュエル〉の昼間を鳴きとおす
ああおもしろい虫の声

ログロ人たちは、

「な、なんだ」

「まさか、敵襲か」

口々にそう言うと、入り口のほうに向かった。三匹かいなくなったとき、イエスはふと気配を感じて天井に顔を向けた。十メートルはあろうかという高い天井の一角に穴があいており、そこからジャンヌが顔を出していた。

「おお、ジャンヌよ、オルレアンの乙女よ、はやく助けてくれ。そこからどうやって降りるのだ。乗降機を使うのか。それとも特殊な縄ばしごか」

ジャンヌはかぶりを振り、

「そんなものは必要ないっす。行くっすよーっ!」

そう叫ぶと、そのまま飛びおりた。

「うわああっ」

イエスは思わず大声を出してしまった。なにしろビルの四階ぐらいの高さから何の道具も使わずに落下したのだ。無事でいられるはずがない。


どん・ぼすーーーっ!

文字で表記すると、そういう音が聞こえた。ジャンヌが落ちたのはちょうど、黒いクッション状の物体のうえだった。おかげでジャンヌはかすり傷ひとつ負わずにすんだが、はずみを食らってイエスは腰をしたたか打った。

「痛たたたたた」

「イエスさま、おけがはないっすか。お救いにまいりましたっす」

「なんとか大丈夫なのだ。それより、このクッションはなんなのだ?」

言いながら、その黒いクッションにイエスが指を触れた瞬間、クッションは四散した。

「うひゃっ」

それは、無数の虫が寄りあつまって形作られていたのだ。イエスは気持ち悪そうに、

「な、なるほど、む、虫を集合させてクッションに使うとは、なかなかのアイデアなのだ」

「なんのことっすか」

「いや……あそこから飛びおりたんだから、大けがをすると思ったら、さすがに計算しているなと……」

「まぐれっす、まぐれ。後先考えずに飛びおりたんす。そしたら虫が勝手に先回りしたんす。そんな、いろいろ考えてたらなにもできないっすよ。百年戦争のときも、とりあえず鎧をつけて飛びだしたんす。そしたらうまくいったんす。今度もきっとうまくいくっすよ」

「そ、そうか……。まあ、何にしてもありがたいのだ」

言いながらふと気づくと、ジャンヌは全裸である。しかも、前を隠そうともせず、堂々とすべてをさらけだしている。形のいい乳房も、淡い茂みもむき出しだ。イエスが舌なめずりをしながら近づこうとすると、虫たちが彼女の胸と股間に集まって、衣服のようにその部分を隠した。

「どうして裸なのだ? 服はどうしたのだ」

「あたしは生まれかわったんす。裸は、その象徴っすよ」

「よくわからんが、まあいい。——で、ほかの兵士はどこなのだ」

「ほかの兵士? そんなもんいないっす。あたしひとりっすよ。マーパン軍曹は、部隊を危険にさらすわけには

いかん、とイエスさまを救出しないことに決めたんす。これは、〈ゴルゴダ13〉も承知していることだそうっすよ」

「あいつら……今に見てろよ。そのうちにぐちゃぐちゃのぼろぼろのぎたぎたにしてやるのだ。でも、おまえは女の身でひとりで来てくれた。ありがたいのだ、うれしいのだ、恩に着るのだ、感謝なのだ。おまえが今日は、地上に降りてきた天使に見えるのだ」

「お告げがあったんすよ。聖母マリアさまのお告げが」

「な、な、な、なんと！」

イエスは仰天した。

「母上はやはり蘇生しておいでなのか。今どちらにおいでだ」

「さあ……蘇生しておられるかどうかはわからないっす。あたしは……ただ声というか呼びかけを聞いただけっすから」

「そ、そうか……」

イエスが下を向いたとき、

「いやー、虫がいっぱい集まって鳴いてるだけだったとはな」

「人騒がせにもほどがあるぜ」

先頭の一匹がイエスを見て、

「おっ、人質が逃げるぞ！」

「うわあ、えらいことになったのだ」

「ご心配なく、イエスさま」

ジャンヌは剣を抜きはらい、イエスを後ろ手にかばうと、

「異教徒め、ジャンヌの必殺の剣を受けよ。おおおおおりゃあああっ！」

先頭のナメクジめがけて斬りかかった。

どばきゅん。

ずぶきゅん。

どぼきょん。

裸身が宙に舞い、柔らかいバターをナイフですくうような鮮やかな剣さばきで、ログロ人は両断されていく。最後の一匹が、絶命する直前に叫んだ。

「くせ者だ、であえ、であ……」

どぶきょん。

声を聞いて、洞窟の外に出ていたログロ人たちが、粘液のうえを滑るようにして戻ってきた。その数、およそ二十四。彼らはジャンヌとイエスを取りかこんだ。

「くわあっ、これでは逃げられないのだ。いらんことをしてくれたのだ。あのままここで捕虜になっていたほうがましだったのだ。殺されてしまうのだ」

イエスは蒼白になってわめきたてる。ジャンヌは手の甲で汗を拭いながら、

「ちょっとしばらく黙っててほしいっす」

イエスは口をつぐんだ。

「殺せ……！」

ナメクジたちはジャンヌを囲む輪をぐいとせばめた。

◇

マーパン軍曹の指揮のもと、歩兵たちは、ジャングルに隠してあった大量破壊兵器である〈老魔砲０〉と〈偶像〉を引っぱりだし、ログロ人の本拠に向けて設置した。

「これならあのナメクジどももひとたまりもないはずだ」

マーパンは、〈老魔砲０〉の台座を撫でながら言った。

「でも、アダムとイヴにはまるで効きまへんでしたな」

ガタやんが他人ごとのような口調で言った。

「あれはしかたがない。なにしろこの兵器は、異教徒にしか威力を発揮しないんだ。そこが利点でもある。ぼくたちの身体に傷ひとつつけることなく、敵に最大限の打撃を与えることができる。――来るなら来い、ログロ人ども」

◇

五匹のナメクジを叩き切ったものの、ジャンヌは肩で息をしていた。疲労で剣を握ることすらあやうい。汗が目に入るが、それを拭っている余裕がない。イエスは後ろでがたがた震えており、まるで役にたたないどころか足手まといそのものだ。

「どうするのだ、どうするのだ、どうするのだ。逃げ道はふさがれてしまったぞ。このあとどうするのだ」

「いいから静かにしててほしいっす」

「そう言われても黙ってるわけにいかんのだ。どうやっ

てここから逃げるつもりか教えてほしいのだ」

「つもりもなにも、計画なんかないっすよ。出たとこ勝負、行きあたりばったり……それがあたしの信条っす」

「勘弁してほしいのだ。こんな女ひとりに私の救出を任せるとは、宇宙軍も何を考えているのか。私はイエス・キリストなのだ。偉いのだ。『新約聖書』にも名前が載ってるのだ。おまえたちとは命の重さがちがうのだ。比べものにならないのだ。いいか、わかったか、私を必ずや……」

「だから、うるさいって言ってるっす！」

ジャンヌはそう叫びながら、突進してきた一匹の頭部を下からはねるように斬りあげると、返す刀でそのとなりにいたログロ人の背中に柄まで通れとばかりに突きさした。しかし、そのログロ人が大きくぶるっとみじろぎをしたため、剣はジャンヌの手から飛んで、洞窟の壁にぶつかった。

「しまったっす」

「うわあ、どーすんだ、どーすんだ！」

イエスがわめいた。

「おまえのせいなのだ。おまえが悪いのだ。おまえがいらんことをしなけりゃ、私はまだ安穏（あんのん）としてられたのだ。私は……」

さすがにジャンヌも青ざめ、迫りくるナメクジたちの触角をにらみつけるしかなかった。

「イエスさま、申しわけありませんっす。マリアさまのご命令で、イエスさまをお救いにまいりましたが、力及ばず……ここが最期の地のようっす。お覚悟を……」

「馬鹿、まぬけ、ひょっとこ！　中途半端なことをするからなのだ。おまえは百年戦争のときも、後先考えずに先頭に立って斬りこんで、一度はうまくいったけど、結局、つかまって処刑されたのだ。あのときと同じなのだ。馬鹿なのだ。まぬけなのだ。ひょっとこなのだ。嫌だ嫌だ嫌なのだ、ナメクジに殺されるのは嫌なのだ。なんとかしろ。ええ、なんとかしないか。お得意のご都合主義で、この場を切りぬけるのだ！」

「ご都合主義……？」

たしかに、ジャンヌはこれまで、「定見をもたず、そのときどきの都合によって行動する」という、ご都合主義の定義そのままに生きてきた。

（そうだったっす……あたしはご都合主義でこれまでやってきたんす。それを忘れるところだったっす……）

　ジャンヌは、顔のまわりを飛びかっている虫たちに命じた。

「あたしたちを……助けるっす！」

　あまりに漠然とした命令に、虫たちも一瞬とまどっていたようだったが、それまでオビクラゲのように長い帯状だった虫の集合体は、ゆっくりと形を変えていった。

そして……。

「なんなのだ、これは」

　イエスが怪訝（けげん）そうな声をだした。

「さあ……たぶん、天馬（ペガサス）ではないっすかね」

　それは、不格好ではあるが、耳が立ち、鼻面が長く、たてがみを持ち、四肢がたくましい……馬の形であった。

そして、身体の左右に大きな翼状のものが伸びている。前翅に光沢のあるコガネムシ的な虫ばかりを集めたらしく、翼の色はギラギラした銀色である。突然出現した昆虫の天馬は、ジャンヌたちに向かって、

（乗れ）

　と言うように首をまわした。ジャンヌとイエスはその馬に飛びのった。

「わ、私は、馬に乗るのははじめてなのだ」

「あたしは乗ったことあるっす。――さあ、行くっすよお、ハイヨー、シルバー！」

　ジャンヌたちの乗った虫の天馬は、ナメクジたちのただなかへと飛びこんでいった。

「うぐわあっ、な、なんだ、こいつは」

「わからん。ひるむな、やっつけろ」

「ただの虫だぞ。逃げたやつはぶっ殺す」

　一瞬、輪の崩れたログロ人たちだが、すぐに態勢を立てなおし、天馬に向かってきた。


　シカリ、シカリ、シカリ、シカリ……

　シャクリ、シャクリ、シャクリ、シャクリ……

　シカリ、シカリ、シカリ、シカリ……

　シャクリ、シャクリ、シャクリ、シャクリ……

しかし、天馬は一歩もひかず、ログロ人に正面からぶつかっていく。今にも両者が激突しようというとき、ジャンヌの残っている左目の眼球に一匹の虫が貼りついた。その虫は「デンキコガネ」と呼ばれており、身体に強烈な発電器を備えている。その作りだす電圧はなんと一万ボルトにも達し、それは南アメリカのアマゾン流域に棲息するデンキウナギの十倍以上である。

「うわあ、まえが見えない」

ジャンヌの叫びに誘われるように、ナメクジたちは一斉に触手を伸ばした。

「お助け――なのだ」

イエスが悲鳴をあげながら、ジャンヌにしがみついた瞬間、彼女の左目が妖しく輝いた。落雷のような凄まじい大音響とともに、瞳から白い光がほとばしり、洞窟のなかを猛烈なスピードでジグザグに駆けまわった。膨大なエネルギーが渦を巻き、壁にあたるやそこを破壊し、向きをかえてはふたたび突進し……つぎつぎとナメクジたちをそのなかに巻きこんでいく。まばたきひとつしたのち、洞窟内には身体をぶちぶちにちぎられ、無惨な肉片と化したログロ人たちの死骸が転がっていた。その多くは黒く焦げており、青松葉を燃やしたときのような悪臭がたちのぼっていた。まるで巨大な竜がやみくもに走りぬけたようだった。ふたりは、何がおこったのかわからず、口をぽかんとあけていた。そのうちに、ジャンヌの左目から、鱗ならぬ、一匹の甲虫がぽろりと地面に落ちた。「デンキコガネ」だ。真っ黒に焦げて死んでいる。ジャンヌがそっとその死骸を指でつまみあげたとき、虫たちがまた歌いだした。どこかで聴いたことのあるようなメロディーと歌詞だった。

銀色の翼の馬で　駈けてくる
二十世紀の　ジャンヌ・ダークよ
君のひとみは　１００００ボルト
地上に降りた　最後の天使
君のひとみは　１００００ボルト
地上に降りた　最後の天使

4

「全員、聞けっちゃね」

ログロ人の〈ジュエル〉前線基地総司令官チュ・ブァ・ッハ・プチャ・キューミが、大量の粘液を吐きちらしながら言った。

「我々はこの星に『蛇』がいるという情報を得、密命を帯びてやってきたっちゃ。『蛇』は我々エゾゲバロ・ログロ人にとって宗教的に大きな意味をもつが、ほかの宇宙人にとってはなんの価値もないはずだっちゃね。ところが、ニンゲンどもがなぜかここに侵攻してきたっちゃ。もともとあいつらの思考回路は狂っていて、我々の理解を超えているが、今度という今度は、なにを考えているのかさっぱりわからんちゃ。とにかく、『蛇』を見つけて、撃滅することが、神から我々に与えられた使命だったっちゃ」

「ナーメナメナメナメッ！」

多くのナメクジどもが叫んだ。

「しかし、なぜかニンゲンどもはなにかにつけて我々の邪魔をするっちゃね。私は、『蛇』の捜索はひとまず延期して、ニンゲンの殲滅作戦を先に実施するという決断をした。やつらを〈ジュエル〉から一掃したうえで、ゆっくりと『蛇』探しをするつもりだった。だが、そこで『神の子』を名乗るニンゲンの捕虜が手に入った。味方の死者をできるだけ減らすため、私はメッセンジャーをニンゲンの陣地に送った。しかし……交渉は決裂した」

「ナーメナメナメナメッ！」

多くのナメクジたちが叫んだ。

「やつらは、人質の命を軽んじて、停戦交渉に応じなかったっちゃ。やはり、あいつらは命の大切さのわからぬ、ただの猿だったたっちゃ。——我が軍の総力をあげて、ニンゲンどもを殲滅する。これが私の最終決定だっちゃねん！」

「ナーメナメナメナメッ！」

武装した多くのナメクジが鬨(とき)の声をあげた。

「この作戦遂行には多大な犠牲を必要とするだろう。我々ログロ人にとって『死』がどのような意味を持つか、もちろん私もよく承知しているっちゃ。しかし……こうなったらやむをえぬ。諸君全員の命を私に預けてほしいっちゃ。私を信じてくれっちゃね」

「ナーメナメナメッ！」

「ログロ人万歳、ナメクジ万歳、粘液万歳！」

「万々歳！」

「神よ、われらの聖戦に勝利の栄光を授けたまえ。父と子と聖霊の御名によりて……」

「アーメン！」

そのとき、ピンコロ洞窟のほうから滑るように走ってきた一匹のナメクジが叫んだ。

「大将……神の子が逃げました」

「何……っちゃ？」

チュ・ブァ・ッハ・プチャ・キューミ司令官は、その報告を聴くや、高々と鎌首をもたげた。

「総攻撃を開始するっちゃ。ニンゲンどもを皆殺しにしろ。ひとりたりとも生かしてこの星から出すな……っちゃ！」

「ナーメナメナメッ！」

そして、〈ジュエル〉最大の戦闘がはじまった。

◇

イエスたちを乗せた天馬(ペガサス)は、人類側の陣地まで戻ってくると、ふたたび無数の虫に分解された。一糸まとわぬ姿のジャンヌは、颯爽(さっそう)と馬から降りたったが、イエスは地面に投げだされ、したたか後頭部を岩場にぶつけて、涙声で叫んだ。

「こ、こらあっ、私を誰だと思っているのだ。私は神の子なのだ。もう少していねいに扱えっ」

誰も助けない。ジャンヌだけがすばやく駆けより、

「おけがはないっすか、イエスさま」

「足をくじいたのだ。痛い痛い、痛くてたまらないのだ。痛みを抑えるために酒が欲しいのだ」

ジャンヌはため息をついて、その場を離れ、〈ジュエル〉の空に向かって両手を広げた。彼女の裸身に、虫たちがまとわりつき、修道女の服と化した。

「天にまします聖母マリアさま、オルレアンのジャンヌ・ダルクっす。喜んでほしいっす、あなたに命じられた使命……御子イエスさまをログロ人の手から奪還するこ

と、を無事果たすことができたっすよん。それというのも、いつも『マリアさまが見てる』と思って、がんばったからっす。だからなにか……お言葉をかけてほしいっす」

無反応。

「やっぱし、そうっすよねえ……」

ジャンヌは、眼球のない眼窩をぽりぽり掻きながら、

（まえもそうだったっす。百年戦争のときも、あたしが引きうけるまでは何度も何度も、「ジャンヌ、フランスを救うのだ」としつこいぐらい熱心にお言葉をかけていただいたけど、あたしが囚われたあとはほったらかしだったっす。そういうもんなんすねえ……）

うしろのほうから、

「おーい、足が痛いのだー、酒とつまみがほしいのだー、ベッドで寝たいのだー」

という声が聞こえてきた。ジャンヌはどなりつけたくなる気持ちをぐっと抑え、そのままテントの一つに歩みよった。なかに入ると、携行用銃器の手いれをしていたピンクがひょいと顔をあげ、

「ああっ、ジャンヌ！　無事だったの？」

ピンクは立ちあがり、ジャンヌに抱きついた。

「ねーさん、あたし……がんばったっす」

「わかってるわかってる。ほんとよかった……」

ピンクは涙を流している。

「イエスは奪還したの？」

「そこで寝っころがって、だだをこねてるっす」

ジャンヌは、ピンコロ洞窟での一部始終を語ったあと、しくしく泣きだしてしまった。

「ここだけの話、正直、神さまもマリアさまも薄情なところあると思うんす。お礼を言ってほしいからやったわけじゃないんすけど……命賭けたんす。一言ぐらい、よくやった、とほめてほしかったんす」

「神さまがなにをお考えか……それは私たちにはわからないわ。まさしく『神のみぞ知る』なのよ」

「そりゃそうっすけど……」

「でも、よかった。神さまやマリアさまは知らないけど、私は死ぬほどうれしい」

ピンクはジャンヌの唇にキスをした。修道女の衣服に

なっていた虫たちは、気を利かせてか、さっとジャンヌの身体から離れた。

「ああ……あたしも生きてかえってこれて、ねーさんとこうやって、愛しあえるのがうれしいっす……」

「あああ……ジャンヌ……」

「ねーさん……」

ふたりがテントの床に抱きあったまま倒れこんだとき、誰かが大声で叫びながら、テントのすぐまえを駆けていった。

「敵襲じゃあ！　敵襲じゃあ！　ログロ人の総攻撃じゃあっ」

ふたりは顔を見あわせ、手近にある武器をとって、外にまろびでた。

◇

ピンクは一瞬、丘が動いている、と錯覚した。それは丘ではなく、武装した無数のナメクジたちが大量の粘液とともにこちらに向かって移動してくるところなのだ。

前回よりも大軍のように思われた。まだ距離があるので、肉眼では、黄土色や褐色の点にしか見えないが、その一粒ひとつぶが、どれもナメクジ、ナメクジ、ナメクジ、ナメクジ、ナメクジ……なのである。ログロ人の最前列から五メートルほど手前に、粘液の壁のようなものがある。これは「粘液先行波」といって、ログロ人が高速で移動するとき、軽量の粘液のほうが先行する現象である。その高さは二十メートルほどにもおよんだ。たがいの粘液がくっついて、ひとつの巨大な粘液の塊になっているのだ。

（怖い……私が発現してるときに戦闘になるなんて……）

ピンクは震えがとまらなかった。

「全員そろったか」

マーパン軍曹は、部下をすべて広場に整列させた。

「いよいよ、ログロ人との決戦だ。天にまします主のために命を捧げるんだ。いいな、命を惜しむな。さみたらの骨はぼくがかならず拾ってやる」

ほとんどが〈駄悪キ◯ガイ部隊〉で構成されている部隊ではあるが、傍若無人で人に命令されるのが嫌で理屈の通らぬ行動しかできぬ彼らも、前線で死に直面すると結束せざるをえぬようで、とりあえず今のところは、ログロ人という「敵」に対してまとまりを見せていた。なかには、

「おっしゃあ！　おいらがあいつらをぶっ殺してやらざあ」

「俺たち、英雄。俺たち、戦士」

「見事散りましょ、〈人類圏〉のため」

と単純に洗脳されてしまうものも少なからずいた。

うざい！　うざい！　うざいうざい、うざいっ！

人間なんて、うざい、うざい、うざいっ！

きもい！　きもい！　きもいきもい、きもいっ！

人間なんて、きもい、きもい、きもいっ！

ログロ人たちは、大声で合唱しながらマーパンたちに向かって近づいてくる。

「第一班、〈老魔砲O〉の準備はいいか」

「十三人にヘッドギアをつけちょります。ばっちりですぜ」

「よろしい。第二班、〈偶像〉は準備完了しているか」

「ナラブキ二等兵を〈ジョイン・イン〉させてまっせ」

「第三班は白兵戦の用意はいいか」

「準備万端っすー」

「うむ。これでやつらを撃破できるぞ。みんな、いいか。あのナメクジどもを一人残らずこの世から消してやれ！」

「おおおおおおうっ！」

ヘッドギアをつけた十三人の歩兵が、巨大な円筒から伸びた配線にひとりずつぶらさがっている。彼らの目はすでにうつろだ。頭頂に孔をうがたれ、そこから麻薬物質を投入されているのだ。〈老魔砲O〉は、人間の脳から発生する一種の「信仰心」を増幅・拡大することによって、瀆神者や非キリスト者を殺戮する兵器である。その威力は絶大で、数キロ先の高層建築物を瞬時に消しさるほどだ。

コントローラーのセッティングに余念のないマーパン軍曹に、ピンクがきいた。

「あの……だいじょうぶでしょうか」

「なにが?」

「今回、『γ神聖波(ガンマ)』を吸いあげる魂は、ほら……」

ピンクは十三人の兵士の顔ぶれをながめた。〈駄悪キ○ガイ部隊〉の面々である。

「たしかにやつらは殺人犯であったり、強姦魔だったり、最低最悪の連中だ。その魂は血と精液に汚れているだろう。だが……信仰心だけはあつい。だから、心配いらん」

「そうですか……」

たしかに、悪人ほど「神」の名を口にする、という。しかし、信仰心のあつい強姦魔っていったい……とピンクは思ったが、なにも言わなかった。そのうちに、兵士たちのあいだから讃美歌の合唱がわきおこった。怒鳴り声による、粗暴きわまりない合唱だ。

うまごやのなかにイエスさまがおうまれになった
ラムタンタン・ダ・ラムタンタン
うまごやはくさいけどイエスさまはおきになさらず
ラムタムタンラムタン
マリアさまもヨゼフさまもはなをつまみながら
ラムタンタン・ダ・ラムタンタン
みつかいたちもさんにんのはかせもうまごやにつどう
ラムタムタンラムタン
ばふんのうえでいわいましょううたいましょう
ラムタンタン・ダ・ラムタンタン

その合唱がしだいに熱を帯びはじめ、

「おお、ジーザス!」

「人は神のために死ねるか」

「天のいと高きところにホザンナ」

などと兵士たちが口ばしりだし、白目を剝いてひとりずつがくりと頭を垂れだし、円筒自体が臨界点を超えてオレンジ色に輝きはじめたとき、

「来たぞおっ」

歩哨が叫んだ。みな、そちらの方角を見た。粘液の巨大な壁が近くまで迫ってきていた。その壁の奥には、何百という大ナメクジたちがいるはずだが、その姿は肉眼

ではとらえられない。ただ、ねとねとした半透明の高波があたりのジャングルの木々をばきばきとへしおり、巻きこみながら、唸りをあげ、猛烈な勢いでこちらに向かってくるだけだ。

「来たかっ！」

マーパン軍曹は両手をパーン！　と叩きあわせると、コントローラーを握りしめた。

「〈老魔砲０〉発射。スイッチオン」

〈老魔砲０〉は、

「げろげろげろげろげろげろっ！」

という悲鳴（？）とともに激しく身をよじったかと思うと、大量の「光輝」を吐きだした。「光輝」はまっすぐ粘液の壁に向かい、真っ向から激突した。ぶちゃあああっ！　という「粘液質の雷」のような音が轟きわたり、粘液先行波は粉砕された。

「やったか……！」

マーパン軍曹は双眼鏡を目に当てたが、

「な、なんだ。どうなっているのだ」

粘液の高波は消えうせたが、「壁」があったあたりを、何百匹もの武装したナメクジが、なにごともなかったかのようにこちらを目がけて進軍しているではないか。

「あの粘液の『壁』が〈老魔砲０〉の『γ神聖波』の威力を吸収してしまったのでしょうか」

「ううう……そんなはずはない。液体だろうが固体だろうが、あらゆる物質を破壊するはずだが……」

しかし、ログロ人たちには傷ひとつついた様子はない。

「どうしましょう」

「やむをえない。〈偶像〉を使うぞ」

マーパン軍曹はそう叫びながら走った。〈老魔砲０〉の円筒から二十メートルほど離れた場所に、巨大な女性型ロボットが据えられている。全体が黄金色に輝き、頭部は牛に似ているが、両胸はかなりの豊乳である。その股間には、ナラブキ二等兵が逆さまに〈ジョイン・イン〉されている。マーパン軍曹がマイクをつかみ、

「あー、あー、あー、ただいまマイクのテスト中。チェック、チェック、チェーック……」

「軍曹どの、そんなことをしている余裕はありません。ログロ人の津波が復活しましたよ！」

兵士たちがおろおろと言ったが、マーパンはミキサーのつまみをあれこれいじりながら、

「リバーブはもう少しほしいな。高音域をもうちょっと出そうかな。ああ……マイ・マイクを持ってくればよかった」

「あの……軍曹どのはカラオケマニアっすか」

「いやあ、まあ、マニアってほどじゃないんだけどね、好きは好きだけど」

「月に何回ぐらい行くっすか」

「月に、っていうか、週に四回ぐらいかな」

「よくそんなにメンバーが集まるっすね」

「何言ってるんだ。ひとりで行くんだよ。大勢で行ったら、自分の好きな曲、入れられないだろ」

歩哨が絶叫する。

「軍曹どのーっ！　粘液先行波、まもなくすぐ前方に到達いたしまーすっ！」

マーパンはマイクをぐいと握りなおし、

「よし、さあ行くぞ。——われは汝の神ヤーウェ、汝をエジプトから導いたもの。われのほか、何ものも神とするなかれ」

全兵士が唱和した。

「われは汝の神ヤーウェ、汝をエジプトから導いたもの。われのほか、何ものも神とするなかれ」

軍曹は額にしわを寄せ、うっとりとした表情で朗々とつづけた。

「汝、偶像をつくるなかれ」

「汝、偶像をつくるなかれ」

「汝の神ヤーウェの名をみだりに唱えるなかれ」

「汝の神ヤーウェの名をみだりに唱えるなかれ」

「安息日を守りてこれを聖とせよ。主は六日のうちに大・地・海とその中のあらゆるものを造り、七日目に休まれたからである」

「安息日を守りてこれを……あああっ、軍曹どの、もう、右手のジャングルが揺れています！　ナメクジが……ナメクジがあああっ」

「あわてるな。十戒を唱えおわらないうちは〈偶像〉は動かないんだからしかたがないだろう。もう一度言うぞ。安息日を守りてこれを聖とせよ。主は六日のうちに天・

地・海とその中のあらゆるものを造り、七日目に休まれたからである」

「安息日を守りてこれを聖とせよ。主は六日のうちに天・地・海とその中のあらゆるものを造り、七日目に休まれたからである」

「汝の父母を敬うべし」

「汝の父母を敬うべし」

「汝、人を殺すなかれ」

「汝、姦淫するなかれ」

「汝、姦淫するなかれ」

「汝、偸盗するなかれ」

「汝、偸盗……うわあああ、もう粘液の波が目のまえまで……」

「うるさい！　ガタガタ言うな！　どうせ、どれだけやつらが迫ってきても、〈偶像〉が稼働すれば、根こそぎ殲滅できるんだ。安心するな。心配しろ。あ、まちがえた。心配するな。安心しろ」

「そんなことどうでもいいんです。とにかく早くしてください。もう一度か、わかった。――心配するな。安心しろ」

「もう一度お願いします」

「それじゃありません。十戒ですよ」

「汝、偸盗するなかれ」

「汝、偸盗するなかれ」

「汝、汝の隣人につき偽証することなかれ」

「汝、汝の隣人につき偽証……ああああ、粘液の滝が頭のうえから……うわあああ」

「汝、隣人の妻をむさぼることなかれ」

「汝、隣人の、ニンジンの、新人の……うわああああああ」

「もう一度だ。汝、隣人の妻をむさぼることなかれ」

ものすごい早口で、ようやく十戒すべてを唱えおえた瞬間、

〈偶像〉の両眼が輝き、両腕をボディビルダーのように曲げて力こぶを誇示しながら、ぐわしゃ、ぐわしゃ、ぐわしゃ……と歩きだす。

「のろい！」

だれかが叫んだ。

「走れ、ロボ」

マーパンがマイクに向かって叫んだ。

「ばっ」

〈偶像〉は「了解」の意と思われる言葉を吐くと、どすどすどすどすどす……と駆けだした。もう、粘液の津波は眼前に迫っている。〈ジョイン・イン〉状態の歩兵が絶叫した。

「うわー、ぎゃーっ、助けてくれーっ、死ぬーっ」

マーパンはそれにかまわず、マイクを口にすりつけるようにして、

「目標、正面三十メートルのログロ人粘液先行波。仔牛力ビーム発射！」

〈偶像〉の両眼から、灰色の怪光線が、ずびびび……ずびびびびむ……ずびびびびむ……と放射された。二すじの光線は粘液の波頭に吸いこまれるように消え、「壁」全体が一時停止ボタンを押したように硬直した。四方八方に蜘蛛の巣のような細かい割れ目が走ったかと思うと、大音響をあげて「壁」は一瞬にして崩落した。濛々（もうもう）とした粉塵がジャングルの空を黄色く染めた。

「やった！　今度こそやった！」

マーパンは躍りあがったが、黄色い煙のなかから、ナメクジたちはなにごともなかったかのように這いだしてきた。

「な、なんてやつらだ……。〈人類圏〉の最新鋭の兵器が効かないとは……」

マーパンは呆然として言った。

「なぜだ。なぜなんだ。〈老魔砲O〉も〈偶像〉もあらゆる瀆神者、あらゆる異教徒の息の根をとめるはず……やつらがキリスト者でないことはあきらかなのに……」

「もしかしたら、運搬船の墜落時の衝撃で故障しているのかもしれないっすよ」

「その可能性はあるが……『壁』は破壊できるのにログロ人にだけ効かないというのがわからん……」

マーパンは思いだしたように顔をあげ、

「そうだ……イエス……あいつはずっとログロ人たちと一緒にいたんだ。あいつにきけば、なにかわかるかもしれない」

彼はイエスを探したが、またしてもその姿はどこにも

なかった。マーパンは舌打ちし、

（いつも、肝心なときに……）

ログロ人たちは滑るようにこちらに近づいてくる。その手には、小さいが破壊力の高い〈アバピナフェ銃〉を摑んでいる。

「気をつけろよ……どこから撃ってくるか……」

わからんぞ、と言いかけた男の頭を〈アバピナフェ銃〉から発射されたアバピナフェ・ビームが直撃した。男の頭部はアバピナフェ効果とともにアバピナフェ化して四散した。それを見たマーパンは、手もとのミニコンピューターで、ログロ人の武器の性能をチェックしてみた。それによると、

・〈アバピナフェ銃〉……エゾゲバロ・ログロ人の携行用銃器。アバピナフェ光線を発射する。アバピナフェ光線についての詳細は不明。防御方法は、身体をひねって避ける、ジャンプして避ける、走って避ける、など。

・〈アバピナフュ銃〉……〈アバピナフェ銃〉に似たエゾゲバロ・ログロ人の携行用銃器。アバピナフュ光線を発射する。アバピナフュ光線についての詳細は不明。防御方法は、身体をひねって避ける、ジャンプして避ける、走って避ける、など。

・〈アバプナフェ銃〉……〈アバピナフュ銃〉に似たエゾゲバロ・ログロ人の携行用銃器。アバプナフェ光線を発射する。アバプナフェ光線についての詳細は不明。防御方法は、身体をひねって避ける、ジャンプして避ける、走って避ける、など。

以下は読むのをやめた。マーパンはため息をつき、ミニコンピューターを閉じた。

「ようするに、避けろ、ということか……」

「軍曹殿、〈老魔砲O〉も〈偶像〉も効果がないなら、あとは肉弾戦しかありません」

「そうだな……よし、天にましますの神のため、最後の一兵まで戦って戦って戦って戦いぬこう。――それしかない」

半ばあきらめたような口調でマーパンは言うと、全裸のジャンヌが強くうなずいて、

「そのとおりっす。あたしの命を神さまに捧げます」

そして、剣を抜き払い、

「『虫着』！」

そう叫ぶと、彼女にまとわりついていた虫たちはたちまちジャンヌの軍服となった。ジャンヌは剣を振りかざし、ナメクジたちのまっただなかに飛びこんでいった。

「ジャンヌを無駄死にさせるな。ジャンヌに続け！」

マーパンが怒鳴ると、

「おう、あのかわいいネーちゃんに負けてられっかよ」

〈駄悪キ○ガイ部隊〉の荒くれどももも呼応した。

「ネーちゃん、もし俺らが勝ったら、一発やらしてくれ」

「あのケツ、おっぱい……たまんねーっ」

「たまんねーっ」

「たまんねーっ？　いや、たまってるーっ」

下ネタを連呼しながら、なぜかつぎつぎと服を脱ぎ、素っ裸になって敵に向かって突進していった。そして、粘液のなかにダイブすると、

「うひょーっ、このローション、最高！」

「あーっ、チンポ勃つ！」

「勃起、勃起！」

わけのわからないことを叫びながら、〈ミソカツ銃〉や〈シャチホコ銃〉を乱射し、剣や青龍刀でログロ人をぶった切り、槍でくし刺しにし、なぎ倒し、蹴たおし、たちまちナメクジの死骸の山を築いた。ログロ人たちも負けじと〈人類圏〉の兵士を〈アバピナフェ銃〉〈アバピナフュ銃〉〈アバプナファ銃〉〈アバピネフェ銃〉〈アバナピフェ銃〉などで殺しまくる。しかし、時間が経つにつれ、人類側が劣勢になってきた。なんといっても数のうえで圧倒的に不利なのである。

ジャンヌは獅子奮迅の活躍で、ひとりで数十匹のナメクジを屠っているが、それに続く〈駄悪キ○ガイ部隊〉たちは一人またひとりと脱落していく。しだいに敗戦の色が濃厚になってきた。

「こうなったら、最後の一兵まで戦うぞ！」

皆が最後の気力を振り絞ろうとしたとき、ログロ人た

ちの背後に高さ二十メートルほどの、ヨットのような形をした物体が登場した。

「なんだ、あれは」

「軍曹殿……あれは、ログロ人の兵器〈ナメクG〉です」

「な、なに……」

マーパンの声は震えていた。

5

「あれが〈ナメクG〉か。名前は聞いていたが、実際に見るのははじめてだ……」

銀色のその兵器はなんとも形容しがたい不気味さがあり、マーパンは圧倒された。あわててミニコンピューターを起動し、〈ナメクG〉に関するデータを参照する。
・〈ナメクG〉……エゾゲバロ・ログロ人の大型兵器。ナメクG光線を発射する。ナメクG光線についての詳細は不明。防御方法は、身体をひねって避ける、ジャンプして避ける、走って避ける、など。
（見るんじゃなかった……）

マーパンはコンピューターをその場に放りなげた。

〈ナメクG〉は全体に丸みを帯びた三角錐で、粘液に覆われている。頂きの部分から二本の触角状のものが伸びており、その先端には球状の「目」がついている。〈ナメクG〉は台車を大きくしたようなものに載っており、ゆっくりゆっくり進む。よく見ると、大勢のログロ人がその台車を押しているのだ。〈ナメクG〉は、触角をにゅーっと伸ばし、先端から粘液状の光線（そんなものがあるのか、とおっしゃるかたもおられるでしょうが、あるんです）を発射した。

「どぱぴゅっ！」

二条の光線は、人類の陣地のすぐ横にあった岩に命中し、十メートルほどのそれは木っ端みじんになった。

「どぱぴゅっ！」

「どぱぴゅっ！」

「どぱぴゅっ！」

光線が発射されるたびに、地面は割れ、密林は干あがり、山は崩れる。ついに、ジャンヌの乗っていた天馬も、粘液光線の一撃を受け、無数の昆虫に戻ってしまった。ジャンヌは吹きとばされ、背の高い木にぶつかって動かなくなった。

「い、いかん……このままでは負ける」

マーパンはピンクの肩をつかんで揺さぶった。

「ピンク二等兵、頼む。いつものように戦ってくれ。先頭に立ってみんなを引っぱってくれ」

「そ、そう言われても……」

最近、戦闘のたびにピンクは、阿修羅のような働きぶりを見せたらしいが、戦いの最中もまったく自覚がなく、戦いが終わってもなんの記憶もないので、答えようがない。

「お願いだ、ピンク二等兵。きみは〈人類圏〉の最後の切り札なんだ。行って、ぼくたちを救ってくれ」

「うーん……そうですねえ……」

そんな会話のあいだにも、〈ナメクG〉は粘液光線で味方の陣地を破壊していく。

（もう、しかたない！）

ピンクは槍をつかみ、敬礼した。

「おお、行ってくれるか。ありがたい……」

「それでは、ピンク二等兵、行ってまいります」

ピンクはやけくそで〈ナメクG〉に向かって突進した。しかし、三秒後には粘液光線の直撃をくらい、空中に放りだされていた。きりきりきりきりっと三度回転すると、ピンクは、近くにあった沼のほとりの泥に顔から埋まった。

「ああ、切り札も効かなかった。これでおしまいだ……」

マーパンは〈ナメクG〉をにらみつけると、

「こうなったらやむをえない。最後の特攻だ。——神よ、あなたから与えられた任務を遂行できず、断腸の思いでありますが、エラモンド・マーパン軍曹、ただいまからりっぱに散ってまいります。〈人類圏〉万歳！」

大声で叫びながら、敵陣目がけて走りだした。だが、一メートルほど走ったとき、小石につまずいて、ぺたんと転倒した。〈ナメクG〉が接近し、ここぞとばかりに二本の触角を伸ばして、今にも粘液光線を浴びせようとしたとき……。

ディン、ディン、ディン、ディンディディン……

ディンディン、ディ、ディドゥディディディディドゥドゥン……

ディン、ディン、ディン、ディンディドゥン……

どこからともなく、ギターをつま弾く音が聞こえてきた。分散和音による、もの悲しいメロディーだ。ログロ人たちは音の主を探して、あちこちを見まわした。

「どこだ？」

「どこだどこだ」

「どこにいる」

「あ、あそこだ！」

岩山のうえに、白いギターを抱えたひとりの男が立っていた。男は、ギターを背中側にまわすと、ログロ人たちを指さし、

「宇宙の平和を乱すエゾゲバロ・ログロ人ども。無法はこの俺が許さんぞ」

「貴様は何ものだ」

「ふふふ、俺か。――泣いてる子供が俺を呼ぶ。男鹿（オガ）半島（ハント－）に俺を呼ぶ。泣く子はいねぇが！　と俺を呼ぶ。人呼んでさすらいのヒーロー……ナマハゲ軍曹だ！」

その声を聞いて、ピンクは泥のなかから顔をあげた。

「ナマハゲ軍曹殿……生きていたんですか！」

「ふっふっふっ、あれしきのこと、あれしきのことで俺は死なない」

あれしきのこと、と言っても、航行中の宇宙船から宇宙服も着けずに船外へ飛びだしたのだ。死なないほうがおかしい。どうやって〈ジュエル〉の大気圏に突入し、どうやって着陸したのか……。

「俺にはイエス・キリストを殺す、という目的がある。それを達成する日まで……死んでも生きつづけるのだ」

理屈はむちゃくちゃだが、ようするに「気合いだ！」ということらしい。

「イエスに恨みはあるが、俺ももともと宇宙軍の人間だ。おまえたちが危機にさらされているのを見すごすわけにはいかん。ナメクジどもを一掃する手助け、させていた

だくぜ」

ナマハゲ軍曹は、疣々のついた、太い金属棒をりゅうりゅうと振りまわし、

「ぞおおりゃあああああっ」

と叫んで、〈ナメクG〉に向かってつっこんでいった。

そして、渾身の力をこめて、金棒を叩きつけた。〈ナメクG〉は全身をぶるっと身震いさせる。ナマハゲ軍曹ははねとばされる。泥を払って、ふたたび突進する。金棒を叩きつける。また、はねとばされる。その繰りかえしだ。粘液光線を浴びせられても、巧みにその間をすりぬけて、同じ行為を続ける。その様子を横目で見ながら、ピンクは、なんとかこの場から逃げ出せないか、と考えていた。

（もう人類側に勝ち目はないわ。こんな辺境の星で、ナメクジにやられて死ぬなんてまっぴら。私ひとりでも、なんとか脱出して……）

そう思った瞬間……ピンクの身体のなかで「なにか」が覚醒した。最初は小さな粒だったが、みるみる大きくなり、すぐに何千倍にも膨れあがった。「なにか」は、必死に抵抗したピンクの意識を易々と突きやぶり、それにとってかわることに成功したのだ。ピンクの顔つきが一変した。目がつり上がり、口が耳まで裂け、唇はめくれあがり、「発情期の牡馬」のような獰猛な表情になった。まるで別人のようだ。視線はうつろになり、黒目が消えて白目だけになった。鼻汁と涎がだらだら垂れはじめ、吐息も熱く、生臭くなってきた。明らかに、なにかが「憑いた」状態である。

「うがああああああっ！　うごあああああああっ！　うんぐあああああああっ！」

ピンクは、三度咆哮すると、その場にあったマサカリをつかみ、〈ナメクG〉目がけて突撃した。マサカリを振りおろす。はねとばされる。しがみつき、また振りおろす。またはねとばされる……。

ナマハゲ軍曹とピンクがふたりで〈ナメクG〉を攻撃していると、生きのこっていた兵士たちも、

「俺たちもやろうぜ」

「やるか」

「おおっ」

手に手に武器を取り、〈ナメクG〉にぶつかっていった。〈ナメクG〉本体に衝撃を加えるだけでなく、台車を押しているログロ人たちをぶった切り、突きさし、焼きはらう。巨大な三角錐はだんだん斜めになっていき、ついには横だおしになってしまった。ログロ人たちは、わあっ、と四散した。

「や、やったぞ！」

その様子を双眼鏡で見ていたマーパンは感極まって躍りあがった。

「逆転だ。この機に乗じて、勝ちを得るのだ。行け、行け、行け行け行け行け、行け、行けーっ！」

どこから取りだしたのか、「天下泰平」と書かれた、相撲の軍配のようなものを打ちふっている。勢いづいた人類側の兵士たちは、ログロ人の兵士に真っ正面からぶつかっていく。もちろん、ナマハゲ軍曹とピンクのふたりは、鬼神とも思える働きを見せ、血みどろになってログロ人をぶち殺している。ログロ人たちも負けじと反撃する。人類対ログロ人の戦いは、完全なガチンコの地上戦となった。人類側の兵士が一人殺されれば、人類側もナメクジを一匹殺す。たがいに一歩も譲らぬ激闘が一時間以上にわたって続いた。

そして。

その均衡がついに破れるときがきた。それも、意外なところから破れたのである。

彼らが戦っていた場所のすぐ南側にあった大きな湖の水面が、突如、ざわざわと揺らいだ。落雷のような轟音とともに、数個の妖しい輝きがフラッシュのように激しく明滅したかと思うと、長い長い横波が湖を横ぎった。

「な、なんだ……？」

「噴火か？」

「いや、あれは……」

みるみるうちに湖面が盛りあがり、高さ百メートルほどの水柱が屹立（きつりつ）した。その水柱のなかに、黒いなにかが見えかくれしているではないか。

「ログロ人の新兵器か……？」

手に汗を握ってその水柱を見つめていたマーパンは、ログロ人たちがなにやらざわついていることに気づいた。

「――『蛇』……」

「『蛇』が……」

　据えおきした汎宇宙語翻訳機のスピーカーから漏れきこえてくる会話なので、ちゃんとは聞きとれないのだが、そこここに「蛇」という言葉が入っている。

（『蛇』ってなんだ？　あのにょろにょろした蛇のことか……）

　突然、水柱の水がすべて一度に落下した。激しい水しぶきのなか、現れたのは……。

（これが……『蛇』？）

　マーパンは絶句した。

　湖面からうえに出ている首の部分だけでも、十五メートルはあるだろう。胴体の見え隠れしている箇所から想像するに、おそらく全長は百メートル、いや、二百メートルはあるのではないか。とてつもなく長い生物だ。頭部は、爬虫類というよりミミズのそれに似ている。眼球も鼻孔も口も耳も見あたらず、つるっとした印象だ。先端に肛門のような穴がひとつだけあいており、そこから半透明の汁がにじみ出ている。ぬめぬめした、薄い桃色の胴体は、リング状の模様がついており、ところどころに小さな「手」が蠢いている。赤ん坊のそれのように、小さな、紅葉のようにかわいらしい手ではあるが、生えている位置が左右対称でもなんでもなく、ランダムとしか思えない。ある場所には、エノキダケを栽培しているみたいにぎっしり生えているし、ある場所にはやたらと長いのが一本だけ生えている。ある場所は、片側には数百本生えているのに、反対側には一本もない。そのことがなんとなく不安な、落ちつかない感じをかもしだしている。手は、ぴらぴらとゆらめきながら「むすんでひらいて」を繰りかえしている。見つめていると、身体中に鳥肌が立ちそうだ。「蛇」は、どぶん、どぶん、と派手な水音をたてながら、人類とログロ人がいるほうへと移動しはじめた。

「軍曹どの……あれはいったい……」

　誰かがきいた。

「『蛇』だそうだ」

　言いながらマーパンは、捕虜にしたメッセンジャーのログロ人が、

「我々はここに『蛇』を探しにきた」

と言っていたのを思いだした。

ログロ人たちは、人類との戦闘を放棄して、一斉に「蛇」のいる湖のほうへ行ってしまった。大将らしい一匹のログロ人が、鎌首をもたげて、なにやら全軍に向かって叫んでいる。その言葉の断片は、汎宇宙語翻訳機から漏れてくる。

「——やっつけるんだっちゃねえ。ギタギタにしろっちゃねえ。ぶっ殺して、ずたずたにして、どつきまわして、蹴りたおして、どやしつけて、バランバランのビロンビロンのボリンボリンの……とにかくやっちまえっちゅうことだっちゃねえ！」

興奮しているらしく、なにを言っているのかよくわからない。だが、ログロ人たちは、武装を整えなおすと、隊列を組んで、湖のほとりに集結した。人類は、完全に無視されたかっこうだ。

「まるで、ネッシーですな」

兵士のひとりが言った。マーパンはうなずき、

「地球のネッシーとはちがうから、『宇宙のネッシー』とでも呼ぶべきかもしれない」

「これからどういたしましょうか」

兵士のひとりが言った。

「うむ……まあ、静観しよう。あの『蛇』が何ものか、ぼくたちの敵か味方か、それすらわからないし、ログロ人たちの意図も不明なんだからな」

「では、休憩ですか」

「そういうことだ」

その兵士は、メガホンを口に当てて、

「全軍休憩！　各自、その場で命令あるまで休憩せよ」

人類側の兵士たちは、みな、湖のほうを向いて、地面に腰をおろした。

湖中の「蛇」と岸辺のログロ人たちは、一定の距離を保った状態で動かない。「蛇」は、じっとログロ人たちに頭部の先端を向け、ナメクジたちも「蛇」の頭部をにらみすえている。湖面から発する温風が、「蛇」を、ログロ人たちを、そして、マーパンたちまでをも、ざわりと吹きなでていった。

「あれは何……？」

ピンクとジャンヌが連れだって、湖畔からぼんやりと

「蛇」を見つめていると、背後から声がした。

「あれはおそらく……『悪魔』なのだ」

振りかえると、そこにイエスがいた。

「イエスさま、今までいったいどこに……」

「決戦がはじまってから、ずっと隠れていたのだ。怖くて怖くてずっと茂みのなかで震えていたのだ。でも……あの『蛇』を見て、どうしても言いたいことがあって、でてきてしまったのだ」

「どういうことですか」

「最初に、この星……〈ジュエル〉は楽園だ、エデンの園だ、という噂があっただろう」

「ええ。でも、結局は……地獄でしたけど」

「いや、やはりここはエデンだったのだ。その証拠に、アダムとイヴがいた。〈知恵の木〉も〈生命の木〉も存在した」

「そりゃそうですけど……」

「だから、あの『蛇』は悪魔にちがいないのだ。エデンにはアダムとイヴと蛇がつきものなのだ」

「それは、私たち人間の信仰の話でしょう。ログロ人には関係ないはずじゃ……」

「ところがちがうのだ！」

イエスは珍しく大きな声をだした。

「私はピンコロ洞窟で聞いてしまったのだ。ログロ人たちは、我々とまったく同じ信仰を持っているのだ。彼らが信仰している神は、父と子と聖霊の三位一体で、しかも、救世主の名前はイエス・キリストなのだ」

「あははは、まさか……」

「ほんとにほんとのほんとなのだ！　私はこの耳でたしかに聞いたのだ。人類とエゾゲバロ・ログロ人は、なぜか同じ信仰を共有しているのだ。だから、我々が〈知恵の木〉と〈生命の木〉をこの星に探しにきたように、やつらは『蛇』を探しにきたのだ」

イエスの表情は真剣そのものだった。

「まだ信じられません。宇宙の別々の場所で発生して別々に進化した異星人同士が、同じ宗教を持っているなんて……」

「いや、ありうるかもしれん」

会話を聞きつけたマーパン軍曹が言った。

「そうでないと、こんな辺境の無価値な星を、どうして必死になって奪いあう？　この星は、ぼくたち人類にとっても、やつらナメクジにとっても『聖地』なんだ。そう考えるよりほか、説明がつかない」

「でも、そうなった理由が……」

ピンクが言いかけたとき、イエスのまえに、頭上から黒い影が飛びおりてきた。

「イエス！　探したぜ」

「き、貴様はナマハゲ……」

「アイネ・クライネ伍長の仇、とらせてもらうぜ」

「ちょちょちょちょちょっと待ってくれ。今それどころじゃない。宇宙規模の謎が……」

「そんなことは俺には関係ない。──死ね、イエス」

ナマハゲ軍曹が、金棒を振りあげたとき。


ウロボロオオオオオ……ッス！


全天を震撼させるような怒号が轟きわたった。凍りついたように動かなかった「蛇」が、首を上下に大きく打ちふると、ゆっくりと岸辺に向かって移動を開始したのだ。さすがのナマハゲ軍曹も、竜と見まごうほどの巨大な怪物をまえにして、固まったように動かなくなった。

その隙に、イエスは風のように姿を消した。

6

「蛇」を眼前にしたログロ人たちは、〈アバピナフェ銃〉〈アバピナフュ銃〉〈アバプナフェ銃〉〈アバピネフェ銃〉〈アバナピフェ銃〉〈ナメクG〉を操作していたものたちも、そこから離れた。そして、手に手に、というか触手に触手に短い槍をとると、岸辺にまっすぐに整列した。

「どういうことでしょう」

ピンクが言うと、マーパン軍曹は、

「わからない。わからないが……彼らは、自分たちの最新兵器があの怪物には通用しないことを知っているんだろうな」

そして、その言葉どおりになった。

「構えーっ、一、二の……三、かかれええええっ」

チュ・ブァ・ッハ・プチャ・キューミ総司令官のかけ声とともに、ナメクジたちは槍を構えたまま粘液のうえを滑るようにして「蛇」にむかって突進していった。何百というナメクジが「蛇」に群がり、槍をその表皮に突きたてはじめた。巨体のまえには、槍は爪楊枝ぐらいにしか見えない。「蛇」はうっとうしげに身体をくねらせ、ログロ人たちをはねとばすが、ナメクジたちはそのたびに、汚物にたかる蠅のように戻っていき、しつこく槍を使う。最初、槍の穂先は、「蛇」の硬い皮膚に歯がたたない様子だったが、ログロ人は粘液でべったりと蛇に貼りつき、同じ箇所を何度も何度もつつく。そのうちに、ぷつっ、ぷつっ、と数本が突き刺さりだした。蛇、というよりミミズに近いような外観の「蛇」の皮膚に穴があき、ぴゅっ、ぴゅっ、と白いミルクのような液が噴きだす。

ウロボロオオオオ……スッ！

「蛇」は身もだえして、全身をぶるん、ぶるんと震わせ、ログロ人を追いはらおうとするが、皮膚に貼りつくナメクジの数は逆に次第に増えていく。しまいに「蛇」はびっしりとナメクジに覆われ、地肌が見えないほどになってしまった。

「殺せ殺せ殺せっ」

「ころころころころころころころころころころころ殺せ殺せっ」

「べっ殺せ、ぼっ殺せ、ばっ殺せ、びっ殺せ、ぶっ殺せ！」

「ちちっ殺せ、つつっ殺せ、ててっ殺せ、ととっ殺せ、たたっ殺せ！」

近くに設置した大型汎宇宙語翻訳機のスピーカーから、集音マイクで集めたログロ人たちの声が翻訳されて流れてくる。針山のようになった「蛇」は、苦しげに身体を前後させながら、必死になってログロ人たちから逃れようとした。しかし、ログロ人たちも追いすがり、槍をぶすぶす刺していく。

ウロボロオオオオスッ！


天を仰いで吠えながら、白い体液に覆われた「蛇」は突然百八十度向きをかえ、マーパンたちのいる岸辺に向かって突進してきた。

「ふわああっ、総員退却っ！」

マーパンはあわててそう叫んだが、すでに遅かった。蛇の頭部がマーパンを直撃した。マーパンは衝撃で空中高くはねとばされ、回転しながら砂地に落下した。

「俺の出番のようだな」

金棒をひっさげたナマハゲ軍曹が、「蛇」とマーパンのあいだに立ちはだかった。

「でやあああああっ」

ナマハゲ軍曹は、金棒を水車のごとく、というか、バトントワリングのように軽々と振りまわし、ときどき高く投げあげては、側転して、それを受けとめる……といった荒技を披露しながら、「蛇」に近づいていった。そして、相手が突っこんでくるところを間一髪で飛びのきざま、その顔の正面に金棒を叩きつけた。ぐにゅっ、という手応えとともに、「蛇」の頭部は半分ほどにへっこんだが、すぐにまたもとに戻ってしまった。

「くそったれが！」

ナマハゲ軍曹は唾を吐きすてると、ふたたび金棒を振りかざしたが、いつのまにかその背後に、「蛇」の身体から生えている小さな「手」が数本、長く伸びてきていることに気づいていなかった。

「あぶない、軍曹殿、後ろっ」

ピンクは声を嗄らして叫んだが、興奮しきっているナマハゲ軍曹には届かなかった。ナマハゲ軍曹は、「手」に両足首をつかまれ、顔から地面に叩きつけられた。そして、その身体のうえに、「蛇」の巨大な頭部がのしかかった。ごきごきごきごきっ、という骨の折れる音……。

「うぎゃおおおうっ」

ナマハゲ軍曹はしきりにもがいていたが、やがて、動かなくなった。「蛇」は、勢いにのって、〈人類圏〉の兵士を蹂躙しようとしたが、突然、その体表で数発の爆弾が爆発した。ログロ人たちが、大砲に似た古典的な兵器での攻撃をはじめたのだ。爆弾のなかには、ガラス片や金属片などが大量に仕こまれていたらしく、それらが「蛇」のつややかな皮膚をずたずたに切りさいていく。傷口から、どぶっ、どぶっ、と白い液が噴出し、「蛇」は猛りくるい、ふたたびログロ人たちに向かって進みはじめた。ピンクは目をつむり、ナマハゲ軍曹に心のなかで十字を切ると、マーパンのところに駆けつけた。

「マーパン軍曹殿、しっかりしてください！」

だが、マーパンは目を開かない。ピンクは、マーパンの頬をぺちゃぺちゃと叩き、最後に一発、ずこーん！と思いきりひっぱたいたが、それでもマーパンは微動だにしない。そのかわり、彼のつけているエプロンのポケット部分が輝きはじめた。

（まただ。また、あいつが……）

ピンクが見まもるなか、ポケット部分は光輝につつまれながら変形を開始し、一匹のカエルの姿になった。

「よう、そこのにいちゃん……たしかジアトリマだったっけ。また会ったな」

ピョン吉はしゃがれた声で言った。

「今は、ピンク二等兵が発現中です」

「おっ、なんだありゃ。ミミズみてえな化けもんじゃねえか。そいつに、ナメクジがいっぱいたかってる。悪趣味にもほどがある絵づらだぜい」

「あれは『蛇』よ。楽園に棲む悪魔らしいわ」

「な、なんだって？　蛇？　うーん、ぶるぶるぶるぶる」

平面ガエルの顔色が青ざめた。やはり、カエルだけに蛇は苦手らしい。

「あのナメクジは何ものだい？」

「人類の敵、エゾゲバロ・ログロ人。我々はログロ人と戦争してるのよ」

「まさかー、ナメクジ相手に本気で戦争だなんて、冗談だろ、ヒロシ」

「私はヒロシじゃないって。――あんた、マーパン軍曹の第二人格のくせになんにも知らないのね。馬鹿じゃないの。ログロ人は、すごい兵器をたくさん持ってるし、残虐で、気持ち悪くて、とにかく何考えてるのか……」

「ふーん、そうなのか。ところで、あの蛇、ナメクジに押されてる感じだけどなあ……」

「蛇」は、身体をねじったり、岸辺にこすりつけたりして、ログロ人を払いおとしながら、大砲型の兵器に接近しようとするが、たてつづけに発射される爆弾でかなりのダメージを受けているらしく、なかなか近づけないでいる。

「ようしっ、行くぞーっ！」

エプロンの平面ガエルが飛びあがった。

「行くってどこへ？」

「もちろん、あのにっくきナメクジたちをやっつけにさ。あいつら、『蛇』との戦いで必死になってて、まわりが見えてねえはずだ。やるのは今しかねえぜ、ヒロシ」

「私はヒロシじゃありません。それに、ログロ人には、〈偶像〉も〈老魔砲O〉も通用しません。どうやって戦うんです」

「もちろん、根性だぜ！　根性、根性、ど根性」

平面ガエルは、マーパンの身体を引きずるようにしてぴょんぴょんと前方に飛びだしていった。

「ちょ、ちょっと待って。マーパン軍曹は、ここで様子をみろって言ってましたよ！」

「洞ヶ峠（ほらがとうげ）じゃあるまいし、江戸っ子がそんなことできるかい！　先制攻撃だぜえっ。とにかく常に、ど根性でぶつかっていけ、オウ、ベイビー！」

「ヤバイって、ぜったいヤバイって！」

わけがわからずぼんやりしていた〈駄悪キ◯ガイ部隊〉の兵士たちも、

「お、おい、なんだかわからねえけど、行くしかねーぜ」

「行くべし、行くべし、行くべし」

「あのカエル、見なおしたぜ。憎いよ、このど根性ガエル！」

「ぶっちゃけぶっちゃーっ、ぶっちゃけぶっちゃーっ！」

口ぐちに叫びながら、カエルのあとに続いた。ピョン吉は目にもとまらぬほどのスピードでぴょんぴょん、というよりびょんびょんはねまくりながら、「蛇」がログロ人と対峙している岸辺に突入した。そのままの凄まじい勢いで、ログロ人に向かっていく。〈駄悪キ◯ガイ部

隊〉も、

「ほほほほほほーい」

「きゃっほーっ、ひゃっほー、いやっほーっ！」

「殺さば殺せ、生かさば生かせ、しめ鯖食わせ！」

「死ね死ね死ね、死んで花実が咲くものか、生きて花見をするものか！」

「ゲロムーチョ、ゲロムーチョ、ゲロゲロムーチョ！」

異常に高いテンションでカエルに追随する。ピンクも、その最後列に続きながら、

（これは……たいへんなことになる。三者入りみだれての大激突になって、死体の山になるわ）

そう思って腹をくくり、右手の〈ミソカツ銃〉を握りしめた。

（これが、この星での最後の決戦かもしれない。ああ、死にたくない……死にたくないけど……こうなったらもうしかたない）

とにかく死ぬ覚悟で暴れまくるしかないのだ。

そしてついに、ピョン吉がぴょ————ん！　と跳躍し、「蛇」とログロ人のあいだに飛びだした。その瞬間、ログロ人はカエルを見、カエルは「蛇」を見、「蛇」はログロ人を見た。だが……。

三者とも凍りついたように動かない。ただひたすら、相手の顔を見つめているだけだ。そのこめかみ（といっても「蛇」とログロ人のこめかみがどこにあるのかはわかりにくいが）から、たらり、と脂汗がにじみでている。

（そ、そうか……）

ピンクはやっと気づいた。

（これって「三すくみ」なのよね……）

ピンクは、以前、個人的興味からゲームの歴史について調べたことがあり、そのときに知ったのだが、勝負を決するためのゲームとしての「拳」の一種に、「虫拳」がある。

◇

今ではグー、チョキ、パーの「じゃんけん」が主流になってしまったが、かつてはさまざまな種類の拳があった。狐と狩人と庄屋の「狐拳」、石と紙とハサミの「石拳」、虎と老母と和藤内（わとうない）の「虎拳」、日本と中国と天竺（てんじく）の

「三国拳」、福と豆まきと鬼の「世直し拳」、『冥途』と『百鬼園随筆』と『阿房列車』の「内田百拳」、ミニチュアダックスフントとプードルとチワワの「愛拳」、イギリスとフランスとアメリカとオランダの「四国艦隊下関砲撃事拳」、日本と満州と中国と東南アジアの「大東亜共栄拳」、文珍と鶴瓶と南光の「落拳（おちけん）」……「虫拳」もそのひとつで、親指がカエル、人差し指が蛇、小指がナメクジをあらわす。カエルはナメクジに勝つが、蛇には負ける。蛇はカエルには勝つが、ナメクジには負ける。ナメクジは蛇には勝つが、カエルには負ける。この三者が出あうと、誰も動けなくなってしまう。これを「三すくみ」という……。

巨大な「蛇」も、ログロ人たちも、そして、平面ガエルも、蒼白になって相手をにらみつけるだけで、微動だにしないまま、一時間が経過した。動けるのは、マーパンを除く〈人類圏〉の兵士たちだけだが、彼らもじっと事態の推移を見つめていた。ピンクは、そろそろ埋没が近づいていることを感じていたが、どうしても結末を見たいという気持ちだけで発現状態に踏みとどまっていた。


（静かね……）

ときおり、湖面にさざ波がたつ。ジャングルのどこかから名も知れぬ生物の鳴き声がかすかに聞こえてくる。それだけだ。近年、この星がこれほど静寂に満たされたことがあっただろうか。おそらく、人類とログロ人の前線が築かれてからは、ほとんどなかっただろう。

「ねーさん、どうしてみんな動かないんっすかね」

虫の雲を従えたジャンヌが、ピンクのすぐそばまで来て、そう言った。ピンクが説明をすると、

「へーっ、『虫拳』とか『三すくみ』とかはじめて聞いたっす。ねーさん、もの知りっすねーっ」

「そんなことないけど……」

「でも、人類はそれでいいっすけど、ログロ人たちにも『虫拳』があるんすか」

「それは……わかんないけど……」

「とにかく、この事態をなんとか打開しないと、いつまでも膠着したままっすよ。どうします？」

「私たちは動けるんだから、このままみんな飢え死にするまでほっといてもかまわないんだけどね。せっかく共

倒れになってくれそうなんだし、私は、今のうちにこの星からなんとか脱出する方法を考えたほうがいいと思う」

「そんなのだめっす。マーパン軍曹どのがかわいそうっす」

「じゃあ、どうするのよ」

「今なら、ログロ人を殺し放題っすよ。とりあえず、あいつらをぶっ殺しましょうっす」

ジャンヌは、すらり、と腰の長剣を抜きはなった。

「ちょ、ちょっと待ってよ、そっとしといたほうが……

……」

「ノン、ノン。行動あるのみっす。――〈インセクト・ホース〉、カモン！」

その一言で、虫たちは翼のある馬に変身(メタモルフォシス)した。いつのまに名前がついたのか、ジャンヌは天馬(インセクト・ホース)にまたがると、剣を振りかざし、

「どわりゃあああああっ！」

そう叫ぶと、「蛇」とナメクジたちと平面ガエルがにらみあいを続けるまっただなかに乗りこんでいった。

「待てって言ったのに……」

ピンクはため息とともにつぶやいた。あやうい均衡のうえになりたっているつかのまの休戦なのだ。それをわざわざ崩しにいく、というのが理解できない。前世もその無鉄砲さで処刑されたのである。ピンクのそんな心配をよそに、ジャンヌは剣をふるい、ログロ人を片っ端から斬ったり、突いたりしはじめた。ナメクジたちはつぎつぎと絶命していったが、それでもまったく動かないのである。動きたいけれど動けない……そんな感じだった。〈駄悪キ〇ガイ部隊〉も彼女にしたがって、ログロ人を屠(ほふ)っていく。

「こりゃあ、おもしろいぜ！　無抵抗のやつらを殺すってすっきりするなあ」

「ほんとだ。これこそ大虐殺だぜい」

「殺せ殺せ殺せ」

「ぶっちゃけぶっちゃーっ、ぶっちゃけぶっちゃーっ」

あたり一面が、ログロ人の粘液と体液と内臓と糞便でぐちゃぐちゃになった。後半は、まるで「作業」を行っているかのように、ジャンヌと兵士たちはログロ人を殺

していった。

「うう……手が痛えぜ」

「こうなると、飽きてくるなあ」

「つべこべ言うな。しっかり働け。おい、そこ、一匹生きてるぞ。ちゃんと殺しとけ」

こうして、のこるログロ人はたった一匹……総司令官のチュ・ブァ・ッハ・プチャ・キューミだけとなった。

「勝ったっす！　これで、〈ジュエル〉での戦闘は人類の勝利っす。あたしたちは、〈人類圏〉の英雄っす！

歴史に残ったっすう！」

興奮したジャンヌは、血みどろの剣をやり投げのように投げた。剣は宙を飛び、「蛇」とログロ人とカエルのちょうど真ん中に落下した。

その瞬間。

にらみあっていた三者が、魔法が解けたように動きだしたのだ。

そして、一斉に叫んだのである。

「最初は……グー！　じゃんけん……ぽーんっ！」

「蛇」は小さな手を、ログロ人が触手を、平面ガエルが舌を変形させた手をそれぞれ突きだした。「蛇」はパー、ログロ人もパー、そして、ピョン吉はグーだった。平面ガエルが血の気を失って、

「ま、負けた……」

そう口にした直後、全体がみるみる変形し、もとの異次元ポケットに戻ってしまった。


ウロボロオオオオオオスッ！


途端、「蛇」が勝ちほこった様子で咆哮したかと思うと、空気が焼けるほどの勢いでピンクたちに向かって首を伸ばしてきた。

「だから言わんこっちゃない！」

ピンクはそう叫んで地面に腹ばいになった。頭のすぐうえを、「蛇」のぬめっとした巨体が通過していった。

「蛇」は、逃げおくれた兵士のひとりに狙いをさだめた。兵士が銃を構えようとしたとき、「蛇」の頭部の中央にある肛門のような穴が大きく開いた。穴を中心に放射状になった皺が伸び、薄皮が、つるん、とめくれあがって

いき、その下から黄色と桃色がまだらになった、赤ん坊の皮膚に似た粘膜が出現した。まるで包茎の亀頭のようだ。穴の内部は暗くてよくわからないが、黴(かび)の胞子のようなものが無数に蠢いているようだ。穴は直径一メートルほどになったかと思うと、兵士を「ごぶっ」と飲みこんだ。同時に、穴は閉じた。そして、ぐちゅっ、ぐちゅっ、ぐちゅっ……という音が「蛇」の喉の部分から聞こえてきた。その音に混じって、

「助け、ぐちゅっ、痛い、ぐちゅっ、うぎゃあ、ぐちゅっ、折れる折れ、ぐちゅっ、このガキ、ぐちゅっ、もうだめ、ぐちゅっ、死ぬ、ぐちゅっ、死んだ、ぐちゅっ、殺して、ぐちゅっ……ぐちゅっ、ぐちゅっ、ぐちゅっ、ぐちゅっ、ぐちゅぐちゅぐちゅぐちゅくちゅくちゅくちゅくちゅ……」

次第に声は弱まっていき、そのうちに、

「うばあ……っ」

げっぷのような音とともに、「蛇」は血まみれになった兵士の衣服をはき出した。

「どひーっ」

「お助けえっ」

〈人類圏〉の兵士たちは、ばらばらになって逃げだした。「蛇」は身体をくねらせながら、凄まじい速さで草むらを滑るように移動し、兵士をくわえこみ、飲みこんでいく。

「ど、どうなってるの、これ……」

ピンクはそうつぶやいたが、応えるものは誰もいなかった。いや……すこし間をおいて、甲高い声が聞こえた。

「お答えしよう」

振りかえると、それは意識が戻ったマーパンだった。目つきがおかしい。右目と左目がべつべつの方を向いている。イッってしまっているようだ。

「これは私の考えだが……蛇とカエルとナメクジ、つまり、『虫拳』として三すくみの状態になっていたのが、『じゃんけん』に移行してしまったために、均衡が崩れたのだ！」

「でも、どうしてじゃんけんに……」

「わからないのか。ジャンヌの剣……すなわちジャンケンだ！」

「…………」

ピンクは返す言葉がなかったが、ふと、さっきジャンヌが口にした疑問を思いだし、

「どうしてログロ人たちにも『虫拳』があるのでしょう」

「それはわからんが……やつらがぼくたちのキリスト教と同じような宗教の影響下にあることはまちがいない。もしかすると……」

「え？」

ピンクがききかえすと、マーパンはものすごい勢いでしゃべりだした。「蛇」が近くまで来ているというのに、である。ピンクにはその半分も聞きとれなかった。

「もしかするともしかすると、もーしかすると、『三すくみ』というのは……キリスト教の根本原理である三位一体（トリニティ）と表裏をなすような概念なのかもしれない。いや、そうだ、ぜったいそうだ、そうにちがいない。キリスト教における三位一体というのは、天地の創造主である父なる神、贖罪者であるキリスト、そして、聖霊の三者が同一の位格（ペルソナ）である、という考えかただ。キリスト教は一神教だから、三柱（みはしら）の神の存在は容認されないわけだが……神とキリストと聖霊は、一体であると同時に『三すくみ』なのかもしれない。いや、そうだ、ぜったいそうだ、そうにちがいない！」

「意味がわかりません」

「ということは、『蛇』とログロ人とカエルは、ログロ人の宗教における『裏三位一体』とでも呼ぶべきものなのかもしれない。いや、きっとそうだ。阿修羅や三面観音、インドのカーリー神、三じゅわんさま、水と土と炎……すべては……世界は……宇宙は三すくみなのだ……！　父と子と聖霊……父は太陽だからｓｕｎ、子は息子だからｓｏｎ……なにもかも三、三、三だっ」

マーパンがわけのわからないことを口ばしっているあいだにも、「蛇」はひとりずつ的確に兵士を食っては、衣服をはき出していく。岩陰にあったナマハゲ軍曹の死骸まで飲みこんでしまった。

「軍曹どの、逃げましょう！」

ピンクが腕をひっぱったが、マーパンは座りこんで、

「そうだそうだそうだそうにちがいない宇宙は三ででき

ているのだ三タクロース三角野郎三馬鹿トリオ三振三キューベリマッチ三三七拍子それチャッチャッチャッそれチャッチャッチャッそれチャッチャッチャッチャッチャッチャッチャッチャッそれチャッチャッチャッチャッそれチャッチャッチャッチャッチャッチャッそれチャッチャッチャッチャッチャッチャッチャッチャッチャッチャッ……」

踊りだしたマーパンを見すてて、ピンクは走りだした。一瞬の差で、「蛇」の吻が上からまっすぐ降りてきて、マーパンの身体をずぼっとくわえこんだ。ピンクは目をつむって駆けた。岩場から岩場へ、茂みから茂みへ。そんな彼女を、「蛇」は猛スピードで追ってくる。右へ左へ前へ後ろへ……身体をそらしたり、しゃがんだり、転がったりして攻撃をかわし、とにかく逃げて逃げて逃げまくる。攻撃は最大の防御というが、こちらからの攻撃が通用しない相手なのだから、逃げるしかないではないか。必死に逃げている途中、突然、ピンクは埋没し、一休禅師が発現した。

7

走りながら発現したので、一休は足がもつれ、前のめりに岩と岩のあいだに顔から倒れこんだ。「蛇」は一直線に、倒れた一休に覆いかぶさっていく。

「ねーさんっ!」

天馬に乗ったジャンヌがピンクを守ろうとして、接近してくる「蛇」の頭部のまえにむりやり割りこんだ。馬からひらりと降り、剣を突きつけて、

「さあ、ねーさんに指一本触れさせないっすよお。今度はこのあたし、オルレアンの乙女、ジャンヌ・ダルクが相手を……」

そこまで言いかけたとき、ジャンヌは草むらに足をひっかけ、ずてん、と倒れた。巨大な包茎チンポが大口をあけ、彼女を一口で食った。ぐちゅぐちゅぐちゅぐちゅぐちゅ……ごっくん。

(もう、おしまいだ……)

ログロ人もひとりをのぞき全滅した。人類側も生きのこっているものは数えるほどしかいない。

(わしらは……この星になにをしにきたのじゃ。殺されるためか？　食われるためか？　人類もログロ人もいったいなんのためにこんなところに……)

一休の目から涙がこぼれおちたとき、「蛇」がなぜか、身体を大きくよじった。そして、苦しげに叫んだ。

ウロ……ボロ……オオオオスッ……！

「蛇」が変形しはじめた。長い身体のあちこちに瘤のようなものがぼこぼこ突出し、全体が風船のように大きくふくらんでいく。

(な、なんじゃ、どうなっとるんじゃ)

自分の置かれている状況を把握できず、一休は目をぱちくりさせながら周囲を見渡した。目のまえには湖があり、その岸辺に、ログロ人たちの死骸が累々と転がっている。その数は何百体だ。どれもずたずたに分断され、サナダムシのような内臓がこぼれ落ちている。流れでた粘液が海のように広がり、そのなかに微細な卵や小さなナメクジが無数に浮いている。まだ、触手や触角を動かしているものもいるが、ほとんど末期の状態だろう。異臭が濃くただよい、グロテスクな光景とあいまって、吐き気がこみあげてくる。

(死んでおる……みな、死んでおるわい……)

一休は、異星人の死者のために祈りを捧げた。

(ここが楽園か？　まさに地獄ではないか。ここが楽園だというならば、神は……狂うておる……)

思わず瀆神的なことを考えてしまった。しかし、そう思わざるをえないようなありさまである。

(戦とは……なんというむなしいものか。知的生命と知的生命が殺しあい、命を奪いあう。こんなことになんの意味があるのか。神が造物主だというなら、なぜ、たがいに殺しあうようなものを造りだしたのか……)

一休はよろよろと歩きだした。きのうまでの自信に満ちた禅僧の姿はそこにはなかった。

(わしは過日、この星へ着いたとき、菩提樹の蔭で悟りをひらいたと思うた。全宇宙の森羅万象を理解した、と思うておった。だが……あれはただの小悟にすぎなかった。にわか悟り、一枚悟りだったのだ……)

一休の目にはなにも見えていなかった。ただ、ぼんやりとまえに進むだけだった。

(前世、室町の戦乱の世、わしは同じことを思うておった。悟りをひらいた、などとえらそうにぬかしても、坊主は死んでいく民を救うことすらできぬ。なんとむなしいではないか。それは神も仏も同じことだ。我々はなんのためにこの修羅の世に生まれ、生き、死んでいくのか。神は我々になにをさせたいのか……)

知らずに湖に向かっていた一休は、波打ち際で足をとめた。ふと、顔をあげる。

「な、な、何じゃ、こやつは!」

湖から突きだしている奇怪な物体に目がとまった。身体のやたらに長い、竜のような怪物だが、目も鼻もない。一休は知らなかったが、少しまえとくらべると、ところどころが餅を焼いたときのように膨満し、皮がいまにもはじけんばかりに薄くなっている。

(こやつ……わしを試そうとしておるのか。そうかもしれぬ。死臭に満ちたこの地で、わしとこやつを対峙させ、わしの信仰心をはかろうというのであろう。おお、試さば試せ。かつて、イエス・キリストが荒野で悪魔から試された故事を思いだすわい)

バプテスマのヨハネから洗礼を受けたイエス・キリストは、聖霊によって荒野に送られ、その地で四十日間の断食をおえたあと、悪魔による誘惑を受けた、という。

(イエスは悪魔に、石をパンに変えて食せ、と言われて、『ひとはパンのみにて生きるにあらず』と答え、神殿の屋根から飛びおりろ、と言われて、『主を試してはならぬ』と答え、私にひれ伏すならば世界を与えよう、と言われて、『主を礼拝し、ただ主に仕えよ』と答えた。それで悪魔は去った、というが、わしはその答では満足できぬ。疑いの心を持つことなく、赤子のように無邪気にひたすら主を礼拝する……それで人は救われるのだろうか。この哀れな死体の山を見ていると、とてもそのような気にはなれぬ……)

一休は少なくともひとつだけは正しかった。それは目の前の怪物を「悪魔」と断じた点である。

(わが心中に生じている、この神への疑心こそが悪魔なのかもしれぬ。しかし、わしにはどうすることもできぬ……）

一休は、「蛇」に向かって立ち、両手を真横に広げると、

「悪魔よ……貴様が悪魔ならば教えてくれ。神は……我々人類になにをさせたいのだ。我々人類は、なんのためにこの宇宙に生じたのだ。人は死ぬために生まれてくる。しかし、神は我々を蘇らせた。その真意はなんぞや。教えてくれ……教えよ、悪魔よ！」

「蛇」の頭部が、アドバルーンのように膨れあがっていく。すでに、もとの五倍、いや、十倍の大きさになっているが、まだ、膨張はとまらない。

「なぜ答えぬ。貴様は悪魔だろう。さあ……どんな答でもよい。わしを試してみよ！　喝ーっ！」

一休が叫んだのと、「蛇」が苦悶しながら舌を長々と突きだして、

ウロ……ボロ……オオオオオオオオオオオオスッ！

そう絶叫したのがほぼ同時だった。「喝」と「ウロボロス」の叫びがぴったりと重なり、両者は一体となった。「喝」は「ウロボロス」となり、「ウロボロス」は「喝」となった。

そして。

一休は「大悟」した。

（ウロボロス……有漏・褴褸・主！　そうだ……そうだったのだ！）

一休は拳を突きあげた。

「我、大悟せり！　人の生は……この宇宙は『一休』なり！」

そして、まだまだ膨張をつづけている「蛇」に向かって、朗々とした声で詠った。

有漏路（うろじ）より
無漏路（むろじ）に帰る一休み
雨ふらば降れ
風ふかば吹け

今自分がいるこの宇宙は、前の世から次の世へと移る

過程のほんの一休みにすぎない。一瞬の間のことだから、雨が降ろうと風が吹こうと我慢しようではないか、というほどの意味である。

（前の世で、相次ぐ戦乱、飢饉、死にゆく民衆、そして、それに対してなにもできぬ自分に絶望したわしは、襤褸をまとい、朱鞘の木刀を差し、髑髏を木の枝につけて、町を歩きまわった。そうだ……わしは正しかったのだ。まちがっておるのは……）

　一休はそっとその言葉を口にした。

「神、だ」

　彼は、「蛇」に向かって両手をあわせると、

「悪魔よ、汝の恩は親にもまさる。この大悟は、汝がおらねば得られなかっただろう」

　はるか昔、地球の中国に香厳という和尚がいた。彼は、経典には通じていたが、悟りはまだひらいていなかった。ある名僧がそんな彼を見て、

「おまえは、万巻の書物を読み、経典を理解し、深い知識を持っているそうだが、それならば問う。おまえがまだこの世に生まれでるまえの、おまえ本来の姿はなんであったのか」

　香厳はその質問に答えることができなかった。日頃親しんでいた書物にもその答は載っていなかった。苦しみぬいた彼は、その僧に、どうか答を教えてほしいと懇願したが、

「私の答はおまえの答にはならぬ。それに、私が今、答を解きあかしたら、おまえはいつか私のことを恨むだろう」

　と言って拒絶した。絶望した香厳は持っていた書物をすべて焼き、そのまま放浪の旅に出た。数年後、ある寺に寄宿しているとき、斧で薪を割っていると、割った薪の一片が飛んで、背後にあった竹に当たり、カーン！という音を発した。そのとき、香厳は大悟したという。竹の発した音と、香厳和尚はまったく一体だったのだ。これを「撃竹の悟り」という。一休も、おのれの「喝」と「蛇」の叫びが一体となったとき、おそらく香厳と同じような境地に達したのだろう。

　だが、そんな一休の悟りをよそに、「蛇」はますます膨らんでいく。もう、身動きすることすらままならぬ状

態になった「蛇」に向かって、一休は数珠（じゅず）を持った左手をぐいと突きだすと、

「悪魔よ、汝に受けた恩を返すため、わしが汝に引導を渡してくれん。——蛇はにょろにょろ、ネズミはチュウ。蟹はぶくぶく、カラスはカア。カエルげこげこ、狐はコン。夕暮れ来たりなば、蛇は蛇の穴へ、ネズミはネズミの穴へ、蟹は蟹の穴へ、カラスはカラスの穴へ、カエルはカエルの穴へ、狐は狐の穴へ、疾（と）く疾く還るべし。ここは汝の居場所にあらず。南無阿弥陀の西方浄土へ迷わず成仏いたすがよい！」

途端。

「蛇」が破裂した。薄くなった皮が、肉が、なにもかもが細かい片となって、湖面や地上に降りそそいだ。それと同時に、鼻がもげそうなほどの臭気が噴きだした。悪臭はみるみる広がって、周囲の大気を完全に満たした。

「心頭滅却すれば火も自ずから涼し」

一休はそう唱えて、嗅覚を意識の管理下におこうとしたが、それはむりだった。肺がよどみそうなほどのその臭いに、一休は嘔吐した。一度吐きはじめるととまらない。胃のなかのものをすっかり吐いてしまうと、すこし楽になり、彼はしょぼつく目をこすって、あたりの様子を見た。

多くの兵士は、半ば消化されてどろどろになり、溶けかけた肉のなかに眼球や髪の毛が浮いているような状態に変化していたが、なかにはまだ原形をとどめているものもあった。そういった肉塊が、べちゃっ、べちゃっ、と地面にたたきつけられていく。黄色い肉塊は徐々に積みかさなっていき、「おだんご」状になった巨大なひとつのかたまりとなった。「蛇」の胃液に覆われた肉塊の表面に、いくつもの眼球や口や内臓の一部や手足、性器などがランダムに載っているのだ。

（まるで、古代中国の皇帝の食物であったという「視肉（しにく）」のようだ……）

一休はそう思った。「視肉」は「大歳（たいさい）」ともいい、肝臓を巨大化させたような肉塊で、ふたつの目があるところからその名がある。食べても食べても減らぬ肉で、非常に美味。飢饉のときなどには重宝したという。旧約聖書の「出エジプト記」に、マナという美味なる食べもの

が何度も天から降ってくるという記述があり、一般的には、パンやクッキーのようなものと考えられているようだが、じつはそれも、「目のついた肉塊」だったのではないか、と一休が思っていると、肉塊のうえの口のひとつがゆっくりと動いた。

「苦……しい……死に……たい……」

一休はその口に駆けより、

「わしが成仏させてやる。言いのこすことはないか」

口は、吐きだすようにして、

「神よ……御許に……近づかん……」

一休は苦い顔になり、

「成仏！」

と叫ぶと、数珠で発止（はっし）と打った。口は閉じた。べつの口がべちゃべちゃした粘液をひっつけたまま開閉しながら、一休を呼んだ。

「ぼくは……マーパンだ……そこに……誰かいるのか……」

「一休宗純だ」

「おお……ぼくは……今……幸せだ……」

「そんなありさまでなにが幸せだというのだ」

「この星の……前線は……人類側の……勝利……目的を果たす……ことができ……う、う、うれしい……」

一休は舌打ちしたが、マーパンには聞こえなかったようだ。

「このことを……宇宙軍の本部に……報せて……きっと……きっと……天にまします……主も……お喜びに……きっと……アーメン……」

一休は、数珠でマーパンの口を打ち、

「成仏！」

口は、だらりとあいたまま動かなくなった。なおも、肉塊を掻きわけるようにして進んでいくと、そこになにかがあった。直径一メートルはどの、ごつごつしたいびつな球状の物体だ。そこから頭と二本の腕が突きでているので、かろうじて「人」であるとわかる。その「人」は、両腕を高くあげて、なにかを支えているようだ。身体中の皮膚や肉、内臓までが溶けてどろどろになって混じりあっており、あちらこちらから一旦溶けてから固まったと思われる棒状の肉が、象の鼻のようにだらりと垂れさがっている。足も失われているし、頭部もほとんど原形をとどめていないが、一休には彼が何ものかすぐにわかった。溶けた頭の上部から、二本の角が伸びていたからだ。

「ナマハゲ軍曹……！」

ナマハゲは、丸い穴のようになってしまった口をもごもごさせて、

「目的があると……人間……なかなか……死なぬものだな……ぐふふ……ふふふ」

「なにが起こったのだ。あの怪物はどうして破裂した」

「俺が……やったのだ。飲みこまれたあと……やつの体内で……存分に屁をこいてやった。そうしたら……ぐふふふ……ふふ……」

「馬鹿な。放屁であの化けものを破裂させたというのか。それだけの量のガスがひとりの身体から放出できるわけがない」

「冗談だ……マーパン軍曹の……異次元ポケットを使って……大量の……空気を……取りこんだのだ……どこかの……メタンガスのタンクに……つながったらしい……」

「なんと……」

ナマハゲ軍曹は、支えていたものを地面にそっとおろした。それは……ジャンヌ・ダルク、いや、ジャンヌだったものだった。ナマハゲ軍曹ほどではないが、身体の表面が溶け、美しかった顔も鼻や耳が失われて、のっぺらぼうのようになっている。顔のまんなかにひとつだけ眼球があり、その横にぽっかりと大きな口があいている。四肢はあるが、一部は溶け、一部は肥大し、異様なバランスになっている。乳房があった場所に性器が移動し、そのかわり、股間には耳がひとつ。そして、全身に黒い、蠅の羽根のようなものがびっしりと植わっている。よく見ると、昆虫の複眼や脚、かぎ爪のようなものも、皮膚から無数に突きでて、うごめいている。

「ほかのものは……押しよせてきた『蛇』の胃液を……頭から浴びて……たちまち溶解してしまったが……彼女は……虫たちが身を挺して守ったのだ……だから……なんとか……命だけは……とりとめた……しかし……胃液によって……虫たちと……癒着してしまったのだ……」

「生きているのか……」

「今はな。だが……まもなく死ぬだろう……」

そのとき、人類側が陣地を築いていたあたりで、ガリガリ……という音がした。ナマハゲ軍曹は、きっとそちらを向き、

「やつだ……！」

そう叫ぶと、腕を身体にまきつけ、ごろごろと転がりだした。しだいにスピードがあがっていき、しまいには信じられない速さになった。一休が目のうえに手をかざすと、イエス・キリストがなにか機械のようなものを引きずっているのが見えた。

「あれは……」

超小型緊急自動脱出艇〈ダット〉だ。イエスはどうやら、それを発進させようと試みているらしい。

「うおおおおお……っ！」

ナマハゲ軍曹の球はイエス目がけて突進する。それに気づいたイエスは、あわてふためいて〈ダット〉に乗りこみ、なにやら必死に操作しているが脱出艇は動かない。ナマハゲ軍曹が〈ダット〉まで十メートルほどに迫ったとき、突然、艇は発作のように激しく痙攣したかと思うと、船尾から火を噴出した。白と黒の混じった煙を濛々とあげ、凄まじい轟音をたてながら、ずず……ずずず……と〈ダット〉は進みだした。

「逃すかあっ！」

ナマハゲ軍曹の腕ががっちりと翼のひとつをつかんだ瞬間、脱出艇は、ぐん、と船首をもたげ、唸りとともに上昇した。

「うぎゃあああああっ」

「おおお……おおおおおおっ」

イエスとナマハゲ軍曹の絶叫がエンジン音をうわまわる大きさで響きわたるなか、〈ダット〉はあっという間に空の点となって、そして、消えた。

「あの艇では、この星を脱出することはできるが、他惑星にも〈ゴルゴダ13〉にもたどりつけぬのに……」

一休は天を仰いでそうつぶやいた。

しかし、そうではなかった。

第八章　南総里見八犬伝

護身刀を引抜いて、腹へぐさと突立て、真一文字に掻切給へば、あやしむべし瘡口より、一朶の白気閃き出、襟に掛させ給ひたる、彼水晶の珠数をつゝみて、虚空に升ると見えし、珠数は忽弗と断離れて、その一百は連ねしまゝに、地上へ戛と落とゞまり、空に遺れる八の珠は、粲然として光明をはなち、飛遶り入紊れて、赫奕たる光景は、流るゝ星に異ならず。（中略）八の霊光は、八方に散失て、跡は東の山の端に、夕月のみぞさし昇る。

――「南総里見八犬伝　第二輯　巻之二　第十三回」曲亭馬琴（小池藤五郎校訂）岩波文庫より

1

轟々という凄まじい風が前方から吹きつけてくる。

「はなせっ、（ゴウッ）はなすのだ、この化け（ゴウッ）め」

「死んでも（ゴウッ）すものか」

「いいかげんにあき（ゴウッ）るのだ。今のおまえの姿を見てみ（ゴウッ）。溶けて固まった化けもの（ゴウッ）」

「化けものけっこう。俺には人間の心が（ゴウッ）、貴様には（ゴウッ）」

「おまえのフィアンセが死んだ（ゴウッ）不幸な事故の（ゴウッ）。私に罪はないのだ」

「うるさい、貴様のくだ（ゴウッ）手品ショーのせいで、アイネ・ク（ゴウッ）ネは死んだ。貴様は彼女の仇（ゴウッ）」

「あのイリージョ（ゴウッ）は神の偉大な奇跡を啓蒙し、軍の士気を高め（ゴウッ）ために、〈人類圏〉の指示で（ゴウッ）たものなのだ。つまり、神の計画に基づく重要な（ゴウッ）。女鬼ひとりの命（ゴウッ）どちらが大事か、おまえも〈宇宙軍〉（ゴウッ）ならわかるだろう」

「勝手な理屈を抜か（ゴウッ）な。神の名を自分の都合のいい（ゴウッ）に使うな」

「私は神の子なのだ。父の名をどう使おうと（ゴウッ）なのだ」

「神の子？　ナザレの大工の子のくせに」

「うるさ（ゴウッ）。とにかくその手をはなせ（ゴウッ）。この機は一人乗りな（ゴウッ）。〈ジュエル〉の軌道外に出られれ（ゴウッ）、そこで待機していれ（ゴウッ）、〈ゴルゴダ13〉に見つけてもら（ゴウッ）、誰かに迎えにきて（ゴウッ）かもしれないのだ。おまえがいては、失速して（ゴウッ）う」

「死なばもろともだ。地獄へ道連れにしてやる」

「この（ゴウッ）じょっぱりめ。（ゴウッ）に入れば（ゴウッ）に従えというだろう。はなせといったらはな（ゴウッ）」

「はなさ（ゴウッ）（ゴウッ）」

「はな（ゴウッ）（ゴウッ）（ゴウッ）」

「マッハ（ゴウッ）（ゴウッ）（ゴウッ）」

「（ゴウッ）ひろみ（ゴウッ）ひろみ（ゴウッ）ひろみ」

「永井（ゴウッ）秀樹、（ゴウッ）秀樹、（ゴウッ）、秀樹」

「永井（ゴウッ）、永井（ゴウッ）、永井（ゴウッ）」

「（ゴウッ）（ゴウッ）（ゴウッ）（ゴウッ）（ゴウッ）（ゴウッ）（ゴウッ）」

「何も聞こえー（ゴウッ）（ゴウッ）（ゴウッ）（ゴウッ）（ゴウッ）」

ゴウ――――――――ッ。

「な、なんだ、あれは」

脱出艇〈ダット〉の進行方向に巨大な物体があった。

それも、ふたつ。一体の直径は五十メートルほど。どちらも黒く、ごつごつした岩のような外観で、表面をニキビのようなブツブツがくまなく覆っている。中央付近に何千もの「眼」がついており、ぱちぱちまばたきを繰りかえしている。片側からカニの鋏のようなものか十数本突きだし、その反対側からは繊毛が無数に生えている。おそらく「頭部」だろうと思われる部分には、七つの人きな複眼とカミソリの刃のような歯が植わった「口」、それに六本の触角がある。

「ジャン・ゴーレだっ！　二匹いるぞ」

「それも、まだほんの子供なのだ。生まれたばかりかもしれんのだ」

「ぶつかるぞ、やばい、よけろっ」

「そ、そ、そんなこと言われても操縦が……うわあああああっ」

「うわあああああああああああっ！」

脱出艇は、〈ジュエル〉の成層圏に迷いこんだとおぼしき二体のジャン・ゴーレの幼生体に向かって、へろへろと突進していった。

◇

銀河系の、いずこともしれぬ場所に、「三人の賢人（マギ）」が集まっていた。彼らは、年齢も性別も人種も経歴もまちまちで、共通点はただ、顔と身体を黒い布でおおっているということと、三人ともが濆神者であるということだった。濆神者Aが言った。

「その後、ユガミニクラスの濆神者Dからの連絡はござったか。同星系の惑星〈ジュエル〉では、ログロ人と人類の激しい戦闘が行われているとか聞くが……」

「いや……あれ以来、なんの報せもない。——マリアを味方に引きいれる工作は失敗に終わったのじゃろうか」

濆神者Bが言った。

「諸君、それどころではないぞ。良い報せがある」

濆神者Cが言った。

「良い報せ……と申さるると？」

「ついに参ったのじゃ、我らの悲願がかなう日が……」

「我らの悲願……？　まさか……」

「さよう、そのまさかじゃ。偉大なる濆神者、汚穢（おわい）と汚泥の支配者、冷たい精液の持ち主、略奪と拷問と殺戮の王、強姦と近親相姦と獣姦の主人、〈反神虚人〉皇帝がお生まれにならるるのじゃ」

「な、なぜにわかる」

「諸君には見えぬか、あそこにひときわ強く輝く星が」

「おお、あれは〈糞喰い座〉の悪魔星……普段の何倍にも輝いておるぞ」

「かつて地球のベツレヘムの上空に瞬いておったイエス・キリスト誕生を告げる星と同じく、あの星の光こそ我らが王の降臨を告げ報せるしるしである」

「グロオリアス……グロオリアス……」

「これで、我らは『神』に勝つことができる。『神』に支配された、偽りの日々から、ようやく脱けだすことができる」

「グロオリアス……」

「〈神疑の会〉万歳！」

「万歳っ！」

「しかし、〈反神虚人〉皇帝は銀河のいずこにご誕生めさるるのじゃろう」

「それはわからぬ。わからぬが……一刻もはようお目通りしたいものじゃ」

「こうしてはおれぬ。〈反神虚人〉皇帝のご生誕を祝って、〈神疑の会〉歌でも歌おうではないか」

「歌おう歌おう」

一日の終わりに聖書を破りすてて……OK！

十字架にたっぷり唾を吐きかけて……OK！

神に刃向かえ（エイ、ヤ、ホウッ！）

神をののしれ（エイ、ヤ、ハアッ！）

我ら、嗚呼我ら〈神疑の会〉

めぐるめぐる、めぐる銀河は糸車

◇

脱出艇〈ダット〉と衝突したジャン・ゴーレの幼生体は、そのまま一体になって上昇し、〈ジュエル〉の大気圏を離脱した。

「死ぬ……死ぬうっ」

「心配いらん。俺は、まえに恒星間宇宙船から宇宙空間に放りだされたが死ななかったし、そのあと〈ジュエル〉の大気圏に突入して地上に落下したがこれまた死ななかった」

「マジ鬼と一緒にされては困るのだ。私は人間なのだ。人間は死ぬものなのだ」

「さっきは神の子だと言ってたくせに……また復活すればいいだろう」

「だから、あれはただの手品なのだ。大気圏外には太陽風やらプラズマやらが雨あられと降りそそいでいる。そんな環境に人間は絶対に……あれ、おかしいな、ゴウッという音がしなくなったのだ」

「そういえばそうだな……。わかった、ジャン・ゴーレが自分の周囲をバリアのようなもので包んでいるんだ」

「なるほど、ジャン・ゴーレの生体はそういう能力もあるのだ。もしかしたら、これで大気圏外でも大丈夫かもしれないのだ」

「まあな……」

会話はとぎれた。ふたりは、遠ざかりゆく〈ジュエル〉を見つめた。ややあって、イエスがふたたび口をひらいた。

「おい、ナマハゲ、おまえの持ってる、それは何なのだ」

「俺はなにも持っていない」

「嘘をつけ。その、腹にめりこんでるものを見せるのだ」

「腹に……？　ああ、これか。これは、『蛇』の腹のなかで、胃液でどろどろに溶かされかけていたときにたまたま見つけたんだ。そのあと、俺の溶けた身体に入りこんでしまってな……」

それは、ひとつが直径四センチほどの、透明な珠だった。複数個あり、紐でつなげられて、一種の数珠のようになっているが、途中からはナマハゲ軍曹の体内にもぐりこんでしまっていて、幾つあるのかはわからない。

「水晶のようだけど、たぶん違うのだ……何か文字みたいなものが書いてあるのだ。えーと……」

イエスはそのひとつをじっと見つめ、

「たぶん……古いニホンの文字なのだ。『零』と書いてあるみたいなのだ」

「俺には見えん」

「こっちのは、『地』と書いてある。これは、えーと……『中』だ」

「そんなもん、どうでもいいだろう。あの『蛇』の腹のなかに転がっていたゴミみたいなもんだ」

「いや……ちがう」

「何が」

「私は、ログロ人に捕まっていたときに聞いたのだ。彼らのあいだに伝わる言い伝えでは、あの星は『聖書』に登場する『楽園』であって、『蛇』が棲んでいる、と」

「はあ？　ナメクジどもにも『聖書』があって、楽園伝説が書いてあるっていうのか。そんな馬鹿な……」

「そして、『蛇』の腹のなかには、宝石がある、とも言っていたのだ。だから、あの星を〈ジュエル〉と呼ぶのだ、と」

「ログロ人もあそこを〈ジュエル〉と呼んでるっていうのか」

「そうなのだ。発音はちがうが、『宝石』という意味の言葉で呼んでいることはまちがいない」

「よくわからん。どうして人類とナメクジに、同じような信仰があるんだ」

「私にもわからないのだ。ただ、ひとつだけ言えることは、おまえの腹に埋まってるこの宝石は……」

「なんだ？」

イエスは、その数珠の端をつかむと、ぐいっと力任せに引っぱった。肉が裂け、血みどろになった数珠が、ずるずるっと腹部から引きずりだされた。

「うがあぁっ、何をする！」

「私はこの宝石が欲しいのだ。美しい……ほんとにきれいなのだ」

「痛い痛いやめないかっ」

「やめないのだ。私は欲しいと思ったものは何があっても手に入れるのだ。〈ジュエル〉という名前の元になった宝石なのだ。さぞかし価値があるにちがいないのだ。私は大金持ちになれるのだ」

「この野郎、そうはさせるか」

「おとなしくするのだ。おまえは、そんな醜い姿で生きのびてもしかたないだろう。これは私が持っているほうがいいのだ。これでいいのだ」

「この外道め！」

ナマハゲ軍曹はイエスの首を締めあげようとしたが、「神の子」はするりとかわし、なおも数珠を引きだそうとした。狭いバリアのなかで、物欲の亡者と復讐心の亡者による、くんずほぐれつのとっくみあいがはじまった。

ナマハゲ軍曹はとてつもない力の持ち主だが、なんといっても「蛇」の体内で姿形が変形してしまっている。イエスはたくみに軍曹の攻撃をかわしながら、数珠を抜きとろうとする。

「殺してやる……息の根をとめてやる。アイネ・クライネの仇を討ってやる」

「討てるものなら討ってみろ。おまえはここで死ぬのだ」

「貴様こそここが墓場だ」

「死ねえっ」

「死ねえええええっ」

　ナマハゲ軍曹の腕がイエスの首に巻きついて、ぐいっと力を絞ったのと、イエスがナマハゲ軍曹の腹から数珠を全部抜きとったのが、ほとんど同時だった。ナマハゲ軍曹は口から大量の喀血（かっけつ）をした。その血を頭から浴びながら、イエスは薄れいく意識のなかでつぶやいた。

「ああ……お母（かあ）に会いたいのだ。一目だけでいい。お母（かあ）……どこにいるの……」

　そのとき、ジャン・ゴーレが向きを変えた。

◇

「下界がごちゃごちゃともめとるみたいどすなあ」

　八つ橋をかじりながら〈ジュエル〉からの電波を解析していたカニヤッコ司令官は、ヘッドホンを外してユダのほうを向いた。

「どういうことだ」

「ログロ人との最後の決戦や！　て言うてはったかと思うたら、『蛇』がどうたらこうたら、蛙がどうたらこうたら、じゃんけんがどうたらこうたら……」

「さっぱりわからん。そんなことよりイエスさまがご無事かどうか……私が知りたいのはそれだけだ」

「わかりまへん。ジャンヌ・ダルクがイエスを奪還したとかしないとか言うとったけど……」

「ああイエスさま……やっぱり私が、ともに行くべきだったのだ」

　ユダは両手で顔を覆った。

「とにかく、ぎょうさんひとが死にはったのはまちがいおへん。もしかしたら、ひとり残らず死にたえてるかも……」

「言うな！　イエスさまはかならず生きておいでだ。神の子が死ぬはずがない」

「あんた、それはおかしおすなあ。イエスが十字架にはりつけになって死んだことはだれもが知ってることどすがな」

「でも、そのあと復活なされた」

「あれは神の手品や、イリュージョンや、て本人が言うてはりましたえ。そのことはあんたがいちばんご存じどすやろ。だいたいあんた、なんでそこまであの男に肩入れするんどす」

「私は……イエスさまの人間的魅力に打たれ、弟子となったのだ。前世では、私が師を裏切ったような嘘が広まってしまったが、こうして復活した今、死ぬまでイエスさまに従うつもりだ」

「アホとしかいいようがおへんな。あんなガキ、根性腐ってるし、どスケベやし、わがままかってやし……どっこもええとこあらへん」

そのとき、かたわらにいたヨーゼフがバウバウ！　と激しく鳴きはじめた。

「どうしたのヨーゼフ、おとなしくなさい」

アンリ・ミルモがなだめても、ヨーゼフはレーダーのほうを見ながらますます鳴きたてる。アンリ・ミルチは、ふとレーダーに目をやって、顔色を変えた。

「何かが……近づいてきます」

「何かとは何どす」

「わかりません。とにかく速いです。速すぎてこのレーダーでは捕捉できません。このままの進路だと、ステーションに衝突します」

『衝突します』やおへん。なんで今までわからんかったんどす」

「わかりません。突然現れました」

「そんなアホなこと……。どのくらいの大きさどすのん」

「直径……四十から五十メートル」

「小惑星の破片かなにかとちがいますか。どうせ外れますやろ」

「いえ……まっすぐこのステーションに進路を合わせて

います。――あっ」

「どしたんどす」

「消えました」

「ああ、やっぱりや。なにかにぶつかって、粉々になりよりましたんやろ」

「そうじゃありません、レーダー上から完全に消えてしまったんです」

「…………」

◇

「生きてる……私はまだ生きているのだ」

「俺も生きてるらしいな。その数珠をよこせ。そいつは俺のものだ」

「嫌なのだ。私のものなのだ」

「俺の身体から出てきたんだぜ」

「『蛇』の腹のなかに転がっていたゴミだって言ってたはずなのだ」

「気が変わった。ちょっと見せろ」

「何をする。これは私の……返せっ」

「ふむふむ、『零』に『地』に『中』に『心』か……」

「返せ、返すのだっ」

「ほーれ、取れるもんなら取ってみろ。――ありゃ？」

「返せ、返せ、返せっ」

「ちょ、ちょっと待て」

「何をいまさら……」

「いいから待て。前を見ろ」

「前って……あれはまさか……」

「どうやらそのようだな。ヤバいぜ。こりゃあマジ、ヤバいって……」

2

レーダーを凝視していたアンリ・ミルモが叫んだ。

「ああっ、また現れました！　今度は〈ゴルゴダ13〉のすぐ近くです。あと一分で衝突します！」

「〈アリガバリ跳び（ジャンプ）〉や……そんなことができるのはワープエンジンを備えた宇宙船か、あとは……」

「あっ、音声をキャッチしました！　ヨーゼフ、静かにしないと聞こえないわ」

犬を叱りつけてから、ミルモはスピーカーのボリュームを最大にまであげた。

「うわあああああああああああっ」

「うぎゃあおおおおおおっ」

絶叫のような悲鳴のような雄叫びのようなものが飛びだしてきた。

「イエスだわ……」

アンリ・ミルモの言葉に、

「なんやて？　あんた、今なんと……」

「何でもありません」

ユダがミルモの胸ぐらをとり、

「おい、イエスさまなのか？　そうなのか？」

「知りません。──スクリーンに映像、出します」

天井付近にある大型スクリーンに黒い塊が映しだされた。それは、激しく回転しながらこちらに向かってくる。

「案の定どす。ジャン・ゴーレのこどもどす。どどどどどないなりますんや！」

「もうおしまいです。あのスピードで正面衝突したら、ステーションは木っ端みじんです」

「そんなアホな！　うちは死にとうおへん！」

「カニヤッコ司令官、おあきらめください」

「嫌どす嫌どす嫌どす嫌どす、死にたない死にたない死にたない死にたない」

「司令官殿、今まで育ててくださった恩、心から感謝しています」

「そげんこつどうでもよか。死にとうなかばいっ」

「司令官殿、言葉使いが変わってますよ」

「死にとうなかーっ」

「ワンワンワンワン！」

「ヨーゼフ、あなたも吠え方が変わってるわ」

「うわあああああ、ぶつかるううううう」

「神さ……」

◇

衝突が起こった。宇宙ステーション〈ゴルゴダ13〉とジャン・ゴーレの幼生体。大きさは較べものにならないが、ジャン・ゴーレのほうには驚異的なスピードがあった。狙いは正確だった。ジャン・ゴーレと脱出艇〈ダット〉は、見事に〈ゴルゴダ13〉の中央司令室を的確に撃ち抜いたのだ。鋼鉄製の柱をへし折り、強化ガラスを粉砕し、金属線を引きちぎりながら、黒い物体が凄まじい勢いで突入してきた。

「うわあああっ」

「ひぎゃあああああっ」

「どぎゃあああああっ」

あまりに速くて、何が起こったのか誰にもはっきりとはわからなかった。ただ、影のような黒い物体が「びゅううううううう……ん！」と目にもとまらぬ速さで走りぬけていった。眼前には、ぽっかりとあいた巨大な穴が……。

「あきまへん……〈ゴルゴダ13〉は、崩壊しますえ」

その言葉どおりになった。つぎの瞬間、あらゆる壁、天井、床にジグソーパズルのような細かい亀裂が縦横に走った。亀裂はまるでそれ自体生きているかのようにどこまでもどこまでも伸び、ステーション全体にくまなく走った。カニヤッコはおそるおそる、その亀裂の一点を指でつついてみた。

ぱし、ぱし、ぱしぱしぱし……ぱしぱし。

端のほうがゆで卵の殻を剝くように崩落していき、カニヤッコは真っ青になって後ずさりした。息をとめて、じっと見守る。それ以上は崩れない。——大丈夫のようだ。足音をたてないようにそっと歩く。そっと……そーっと……。蠅が一匹飛んできて、カニヤッコの鼻の頭にとまった。鼻がむずむずする。く、くしゃみが……。

「ぶわっくしゅーい！」

ぱし、ぱし、ぱしぱ

しぱしぱしぱしぱしぱしぱしぱしぱしぱしぱしぱしぱしぱしぱしぱしぱしぱしぱしぱし……。

みるみるうちに、すべての亀裂が細片と化し、ジェンガのように崩れていった。〈ゴルゴダ13〉は数秒のうちに宇宙の塵芥（じんかい）となった。今まで、巨大ステーションがあった場所には、無数の微細なゴミが浮いていた。

「うちの……うちの人生が……うちのすべてが……ああああああ……」

宇宙空間にいきなり投げだされたカニヤッコは、あらゆる宇宙線を全身に浴びた。血液が沸騰した。死が足をはやめて彼女に近づいてきたとき……。

カニヤッコは見た。

漆黒の空間を背景に、ヨーゼフにまたがったアンリ・ミルモが彼女を見つめていた。その姿は白いハレーションのような光輝に包まれて、神々（こうごう）しく、近寄りがたい威厳に満ちていた。

「ああ……ミルモ……あんたはいったい……」

ミルモはその問いには答えず、手に持っていた数珠を高々と差しあげた。それはさっき、衝突した瞬間に、イエスとナマハゲ軍曹が置いていったものだった。透明の珠は八つ。ひとりでに、それらをつないでいた紐が切れた。珠はバラバラになったが、まだ、つながれたままのように環形を保って浮いていた。それぞれの珠に書かれた文字が、突如、大きく、くっきりと浮かびあがった。

神

疑

零

地

中

心

皇

帝

その八つの文字がキラリと輝いたかと思うと、八方へ飛びちった。ヨーゼフにまたがったアンリ・ミルモは、

「たった今、我、悟りたり。神は『神』にあらず。神を

疑うべし。神を疑うべし。神を疑うべし。我が八人の子らよ、神の計画を阻止せよ。人類の明日のために……宇宙の未来のために」

どこかにいる誰かに向かって、厳かにそう言いわたすと、「ふっ」と消えた。

「ミルモ……行かんといとくれやす。うちをひとりにせんといとくれやす」

カニヤッコはその空間に向かって手を伸ばしたが、次の瞬間、極寒の冷気が襲ってきて、カニヤッコは氷結した。彼女の意識は永遠に失われた。もちろん、その場にユダがいないことになど、気づいたものは誰一人いなかった。

◇

「おかしい……どういうことだ！」

濆神者Aが叫んだ。

「なにかあったのか」

濆神者Bが言った。

「まさか、〈反神虚人〉皇帝の身になにか……」

濆神者Cが言った。

「わからぬ……わからぬが、さきほどまで煌々と輝いておった〈糞喰い座〉の悪魔星が、もとの明るさに戻ってしもうたのじゃ」

「皇帝陛下のご生誕に、なんぞの支障が生じたのであろうか」

「神が邪魔をしたのやもしれぬ」

「おお……これは！」

「どうした」

「〈糞喰い座〉の悪魔星のまわりに、肉眼では判別できぬほどの小さな星が誕生しておる。それも……ひい、ふう……八つじゃ」

「わ、わしにも見せてくれ。——おお、まことじゃ。小さな星ではあるが、その光輝はさっきまでの悪魔星の光に負けておらぬ」

「わしにも見せろ。むむ……これはどういうことじゃ」

「どうやら我ら濆神者の象徴〈反神虚人〉皇帝の存在は、八つに分裂したようじゃ」

「八つに……？」

「さよう。我々のこれからの仕事は、その八人の神を嫌うものたち……八嫌士を探し、ひとところに集めて〈反神虚人〉皇帝を復活させることぞ」

「八嫌士……。しかし、どうすれば探せるのじゃ。銀河は広い。まるで雲をつかむような話ではないか」

「心配いらぬ。八嫌士は、かならず水晶の珠を所持しておる。そこに書かれし文字は、それぞれ、神、疑、零、地、中、心、皇、帝……。それを手がかりに、銀河中をめぐるのじゃ」

「おぬし、よくそこまでわかるのう。わしはまだ反神半疑じゃ」

「よい報せもあるぞ。瀆神者Dの尽力で、とうとうマリアが我々の側についた」

「なんと……神を倒す機運いよいよ高まったり！」

◇

脱出艇〈ダット〉が上空に消えたあと、その航跡を一休禅師は呆けたような顔で見つめていたが、ほっ、と溜めていた息を吐き、その場に座りこんだ。

「終わった……なにもかも終わった」

視界のなかに、動くものはひとつもなかった。この惑星に棲む生物も、鳴りを潜めているようだ。

「宇宙軍の兵士も……ログロ人も……死んだ。みんな、死んだ。生きているのは……わしだけじゃ……」

そのとき。

突然、背後から何かが飛びかかってきた。いや、一休にはそんな認識はない。頭上から、ぬるぬるしたものが覆いかぶさってきた、というだけだ。身体を生臭いゼリーのような物体で包みこまれ、そのゼリーが口や鼻や目や耳からむりむりむりむり……と侵入してきた。一休が必死に振りかえると、そこにいたのは、大きな体軀のエゾゲバロ・ログロ人であった。あちこちに深い傷を負い、そこから滲みだした血液に砂がへばりつき、全身が餅にきな粉をまぶしたようになっている。上半身をもたげ、口吻を大きくあけて、そこからどぼどぼと大量の粘液を噴出し、一休に吐きかけているのだ。

「き、貴様……生きのこりか……！」

その言葉を口にした瞬間、彼は気を失った。

すぐ近くに、粗悪な出来ばえのマネキン人形のような物体が横たわっていた。ジャンヌ・ダルクである。頭部はどろどろに溶けたあと冷えかたまり、つるりとした楕円のボールのようになってしまっている。中央に大きな眼球がひとつ、洞穴のような口もひとつ。性器は胸のあたりにあり、股間には耳がある。身体中から、蠅や蚊、虻、コガネムシなどの羽根や、カブトムシやバッタのギザギザの脚や、トンボなどの複眼に似たものが突きだし、ひくひくと蠕動している。耳をすませば、わーん、わーん、という羽音が聴こえてくるはずだが、今は聴くものはいない。まさに怪物と化したジャンヌであったが、身体から垂れさがった、鞭のような四肢を使い、陸にあがった肺魚のように、そろり、そろりと動きだした。どこへ行こうというのか……誰にもわからない。ただ、その埴輪のような丸い口の奥から、

「…………ねー……さん……」

そういう声とも吐息とも呻きともつかぬものがこぼれ出た。

◇

意識が戻ったとき、ピンクは自分がどこで何をしているのか、まったくわからなかった。最後の記憶は、湖のほとりで、巨大な「蛇」がログロ人やマーパンをはじめ〈人類圏〉の兵士たちをつぎつぎと喰っていく光景だった。必死に逃げている最中に、ピンクは埋没したのだ。その後、「蛇」や生き残っていたわずかな人間たちがどうなったのか、まるでわからない。少なくとも自分は生きている。だが、ジャンヌたちは……。

真っ暗だ。いくら目を凝らしても何も見えない。手を伸ばして周囲を探る。ぬめぬめしたゼリー状の物質が指にさわり、ハッとして手をひっこめた。

（これは……たぶんログロ人の粘液……）

ログロ人はほとんど全滅したはずだが、生き残りがいて、自分はそれに捕らえられたのかもしれない。耳をすましても、ログロ人特有の、シカリ、シカリ、シャクリ、シャクリ……という音は聞こえないし、鼻をひくつかせても、あの生臭い体臭を嗅ぎわけることはできなかった。

（ここは……どこ……？）

もう一度、そっと手であたりを探ってみる。しばらくすると、右のほうに壁のようなものがあることがわかった。押してみると、硬く、動かない。それを手がかりにして、立ちあがった。天井がやけに低い。二メートルぐらいしかないようだ。おそるおそる動きまわってみる。どうやら六畳ぐらいの狭い部屋らしい。四方には壁があり、あちこち触ったり押したりしてみたが、ドアのようなものは見あたらない。窓もなく、格子のような箇所もない。しだいに大胆になったピンクは、壁や床をくまなくチェックしたが、どこにも継ぎ目すらない。備品のようなものもないようで、ただ、数カ所に粘液の塊が落ちている。ということは、この部屋に以前、ログロ人がいたのだ。ピンクもずっと昔、こんなところにいたような気がする。そう……地球の〈集合住宅(ありづか)〉だ。いや、ずっと昔ではない。ほんの一カ月まえまでは、ピンクは、額田王(ぬかたのおおきみ)の身体に寄宿して、狭い部屋に閉じこめられていた。だが……〈集合住宅〉と決定的にちがうのは、ここには明かりがない、ということだ。

「ダレカイナイノ……」

聞きとれないほどの小声でつぶやいてみる。返事はない。

「だれかいないの……」

やや大きめの声で。返事はない。

「誰か……誰かいないの？　いたら返事して」

大声で。返事はない。

「お願い、誰か。私、ひとりなの？　ほかに誰かいるの？　返事してよっ」

壁を叩き、床を踏みならして叫ぶ。

「ねえっ、私、ここにいるのよ。〈人類圏〉宇宙軍所属ピンク二等兵。ただし、身体の持ち主はジアトリマ二等兵。ほかに寄宿者は、一休宗純二等兵、ズンドコーン二等兵、ガタやん二等兵。誰でもいいから、返事して。ログロ人でも、ほかの異星人でも、虫でも、トカゲでも、なんでもいいからっ」

壁に何度も頭突きを食らわせる。拳で殴りつける。足で蹴る。ジーンとしびれる手応えだけが、ここに自分がいるという証明だった。ふと思いついて、床に耳をぴったりつけてみる。

どぅううう…………ん

低い、エンジン音のようなものが微かに聞こえてくる。それに混じって、一種の歌のようなものが、小さく小さく響いている。

……メテ……ッパャ……ルルミ……ズビヤ……

……ナメ……テ……ジュプ……

まちがいなくログロ人のものだ。しかし、その歌(?)は不意にやみ、あとはエンジン音が低く続くだけだった。そのあと何度も耳をすましたが、結局、歌は二度と聞こえてこなかった。そのうちに四時間四十八分が過ぎ、ピンクは埋没した。そんなことが何回も続いた。発現するたびに、暗闇のなかでじっと耳をすますのだが、歌が聞こえるときもあり、聞こえないときもある。歌が聞こえたときは、相手がログロ人であることはわかっているのだが、何ともいえない懐かしい気持ちになる。聞こえないときはがっかりする。そしてまた、時間がきたら「無」のなかに埋没していくのだ。ほかの四人も、たぶん同じなのだろう。そんな無意味な二十四時間を、たしか三回ほど繰りかえしただろうか。腹が減りすぎて、もはや空腹を感じない状態だ。それよりも、〈気付け薬(しゃぶ)〉を打っていないので、身体がガタガタだ。二十四時間酷使される肉体は、薬を定期的に打たないと保たない。でも、眠ろうという気持ちにはならなかった。眠れば肉体を休めることができるのだが、自分の割りあてである短い時間を睡眠に当てて、権利を放棄するのは嫌だった。しかし、もう立ちあがる気力もない…………………。

…………………………………。

「おもしろい……」

ピンクの顔つきは、いつのまにか野獣のように変貌していた。

「あれもこれも……なにもかも神の計画の一部だというのか。私はそうは思わない。たしかに私は神の意志により〈魂摘出装置（ソウルトレイン）〉を発明したが……いつまでも神の思うとおりには動かない。完全と思えた神の計画にもほころびが生じているにちがいない」

　ピンクは、口からよだれを垂らしながらつぶやいた。

「私はこれから、そのほころびを探すことにしよう。ひひひひひ……ひひひひひ……スリルリルリルリルリルリ……」

　ピンクの深奥に潜んでいた殺人鬼スリル博士の人格は、闇のなかでひそやかに、しめやかに笑いつづけた。

あとがき

ようやく、というか、やっと、というか、ようよう、というか、かろうじて、というか、とうとう、というか、ついに、というか、あの「罪火大戦ジャン・ゴーレ」が刊行されることになった。この作品がSFマガジンに連載されていたときは、正直言ってむちゃくちゃで、掲載されたあとに手直しがきかないような大きなまちがいに気づき、このままでは次回が書けない、ということで、「前回掲載分の○ページから○ページまでを、以下の○ページから○ページまでと差し替えてください」という禁断の手法（？）を使ったり、一回分まるまるをグロ描写に費やす、というギャグに挑戦したり、よくいえば自由奔放、悪くいえばでたらめ・ええかげん・いかさまの限りを尽くしたような気がする。「気がする」というのは、第一部の連載を終えたのがかなりまえのことなので、もうすっかり忘れているのである。あのときは、熱に浮かされているような状態で、毎回、つじつまを合わせるとかきちんと話を進めるとかよりも、いかにして自分をハイにして一回分を書くか、ということだけに命をかけていた。その後、単行本化に向けて手直しをするために全部を読み返してみて驚愕した。なんじゃこりゃーっ。小説としておよそまともではない、度が過ぎた内容ではないか（なんの「度」かというと「悪ふざけの度」である）。とうていこのままでは本になどできない。あのころは、頭がどうかしていたとしか考えられない。その後、三回にわたって、連載時の原稿を思い切って大きく改稿したが、それでもまだちゃんと直しきれたわけではない。でたらめな部分はあちこちにたっぷり残っている。今回しみじみと思ったのは、いらない部分を削ろうとしてバサバサ切っていくと、猿がラッキョウの皮を剝いていくように、最後にはなにも残らなくなる……そんなアホみたいな作品だなあ、ということだ。このアホなものにすべての情熱を注ぎ込んでいたあのころの私の狂騒状態というのは、いったいなんだったのだろう。

なお、もう印刷所にデータを入れるのがぎりぎりだ、というこのタイミングで、担当編集者であるSさんが、

「今さらながら、という感じですが、このタイトル、なんて読むんですか？　ざいか、ですか、つみひ、ですか」

ほんとに今さらながらである。じつは、それは私がずっと避けてとおってきた問題なのだ。Sさんは「つみひ」だと思っていたらしいが、私はそのときの気分で両方ありだった。つまり、どっちでもいいのです。皆さん、好きなように読んでください。

というわけで、連載時とはまるでちがうものになった（なってしまった）と言っていいこの単行本だが、この異常な世界の謎はまるで解けていない。じつは、意外なことに、ワイドスクリー

ンバロック的な大ネタがちゃんと仕込んであり、今後はその解明に向かって物語が動いていくはず、なのである。ログロ人の秘密とはなにか。彼らはどうして人類を滅ぼそらとしているのか。なぜログロ人にも人類とまったく同じ宗教があるのか。そもそもこの世界の根幹となっている「最後の審判」とはなんなのか。そういったあたりが、おそらく解かれていくのではないかなあと他人事のように思います。Ⅱ巻も乞うご期待ください。

なお、本作品はフィクションであり、登場する地名、人名、団体名、宗教名その他はすべて架空のものであり、実在の人物、事物には一切関わりありません。万一、類似が見られた場合は、偶然の結果であることをお断りしておきます。

二〇一一年三月　田中啓文

本書は、ＳＦマガジン二〇〇五年二月号から二〇〇六年十二月号まで連載された作品に、大幅な加筆修正を加えたものです。

ハヤカワ SF シリーズ　J コレクション
罪火大戦ジャン・ゴーレ I
ざい か たいせん

2011 年 4 月 20 日　初版印刷
2011 年 4 月 25 日　初版発行

著　者　田中啓文たなかひろふみ
発行者　早川　浩
発行所　株式会社　早川書房
郵便番号　101 - 0046
東京都千代田区神田多町 2 - 2
電話　03 - 3252 - 3111（大代表）
振替　00160 - 3 - 47799
http://www.hayakawa-online.co.jp
印刷所　株式会社亨有堂印刷所
製本所　大口製本印刷株式会社
定価はカバーに表示してあります

Printed and bound in Japan
ISBN978-4-15-209207-6 C0093
乱丁・落丁本は小社制作部宛お送り下さい。
送料小社負担にてお取りかえいたします。

ハヤカワＳＦシリーズ　Ｊコレクション

ダイナミックフィギュア（上・下）

Dynamic Figure

三島浩司

46判変型並製

深宇宙からやってきた謎の渡来体が、地球軌道上に巨大リングを建設した。その一部が日本国内に落下、中から現れた異形の生命体を迎え撃つために、政府はまったく新しいコンセプトの二足歩行兵器を投入する……異星生命体と二足歩行兵器との誰も見たことのない驚愕の総力戦！　地球の命運を担う青年たちの死闘を描く、究極のリアル・ロボットＳＦ